SYN

JO NESBØ

SYN

Przełożyła z norweskiego
Iwona Zimnicka

WYDAWNICTWO
DOLNOŚLĄSKIE

Nasze książki kupisz na:

PUBLICAT.PL

Tytuł oryginału
Sønnen

Projekt okładki
MARIUSZ BANACHOWICZ

Fotografia na okładce
© OTTO DURST – Fotolia.com

Redakcja
IWONA GAWRYŚ

Korekta
ANNA KURZYCA

Redakcja techniczna
ADAM KOLENDA

ISBN 978-83-271-5154-4

WYDAWNICTWO DOLNOŚLĄSKIE
jest znakiem towarowym Publicat S.A.

PUBLICAT S.A.
61-003 Poznań, ul. Chlebowa 24
tel. 61 652 92 52, fax 61 652 92 00
e-mail: office@publicat.pl, www.publicat.pl

Oddział we Wrocławiu
50-010 Wrocław, ul. Podwale 62
tel. 71 785 90 40, fax 71 785 90 66
e-mail: wydawnictwodolnoslaskie@publicat.pl

Stamtąd przyjdzie sądzić żywych i umarłych.

CZĘŚĆ I

1

Rover wpatrywał się w pomalowaną na biało betonową podłogę podłużnej więziennej celi o powierzchni jedenastu metrów kwadratowych. Przygryzł nieco za wysoką złotą jedynkę w dolnej szczęce. Dotarł w swojej spowiedzi do bardzo trudnego miejsca. W celi słychać było jedynie odgłos jego własnych paznokci drapiących Madonnę wytatuowaną na przedramieniu. Chłopak, który siedział po turecku na łóżku naprzeciwko niego, milczał, odkąd Rover tu wszedł. Kiwał tylko głową i uśmiechał się tym swoim zadowolonym uśmiechem Buddy, ze wzrokiem utkwionym w jakiś punkt na czole Rovera. Nazywali go Sonny i mówili, że to syn skorumpowanego policjanta, że jako nastolatek zabił dwie osoby i że jest obdarzony wyjątkowymi zdolnościami. Trudno było stwierdzić, czy chłopak w ogóle słucha, bo zielone oczy i większą część twarzy zasłaniały długie brudne włosy, ale to nie miało aż takiego znaczenia. Rover pragnął jedynie odpuszczenia grzechów i błogosławieństwa, tak aby jutro mógł wyjść przez bramę Państwowego Zakładu Karnego o Zaostrzonym Rygorze z poczuciem, że został oczyszczony. Nie był człowiekiem religijnym. Ale to nie mogło zaszkodzić, jeśli ktoś faktycznie planuje zmiany i ma szczery zamiar spróbować żyć uczciwie. Rover wziął głęboki wdech i zaczął:

– Wydaje mi się, że ona była Białorusinką. Mińsk to Białoruś, prawda? – Szybko podniósł głowę, ale chłopak nie odpowiedział. – Nestor nazywał ją Mińsk. I kazał mi ją zastrzelić.

Główna zaleta spowiadania się osobie o tak wyżartym mózgu polegała oczywiście na tym, że nie przyklejały się do niego żadne nazwiska ani wydarzenia. To było jak rozmowa z samym sobą.

Przypuszczalnie właśnie dlatego osadzeni odsiadujący karę w Państwie woleli tego chłopca od pastora czy psychologa.

– Nestor trzymał ją razem z ośmioma innymi dziewczynami w klatce na Enerhaugen. Dziewczyny z Europy Wschodniej i Azjatki. Młodziutkie. Nastolatki. Przynajmniej mam nadzieję, że były nastolatkami. Ale Mińsk była większa. Silniejsza. Udało jej się uciec. Dotarła aż do parku Tøyen, zanim dopadł ją kundel Nestora. *Dogo argentino*, słyszałeś o nich?

Chłopak nie przesunął wzroku, ale uniósł rękę. Dotknął brody. Zaczął ją powoli rozczesywać palcami. Rękaw luźnej brudnej koszuli zsunął się przy tym, odsłaniając strupy i ślady po ukłuciach.

– Pieprzone wielkie albinosy – ciągnął Rover. – Zabijają wszystko, co im wskaże właściciel. I sporo tego, czego im nie wskaże. W Norwegii oczywiście nielegalne. Importowane z Czech przez hodowlę w Rælingen, która rejestruje je jako białe boksery. Pojechałem tam razem z Nestorem kupić szczeniaka. Ponad pięćdziesiąt patyków w gotówce. Szczeniak był taki słodki, że aż trudno sobie wyobrazić, jak... – Rover gwałtownie urwał. Wiedział, że opowiada o psie wyłącznie, by odroczyć to, po co przyszedł. – Tak czy owak...

Tak czy owak. Rover spojrzał na tatuaż na drugim przedramieniu. Katedra z dwiema wieżami. Każda za odbytą karę. Żadna t a k c z y o w a k nie miała związku z tym, z czym przyszedł. Szmuglował broń dla klubu motocyklowego, niektóre sztuki przerabiał w swoim warsztacie. Był w tym dobry. Za dobry. Tak dobry, że w końcu nie mógł dłużej pozostawać niewidzialny i musiał dać się złapać. I t a k c z y o w a k na tyle dobry, że po pierwszej odsiadce Nestor przyjął go do swojego ciepełka. Albo do chłodu. Kupił go całego, żeby najlepszą broń dostawali jego ludzie, a nie typki od motocykli czy jakaś inna konkurencja. Za kilka miesięcy pracy zapłacił więcej, niż Rover zdołałby do końca życia zarobić w tym swoim warsztacie motocyklowym. W zamian jednak Nestor żądał dużo. Za dużo.

– No i dopadli ją w lasku, krew z niej tryskała. Leżała nieruchomo i tylko na nas patrzyła. Ten kundel odgryzł jej kawałek twarzy, widać było zęby. – Rover się skrzywił, bo wreszcie dochodził do sedna.

– Nestor powiedział nam, że najwyższy czas dać przykład, pokazać innym dziewczynom, co ryzykują. A ponieważ Mińsk i tak była bezwartościowa, z taką twarzą... – Rover przełknął ślinę. – ...kazał mi to zrobić. Skończyć z nią. To miał być dowód na moją lojalność, no nie? Miałem przy sobie pistolet, starego rugera MK II, przy którym wcześniej trochę pomajstrowałem. I chciałem to zrobić. Naprawdę chciałem, więc nie o to chodzi...

Rover poczuł, że gardło mu się zaciska. Ile razy już o tym myślał, przerabiał sekundy tamtej nocy w parku Tøyen, oglądał powtórkę filmu z dziewczyną, Nestorem i sobą samym w rolach głównych, z pozostałymi w rolach milczących świadków, bo nawet pies ucichł? Sto razy? Tysiąc? A jednak dopiero teraz, gdy pierwszy raz powiedział o tym głośno, uświadomił sobie, że to nie był sen, że to naprawdę się wydarzyło. A raczej dopiero teraz jakby zrozumiało to jego ciało. Dlatego usiłowało opróżnić żołądek. Rover głęboko oddychał przez nos, żeby stłumić mdłości.

– Ale nie mogłem. Chociaż wiedziałem, że ona i tak umrze. Przecież stali gotowi z psem, a ja myślałem o tym, że sam wybrałbym raczej kulę. Ale spust był jak zacementowany. Po prostu nie dałem rady go nacisnąć.

Chłopak lekko pokiwał głową. Albo nad tym, o czym opowiadał Rover, albo w rytm muzyki, którą słyszał tylko on.

– Nestor stwierdził, że nie możemy czekać całą wieczność, przecież byliśmy w środku publicznie dostępnego parku. Wyjął więc z pochwy na łydce ten swój mały zakrzywiony nożyk, zrobił krok do przodu, złapał dziewczynę za włosy, lekko uniósł jej głowę i ledwie machnął nożem przy jej szyi. Jakby rozcinał rybę. Trysnęła krew, trzy czy cztery razy, i już. Ale wiesz, co zapamiętałem najlepiej? Tego psa. To, jak zaczął wyć, kiedy krew poszła. – Rover pochylił się na krześle z łokciami wbitymi w kolana. Uszy zakrył rękami i zaczął się kołysać w tył i przód. – A ja nic nie zrobiłem. Tylko stałem i patrzyłem. Kompletnie nic. Przyglądałem się, jak zawijają ciało w koc i zanoszą do samochodu. Wywieźliśmy ją do lasu, do Østmarksetra. Tam rzuciliśmy ją na zbocze opadające do jeziora Ulsrud. Dużo ludzi przyjeżdża tam na spacery z psami, więc znaleziono ją już dzień później. No bo chodziło o to, żeby została znaleziona. Nestor tak chciał, no nie? Chciał, żeby zdjęcia w gazetach pokazywały, co z nią zrobiono. Żeby mógł je zaprezentować innym dziewczynom. – Rover odsłonił uszy. – Przestałem spać, bo kiedy spałem, w kółko dręczyły mnie koszmary. Śniła mi się ta dziewczyna bez policzka, uśmiechała się do mnie z odsłoniętymi zębami. Poszedłem do Nestora i oświadczyłem, że muszę się wycofać. Że kończę z piłowaniem uzi i glocków, wracam do motorów. Że chcę żyć spokojnie i nie myśleć cały czas o glinach. Powiedział, że to w porządku. Pewnie pojął, że nie jestem taki *bad guy*. Ale poinformował mnie ze szczegółami, co mnie czeka, jeśli doniosę. Wydawało mi się, że wszystko jest okej, i zacząłem żyć normalnie. Nie przyjmowałem żadnych propozycji, chociaż ciągle miałem w zapasie kilka cholernie dobrych uzi. Cały czas przeczuwałem, że coś się szykuje, że mnie zlikwidują. Dlatego poczułem prawie ulgę, kiedy mnie zwinęli i zamknęli w bezpiecznej klatce. Chodziło o starą sprawę, w której odegrałem jedynie drugorzędną rolę. Ale aresztowali dwóch facetów, a oni powiedzieli, że to ja im dostarczyłem broń. Z miejsca się przyznałem.

Rover zaśmiał się cierpko, odkaszlnął i pochylił się na krześle.

– Wychodzę stąd za osiemnaście godzin. Nie wiem, do jasnej cholery, co mnie czeka. Wiem jedno: Nestor wie, że wychodzę, chociaż to cztery tygodnie przed czasem. On wie o wszystkim, co się dzieje tutaj i u glin. Wszędzie ma swoich ludzi, przynajmniej tyle zdążyłem się zorientować. Dlatego myślę, że gdyby chciał się mnie pozbyć, to równie dobrze mógł to załatwić tutaj, zamiast się wstrzymywać, aż wyjdę. Jak myślisz?

Rover czekał, ale chłopak wyglądał tak, jakby w ogóle nic nie myślał.

– Tak czy owak – podjął Rover – jakieś drobne błogosławieństwo nie zaszkodzi, prawda?

Na dźwięk słowa „błogosławieństwo" w oczach Sonny'ego nagle jakby zapłonęło światło. Uniósł prawą rękę i dał swojemu rozmówcy znak, że ma podejść bliżej i uklęknąć. Rover wbił kolana w malutki dywanik leżący przy łóżku. Franck żadnemu innemu osadzonemu nie pozwalał na zakrywanie podłogi chodnikiem; w Państwie częściowo wykorzystywano model szwajcarski: żadnych zbędnych przedmiotów w celach. Liczba rzeczy osobistych musiała ograniczyć się do dwudziestu. Jeśli ktoś chciał mieć parę butów, musiał oddać dwie pary majtek albo dwie książki. Na przykład. Rover podniósł głowę i spojrzał w twarz chłopaka, który koniuszkiem języka zwilżył suche, spierzchnięte wargi. Jego głos zabrzmiał zaskakująco jasno i chociaż wypowiadane szeptem słowa padały powoli, dykcja była bezbłędna:

– Wszyscy bogowie ziemi i nieba mają nad tobą zmiłowanie i wybaczają ci twoje grzechy. Umrzesz, ale dusza grzesznika, który uzyskał przebaczenie, zostanie powiedziona do raju. Amen.

Rover spuścił głowę. Poczuł lewą dłoń chłopaka na swojej ogolonej na zero czaszce. Sonny był leworęczny, ale w tym wypadku nie trzeba było być czcicielem statystyki, by wierzyć, że spodziewana długość jego życia będzie krótsza niż osób praworęcznych. Przedawkowanie mogło nastąpić jutro albo za dziesięć lat, tego nie wiedział nikt. Ale tego, że lewa ręka chłopaka posiada uzdrawiającą moc, Rover nie kupował. Chyba nie wierzył też w błogosławieństwo. Dlaczego wobec tego tu przyszedł?

No cóż, z religią jest jak z ubezpieczeniem od pożaru, człowiek nie do końca wierzy, że go potrzebuje; lecz skoro inni twierdzili, że chłopak może przyjąć na siebie cudze cierpienia, to dlaczego z tego nie skorzystać dla spokoju duszy?

Rovera bardziej zastanawiało, jak to możliwe, że ktoś taki zabił z zimną krwią. Zwyczajnie mu się to nie zgadzało. A może prawdą jest, jak mówią, że diabeł ma najlepsze przebrania?

– *Salam alejkum* – rozległ się głos i dłoń się cofnęła.

Rover pozostał ze spuszczoną głową. Dotknął językiem gładkiej tylnej powierzchni złotego zęba. Czy był już gotowy na spotkanie ze swoim stwórcą, jeżeli właśnie to go teraz czekało? Podniósł wzrok.

– Wiem, że nigdy nie prosisz o zapłatę, ale…

Spojrzał na grzbiet bosej stopy, którą chłopak podwinął pod siebie. Na dużym naczyniu krwionośnym na kostce zobaczył ślady po ukłuciach.

– Poprzednio siedziałem w okręgowym. Tam wszyscy zdobywali dragi, bez najmniejszego problemu. Ale okręgowe nie jest więzieniem o zaostrzonym rygorze. Tutaj podobno Franck zdołał zatkać wszystkie dziury, ale… – Rover wsunął rękę do kieszeni – …to nie do końca prawda.

Wyjął przedmiot wielkości telefonu komórkowego, pozłacany, w kształcie minipistoletu, wcisnął maleńki cyngiel i z lufy wydobył się płomyk.

– Widziałeś kiedyś coś podobnego? Na pewno. W każdym razie widzieli klawisze, którzy mnie przeszukiwali, kiedy tu przyszedłem. Powiedzieli, że sprzedają tanie papierosy z przemytu, jeśli mnie to interesuje, i pozwolili mi zachować tę zapalniczkę. Chyba niezbyt dokładnie przeczytali moją kartotekę. Czy to nie dziwne, że ten kraj w ogóle jeszcze funkcjonuje, skoro ludzie nieustannie dopuszczają się takich zaniedbań? – Rover zważył zapalniczkę w dłoni. – Osiem lat temu zrobiłem to w dwóch egzemplarzach. Chyba nie przesadzę, mówiąc, że nikt inny w tym kraju nie wykonałby lepszej roboty. Dostałem zlecenie przez podstawionego pośrednika. Powiedział, że klient końcowy chce dostać broń, której nie będzie nawet musiał ukrywać. Miała wyglądać na coś innego. Wymyśliłem to. Skojarzenia chodzą dziwnymi drogami. Najpierw ludzie oczywiście natychmiast myślą, że to pistolet, ale kiedy tylko im się pokaże, że można go używać jako zapalniczki, od razu odrzucają tamten pierwszy pomysł. Wciąż są otwarci na możliwość użycia tej rzeczy jako szczoteczki do zębów albo śrubokrętu, ale na pewno nie pistoletu. No cóż…

Rover przekręcił śrubę na spodzie rękojeści.

– W środku mieszczą się dwa dziewięciomilimetrowe naboje. Nazwałem go zabójcą żon. – Rover wycelował lufę w chłopaka. – Jedna dla ciebie, najdroższa… – Teraz przyłożył ją do własnej skroni. – A druga dla mnie… – W niewielkiej celi jego śmiech zabrzmiał wyjątkowo dziwnie. – Tak czy owak. Właściwie miałem zrobić tylko jeden, zleceniodawca życzył sobie, żeby nikt inny nie znał tajemnicy tego wynalazku. Ale zmajstrowałem drugi egzemplarz. I wziąłem go ze sobą jako zabezpieczenie, na wypadek gdyby Nestor kazał komuś spróbować mnie dopaść tu, w środku. Ale ponieważ jutro wychodzę i już go nie potrzebuję, ta zabawka należy teraz do ciebie. A tutaj… – Z drugiej kieszeni wyjął paczkę papierosów. – Może dziwnie wyglądać, jeśli się nie ma też papierosów, prawda? – Zerwał folię z góry pudełka, otworzył je, wyjął z kieszeni pożółkłą wizytówkę „Warsztatu motocyklowego Rovera" i wsunął ją do paczki. – A tu masz mój adres na wypadek, gdybyś kiedyś chciał zreperować motocykl. Albo załatwić sobie cholerne uzi. Tak jak ci mówiłem, mam jeszcze...

Drzwi się otworzyły i jakiś głos zagrzmiał:

– Wyłaź stąd, Rover!

Rover się odwrócił. Strażnikowi stojącemu w drzwiach opadały spodnie, obciążone kluczami zawieszonymi u paska, częściowo zasłoniętego przez wylewający się znad spodni wielki brzuch.

– Wasza świątobliwość ma gościa. Można powiedzieć, że to bliski krewny. – Strażnik zarżał i odwrócił się do osoby stojącej za drzwiami. – Wytrzymasz to, Per?

Rover wsunął pistolet i papierosy pod kołdrę na łóżku chłopaka. Wstał i spojrzał na niego ostatni raz. Potem szybko wyszedł.

Więzienny kapelan poprawił nową koloratkę, która nigdy nie leżała tak, jak powinna. „Bliski krewny. Wytrzymasz to, Per". Miał ochotę napluć w roześmianą, błyszczącą od tłuszczu twarz strażnika, ale tylko uprzejmie skinął głową więźniowi, który wyszedł z celi, i udał, że go poznaje. Przyjrzał się tatuażom na jego przedramionach. Madonna i katedra. Niestety. W ciągu tych lat twarzy i tatuaży przewinęło się przed jego oczami zbyt wiele, by zdołał je od siebie odróżnić.

Wszedł do celi. Unosił się tu zapach kadzidła, a w każdym razie czegoś, co przypominało kadzidło. Albo palone narkotyki.

– Dzień dobry, Sonny.

Młody człowiek na łóżku nie podniósł wzroku, ale wolno skinął głową. Per Vollan przypuszczał, iż miało to oznaczać, że został zarejestrowany, rozpoznany. Zaakceptowany.

Usiadł na krześle, reagując lekką odrazą na bijące z niego ciepło osoby, która siedziała na nim poprzednio. Przyniesioną ze sobą Biblię położył na łóżku obok chłopaka.

– Zaniosłem dziś kwiaty na grób twoich rodziców – powiedział. – Wiem, że o to nie prosiłeś, ale...

Spróbował pochwycić spojrzenie Sonny'ego. Sam miał dwóch synów, obaj byli już dorośli, opuścili dom. Tak jak on. Różnica polegała na tym, że jego synowie byli w domu mile widziani. W protokole sądowym wyczytał, że jeden ze świadków obrony, nauczyciel, utrzymywał, że Sonny był wzorowym uczniem, utalentowanym zapaśnikiem, ogólnie lubianym, zawsze pomocnym, ba, chłopiec mówił nawet, że planuje zostać policjantem jak jego ojciec. Ale od dnia, kiedy ojca znaleziono z listem samobójczym, w którym przyznawał się do korupcji, nikt nie widział Sonny'ego w szkole. Pastor usiłował wyobrazić sobie wstyd piętnastolatka. Wstyd własnych synów, gdyby kiedykolwiek dowiedzieli się, co zrobił ich ojciec.

Poprawił koloratkę.

– Dziękuję – odparł chłopak.

Per Vollan pomyślał, że Sonny wygląda dziwnie młodo. Przecież musiał już zbliżać się do trzydziestki. No tak. Siedzi tu od dwunastu lat, a wsadzili go, kiedy miał osiemnaście. Może to narkotyki go zmumifikowały, sprawiły, że przestał się starzeć, rosły mu tylko włosy i broda, a na świat patrzyły ze zdziwieniem wciąż te same niewinne, dziecięce oczy. Na zły świat. Bóg wiedział, że świat jest zły. Per Vollan był więziennym kapelanem od ponad czterdziestu lat i obserwował, jak świat staje się coraz gorszy. Zło jest jak komórki rakowe, które się mnożą i roznoszą, zarażają te zdrowe, zadają im ukąszenie wampira i rekrutują je do udziału w dziele zniszczenia. Nikt raz ukąszony nie może już ujść wolno. Nikt.

– Co słychać, Sonny? Jak tam było na przepustce? Widziałeś morze?

Brak odpowiedzi.

Per Vollan chrząknął.

– Strażnik mówi, że widziałeś. W gazetach mógłbyś przeczytać, że dzień później w pobliżu miejsca, w którym byliście, zamordowano kobietę. Znaleziono ją w łóżku we własnym domu. Głowę miała… No tak. Szczegóły są tutaj. – Palcem wskazującym puknął w okładkę Biblii. – Strażnik przesłał już raport z informacją, że kiedy byliście nad morzem, uciekłeś i odnalazł cię dopiero po godzinie. Stałeś przy drodze i nie chciałeś zdradzić, gdzie byłeś. To ważne, żebyś nie chlapnął czegoś, co podważy jego zeznania. Rozumiesz? Jak zwykle będziesz mówił jak najmniej. Jasne? Sonny?

Per Vollan nawiązał kontakt wzrokowy z chłopakiem. Puste spojrzenie niewiele mu powiedziało o tym, co się dzieje w jego głowie, ale pastor był w pełni przekonany, że Sonny Lofthus zastosuje się do instrukcji. Nie wyparuje z niczym niepotrzebnym ani do śledczych, ani do prokuratora. Spokojnie i łagodnie odpowie „tak", gdy go spytają, czy przyznaje się do winy. Bo chociaż mogło to zabrzmieć paradoksalnie, Per Vollan od czasu do czasu potrafił wyczuć kierunek myśli, wolę, instynkt przetrwania odróżniający tego narkomana od innych, od tych, którzy zawsze dryfowali po powierzchni, nigdy nie mieli innych planów i cały czas byli w drodze ku wiadomemu miejscu. Ta wola potrafiła się ujawnić w postaci nagłej przytomności spojrzenia, pytania świadczącego o tym, że chłopak przez cały czas był obecny, słyszał i rozumiał wszystko. Albo nawet w sposobie, w jaki nagle potrafił się podnieść, z koordynacją ruchów, równowagą i zwinnością niespotykanymi u innych weteranów nałogu. Kiedy indziej, tak jak teraz, trudno było stwierdzić, czy Sonny w ogóle cokolwiek rejestruje.

Vollan poprawił się na krześle.

– To oczywiście oznacza, że przez kilka lat nie dostaniesz przepustki. Ale ty przecież i tak nie czujesz się dobrze na zewnątrz, prawda? No a teraz widziałeś już morze.

– To była rzeka. To mąż?

Pastor drgnął. Tak jak człowiek drga, gdy na jego oczach coś nieoczekiwanie wynurza się z czarnej powierzchni wody.

– Tego nie wiem. A czy to ważne?

Nie było odpowiedzi. Vollan westchnął. Znów poczuł mdłości. Pojawiały się i znikały już od pewnego czasu. Może powinien zamówić wizytę u lekarza i dać się zbadać?

– Nie myśl o tym, Sonny. Ważne jest to, że na zewnątrz tacy jak ty muszą cały dzień polować na kolejną działkę. Natomiast tutaj on dba o wszystko. I pamiętaj, że czas płynie. Kiedy poprzednie zabójstwa się przedawnią, nie będziesz już miał dla nich żadnej wartości. Ale tą zbrodnią przedłużyłeś sobie termin.

– A więc mąż. To znaczy, że jest bogaty?

Vollan wskazał na Biblię.

– Dom, do którego wszedłeś, jest opisany tutaj. Wyglądał na duży i zamożny. Ale alarmu, który miał pilnować całego bogactwa, nie włączono, a drzwi nawet nie zamknięto na klucz. Nazwisko: Morsand. Armator z klapką na oku. Może widziałeś go w gazetach?

– Tak.

– Naprawdę? Sądziłem, że nie...

– Tak, zabiłem ją. Tak, przeczytam, jak to zrobiłem.

Per Vollan odetchnął z ulgą.

– To dobrze. W sposobie, w jaki została zabita, są pewne szczegóły, na które powinieneś zwrócić uwagę.

– Aha.

– Ona... odcięto jej czubek głowy. Musiałeś użyć piły, rozumiesz?

Po tych słowach na długą chwilę zapadła cisza, którą Per Vollan już zamierzał wypełnić rzyganiem. No cóż, lepiej żeby z jego ust polały się wymiociny niż takie słowa. Znów spojrzał na młodego człowieka. Co decyduje o kształcie czyjegoś życia? Szereg przypadkowych zdarzeń, nad którymi nie ma się władzy, czy raczej kosmiczna siła ciążenia, która automatycznie ciągnie człowieka tam, gdzie musi? Znów poprawił tę nową sztywną koloratkę pod koszulą, zdusił mdłości, spiął się. Pomyślał o tym, co jest stawką w grze.

Wstał.

– Jeśli będziesz chciał się ze mną skontaktować, to mieszkam chwilowo w schronisku na Alexander Kiellands plass.

Zauważył zdziwione spojrzenie chłopaka.

– Jedynie tymczasowo – roześmiał się. – Żona wyrzuciła mnie z domu, a ja znam ludzi ze schroniska, więc...

Nagle urwał. Uświadomił sobie, dlaczego tylu więźniów przychodziło do tego chłopca się wygadać. To przez tę ciszę. Przez tę zasysającą próżnię, wyczuwalną u kogoś, kto jedynie słucha, bez reakcji i bez osądów. Kto nic nie robiąc, wyciąga z człowieka słowa i tajemnice. Vollan próbował tego samego jako pastor, ale osadzeni umieli wywąchać, że on ma w tym jakiś zamysł. Nie wiedzieli tylko jaki. Wyczuwali jedynie, że wydobywając z nich tajemnice, pragnie coś osiągnąć. Uzyskać dostęp do ich duszy, a później być może otrzymać w niebie nagrodę za zwerbowanie.

Pastor patrzył, jak chłopak otwiera Biblię. Był to trik tak klasyczny, że wręcz komiczny: w kartkach wycięto dziurę. Włożono w nią poskładane papiery z dokładną instrukcją niezbędną do przyznania się do winy. I trzy torebeczki z heroiną.

2

Arild Franck, zastępca dyrektora więzienia, nie odrywając wzroku od papierów, zawołał krótko:

– Proszę wejść!

Usłyszał odgłos otwieranych drzwi. Ina, jego sekretarka, już wcześniej zapowiedziała kapelana. Arild Franck miał wtedy przez moment ochotę kazać jej, by poinformowała pastora, że jest zajęty. Nie byłoby to kłamstwo, przecież za pół godziny miał spotkanie z komendantem okręgowym w Budynku Policji. Ale Per Vollan ostatnio sprawiał wrażenie mniej stabilnego, niżby sobie tego życzyli, i należało dwa razy sprawdzać, czy zachowuje jaką taką równowagę. W tej sprawie nie było miejsca na żadne głupie błędy, dotyczyło to ich obu.

– Nie musisz siadać – rzucił Arild Franck, podpisał jeden z dokumentów leżących na biurku i wstał. – Powiesz mi, o co chodzi, po drodze.

Skierował się do drzwi i zdjął z wieszaka czapkę od munduru. Za plecami słyszał szuranie stóp pastora. Zapowiedział Inie, że wróci za półtorej godziny, i przycisnął palec wskazujący do czytnika umieszczonego przy drzwiach prowadzących na schody. Więzienie miało dwie kondygnacje, bez windy. Windy oznaczały szyby, które z kolei oznaczały ewentualne drogi ucieczki; w razie pożaru należało je zamykać. A pożar z następującą po nim chaotyczną ewakuacją był tylko jednym z wielu sposobów wykorzystywanych przez sprytnych osadzonych do ucieczki. Z tego samego powodu wszystkie przewody elektryczne, szafki z bezpiecznikami i rury doprowadzające wodę umieszczono w miejscach niedostępnych dla więźniów – albo na zewnątrz budynku, albo zamurowane w ścianach. Pomyślano tu o wszystkim. On pomyślał. Blisko współpracował z architektami i międzynarodowymi ekspertami więziennictwa, kiedy projektowano Państwo. Wzorem było więzienie w Lenzburgu w szwajcarskim kantonie Aargau – hipernowoczesne, ale proste, zorganizowane z naciskiem na bezpieczeństwo i skuteczność zamiast komfortu. Ale to on, Arild Franck, stworzył Państwo. Państwo to Arild Franck i na odwrót. O to, dlaczego zajmował tylko stanowisko wicedyrektora, a dyrektorem mianowano tę marionetkę z więzienia w Halden, można było pytać jedynie Radę Zatrudnienia, niech ją jasny szlag... Owszem, umiał się postawić i nie był typem, który liże tyłki politykom, pochwalając każdą kolejną genialną reformę więziennictwa wprowadzaną jeszcze przed zrealizowaniem poprzedniej. Ale znał się na swoim fachu i potrafił utrzymać skazanych za kratkami, stosując metody, od których nie chorowali, nie umierali ani też nie stawali się wyraźnie gorszymi ludźmi. Zachowywał też lojalność wobec osób, które na nią zasługiwały, i potrafił zadbać o swoich. To było więcej, niż dałoby się powiedzieć o tych na samej górze w zgniłej na wskroś hierarchii polityków. Zanim doszło do tego oczywistego pominięcia, Arild Franck w jakimś momencie wyobrażał sobie swoje nieduże popiersie ustawione w foyer po jego odejściu, chociaż żona powiedziała mu, iż nie jest pewne, czy jego pozbawiony szyi tors, twarz przypominająca buldoga i pożyczka z cienkich włosów nadają się na pomnik. Ale jeśli człowiek nie dostanie tego, na co zasłużył, musi to sobie wziąć sam – taka była jego opinia w tej sprawie.

– Nie mogę tego dłużej robić – oświadczył Per Vollan, idący za nim korytarzem.

– Czego?

– Jestem pastorem. Sposób, w jaki krzywdzimy tego chłopca... Przecież skazujemy go na odsiadywanie kary za coś, czego nie zrobił! Będzie musiał siedzieć za męża, który...

– Cicho!

Na wysokości pokoju kontrolnego – Franck lubił nazywać go „mostkiem" – minęli starszego mężczyznę, który przerwał mycie podłogi i przyjaźnie skinął dyrektorowi głową. Johannes był najstarszy w więzieniu i zaliczał się do tych osadzonych, którzy najbardziej przypadali Franckowi do gustu. Był życzliwą duszą, w poprzednim stuleciu przemycił jakieś narkotyki, a z upływem lat bierność wygrała w nim z samodzielnością i tak się przystosował, że teraz obawiał się jedynie tego dnia, kiedy będzie musiał stąd wyjść. Chociaż tego rodzaju osadzeni nie stanowili wyzwania, o jakie prosiło się więzienie takie jak Państwo.

– Masz wyrzuty sumienia, Vollan?

– Owszem, mam, Arild.

Franck nie przypominał sobie, kiedy dokładnie koledzy z pracy zaczęli zwracać się do swoich zwierzchników po imieniu. Ani też kiedy szefowie więzienia zaczęli nosić cywilne ubrania zamiast munduru. W niektórych zakładach karnych nawet strażnicy ubierali się po cywilnemu. Podczas buntu w więzieniu Francisco de Mar w São Paulo strażnicy atakowali gazem łzawiącym własnych kolegów, bo nie potrafili ich odróżnić od osadzonych.

– Chcę z tym skończyć – wysapał pastor.

– Doprawdy? – Franck lekkim truchtem zbiegał ze schodów. Był w dobrej formie jak na kogoś, komu do wieku emerytalnego zostało mniej niż dziesięć lat. Ale on ćwiczył. Kolejna zapomniana cnota w branży, w której nadwaga wkrótce miała stanowić regułę, a nie wyjątek. No i przecież trenował lokalną drużynę pływacką wtedy, kiedy pływała jego córka. Odrobił swoją cząstkę pracy społecznej. Odpłacił się społeczeństwu, które tak wielu osobom dało tak dużo. Niech nie zawracają głowy.

– A co z wyrzutami sumienia w związku z tymi chłopcami, do których się dobierałeś, Vollan? Przecież mamy dowody… – Franck przycisnął palec do czytnika przy następnych drzwiach prowadzących na korytarz, który na zachód biegł do cel, a na wschód do szatni pracowników i wyjścia na parking. – Moim zdaniem powinieneś przyjąć, że Sonny Lofthus pokutuje również za twoje grzechy, Vollan.

Kolejne drzwi, kolejny czytnik. Franck znów przyłożył do niego palec. Uwielbiał ten wynalazek, który skopiował z więzienia w Obihiro w Japonii. Zamiast rozdawać klucze, które można zgubić, dorobić i niewłaściwie wykorzystać, odciski palców wszystkich osób uprawnionych do przejścia przez te drzwi zostały zarejestrowane w bazie danych. Dzięki temu nie tylko wyeliminowali niedbały stosunek do kluczy, lecz mogli również kontrolować, kto, kiedy i którędy chodzi. Co prawda zainstalowano również monitoring, ale przecież twarz można ukryć. A odcisków palców nie.

Drzwi otworzyły się z parsknięciem, weszli do śluzy.

– Mówię, że nie mam już siły, Arild.

Franck położył palec na wargach. Oprócz kamer monitoringu, obejmujących swoim zasięgiem w zasadzie całe więzienie, w śluzach zamontowano system dwustronnej komunikacji dźwiękowej, umożliwiający porozumiewanie się z pokojem kontrolnym, gdyby ktoś z jakiegoś powodu nie mógł przedostać się dalej. Wyszli ze śluzy i ruszyli w stronę szatni, gdzie znajdowały się prysznice i prywatne szafki pracowników przeznaczone do przechowywania ubrań i innych rzeczy osobistych. To, że wicedyrektor więzienia ma klucz uniwersalny pasujący do wszystkich szafek, było, zdaniem Francka, informacją nieprzydatną pracownikom, a nawet zbędną.

– Sądziłem, że zrozumiałeś, z kim masz do czynienia – powiedział Franck. – Nie możesz tak po prostu tego rzucić. Dla tych ludzi lojalność to kwestia życia lub śmierci.

– Wiem – odparł Per Vollan. Jego sapanie nabrało paskudnej szorstkiej chrapliwości. – Ale ja mówię o życiu wiecznym lub wiecznej śmierci.

Franck zatrzymał się przed drzwiami wejściowymi i rzucił okiem na lewo, w stronę szafek, żeby się upewnić, czy są sami.

– Wiesz, co ryzykujesz?

– Nie powiem nikomu ani słowa, a Bóg wie, że to prawda. Chcę, żebyś im powtórzył dokładnie te słowa, Arild. Będę milczał jak grób. Po prostu chcę z tego wyjść. Możesz mnie wyprowadzić?

Franck opuścił wzrok. Na czytnik. Wyjść. Istniały jedynie dwie drogi wyjścia stąd. Tędy, tylnymi drzwiami, i przez recepcję od frontu. Nie było żadnych kanałów wentylacyjnych czy przeciwpożarowych, żadnych rur kanalizacyjnych, których średnica pozwoliłaby na zmieszczenie się w nich człowiekowi.

– Być może – odparł, przykładając palec do czytnika. W górnej części klamki zaczęło błyskać żółte światełko, sygnał przeszukiwania bazy danych. Za chwilę zgasło i zamiast niego zapaliło się zielone. Franck pchnął drzwi. Oślepiło go ostre letnie słońce. Idąc przez duży parking, wyjął ciemne okulary. – Zgłoszę to – powiedział i wyciągnął z kieszeni kluczyki, zmrużonymi oczami patrząc na budkę strażników. Na okrągło przez całą dobę dyżurowało w niej dwóch uzbrojonych funkcjonariuszy, a zarówno wjazd, jak i wyjazd zamykały stalowe szlabany, których nie sforsowałoby nawet nowe porsche cayenne Arilda Francka. Może poradziłby sobie hummer H1, którego właściwie miał ochotę kupić, ale to auto nie zmieściłoby się tutaj, ponieważ wjazd zbudowano specjalnie na tyle wąski, by zatrzymywać większe samochody. Również z myślą o pojazdach umieścił w obrębie sześciometrowej wysokości ogrodzenia otaczającego całe więzienie stalowe barykady. Wnioskował o to, by całe ogrodzenie było pod napięciem, ale nadzór budowlany oczywiście odrzucił ten wniosek, stwierdzając, że skoro Państwo mieści się w samym środku Oslo, niewinni mieszkańcy mogliby zrobić sobie krzywdę. Niewinni jak niewinni; ktoś, kto miałby się przedostać do ogrodzenia z ulicy, musiałby najpierw pokonać wysoki na pięć metrów mur zwieńczony drutem kolczastym.

– A tak w ogóle to w którą stronę jedziesz?

– Na Alexander Kiellands plass – odparł Per Vollan z nadzieją.

– *Sorry* – rzucił Arild. – Nie ten kierunek.

– To żaden problem, tu zaraz jest autobus.

– Świetnie. Odezwę się.

Wicedyrektor wsiadł do samochodu i ruszył w stronę budki strażników. Instrukcja mówiła, że należy zatrzymywać wszystkie pojazdy i sprawdzać, kto jest w środku. Dotyczyło to również jego auta. Tylko teraz, kiedy już widzieli, że to on wychodzi z więzienia i wsiada do samochodu, wolno im było podnieść szlaban i pozwolić mu przejechać. Franck odpowiedział na salut strażników. Zatrzymał się na światłach przed wjazdem na główną ulicę sto metrów dalej. W lusterku patrzył na swoje ukochane Państwo. Było prawie idealne, ale nie całkiem. Jak nie nadzór budowlany, to nowe idiotyczne przepisy z ministerstwa albo w połowie skorumpowana Rada Zatrudnienia. Przecież chciał jak najlepiej dla wszystkich. Dla ciężko pracujących uczciwych obywateli miasta, dla tych, którzy zasługiwali na bezpieczne życie i komfort materialny. Wiele różnych rzeczy mogło więc wyglądać inaczej. To nie on chciał, żeby tak było. Ale to on zawsze powtarzał tym, których uczył pływania: „Płyńcie albo pójdziecie na dno. Nikt nigdy nie wyświadczy wam żadnej przysługi". W końcu skierował myśli z powrotem ku temu, co go czekało. Miał do przekazania wiadomość. I nie miał najmniejszych wątpliwości, jaki będzie rezultat.

Światło zmieniło się na zielone i Franck dodał gazu.

3

Per Vollan szedł przez park przy Alexander Kiellands plass. Lipiec był mokry i wyjątkowo zimny, ale słońce wreszcie wróciło i park zielenił się tak intensywnie jak w wiosenny dzień. Lato jeszcze się nie skończyło. Ludzie dokoła siedzieli z zamkniętymi oczami, wystawiając twarze i chłonąc słońce tak rozpaczliwie, jakby było racjonowane. Terkotały deskorolki i chlupały sześciopaki z piwem niesione na grille w miejskich parkach i na balkonach. No i byli też tacy, którzy jeszcze wyżej cenili powrót ciepła. Wyglądali jak powalani sadzą wydobywającą się z samochodów jeżdżących wokół placu, zabiedzone postacie, skulone na ławkach i wokół fontanny, które mimo wszystko pozdrawiały go mewim krzykiem i ochrypłymi wesołymi zawołaniami. Na skrzyżowaniu Uelands gate i Waldemar Thranes gate przystanął, czekając na zielone światło. Ciężarówki i autobusy przejeżdżały tuż przed jego nosem. Fasada domu po drugiej stronie ulicy pojawiała się i znikała. Zobaczył zasłonięte plastikową folią okna słynnego baru Tranen – od wzniesienia kamienicy w roku 1921 gasili tu pragnienie ci, którym dokuczało ono najbardziej; przez ostatnie trzydzieści lat akompaniował im Arnie „Skiffle Joe" Norse, który w przebraniu kowboja jeździł na monocyklu, a jednocześnie grał na gitarze i śpiewał ze swoją dwuosobową orkiestrą składającą się ze starszego niewidomego organisty i Tajki grającej na tamburynie i klaksonie samochodowym.

Per Vollan powiódł wzrokiem w górę fasady, na której umieszczono napis z kutego żelaza. „Pensjonat Ila". W czasie wojny schronienie znajdowały w tym miejscu samotne kobiety z nieślubnymi dziećmi. Obecnie gmina oferowała tu pokoje najbardziej uzależnionym narkomanom. Tym, którzy nie mieli zamiaru rzucać nałogu. Ostatni przystanek.

Per Vollan przeszedł przez ulicę, stanął przed wejściem do schroniska i zadzwonił. Spojrzał w oko kamery. Usłyszał brzęczyk i wszedł do środka. Dostał pokój na dwa tygodnie, ze względu na dawne przysługi. Było to już miesiąc temu.

– Dzień dobry, Per – powitała go młoda piwnooka kobieta, która zeszła z góry i otworzyła kratę zamykającą wejście na schody. Ktoś zepsuł zamek i nie dawało się jej otworzyć kluczem z zewnątrz. – Kawiarnia jest właściwie zamknięta, ale jeśli pójdziesz od razu, zdążysz jeszcze zjeść obiad.

– Dziękuję, Martho. Nie jestem głodny.

– Wyglądasz na zmęczonego.

– Szedłem piechotą od Państwa.

– Tak? Nie było autobusu?

Ruszyła już na górę po schodach, on z wysiłkiem wspinał się za nią.

– Musiałem pomyśleć – powiedział.

– Ktoś tu o ciebie pytał.

Per zdrętwiał.

– Kto?

– Nie interesowałam się. Może policja.

– Dlaczego tak sądzisz?

– Wyglądało na to, że bardzo im zależy na skontaktowaniu się z tobą, więc uznałam, że to może mieć związek z jakimś więźniem, którego znasz.

Już przyszli, pomyślał Per.

– Czy ty w coś wierzysz, Martho?

Odwróciła się na schodach. Uśmiechnęła. A Per pomyślał, że jakiś młody człowiek może się na zabój zakochać w tym uśmiechu.

– Na przykład w Boga i Jezusa? – spytała Martha, wchodząc do recepcji, na którą składał się otwór w ścianie pokoju biurowego.

– Na przykład w przeznaczenie. Albo w zbiegi okoliczności w opozycji do kosmicznej siły ciążenia.

– Wierzę w Gretę Wariatkę – mruknęła Martha, przerzucając jakieś papiery.

– Duchy nie są…

– Inger mówi, że wczoraj słyszała płacz dziecka.

– Inger to wrażliwa dusza, Martho.

Wysunęła głowę z okienka.

– Jest inna rzecz, o której musimy porozmawiać, Per…

– Wiem. – Westchnął. – Jest pełno i…

– Remont po pożarze bardzo się wlecze i wciąż ponad czterdziestu naszych lokatorów mieszka w dwuosobowych pokojach. Na dłuższą metę tak się nie da. Okradają się nawzajem, a potem się łomoczą. W końcu ktoś w kogoś wbije nóż, to tylko kwestia czasu.

– W porządku. Nie zostanę tu długo.

Martha przechyliła głowę i popatrzyła na niego w zamyśleniu.

– Dlaczego ona nie pozwala ci nawet nocować w domu? Ile lat byliście małżeństwem? Czterdzieści?

– Trzydzieści osiem. To jej dom i… Skomplikowana sprawa. – Per uśmiechnął się smutno.

Zostawił Marthę i ruszył w głąb korytarza. Zza dwojga drzwi dochodziło dudnienie muzyki. Amfetamina. Był poniedziałek, biura NAV-u* otwarto po weekendzie, wypłacano zasiłki, dlatego wszędzie coś się działo. Kluczem otworzył drzwi do swojego pokoju. Zniszczone maleńkie pomieszczenie z miejscem na łóżko i szafę kosztowało sześć tysięcy miesięcznie. Za taką cenę pod Oslo można było wynająć całe mieszkanie.

Usiadł na łóżku i zapatrzył się w brudne okno. Szum dochodzący z ulicy działał usypiająco. Przez cienkie zasłonki przeświecało słońce. Na parapecie walczyła o życie mucha. Wkrótce miała umrzeć. Takie było życie. Nie śmierć, tylko życie. Śmierć jest niczym. Ile lat temu zrozumiał, że cała reszta, wszystko to, o czym wygłaszał kazania, jest jedynie murem obronnym wzniesionym przez ludzi chcących odgrodzić się od lęku przed śmiercią? A jednak to, co wydawało mu się, że wie, w tej chwili nie miało żadnego znaczenia. Bo to, co nam, ludziom, wydaje się, że wiemy, nie ma żadnego znaczenia

---

* NAV – odpowiednik polskiego ZUS-u (przyp. tłum.).

w przeciwieństwie do tego, w co potrzebujemy wierzyć, żeby stłumić lęk i ból. Zawrócił więc. Uwierzył w miłosiernego Boga i w życie po śmierci. Wierzył w nie teraz bardziej niż kiedykolwiek.

Spod gazety wyciągnął notatnik i zaczął pisać.

Per Vollan nie musiał pisać dużo. Kilka zdań na jednej kartce, to wszystko. Zamazał własne nazwisko na używanej kopercie z pismem od adwokata Almy, który w krótkich słowach podsumowywał, co jego zdaniem należy się Perowi z majątku. Oczywiście było tego niewiele.

Kapelan przejrzał się w lustrze, poprawił koloratkę, wyjął z szafy długi prochowiec i wyszedł.

Marthy nie było w recepcji, ale Inger wzięła kopertę i obiecała, że ją przekaże.

Słońce stało już niżej na niebie, dzień odchodził. Per Vollan szedł przez park, kątem oka rejestrując, czy wszystko i wszyscy odgrywają swoje role bez specjalnych uchybień. Nikt nie podnosił się zbyt gwałtownie z mijanych przez niego ławek, żaden samochód nie oderwał się dyskretnie od chodnika, kiedy zmienił decyzję i ruszył przez Sannergata w stronę rzeki. Ale oni tam byli. Za oknem, w którym odbijał się spokojny letni wieczór, w obojętnym spojrzeniu przechodnia, w chłodzie cienia wypełzającego ze wschodnich ścian domów i przeganiającego światło słońca, cienia, który podbijał coraz większe terytorium. Per Vollan pomyślał, że tak samo wyglądało jego życie. Stanowiło wieczną bezsensowną walkę między światłem a ciemnością, w której nigdy nie było zwycięzcy. A może? Z każdym mijającym dniem ofensywa ciemności narastała.

Nadciągała długa noc.

Przyspieszył.

4

Simon Kefas podniósł do ust filiżankę z kawą. Z miejsca przy kuchennym stole miał widok na ogródek przed domem przy Fagerliveien na Disen. W nocy padało i trawa w porannym słońcu wciąż lśniła. Miał wrażenie, że dosłownie widzi, jak rośnie. Czekała go kolejna przeprawa z ręczną kosiarką. Hałas, któremu towarzyszy spocone czoło i niejedno przekleństwo. No i dobrze. Else pytała, dlaczego nie kupi elektrycznej, takiej, jakich z czasem dorobili się wszyscy sąsiedzi. Miał na to prostą odpowiedź: to kosztuje. Ten argument wygrywał większość dyskusji w okresie, kiedy dorastał tu, w tym domu, w tej okolicy. Ale wtedy mieszkali tu zwykli ludzie. Nauczyciele, fryzjerzy, taksówkarze, urzędnicy państwowi i gminni. Albo policjanci jak on sam. Nowi mieszkańcy nie byli tacy znów niezwykli, ale pracowali w agencjach reklamowych, w branży komputerowej, byli dziennikarzami, lekarzami, mieli przedstawicielstwa jakichś niepojętych produktów albo odziedziczyli dość pieniędzy, żeby złożyć ofertę na któryś z nielicznych domków, podbijać ich ceny i pchać całe osiedle w górę drabiny społecznej.

– O czym myślisz? – spytała Else, stając za jego krzesłem i gładząc go po włosach. Wyraźnie się przerzedziły. W świetle padającym z góry prześwitywała czaszka. Ona jednak twierdziła, że jej się to podoba. Podobało jej się, że Simon wygląda na tego, kim był, na policjanta, który wkrótce ma przejść na emeryturę. I że ona również wkrótce się zestarzeje, chociaż wyprzedzał ją o ponad dwadzieścia lat. Jeden z sąsiadów, którzy niedawno się tu sprowadzili, średnio znany producent filmowy, wziął ją za córkę Simona. No i dobrze.

– Myślę o tym, jakie mam szczęście – odparł. – Że mam ciebie. Że mam to.

Pocałowała go w sam czubek głowy. Poczuł wargi Else bezpośrednio na skórze. Tej nocy śniło mu się, że mógł jej oddać swój wzrok. I kiedy się obudził, nic nie widząc, przez sekundę, zanim zrozumiał, że to przez opaskę na oczy, którą bronił się przed wczesnym letnim słońcem, był szczęśliwym człowiekiem.

Dzwonek do drzwi.

– To Edith – stwierdziła Else. – Pójdę się przebrać.

Wpuściła do domu siostrę i zniknęła na piętrze.

– Cześć, wujku Simonie!

– No proszę, kogo my tu mamy! – Simon spojrzał na buzię chłopca rozjaśnioną wyczekiwaniem.

Edith weszła do kuchni.

– Przepraszam, Simon, ale tak marudził, żebyśmy przyszli wcześniej... Koniecznie chciał zdążyć przymierzyć twoją czapkę.

– Oczywiście – powiedział Simon. – Ale czy ty nie powinieneś być dzisiaj w szkole, Mats?

– Dzień na planowanie zajęć – westchnęła Edith. – Oni nie mają pojęcia, jak to rozbija życie samotnym matkom.

– Tym bardziej miło z twojej strony, że zaofiarowałaś się zawieźć Else.

– Jakżeby inaczej. Z tego, co zrozumiałam, on będzie w Oslo tylko dzisiaj i jutro.

– Kto? – zainteresował się Mats, z całej siły ciągnąc wujka za rękę, żeby zmusić go do wstania z krzesła.

– Amerykański doktor, który świetnie naprawia oczy. – Simon, kiedy wreszcie stanął na nogi, udał, że jest jeszcze bardziej zesztywniały, niż był naprawdę. – No to chodź, poszukamy prawdziwej czapki policyjnej. Weźmiesz sobie kawy, Edith?

Chłopiec i mężczyzna wyszli razem na korytarz. Mats aż zapiszczał z radości na widok czarno-białej policyjnej czapki, którą wuj wyciągnął z półki w szafie. Ucichł jednak przejęty, gdy znalazła się na jego głowie. Obaj stanęli przed lustrem. Chłopiec palcem wycelował w odbicie wuja w lustrze, jednocześnie naśladując odgłosy pistoletu.

– Do kogo strzelasz? – spytał Simon.

– Do bandytów! – zawołał chłopiec. – Pif-paf!

– A może raczej do tarczy – zasugerował Simon. – Bo my, policjanci, nie strzelamy do bandytów, jeśli nie musimy.

– Właśnie, że tak. Paf! Paf!

– Pójdziemy za to do więzienia, Mats.

– My? – Chłopczyk znieruchomiał i zdziwiony spojrzał na wuja. – Dlaczego? Przecież jesteśmy policjantami!

– Jeśli strzelamy do kogoś, zamiast go po prostu złapać, sami zmieniamy się w bandytów.

– Ale jak ich już złapiemy, to chyba wtedy możemy ich zastrzelić?

– Nie – roześmiał się Simon. – Wtedy to sędzia decyduje, jak długo będą siedzieć w więzieniu.

– Nie ty, wujku Simonie?

Simon widział rozczarowanie w oczach chłopca.

– Wiesz co, Mats? Ja się cieszę, że nie muszę o tym decydować. Cieszę się, że wystarczy, jak ich złapię. Właśnie to jest najfajniejsze w mojej pracy.

Mats zmrużył jedno oko, czapka spadła mu na kark.

– Posłuchaj, wujku...

– Słucham.

– Dlaczego ty i ciocia Else nie macie dzieci?

Simon stanął za chłopcem, położył mu ręce na ramionach i uśmiechnął się do niego w lustrze.

– Nie potrzebujemy dzieci, skoro mamy ciebie, prawda?

Mats przez chwilę patrzył na niego zamyślony. W końcu buzia rozjaśniła mu się w uśmiechu.

– Okej!

Simon poczuł wibrowanie w kieszeni i wyjął komórkę. Dzwonili z centrali operacyjnej. Słuchał.

– W którym miejscu nad rzeką Aker? – spytał.

– Na wysokości parku Kuba. Przy Wyższej Szkole Sztuk Pięknych. Tam jest kładka...

– Wiem, gdzie to jest – przerwał Simon. – Będę za pół godziny.

Ponieważ już stał w korytarzu, szybko zawiązał sznurowadła i włożył marynarkę.

– Else! – zawołał.

– Tak?

Jej twarz ukazała się na szczycie schodów. Znów zachwycił się jej urodą. Długie włosy spływały czerwoną rzeką, otaczając drobną bladą twarz. Piegi na małym nosie i wokół niego. Uświadomił sobie, że piegi Else najprawdopodobniej nie znikną, kiedy jego już nie będzie. Zaraz pojawiła się nieodłączna myśl, której tak starał się unikać. Kto się nią wtedy zajmie? Domyślał się, że z góry żona w ogóle go nie widzi, tylko udaje. Chrząknął.

– Muszę lecieć, kochanie. Zadzwonisz i powiesz, co mówił doktor?

– Tak, tak. Tylko jedź ostrożnie.

Dwaj starsi policjanci szli przez park, który potocznie nazywano po prostu Kubą. Większość ludzi sądziła, że nazwa ta ma związek z gorącą wyspą, może dlatego, że kiedyś odbywały się tu polityczne wiece, a Grünerløkka pozostawała dzielnicą robotniczą. Trzeba było mieć trochę lat na karku, żeby wiedzieć, iż nazwa miała raczej związek z kubizmem, bo dawniej stał tu duży zbiornik na gaz z nadbudówką w kształcie sześcianu. Weszli na kładkę prowadzącą do starych budynków fabrycznych, które zaanektowała Wyższa Szkoła Sztuk Pięknych. Na kracie balustrady wisiały kłódki z wypisanymi datami i inicjałami zakochanych par. Simon przystanął i uważnie przyjrzał się jednej z nich. Kochał Else przez tych dziesięć lat, które spędzili razem, przez każdy z ponad trzech i pół tysiąca dni. Wiedział, że w jego życiu nie będzie już innej kobiety, i nie potrzebował symbolicznej kłódki, żeby mieć tę pewność. Else też jej nie potrzebowała, chociaż przypuszczalnie miała go przeżyć o tyle lat, że w jej życiu będzie miejsce na nowych mężczyzn. No i dobrze.

Stąd, gdzie stali, widział most Aamodt, skromny most nad skromną rzeką dzielącą skromną stolicę na część wschodnią i zachodnią. Lata temu, kiedy był jeszcze młody i głupi, skoczył z tego mostu. Pijana trojka, trzech chłopaków. Dwóch z niezłomną wiarą w siebie i w przyszłość, przekonanych o swojej wyższości. Ten trzeci, Simon, już dawno pojął, że nie może konkurować z nimi pod względem inteligencji, siły, zdolności społecznego przystosowania czy powodzenia u dziewczyn. Ale był najodważniejszy. Albo inaczej mówiąc, najbardziej skłonny do ryzyka. A skok do brudnej wody nie wymagał ani intelektu, ani panowania nad ciałem, a jedynie zuchwalstwa. Simon Kefas często myślał o tym, że w młodości jego jedyną zaletą w rywalizacji z innymi był pesymizm, pozwalający mu grać o wysoką stawkę z przyszłością, której nie cenił wysoko; wrodzona wiedza o tym, że ma mniej do stracenia niż inni. Stanął na tej balustradzie, odczekał, aż tamci zaczną wrzeszczeć, że nie wolno mu tego robić, że zwariował. I skoczył. Skoczył z mostu, z życia, wprost w cudowne wirujące koło ruletki, którym jest przeznaczenie. Przeciął wodę. Nie miała żadnej powierzchni, była jedynie białą pianą, pod którą czekały lodowate objęcia. A w tych objęciach cisza, samotność i spokój. Kiedy jednak wynurzył się z powrotem cały i zdrowy, koledzy się uradowali. Simon także. Chociaż czuł lekkie rozczarowanie powrotem. Co też zwyczajna niespełniona miłość potrafi zrobić z młodym człowiekiem.

Simon otrząsnął się ze wspomnień i skierował wzrok na wodospad między dwoma mostami, a konkretnie na sylwetkę, która zawisła w nim jak na zdjęciu, zamrożona w trakcie upadku.

– Prawdopodobnie spłynął w dół rzeki – stwierdził starszy technik kryminalistyczny stojący obok Simona. – Ubranie zaczepiło o coś, co sterczy w wodospadzie. Rzeka w zasadzie jest tak płytka, że można przez nią przejść.

– Pewnie. – Simon possał torebeczkę ze snusem*, lekko przechylając głowę na bok. Postać wisiała głową w dół z rękami rozłożonymi na boki, a woda niczym biała aureola opływała jej głowę i ciało. Jak włosy Else, pomyślał.

Technicy nareszcie zwodowali łódź i wzięli się do wyciągania ciała z wodospadu.

– Założę się o piwo, że to samobójstwo.

– Chyba się mylisz, Elias. – Simon wsunął palec pod górną wargę i wyciągnął torebkę ze snusem. Już chciał ją wrzucić do wody, ale w ostatniej chwili się powstrzymał. Nowe czasy. Rozejrzał się za koszem na śmieci.

– Czyli stawiasz piwo, że tak nie jest?

– Nie, Elias, ja się nie zakładam o piwo.

– *Sorry*, zapomniałem – zmitygował się technik.

– W porządku – powiedział Simon i odszedł. W przelocie skinął jeszcze głową wysokiej blondynce w czarnej spódnicy i krótkim żakiecie. Uznałby ją za pracownicę banku, gdyby nie policyjny identyfikator, który miała zawieszony na szyi. Wrzucił torebkę ze snusem do zielonego kosza na ścieżce przy końcu mostu i zszedł na brzeg rzeki. Ruszył wzdłuż wody, spojrzeniem przeszukując ziemię.

– Nadkomisarz Simon Kefas?

Elias podniósł głowę. Kobieta, która się do niego odezwała, wyglądała prawdopodobnie jak prototyp cudzoziemskich wyobrażeń

* Snus – popularna w Skandynawii używka – wilgotny proszek tytoniowy, który umieszcza się pod górną lub dolną wargą; nikotyna wchłaniana jest przez śluzówkę (przyp. tłum.).

o Skandynawkach. Przypuszczał, że sama jest świadoma swojego wzrostu i dlatego stoi lekko zgarbiona w butach na płaskim obcasie.

– Nie. A kim ty jesteś?

– Kari Adel. – Podsunęła mu identyfikator. – Jestem nowa w Wydziale Zabójstw. Powiedzieli mi, że tutaj go znajdę.

– Wobec tego witamy. A czego chcesz od Simona?

– Ma mnie szkolić.

– No to masz szczęście. A tam jest ten, o którego pytasz. – Elias wskazał niewysokiego mężczyznę idącego wzdłuż brzegu rzeki.

– Czego on szuka?

– Śladów.

– Ślady ewentualnie mogą być przy rzece powyżej zwłok, a nie poniżej.

– Owszem, dlatego zakłada, że tam już szukaliśmy. I ma rację.

– Inni technicy mówią, że to wygląda na samobójstwo.

– No tak, sam się zbłaźniłem, próbując założyć się z nim o piwo.

– Zbłaźniłeś się?

– On jest uzależniony – wyjaśnił Elias. – To znaczy był. – A widząc, że starannie wyskubane brwi kobiety lekko się unoszą, dodał: – To nie jest żadna tajemnica. Dobrze o tym wiedzieć, skoro macie razem pracować.

– Nikt mi nie mówił, że będę pracować z alkoholikiem.

– To nie alkoholik. Uzależniony od gier.

Kari Adel założyła jasne włosy za ucho i przymknęła jedno oko od słońca.

– Od jakich gier?

– Z tego, co wiem, od wszystkiego, w co da się przegrać. Ale jeśli masz być jego nową partnerką, będziesz miała okazję sama o to spytać. Gdzie byłaś wcześniej?

– W narkotykowym.

– Wobec tego znasz rzekę.

– Owszem. – Zmrużyła oczy, patrząc na zwłoki. – To oczywiście może być zabójstwo na tle narkotykowym, ale nie z powodu miejsca. Tak wysoko w górę rzeki nie sprzedają twardych narkotyków. Ich trzeba szukać poniżej Schous plass i mostu Nybrua. A z powodu haszyszu na ogół nie dochodzi do zabójstw.

– No tak, no tak. – Elias pokiwał głową, wskazując na łódź. – Już go ściągnęli, więc jeśli ma przy sobie jakiś dowód tożsamości, niedługo się dowiemy, z kim…

– Ja już wiem, kto to jest – przerwała mu Kari Adel. – To kapelan więzienny Per Vollan.

Elias obrzucił ją spojrzeniem od stóp do głów. Dziewczyna wkrótce zrzuci formalny biurowy strój. Pewnie widziała w amerykańskich serialach, że tak się ubierają policjantki z wydziałów zabójstw. Ale mimo wszystko sprawiała wrażenie, że ma coś w sobie. Może to jedna z tych, które zostają na dłużej. Jedna z tych, które należą do rzadkości. Ale o innych myślał podobnie, więc może wcale nie.

5

Pokój przesłuchań był urządzony w jasnych kolorach. Sosnowe meble, w oknie wychodzącym na pomieszczenie kontrolne czerwona zasłonka. Komisarz Henrik Westad z Komendy Okręgowej Policji w Buskerud uważał, że jest tu nawet dość przyjemnie. Już wcześniej przyjeżdżał z Drammen do Oslo i siedział właśnie tutaj. Przesłuchiwali wtedy dziecko, prawdopodobnie molestowane. Wtedy było tu pełno lalek. Teraz chodziło o zabójstwo. Uważnie przyjrzał się zajmującemu miejsce po drugiej stronie stołu mężczyźnie z długimi włosami i brodą. Sonny Lofthus. Wyglądał młodziej, niż świadczyła o tym data urodzenia w papierach. I wyglądał na czystego. Źrenice miały normalny rozmiar. Ale tak często bywa u ludzi o wysokiej tolerancji na narkotyk. Westad chrząknął.

– Więc ją związałeś, użyłeś zwykłej piłki do metalu i po prostu stamtąd wyszedłeś?

– Tak – odparł mężczyzna. Zrezygnował z pomocy adwokata, ale na pytania odpowiadał głównie monosylabami. W końcu Westad przeszedł na zadawanie mu wyłącznie takich pytań, na które da się odpowiedzieć „tak" lub „nie". Działało to do pewnego stopnia. Jasne, że działało, do cholery. Jakoś wydobędą z niego przyznanie się do winy. A jednak. Westad spojrzał na zdjęcia, które rozłożył przed sobą. Górna część głowy i mózgu odcięta, odchylona na bok, trzymająca się tylko na kawałku skóry. Ten widok skojarzył mu się z jajkiem z odciętym czubkiem, podawanym na śniadanie. Widoczne były wzory zwojów mózgowych. Westad dawno już odrzucił teorię mówiącą, że po zabójcach można poznać, do czego są zdolni. Ale ten człowiek... w ogóle nie wyczuwało się od niego chłodu, agresji czy wręcz debilizmu, które Westad w swoim przekonaniu dostrzegał u innych mordujących z zimną krwią.

Odchylił się na krześle.

– Dlaczego się przyznajesz?

Mężczyzna wzruszył ramionami.

– DNA w miejscu zabójstwa.

– Skąd wiesz, że mamy DNA?

Sonny Lofthus sięgnął do długich gęstych włosów, które kierownictwo więzienia teoretycznie powinno kazać mu obciąć ze względów higienicznych.

– Włosy mi wypadają. Skutek uboczny długotrwałego zażywania narkotyków. Mogę już iść?

Westad westchnął. Facet się przyznał. Dowody techniczne w miejscu zdarzenia. Co właściwie budziło jego wątpliwości?

Nachylił się do stojącego między nimi mikrofonu.

– Przesłuchanie podejrzanego Sonny'ego Lofthusa zakończono o godzinie trzynastej zero cztery.

Zobaczył, że czerwone światełko gaśnie. Wiedział, że technik wyłączył nagrywanie. Wstał i otworzył drzwi, żeby strażnicy mogli wejść, zakuć więźnia i zabrać go z powrotem do celi w Państwie.

– I co o tym sądzisz? – spytał technik, kiedy Westad wszedł do pokoju kontrolnego.

– Co sądzę? – Westad włożył kurtkę i ostrym poirytowanym ruchem podciągnął zamek błyskawiczny. – On nie pozostawia za dużo miejsca na osądy.

– Mam na myśli pierwsze dzisiejsze przesłuchanie.

Westad wzruszył ramionami. Przyjaciółka ofiary. Eva Morsand mówiła jej, że mąż, Yngve Morsand, zarzucił jej zdradę i groził, że ją zabije. I że się bała. Szczególnie dlatego, że mąż miał słuszne podejrzenia. Poznała kogoś i rozważała, czy się nie wyprowadzić z domu. W zasadzie trudno o bardziej klasyczny motyw zabójstwa. A jaki motyw mógł mieć ten chłopak? Kobieta nie została zgwałcona, z domu nic nie zginęło. Owszem, drzwiczki apteczki w łazience były wyłamane, a mąż ofiary twierdził, że zginęły z niej tabletki nasenne. Ale dlaczego ktoś, kto – sądząc po świeżych śladach po zastrzykach – ma stały dostęp do twardych narkotyków, miałby sobie zawracać głowę słabymi tabletkami na sen?

Natychmiast pojawiło się kolejne pytanie: dlaczego śledczy, który właśnie usłyszał przyznanie się do winy, miałby sobie zawracać głowę takimi nieistotnymi drobiazgami?

Johannes Halden wodził szczotką po podłodze między celami na oddziale A, gdy zobaczył dwóch strażników prowadzących chłopaka między sobą. Sonny się uśmiechał i gdyby nie kajdanki, wyglądałoby, jakby szedł między przyjaciółmi prowadzącymi go gdzieś, gdzie czeka go jakaś atrakcja.

Johannes podniósł wysoko prawą rękę.

– Zobacz, Sonny! Mój bark znów jest w porządku. Dzięki za pomoc!

Chłopak musiał podnieść obie ręce, żeby pokazać staremu kciuk uniesiony do góry.

Strażnicy zatrzymali się przy drzwiach do celi i rozpięli kajdanki. Nie musieli otwierać drzwi, ponieważ wszystkie cele otwierały się automatycznie codziennie rano o ósmej i pozostawały niezamknięte do dziesiątej wieczorem. Chłopcy z pokoju kontrolnego pokazywali Johannesowi, jak się otwiera i zamyka wszystkie drzwi naraz jednym prostym przyciśnięciem guzika. Podobało mu się w pokoju kontrolnym. Dlatego zawsze sprzątał tam dokładniej. Czuł się trochę jak na mostku supertankowca, czyli tam, gdzie właściwie powinien być. Przed „zdarzeniem" pływał jako marynarz i zaczął studiować nautykę. Planował zostać oficerem pokładowym. Sternikiem, starszym oficerem, w końcu kapitanem. A później, za jakiś czas wrócić do żony i córki, do domu pod Farsund, poszukać pracy pilota w porcie. Dlaczego więc to zrobił? Dlaczego wszystko popsuł? Co go skłoniło, że się zgodził na zabranie tych dwóch wielkich worków z portu w Songkhla w Tajlandii? Nie było tak, że nie rozumiał, co przewozi, że to heroina. I nie było tak, że nie wiedział, jaka kara mu grozi. Słyszał o histerii, jaka ogarnęła norweskie sądy, które w tamtym czasie stawiały przemyt narkotyków na równi z zabójstwem z premedytacją. Nie było nawet tak, że potrzebował tych wielkich pieniędzy, które mu zaoferowano za dostarczenie worków pod wskazany adres w Oslo. O co więc chodziło? O dreszczyk emocji? Czy raczej o marzenie o ponownym spotkaniu tej dziewczyny, pięknej Tajki w jedwabnej sukience? O tym, by pogłaskać jej długie czarne lśniące włosy, popatrzeć w migdałowe oczy, posłuchać miękkiego głosu szeptem wypowiadającego trudne angielskie słowa, wydobywające się z miękkich malinowych ust, które mówiły, że musi to zrobić dla niej, dla jej rodziny z Chiang Rai, że to jedyny sposób na ich ocalenie. Nie chodziło o to, że uwierzył w opowiadaną przez nią historię, ale uwierzył w jej pocałunek, i właśnie ten pocałunek zabrał ze sobą w drogę do domu przez porty, cło, do celi aresztu, na salę sądową i do rozmównicy, w której jego prawie dorosła już córka wyjaśniła mu, że nikt z rodziny nie chce mieć z nim więcej do czynienia. Towarzyszył mu w trakcie rozwodu i w celi w Ila. Pragnął jedynie tego pocałunku, a została mu tylko jego obietnica.

Kiedy go zwolniono, nie miał nikogo. Rodzina go odrzuciła, przyjaciele się odsunęli, już nigdy nie przyjęto go do pracy na pokładzie. Zbliżył się więc do jedynych ludzi, którzy chcieli go zaakceptować, do bandytów. I kontynuował swój dawny zawód: żeglugę trampową. Zwerbował go Ukrainiec, Nestor. Heroina z północnej Tajlandii szła starym narkotykowym szlakiem przez Turcję i Bałkany w ciężarówkach. Ładunek przeznaczony dla krajów skandynawskich rozdzielano w Niemczech, skąd przywoził go Johannes. Potem zaczął donosić.

Ku temu też nie było żadnych mocnych powodów.

Był jedynie ten policjant, który przemówił do czegoś, co było w Johannesie, mimo że nawet nie zdawał sobie z tego sprawy.

I chociaż obietnica spokojnego sumienia wydawała się mniej warta niż pocałunek pięknej kobiety, to wierzył temu policjantowi, naprawdę mu wierzył. Tamten miał coś takiego w oczach. Może Johannes wszedł na drogę prowadzącą ku czemuś dobremu, kto wie? Ale potem stało się to. W pewien jesienny wieczór. Policjanta zabili, a Johannes po raz pierwszy i ostatni usłyszał przezwisko szeptane z lękiem i respektem. Bliźniak.

Od tej pory jedynie kwestią czasu pozostało, kiedy Johannes znów trafi do pudła. Podejmował coraz większe ryzyko, przewoził coraz większe ładunki. Niech to szlag, chciał, żeby go złapali. Chciał odpokutować za to, co zrobił. Dlatego poczuł ulgę, kiedy zwinęli go na granicy ze Szwecją, z meblami w ładowni nafaszerowanymi heroiną. Sędzia za okoliczność zaostrzającą uznał zarówno dużą ilość przemycanego towaru, jak i powrót do przestępstwa. To było dziesięć lat temu. Przed czterema laty otwarto Państwo i właśnie tu go przeniesiono. Widział, jak więźniowie przychodzą i wychodzą, jak klawisze zaczynają i kończą pracę, i do wszystkich odnosił się z odpowiednim szacunkiem, a z czasem sam zyskał szacunek należny najstarszym. Tym niegroźnym. Nikt bowiem nie wiedział, jaką tajemnicę skrywa Johannes. Jakiej zdrady się dopuścił. Co sprawiło, że sam się skazał na taką karę. Porzucił nadzieję na zdobycie tego, na czym mu jeszcze zależało – pocałunku obiecanego przez zapomnianą kobietę i spokojnego sumienia obiecanego przez nieżyjącego policjanta. Dopiero kiedy go przeniesiono na oddział A, gdzie spotkał chłopaka rzekomo obdarzonego uzdrowicielską mocą, Johannes cały aż drgnął, kiedy usłyszał jego nazwisko.

Ale Johannes Halden wciąż milczał. Dalej mył podłogi. Nie zadzierał głowy, z uśmiechem wyświadczał i przyjmował drobne przysługi, dzięki którym życie staje się znośne w takich miejscach. Tak mijały dni, tygodnie, miesiące i lata. Stawały się życiem, które dobiegało końca. Rak. Rak płuc. Drobnokomórkowy. Tak powiedział lekarz. Agresywny typ, najgorszy, jeśli się go wcześnie nie wykryje. Tego nie wykryto.

Nikt nie mógł nic zrobić, a w każdym razie nie Sonny. Przy odgadywaniu dolegliwości Johannesa nawet nie zbliżył się do poprawnej odpowiedzi. Gdy Johannes spytał go o to wprost, chłopak zasugerował przepuklinę. Ho, ho. A ta sztywność w barku ustąpiła sama z siebie, a nie od dotyku dłoni Sonny'ego, która z całą pewnością nie miała temperatury wyższej niż normalne trzydzieści siedem stopni, a raczej nawet niższą. Ale Sonny był dobrym chłopcem i Johannes nie chciał mu odbierać wiary w jego nadprzyrodzoną moc.

Johannes zachował więc dla siebie i chorobę, i tamto drugie. Wiedział jednak, że ma mało czasu, że nie może zabrać tajemnicy do grobu. Zwłaszcza jeżeli nie chciał w nim pozostać, obudzić się jako żywy trup nadjedzony przez robaki w zamknięciu, skazany na wieczne męki. Nie miał co prawda żadnych wynikających z religii opinii o tym, kto powinien zostać skazany na męki piekielne i dlaczego, ale wiedział, że w życiu popełnił zbyt wiele błędów.

– Zbyt wiele błędów – powiedział do siebie półgłosem Johannes Halden.

Odstawił więc szczotkę, podszedł do celi Sonny'ego i zapukał.

Bez odpowiedzi. Zapukał jeszcze raz. Czekał.

W końcu otworzył drzwi.

Sonny siedział z gumowym paskiem zaciśniętym na przedramieniu pod łokciem. Końcówkę trzymał w zębach, a strzykawkę tuż nad napiętą żyłą pod przepisowym kątem trzydziestu stopni, by powierzchnia wbicia była jak największa.

Spokojnie, z uśmiechem, uniósł głowę.

– Tak?

– Przepraszam, ja... To może poczekać.

– Na pewno?

– Tak, tak, nie spieszy się – roześmiał się Johannes. – W każdym razie to nie aż tak nagła sprawa.

– Wobec tego za cztery godziny?

– Może być za cztery.

Stary patrzył, jak igła zanurza się w żyle. Jak chłopak wciska tłoczek. Poczuł ciszę i mrok powoli wypełniające celę niczym czarna woda. Powoli wyszedł tyłem i zamknął za sobą drzwi.

6

Simon z telefonem komórkowym przy uchu i nogami na biurku huśtał się na krześle. Sztuczkę tę trojka doprowadziła niegdyś do perfekcji, aż do tego stopnia, że konkurs o to, kto zdoła wytrzymać najdłużej, zmienił się jedynie w kwestię tego, komu najdłużej będzie się chciało.

– Więc Amerykanin jeszcze nic nie powiedział? – spytał ściszonym głosem. Ściszonym po części dlatego, że nie widział powodów, by siedzących w tej samej otwartej przestrzeni biurowej innych pracowników Wydziału Zabójstw wtajemniczać w wewnętrzne sprawy rodziny, a częściowo dlatego, że właśnie tak zwykle rozmawiali z żoną przez telefon. Cicho i miękko. Jakby leżeli objęci w łóżku.

– Powie, ale później – odparła Else. – Chciał najpierw zobaczyć wyniki badań i zdjęcia. Jutro dostanę opinię.

– Okej, a jak się czujesz?

– Dobrze.

– Jak dobrze?

Roześmiała się.

– Nie myśl aż tyle, kochany. Widzimy się na obiedzie.

– W porządku. Czy twoja siostra...

– Tak, wciąż ze mną jest i odwiezie mnie do domu. Rozłącz się już, marudo, przecież pracujesz!

Z niechęcią skończył rozmowę. Myślał o śnie, w którym Else dostała jego wzrok.

– Nadkomisarz Kefas?

Podniósł głowę. Zadarł ją jeszcze wyżej. Kobieta stojąca przy jego biurku była wysoka. Bardzo wysoka. I chuda. Z eleganckiej urzędniczej spódnicy wystawały patykowate nogi.

– Jestem Kari Adel. Otrzymałam polecenie, że mam ci pomagać. Próbowałam cię odnaleźć na miejscu zdarzenia, ale zniknąłeś.

Kobieta wyglądała bardziej na ambitną pracownicę banku niż policjantkę. Simon jeszcze mocniej odchylił się na krześle.

– Na jakim miejscu zdarzenia?

– W parku Kuba.

– Skąd masz pewność, że to miejsce zdarzenia?

Zobaczył, że Kari Adel przestępuje z nogi na nogę, próbując znaleźć drogę wyjścia. A takiej drogi nie było.

– Ewentualne miejsce zdarzenia – poprawiła się.

– A kto mówi, że potrzebuję pomocy?

Kciukiem wskazała sufit, co miało wyjaśnić, że polecenie przyszło z góry.

– Prawdę mówiąc, to ja potrzebuję pomocy. Jestem nowa.

– Świeża po szkole?

– Półtora roku w Wydziale Narkotykowym.

– Świeża. I już do Wydziału Zabójstw? Gratuluję, Adel. Albo masz szczęście, albo plecy, albo jesteś... – Przyjął pozycję niemal poziomą i z kieszeni dżinsów wyjął puszkę ze snusem.

– Kobietą?

– Miałem zamiar powiedzieć „zdolna".

Zarumieniła się. Dostrzegł złość w jej oczach.

– No więc jesteś zdolna? – spytał Simon i wsunął porcję snusu pod górną wargę.

– Druga na roku.

– I jak długo masz zamiar zostać w Wydziale Zabójstw?

– O co ci chodzi?

– Skoro nie spodobało ci się w narkotykach, to dlaczego ma ci się spodobać w zabójstwach?

Znów przeniosła ciężar ciała z nogi na nogę. Simon zrozumiał, że trafił celnie. To była jedna z tych, które pojawiają się na krótkie gościnne występy. Może zacznie piąć się w górę z coraz wyższym stopniem, na coraz wyższe piętra. Zdolna. Najprawdopodobniej zniknie z policji. Tak jak wszyscy zdolni zniknęli z Økokrim*. Odeszli, zabierając swoje kompetencje, i zostawili Simona samego. Policja nie jest odpowiednim miejscem dla kogoś, kto jest bystry, ambitny, a oprócz tego chce pożyć.

– Odszedłem z miejsca zdarzenia, bo tam nie było już czego szukać – wyjaśnił Simon. – No to powiedz mi, od czego byś zaczęła.

– Od rozmowy z jego najbliższymi. – Kari Adel rozejrzała się za krzesłem. – Spróbowałabym ustalić jego ruchy, zanim wpadł do rzeki.

Jej akcent świadczył o tym, że mieszka na wschodnim skraju zachodnich dzielnic, gdzie boją się śmiertelnie, że ze względu na

---

* Økokrim – specjalna jednostka ds. przestępstw gospodarczych i ekologicznych (przyp. tłum.).

sposób mówienia ktoś może ich podejrzewać o pochodzenie z niewłaściwego brzegu rzeki, i dlatego silą się na hiperpoprawność.

– Dobrze, Adel. A jego najbliżsi...

– ...to żona. Prawie była żona. Właśnie go wyrzuciła z domu. Już z nią rozmawiałam. Mieszkał w ośrodku dla narkomanów na Ila. Jest tu jakieś krzesło, które...

Zdolna. Zdecydowanie zdolna.

– Teraz nie będzie ci potrzebne – oznajmił Simon i wstał. Stwierdził, że Kari Adel jest od niego wyższa co najmniej o piętnaście centymetrów. Mimo to na każdy jego krok musiała robić dwa. Wąskie spódnice. No i dobrze. Wkrótce będzie musiała z nich zrezygnować. Zabójców wykrywa się w dżinsach.

– Wam nie wolno tutaj wejść.

Martha stała przed drzwiami do schroniska na Ila i przyglądała się tym dwojgu. Kobietę chyba gdzieś już widziała. Ten wzrost i chude ciało łatwo zapadały w pamięć. Policjantka z Wydziału Narkotykowego? Była prawie bez makijażu, miała jasne, pozbawione życia włosy i lekko cierpiętniczy wyraz twarzy rozpieszczonej córki bogaczy.

Mężczyzna stanowił jej dokładne przeciwieństwo. Niski, mniej więcej metr siedemdziesiąt, sześćdziesięciokilkulatek. Głębokie bruzdy na twarzy, ale również ten rodzaj zmarszczek, które tworzą się od częstych uśmiechów. Siwe włosy, oczy, z których dało się wyczytać takie cechy, jak „miły", „z poczuciem humoru" i „uparty". Podobne rozpoznanie przeprowadzała automatycznie u kandydatów na mieszkańców podczas obowiązkowej rozmowy przy przyjęciu, która miała ujawnić, jakiego rodzaju zachowania i kłopotów mogą się spodziewać. Zdarzało się, że się myliła. Ale niezbyt często.

– Nie musimy wchodzić – odparł mężczyzna, który przedstawił się jako nadkomisarz Kefas. – Jesteśmy z Wydziału Zabójstw. Chodzi o Pera Vollana. Mieszkał tutaj...

– Mieszkał?

– Tak. Nie żyje.

Marcie zabrakło tchu w piersi. Zawsze tak reagowała na wiadomość, że umarł kolejny. Zastanawiała się nawet, czy reagując tak, nie sprawdza przypadkiem, czy sama jeszcze żyje. Potem przyszło zdumienie. Tym, że wcale nie jest zdumiona. Per nie był przecież narkomanem, nie tkwił wraz z innymi w poczekalni śmierci. A może jednak? I może ona to widziała, może zarejestrowała to podświadomie? Może dlatego po rutynowym jęku z taką samą rutyną skomentowała to w myślach: oczywiście. Ale nie, to nie to. Chodziło o coś innego.

– Znaleziono go w rzece. – To mężczyzna prowadził rozmowę. Kobieta miała niemal przybity na czole stempel „UCZĘ SIĘ".

– Aha – powiedziała Martha.

– Nie jest pani zdziwiona?

– Nie. Może i nie. To wprawdzie zawsze jest szok, ale...

– Ale w naszych zawodach człowiek się do tego przyzwyczaja, prawda? Nie wiedziałem, że zamknęli Tranen. – Mężczyzna ruchem głowy wskazał okna, przed którymi stali.

– Ma tu powstać elegancka cukiernia. – Martha skrzyżowała ręce na piersi, jakby zmarzła. – Dla mamusiek, które lubią caffé latte.

– A więc dotarły aż tutaj. No cóż. – Simon pozdrowił oldtimera, który mijał ich, w charakterystyczny dla ćpunów sposób uginając nogi w kolanach. Odpowiedziało mu kiwnięcie głową. – Widzę, że sporo tu znajomych twarzy. Tyle że Vollan był więziennym kapelanem. Nie ma jeszcze wyników sekcji, ale podczas oględzin nie znaleźliśmy żadnych śladów ukłuć.

– Nie mieszkał tu jako narkoman. Pomagał nam, kiedy mieliśmy kłopoty z poprzednimi lokatorami, ufali mu. Dlatego daliśmy mu tymczasowo pokój, kiedy musiał się wyprowadzić z domu.

– Wiemy. Zastanawiam się tylko, dlaczego nie jest pani zaskoczona, skoro ma pani pewność, że on nie brał. Przecież to mógł być wypadek.

– A był?

Simon spojrzał na wysoką chudą kobietę. Zawahała się, dopóki nie skinął lekko głową. Wreszcie otworzyła usta:

– Nie stwierdziliśmy żadnych oznak przemocy, ale ścieżki nad rzeką to przecież okolice, w których często dochodzi do przestępstw.

Ależ ona ma akcent, pomyślała Martha. Pewnie matka surowo ją poprawiała przy obiedzie i powtarzała, że nigdy nie znajdzie odpowiedniego męża, jeżeli będzie mówić jak robotnik portowy.

Nadkomisarz Kefas przechylił głowę.
– Co pani o tym sądzi, Martho?
Wzbudził jej sympatię. Wyglądał na takiego, co się przejmuje.
– Chyba wiedział, że umrze.
Policjant uniósł brew.
– A to dlaczego?
– Z powodu listu, który mi zostawił.

Martha obeszła stół w sali konferencyjnej położonej naprzeciwko recepcji na piętrze. W tym pomieszczeniu udało im się zachować dawny styl, było zdecydowanie najładniejsze w całym budynku. Zresztą nie miało zbyt dużej konkurencji. Martha nalała kawy Kefasowi pochłoniętemu listem, który znalazła w kopercie zostawionej dla niej przez Pera Vollana w recepcji. Partnerka nadkomisarza przycupnęła obok niego na samym brzeżku krzesła i pisała SMS-a. Uprzejmie odrzuciła propozycję kawy, herbaty czy wody, jakby podejrzewała, że w tutejszej wodzie jest pełno paskudnych mikrobów.
Kefas podsunął jej list.
– Napisał, że pozostawia wszystko, co posiada, waszemu schronisku.
Kobieta wysłała SMS-a i chrząknęła. Nadkomisarz spojrzał na nią.
– O co chodzi, panno Adel?
– Już nie wolno mówić „schronisko". Teraz to się nazywa „ośrodek pomocy społecznej".
Twarz Kefasa wyrażała szczere zdumienie.
– A to dlaczego?
– Ponieważ zatrudniamy pracowników opieki i mamy sale dla chorych – wyjaśniła Martha. – Dlatego mówią, że to coś więcej niż schronisko. A prawdziwy powód jest oczywiście taki, że „schronisko" zaczęło się źle kojarzyć. Pijaństwo, awantury, fatalne warunki mieszkaniowe. Zamalowuje się więc rdzę, nazywając to miejsce inaczej.
– Ale mimo wszystko... – zamyślił się policjant. – On naprawdę chciał zapisać wszystko takiemu przybytkowi?
Martha wzruszyła ramionami.

– Wątpię, by dużo posiadał. Widział pan datę przy podpisie?

– Napisał to wczoraj. I pani uważa, że zrobił to, ponieważ wiedział, że umrze. Innymi słowy, uważa pani, że popełnił samobójstwo?

Martha się zastanowiła.

– Nie wiem.

Wysoka chuda kobieta znów chrząknęła.

– O ile dobrze pamiętam, rozstanie z żoną nie stanowi niezwykłej przyczyny samobójstw wśród mężczyzn powyżej czterdziestego roku życia.

Martha była pewna, że policjantka bardzo dobrze pamiętała te statystyki.

– Czy sprawiał wrażenie osoby w depresji? – spytał Simon.

– Raczej po prostu przygnębionej.

– Nie jest niczym niezwykłym, że osoby o skłonnościach samobójczych podejmują próby targnięcia się na życie w okresie wychodzenia z depresji. – Policjantka powiedziała to takim tonem, jakby czytała z książki.

Martha i nadkomisarz popatrzyli na nią.

– Depresji często towarzyszy apatia, a samobójstwo wymaga podjęcia pewnych działań.

Dzwonek zasygnalizował przychodzącego SMS-a.

Kefas obrócił się do Marthy.

– Starszy mężczyzna zostaje wyrzucony z domu i pisze coś, co może być odebrane jako list pożegnalny. Dlaczego więc nie uważa pani, że to samobójstwo?

– Nie powiedziałam, że to nie może być samobójstwo.

– Ale?

– Sprawiał wrażenie, że się boi.

– Czego?

Martha wzruszyła ramionami. Zastanawiała się, czy przypadkiem nie pakuje się w zbędne kłopoty.

– Per miał swoje ciemne strony. Właściwie tego nie ukrywał. Mówił, że został pastorem, ponieważ potrzebował więcej wybaczenia niż inni.

– Chce pani powiedzieć, że zrobił coś, co nie wszyscy by mu wybaczyli?

– N i k t by mu tego nie wybaczył.

– Ach tak. Czy mówimy o tym rodzaju grzechów, w którym księża wydają się nadreprezentowani?

Nie odpowiedziała.

– Czy również dlatego żona wyrzuciła go z domu?

Martha się zawahała. Ten policjant był bystrzejszy od innych, z którymi miała do czynienia. Ale czy mogła mu ufać?

– W mojej pracy człowiek uczy się sztuki wybaczania tego, co niewybaczalne, nadkomisarzu. Oczywiście możliwe, że Per nie potrafił wybaczyć sam sobie i dlatego wybrał takie rozwiązanie. Ale możliwe również...

– Że ktoś inny, na przykład ojciec molestowanego dziecka, nie chciał iść drogą oficjalnego zawiadomienia o popełnieniu przestępstwa, bo to byłoby stygmatyzujące również dla pokrzywdzonego. No i nie wiadomo, czy Per Vollan poniósłby karę, a nawet jeśli, i tak byłaby zbyt łagodna. Mógł więc sam wydać wyrok i wykonać go własnoręcznie.

Martha pokiwała głową.

– Przypuszczam, że to bardzo ludzkie, gdy chodzi o rodzone dziecko. Czy panu nie zdarza się na co dzień wymierzać samemu karę tam, gdzie prawo nie sięga dostatecznie głęboko?

Simon Kefas pokręcił głową.

– Gdyby policjanci mieli ulegać tego rodzaju pokusom, prawo straciłoby znaczenie. A ja wierzę w prawo. I uważam, że sprawiedliwość powinna być ślepa. Czy podejrzewa pani kogoś konkretnego?

– Nie.

– Długi narkotykowe? – spytała Kari Adel.

Martha pokręciła głową.

– Wiedziałabym, gdyby brał.

– Pytam, bo wysłałam SMS-a do wywiadowcy z Wydziału Narkotykowego, żeby się dowiedzieć, czy zna Pera Vollana. Odpisał... – Wyjęła telefon z kieszeni obcisłego żakietu. Rozległ się lekki stuk, gdy przy okazji z kieszeni wypadła też szklana kulka, która potoczyła się po podłodze w kierunku wschodnim. – *Kilka razy widziałem go rozmawiającego z jednym z dilerów Medela* – przeczytała, wstając. – *Widziałem, jak przyjmuje ćwiartki, ale nie płaci.*

Schowała telefon z powrotem do kieszeni i złapała kulkę, zanim ta doturlała się do ściany.

– I co z tego wnioskujesz? – spytał Simon.

– Że kamienica nachyla się w kierunku Alexander Kiellands plass. Prawdopodobnie z tej strony jest więcej gliny, a mniej granitu.

Martha roześmiała się głośno.

Wysoka chuda policjantka też się uśmiechnęła, ale przelotnie.

– I że Vollan miał długi. Ćwiartka heroiny kosztuje trzy stówy. W dodatku to nawet nie jest ćwierć grama, tylko zero przecinek dwa. Dwie torebki dziennie…

– Nie tak szybko – przerwał jej Simon. – Narkomani nie dostają nic na kredyt, prawda?

– Rzeczywiście. Zwykle nie. Ale może wyświadczał im jakieś przysługi i płacili mu heroiną.

Martha podniosła ręce.

– Przecież mówię, że on nie brał. Połowa mojej pracy polega na sprawdzaniu, czy ludzie są czyści, okej?

– Oczywiście ma pani rację, panno Lian. – Simon potarł podbródek. – Może ta heroina wcale nie była dla niego. – Wstał. – Wszystko jedno, i tak musimy czekać na wyniki sekcji.

– Dobra inicjatywa z tym SMS-em do wywiadowcy – pochwalił Simon, prowadząc samochód po Uelands gate w kierunku centrum.

– Dziękuję – powiedziała Kari.

– Ładna dziewczyna ta Martha Lian. Miałaś z nią do czynienia?

– Nie, ale nie odmówiłabym.

– Słucham?

– Przepraszam, kiepski żart. Pytałeś, czy miałam z nią do czynienia, kiedy byłam w narkotykowym. O tyle o ile. Jest śliczna. I zawsze się zastanawiałam, czemu pracuje w Ila.

– Dlatego, że jest taka ładna?

– Dobry wygląd zapewnia ludziom obdarzonym jaką taką inteligencją i dyscypliną pierwszeństwo na rynku pracy. A w moim odczuciu praca w Ila nie jest trampoliną do czegokolwiek.

– Może ona po prostu uważa, że to praca, którą warto wykonywać.

– Warto? Wiesz, ile płacą za…

– Warta wykonywania. Policji też nie płacą dobrze.

– To prawda.

– Ale praca w policji to dobry początek kariery, zwłaszcza jeśli połączy się ją ze studiami prawniczymi – zauważył Simon. – Kiedy zamierzasz zakończyć staż w drugim wydziale?

Dostrzegł cień rumieńca na szyi Kari i zrozumiał, że znów trafił.

– No cóż. Miło mieć cię przynajmniej na jakiś czas – dodał. – Pewnie niedługo będziesz moją szefową w ministerstwie, co? Czy wybierzesz raczej sektor prywatny? Podobno tam płacą za takie same kompetencje przeciętnie półtora raza więcej niż u nas.

– Być może – odparła Kari. – W każdym razie twoją szefową nie będę, bo w marcu przyszłego roku osiągniesz już wiek emerytalny.

Simon nie wiedział, czy ma się śmiać, czy płakać. Skręcił w lewo w Grønlandsleiret w stronę Budynku Policji.

– Półtora raza większa pensja może się przydać, kiedy trzeba robić remont. Mieszkanie czy dom?

– Dom – odpowiedziała Kari. – Planujemy mieć dwoje dzieci, więc będziemy potrzebować dużo miejsca. Przy takich cenach za metr w centrum Oslo trzeba kupować domy do remontu, jeśli nie można liczyć na spadek. A nasi rodzice cieszą się dobrym zdrowiem. Poza tym i ja, i Sam uważamy, że subsydiowanie to w zasadzie korupcja.

– Aż tak?

– Owszem.

Simon spojrzał na pakistańskich handlarzy, którzy w letnim upale powychodzili ze sklepów na ulicę, na której dyskutowali, palili papierosy i przyglądali się samochodom jadącym żółwim tempem.

– Nawet nie zapytałaś, skąd wiem, że szukasz jakiegoś domu do remontu.

– Szklana kulka – stwierdziła Kari. – Dorośli bezdzietni ludzie noszą szklane kulki w kieszeniach jedynie wtedy, kiedy oglądają stare domy albo mieszkania i chcą sprawdzić, czy podłogi nie są na tyle krzywe, że trzeba je wyrównywać.

Inteligentne.

– Pamiętajcie tylko o tym – powiedział Simon – że jeśli dom stoi od stu dwudziestu lat, to niewykluczone, że tych podłóg nie można wyrównywać.

– Być może. – Kari wychyliła się i spojrzała na wieżę kościoła na Grønland. – Ale ja lubię równe podłogi.

Teraz Simon wybuchnął już śmiechem. Być może polubi tę dziewczynę. On też lubił równe podłogi.

7

– Znałem twojego ojca – oznajmił Johannes Halden.

Na dworze padało. Dzień był ciepły, słoneczny, lecz wysoko na niebie zebrały się chmury i w końcu na miasto spadł letni deszcz. Johannes pamiętał, jakie to uczucie, kiedy drobne krople nagrzewają się od razu w zetknięciu z rozpaloną od słońca skórą. Pamiętał, jak z asfaltu podnosi się zapach kurzu. I ten aromat kwiatów, trawy i liści, od którego ogarniały go dzikość, szaleństwo, podniecenie. Młodość. Ach, młodość!

– Byłem jego informatorem – dodał.

Sonny siedział w ciemności pod ścianą i nie dało się zobaczyć jego twarzy. Johannes nie miał zbyt dużo czasu, wkrótce mieli zostać zamknięci w celach na noc.

Głębiej nabrał powietrza. Bo teraz miał to powiedzieć. Wypowiedzieć to zdanie, przed którym na przemian wzbraniał się i nie mógł się doczekać, kiedy je wypowie. Zdanie ze słowami, które tkwiły mu w piersi od tak dawna, iż obawiał się, że w nią wrosły.

– Nieprawda, że on się zastrzelił, Sonny.

Już. A więc to zostało już powiedziane. Cisza.

– Nie śpisz, Sonny?

Na moment błysnęło białko w mrugających oczach.

– Wiem, jak musieliście się czuć, ty i twoja matka, kiedy znaleźliście ojca martwego. Kiedy przeczytaliście tę kartkę, na której napisał, że to on był kretem w policji i pomagał bandytom handlującym heroiną i ludźmi. Że to on informował ich o nalotach, o śladach, o podejrzanych…

Johannes zauważył, że postać w cieniu lekko się zakołysała.

– Ale było odwrotnie, Sonny. Twój ojciec wpadł na ślad tego kreta. Podsłuchałem, jak Nestor rozmawiał przez telefon ze swoim szefem. Mówił, że muszą się pozbyć tego policjanta, Lofthusa, zanim im nabruździ. Przekazałem twojemu ojcu, że jest w niebezpieczeństwie. I że policja musi uderzyć. Ale on odparł, że nie może angażować w to innych. Musi działać solo, bo w policji są ludzie na liście płac Nestora. Kazał mi przysiąc, że będę milczał i nigdy nikomu o tym nie powiem. Dotrzymałem tej tajemnicy aż do dzisiaj.

Czy to do niego docierało? Może nie. Ale najważniejsze nie było wcale to, by chłopak go słuchał, nie liczyły się konsekwencje, a jedynie fakt, że Johannes nareszcie mówił. Opowiadał. Przedstawiał przebieg wydarzeń, przekazując je tam, gdzie było ich miejsce.

– W tamten weekend twój ojciec był sam. Ty pojechałeś z matką na zawody w zapasach gdzieś poza Oslo. Wiedział, że przyjdą. Zabarykadował się w waszym żółtym domu na Tåsen.

Johannesowi wydało się, że w ciemnym kącie nastąpiła jakaś zmiana. Zmiana pulsu i oddechu.

– Mimo to Nestor i jego ludzie zdołali dostać się do środka. Nie chcieli awantury, jaka wynikłaby z zastrzelenia policjanta, dlatego zmusili twojego ojca do napisania tego listu pożegnalnego. – Johannes przełknął ślinę. – W zamian za obietnicę, że oszczędzą ciebie i twoją matkę. Potem z bliska strzelili mu w głowę z jego własnego pistoletu.

Johannes zamknął oczy. Było zupełnie cicho, a mimo to miał wrażenie, jakby ktoś wrzeszczał mu prosto do ucha. W piersi i w gardle czuł ucisk, jakiego nie zaznał już od wielu, wielu lat. Boże, ileż to czasu minęło, odkąd ostatnio płakał? Kiedy urodziła się jego córka? Ale nie mógł przestać mówić, musiał dokończyć to, co zaczął.

– Pewnie się zastanawiasz, w jaki sposób Nestor dostał się do waszego domu.

Wstrzymał oddech. Wydało mu się, że chłopak też przestał oddychać. W uszach miał tylko pulsowanie krwi.

– Ktoś przyuważył, jak rozmawiam z twoim ojcem, a Nestor uznał, że policja miała trochę za dużo szczęścia w związku z kilkoma transportami, które udało się jej przechwycić. Wyparłem się wszystkiego. Powiedziałem, że twojego ojca znam tylko trochę, bo próbował jedynie wyciągnąć ze mnie informacje. Ale Nestor stwierdził, że skoro twój ojciec sądził, że mogę być potencjalnym informatorem, to mogę też podejść pod drzwi domu i nakłonić go, żeby otworzył. To byłby dowód na to, wobec kogo jestem lojalny...

Johannes usłyszał, że chłopak znów zaczął oddychać. Szybko. Głęboko.

– Twój ojciec otworzył. Do własnego informatora trzeba mieć zaufanie, no nie?

Wyczuł ruch, lecz nic nie usłyszał ani nie zobaczył, dopóki nie dosięgnął go cios. A kiedy leżał na podłodze, czując metaliczny smak krwi, ząb w przełyku, słuchając krzyku chłopaka, potem odgłosu otwieranych drzwi celi, wołania strażników, ciosów i brzęku kajdanek, myślał o zaskakującej szybkości i zwinności tego ciała. O precyzji i sile uderzenia tego ćpuna. I o wybaczeniu. O wybaczeniu, którego nie uzyskał. I o czasie. O mijających sekundach. O zbliżającej się nocy.

8

Arild Franck w swoim porsche cayenne najbardziej lubił dźwięk. A raczej brak dźwięku. Silnik V8 o pojemności 4,8 litra wydawał z siebie szum mniej więcej taki, jak maszyna do szycia jego matki – pamiętał go z okresu dorastania w Stange pod Hamar. Również tamten odgłos był odgłosem ciszy. Milczenia, spokoju i koncentracji.

Otworzyły się drzwi po stronie pasażera i do środka wsiadł Einar Harnes. Franck nie wiedział, gdzie młodzi adwokaci z Oslo kupują garnitury, wiedział jedynie, że na pewno nie w tych samych sklepach, do których on chodził. Nigdy zresztą nie widział sensu w kupowaniu jasnych garniturów. Garnitury powinny być ciemne. I kosztować mniej niż pięć tysięcy koron. Różnicę między ceną garniturów Harnesa a jego własnych należało raczej wpłacać na konto oszczędnościowe z myślą o przyszłych pokoleniach, które będą utrzymywać swoje rodziny i dalej budować kraj. Albo przeznaczyć na wczesną przyjemną emeryturę. Ewentualnie na porsche cayenne.

– Słyszałem, że on siedzi w izolatce – powiedział Harnes, kiedy samochód oderwał się od krawężnika przed pobazgranym przez grafficiarzy wejściem do kancelarii adwokackiej Harnes i Fallbakken.

– Pobił współwięźnia – odparł Franck.

Harnes uniósł wypielęgnowane brwi.

– Gandhi wdał się w bójkę?

– Trudno przewidzieć, co wymyśli narkoman. Ale już od czterech dni jest bez prochów, więc przypuszczam, że będzie bardzo ustępliwy.

– No tak, słyszałem, że to cecha rodzinna.

– A co takiego słyszałeś? – Franck zatrąbił na ospałą corollę.

– Tylko to, co wszyscy wiedzą. A jest coś więcej?

– Nie.

Arild Franck wyprzedził mercedesa kabrio.

Był wczoraj w izolatce. Właśnie sprzątnięto rzygowiny, a chłopak siedział w kącie skulony pod kocem.

Franck nigdy nie poznał Aba Lofthusa, ale wiedział, że syn poszedł w ślady ojca. Trenował zapasy i jako piętnastolatek zapowiadał się tak obiecująco, że „Aftenposten" wróżyła mu karierę w kadrze narodowej. Teraz siedział w cuchnącej celi, trząsł się jak osika i szlochał jak mała dziewczynka. Na głodzie wszyscy jesteśmy sobie równi.

Zatrzymali się przed budką strażników. Einar Harnes pokazał dowód tożsamości i szlaban się podniósł. Porsche cayenne stanęło na swoim stałym miejscu, a Franck z Harnesem poszli do głównego wejścia, gdzie zarejestrowano przybycie adwokata. Zwykle wicedyrektor prowadził go drzwiami do szatni, żeby uniknąć rejestracji, nie widział bowiem powodu, by kogokolwiek miały zdziwić częste odwiedziny w Państwie adwokata o takiej sławie.

Przesłuchania osadzonych zwykle odbywały się w Budynku Policji, ale tym razem Franck poprosił, by ze względu na zamknięcie więźnia w izolatce załatwiono to na terenie Państwa.

Specjalnie sprzątnięto i przygotowano wolną celę. Przy stole siedzieli policjant i policjantka w cywilu. Franck widział ich już wcześniej, ale nie przypominał sobie nazwisk. Człowiek po drugiej stronie stołu był tak blady, że zdawał się zlewać z białymi ścianami. Siedział ze spuszczoną głową, kurczowo trzymając się krawędzi stołu, jakby pokój się przechylał.

– No, Sonny – powiedział Harnes wesoło, kładąc dłoń na ramieniu chłopaka. – Gotów jesteś zacząć?

Policjantka chrząknęła.

– Pytanie powinno raczej brzmieć, czy już skończył.

Harnes uśmiechnął się do niej niepewnie i uniósł brew.

– Co pani ma na myśli? Chyba nie zaczęliście przesłuchania bez adwokata?

– Powiedział, że nie musimy na pana czekać – oświadczył policjant.

Franck spojrzał na chłopaka. Już przeczuwał kłopoty.

– To znaczy, że się przyznał? – westchnął Harnes, otworzył neseser i wyjął z niego trzy zszyte kartki. – Jeżeli chcecie to na piśmie, to...

– Wprost przeciwnie – przerwała kobieta. – Właśnie zaprzeczył, by miał jakikolwiek związek z tym zabójstwem.

W pomieszczeniu zapadła taka cisza, że Franck usłyszał śpiew ptaków z zewnątrz.

– Co zrobił? – Brwi Harnesa przesunęły się aż do nasady włosów. Franck nie wiedział, co go bardziej wkurza. Wyskubane brwi adwokata czy też powolność w przewidywaniu nadciągającej katastrofy.

– Powiedział coś więcej? – spytał Franck.

Policjantka popatrzyła na zastępcę dyrektora więzienia, potem przeniosła wzrok na prawnika.

– W porządku – zapewnił szybko Harnes. – Chciałem, żeby dyrektor był obecny, na wypadek gdybyście potrzebowali informacji o tej przepustce.

– To prawda, osobiście udzieliłem mu przepustki – potwierdził Franck. – Nic nie wskazywało na to, że będzie miała tak tragiczne skutki.

– I wcale nie wiemy, czy rzeczywiście je miała – zauważyła policjantka. – Skoro podejrzany nie przyznaje się do winy.

– Ale ślady techniczne… – wybuchnął Arild Franck i natychmiast urwał.

– A co wy wiecie o śladach technicznych? – zdziwił się policjant.

– Po prostu założyłem, że jakieś macie – odparł Franck. – W końcu uznaliście go za podejrzanego. Czy nie tak, panie…

– Komisarz Henrik Westad – przedstawił się policjant. – To również ja przesłuchiwałem Lofthusa za pierwszym razem. Ale teraz zmienił wyjaśnienia. Jest nawet przekonany o tym, że ma alibi na czas zabójstwa. Świadka.

– Rzeczywiście ma świadka. – Harnes spojrzał na swojego milczącego klienta. – Strażnika więziennego, który towarzyszył mu na przepustce. Tylko że ten świadek twierdzi, że Lofthus zniknął na…

– Innego świadka – przerwał mu Westad.

– I któż to taki? – burknął Franck.

– Pewien człowiek o imieniu Leif.

– Leif i co dalej?

Wszyscy spojrzeli na długowłosego chłopaka, który przynajmniej pozornie nie słuchał ich ani na nich nie patrzył.

– Tego nie wie – wyjaśnił Westad. – Twierdzi, że rozmawiali tylko przez kilka sekund na miejscu biwakowym przy szosie. Lofthus mówi, że świadek miał niebieskie volvo z nalepką „I love Drammen" i że jego zdaniem ten świadek jest chory. Może serce mu szwankuje.

Franck zaśmiał się szczekliwie.

– Wydaje mi się – powiedział Einar Harnes z udawanym spokojem i schował swoje kartki z powrotem do teczki – że w tym miejscu powinniśmy zakończyć, tak abym mógł naradzić się z klientem.

Franck miał skłonność do śmiechu, kiedy się złościł. A teraz wściekłość kipiała w nim jak w elektrycznym czajniku, musiał więc mocno wziąć się w garść, żeby więcej się nie śmiać. Spojrzał na tak zwanego klienta. Chłopak musiał zwariować. Najpierw pobił starego Haldena, a teraz to. Heroina najwyraźniej w końcu wyżarła jakiś fragment mózgu. Ale nie pozwoli mu niczego popsuć, stawka jest za wysoka. Kilka razy odetchnął głębiej i w wyobraźni usłyszał kliknięcie towarzyszące wyłączaniu się czajnika. Trzeba zachować zimną krew, wziąć trochę na przeczekanie. Niech głód zrobi swoje.

Simon stał na moście Sannerbrua i patrzył na wodę płynącą osiem metrów niżej. Była szósta po południu, a Kari Adel właśnie spytała o zasady regulujące kwestię nadgodzin w Wydziale Zabójstw.

– Nie mam pojęcia – odparł Simon. – Porozmawiaj z kadrową.

– Widzisz coś tam w dole?

Simon pokręcił głową. Wśród liści na wschodnim brzegu rzeki dostrzegał ścieżkę biegnącą wzdłuż wody aż do nowego budynku Opery nad fiordem. Na ławce siedział mężczyzna i karmił gołębie. Emeryt, pomyślał Simon. Człowiek po przejściu na emeryturę zajmuje się takimi właśnie rzeczami. Na zachodnim brzegu stał nowoczesny apartamentowiec z oknami i balkonami wychodzącymi na rzekę i na most.

– No to co my tu robimy? – Kari niecierpliwie tupnęła nogą o asfalt.

– A co, spieszysz się? – spytał Simon, rozglądając się dokoła. Od czasu do czasu w leniwym tempie przejeżdżał samochód. Uśmiechnięty żebrak spytał, czy mogą rozmienić dwustukoronowy banknot. Jakaś para w dizajnerskich okularach przeciwsłonecznych z jednorazowym grillem w siatce przy wózku dziecięcym minęła ich ze śmiechem. Uwielbiał Oslo w okresie urlopowym, kiedy znikali z niego ludzie i znów stawało się jego miastem. Lekko rozrośniętym miasteczkiem, w którym dorastał i w którym nic się nie działo, a każde wydarzenie miało jakieś znaczenie. Miastem, które rozumiał.

– Przyjaciele zaprosili nas na kolację.

Przyjaciele, pomyślał Simon. On też kiedyś miał przyjaciół. Gdzie oni się podziali? Może myśleli to samo o nim. Gdzie on się podział? Nie wiedział, czy potrafiłby udzielić im właściwej odpowiedzi.

Rzeka nie mogła mieć więcej niż pół metra głębokości, w niektórych miejscach z wody sterczały kamienie. W raporcie z sekcji wspomniano o obrażeniach wskazujących na to, że ofiara spadła z pewnej wysokości, co mogło pasować do złamania karku będącego bezpośrednią przyczyną śmierci.

– Stoimy tutaj, ponieważ sprawdziliśmy już oba brzegi rzeki Aker i w górę, i w dół. A to jest jedyne miejsce z dostatecznie wysokim mostem i płytką wodą, żeby tak mocno uderzyć o kamień. Poza tym to most najbliżej schroniska.

– Ośrodka – poprawiła go Kari.

– Próbowałabyś się zabić, skacząc stąd?

– Nie.

– To znaczy, gdybyś już postanowiła odebrać sobie życie.

Kari przestała tupać. Wyjrzała przez balustradę.

– Raczej wybrałabym coś wyższego. Za duże szanse na przeżycie. Na to, żeby skończyć na wózku.

– Ale w takim razie nie wybrałabyś też tego miejsca na zepchnięcie kogoś stąd, gdybyś chciała go zabić.

– Chyba nie. – Ziewnęła.

– Czyli szukamy kogoś, kto najpierw złamał kark Perowi Vollanowi, a dopiero potem zrzucił go stąd do rzeki.

– To jest chyba to, co nazywacie hipotezą.

– Nie. To jest to, co my nazywamy hipotezą. Ta kolacja…

– Tak?

– Zadzwoń i przekaż, że nic z niej nie będzie.

– Bo?

– Musimy się rozejrzeć za potencjalnymi świadkami. Możesz zacząć od dzwonienia po kolei do drzwi tych mieszkań, których balkony wychodzą na rzekę. No i trzeba przeczesać archiwa w poszukiwaniu potencjalnych łamaczy karków. – Simon przymknął oczy i odetchnął głęboko. – Prawda, że Oslo latem jest cudowne?

9

Einar Harnes nigdy nie miał ambicji ratowania świata. Jedynie małej jego cząstki. A konkretnie swojej cząstki. Dlatego studiował prawo. Ale tylko niewielką cząstkę. A konkretnie tę, której potrzebował do zrobienia dyplomu. Znalazł zatrudnienie w kancelarii adwokackiej działającej zdecydowanie na samym dnie palestry Oslo. Pracował dostatecznie długo, by zrobić aplikację, a następnie razem ze starzejącym się i cierpiącym na alkoholizm w lekkim stopniu Erikiem Fallbakkenem otworzył własną kancelarię. Wspólnymi siłami zdefiniowali nowe dno. Przyjmowali najtrudniejsze sprawy, przegrywali wszystkie, ale w jakiś zdumiewający sposób uzyskali coś w rodzaju statusu obrońców najnędzniejszych elementów społeczeństwa. Otworzyło im to dostęp do klienteli, dzięki której kancelaria adwokacka Harnes i Fallbakken, jeśli w ogóle otrzymywała honoraria, to w okolicy dat, kiedy przypadała wypłata zasiłków. Einar Harnes wcześnie pojął, że nie działa w branży sprawiedliwości, lecz stanowi tylko nieco droższą alternatywę dla egzekutorów długów, opieki społecznej i wróżek. Groził pozwami, jeśli za to mu płacono, zatrudniał największych nieudaczników za najniższą stawkę, a na spotkaniach z potencjalnie wypłacalnymi klientami bez wyjątku wróżył wygraną przed sądem. Ale miał klienta będącego jedynym powodem, dla którego kancelaria wciąż utrzymywała się na powierzchni. Klient ten nie miał żadnej teczki w archiwum kancelarii, jeżeli w ogóle totalny chaos panujący w szafach niemal stale przebywającej na zwolnieniu sekretarki można nazwać archiwum. Ale to był dobry płatnik, z reguły uiszczał należność gotówką i rzadko upominał się o faktury. Nie zażąda jej również za te godziny.

Sonny Lofthus siedział po turecku na łóżku, a z oczu wyzierała mu czysta desperacja. Od tamtego osławionego przesłuchania minęło sześć dni, musiały być dla chłopaka bardzo ciężkie. Ale wytrzymał dłużej, niż przypuszczali. Raporty innych osadzonych, z którymi Harnes utrzymywał kontakt, były zaskakujące. Sonny wcale nie próbował zdobyć narkotyków, przeciwnie, odrzucał propozycję dostarczenia mu speedu i haszyszu. Zaobserwowano go na siłowni, w której spędził nieprzerwanie dwie godziny na bieżni, a potem przez godzinę podnosił ciężary. W nocy z jego celi słyszano krzyk. Ale wytrzymywał. Facet, który przez dwanaście lat strzelał sobie w żyłę. Według wiedzy Harnesa udawało się to jedynie tym, którzy zastąpili narkotyki czymś równie silnym, co potrafiło ich stymulować i motywować w takim samym stopniu jak kop ze strzykawki. Lista zamienników nie była długa. Albo religijne objawienie, albo zakochanie, albo narodziny dziecka. I koniec. Krótko mówiąc, jakiś cel nadający życiu inny, nowy sens. Ale możliwe również, że było to ostatnie wynurzenie się tonącego na powierzchnię, zanim ostatecznie pójdzie pod wodę. Einar Harnes miał pewność tylko co do jednego: że jego jedyny dobry klient żąda odpowiedzi. Pomyłka – nie odpowiedzi. Rezultatu.

– Mają dowody techniczne, więc zostaniesz oskarżony i skazany, bez względu na to, czy się przyznasz, czy nie. Po co więc przedłużać tę mękę dłużej, niż trzeba?

Odpowiedzi nie było.

Harnes przeciągnął palcami po zaczesanych do tyłu włosach tak mocno, że aż zabolało.

– Mogę w ciągu godziny skombinować ci torebkę superboya, więc w czym problem? Potrzebny mi jedynie ten podpis. – Palcem wskazującym puknął w trzy kartki formatu A4 leżące na neseserze, który położył sobie na udach.

Chłopak próbował zwilżyć suche, spękane wargi językiem tak białym, że Harnes zadał sobie pytanie, czy przypadkiem nie wydziela się z niego sól.

– Dziękuję. Postaram się to rozważyć.

Dziękuję? Rozważyć? Przecież on proponował temu ćpunowi na głodzie herę! Czyżby chłopak przezwyciężył siłę ciążenia?

– Posłuchaj, Sonny…

– I dziękuję za wizytę.

Harnes pokręcił głową i wstał. Nie wytrwa. Trzeba zaczekać jeszcze jeden dzień, aż czas cudów minie.

Kiedy strażnik już przeprowadził adwokata przez wszystkie drzwi i śluzy i kiedy Einar Harnes stanął w recepcji i poprosił o zamówienie taksówki, myślał o tym, co powie klient. A konkretnie o tym, co klient zrobi, jeśli Harnesowi nie uda się uratować świata.

To znaczy jego cząstki świata.

Geir Goldsrud wychylił się na krześle i zapatrzył w monitor.

– Co on, do jasnej cholery, wyprawia?

– Wygląda tak, jakby chciał kogoś przywołać – stwierdził jeden z pozostałych strażników w pokoju kontrolnym.

Goldsrud patrzył na chłopaka. Długa broda zwisała Sonny'emu na gołą pierś. Stał na krześle przed jedną z kamer monitoringu i zgiętym palcem stukał w obiektyw, bezgłośnie wymawiając jakieś niepojęte słowa.

– Finstad, pójdziesz ze mną. – Goldsrud wstał.

Minęli Johannesa, który szorował korytarz. Scena ta coś przypominała Goldsrudowi. Może coś, co widział na jakimś filmie. Zeszli po schodach na parter, otworzyli drzwi, minęli wspólną kuchnię i ruszyli w głąb korytarza. Tam zastali Sonny'ego siedzącego na krześle, na którym jeszcze przed chwilą stał.

Goldsrud po jego gołym torsie i ramionach poznał, że chłopak niedawno ćwiczył, bo mięśnie i naczynia krwionośne wyraźnie rysowały się pod skórą. Słyszał, że niektórzy z najbardziej zahartowanych narkomanów, którzy dają sobie w żyłę, przed wbiciem igły ćwiczą na siłowni uginanie przedramion z hantlami. Amfetamina i najprzeróżniejsze tabletki swobodnie krążyły po więzieniu, ale Państwo było jednym z nielicznych, a może wręcz jedynym zakładem karnym w Norwegii, gdzie do pewnego stopnia utrzymywano kontrolę nad przemytem heroiny. Mimo to Sonny nigdy chyba nie miał problemów ze zdobyciem tego, czego potrzebował. Z wyjątkiem ostatnich dni. Goldsrud po jego drżeniu poznawał, że chłopak już od pewnego czasu nie dostawał swojego lekarstwa. Nic dziwnego, że był zdesperowany.

– Pomóżcie mi – szepnął Sonny na ich widok.

– Jasne. – Goldsrud puścił oko do Finstada. – Dwa tysiące za ćwiartkę.

To był żart, ale Goldsrud widział, że Finstad nie jest o tym do końca przekonany.

Chłopak pokręcił głową. Miał napięte mięśnie, nawet szyi i karku. Goldsrud słyszał, że Sonny podobno był kiedyś obiecującym zapaśnikiem. Może nie mylili się ci, którzy twierdzili, że mięśnie, jakie człowiek wykształci, zanim skończy dwanaście lat, dadzą się już do końca życia wyćwiczyć w ciągu kilku tygodni.

– Zamknijcie mnie.

– Nie zamykamy przed dziesiątą, Lofthus.

– Bardzo was proszę.

Goldsrud się zdziwił. Zdarzało się, że któryś z osadzonych prosił o zamknięcie w celi, ponieważ się kogoś bał, wszystko jedno, czy ten strach był uzasadniony, czy nie. Strach to dość powszechny produkt uboczny życia kryminalisty. Albo odwrotnie. Ale Sonny był najprawdopodobniej jedynym więźniem w Państwie, który nie miał wśród osadzonych żadnego wroga. Przeciwnie, traktowali go jak świętą krowę. I nigdy nie okazywał żadnych oznak lęku. Jego konstytucja psychiczna i fizyczna najwyraźniej pozwalała mu tolerować narkotyki o wiele lepiej niż większości innych.

Dlaczego więc…

Chłopak zdrapał strup po ukłuciu na przedramieniu i właśnie w tej chwili Goldsrud to sobie uświadomił. Na wszystkich rankach widać było strupki. Sonny nie miał żadnych świeżych śladów. Świadomie przestał się kłuć. Właśnie dlatego chciał, żeby go zamknęli. Walczył z głodem i miał pewność, że następną propozycję przyjmie bez względu na to, na czym będzie polegała.

– Chodź – powiedział Goldsrud.

– Przesuniesz nogi, Simon?

Kefas podniósł wzrok. Stara sprzątaczka była tak maleńka i przygarbiona, że jej głowa ledwie wystawała ponad wózkiem z wiadrem i szmatami. Sprzątała Budynek Policji już wtedy, kiedy Simon zaczął tu pracować lata temu, w poprzednim tysiącleciu. Miała wyraziste opinie i sprzątaczką nazywała zarówno siebie, jak i wszystkich swoich kolegów po fachu bez względu na płeć.

– Cześć, Sissel. Już? – Simon spojrzał na zegarek. Po czwartej. Godziny pracy w Norwegii oficjalnie się skończyły. Kodeks pracy wręcz nakazywał o tej porze powrót do domu dla dobra narodu i ojczyzny. Simona zwykle to nie obchodziło, ale dziś było inaczej. Wiedział, że Else czeka, że już od kilku godzin szykuje obiad, chociaż kiedy on przyjdzie do domu, ona będzie twierdzić, że przyrządziła coś w pośpiechu, z nadzieją, że on nie zauważy bałaganu, porozlewanej wody i innych dowodów na to, że jej wzrok jeszcze się pogorszył.

– Dawno ze mną nie paliłeś, Simon.
– Przerzuciłem się na snus.
– To ta dziewczyna cię do tego nakłoniła. Ciągle nie masz dzieci?
– A ty ciągle nie jesteś na emeryturze, Sissel?
– Wydaje mi się, że ty masz już gdzieś jakieś dziecko, dlatego nie chcesz ich więcej.

Simon uśmiechnął się, patrząc, jak Sissel przeciąga mopem pod jego nogami, i znów zadał sobie pytanie, jak to możliwe, by tak drobne ciało, jakie miała Sissel Thou, zdołało wycisnąć z siebie takie wielkie dziecko. *Rosemary's baby*. Sprzątnął papiery. Sprawę Vollana odłożyli na bok. Nikt w budynku przy Sannerbrua nic nie słyszał, nie zgłosił się żaden inny świadek. Dopóki nie mieli nawet pewności, że mają do czynienia z przestępstwem, sprawie nie można było nadać priorytetu, tak powiedział szef wydziału, który poprosił Simona o poświęcenie następnych dni na „pogrubienie" raportów z dwóch wyjaśnionych spraw zabójstw, bo pani prokurator oświadczyła, że teczki są za „chude". Nie znalazła żadnych błędów formalnych, po prostu zażyczyła sobie pewnego „uwypuklenia szczegółów".

Simon wyłączył komputer, narzucił kurtkę i ruszył do drzwi. W komendzie ciągle obowiązywał czas letni, co oznaczało, że wiele osób spośród tych, które nie wyjechały na urlop, kończyło pracę o trzeciej i w otwartej przestrzeni biurowej tylko tu i ówdzie rozlegał się stukot klawiatury; między starymi ściankami działowymi unosił się zapach rozgrzanego od słońca kleju. Za jedną ze ścianek dostrzegł Kari. Siedziała z nogami na biurku i czytała jakąś książkę. Wsunął głowę do jej boksu.

– Nie masz dzisiaj żadnej kolacji z przyjaciółmi?

Odruchowo zamknęła książkę i popatrzyła na niego z irytacją przemieszaną ze wstydem. Simon zauważył tytuł. *Prawo spółek*. Wiedział, że ona wie, że nie ma żadnych powodów do wyrzutów sumienia z powodu czytania w pracy lektury obowiązkowej na studiach prawniczych, skoro nikt nie miał dość rozumu, by wyznaczyć jej jakieś zajęcie. Taka już była natura rzeczy w Wydziale Zabójstw: nie ma zabójstwa, nie ma roboty. Simon doszedł więc do wniosku, że rumieniec wstydu musiał wynikać ze świadomości, iż ukończone studia prawnicze pozwolą jej stąd odejść, co będzie w jej przekonaniu nielojalnością wobec pracodawcy. A chociaż dobrze wiedziała, że tak naprawdę nie ma powodów do wyrzutów sumienia, mimo wszystko odruchowo zamknęła książkę – z tego musiała wypływać jej irytacja.

– Sam lubi surfować. W ten weekend jest w Vestlandet. Pomyślałam, że poczytam trochę tutaj, zamiast siedzieć w domu.

Simon pokiwał głową.

– Praca policjanta nie zawsze jest tak samo emocjonująca. Nawet w Wydziale Zabójstw.

Spojrzała na niego. Wzruszył ramionami.

– A właściwie szczególnie w Wydziale Zabójstw – skorygował.

– To dlaczego zostałeś śledczym specjalizującym się w zabójstwach?

Zrzuciła buty i podciągnęła bose stopy na krzesło. Trochę tak jakby oczekiwała jakiejś dłuższej odpowiedzi, pomyślał Simon. Przypuszczalnie należała do ludzi, którzy wolą jakiekolwiek towarzystwo od samotności i raczej będą siedzieć w pustej przestrzeni biurowej, licząc na możliwość przebywania z kimś, niż we własnym salonie gwarantującym ciszę i spokój.

– Możesz mi wierzyć albo nie, ale to był bunt – zaczął, przysiadając na brzegu biurka. – Mój ojciec był zegarmistrzem i miał nadzieję, że przejmę po nim zakład. Ale ja nie chciałem być marną kopią ojca.

Kari objęła ramionami swoje długie pająkowate nogi.

– Żałowałeś tego kiedykolwiek?

Simon spojrzał w okno. Na zewnątrz powietrze drżało w upale.

– Niejeden się wzbogacił na sprzedaży zegarków – dodała.

– Ale nie mój ojciec – odparł Simon. – On też nie lubił kopii. Nie chciał ulec modzie na tanie kopie i cyfrowe zegarki z plastiku. Uważał, że to byłoby pójście po linii najmniejszego oporu. Zbankrutował w wielkim stylu.

– No to dobrze rozumiem, dlaczego nie chciałeś zostać zegarmistrzem.

– Mimo wszystko prawie nim byłem.

– Tak?

– Technikiem kryminalistycznym. Ekspertem od balistyki. Od torów lotu kuli itepe. To prawie jak grzebanie w zegarkach. Być może jesteśmy bardziej podobni do tych, którzy nas spłodzili, niż nam się podoba.

– I co się stało? – uśmiechnęła się Kari. – Zbankrutowałeś?

– Hm. – Spojrzał na zegarek. – Bardziej zaczęło mnie interesować „dlaczego" niż „jak". Nie wiem, czy decyzja o tym, żeby zostać śledczym, była słuszna. Kule i rany postrzałowe to o wiele spokojniejsza dziedzina niż ludzki mózg.

– Dlatego przeszedłeś do Økokrim?

– Czytałaś moje CV.

– Trzeba coś wiedzieć o ludziach, z którymi będzie się blisko współpracowało. Miałeś już dość krwi i zabijania?

– Nie, ale bałem się, że Else, moja żona, będzie miała tego dość. Kiedy się ożeniłem, obiecałem jej bardziej stałe godziny pracy i mniej przerażającą codzienność. W Økokrim było mi dobrze. To przypominało powrót do pracy z zegarkami. *À propos* żony... – Wstał z biurka.

– To dlaczego odszedłeś z Økokrim, skoro było ci tam tak dobrze?

Simon uśmiechnął się smutno. Akurat tego nie wpisano do żadnego CV.

– Lasagne. Wydaje mi się, że ona szykuje lasagne. Widzimy się jutro.

– A tak w ogóle to dzwonił do mnie jeden z kolegów z mojego dawnego wydziału. Powiedział, że widział pewnego ćpuna paradującego w koloratce.

– W koloratce?

– Takiej jaką nosił Per Vollan.

– I co zrobiłaś z tą informacją?

Kari znów otworzyła książkę.

– Nic. Powiedziałam mu, że sprawa jest umorzona.

– Nie ma priorytetu. Dopóki ewentualnie nie pojawią się nowe informacje. Jak się nazywa ten ćpun i gdzie go szukać?

– Gilberg. W schronisku.

– W ośrodku. Może byś tak sobie zrobiła przerwę w czytaniu?

Kari z westchnieniem zamknęła książkę.
– A co z lasagne?
Simon wzruszył ramionami.
– Zadzwonię do Else, ona zrozumie. A lasagne najlepiej smakują odgrzane.

10

Johannes wylał brudną wodę z wiadra do zlewu i odstawił szczotkę do schowka. Umył wszystkie korytarze na pierwszym piętrze i pokój kontrolny. Tęsknił za książką w celi. *Śniegi Kilimandżaro*. To był zbiór opowiadań, ale on na okrągło czytał tylko jedno. O mężczyźnie, któremu w nogę wdała się gangrena i który wie, że umrze. I o tym, że świadomość tego nie czyni go ani lepszym, ani gorszym człowiekiem, a jedynie jaśniej widzącym, bardziej szczerym i trochę mniej cierpliwym. Johannes nigdy nie był molem książkowym. To więzienny bibliotekarz podsunął mu tę książkę, a ponieważ od czasów, gdy pływał między Liberią a Wybrzeżem Kości Słoniowej, Johannes interesował się Afryką, z zapamiętaniem wracał do tych niewielu stron opowiadających o pozornie lekko rannym, a mimo to umierającym w namiocie na sawannie człowieku. Pierwszy raz tylko przerzucił strony, teraz czytał powoli, słowo po słowie, szukając czegoś, chociaż sam nie do końca wiedział, co to miałoby być.
– Cześć.
Johannes się odwrócił.
To „cześć" Sonny'ego było jedynie szeptem, a postać z zapadniętymi policzkami i szeroko otwartymi oczami, która stanęła przed Johannesem, była tak blada, że niemal przezroczysta. Jak anioł, pomyślał Johannes.
– Dzień dobry, Sonny. Słyszałem, że trafiłeś do izolatki. Jak się czujesz?
Sonny wzruszył ramionami.
– Masz niezły lewy prosty, chłopcze. – Johannes wyszczerzył zęby i wskazał szczerbę.

– Liczę, że mi wybaczysz.

Johannes przełknął ślinę.

– To ja potrzebuję wybaczenia, Sonny.

Stali, patrząc na siebie. Johannes zauważył, że Sonny obserwuje korytarz. Czekał.

– Uciekniesz razem ze mną, Johannes?

Johannes się nie spieszył. Próbował poprzestawiać słowa w tym zdaniu, żeby sprawdzić, czy może mieć inny sens, aż w końcu spytał:

– O co ci chodzi? Ja nie chcę uciekać. Poza tym nie mam gdzie się podziać. Zaraz i tak znów by mnie zwinęli.

Sonny nie odpowiedział, ale w oczach miał taką desperację, że Johannesowi po chwili zaczęło się rozjaśniać w głowie.

– Ty chcesz… chcesz, żebym wyszedł i zorganizował ci boya?

Sonny wciąż nie odpowiadał, tylko intensywnym, dzikim wzrokiem dalej przytrzymywał oczy starego. Biedny chłopak, pomyślał Johannes. Przeklęta heroina!

– Dlaczego pytasz właśnie mnie?

– Bo ty jako jedyny masz dostęp do pokoju kontrolnego i możesz to zrobić.

– Pomyłka. Jestem jedynym, który ma dostęp do pokoju kontrolnego, i dzięki temu wiem, że tego nie da się zrobić. Drzwi można otworzyć tylko za pomocą odcisków palców, które mają autoryzację w bazie danych, a tam, mój drogi, już nie jestem wpisany. I nie zostanę wpisany, jeżeli nie złożę wniosku w czterech egzemplarzach. Widziałem je.

– Wszystkie drzwi zamyka się i otwiera z pokoju kontrolnego.

Johannes pokręcił głową, rozejrzał się, upewnił, czy wciąż są na korytarzu sami.

– Nawet jak się stąd wyjdzie, to i tak przy wyjeździe z parkingu siedzą strażnicy w budce. Każą się wylegitymować każdemu, kto przychodzi i wychodzi.

– Absolutnie każdemu?

– Tak. Tylko podczas zmiany obsady strażników, rano, po południu i wieczorem, przepuszczają znajome samochody i twarze.

– I pewnie ludzi w mundurach strażników.

– No tak.
– Gdyby więc zdobyć mundur i uciec w porze zmiany?
– A skąd wziąć mundur? – Johannes ścisnął w dwóch palcach podbródek. Szczęka ciągle go bolała.
– Z szafki Sørensena w przebieralni. Włamiesz się do niej śrubokrętem.
Strażnik więzienny Sørensen był na zwolnieniu już od blisko dwóch miesięcy. Załamanie nerwowe. Johannes wiedział, że teraz tę przypadłość nazywają inaczej, ale wciąż chodziło o cholerne poplątanie emocji. Sam przez to przechodził. Pokręcił głową.
– W czasie zmian w szatni jest pełno innych strażników. Rozpoznają mnie.
– To zmień wygląd.
Johannes się roześmiał.
– A czym ja, staruszek, miałbym zagrozić strażnikom?
Sonny podciągnął długą białą koszulę i z kieszeni spodni wyjął paczkę papierosów. Wsunął jednego w spierzchnięte usta i zapalił zapalniczkę. Miała kształt pistoletu. Johannes z namysłem skinął głową.
– Tobie nie chodzi o dragi. Chcesz, żebym na wolności zrobił coś innego, prawda?
Sonny wessał płomyk z zapalniczki w papierosa i wypuścił dym. Zmrużył oczy.
– Zrobisz to?
Ten ciepły, miękki głos.
– A odpuścisz mi grzechy? – spytał Johannes.

Arild Franck dostrzegł ich, kiedy wyłonił się zza zakrętu korytarza. Sonny Lofthus położył dłoń na czole Johannesa, który stał ze spuszczoną głową i zamkniętymi oczami. Wyglądali jak dwa cholerne pedały. Obserwował ich na monitorze w pokoju kontrolnym. Stali tylko i rozmawiali. Franck czasami żałował, że nie zainstalował mikrofonów przy wszystkich kamerach, bo po ich czujnych, rzucanych na boki spojrzeniach wiedział, że nie omawiają obstawiania następnych meczów ligowych. Potem Sonny wyjął coś z kieszeni. Stał obrócony plecami do kamery, więc nie dało się zobaczyć, co to jest. Ale już za moment Franck dostrzegł dym papierosowy unoszący się nad jego głową.

– Hej! Żadnego palenia w moim więzieniu!

Siwowłosa głowa Johannesa poderwała się do góry, Sonny opuścił rękę.

Franck podszedł do nich. Kciukiem wskazał za siebie.

– Idź sprzątać gdzie indziej, Halden.

Odczekał, aż stary znajdzie się poza zasięgiem głosu.

– O czym rozmawialiście?

Sonny wzruszył ramionami.

– Może obowiązuje cię tajemnica spowiedzi? – zaśmiał się szczekliwie Arild Franck. Odgłos odbił się od gołych ścian korytarza. – No i co, Sonny, namyśliłeś się?

Chłopak zgasił papierosa o pudełko. Schował je do kieszeni i podrapał się w przedramię.

– Swędzi?

Nie odpowiedział.

– Przypuszczam, że są gorsze rzeczy niż swędzenie. I chyba gorsze niż głód. Słyszałeś o tym z celi sto dwadzieścia jeden? Myśleli, że się powiesił na haku od lampy. Ale kiedy wykopał stołek spod nóg, pożałował i dlatego tak podrapał sobie szyję. Jak on się nazywał? Gomez? Diaz? Pracował dla Nestora. Ktoś zaczął się niepokoić, że będzie sypać. Nie było żadnych dowodów, tylko lekkie zaniepokojenie, więcej nie potrzebowano. Czy to nie dziwne, że kiedy leżysz w łóżku, w środku nocy nachodzi cię myśl, że jesteś w więzieniu, a najbardziej boisz się tego, że drzwi do celi nie będą zamknięte, że ktoś w pokoju kontrolnym jednym dyskretnym przyciśnięciem guzika może umożliwić dostęp do ciebie całej bandzie zabójców?

Sonny opuścił głowę, ale Franck i tak zauważył krople potu na jego czole. Chłopak pójdzie po rozum do głowy. Powinien. Franck nie lubił zgonów w celach w swoim więzieniu. Zawsze ktoś wtedy marszczył brwi. Bez względu na to, jak prawdopodobny powód takiego zdarzenia się podawało.

– Tak.

Słowo padło tak cicho, że Franck odruchowo się nachylił.

– Tak? – powtórzył.

– Jutro. Jutro dostaniecie to przyznanie się do winy.

Franck założył ręce na piersi i zakołysał się na piętach.

– Świetnie. Wobec tego jutro rano przyjdę razem z panem Harnesem. Tym razem nie próbuj żadnych wygłupów. A kiedy się dzisiaj położysz, to uważnie przyjrzyj się temu hakowi od lampy. Zrozumiano?

Chłopak uniósł głowę i spojrzał w oczy zastępcy dyrektora więzienia. Franck już dawno odrzucił twierdzenie, że oczy są zwierciadłem duszy. Zbyt wiele razy patrzył w niewinnie błękitne oczy osadzonych kłamiących jak z nut. Poza tym to dziwne wyrażenie. Z w i e r c i a d ł o? Logicznie rzecz ujmując, kiedy człowiek patrzy w czyjeś oczy, widzi w nich własną duszę. Może i tak. Czy dlatego tak nieprzyjemnie było patrzeć w oczy temu chłopcu?

Franck się odwrócił. Trzeba się skupiać na tym, co ważne. Nie wdawać się w rozważania, które prowadzą donikąd.

– Tam straszy, to dlatego.

Lars Gilbert szarymi z brudu palcami podniósł do ust cienkiego skręta i zmrużonymi oczami patrzył na dwoje stojących nad nim policjantów.

Simon i Kari poświęcili trzy godziny na odnalezienie go tu, pod mostem Grünerbrua. Rozwiązywanie rebusu rozpoczęli w schronisku Ila, gdzie nikt nie widział go od tygodnia, dalej posuwali się przez kawiarnię Kościelnej Misji Miejskiej na Skippergata, później byli na Plata przy Dworcu Centralnym, która wciąż funkcjonowała jako plac targowy dla narkomanów, i w ośrodku Armii Zbawienia na Urtegata, gdzie skierowano ich nad rzekę w okolice Łosia, posągu wyznaczającego granicę podziału między speedem a heroiną. Po drodze Kari wyjaśniła Simonowi, że to Albańczycy i przybysze z Afryki Północnej przejęli sprzedaż amfetaminy i metamfetaminy wzdłuż rzeki na południe od Łosia aż do mostu Vaterland. Wokół jednej z ławek stało czterech Somalijczyków w mocno naciągniętych na głowę kapturach, mimo wieczornego słońca. Jeden z nich kiwnął głową, kiedy zobaczył zdjęcie, które podsunęła mu Kari. Wskazał na północ, na krainę heroiny, i puszczając do nich oko, spytał, czy na drogę nie przyda im się gram kryształków. Śmiech jeszcze długo towarzyszył Simonowi i Kari idącym ścieżką w stronę Grünerbrua.

– Nie chciałeś mieszkać w Ila, bo uważasz, że tam straszy? – spytał Simon.

– Nie chodzi o to, co uważam. Tak jest. Do cholery, w tym pokoju nie dało się mieszkać, bo już był zajęty. To się czuło od razu po wejściu. Budziłem się w środku nocy i oczywiście nikogo przy mnie nie było, a przecież czułem, że przed chwilą ktoś stał i dyszał mi w twarz. I nie tylko w moim pokoju tak jest, możecie sobie spytać innych. – Gilberg z dezaprobatą popatrzył na wypalonego skręta.

– I wolisz obozować tutaj? – Simon podał mu własną puszkę ze snusem.

– Duchy czy nie duchy, tak naprawdę to nie potrafię wytrzymać w zamknięciu w takich ciasnych pokojach. A to... – Gilberg wskazał na posłanie z gazet i dziurawy śpiwór – to jest świetne miejsce na wakacje. Dach nie przecieka. – Spojrzał na most. – Widok na wodę. Żadnych wspólnych wydatków, daleko do komunikacji publicznej i sklepów. Czego więcej można sobie życzyć? – Wyjął z puszki Simona trzy torebki, jedną wsunął pod górną wargę, dwie pozostałe wepchnął do kieszeni.

– Na przykład posługi pastora? – podsunęła Kari.

Gilberg przekrzywił głowę i zmrużonymi oczami popatrzył na Simona.

– Chodzi o tę koloratkę, którą nosisz – wyjaśnił policjant. – Jak być może wyczytałeś w swoich porannych gazetach, kawałek dalej w rzece znaleziono martwego pastora.

– Nic mi o tym nie wiadomo. – Gilberg wyciągnął torebki ze snusem z kieszeni i odłożył je z powrotem do puszki, zanim oddał ją Simonowi.

– Technikom wystarczy dokładnie dwadzieścia minut na stwierdzenie, że ta koloratka należała do pastora, Lars. A ty będziesz musiał odsiedzieć dwadzieścia lat za zabójstwo.

– Za zabójstwo? Tam nie było nic o...

– Jednak czytasz kronikę kryminalną? Nie żył już, kiedy go wrzucono do rzeki. Świadczą o tym siniaki na skórze. Uderzył o kamienie. A siniaki wyglądają inaczej, kiedy powstają po śmierci, rozumiesz?

– Nie.

– Chcesz, żebym ci to wytłumaczył, czy wolisz raczej, żebym ci opowiedział, jak ciasno jest w więziennej celi?

– Ale ja przecież nie…

– Nawet jako podejrzany musisz się liczyć ze spędzeniem kilku tygodni w areszcie. A tam cele są jeszcze mniejsze.

Gilberg popatrzył na nich w zamyśleniu. Kilka razy mocno possał torebkę ze snusem.

– Czego wy chcecie?

Simon kucnął przed nim. Oddech bezdomnego nie miał zapachu, tylko smak. Słodki zgniły smak owoców spadłych z drzewa i śmierci.

– Chcemy, żebyś nam opowiedział, co się stało.

– Przecież mówię, że nie wiem.

– Nic nie powiedziałeś, Lars. Ale to chyba dla ciebie ważne, żeby nic nie mówić. Dlaczego?

– To tylko ta koloratka. Wypłynęła na brzeg i…

Simon wstał i złapał Gilberga za ramię.

– No, chodź, idziemy.

– Zaczekaj!

Simon go puścił.

Gilberg wbił wzrok w ziemię, ciężko oddychał.

– To byli ludzie Nestora. Ale ja nie mogę… Wiesz, co Nestor robi z tymi…

– Owszem, wiem. A ty wiesz także, że on się dowie o tym, że zostałeś zapisany w rejestrze przesłuchiwanych w komendzie. Dlatego proponuję, żebyś teraz powiedział nam, co wiesz, a ja ocenię, czy możemy na tym poprzestać.

Gilberg wolno pokręcił głową.

– Gadajże, Lars!

– Siedziałem na ławce pod drzewami, tam gdzie ścieżka biegnie pod Sannerbrua, w odległości zaledwie dziesięciu metrów. I dobrze widziałem, co się dzieje na moście. Ale wydaje mi się, że oni mnie nie widzieli. Bo teraz latem liście są gęste, no nie? Było ich dwóch. Jeden przytrzymywał pastora, a drugi objął go ramieniem za czoło. Byłem tak blisko, że widziałem białka oczu pastora. Miał oczy zupełnie białe, jakby to wszystko, co ciemne, schowało się w czaszce. Ale nie wydał z siebie żadnego odgłosu. Jakby wiedział, że to i tak na nic. Facet obrócił jego głowę do tyłu jak jakiś pieprzony kręgarz. Usłyszałem trzask. Nie żartuję. Jakby w lesie pękła jakaś cholerna gałąź. – Gilberg przycisnął palec wskazujący do górnej wargi, dwa razy mrugnął i zapatrzył się przed siebie. – Potem się rozejrzeli. Cholera, właśnie zabili człowieka na samym środku Sannerbrua i w ogóle ich to nie ruszyło. Ale to aż dziwne, jak pusto potrafi być w Oslo w środku lata, no nie? No i przerzucili go przez mur, przy końcu balustrady.

– Zgadza się, w tym miejscu rzeczywiście wystają kamienie – zauważyła Kari.

– Trochę leżał na tych kamieniach, ale w końcu woda go porwała i poniosła dalej. Siedziałem cicho jak mysz pod miotłą, nawet nie drgnąłem. Gdyby te typki zrozumiały, że ich widziałem…

– Ale widziałeś – powiedział Simon. – I siedziałeś tak blisko, że mógłbyś ich zidentyfikować, gdybyś ich zobaczył jeszcze raz.

Gilberg pokręcił głową.

– Nie ma szans. Już zapomniałem, jak wyglądali. Taka jest wada szprycowania się tym, co wpadnie w ręce. Człowiekowi głowa robi się jak sito.

– Chyba miałeś na myśli zaletę? – Simon potarł twarz.

– Ale wiedziałeś, że pracują dla Nestora. – Kari niespokojnie przestąpiła z nogi na nogę.

– Garnitury – wyjaśnił Gilberg. – Oni wszyscy wyglądają identycznie. Jakby ukradli jakąś dużą partię czarnych garniturów przeznaczonych dla Norweskiego Związku Zakładów Pogrzebowych. – Przesunął językiem torebkę ze snusem. – No nie?

– Podwyższamy priorytet sprawy – oświadczył Simon, gdy razem z Kari wracali samochodem do Budynku Policji. – Chcę, żebyś sprawdziła wszystkie ruchy Vollana w dwóch ostatnich dniach przed jego śmiercią. I sporządziła listę wszystkich, absolutnie wszystkich osób, z którymi się kontaktował.

– Jasne – powiedziała Kari.

Minęli klub Blå i zatrzymali się przed tłumem pieszych, wyłącznie młodych ludzi. Hipsterzy wybierający się na koncert, pomyślał Simon i popatrzył na Kubę. Przyjrzał się dużemu ekranowi zawieszonemu na scenie pod gołym niebem, Kari w tym czasie dzwoniła do ojca z informacją, że nie przyjdzie na kolację. Na ekranie puścili czarno-biały film. Zdjęcia z Oslo, chyba z lat pięćdziesiątych ubiegłego wieku. Simon dobrze pamiętał te obrazki z własnego dzieciństwa. Dla hipsterów był to po prostu inny świat, zamierzchła przeszłość, chociaż interesująca, niepozbawiona niewinności i czaru. Słyszał śmiechy.

– Jedno mnie zastanawia – odezwała się Kari, a Simon dopiero wtedy zdał sobie sprawę, że przestała już rozmawiać przez telefon. – Powiedziałeś, że Nestor dowiedziałby się, gdybyśmy zabrali Gilberga na przesłuchanie. Naprawdę tak uważasz?

– A jak ci się wydaje? – Simon dodał gazu, kierując się w stronę Hausmanns gate.

– Nie wiem. Ale zabrzmiało to tak, jakbyś naprawdę tak myślał.

– Nie wiem, co myślałem. To długa historia. Przez wiele lat mówiło się o krecie w policji, który składał raporty bezpośrednio pewnej osobie sterującej dużą częścią rynku narkotyków i handlu ludźmi w Oslo. Ale to było dawno i chociaż wtedy mówili o tym wszyscy, nikt nigdy nie zdołał udowodnić istnienia ani kreta, ani tej pewnej osoby.

– Kim jest ta pewna osoba?

Simon wyjrzał przez boczną szybę.

– Nazywaliśmy go Bliźniak.

– Bliźniak – powtórzyła Kari. – W narkotykowym też o nim mówili. Mniej więcej w taki sam sposób, jak Gilberg mówi o duchach w Ila. Czy on naprawdę istniał?

– O tak. Bliźniak to rzeczywista postać.

– A co z tym kretem?

– No właśnie. Znaleziono list pożegnalny napisany przez policjanta Aba Lofthusa, w którym Lofthus przyznał się, że to on był kretem.

– Czy to nie jest dowód?

– Nie dla mnie.

– Dlaczego?

– Ponieważ Ab Lofthus był najmniej skorumpowanym człowiekiem, jaki kiedykolwiek pracował w policji w Oslo.

– Skąd wiesz?

Simon zatrzymał się na czerwonym świetle przy Storgata. Ciemność zdawała się sączyć z fasad otaczających ich domów, a wraz z ciemnością nadciągały nocne stwory. Szły, powłócząc nogami, stały oparte o ściany przy drzwiach, z których dudniła muzyka. Albo siedziały w samochodach z łokciami wystawionymi przez boczne szyby. Poszukujące wygłodniałe spojrzenia. Myśliwi.

– Ponieważ był moim najlepszym przyjacielem – odparł.

Johannes spojrzał na zegarek. Dziesięć po dziesiątej. Dziesięć minut po zamknięciu cel. Wszyscy inni więźniowie byli już u siebie, jego zamkną ręcznie po zakończeniu sprzątania o jedenastej. Dziwne. Po przesiedzeniu dostatecznie długiego czasu w więzieniu dni zaczynały wydawać się minutami, a dziewczyny w kalendarzu wiszącym w celi nie mogły dotrzymać kroku mijającym miesiącom. Ale ostatnia godzina dłużyła się jak rok. Jak ciężki rok.

Wszedł do pokoju kontrolnego.

Dyżurowało tu trzech funkcjonariuszy, o jednego mniej niż w ciągu dnia. Zajęczały sprężyny krzesła, gdy któryś ze strażników oderwał się od monitorów.

– Cześć, Johannes.

To był Geir Goldsrud. Nogą wysunął kosz na śmieci spod biurka. Zautomatyzowany ruch. Młodszy szef dyżuru, który pomaga starszemu korytarzowemu z zesztywniałym kręgosłupem. Johannes zawsze lubił Geira Goldsruda. Ale wyciągnął z kieszeni pistolet i wycelował nim w twarz strażnika.

– Fajne! Skąd to masz? – zainteresował się drugi ze strażników, blondyn, który grał w trzecioligowej drużynie Hasle-Løren.

Johannes nie odpowiedział, przytrzymując tylko wzrokiem Goldsruda i celując w punkt między jego oczami.

– Mnie przypal. – Trzeci strażnik już włożył papierosa do ust.

– Odłóż to, Johannes – powiedział cicho Goldsrud, nie mrugnąwszy okiem.

Johannes zorientował się, że on już zrozumiał. Już wiedział, że to nie jest żadna śmieszna zapalniczka.

– Zupełnie jak z Jamesa Bonda. Ile za nią chcesz? – Piłkarz wstał i ruszył w stronę Johannesa, żeby przyjrzeć się zapalniczce z bliska.

Johannes wycelował pistolecikiem w jeden z monitorów wiszących pod sufitem i nacisnął spust. Nie bardzo wiedział, czego może się spodziewać. Huk, który rozległ się, kiedy monitor wybuchł i posypało się szkło, zaskoczył go chyba tak samo jak tamtych. Piłkarz zamarł.

– Na podłogę! – Johannes zwykle mówił dźwięcznym barytonem, ale tym razem usłyszał cienki piskliwy głos ogarniętej histerią baby.

Polecenie jednak zadziałało. Świadomość desperata trzymającego w rękach śmiercionośną broń jest bardziej skuteczna niż mocny głos wydający rozkazy. Wszyscy trzej strażnicy osunęli się na kolana i założyli ręce za głowy, jakby mieli to wyćwiczone, jakby trenowali zachowanie w sytuacji, kiedy ktoś im grozi pistoletem. I może rzeczywiście tak było. Nauczyli się, że absolutne posłuszeństwo to jedyne wyjście, a z pewnością jedyne nadające się do zaakceptowania przy takiej pensji.

– Na ziemię! Twarzą do podłogi!

Usłuchali. To było niemal magiczne.

Johannes popatrzył na panel sterowania. Odszukał przycisk otwierający i zamykający drzwi do cel. Potem ten do śluz i wszystkich głównych drzwi. Na koniec ten duży, czerwony, otwierający absolutnie wszystkie drzwi, który miał być użyty w razie pożaru. Wcisnął. Przeciągły pisk zasygnalizował, że więzienie jest otwarte. Przyszła mu do głowy dziwna myśl, że nareszcie znalazł się tam, gdzie zawsze chciał być. Na mostku kapitańskim.

– Nie podnoście głów! – rozkazał. Już bardziej panował nad głosem. – Jeżeli któryś z was spróbuje mnie zatrzymać, ja i moi kumple dobierzemy się do was i do waszych rodzin. Pamiętajcie, chłopcy, że wiem o was wszystko. Trine, Valborg… – Wpatrując się w monitory, dalej wymieniał monotonnym głosem imiona żon i dzieci, mówił, do jakich szkół chodzą, czym się zajmują w czasie wolnym, gdzie mieszkają, wszystkie te informacje, które nagromadziły się w nim przez tyle lat. Kiedy skończył, wyszedł. Zaraz na korytarzu puścił się biegiem. Pociągnął za pierwsze drzwi. Otwarte. Dalej biegł. Serce już uderzało ciężko, nie trenował aż tyle, ile z całą pewnością powinien. Nie trzymał formy. Teraz zacznie ćwiczyć. Drugie drzwi, również otwarte. Nogi odmawiały poruszania się tym samym tempem. Może to rak. Może już wżarł się w mięśnie i je osłabił. Trzecie drzwi prowadziły do śluzy, właściwie niewielkiego pomieszczenia zamkniętego z obu stron kratą. Aby otworzyć jedne drzwi, trzeba było najpierw zamknąć drugie. Zaczekał, aż te pierwsze zamkną się za nim z cichym brzęczeniem, liczył sekundy. Spojrzał na korytarz w stronę szatni strażników. Kiedy wreszcie usłyszał, że drzwi za nim się zatrzaskują, chwycił klamkę, którą miał przed sobą. Nacisnął i pociągnął. Zamknięte.

Do cholery! Znów szarpnął. Drzwi ani drgnęły.

Spojrzał na białą płytkę z czytnikiem wiszącą przy drzwiach. Przycisnął do niej palec wskazujący. Czujnik parę razy błysnął na żółto i zgasł. Zaświecił się inny, czerwony. Johannes wiedział, iż oznacza to, że nie rozpoznał odcisku palca, ale i tak szarpnął za klamkę. Zamknięte. Przegrał. Osunął się na kolana przy drzwiach. W tej samej chwili usłyszał głos Geira Goldsruda:

– Przykro mi, Johannes.

Głos płynął z głośnika wysoko na ścianie i brzmiał spokojnie, wręcz pocieszająco.

– To jest nasza praca. Gdybyśmy mieli przestać ją wykonywać za każdym razem, gdy ktoś grozi naszej rodzinie, to w więzieniach w Norwegii nie byłoby ani jednego strażnika. Uspokój się teraz. Zaraz po ciebie przyjdziemy. Przerzucisz pistolet przez kratę, czy chcesz, żebyśmy najpierw użyli gazu?

Johannes spojrzał na kamerę. Czy mogli dostrzec rozpacz na jego twarzy? Czy też widzieli ulgę? Ulgę, że to się kończy w tym miejscu i że mimo wszystko będzie jak dawniej. Mniej więcej tak jak dawniej. Raczej nie będzie już myć podłóg na piętrze.

Przepchnął złocony pistolet przez kratę. Potem położył się na podłodze, zasłonił głowę rękami i skulił się jak pszczoła, która zadała ostatnie i jedyne użądlenie. Ale kiedy zamknął oczy, nie usłyszał hien, nie znalazł się w samolocie lecącym ku szczytowi Kilimandżaro. Wciąż był nigdzie i żył. Był tutaj.

11

Minęło właśnie wpół do ósmej, a na parking przed Państwem padał poranny deszcz.

– To była tylko kwestia czasu – powiedział Arild Franck, otwierając drzwi do szatni strażników. – Ludzie, którzy odurzają się narkotykami, mają już w punkcie wyjścia słaby charakter. Wiem, że to bardzo nienowoczesny pogląd, ale uwierz mi, napatrzyłem się na nich.

– Byle tylko podpisał, mnie jest wszystko jedno. – Einar Harnes chciał wejść do środka, ale musiał ustąpić z drogi trzem wychodzącym strażnikom. – Mam zamiar sam to uczcić kilkoma kieliszkami środków odurzających dziś wieczorem.

– Tak dobrze ci płacą?

– Kiedy zobaczyłem twój samochód, zrozumiałem, że muszę poprosić o podwyżkę. – Ze śmiechem wskazał stojące na parkingu porsche cayenne. – Nazwałem to dodatkiem za trudne warunki pracy, a Nestor powiedział…

– Cicho! – Franck wysunął rękę przed Harnesa, tak aby adwokat przepuścił kolejnych wychodzących. Większość mężczyzn przebrała się w cywilne ubrania, ale niektórym najwyraźniej tak się spieszyło do domu po nocnej zmianie, że biegli do samochodów w zielonych mundurach Państwa. Harnes wyczuł na sobie ostre spojrzenie tego w luźnym płaszczu narzuconym na mundur. Natychmiast się zorientował, że widział już gdzieś tę twarz, wiązał ją z Państwem, przecież tak często odwiedzał ostatnio to miejsce. I chociaż nie potrafił przyporządkować do niej żadnego nazwiska, był pewien, że ów człowiek z całą pewnością potrafi określić jego: adwokat o wątpliwej reputacji, o którym od czasu do czasu pisały gazety w związku z równie wątpliwymi sprawami. Może ten strażnik i inni pracownicy więzienia zaczęli się już nawet zastanawiać, co on tak często robi przy kuchennym wejściu do Państwa. Sytuacji nie poprawiał fakt, iż mogli usłyszeć, że wspomina Nestora...

Przechodzili przez kolejne drzwi, aż wreszcie dotarli do schodów prowadzących na pierwsze piętro.

Nestor wyjaśnił, że muszą dostać to przyznanie się do winy już dzisiaj. Jeżeli śledztwo przeciwko Yngvemu Morsandowi nie zakończy się wkrótce, mogą wyjść na jaw szczegóły, przez które wyznanie Sonny'ego stanie się mniej wiarygodne. Skąd Nestor miał tę informację, tego Harnes nie wiedział ani wiedzieć nie chciał.

Gabinet dyrektora więzienia był, rzecz jasna, największy, ale ten, w którym urzędował zastępca, miał widok na meczet i wzgórze Ekeberg. Znajdował się na końcu korytarza i zdobiły go paskudne obrazy stworzone przez młodą artystkę, która specjalizowała się w malowaniu kwiatów i opowiadaniu kolorowej prasie o własnym libido.

Franck wcisnął guzik interkomu i poprosił o przyprowadzenie do gabinetu więźnia z celi trzysta siedemnaście.

– Milion dwieście – powiedział Franck.

– Założę się, że połowa jest za ten znaczek porsche na masce – orzekł Harnes.

– W każdym razie druga połowa idzie na opłaty dla państwa. Mówię o państwie przez małe „p". – Franck westchnął i ciężko usiadł na obrotowym krześle z wyjątkowo wysokim oparciem. Na tronie, pomyślał Harnes.

– Ale wiesz co? Uważam, że to w porządku. Właściciele porsche powinni, do cholery, dorzucać się do wspólnej kasy.

Ktoś zapukał do drzwi.

– Proszę! – zawołał Franck.

Do gabinetu wszedł funkcjonariusz z czapką pod pachą i bez przekonania oddał honory. Harnes czasami zastanawiał się, w jaki sposób Franckowi udało się nakłonić pracowników nowoczesnego zakładu pracy do zaakceptowania wojskowych rytuałów. Jakie jeszcze inne reguły musieli przełknąć?

– O co chodzi, Goldsrud?

– Idę już do domu i chciałem tylko spytać, czy ma pan jakieś pytania odnośnie do raportu z dzisiejszej nocy.

– Jeszcze do niego nie dotarłem. Coś ważnego, skoro tu przyszedłeś?

– Niezbyt, ale doszło do próby ucieczki, jeśli można to tak nazwać.

Franck złączył dłonie i uśmiechnął się szeroko.

– Cieszę się, że osadzeni wykazują inicjatywę i siłę woli. Kto i w jaki sposób?

– Johannes Halden z celi numer dwieście...

– Dwieście trzydzieści osiem. Ten stary? Naprawdę?

– Zdobył gdzieś coś w rodzaju pistoletu. Chyba mu odbiło. Chciałem tylko powiedzieć, że to nie wyglądało wcale tak dramatycznie, jak może wynikać z raportu. Jeśli chce pan usłyszeć moje zdanie, to byłbym za jakąś łagodną reakcją. Facet przez tyle lat tak się starał i...

– To niegłupie poświęcić czas na zdobycie czyjegoś zaufania, żeby potem móc go zaskoczyć. Bo chyba właśnie do tego doszło?

– To znaczy...

– Próbujesz mi powiedzieć, że dałeś się oszukać, Goldsrud? Jak daleko się przedostał?

Harnes trochę cierpiał razem ze strażnikiem, który przesuwał palcem po spoconej górnej wardze. Zawsze współodczuwał z tymi, którzy mieli kłopoty. Łatwo mu było się z nimi identyfikować.

– Do śluzy. Ale realnego zagrożenia, że się stąd wydostanie, nie było, chociaż miał pistolet. W budce strażniczej są kuloodporne szyby, otwory strzelnicze i...

– Bardzo ci dziękuję za tę informację, ale w dużej mierze sam zaprojektowałem to więzienie, Goldsrud. Obawiam się, że masz słabość do tego osadzonego. Trochę za bardzo się z nim zbratałeś. Nie powiem nic więcej, dopóki nie przeczytam tego raportu. Ale przygotuj swoją zmianę na nieprzyjemne pytania. Jeśli chodzi o Haldena, nie możemy okazywać mu litości, bo nasi pensjonariusze wykorzystają każdą oznakę naszej słabości. Zrozumiano?

– Zrozumiano.

Rozdzwonił się telefon.

– Możesz iść – powiedział Franck i sięgnął po słuchawkę.

Harnes spodziewał się kolejnego salutowania i zwrotu przez ramię, ale Goldsrud wyszedł z gabinetu jak cywil. Adwokat nie spuszczał z niego wzroku, dlatego aż się przestraszył, kiedy Arild Franck wrzasnął:

– Co, do jasnej cholery, rozumiesz przez to, że go nie ma?

Franck wpatrywał się w zaścielone łóżko w celi trzysta siedemnaście. Przy łóżku stała para sandałów. Na nocnej szafce leżała Biblia, na biurku jednorazowa strzykawka, wciąż w plastikowym opakowaniu, a na krześle biała koszula. To wszystko. Mimo to stojący za Franckiem strażnik niepotrzebnie powtórzył:

– Nie ma go tutaj.

Franck spojrzał na zegarek. Do otwarcia cel wciąż pozostawało czternaście minut. Więzień nie mógł się zatem znajdować w którymś z pomieszczeń dziennego pobytu.

– Musiał wyjść, kiedy Johannes w nocy otworzył z pokoju kontrolnego wszystkie drzwi. – Goldsrud stanął w progu.

– O Boże – szepnął Harnes i starym zwyczajem dotknął palcem nasady nosa, na którym zwykle tkwiły okulary, aż do zeszłego roku, kiedy zapłacił piętnaście tysięcy koron w gotówce za laserową operację w Tajlandii. – Jeżeli on uciekł...

– Zamknij się! – warknął Franck. – Nie mógł minąć budki strażników. Wciąż musi gdzieś tu być. Goldsrud, uruchom pełny alarm! Zamknij wszystkie drzwi, tak żeby nikt nie mógł wyjść ani wejść.

– Dobrze, ale moje dzieci idą...

– Ty też zostajesz.

– A co z policją? – spytał któryś z funkcjonariuszy. – Nie trzeba ich zawiadomić?

– Nie! – krzyknął Franck. – Lofthus ciągle jest w Państwie, mówię wam! Nikomu ani słowa!

Arild Franck patrzył na starego. Zamknął za sobą drzwi do celi, dopilnowawszy uprzednio, by z drugiej strony nie stał żaden ze strażników.

– Gdzie jest Sonny?

Johannes leżał na łóżku i przecierał zaspane oczy.

– Nie ma go u siebie w celi?

– Cholernie dobrze wiesz, że nie.

– No to pewnie uciekł.

Franck nachylił się, złapał starego za koszulkę i przyciągnął go do siebie.

– Zetrzyj z gęby ten uśmiech, Halden! Wiem, że strażnik na bramce niczego nie widział, więc on musi być gdzieś tutaj. A jeśli mi o tym nie powiesz, to możesz zapomnieć o leczeniu tego raka. – Zauważył zdumienie starego. – Owszem, wiem, że lekarz ma obowiązek dochowania tajemnicy, ale ja mam oczy i uszy wszędzie. No i jak? – Puścił Johannesa, który z powrotem opadł na poduszkę.

Stary przygładził rzadkie włosy i podłożył ręce pod głowę. Chrząknął.

– Wiesz co, szefie? W zasadzie uważam, że żyję już dostatecznie długo. Na zewnątrz nic mnie nie czeka. A moje grzechy zostały odpuszczone. Więc może po raz pierwszy trafia mi się jakakolwiek szansa na to, żeby mnie wpuścili tam na górę. Może powinienem ją wykorzystać, skoro wciąż ją mam.

Arild Franck zacisnął szczęki tak mocno, że plomby w zębach zdawały się pękać.

– A ja myślę sobie, Halden, że nie możesz liczyć na odpuszczenie ani jednego z twoich cholernych grzechów. Bo tutaj to ja jestem bogiem, a ja ci obiecuję długie umieranie w męczarniach. Załatwię to tak, że będziesz się skręcał z bólu, a nie zobaczysz nawet cienia środka przeciwbólowego. I nie będziesz pierwszy, który tego zazna.

– Wolę to niż piekło, do którego ty trafisz, szefie.

Franck nie był pewien, czy charkot, który wydobył się z gardła starego, był śmiertelnym rzężeniem, czy śmiechem.

W powrotnej drodze do celi numer trzysta siedemnaście Franck przez krótkofalówkę sprawdził, czy nadal nie odnaleziono Sonny'ego Lofthusa. Wiedział, że ma zaledwie kilka minut, zanim będzie musiał ujawnić, że poszukują zbiegłego więźnia.

Wszedł do jego celi, ciężko usiadł na łóżku i znów powiódł wzrokiem po podłodze, ścianach i suficie. To niemożliwe, do diabła, niemożliwe. Wziął do ręki Biblię leżącą na nocnym stoliku i rzucił nią o ścianę. Przy upadku na podłogę księga się otworzyła. Wiedział, że Vollan w tej Biblii przemycał do więzienia heroinę. Wpatrywał się w strony, w których wycięto dziurę, w zniszczone wyznania wiary i fragmenty zdań nietworzące już żadnego sensu.

Zaklął i rzucił o ścianę poduszką.

Ona też upadła na podłogę. Franck ze zdziwieniem patrzył na włosy, które się z niej wysypały. Na kępki krótkich rudawych włosów, jak z obciętej brody, ale również kilka długich pasemek. Trącił poduszkę nogą. Ze środka wypadły splątane kosmyki w kolorze popielatoblond.

Strzyżenie. Golenie.

Zaczęło mu się rozjaśniać w głowie.

– Nocna zmiana! – wrzasnął do krótkofalówki. – Sprawdzić wszystkich funkcjonariuszy, którzy zeszli z nocnej zmiany!

Zerknął na zegarek. Dziesięć po ósmej. Już wiedział, co się wydarzyło. I wiedział też, że jest za późno, by cokolwiek z tym zrobić. Wstał i kopnął w krzesło, które stłukło lustro przy drzwiach.

Kierowca autobusu uważnie przyjrzał się strażnikowi więziennemu, który stanął przed nim i zaskoczony patrzył na bilet i na pięćdziesiąt koron, które dostał jako resztę ze stukoronowego banknotu. Kierowca wiedział, że mężczyzna jest strażnikiem, bo spod rozpiętego płaszcza wystawał mundur, w dodatku z przypiętym identyfikatorem. Widniało na nim nazwisko Sørensen nad zdjęciem, na którym mężczyzna nie był ani trochę do siebie podobny.

– Dawno nie jechał pan autobusem? – spytał.

Facet kiwnął dziwacznie ostrzyżoną głową.

– To kosztuje tylko dwadzieścia sześć koron, jeśli się kupi karnet z góry – wyjaśnił kierowca, ale po minie pasażera poznał, że również ta cena wydała mu się dość wysoka. Często widywał taką minę u osób, które od kilku lat nie jechały w Oslo autobusem.

– Bardzo dziękuję – powiedział mężczyzna.

Kierowca ruszył, ale obserwował strażnika w lusterku. Nie bardzo wiedział dlaczego, ale może było coś w głosie tego człowieka.

Tyle ciepła i przejęcia, jakby naprawdę chciał z całego serca mu podziękować. Kierowca patrzył, jak mężczyzna siada i zdziwiony wygląda przez okno, trochę tak jak zagraniczni turyści, którzy od czasu do czasu potrafili zabłąkać się do tego autobusu. Widział, jak wyciąga z kieszeni klucze i przygląda się im, jakby nigdy wcześniej ich nie widział. Z drugiej kieszeni płaszcza mężczyzna wyjął paczkę gumy do żucia.

Potem kierowca musiał już skupić się na drodze.

CZĘŚĆ II

12

Arild Franck stał przy oknie swojego gabinetu. Patrzył na zegarek. Większość zbiegów łapano w ciągu pierwszych dwunastu godzin od ucieczki. Prasie powiedział, że w ciągu dwudziestu czterech, aby móc się pochwalić szybkim działaniem, nawet gdyby przeciągnęło się to nieco ponad dwanaście. Ale mijała już dwudziesta piąta godzina, a oni wciąż nie mieli żadnych śladów.

Przed chwilą wyszedł z dużego gabinetu. Tego bez widoku z okna. Człowiek, który nie miał widoku, poprosił o wyjaśnienie. Dyrektor więzienia był w złym humorze, ponieważ musiał nagle przerwać pobyt na dorocznej konferencji służb więziennych krajów skandynawskich organizowanej w Rejkiawiku. Dzień wcześniej przekazał z Islandii przez telefon, że zamierza skontaktować się z mediami. Dyrektor lubił rozmawiać z dziennikarzami. Franck prosił o jeszcze jedną dobę na ujęcie Lofthusa bez zbędnego hałasu, ale dyrektor od razu stanowczo zaprotestował. Stwierdził, że nie jest to sprawa, którą mogą zachować dla siebie. Po pierwsze, Lofthus to zabójca, należy więc ostrzec opinię publiczną. Po drugie, trzeba zamieścić zdjęcie zbiega w gazetach, aby ludzie pomogli w jego ujęciu.

A po trzecie, musimy zamieścić też twoje zdjęcie, pomyślał Franck. Żeby twoi przyjaciele politycy widzieli, że tu się pracuje, a nie tylko kąpie w Błękitnej Lagunie, popijając drinka Czarna Śmierć.

Franck usiłował tłumaczyć dyrektorowi, że fotografie w gazetach niewiele pomogą, bo zdjęcia Sonny'ego Lofthusa, którymi dysponowali, pochodziły sprzed dwunastu lat, a on już wtedy nosił brodę i długie włosy. Natomiast zdjęcia z kamer monitoringu już po tym, jak się ostrzygł i ogolił, były tak ziarniste, że nie dało się ich wykorzystać. Ale dyrektor i tak się uparł wdeptać nazwę Państwa w błoto.

„Policja go ściga, Arild, rozumiesz więc chyba, że to tylko kwestia godzin, zanim zadzwoni do mnie ktoś z mediów i spyta, dlaczego tego nie upubliczniono i czy Państwo ukrywało prawdę również o innych zbiegłych więźniach. W takich wypadkach wolę być tym, który płaci za połączenie".

Dziś dyrektor zadał pytanie, w których procedurach zdaniem Francka kryje się potencjał do ulepszeń. Franck doskonale wiedział dlaczego: ta marionetka będzie mogła iść do swoich polityków i przedstawić im pomysły zastępcy jako własne. Pomysły człowieka z widokiem. A jednak je przekazał. Na przykład pomysł czujnika rozpoznającego głos zamiast czytnika odcisków palców i zaspawane opaski na kostki u nóg z niezniszczalnymi czipami. Koniec końców, istniały rzeczy, które Franck cenił wyżej niż własną osobę. Do nich właśnie należało Państwo.

Arild Franck popatrzył na wzgórze Ekeberg skąpane w porannym słońcu. Niegdyś była to słoneczna strona dzielnic robotniczych. Dawniej marzył o tym, aby było go stać na kupno niewielkiego domku w tej okolicy. Teraz miał wielki dom w jednej z droższych części Oslo, ale nie porzucił marzeń o tamtym małym domku.

Nestor przyjął wiadomość o ucieczce więźnia z pozornym spokojem. Ale Francka nie martwił brak spokoju u tych ludzi – przeciwnie, podejrzewał, że największy spokój ogarniał ich wtedy, gdy podejmowali decyzje z jednej strony tak okrutne, że na myśl o nich krew krzepła mu w żyłach, a z drugiej kierujące się logiką tak prostą i praktyczną, że nie mógł ich nie podziwiać.

„Znajdźcie go" – polecił Nestor. „Albo zatroszczcie się o to, żeby nikt go nie znalazł".

Gdyby udało im się odszukać Lofthusa, mogliby go nakłonić, aby się przyznał do zabójstwa pani Morsand, zanim ktokolwiek inny dobrałby się do niego. Mieli przecież swoje metody. Jeśliby go uśmiercili, nie wykpiłby się od znalezionego w domu Morsandów dowodu technicznego świadczącego przeciwko niemu. No, ale nie dałoby się go wykorzystać w późniejszych sprawach. Tak to wyglądało. Wady i zalety. Chociaż w gruncie rzeczy prosta logika.

– Dzwoni niejaki Simon Kefas – oznajmiła Ina przez interkom.

Arild Franck prychnął odruchowo.

Simon Kefas.

Oto ktoś, kto niczego nie ceni wyżej od własnej osoby. Pozbawiony kręgosłupa nieudacznik, który ogarnięty szaleństwem hazardu przeszedł po niejednym trupie. Podobno się zmienił, odkąd spotkał tę kobietę, z którą się związał. Nikt jednak lepiej niż zastępca dyrektora więzienia nie był świadom, że daleko od siebie się nie ucieknie, no i przecież Franck wiedział o Simonie Kefasie to, co powinien wiedzieć.

– Powiedz, że mnie nie ma.

– On chciałby się z tobą spotkać dzisiaj, ale później. Chodzi o Pera Vollana.

– O Vollana? Jeszcze nie umorzyli tej sprawy jako samobójstwa? – Franck ciężko westchnął i spojrzał na leżącą na biurku gazetę. Pisano o ucieczce więźnia, ale przynajmniej na pierwszej stronie nie było żadnej wzmianki. Prawdopodobnie dlatego, że redakcja nie dysponowała dobrym zdjęciem uciekiniera. Te sępy pewnie chcą zaczekać na portret pamięciowy, na którym zbiegły zabójca będzie wyglądał odpowiednio diabolicznie. No to się rozczarują.

– Arild?

Niewypowiedziana reguła pozwalała Inie w sytuacjach bez świadków zwracać się do niego po imieniu.

– Ustal jakąś godzinę. Ale nie dawaj mu więcej niż trzydzieści minut.

Mrużąc oczy, spojrzał na meczet. Wkrótce minie dwadzieścia pięć godzin.

Lars Gilberg podszedł o krok bliżej.

Chłopak leżał na rozłożonym kartonie, przykryty długim płaszczem. Zjawił się dzień wcześniej i usiadł w krzakach rosnących między ścieżką a budynkami z tyłu. Tylko siedział, milczący i nieruchomy, jakby bawił się w chowanego z kimś, kto w ogóle go nie szukał. Wprawdzie przechodzili tędy dwaj umundurowani policjanci, którzy przyglądali się na przemian Gilbergowi i zdjęciu trzymanemu w ręce, ale poszli dalej.

Wieczorem zaczęło padać, wtedy chłopak wyszedł z krzaków i położył się pod mostem. Nie pytając o pozwolenie. Nie, żeby go nie dostał, ale po prostu nie spytał. No i jeszcze ta druga rzecz. Był w mundurze. Lars Gilberg nie miał pewności, co to za mundur; zwolnili go z wojska, zanim zdążył zobaczyć jakikolwiek inny oprócz zielonego munduru oficera komisji uzupełnień. Usłyszał jedynie: „Niezdolny do służby". Czasami zastanawiał się, czy w ogóle jest zdolny do czegokolwiek, a jeśli tak, to czy kiedykolwiek dowie się do czego. Może tylko do tego. Do zdobywania pieniędzy na narkotyki i przeżycia pod mostem.

Tak jak teraz.

Chłopak spał, oddychał równo. Lars Gilberg zbliżył się jeszcze o krok. Coś w sposobie poruszania się i kolorze skóry tego chłopca mówiło mu, że to heroinista. A w takim razie mógł mieć coś przy sobie.

Gilberg podszedł tak blisko, że już widział drganie powiek chłopaka, jakby zasłonięte nimi gałki oczne poruszały się i obracały. Przykucnął, ostrożnie rozsunął poły płaszcza i sięgnął do kieszonki na piersi munduru.

Reakcja nastąpiła tak szybko, że Lars nawet jej nie zauważył. Dłoń chłopaka zacisnęła się na jego nadgarstku i moment później Lars już klęczał z twarzą przyciśniętą do mokrej od deszczu ziemi, z ręką wykręconą na plecy.

– Czego chcesz? – usłyszał tuż przy uchu.

Głos nie brzmiał groźnie ani agresywnie, nie było w nim nawet słychać strachu, tylko uprzejme pytanie, niemal tak jakby chłopak chciał się dowiedzieć, czym może służyć. Lars Gilberg postąpił tak jak zwykle, kiedy docierało do niego, że przegrał. Przyznał się, zanim zrobiło się gorzej.

– Ukraść twoje narkotyki. Albo pieniądze.

Dobrze znał chwyt, którym przytrzymywał go chłopak. Nadgarstek przygięty do przedramienia, nacisk na łokieć. Chwyt policyjny. Ale Gilberg wiedział, jak się poruszają tajniacy, jak wyglądają i jak pachną. To zdecydowanie nie był jeden z nich.

– Co bierzesz?

– Morfinę – wyjęczał Gilberg.

– Ile dostaniesz za pięć dych?

– Troszeczkę. Niedużo.

Chwyt się rozluźnił, Gilberg szybko przyciągnął rękę do siebie. Spojrzał na chłopaka i zamrugał na widok banknotu, który tamten mu podsunął.

– Przepraszam, ale to wszystko, czym dysponuję.

– Ale ja nie mam nic na sprzedaż.

– Te pieniądze są dla ciebie. Ja już rzuciłem.

Gilberg zmrużył jedno oko. Jak to się mówi? Że kiedy coś jest zbyt dobre, aby było prawdziwe, z reguły prawdziwe nie jest. Z drugiej jednak strony ten facet mógł być po prostu zwykłym wariatem. Lars szybko wziął od niego banknot i schował do kieszeni.

– Za wynajęcie miejsca do spania – oświadczył.

– Widziałem, że wczoraj przechodzili tędy policjanci – powiedział chłopak. – Często tu chodzą?

– Zdarza się, ale ostatnio aż się od nich roi.

– Nie znasz jakiegoś miejsca, gdzie... gdzie się od nich nie roi?

Gilberg uważnie przyglądał się chłopakowi.

– Jeśli chcesz całkiem uniknąć glin, to oczywiście musisz poprosić o pokój w ośrodku. W Ila. Tam ich nie wpuszczają.

Chłopak w zamyśleniu popatrzył na rzekę i wolno skinął głową.

– Dziękuję ci za pomoc, przyjacielu.

– Nie ma za co – burknął zdumiony Gilberg. Zdecydowanie wariat.

Szaleniec jakby na potwierdzenie zaczął się rozbierać. Gilberg na wszelki wypadek cofnął się o dwa kroki. Chłopak, zostawszy w samych slipach, złożył mundur wraz z koszulą i butami. Gilberg podał mu plastikową torbę, o której pożyczenie został poproszony; trafiły do niej i ubranie, i buty. Torbę chłopak starannie ukrył pod kamieniem w krzakach, w których spędził wczorajszy dzień.

– Przypilnuję, żeby nikt tego nie znalazł – zaofiarował się Gilberg.

– Dziękuję, ufam ci. – Chłopak z uśmiechem zapiął płaszcz aż pod szyję, żeby nie było widać nagiej piersi.

Ruszył ścieżką. Gilberg jeszcze przez chwilę obserwował, jak pod jego bosymi stopami rozpryskują się kałuże na asfalcie.

Ufam ci?

Kompletny wariat.

Martha stała w recepcji ośrodka pomocy społecznej Ila i patrzyła na ekran, na którym widoczny był obraz z kamery monitoringu. A konkretnie na mężczyznę, który spoglądał w obiektyw przed wejściem. Jeszcze nie zadzwonił – nie znalazł dziurki w kawałku pleksi osłaniającym dzwonek. Musieli umieścić tę płytkę z powodu dość powszechnej reakcji na odmowę wstępu do środka i nieotwieranie drzwi: walenie w dzwonek. Martha wcisnęła guzik mikrofonu.

– Słucham, o co chodzi?

Chłopak nie odpowiedział. Martha od razu stwierdziła, że nie jest to żaden z siedemdziesięciu sześciu mieszkańców, bo chociaż w ciągu ostatnich czterech miesięcy przewinęła się ich setka, pamiętała każdą twarz. Od razu jednak zauważyła również, że przybysz to członek grupy docelowej dla Ila, a mianowicie mężczyzna uzależniony od narkotyków. Owszem, wyglądał na czystego, ale o uzależnieniu świadczyła chudość twarzy, drganie w kącikach ust, żałosna fryzura.

Martha westchnęła.

– Szukasz pokoju?

Chłopak kiwnął głową. Przekręciła więc przełącznik otwierający drzwi wejściowe piętro niżej. Krzyknęła do Stine szykującej kanapki któremuś z lokatorów w kuchni za recepcją, żeby ją zastąpiła, i zbiegła na dół. Minęła metalowe drzwi, które można było zamknąć z recepcji na wypadek, gdyby ktoś niepowołany mimo wszystko zdołał pokonać drzwi wejściowe. Chłopak stał tuż za nimi. Płaszcz sięgający do połowy łydek miał zapięty aż po samą szyję. Był bosy, na mokrym odcisku stopy na podłodze Martha zauważyła krew. Ale przywykła już niemal do wszystkiego, więc jej uwagę zwróciło przede wszystkim spojrzenie tego chłopaka. On ją *widział*. Inaczej nie potrafiła tego opisać. Utkwił w niej spojrzenie, a ona dostrzegła, że chłopak w tej chwili przetwarza wywołane przez nią wrażenie wzrokowe. Może nie było to dużo, ale i tak o wiele więcej niż to, do czego nawykła w Ila. Przez głowę przeleciało jej, że może on jednak wcale nie jest narkomanem, lecz prędko odrzuciła tę myśl.

– Cześć – powiedziała. – No to chodź ze mną.

Ruszył za nią na piętro do sali konferencyjnej mieszczącej się naprzeciwko recepcji. Martha jak zwykle zostawiła drzwi otwarte, żeby Stine i pozostali mogli ją widzieć. Poprosiła go, żeby usiadł, i wyjęła papiery do wypełnienia podczas rutynowej rozmowy przy przyjęciu.

– Jak się nazywasz? – spytała.

Zawahał się.

– Muszę coś wpisać w ten formularz, rozumiesz? – wyjaśniła, otwierając przed nim możliwość, jakiej potrzebowało wielu z tych, którzy tu przychodzili.

– Stig – odparł niepewnie.

– Ładnie. A dalej?

– Berger.

– Wobec tego tak wpisujemy. Data urodzenia?

Podał dzień, miesiąc i rok. Szybko policzyła, że ma skończone trzydzieści lat. Wyglądał na młodszego. Właśnie to było dziwne z narkomanami. Nie sposób odgadnąć ich wieku, a mylić się można w obie strony.

– Ktoś cię tu skierował?

Pokręcił głową.

– Gdzie spędziłeś ostatnią noc?

– Pod mostem.

– Wobec tego zakładam, że nie masz żadnego stałego adresu i nie wiesz, pod który oddział NAV-u podlegasz. Weźmy więc liczbę jedenaście, czyli dzień twoich urodzin, i to będzie… – Spojrzała na jakąś listę. – Oddział w Alna. Miejmy nadzieję, że w swoim miłosierdziu zgodzi się za ciebie zapłacić. Jaki rodzaj narkotyków zażywasz?

Trzymała długopis w pogotowiu, ale chłopak nie odpowiadał.

– Potrzebne mi tylko ulubione danie.

– Rzuciłem.

Odłożyła długopis.

– Tu, w Ila, przyjmujemy jedynie czynnych narkomanów. Mogę zadzwonić i spytać, czy nie znalazłoby się dla ciebie miejsce w schronisku na Sporveisgata. Tam jest sympatyczniej niż u nas.

– Chcesz powiedzieć…

– Tak, chcę powiedzieć, że musisz regularnie brać, żeby móc tu mieszkać. – Uśmiechnęła się z rezygnacją.

– A jeśli powiem, że skłamałem, bo sądziłem, że łatwiej dostać tu pokój, kiedy się nie bierze?

– Całkiem niezłe wytłumaczenie. Ale teraz nie masz już drogi odwrotu, muszę coś wpisać.

– Heroina – oświadczył.

– I?

– Tylko heroina.

Zakreśliła odpowiednią kratkę, chociaż wątpiła, by to była prawda. W Oslo nikt już nie brał wyłącznie heroiny. Wszyscy łączyli narkotyki, z tego prostego powodu, że jeśli wymieszało się już rozcieńczoną heroinę dostępną na ulicy z benzodiazepinami, na przykład z rohypnolem, dostawało się więcej za te same pieniądze, zarówno pod względem mocy, jak i długości odlotu.

– Dlaczego chcesz tu zamieszkać?

Wzruszył ramionami.

– Chcę mieć dach nad głową.

– Jakieś szczególne choroby albo ważne lekarstwa?

– Nie.

– Masz jakieś plany na przyszłość?

Spojrzał na nią. Ojciec Marthy Lian zwykł mówić, że spojrzenie człowieka skrywa jego historię i można się nauczyć ją odczytywać. Ale nie da się odczytać przyszłości. O przyszłości nic nie wiemy. Mimo to Martha często miała wracać do tego momentu i zadawać sobie pytanie, czy mogła lub czy powinna umieć z oczu człowieka, który przedstawił się jako Stig Berger, wyczytać coś na temat jego planów na przyszłość.

Pokręcił głową i kręcił nią dalej, słuchając pytań o pracę, wykształcenie, wcześniejsze przypadki przedawkowania, zakażenia krwi i problemy psychiczne. Na koniec wyjaśniła, że wszystkich pracowników obowiązuje dochowanie tajemnicy, więc nikomu nie wyjawią, że tu mieszka, lecz gdyby chciał, mogłaby wpisać nazwiska osób, które mimo wszystko za jego zgodą uzyskałyby informację o nim, gdyby skontaktowały się z ośrodkiem.

– Mogą się odezwać na przykład twoi rodzice, przyjaciele albo dziewczyna.

– Nie mam nikogo takiego – uśmiechnął się.

Martha Lian słyszała taką odpowiedź mnóstwo razy. Tyle że nie robiła już na niej wrażenia. Jej psycholog nazwał to *compassion fatigue* – zmęczenie współczuciem – i wyjaśnił, że dolegliwość ta w którymś momencie dopada większość ludzi wykonujących tego rodzaju pracę. Marthę martwiło jednak, że ten stan się utrzymuje. Oczywiście zdawała sobie sprawę, że cynizm człowieka martwiącego się własnym cynizmem nie jest może taki wielki, ale mimo wszystko jej siłą napędową zawsze było współczucie. Współodczuwanie. Miłość. A zaczynało jej tego brakować. Dlatego aż się wzdrygnęła, czując, że słowa „nie mam nikogo takiego" podziałały niczym iglica w mechanizmie spustowym i drgnął nieużywany od dawna mięsień.

Zebrała papiery do teczki, zostawiła ją w recepcji i poprowadziła nowego lokatora na parter do niewielkiego magazynu z odzieżą.

– Mam nadzieję, że nie zaliczasz się do paranoików, którzy nie włożą ubrań noszonych wcześniej przez kogoś innego – rzuciła, stając tyłem, kiedy zaczął zdejmować płaszcz, żeby przebrać się w rzeczy, które dla niego wybrała.

Zaczekała na chrząknięcie. Wtedy się odwróciła. Z jakiegoś powodu w jasnoniebieskiej bluzie i dżinsach wyglądał na wyższego i smuklejszego. Nie był też tak chudy, jak wydawał się w płaszczu. Wpatrywał się w zwyczajne niebieskie adidasy.

– Tak – potwierdziła Martha. – Obuwie bezdomnych.

W latach osiemdziesiątych z nadwyżek magazynowych wojska przekazano rozmaitym organizacjom dobroczynnym duże partie takich adidasów i stały się one charakterystycznym znakiem narkomanów i żebraków.

– Dziękuję – powiedział cicho.

Do pierwszej wizyty u psychologa skłonił ją mieszkaniec, który nie podziękował. Było to kolejne brakujące „dziękuję" w długim szeregu takich braków ze strony autodestrukcyjnych osób, mogących mimo wszystko liczyć na jaką taką egzystencję dzięki państwu opiekuńczemu i instytucjom socjalnym, na których wyklinanie poświęcały dużą część swojego życia w okresach przytomności. Martha dostała wtedy ataku wściekłości. Kazała mu iść do diabła, skoro nie podoba mu się grubość jednorazowej igły, którą dostawał gratis. Powiedziała mu, że ma się wynosić do swojego pokoju, za który NAV płaci sześć tysięcy miesięcznie, i dalej wstrzykiwać sobie w żyłę towar finansowany ze sprzedaży skradzionych w sąsiedztwie rowerów. Tamten złożył skargę, dołączając czterostronicową historię swojego cierpienia. Musiała go przepraszać.

– Chodźmy do twojego pokoju – zaproponowała.

Po drodze na drugie piętro pokazała mu łazienki i toalety. Mijali ich idący szybkim krokiem mężczyźni z prochami w oczach.

– Witaj w najlepiej zaopatrzonym centrum zakupu narkotyków w Oslo – powiedziała Martha.

– Tutaj? – zdziwił się chłopak. – Tu wolno handlować?

– To wbrew regulaminowi, ale przecież jeśli bierzesz, to musisz też przechowywać. Mówię ci o tym, żebyś wiedział, ale my się nie mieszamy w to, czy przechowujesz w pokoju jeden gram, czy kilogram. Nie mamy żadnej kontroli nad tym, czym się handluje w pokojach. Wchodzimy jedynie wtedy, gdy podejrzewamy, że ktoś przechowuje broń.

– A przechowuje?

Zerknęła na niego.

– Dlaczego cię to interesuje?

– Chciałem tylko wiedzieć, na ile niebezpieczne jest mieszkanie tutaj.

– Wszyscy nasi dilerzy mają chłopców na posyłki, którzy działają jak egzekutorzy długów i używają wszystkiego – od kijów bejsbolowych po regularną broń palną – żeby ściągnąć dług od współmieszkańców. Kiedy ostatnio pakowałam rzeczy z jednego pokoju, znalazłam pod łóżkiem kuszę.

– Kuszę?

– Owszem. Naładowaną podwodną kuszę Sting 65.

Zaskoczył ją jej własny śmiech, a chłopak też się uśmiechnął. Miał taki dobry uśmiech. Tylu ich było z takimi uśmiechami.

Stanęła przed pokojem trzysta dwadzieścia trzy.

– Zamknęliśmy część pokoi zniszczonych w pożarze, dlatego niektórzy muszą mieszkać po dwóch, dopóki nie naprawimy szkód. Twój kolega z pokoju ma na imię Johnny. Nazywają go Johnny Puma. Cierpi na zespół przewlekłego zmęczenia, więc dni spędza głównie w łóżku. Ale to miły, spokojny gość i raczej nie będziesz miał z nim kłopotów.

Otworzyła drzwi. Zasłony były zaciągnięte, w środku panowała ciemność. Zapaliła światło. Świetlówki na suficie dwa razy zamrugały i w końcu się włączyły.

– Jak tu ładnie – powiedział chłopak.

Martha rozejrzała się po pokoju. Jeszcze nigdy nie słyszała, żeby ktoś z pełną powagą nazwał pokoje w Ila ładnymi. Ale on w sumie miał rację. Co prawda linoleum trochę się przetarło, a błękitne ściany podziurawiono i pobazgrano napisami i rysunkami, których nie dało się wywabić nawet ługiem, ale rzeczywiście było czysto i jasno. Na umeblowanie składało się piętrowe łóżko, komoda i niski stolik z podrapaną łuszczącą się farbą, jednak wszystko całe i funkcjonalne. Powietrze przesycał zapach mężczyzny śpiącego na dolnym łóżku. Nowy chłopak powiedział, że nie przedawkowywał, więc i tak dałaby mu górne. Dolne starali się przydzielać tym w najbardziej oczywisty sposób narażonym na przedawkowanie, bo z dołu łatwiej było przenieść nieprzytomnego na nosze.

– Proszę. – Martha podała mu plastikową kartę-klucz. – To ja będę twoim głównym łącznikiem z ośrodkiem, co oznacza, że jeśli będziesz miał jakąś sprawę, przychodzisz z tym do mnie. W porządku?

– Dziękuję. – Chłopak wziął niebieską plastikową kartę i obejrzał ją uważnie. – Bardzo dziękuję.

13

– Już schodzi! – zawołała recepcjonistka do Simona i Kari siedzących na skórzanej kanapie pod gigantycznym obrazem przedstawiającym przypuszczalnie wschód słońca.

– To samo mówiła dziesięć minut temu – szepnęła Kari.

– Bóg decyduje o tym, która godzina jest w niebie. – Simon wsunął torebeczkę ze snusem pod górną wargę. – Jak myślisz, ile kosztuje taki obraz? I dlaczego wisi akurat tutaj?

– Zakup tak zwanych elementów wystroju do budynków publicznych to ukryte subsydiowanie wytworów miernych artystów z naszego kraju – wyjaśniła Kari. – Kupującym generalnie wszystko jedno, co wisi na ścianach, byle tylko pasowało kolorem do mebli i mieściło się w budżecie.

Simon zerknął na nią z boku.

– Czy ktoś ci już powiedział, że czasami mówisz tak, jakbyś wygłaszała cytaty, których nauczyłaś się w domu na pamięć?

Kari uśmiechnęła się krzywo.

– A zażywanie snusu to marny substytut palenia. Szkodliwy dla zdrowia. Zakładam, że to żona namówiła cię do przejścia na snus, bo jej ubrania śmierdziały dymem.

Simon ze śmiechem pokręcił głową. To musiało być jakieś nowe młodzieżowe poczucie humoru, którego do tej pory nie uchwycił.

– Próba dobra, ale nietrafiona. Poprosiła mnie, żebym rzucił palenie, ponieważ chce mnie mieć przy sobie jak najdłużej. A o snusie nic nie wie, bo przechowuję puszki w pracy.

– Wpuść ich, Anne! – rozległ się grzmiący głos.

Simon spojrzał na śluzę. Stał za nią mężczyzna w mundurze i czapce, która z całą pewnością spodobałaby się prezydentowi Białorusi. Niecierpliwie bębnił palcami w metalowe drzwi.

Simon wstał.

– Zobaczymy, czy jeszcze ich stąd wypuścimy – powiedział Arild Franck.

Z ledwie zauważalnego skrzywienia recepcjonistki Simon wywnioskował, że żart jest już bardziej niż wyświechtany.

– No i jakie to uczucie wrócić do rynsztoka? – spytał Franck, przeprowadzając ich przez śluzę i kierując się korytarzem w stronę schodów. – Ty przecież jesteś w Økokrim. Ale… prawda! Ach, ta moja skleroza! Całkiem zapomniałem, że stamtąd wyleciałeś.

Simon nawet nie próbował się śmiać z tej zaplanowanej złośliwości.

– Przyszliśmy tu z powodu Pera Vollana.

– Słyszałem. Sądziłem, że ta sprawa jest już zamknięta.

– Nie zamykamy spraw, w których brakuje nam odpowiedzi.

– Zaczęliście działać w nowy sposób?

Simon rozciągnął wargi w udawanym uśmiechu.

– Per Vollan w dniu śmierci odwiedzał osadzonych, prawda?

Franck otworzył drzwi do swojego gabinetu.

– Vollan był kapelanem więziennym, więc przypuszczam, że przyszedł wykonywać swoją robotę. Mogę sprawdzić rejestr odwiedzin, jeśli chcesz.

– Owszem, dziękuję. I chętnie byśmy się dowiedzieli, z kim rozmawiał i o której.

– Niestety, takiego rejestru nie prowadzimy.

– Jedno nazwisko w każdym razie już mamy – wtrąciła Kari.

– Ach tak? – Franck usiadł za biurkiem, które towarzyszyło mu przez całą jego karierę. Nie widział powodu, żeby marnotrawić środki publiczne. – Sprawdzę rejestr odwiedzin, a może panienka zechce w tym czasie wystawić filiżanki? Stoją w tamtej szafce. Jeśli oczywiście zamierzacie zabawić dłużej.

– Dziękuję, nie jestem amatorką kofeiny – oświadczyła Kari. – A widział się z Sonnym Lofthusem.

Franck spojrzał na nią z kamienną twarzą.

– Zastanawialiśmy się, czy nie moglibyśmy z nim porozmawiać. – Simon bez zaproszenia usiadł na krześle. Podniósł głowę i zobaczył już czerwieniejącą twarz Francka. – Ach, ta moja skleroza! Przecież on uciekł – dodał.

Widział, że Franck szykuje się do odparowania ciosu, ale go ubiegł:

– Interesuje nas to, ponieważ odwiedziny Vollana zbiegły się w czasie z ucieczką, a przez to ten zgon staje się jeszcze bardziej podejrzany.

Franck pociągnął się za kołnierzyk koszuli.

– Skąd wiecie, że się spotkali?

– Wszystkie protokoły z przesłuchań są umieszczone we wspólnej bazie danych – wyjaśniła Kari, która wciąż stała. – Kiedy szukałam w tej bazie Pera Vollana, zobaczyłam, że jego nazwisko zostało wymienione podczas przesłuchania w związku z ucieczką. Chodzi o osadzonego, który nazywa się Gustav Rover.

– Rover właśnie został zwolniony. Był przesłuchiwany, ponieważ spotkał się z Sonnym Lofthusem tuż przed jego zniknięciem. Chcieliśmy wiedzieć, czy Lofthus nie wyjawił mu o swoich zamiarach czegoś, co dałoby nam jakąś wskazówkę.

– My? Nam? – Simon uniósł siwą brew. – Łapanie zbiegłych więźniów to chyba wyłącznie sprawa policji, nie twoja?

– Lofthus to mój więzień, Kefas.

– Rover najwyraźniej nie potrafił ci pomóc – skonstatował Simon. – Ale w trakcie przesłuchania powiedział, że zaraz po nim do celi Lofthusa przyszedł Per Vollan.

– I co z tego? – Franck wzruszył ramionami.

– Ciekawi jesteśmy, o czym ci dwaj mogli rozmawiać. I dlaczego jeden wkrótce zostaje zabity, a drugi ucieka.

– To mógł być przypadek.

– Naturalnie. Słyszałeś o Hugonie Nestorze, Franck? Nazywanym również Ukraińcem?

– Obiło mi się o uszy to nazwisko.

– A więc słyszałeś. Czy cokolwiek wskazuje na to, że Nestor mógł mieć jakiś związek z tą ucieczką?

– Jak to? Co masz na myśli?

– Albo że pomógł Lofthusowi się wydostać, albo mu groził tu, w więzieniu, więc Lofthus musiał przed nim uciekać.

Franck postukał długopisem o biurko. Zrobił taką minę, jakby się zastanawiał. Simon kątem oka zobaczył, że Kari sprawdza SMS-y.

– Wiem, jak bardzo potrzebujesz sukcesu. Ale niestety, wydaje mi się, że tutaj nie złapiesz grubych ryb – stwierdził Franck. – Sonny Lofthus uciekł samodzielnie.

– O rany! – Simon odchylił się na krześle i złączył dłonie koniuszkami palców. – Narkoman, amator, taki dzieciak uciekł z Państwa zupełnie bez niczyjej pomocy?

Franck się uśmiechnął.

– Założysz się o tego amatora, Kefas? – Uśmiechnął się jeszcze szerzej, kiedy Simon nie odpowiedział. – Ach, ta moja skleroza! Zapomniałem, że ty się już nie zakładasz. Wszystko jedno, mogę ci pokazać tego amatora.

– To jest nagranie z kamer monitoringu. – Franck wskazał dwudziestoczterocalowy monitor. – W tym momencie trzej strażnicy leżą w pokoju kontrolnym twarzami do ziemi, a Halden już otworzył wszystkie drzwi w więzieniu.

Ekran był podzielony na sześć części; każda przedstawiała obraz z innej kamery, filmującej różne fragmenty więzienia, a na samym dole biegł zegar.

– Tutaj idzie Lofthus. – Franck wskazał prostokąt, na którym widoczny był korytarz z celami.

Simon i Kari zobaczyli osobę wychodzącą z celi i biegnącą sztywno w stronę kamery. Mężczyzna był ubrany w luźną białą koszulę, która sięgała mu prawie do kolan, a Simon stwierdził, że gość musiał mieć jeszcze gorszego fryzjera niż on sam. Wyglądał tak, jakby przez głowę przejechała mu kosiarka.

Zniknął z obrazu. I zaraz pojawił się w następnym prostokącie.

– To jest Lofthus w śluzie. W tym czasie Halden wygłasza przemowę o tym, jak rozprawi się z rodzinami strażników, jeśli go zatrzymają. Ale bardziej interesujące jest to, co dzieje się w tej chwili w szatni strażników.

Zobaczyli, że Lofthus pędzi w kierunku pomieszczenia z szafkami, ale zamiast pobiec dalej prosto do następnych drzwi, skręca w lewo w głąb szatni i znika za ostatnim rzędem szafek.

Franck ze złością stuknął w klawiaturę i zegar na dole ekranu się zatrzymał.

– W tym momencie włamuje się do szafki Sørensena, jednego z naszych strażników przebywającego na zwolnieniu. Przebiera się i całą noc spędza w tej szafce. Rano wychodzi i czeka, aż przyjdą inni.

Franck przesunął kursor na zegar i wpisał 07.20. Następnie czterokrotnie zwiększył prędkość odtwarzania. W prostokątach na ekranie zaczęli się pojawiać ludzie w mundurach. Wchodzili do szatni i wychodzili. Drzwi wejściowe bez przerwy otwierały się i zamykały. Strażników nie dało się od siebie odróżnić, dopóki

Franck kolejnym uderzeniem w klawiaturę znów nie zatrzymał obrazu.

– To on – stwierdziła Kari. – Jest w mundurze i płaszczu.

– W mundurze i płaszczu Sørensena – uzupełnił Franck. – Musiał wyjść z szafki przed przybyciem innych, ubrać się i czekać. Siedział na ławce z pochyloną głową i na przykład udawał, że zawiązuje sznurowadła – w tym czasie inni przychodzili i wychodzili. Tutaj jest taka rotacja kadr, że nikt nie reaguje, gdy jakiś nowy trochę za wolno się przebiera. Odczekał, aż zrobi się najbardziej tłoczno, i dopiero wtedy wyszedł. Nikt nie rozpoznał Sonny'ego bez brody i włosów, które obciął w celi i upchnął w poduszce. Nawet ja…

Przyciśnięciem guzika znów uruchomił odtwarzanie, tym razem z normalną prędkością. Zobaczyli, jak chłopak w płaszczu przechodzi przez drzwi akurat w chwili, gdy Arild Franck i ubrany w szary garnitur mężczyzna z włosami zaczesanymi do tyłu wchodzą do środka.

– I strażnik na zewnątrz też go nie zatrzymał?

Franck wskazał prostokąt na samym dole ekranu z prawej strony.

– To jest nagranie z budki strażników. Jak widzicie, samochody i ludzie mijają bramę bez okazywania identyfikatorów. Gdybyśmy podczas zmiany dyżurów mieli się stosować do normalnych procedur, tworzyłyby się duże kolejki. Ale od tej pory będziemy sprawdzać wszystkich wychodzących również w trakcie zmiany.

– No tak, bo do środka chyba mało kto chce się dostać – powiedział Simon.

Nastąpiła chwila ciszy. Słychać było tylko, jak Kari ziewa w reakcji na recykling powitalnego dowcipu Francka.

– Masz więc swojego amatora – podsumował Franck.

Simon nie odpowiedział. Wciąż obserwował plecy człowieka mijającego budkę strażników. Z jakiegoś powodu zaczął się uśmiechać. Uświadomił sobie, że to przez chód. Rozpoznał ten chód.

Martha stała z rękami założonymi na piersi i bacznie przyglądała się stojącym przed nią mężczyznom. Nie mogli to być policjanci z Wydziału Narkotykowego, bo znała ich już chyba wszystkich, a tych dwóch nie widziała jeszcze nigdy.

– Szukamy tylko… – odezwał się jeden, ale dalszy ciąg zdania porwała syrena karetki przejeżdżającej za ich plecami przez Waldemar Thranes gate.

– Słucham? – zawołała Martha. Nie mogła sobie przypomnieć, gdzie już widziała takie czarne garnitury. W jakiejś reklamie?

– Sonny'ego Lofthusa – powtórzył niższy. Miał jasne włosy i nos, który wyglądał na kilkakrotnie złamany. Takie nosy Martha widywała codziennie, przypuszczała jednak, że ten jest wynikiem uprawiania jakiegoś sportu walki.

– Obowiązuje mnie tajemnica, jeśli chodzi o osoby, które tu mieszkają.

Ten drugi, wyższy, a mimo to krępy mężczyzna z czarnymi lokami układającymi się w dziwaczne półkole na głowie, pokazał jej zdjęcie.

– On uciekł z więzienia, i to z Państwa. Jest uważany za bardzo niebezpiecznego dla otoczenia. – Nadjeżdżała kolejna karetka, dlatego mężczyzna nachylił się nad Marthą i krzyknął jej prosto w twarz: – Więc jeśli on tu mieszka, a ty nam tego nie powiesz, to bierzesz na siebie odpowiedzialność, jeżeli coś się stanie! Rozumiesz?

Nie byli z narkotykowego. A to w każdym razie tłumaczyło, dlaczego nigdy wcześniej ich nie widziała. Kiwnęła głową, przyglądając się zdjęciu. Znów na nich spojrzała. Otworzyła usta, żeby coś powiedzieć, ale wiatr rzucił jej ciemne włosy na twarz. Odgarnęła je i spróbowała jeszcze raz, ale wtedy usłyszała za plecami wołanie. To krzyczał stojący u szczytu schodów Toy.

– Martho! Chodź! Burre się zranił! To nie moja wina, naprawdę. Siedzi w kawiarni.

– Latem wywiewa stąd wielu mieszkańców. Wolą nocować w parkach, a wtedy zjawiają się nowi. Niełatwo spamiętać wszystkie twarze… – zaczęła.

– Nazywa się Sonny Lofthus, już mówiłem.

– …i nie każdy uważa za stosowne meldować się pod własnym nazwiskiem. Od naszych klientów trudno wymagać posiadania paszportu czy prawa jazdy, więc rejestrujemy te nazwiska, które podają.

– A nie muszą potwierdzać tożsamości dla NAV-u? – spytał blondyn.

Martha przygryzła dolną wargę.

– Ojej, Burremu krew leci naprawdę mocno!

Mężczyzna z wianuszkiem kręconych włosów położył wielką owłosioną dłoń na nagim ramieniu Marthy.

– Po prostu pozwól, żebyśmy się tu rozejrzeli. Zobaczymy, czy go znajdziemy. – Zauważył jej spojrzenie i szybko zabrał rękę.

– *À propos* tożsamości, czy mogłabym zobaczyć wasze identyfikatory?

Zauważyła, że oczy blondyna mrocznieją. Jednocześnie ręka kudłatego znów się wysunęła i tym razem nie spoczęła na jej ramieniu, tylko się na nim zacisnęła.

– Burre zaraz się wykrwawi! – Toy zszedł już na sam dół, zakołysał się na piętach i wbił w mężczyzn rozmyte spojrzenie. – A co się tutaj dzieje?

Martha wyrwała się z uścisku i wzięła Toya pod rękę.

– No to chodźmy ratować mu życie. Panowie mogą zaczekać.

Ruszyła za Toyem do kawiarni. Przejechała jeszcze jedna karetka, w sumie trzy. Martha wzdrygnęła się mimowolnie.

Odwróciła się jeszcze w drzwiach kawiarni.

Mężczyźni zniknęli.

– Więc ty i Harnes widzieliście Sonny'ego z bliska? – spytał Simon, kiedy Franck odprowadzał jego i Kari na dół.

Franck spojrzał na zegarek.

– Kiedy przechodziliśmy obok, ledwie mignął nam przed oczami młody ogolony mężczyzna z krótkimi włosami i w mundurze. A ten Sonny, którego znaliśmy, miał brudną koszulę, kołtun na głowie i brodę.

– Uważacie więc, że trudno będzie go odnaleźć, skoro tak zmienił wygląd? – zapytała Kari.

– Zdjęcia z kamer monitoringu są rzeczywiście bardzo niskiej jakości. – Arild Franck odwrócił się i wbił w nią wzrok. – Ale go znajdziemy.

– Szkoda, że nie można porozmawiać z tym Haldenem – odezwał się Simon.

– Tak jak mówiłem, przechodzi nagłe pogorszenie. – Franck wpuścił ich do recepcji. – Dam znać, kiedy poczuje się na tyle dobrze, żeby mógł zostać przesłuchany.

– I nie masz pojęcia, o czym ten zbiegły więzień rozmawiał z Perem Vollanem?

Franck pokręcił głową.

– Przypuszczam, że jak zwykle chciał ulżyć swojemu sumieniu. Chociaż właściwie Sonny Lofthus sam się tym zajmował.

– To znaczy?

– Izolował się od innych osadzonych. Był neutralny, nie należał do żadnej frakcji, jakie zawsze tworzą się w więzieniach. I nie mówił. To jest chyba definicja dobrego słuchacza, prawda? Stał się kimś w rodzaju spowiednika więźniów. Kimś, z kim można bezpiecznie porozmawiać o wszystkim. No bo komu mógł to przekazać? Z nikim się nie sprzymierzył, a w więzieniu miał spędzić jeszcze kilka ładnych lat.

– Za jakie zabójstwo siedział? – spytała Kari.

– Za zabójstwo człowieka – odparł cierpko Franck.

– Chodziło mi o…

– Za zabójstwo z rodzaju najokrutniejszych. Uśmiercił młodą Azjatkę i udusił Serba z Kosowa. – Franck otworzył im wejściowe drzwi.

– Aż trudno sobie wyobrazić, że taki niebezpieczny przestępca jest na wolności – powiedział Simon z pełną świadomością, że to, co teraz uprawia, to czysty sadyzm. Nie miał sadystycznych skłonności, ale dla Arilda Francka był gotów zrobić wyjątek. Nie dlatego, że Francka nie dawało się lubić – to uznawał raczej za okoliczność łagodzącą. Nie ze względu na niewywiązywanie się zastępcy dyrektora więzienia ze swoich obowiązków – w komendzie nikt nie miał cienia wątpliwości, że koła w Państwie kręcą się dzięki Franckowi, a nie dzięki facetowi na stanowisku dyrektora. Ale liczba wszystkich pozornie przypadkowych zdarzeń zrodziła podejrzenie, które dręczyło Simona już od tak dawna, że w zasadzie było bliskie najbardziej frustrującej ze wszystkich rodzajów pewności: tej, której nie można udowodnić. Pewności, że Arild Franck jest skorumpowany.

– Daję mu czterdzieści osiem godzin, nadkomisarzu – oświadczył Franck. – On nie ma pieniędzy, nie ma krewnych ani przyjaciół. To samotnik, który przebywał w więzieniu od osiemnastego roku życia. Dwanaście lat. Nic nie wie o świecie na zewnątrz, nie ma dokąd iść, nie ma gdzie się ukryć.

Kari musiała truchtać, żeby dotrzymać Simonowi kroku w drodze do samochodu, a on myślał o tych czterdziestu ośmiu godzinach, akurat o to chętnie by się założył. Rozpoznał bowiem coś u tego chłopca. Nie bardzo wiedział co, może po prostu chód. Ale może chłopak odziedziczył coś jeszcze.

14

Johnny Puma obrócił się w łóżku i popatrzył na swojego nowego kolegę z pokoju. Nie miał pojęcia, kto wpadł na takie określenie. Wiedział jedynie, że w ośrodku pomocy społecznej Ila było ono ze wszech miar mylące. „Wróg z pokoju" pasowałoby o wiele lepiej. Jeszcze nie było mu dane dzielić pokoju z kimś, kto nie próbowałby go okraść i kogo nie próbowałby okraść on sam. Dlatego wszystkie swoje cenne rzeczy, a mianowicie wodoszczelny portfel z trzema tysiącami koron i podwójną torebeczkę z trzema gramami amfetaminy, miał przylepione taśmą klejącą do uda, na tyle owłosionego, że każda ewentualna próba oderwania taśmy wybudziłaby go z najgłębszego nawet snu. Bo życie Johnny'ego Pumy przez dwadzieścia ostatnich lat obracało się właśnie wokół tego: wokół amfetaminy i snu. Postawiono mu większość diagnoz, jakie stosowano od lat siedemdziesiątych, żeby tłumaczyć faceta, który wolał się bawić, zamiast pracować, pić i posuwać dziewczyny, zamiast założyć rodzinę i wychowywać dzieci, a także odurzać się, zamiast wieść śmiertelnie nudne życie w trzeźwości. Ale ostatnia diagnoza się utrzymała. ME. *Myalgic encephalomyelitis*. Chroniczne zmęczenie. Johnny Puma zmęczony? Wszyscy, którzy to słyszeli, wybuchali śmiechem. Johnny Puma, ten ciężarowiec, dusza towarzystwa, najbardziej poszukiwany w Lillesand tragarz, który w pojedynkę potrafił podnieść pianino? Zaczęło się od bolącego biodra – od środków przeciwbólowych, które nie działały, po środki przeciwbólowe, które naprawdę działały. Taki był początek. Teraz dni mijały mu na leżeniu w łóżku, przerywanym krótkimi intensywnymi okresami aktywności, podczas których całą energię musiał poświęcić na zdobycie narkotyku. Albo pieniędzy na spłatę niepokojąco wysokiego długu u schroniskowego barona narkotykowego, Litwina, częściowo zoperowanego transwestyty, który przedstawiał się jako Coco.

Patrzył na postać stojącą przy oknie i widział, że gość szykuje się do tego samego. Do niekończącego się cholernego polowania. Stres. Robota.

– Zaciągniesz zasłony, kolego?

Tamten usłuchał i w pokoju znów zapanował przyjemny półmrok.

– Na czym jeździsz, kolego?

– Na heroinie.

Na heroinie? Tutaj na heroinę mówiło się proszek, hera, hercia, helena. Albo boy. Albo superboy, jeżeli rzecz dotyczyła tego nowego cuda, które można było kupić przy Nybrua od faceta wyglądającego jak ten zaspany krasnoludek z *Królewny Śnieżki*. „Heroina" mówili w więzieniu. Albo początkujący, oczywiście. Chociaż ci naprawdę najświeżsi próbowali raczej takich nazw jak *china white*, *mexican mud* albo innych pierdół z głupich filmów.

– Mogę ci załatwić dobrą tanią heroinę, nie musisz nigdzie chodzić.

Johnny zobaczył, że z postacią w półmroku coś się dzieje. Zaobserwował to już wcześniej. Widział, jak ćpuny na prawdziwym głodzie odlatują, słysząc samą obietnicę narkotyku. Przeprowadzono, zdaje się, jakieś badania, w których rejestrowano zmiany zachodzące w ośrodku mózgu odpowiedzialnym za reakcję na narkotyk już na wiele sekund przed wbiciem igły. Przy czterdziestoprocentowej prowizji od prochów, które mógł kupić od Wodza z pokoju trzysta sześć, starczyłoby mu na trzy albo cztery torebki speedu dla siebie. To lepsze niż znów okradać sąsiadów.

– Nie, dziękuję. Jeżeli chcesz spać, to mogę wyjść.

Głos dochodzący spod okna był tak cichy i miękki, że Johnny nie rozumiał, jak mógł się przebić przez nieustający hałas w Ila, przez odgłosy imprez, krzyk, muzykę, targowanie się i uliczny ruch. Ale ten chłopak chciał się dowiedzieć, czy Johnny będzie spał. Żeby móc go obszukać. I może znaleźć te dragi, które Johnny przykleił sobie do uda.

– J a nigdy nie śpię, tylko zamykam oczy, rozumiesz, kolego?

Facet kiwnął głową.

– Wyjdę – oświadczył.

Gdy tylko drzwi zatrzasnęły się za nowym wrogiem z pokoju, Johnny Puma zerwał się na nogi. Przeszukanie szafek i górnego łóżka zajęło mu dokładnie dwie minuty. Nic. Najmniejszego gówna. Facet nie mógł być aż taki świeży. Wszystko nosił przy sobie.

Markus Engseth się bał.

– Strach cię obleciał? – spytał wyższy z dwóch chłopaków, którzy przed nim stali.

Markus pokręcił głową i przełknął ślinę.

– Przecież widzę, że aż się pocisz ze strachu, tłusta świnio. Czujesz własny smród?

– Zobacz, zaraz się rozpłacze! – zaśmiał się drugi.

Na pewno mieli co najmniej piętnaście lat, może nawet szesnaście. Albo siedemnaście. Markus wiedział jedynie, że są od niego starsi i o wiele więksi.

– Przecież chcemy go tylko pożyczyć. – Wyższy z chłopaków mocno złapał za kierownicę roweru. – Oddamy ci z powrotem.

– Któregoś dnia – zachichotał ten drugi.

Markus spojrzał w okna domów stojących przy cichej ulicy. Czarne ślepe szyby. Zwykle nie chciał być widziany przez nikogo. Wolał być niewidzialny, bo wtedy mógł przemykać się przez furtkę do drzwi pustego żółtego domu. Ale teraz zapragnął, aby gdzieś otworzyło się jakieś okno, a czyjś dorosły głos zawołał, żeby te wielkie chłopaki spadały. Żeby wracały na Tåsen albo do Nydalen czy dokądkolwiek, tam gdzie jest miejsce takich łobuzów. Ale wszędzie panowała cisza. Letnia cisza. Trwały wakacje. Wszystkie inne dzieciaki z ulicy wyjechały do domków letniskowych, nad morze albo gdzieś za granicę. Nie zmieniało to niczego w kwestii zabawy, bo Markus na ogół i tak bawił się sam, ale kiedy człowiek jest mały, czuje się bezpieczniej, gdy otacza go cała gromada jemu podobnych.

Wyższy z tych dwóch wyszarpnął rower z rąk Markusa i chłopiec poczuł, że dłużej nie zdoła mruganiem powstrzymać łez. Przecież ten rower mama kupiła za pieniądze, za które mogli wyjechać gdzieś na wakacje.

– Tata jest w domu – powiedział, wskazując na czerwony dom stojący po drugiej stronie ulicy naprzeciwko tego żółtego, pustego, z którego właśnie wyszedł.

– No to dlaczego go nie zawołasz? – Chłopak na próbę usiadł na rowerze, kilka razy na nim podskoczył i skrzywił się niezadowolony, bo w oponach było mało powietrza.

– Tato! – zawołał Markus, ale sam słyszał, że wypadło to całkiem bez przekonania.

Obaj starsi chłopcy głośno się roześmiali. Ten drugi usiadł na bagażniku. Markus zobaczył, jak opona prawie zsuwa się z felgi.

– Coś mi się wydaje, że ty w ogóle nie masz taty. – Chłopak na bagażniku splunął na ziemię. – Jedź, Herman!

– Przecież próbuję, ale ty trzymasz.

– Wcale nie!

Wszyscy trzej się odwrócili.

Za rowerem stał mężczyzna, przytrzymując rower za bagażnik. Teraz gwałtownie uniósł tylne koło, które zakręciło się w powietrzu, a obaj chłopcy polecieli do przodu. Zleźli z roweru i spojrzeli na mężczyznę.

– Co pan wyprawia, do cholery? – warknął ten większy.

Mężczyzna nie odpowiedział, tylko na nich patrzył. Markus zwrócił uwagę na jego dziwne włosy, symbol Armii Zbawienia na T-shircie i ranki na przedramionach. Zapadła taka cisza, że wydawało mu się, iż słyszy każdego ptaka śpiewającego nad całym Berg. Tamci dwaj chyba też już zauważyli pokłute ręce mężczyzny.

– My tylko chcieliśmy go sobie pożyczyć. – Głos większego brzmiał teraz inaczej, bardziej piskliwie i mniej odważnie.

– Ale niech go pan sobie weźmie – dodał prędko ten drugi.

Mężczyzna wciąż tylko się w nich wpatrywał. Potem dał znak Markusowi, że ma przytrzymać rower. Dwaj chłopcy zaczęli się wycofywać.

– Gdzie mieszkacie?

– Na Tåsen. Czy pan… jest jego ojcem?

– Być może. A więc następny przystanek Tåsen, jasne?

Chłopcy jednocześnie kiwnęli głowami. Odwrócili się jak na komendę i odmaszerowali.

Markus popatrzył na mężczyznę, który się do niego uśmiechał. Dobiegły go jeszcze ściszone słowa jednego z tamtych:

– Widziałeś, że ten ojciec to narkoman?

– Jak ci na imię? – spytał mężczyzna.

– Markus.

– Miłego lata, Markus. – Mężczyzna poklepał rower i odszedł. Otworzył furtkę do żółtego domu. Markus wstrzymał oddech.

Dom był taki sam jak wszystkie inne na tej ulicy. Kwadratowy jak pudełko, niezbyt duży, otoczony niewielkim ogródkiem. Przydałoby mu się pociągnięcie farbą i rundka z kosiarką po trawniku. Ale to był Dom. A ten mężczyzna kierował się prosto ku schodom do piwnicy. Nie do drzwi wejściowych, jak akwizytorzy czy świadkowie Jehowy. Czy to możliwe, by wiedział o kluczu schowanym na belce nad drzwiami do piwnicy, który Markus zawsze odkładał na miejsce?

Odpowiedzią na te rozważania było zgrzytnięcie drzwi i trzask.

Markusowi dech zaparło w piersiach. Odkąd pamiętał, nikt tam nie wchodził. Co prawda pierwsze wspomnienia zachował z wieku pięciu lat, a to było już siedem lat temu, ale przecież ten dom miał być zawsze pusty. Kto by chciał mieszkać w domu, w którym ktoś popełnił samobójstwo?

A zresztą ktoś tu przychodził co najmniej dwa razy w roku. Markus widział raz tego człowieka i zrozumiał, że to właśnie on musiał odrobinę odkręcać ogrzewanie na zimę i wiosną je przykręcać. To na pewno również on płacił za prąd. Mama mówiła, że bez prądu dom nie nadawałby się już do zamieszkania, ale ona również nie wiedziała, kim był tamten człowiek. Z całą pewnością jednak nie przypominał tego, który teraz tu wszedł. Tego Markus był pewien.

Zobaczył twarz przybysza w kuchennym oknie. W domu nie było zasłon, więc kiedy Markus tam wchodził, starał się unikać okien, żeby nikt go nie zauważył. Nie wyglądało na to, by mężczyzna włączał jakieś piece. Po co tu przyszedł? Jak...? Luneta!

Markus przeprowadził rower przez furtkę czerwonego domu i pobiegł na piętro do swojego pokoju. Luneta – a właściwie zwykła lornetka na statywie – była jedyną rzeczą, jaka została po odejściu ojca. Tak przynajmniej mówiła mama. Markus nakierował lunetę na żółty dom, wyregulował ostrość. Mężczyzny nigdzie nie było widać. Przesuwał pole widzenia wzdłuż ściany domu od okna do okna. W końcu go znalazł. W sypialni. Tam, gdzie mieszkał ten narkoman. Markus zbadał już każdy najmniejszy zakątek i zakamarek tamtego budynku. Odnalazł nawet kryjówkę pod luźną klepką w podłodze pokoju z podwójnym łóżkiem. Ale nawet gdyby nikt w tym domu nie umarł, za skarby świata nie zgodziłby się tam zamieszkać. Zanim dom opustoszał, mieszkał w nim syn tego samobójcy. Był narkomanem, strasznie bałaganił i nie sprzątał. I nic nie naprawiał. W każdym razie w czasie deszczu woda lała się przez dach. Syn zniknął wkrótce po urodzeniu się Markusa. Mama mówiła, że poszedł do więzienia. Zabił kogoś. A Markus myślał sobie, że może dom czaruje swoich mieszkańców, zmusza ich do zabijania – albo siebie, albo kogoś innego. Chłopiec zadrżał. Ale przecież właśnie to najbardziej mu się podobało w tym domu. To, że był taki trochę straszny i można było wymyślać historie o tym, co się w nim działo. Tylko że akurat dzisiaj nie musiał niczego wymyślać. Dzisiaj działo się tam coś samo z siebie.

Mężczyzna otworzył okno i w tym akurat nie było nic dziwnego, bo przecież w środku unosił się nieprzyjemny zapach. Ale Markus ten pokój lubił najbardziej, chociaż na łóżku leżała brudna pościel, a na podłodze igły i zakrwawione waciki. Mężczyzna stał teraz odwrócony tyłem do okna i patrzył na ścianę, do której przypięte były pinezkami zdjęcia. Markus bardzo je lubił. Rodzinne fotografie, na których rodzice z synem uśmiechają się i wyglądają na szczęśliwych. I zdjęcie chłopca w stroju zapaśnika podnoszącego puchar wspólnie z ojcem w dresie. I jeszcze fotografia ojca w policyjnym mundurze.

Mężczyzna otworzył szafę, wyjął z niej szarą bluzę z kapturem i czerwoną torbę z białym napisem „Klub Zapaśniczy w Oslo". Włożył do torby kilka rzeczy, ale Markus nie widział jakich. Potem wyszedł z pokoju i zniknął. A po chwili pojawił się w „gabinecie", niedużym pokoiku z biurkiem stojącym pod oknem. Mama mówiła, że właśnie tam znaleziono tego samobójcę. Mężczyzna szukał czegoś przy oknie. Markus wiedział czego. Ale jeśli ktoś nie znał tego domu, to nigdy tego nie znajdzie. Mężczyzna wrócił do biurka i chyba wyciągnął szufladę, ale torbę położył na blacie, więc Markus nie mógł już nic dokładnie zobaczyć. Albo więc mężczyzna znalazł to, czego szukał, albo zrezygnował. W każdym razie zabrał torbę i wyszedł. Zajrzał jeszcze do sypialni dorosłych, zszedł na parter i zniknął Markusowi z oczu.

Dziesięć minut później znów zazgrzytały drzwi do piwnicy i mężczyzna ukazał się na schodach. Włożył bluzę, nasunął kaptur na głowę, a torbę przerzucił przez ramię. Przeszedł przez furtkę i ruszył ulicą.

Markus zbiegł na dół i wypadł z domu. Widząc, że plecy w szarej bluzie są już daleko, przeskoczył przez płot do ogrodu żółtego domu i przebiegł przez trawnik do schodów prowadzących do piwnicy. Zdyszany obmacał belkę nad drzwiami. Klucz został! Odetchnął z ulgą i wszedł do środka. Właściwie wcale się nie bał. To był przecież jego dom. To tamten był intruzem. Chyba że…

Wbiegł na górę do gabinetu i skierował się od razu do regału wypełnionego książkami. Druga półka, między *Władcą much* a *Ince Memed*. Wsunął palec między książki. Klucz do szuflady był na swoim miejscu, ale czy został wcześniej odnaleziony i użyty? Markus, wpatrzony w blat, wsunął klucz do dziurki i przekręcił. Na drewnie widać było ciemną plamę. Oczywiście mogła powstać od potu spracowanych rąk wsiąkającego w drewno przez lata, ale Markus nie miał najmniejszych wątpliwości, że właśnie w tym miejscu leżała głowa samobójcy, w kałuży krwi, którą poplamiona była również ściana. Jak na filmach.

Zajrzał do szuflady. I jęknął. Pusta. A więc to musiał być on. Syn. Wrócił. Nikt inny nie mógł wiedzieć, że klucz do szuflady znajdował się akurat tam. No i miał ślady ukłuć na przedramionach…

Markus poszedł do pokoju chłopca. Do swojego pokoju. Rozejrzał się i od razu się zorientował, czego brakuje. Zdjęcia ojca w policyjnym mundurze. Discmana. I jednej z czterech płyt CD. Obejrzał te trzy, które zostały. Brakowało płyty *Violator* Depeche Mode. Markus jej słuchał, ale niezbyt mu się podobała.

Usiadł w głębi pokoju w miejscu, o którym wiedział, że nie jest widoczne z ulicy. Wsłuchiwał się w letnią ciszę. Syn wrócił. Markus wymyślił dla chłopca na zdjęciu całe życie. A teraz on przyszedł tutaj. I zabrał to, co leżało w szufladzie biurka.

Ciszę przerwał odległy warkot silnika.

– Jesteś pewien, że numery nie rosną w drugą stronę? – spytała Kari, rozglądając się po skromnych drewnianych domach w poszukiwaniu jakiegokolwiek numeru, na podstawie którego mogliby się zorientować. – Może spytamy tego faceta?

Skinieniem głowy wskazała chodnik, po którym szedł mężczyzna w bluzie z kapturem naciągniętym na spuszczoną głowę, z czerwoną torbą na ramieniu.

– Dom stoi za tym wzgórzem – oświadczył zdecydowanie Simon i dodał gazu. – Uwierz mi.

– Więc znałeś jego ojca?

– Owszem. Czego się dowiedziałaś o chłopcu?

– Ci w więzieniu, którzy chcieli cokolwiek powiedzieć, mówili, że był spokojny, prawie się nie odzywał, ale i tak go lubili. Nie miał przyjaciół, czas spędzał głównie sam. Nie znalazłam żadnych krewnych. To jest jego ostatni adres, zanim poszedł siedzieć.

– A klucze do domu?

– W jego rzeczach w więziennej przechowalni. Nie musiałam nawet prosić o nakaz przeszukania. Już był gotowy w związku z ucieczką.

– To znaczy, że już tu byli?

– Ale tylko sprawdzali dla porządku. Nikt nie uważa go chyba za takiego głupka.

– Nie ma przyjaciół, nie ma krewnych, nie ma pieniędzy. Mało miejsc pozostaje mu do wyboru. A z czasem przekonasz się, że przestępcy na ogół są zdumiewająco głupi.

– Wiem. Ale tej ucieczki nie wymyślił idiota.

– Może i tak.

– Z całą pewnością – stwierdziła Kari. – Sonny Lofthus miał świetne stopnie w gimnazjum. Należał do najlepszych zapaśników w kraju w swojej grupie wiekowej wcale nie dlatego, że był najsilniejszy, tylko ze względu na znakomitą taktykę.

– Starannie wykonałaś swoją pracę.

– Nie – odparła. – Google, PDF-y starych gazet, kilka telefonów. Żadna filozofia.

– To ten dom – oznajmił Simon. – Mocno podupadł.

Zaparkowali, wysiedli, Kari otworzyła furtkę. Simon wyjął pistolet i sprawdził, czy jest odbezpieczony, a kiedy Kari otworzyła kluczem drzwi wejściowe, wszedł pierwszy z uniesioną bronią. Stanął w korytarzu i nasłuchiwał. Potem wcisnął przełącznik na ścianie. Zapalił się kinkiet.

– Ho, ho – szepnął. – Dość niezwykłe, że w niezamieszkanym pustym domu jest prąd. To świadczy o tym, że ktoś niedawno…

– Wcale nie. Sprawdzałam. Już od czasu, kiedy Lofthus poszedł siedzieć, za prąd dostarczany pod ten adres płaci jakaś fundacja z siedzibą na Kajmanach. Konkretnej osoby nie da się odnaleźć. To nie są duże kwoty, ale…

– Sprawa jest tajemnicza – dokończył Simon. – No i dobrze. Przecież my, śledczy, uwielbiamy tajemnice, prawda?

Korytarzem przeszedł do kuchni. Otworzył lodówkę. Stwierdził, że jest wyłączona, chociaż stał w niej samotny karton z mlekiem. Skinieniem głowy dał znak Kari, która popatrzyła zdziwiona, zanim zrozumiała, o co mu chodzi. Powąchała dziurę w kartonie, potem nim poruszyła. Usłyszeli grzechotanie grudki, która kiedyś była mlekiem.

Kari poszła za Simonem przez salon po schodach na piętro. Sprawdzili wszystkie pokoje i skończyli w tym, który najwyraźniej musiał kiedyś należeć do chłopaka. Simon stanął na środku i kilka razy pociągnął nosem.

– Rodzina. – Kari wskazała jedną z fotografii na ścianie.

– Owszem – odparł Simon.

– Czy matka nie jest podobna do jakiejś piosenkarki albo aktorki?

Simon nie odpowiedział, patrzył na inne zdjęcie. Na to, którego nie było. A konkretnie na ciemniejsze pole na tapecie w miejscu, w którym kiedyś wisiało. Znów wciągnął powietrze przez nos.

– Udało mi się skontaktować z nauczycielem Sonny'ego – kontynuowała Kari. – Mówił, że Sonny zamierzał zostać policjantem tak jak ojciec, ale po jego śmierci całkowicie się zmienił. Pojawiły się problemy w szkole, izolował się, zaczął działać autodestrukcyjnie. Matka po tym samobójstwie też zeszła na psy, ona z kolei...

– Helene – wtrącił Simon.

– Słucham?

– Miała na imię Helene. Przedawkowała tabletki nasenne. – Wzrok Simona omiatał pokój. Zatrzymał się na zakurzonym stoliku nocnym. Z tyłu wciąż dobiegał monotonny głos Kari:

– Sonny w wieku osiemnastu lat przyznał się do dwóch zabójstw i został skazany.

W kurzu widać było zarysowaną smugę.

– Wcześniej śledztwo prowadziło w zupełnie innym kierunku.

Simon dwoma szybkimi krokami podszedł do okna. Popołudniowe słońce oświetlało rower rzucony przy schodach do czerwonego domu. Spojrzał na drogę, którą przyjechali. Nikogo na niej teraz nie było.

– Nie zawsze wszystko jest takie, na jakie wygląda – powiedział.

– O czym ty mówisz?

Simon zamknął oczy. Miał na to siłę? Znów? Odetchnął głęboko.

– W policji wszyscy twierdzili, że kretem był Ab Lofthus. Uważano, że po jego śmierci działalność kreta ustała. Skończyły się nietrafione naloty, znikające w ostatniej chwili ślady, świadkowie i podejrzani. Uznano to za dowód.

– Ale?

Simon wzruszył ramionami.

– Ab był dumny z tego, że pracuje w policji. Nie zależało mu na bogactwie. Zależało mu wyłącznie na rodzinie. Ale nie ma wątpliwości co do tego, że kret istniał.

– I?

– Ktoś musi się dowiedzieć, kto nim był.

Simon znów powęszył w powietrzu. Pot. To właśnie ten zapach. Ktoś tu musiał być całkiem niedawno.

– Na przykład kto? – spytała Kari.

– Hm. Na przykład ktoś z ambicjami i młodzieńczym entuzjazmem. – Spojrzał na nią. Ponad jej ramieniem. Na drzwi szafy.

Pot. Lęk.

– Nikogo tu nie ma – oświadczył głośno. – No i dobrze. Zejdźmy na dół.

Zatrzymał się w połowie schodów i dał Kari znać, że ma iść dalej. Sam odczekał chwilę. Nasłuchiwał, zaciskając dłoń na rękojeści pistoletu. Cisza.

Poszedł za Kari.

W kuchni wyjął długopis i napisał coś na bloczku karteczek samoprzylepnych.

Kari chrząknęła.

– Co właściwie Franck miał na myśli, mówiąc, że wyleciałeś z Økokrim?

– Wolałbym do tego nie wracać. – Simon zerwał żółtą karteczkę i przykleił ją do drzwi lodówki.

– Czy to miało jakiś związek z hazardem?

Simon posłał jej ostre spojrzenie i wyszedł.

Kari przeczytała, co napisał.

Znałem Twojego ojca. Był dobrym człowiekiem i wydaje mi się, że on powiedziałby to samo o mnie. Skontaktuj się ze mną. Zatroszczę się o to, żebyś wrócił do więzienia bezpiecznie i z godnością. Simon Kefas, tel. 550106573. simon.kefas@oslopol.no

Szybko wyszła za nim.

Markus Engseth usłyszał odgłos zapalanego silnika i nareszcie znów zaczął oddychać. Siedział w kucki między ubraniami na wieszakach, wciśnięty w plecy szafy. Nigdy w życiu tak się nie bał. Czuł zapach własnego potu z T-shirtu tak mokrego, że aż lepił się do ciała. A jednak ogarnęła go radość. Taka jak wtedy, kiedy leciał w powietrzu w trakcie skoku z dziesięciometrowej wieży na kąpielisku Frogner i myślał o tym, że najgorsze, co może go spotkać, to śmierć. A to znaczy, że wcale nie jest tak źle.

15

– Czym mogę dzisiaj służyć łaskawemu panu? – spytał Tor Jonasson.

To był jego stały numer. Miał dwadzieścia lat, średnia wieku jego klientów wynosiła dwadzieścia pięć, a wynalazki w sklepiku nie miały więcej niż pięć. Dlatego ten archaiczny sposób zwracania się do klienta był zabawny. Tak przynajmniej uważał Tor Jonasson. Możliwe jednak, że ten klient nie docenił jego poczucia humoru. Nie dawało się tego stwierdzić, ponieważ kaptur zapinanej na suwak bluzy był mocno naciągnięty na czoło, przez co twarz skrywał cień. Słowa wydobywały się gdzieś z głębi.

– Chciałbym taką komórkę, której nie da się wyśledzić. Żeby nie było wiadomo, kto z niej dzwoni.

Diler narkotykowy. No jasne. Tylko oni pytali o coś takiego.

– Na tym iPhonie można zablokować nadawcę – wyjaśnił młody ekspedient i zdjął z półki biały aparat. – Wtedy numer nie wyświetli się u osoby, do której się dzwoni.

Potencjalny klient przeniósł ciężar ciała na drugą nogę, a pasek czerwonej torby przesunął głębiej na ramieniu. Tor postanowił nie spuszczać go z oka, dopóki nie wyjdzie.

– Chodzi mi o taki, który można kupić bez żadnego abonamentu. Żeby nikt go nie namierzył. Nawet spółka telekomunikacyjna.

Albo policjant, pomyślał Jonasson.

– Czyli anonimowy telefon na kartę. Taki, jakich używają w *Prawie ulicy*.

– Słucham?

– *Prawo ulicy*. Serial w telewizji. Żeby policja antynarkotykowa nie mogła namierzyć właściciela.

Tor wyczuł zdezorientowanie tamtego. O Boże, diler, który mówi „słucham” i nie oglądał *Prawa ulicy*?

– Ale to się rozgrywa w Stanach – podjął. – W Norwegii to tak nie działa. Od dwa tysiące piątego trzeba się wylegitymować nawet przy zakupie telefonu na kartę. Trzeba go na kogoś zarejestrować.

– Na kogoś?

– No, na ciebie.

– Okej – powiedział mężczyzna. – Poproszę o najtańszy telefon, jaki jest. Na kartę.

– Już się robi. – Sprzedawca tym razem uciął swoje stałe „proszę pana”, odłożył iPhone'a z powrotem i zdjął z półki mniejszy aparat. – Ten nie jest absolutnie najtańszy, ale ma dostęp do sieci. Tysiąc dwieście z kartą.

– Do sieci czego?

Tor znów spojrzał na klienta. Facet nie mógł być tak wiele znów od niego starszy, ale sprawiał wrażenie kompletnie zagubionego. Tor dwoma palcami założył półdługie włosy za ucho. Wyuczył się tego gestu po pierwszym sezonie *Synów Anarchii*.

– Można używać tej karty, żeby przez telefon surfować po internecie.

– Po to mogę chyba iść do kafejki internetowej?

Tor Jonasson się roześmiał. Może jednak mieli takie samo poczucie humoru.

– Szef mi mówił, że ten lokal rzeczywiście jeszcze kilka lat temu był kafejką internetową. Prawdopodobnie już ostatnią w Oslo.

Mężczyzna sprawiał wrażenie, jakby się wahał. W końcu jeszcze raz skinął głową.

– Dobrze, biorę. – Położył na stole plik setek.

Tor wziął je do ręki. Banknoty były sztywne i zakurzone, jakby wcześniej leżały gdzieś schowane.

– Ale, tak jak mówiłem, potrzebuję jeszcze jakiegoś dowodu tożsamości.

Mężczyzna wyjął z kieszeni identyfikator. Tor obejrzał go i stwierdził, że się pomylił. I to bardzo. Facet wcale nie był dilerem. Raczej przeciwnie. Wstukał nazwisko w komputer. Helge

Sørensen. Potem adres. Oddał strażnikowi więziennemu kartę i resztę pieniędzy.

– Może dostanę baterie do tego? – spytał jeszcze mężczyzna, podając mu jakieś okrągłe srebrne urządzenie.

– A co to jest? – spytał Tor.

– Discman. Widzę, że są do niego słuchawki.

Tor spojrzał na rząd większych i mniejszych słuchawek nad iPodami.

– Naprawdę?

Otworzył tylną pokrywę muzealnego urządzenia, wyjął z niego stare baterie, znalazł dwie nowe Sanyo AA, zamontował i wcisnął „play". W słuchawkach rozległ się ostry szum.

– To są akumulatory, można je naładować.

– To znaczy, że nie zdechną jak tamte?

– Zdechną, ale potrafią powstać z martwych.

Torowi wydało się, że gdzieś tam w cieniu dostrzega uśmiech. Mężczyzna odsunął kaptur i włożył słuchawki.

– Depeche Mode – powiedział i uśmiechnął się szeroko. Potem zapłacił i wyszedł.

Tor Jonasson uświadomił sobie, że zaskoczyła go ta sympatyczna twarz pod kapturem. Potem zajął się następnym klientem i spytał, czym może dzisiaj służyć łaskawemu panu. Dopiero podczas przerwy na lancz dotarło do niego, dlaczego ta twarz tak go zaskoczyła. Nie chodziło wcale o to, że była sympatyczna. Po prostu ani trochę nie przypominała tej na zdjęciu w identyfikatorze.

Co właściwie sprawia, że czyjaś twarz wydaje się sympatyczna? Takie pytanie zadała sobie Martha, patrząc na chłopaka w okienku recepcji. Może to przez coś, co właśnie powiedział. Większość tych, którzy przychodzili do recepcji, życzyła sobie jedynie kanapek, kawy albo rozmowy o wyimaginowanych lub rzeczywistych problemach. A jeśli nie o to chodziło, to przynosili pełne wiadro zużytych strzykawek – walutę, za którą można było dostać nieużywany, czysty sprzęt. Ale ten nowy mieszkaniec oznajmił właśnie, że zastanawiał się nad pytaniem, które zadała mu podczas pierwszej rozmowy. Nad tym o plany na przyszłość. I że teraz już je ma. Postanowił szukać pracy. Potrzebny mu zatem wyjściowy strój. Garnitur. Widział takie w magazynie z ubraniami. Gdyby można było pożyczyć…

– Jasne. – Martha wstała i ruszyła przodem. Czuła, że od dawna już nie szła tak lekkim krokiem. Oczywiście to mógł być tylko impuls, projekt, z którego chłopak zrezygnuje, gdy tylko natknie się na jakieś przeciwności, ale to już w każdym razie było coś. Nadzieja, przynajmniej tymczasowa pauza w bezustannej jeździe w jednym kierunku, ku otchłani.

Usiadła na krześle przy drzwiach w wąskim pokoju magazynowym i patrzyła, jak chłopak obciąga na sobie garniturowe spodnie przed lustrem opartym o ścianę. Mierzył już trzecią parę. Odwiedziła ich kiedyś grupa polityków z Rady Miasta. Przyszli się przekonać, że standardy mieszkaniowe w schroniskach w Oslo są na najwyższym poziomie. W magazynie z odzieżą jeden z nich spytał, po co im tyle garniturów. Uważał, że takiej oferty konfekcji w schronisku dla narkomanów nie można uznać za optymalnie dostosowaną do potrzeb targetu. Pozostali politycy śmiali się z żartu, aż do chwili, gdy uśmiechnięta Martha odparowała: „Nasi mieszkańcy chodzą na pogrzeby o wiele częściej niż panowie".

Był chudy, ale nie tak drobny, jak sądziła. Zauważyła mięśnie poruszające się pod skórą, kiedy podniósł ręce, aby wciągnąć jedną z wyłożonych przez nią koszul. Nie miał żadnych tatuaży. Za to bladą skórę prawie wszędzie pokrywały ślady ukłuć. Pod kolanami, po wewnętrznej stronie uda, na łydkach, z boku na szyi.

Włożył marynarkę, przejrzał się i dopiero się do niej odwrócił. To był garnitur w drobniutkie prążki, który poprzedni właściciel z całą pewnością miał na sobie zaledwie kilka razy, zanim zmieniła się moda, a on, kierując się swoim dobrym sercem i wyczuciem stylu, oddał go wraz z resztą ubiegłorocznej garderoby na cele dobroczynne. Ubranie było jedynie odrobinę za luźne dla chłopaka.

– Idealnie – roześmiała się i klasnęła w dłonie.

Uśmiechnął się. Kiedy uśmiech dotarł do jego oczu, Martha nagle poczuła się tak, jakby ktoś włączył elektryczny piecyk. To był uśmiech, który rozluźnia zesztywniałe mięśnie i zdrętwiałe uczucia. Taki, którego potrzebuje osoba cierpiąca na *compassion fatigue*. Ale – i to przyszło jej do głowy w ostatniej chwili – na który taka osoba nie może sobie pozwolić. Oderwała się od jego oczu, przeniosła wzrok na nogi.

– Szkoda, że nie mam dla ciebie eleganckich butów.

– Te wystarczą. – Wbił piętę niebieskiego adidasa w podłogę.

Uśmiechnęła się, ale już bez patrzenia mu w oczy.

– No i jeszcze trzeba cię ostrzyc. Chodź.

Zaprowadziła go na górę do recepcji, posadziła na krześle, okryła dwoma ręcznikami i sięgnęła po kuchenne nożyczki. Zwilżyła mu włosy wodą z kranu w kuchni i rozczesała własnym grzebieniem. Przy wtórze komentarzy i podpowiedzi pozostałych dziewczyn z kuchni na podłogę spadało coraz więcej włosów. Przy okienku recepcji zatrzymało się dwóch innych lokatorów z pretensjami, że ich nigdy nie strzygła, dlaczego więc ów nowy mieszkaniec ma jakieś szczególne prawa?

Martha pogoniła ich, skupiając się na strzyżeniu.

– Gdzie chcesz szukać tej pracy? – spytała, patrząc na delikatne jasne włoski na karku. Do nich potrzebna jej była maszynka do golenia. Albo żyletka.

– Znam kilka nazwisk, ale nie wiem, gdzie te osoby mieszkają. Pomyślałem, że poszukam w książce telefonicznej.

– W książce telefonicznej? – prychnęła któraś z dziewczyn. – Trzeba sprawdzić w sieci.

– Naprawdę? – zdziwił się chłopak.

– Jasne – roześmiała się. Trochę za głośno. I trochę za bardzo rozbłysły jej oczy, jak zauważyła Martha.

– Kupiłem telefon z dostępem do sieci – wyjaśnił. – Ale nie wiem, jak to...

– Zaraz ci pokażę. – Dziewczyna stanęła przed nim i wyciągnęła rękę.

Podał jej telefon. Wprawnie zaczęła go obsługiwać.

– Trzeba ich wpisać w Google. Jakie to nazwisko?

– Nazwisko?

– No tak. Nie wiesz, co to jest nazwisko?

Martha usiłowała jej posłać łagodnie ostrzegawcze spojrzenie. Dziewczyna, Maria, była młoda, ledwie zaczęła u nich pracować.

Miała skończone dwa fakultety z opieki społecznej, ale brakowało jej doświadczenia. Tego, dzięki któremu wie się, gdzie dokładnie przebiega niewidzialna granica między profesjonalną opieką a zbyt bliskimi relacjami z mieszkańcami.

– Iversen – powiedział chłopak.

– To będzie bardzo dużo trafień. Gdybyś znał jeszcze imię, to...

– Pokaż mi, jak to się robi, a resztę wpiszę sam.

– Okej. – Maria wstukała nazwisko i oddała mu telefon. – I już. Teraz już szuka.

– Bardzo dziękuję.

Martha też skończyła. Zostały jeszcze tylko te delikatne włoski na karku. Przypomniała sobie, że przecież w pokoju, w którym dzisiaj pakowała rzeczy, znalazła żyletkę przyklejoną do szyby. Bez wątpienia używano jej do siekania proszku przed wciągnięciem go nosem, położyła ją więc na blacie z zamiarem dorzucenia do pierwszego przyniesionego wiaderka ze strzykawkami. Odszukała ją teraz i przez kilka sekund potrzymała nad płomieniem zapałki. Potem opłukała pod zimną wodą i chwyciła w dwa palce.

– Tylko teraz się nie porusz – poprosiła.

– Mhm. – Chłopak bawił się telefonem.

Zadrżała, obserwując cieniutkie stalowe ostrze przesuwające się po miękkiej skórze na karku. Obcięte włoski opadały. Myśl nasunęła się automatycznie: jak niewiele trzeba. Jak mało dzieli życie od śmierci. Szczęście od nieszczęścia. Sens od bezsensu.

Skończyła. Spojrzała mu przez ramię. Zobaczyła imię i nazwisko, które wpisał, i symbol przeszukiwania sieci ciągnący za sobą w kółko biały ogon.

– Już – oznajmiła.

Odchylił głowę i spojrzał na nią od dołu.

– Dziękuję.

Zabrała ręczniki i poszła z nimi do pralni, żeby nie rozsypywać włosów po całej recepcji.

Johnny Puma leżał odwrócony twarzą do ściany i słuchał w ciemnościach, jak jego współlokator wchodzi i bezszelestnie zamyka za sobą drzwi. Jak się skrada. Ale Johnny nie spał i był przytomny. Facet poczuje pazury pumy, jeśli tylko spróbuje zabrać mu prochy.

Ale tamten wcale się nie zbliżał. Zamiast tego otworzyły się drzwi szafy.

Johnny obrócił się na łóżku. To była szafa tego chłopaka. W porządku. Pewnie jego szafę sprawdził już wcześniej i stwierdził, że nie ma tam czego szukać.

Między zasłonkami wpadła smuga światła i oświetliła chłopaka. Johnny Puma aż drgnął.

Nowy zdążył wyjąć coś z czerwonej torby, a Johnny zobaczył teraz, co to jest. Chłopak stanął na palcach i włożył tę rzecz do pustego pudełka po adidasach na najwyższej półce.

Kiedy już odwracał się od szafy, Johnny czym prędzej zamknął oczy.

Jasna cholera, pomyślał. Zacisnął powieki mocniej. Ale wiedział, że tej nocy nie zaśnie.

Markus ziewnął. Przytknął oko do lunety i obserwował księżyc wiszący nad dachem żółtego domu. Znów skierował lunetę na budynek. Panował tam teraz całkowity spokój. Nic więcej się nie wydarzyło. Czy ten syn jeszcze wróci? Markus miał taką nadzieję. Może dzięki temu dowiedziałby się, na co mu był ten staroć, który leżał w szufladzie, pachniał smarem, metalem i pewnie właśnie z niego ten ojciec…

Markus znów ziewnął. To był dzień pełen wrażeń. Wiedział, że tej nocy będzie spał jak kamień.

16

Agnete Iversen miała czterdzieści dziewięć lat, ale patrząc na jej gładką skórę, bystre spojrzenie i szczupłe ciało, niejeden dałby jej pewnie trzydzieści pięć. Powodem, dla którego większość ludzi brała ją mimo wszystko za starszą niż w rzeczywistości, były jej wcześnie posiwiałe włosy, konserwatywny styl ubierania się i elegancki, choć nieco uwspółcześniony sposób mówienia. No i oczywiście do tego dochodziło jeszcze życie, jakie rodzina Iversenów wiodła na wzgórzu Holmenkollen. Było ono takie, jakby należeli do innego, starszego pokolenia. Agnete w roli gospodyni, wraz z dwiema pomocami domowymi, utrzymywała porządek w domu i ogrodzie, a także dbała o mniejsze i większe potrzeby Ivera Iversena i ich syna Ivera juniora. Dom Iversenów imponował rozmiarami nawet w porównaniu z okolicznymi ogromnymi willami, ale praca w nim była na tyle prosta, że pomoce domowe („służba", jak z lekkim sarkazmem mówił o nich Iver junior, odkąd zaczął studiować i wszedł w nowe, nieco bardziej socjaldemokratyczne środowisko) przychodziły dopiero o dwunastej. To oznaczało, że Agnete Iversen mogła w spokoju wstać jako pierwsza, wybrać się na krótki poranny spacer do lasu, który zaczynał się tuż za ich posiadłością, nazrywać rumianków do bukietu, a następnie przygotować śniadanie dla swoich dwóch mężczyzn.

Siedziała z filiżanką herbaty i patrzyła, jak jedzą zdrowy pożywny posiłek, który przygotowała dla nich na początek długiego, wymagającego dnia pracy. Kiedy skończyli, a Iver junior podziękował za śniadanie uściskiem dłoni, bo taki obyczaj panował w rodzinie Iversenów od pokoleń, sprzątnęła ze stołu i wytarła ręce w biały kuchenny fartuch, który zamierzała później wrzucić do kosza na brudną bieliznę. Potem odprowadziła ich na schody, każdego obdarzyła pocałunkiem w policzek i obserwowała, jak wyprowadzają tyłem z podwójnego garażu na jasne słoneczne światło starszego, ale dobrze utrzymanego mercedesa. Teraz, w czasie wakacji, Iver junior pracował w rodzinnej firmie Iversen Nieruchomości, w której powinien się nauczyć, czym jest ciężka praca, zrozumieć, że niczego nie dostaje się za darmo i że zarządzanie rodzinnym majątkiem jest w równym stopniu obowiązkiem co przywilejem.

Zachrzęścił żwir, kiedy podjeżdżali do ulicy, a ona machała im ze schodów. Gdyby ktoś jej powiedział, że cała ta scena przypomina film reklamowy z lat pięćdziesiątych, roześmiałaby się, przyznała mu rację i dłużej się nad tym nie zastanawiała. Bo żyła tak, jak pragnęła. Jej codzienność polegała na ułatwianiu życia dwóm ukochanym mężczyznom, zawiadującym wartościami dla dobra społeczeństwa i przyszłości rodziny. Co może mieć więcej sensu?

Z radia w kuchni ledwie docierały do niej słowa prezentera wiadomości – o wzroście liczby przedawkowań w Oslo, fali prostytucji i zbiegłym więźniu przebywającym na wolności już drugą dobę. Tyle przykrych rzeczy dzieje się w świecie. Tam, w dole. Tyle rzeczy źle funkcjonuje. Brak im równowagi i harmonii, o jaką należy walczyć. Stała tak, rozmyślając o idealnej harmonii, jaka ją otaczała – rodzina, gospodarstwo domowe, cały ten dzień – gdy nagle zauważyła, że w wysokim na dwa metry starannie przystrzyżonym żywopłocie otwiera się boczna furtka, z której korzystały pomoce domowe.

Agnete przysłoniła ręką oczy.

Wąską, wykładaną kamiennymi płytami ścieżką szedł chłopak. Wyglądał, jakby był w wieku Ivera juniora, dlatego Agnete w pierwszej chwili pomyślała, że to pewnie jakiś jego kolega. Wygładziła fartuch. Gdy jednak podszedł bliżej, zorientowała się, że prawdopodobnie jest nieco starszy od jej syna, a poza tym ubrany w coś, czego ani Iver junior, ani żaden z jego przyjaciół nigdy by na siebie nie włożyli – w niemodny prążkowany brązowy garnitur, a do tego niebieskie adidasy. Na ramię miał zarzuconą czerwoną sportową torbę. Agnete Iversen pomyślała, że to może świadek Jehowy, ale przypomniała sobie, że oni zawsze chodzą parami. Nie wyglądał też na akwizytora. Dotarł już do stóp schodów.

– Czym mogę służyć? – spytała uprzejmie po sekundzie wahania nad wyborem odpowiedniej formy powitania.

– Czy to dom państwa Iversenów?

– Owszem, ale jeśli chciałby pan porozmawiać z Iverem albo z moim mężem, to, niestety, właśnie odjechali. – Wskazała przez ogród w kierunku ulicy.

Chłopak kiwnął głową, lewą ręką sięgnął do torby i coś z niej wyjął. Skierował to coś na nią, jednocześnie robiąc pół kroku w lewo. Agnete nigdy czegoś podobnego nie widziała, przynajmniej w rzeczywistości. Ale doskonały wzrok był u nich rodzinny, więc nawet przez moment nie miała wątpliwości, co widzi. Odetchnęła głębiej i odruchowo zrobiła krok do tyłu w otwarte drzwi.

To był pistolet.

Dalej się cofała, patrząc na chłopaka, ale nie mogła spojrzeć mu w oczy.

Rozległ się huk i nagle jakby ktoś ją uderzył, pchnął mocno w pierś. Nie przestawała się cofać. Przeleciała przez drzwi, otępiała, nie panując nad ruchami, ale mimo wszystko w korytarzu zdołała utrzymać się na nogach. Rozłożyła ręce, próbując odzyskać równowagę, i poczuła, że zahaczyła dłonią o jeden z obrazów na ścianie. Upadła dopiero, gdy wtoczyła się przez wejście do kuchni, i nawet nie poczuła, że uderzyła głową o blat, strącając przy tym stojący tam wazon. Kiedy jednak już leżała na podłodze ze zgiętym karkiem i głową przyciśniętą do dolnej szuflady, mając widok na własne ciało, zobaczyła kwiaty. Rumianki w potłuczonym wazonie. A na jej fartuchu wykwitało coś, co wyglądało jak czerwona róża. Spojrzała na drzwi wejściowe. Dostrzegła na zewnątrz zarys głowy chłopaka. Stał obrócony w stronę klonów japońskich, rosnących z lewej strony ścieżki. Pochylił się i zniknął jej z oczu. Pomodliła się do Boga, żeby to była prawda.

Próbowała się podnieść, lecz nie mogła się ruszyć. Jakby ciało zostało odcięte od mózgu. Zamknęła oczy. Czuła ból, ale inny niż jakikolwiek z tych, które znała. Ten ból tkwił w całym ciele, jakby rozdzierał ją na dwoje, a jednocześnie był tępy, niemal odległy.

Wiadomości się skończyły. Znów puścili muzykę klasyczną. Schumann. *Des Abends*.

Usłyszała odgłos miękkich kroków.

Gumowe podeszwy adidasów na kamiennej podłodze.

Otworzyła oczy.

Chłopak zbliżał się do niej, ale spojrzenie miał utkwione w czymś, co trzymał w palcach. To była łuska. Widziała podobne, kiedy całą rodziną wyjeżdżali na jesienne polowanie do domku na płaskowyżu Hardangervidda. Chłopak wrzucił łuskę do czerwonej torby. Wyjął żółte rękawice do zmywania i ścierkę. Przykucnął, włożył rękawiczki i starł coś z podłogi. Krew. Jej krew. Potem wytarł podeszwy swoich butów. Agnete uświadomiła sobie, że usuwa krew ze śladami butów i ślady krwi na butach. Tak jak robią zabójcy, którzy mordują na zimno, bez emocji. Ci, którzy nie chcą zostawiać żadnych śladów. Żadnych świadków. Powinna czuć lęk. Ale go nie czuła. Nic nie czuła. Mogła jedynie obserwować, rejestrować i wyciągać wnioski.

Zrobił krok ponad nią i poszedł korytarzem w stronę łazienki i sypialni. Drzwi zostawił otwarte. Agnete ledwie zdołała obrócić głowę. Chłopak otworzył jej torebkę, którą zostawiła na łóżku, bo zamierzała się przebrać i pojechać do miasta, żeby kupić sobie spódnicę w ekskluzywnym sklepie Ferner Jacobsen. Otworzył portmonetkę, wyjął pieniądze, resztę rzucił. Potem podszedł do komody, wyciągnął górną szufladę. Później kolejną. Wiedziała, że znajdzie w niej szkatułkę z biżuterią. Prześliczne, bezcenne kolczyki z perłami, które odziedziczyła po babce. Chociaż to nieprawda, że są bezcenne. Iver oddał je do wyceny. Okazało się, że są warte dwieście osiemdziesiąt tysięcy koron.

Usłyszała brzęk biżuterii wrzucanej do sportowej torby.

Potem chłopak zniknął we wspólnej łazience. Wyszedł z niej ze szczoteczkami do zębów. Jej, Ivera i Ivera juniora. Albo był naprawdę bardzo biedny, albo bardzo zaburzony. Albo jedno i drugie.

Podszedł do niej, nachylił się. Dotknął ręką jej ramienia.

– Boli?

Udało jej się pokręcić głową. Nie da mu tej satysfakcji.

Przesunął rękę. Poczuła dotyk gumowej rękawiczki na szyi. Kciuk i palec wskazujący na tętnicach. Czyżby zamierzał ją udusić? Ale wcale nie ściskał mocno.

– Twoje serce powoli przestaje bić – powiedział. Podniósł się i ruszył do wyjścia. Ścierką wytarł klamkę i zamknął drzwi za sobą. Za chwilę usłyszała trzaśnięcie furtki. A potem Agnete Iversen poczuła nadciągający chłód. Zaczął się w dłoniach i stopach, następnie zaatakował głowę. Sam czubek czaszki. Wgryzał się w serce od obu stron. A za nim nadciągnęła ciemność.

Sara patrzyła na mężczyznę, który wsiadł do kolejki na stacji Holmenkollen. Siedział w drugim wagonie, tym, który opuściła, kiedy na Voksenlia wskoczyło trzech młodych chłopców w czapkach z odwróconymi daszkami. W wakacje po godzinach porannego szczytu mało kto jeździł kolejką, wcześniej była w wagonie zupełnie sama. A teraz chłopcy próbowali przegonić i tego mężczyznę. Usłyszała, że najniższy z nich, najwyraźniej przywódca, nazywa go nudziarzem. I śmieje się z jego adidasów. Każe mu się przesiąść z ich wagonu. Spluwa na podłogę przed nim. Cholerny gangsterski narybek. A teraz jeszcze ten ładny blondynek, na pewno jakieś zaniedbane dyrektorskie dziecko, wyciągnął nóż sprężynowy. O Boże, czy oni... Zamachnął się na mężczyznę. Sarze krzyk uwiązł w gardle. W drugim wagonie rozległ się śmiech. Młody łobuz wbił nóż w siedzenie między kolanami ich ofiary. Odezwał się przywódca. Dawał mężczyźnie pięć sekund na wyniesienie się z wagonu. Tamten wstał, przez chwilę wyglądało na to, że coś zrobi, naprawdę sprawiał takie wrażenie. Ale jedynie chwycił mocniej swoją czerwoną torbę i przeszedł do wagonu Sary.

– *Fucking coward!* – krzyknęli z akcentem rodem z MTV. I znów wybuchnęli śmiechem.

W pociągu była tylko ona, on i trzej chłopcy. W harmonijkowym przejściu między wagonami mężczyzna przystanął, łapiąc równowagę, i ich spojrzenia spotkały się na moment. Sara wprawdzie nie widziała lęku w jego oczach, ale miała pewność, że tam jest. Lęk cywilizowanej, zdegenerowanej istoty, która zawsze jest gotowa porzucić swój rewir, odejść z podkulonym ogonem i oddać jeszcze kawałek swojego terytorium temu, kto odsłoni zęby i okaże chęć użycia fizycznej przemocy. Sara nim pogardzała. Gardziła jego słabością, tą cholerną dobrą wolą i szlachetnością, którymi z pewnością się otaczał. W pewnym sensie żałowała, że go nie pobili i nie nauczyli trochę nienawiści. Miała nadzieję, że dostrzeże w jej oczach tę pogardę, skuli się i zacznie się wić złapany na haczyk. Ale on tylko uśmiechnął się do niej z lekkim zażenowaniem, mruknął „dzień dobry", usiadł dwa rzędy przed nią i z rozmarzeniem zaczął wyglądać przez okno. Jakby nic się nie zdarzyło. O Boże, jakimi ludźmi się staliśmy! Gromadą słabowitych bab, które nie mają wstydu nawet na tyle, żeby się wstydzić. Sama miała ochotę splunąć na podłogę.

17

– A mówią, że w Norwegii nie ma klasy wyższej – zauważył Simon Kefas, podnosząc biało-pomarańczową taśmę, żeby mogła pod nią przejść Kari Adel.

Przed podwójnym garażem zatrzymał ich oddychający ciężko policjant w mundurze, z czołem błyszczącym od potu. Pokazali mu swoje identyfikatory, sprawdził zdjęcia, kazał nawet Simonowi zdjąć ciemne okulary.

– Kto ją znalazł? – spytał Simon, mrużąc oczy w ostrym słońcu.

– Pomoce domowe – odparł policjant. – Przyszły o dwunastej i zaraz wezwały pogotowie.

– Jacyś świadkowie? Ktoś coś widział albo słyszał?

– Widzieć nikt nic nie widział. Ale rozmawialiśmy z sąsiadką, która twierdzi, że słyszała huk. Myślała, że komuś strzeliła opona. Tu, na wzgórzu, ludzie nie są przyzwyczajeni do wystrzałów.

– Dziękuję. – Simon z powrotem założył okulary i wyprzedzając Kari, wszedł na górę po schodach, gdzie jeden z ubranych na biało techników z grupy działającej na miejscu zdarzenia zbierał ślady z drzwi wejściowych w tradycyjny sposób – posługując się małym pędzelkiem z czarnym włosiem. Niewielkie chorągiewki wyznaczały ścieżkę już sprawdzoną przez techników; prowadziła do ciała leżącego na podłodze w kuchni. Przez okno wpadała smuga słonecznego światła, ciągnęła się po kamiennej posadzce i lśniła w kałuży wody oraz w odłamkach szkła rozsypanych wokół rumianków. Przy zwłokach kucał mężczyzna w garniturze, konferując z lekarzem sądowym, którego Simon rozpoznał.

– Przepraszam – powiedział i ten w garniturze podniósł głowę. Włosy błyszczały mu od rozmaitych produktów do pielęgnacji, a starannie ufryzowane wąskie bokobrody skojarzyły się Simonowi z Włochami. – Kim pan jest?

– Mógłbym zadać to samo pytanie. – Mężczyzna wyraźnie nie zamierzał się ruszyć. Simon ocenił go na trzydzieści kilka lat.

– Nadkomisarz Kefas, Wydział Zabójstw.

– Bardzo mi przyjemnie. Åsmund Bjørnstad, komisarz z KRIPOS*. Wygląda na to, że nie poinformowano was o tym, że przejmujemy tę sprawę.

– Kto tak powiedział?

– Prawdę mówiąc, pański szef.

---

* KRIPOS – Centrala Policji Kryminalnej (przyp. tłum.).

– Szef do spraw kryminalnych?

Garniturowiec pokręcił głową i palcem wskazał na sufit. Simon przyjrzał się paznokciowi. Facet najprawdopodobniej robił sobie manikiur.

– Komendant okręgowy?

Bjørnstad skinął głową.

– Skontaktował się z nami i poprosił, żebyśmy jak najszybciej przyjechali na miejsce.

– Dlaczego?

– Pewnie uważa, że i tak poprosilibyście nas o wsparcie.

– I co, wpadliście tutaj i po prostu wszystko przejęliście?

Åsmund Bjørnstad uśmiechnął się leciutko.

– Słuchaj, nie ja o tym zdecydowałem. Ale kiedy prosi się KRIPOS o wsparcie w sprawie zabójstwa, zawsze stawiamy warunek przejęcia pełnej odpowiedzialności za śledztwo, zarówno taktyczne, jak i techniczne.

Simon pokiwał głową. Oczywiście wiedział o tym. Nie pierwszy raz Wydział Zabójstw Komendy Okręgowej Policji w Oslo i ogólnokrajowa jednostka, jaką była KRIPOS, uprawiały tę samą grządkę. Wiedział też, że powinien teraz grzecznie się ukłonić z wdzięcznością, że ma na głowie o jedną sprawę mniej, wrócić na komendę i skupić się raczej na śledztwie dotyczącym Vollana.

– No, ale skoro już tu jesteśmy, to chyba możemy trochę się rozejrzeć – stwierdził jednak.

– A po co? – Bjørnstad już nie krył irytacji.

– Jestem pewien, że macie wszystko pod kontrolą, ale jest ze mną koleżanka, która dopiero co do nas przyszła. Dobrze by było, gdyby mogła się przyjrzeć prawdziwemu badaniu miejsca zdarzenia. Co ty na to?

Śledczy z KRIPOS popatrzył z wahaniem na Kari. W końcu wzruszył ramionami.

– No to załatwione – orzekł Simon i przykucnął.

Dopiero teraz spojrzał na ciało. Do tej pory świadomie go unikał, czekając, aż będzie mógł skoncentrować się w pełni na martwej kobiecie. Niemal idealne koło, jakie utworzyła plama krwi na środku białego fartucha, przez moment skojarzyło mu się z flagą

Japonii. Tyle że słońce, rzecz jasna, zaszło, a nie wschodziło, bo kobieta wpatrywała się w sufit martwym spojrzeniem, do jakiego nigdy nie zdołał się przyzwyczaić – chyba ze względu na połączenie ludzkiego ciała i tego totalnie odhumanizowanego wzroku człowieka zmienionego w rzecz. Dowiedział się, że ofiara nazywa się Agnete Iversen, sam natomiast mógł stwierdzić, że strzelono jej w pierś. Wyglądało to na pojedynczy strzał. Uważnie obejrzał jej dłonie. Żaden z paznokci nie był złamany, na rękach nie dostrzegł śladów jakiejkolwiek walki, zauważył jedynie zarysowany lakier na środkowym palcu lewej ręki, ale rysa mogła powstać przy upadku.

– Jakieś ślady włamania? – spytał, dając znak lekarzowi sądowemu, że może obrócić ciało.

Komisarz Bjørnstad pokręcił głową.

– Możliwe, że drzwi były otwarte. Mąż i syn właśnie wyszli do pracy. Na klamce też nie ma żadnych odcisków palców.

– Żadnych? – Simon powiódł wzrokiem po brzegu kuchennego blatu.

– Tak. Jak widzisz, dbała o czystość.

Simon przyjrzał się otworowi po kuli w plecach Agnete Iversen.

– Przeszła na wylot. Widocznie przebiła tylko miękkie części ciała.

Lekarz sądowy wydął wargi i jednocześnie wzruszył ramionami. Gest ten miał powiedzieć Simonowi, że nie jest to przypuszczenie pozbawione racji.

– A kula? – Simon przeniósł wzrok na ścianę nad kuchennym blatem.

Åsmund Bjørnstad niechętnie wskazał jeszcze wyżej.

– Dziękuję – powiedział Simon. – Łuska?

– Jeszcze nie znaleźliśmy. – Śledczy wyjął komórkę w złotej obudowie.

– Rozumiem. A jaka jest wstępna hipoteza KRIPOS o tym, co tu się wydarzyło?

– Hipoteza? – uśmiechnął się Bjørnstad, przykładając telefon do ucha. – To chyba oczywiste. Rabuś wszedł do środka, zastrzelił ofiarę w kuchni, zabrał wartościowe przedmioty, jakie znalazł, i uciekł.

Przypuszczam, że to zaplanowany rabunek, zakończony nieplanowanym zabójstwem. Może się opierała albo zaczęła krzyczeć.

– A w jaki sposób…

Bjørnstad podniósł rękę, dając znak, że ktoś odebrał.

– Cześć, to ja. Możesz mi przygotować listę tych, którzy mają na koncie rozbój z użyciem przemocy, a są na wolności? Trzeba szybko sprawdzić, czy mogą być w Oslo. Priorytet mają ci, którzy posłużyli się bronią palną. Dziękuję. – Schował telefon z powrotem do kieszeni marynarki. – Posłuchaj, tatusiu, czeka mnie tu sporo roboty, a widzę, że ty już masz asystentkę, więc muszę wręcz prosić o…

– Dobrze, dobrze. – Simon uśmiechnął się najszerszym ze swoich uśmiechów. – Ale jeśli obiecamy, że nie będziemy wchodzić ci w paradę, to może pozwolisz nam rozejrzeć się na własną rękę?

Śledczy z KRIPOS łypnął podejrzliwie na starszego kolegę.

– I nie będziemy wychodzić poza te chorągiewki.

Bjørnstad dostojnym skinieniem głowy łaskawie zaakceptował wniosek.

– Tutaj znalazł to, czego szukał – stwierdziła Kari, kiedy stanęli przy łóżku w sypialni na grubym dywanie sięgającym od ściany do ściany. Na narzucie leżała torebka, otwarta pusta portmonetka i równie pusta szkatułka wyściełana czerwonym aksamitem.

– Możliwe. – Simon minął chorągiewkę i kucnął przy łóżku. – Opróżniając torebkę i szkatułkę, musiał stać mniej więcej tutaj, prawda?

– Sądząc po ułożeniu rzeczy na łóżku, owszem.

Simon uważnie przyglądał się dywanowi pod sobą. Już wstawał, gdy nagle zamarł i znów się nachylił.

– Co tam masz?

– Krew.

– Krwawił na dywan?

– Raczej nie. To prostokątny ślad, więc przypuszczalnie odcisk buta. Gdybyś była włamywaczem i weszła do którejś z willi bogaczy, tu, na wzgórzu, to gdzie szukałabyś sejfu?

Kari wskazała szafę z ubraniami.

– Zgadzam się. – Simon podniósł się i otworzył drzwi szafy.

Sejf był umieszczony w ścianie na środku i miał wielkość kuchenki mikrofalowej. Simon nacisnął klamkę. Zamknięty.

– Jeżeli nie poświęcił czasu na zamknięcie sejfu po opróżnieniu go, co wydaje mi się raczej dziwne, zważywszy na stan, w jakim zostawił szkatułkę i portmonetkę, to raczej w ogóle nie próbował go otwierać – stwierdził Simon. – Sprawdźmy, może jest już dostęp do ciała.

W powrotnej drodze do kuchni zajrzał jeszcze do łazienki. Wyszedł stamtąd ze zmarszczonym czołem.

– O co chodzi? – spytała Kari.

– Wiesz o tym, że we Francji jedna szczoteczka do zębów przypada na czterdziestu mieszkańców?

– Stary mit, stara statystyka – prychnęła Kari.

– I stary człowiek – powiedział Simon. – Ale tak czy owak, w rodzinie Iversenów nie ma ani jednej szczoteczki.

Poszli do kuchni, gdzie chwilowo nikt nie zajmował się ciałem Agnete Iversen, Simon mógł więc bez przeszkód obracać je i przekładać. Obejrzał dłonie kobiety, starannie sprawdził ranę wlotową i wylotową, potem poprosił, żeby Kari stanęła tuż przy stopach Agnete Iversen, zwrócona plecami do blatu.

– Z góry przepraszam – powiedział. Stanął obok niej, jeden palec wskazujący przyłożył do miejsca między drobnymi piersiami Kari w tym samym punkcie, w którym kula wbiła się w ciało Agnete Iversen, drugi między łopatkami w miejscu odpowiadającym ranie wylotowej. Przyjrzał się kątowi między oboma punktami, po czym przesunął wzrok dalej na ścianę do miejsca, w które wbiła się kula. Potem się nachylił, urwał główkę jednego rumianka, klęknął na blacie, wyciągnął rękę i włożył kwiatek w otwór.

– Chodź – rzucił, zsunął się z blatu i ruszył do wyjścia. Po drodze zatrzymał się przy krzywo wiszącym obrazie, nachylił się nad nim i wskazał coś czerwonego na brzeżku ramy.

– Krew? – spytała Kari.

– Lakier do paznokci – wyjaśnił. Stanął na środku korytarza, przyłożył grzbiet lewej dłoni do obrazu i obejrzał się do tyłu na ciało. Potem znów ruszył do drzwi, ale zatrzymał się i kucnął przy progu. Nachylił się nad grudką ziemi oznakowaną chorągiewką.

– Halo, nie ruszajcie tego! – rozległ się jakiś głos za ich plecami.

Podnieśli głowy.

– Aha, to ty, Simon! – Mężczyzna w białym stroju przeciągnął palcem po wilgotnych wargach obramowanych rudą brodą.

– Cześć, Nils. Dawno się nie widzieliśmy. Mili są dla ciebie w KRIPOS?

Rudobrody wzruszył ramionami.

– Pewnie. Ale chyba dlatego, że trochę im mnie żal, bo uważają, że jestem stary i przeterminowany.

– A jesteś?

– Pewnie – westchnął technik. – Teraz liczy się tylko DNA, Simon. DNA i programy komputerowe, na których tacy jak my absolutnie się nie wyznają. Nie tak jak dawniej, o nie.

– No, jeszcze nie powiedzieliśmy ostatniego słowa. – Simon oglądał zamek zatrzaskowy w drzwiach wejściowych. – Pozdrów żonę, Nils.

Rudowłosy się zatrzymał.

– Ja ciągle nie mam…

– No to psa.

– Pies już dawno nie żyje.

– Więc zapomnijmy o tych pozdrowieniach, Nils. – Simon wyszedł za drzwi. – Kari, policz do trzech i wrzaśnij, ile masz sił w płucach. Później wyjdź na schody i tam stań, okej?

Kiwnęła głową, a Simon zamknął drzwi.

Kari patrzyła, jak Nils kręci głową i odchodzi. Potem wrzasnęła z całej siły. Wykrzyczała słowo „*Fore!*”, którego zwykle używała przepisowo, żeby ostrzec wszystkich dookoła, kiedy z rzadka po uderzeniu piłki kijem do golfa wychodził jej nieprawidłowy *hook* albo *slice*. Potem otworzyła drzwi.

U stóp schodów stał Simon i celował do niej z palca wskazującego.

– Przesuń się! – polecił.

Zrobiła, o co prosił, i zobaczyła, że on też przesuwa się odrobinę w lewo i mruży jedno oko.

– Musiał stać dokładnie tutaj – orzekł. – Patrz wzdłuż linii palca.

Kari odwróciła się i zobaczyła biały rumianek na ścianie. Simon spojrzał w prawo. Podszedł do japońskich klonów, rozsunął gałęzie na boki. Kari zrozumiała, że szuka łuski.

– Aha – mruknął tylko i wyjął komórkę. Kari usłyszała cyfrowy dźwięk naśladujący trzask migawki. Simon zgniótł grudkę ziemi, przesypując ją w palcach. Potem wszedł na schody i pokazał Kari zdjęcie na wyświetlaczu.

– Odcisk buta – stwierdziła.

– Zabójcy.

– Tak?

– Możemy przyjąć, że lekcja już się odbyła, Kefas?

Odwrócili się. To był Bjørnstad. Wyglądał na wściekłego. Za nim stało trzech techników, wśród nich brodaty Nils.

– Już niedługo kończymy. – Simon chciał wejść do środka. – Pomyślałem, że jeszcze tylko…

– A ja pomyślałem, że powinniście skończyć już dawno. – Komisarz stanął na szeroko rozstawionych nogach i z rękami skrzyżowanymi na piersi, zagradzając im drogę. – Zauważyłem kwiaty w moich otworach po kulach, a to znaczy, że sprawy posunęły się za daleko. Na dzisiaj dziękujemy.

Simon wzruszył ramionami.

– W porządku. I tak widzieliśmy już dość, żeby wyciągnąć wnioski. Powodzenia w szukaniu zamachowca.

Bjørnstad zaśmiał się krótko.

– Próbujesz zaimponować swojej młodej uczennicy, mówiąc, że to był zamach? – Obrócił się do Kari. – Bardzo mi przykro, ale rzeczywistość nie jest aż tak emocjonująca, jak chciałby ten tatusiek. To tylko jedno z kolejnych gównianych zabójstw na tle rabunkowym.

– Mylisz się – oświadczył Simon.

Bjørnstad ujął się pod boki.

– Rodzice uczyli mnie, że powinienem mieć szacunek dla starszych. Daję ci dziesięć sekund szacunku na zniknięcie stąd.

Któryś z techników zachichotał.

– To jacyś mądrzy rodzice – zauważył Simon.

– Dziewięć sekund.

– Sąsiadka mówiła, że słyszała strzał.

– I co z tego?

– Te działki są duże i domy stoją w sporym oddaleniu od siebie. Poza tym z reguły są dobrze izolowane. Sąsiedzi nie usłyszeliby więc huku, który zidentyfikowaliby jako strzał, gdyby dobiegł z wnętrza domu. Z zewnątrz natomiast…

Bjørnstad odchylił głowę, jakby chciał spojrzeć na Simona pod innym kątem.

– O czym ty mówisz?

– Pani Iversen była wzrostu Kari. Przy założeniu, że ofiara stała prosto w chwili, gdy napastnik do niej strzelił, a kula trafiła ją w tym miejscu – wskazał na pierś Kari – przeleciała przez plecy i później wbiła się w ścianę tam, gdzie wsadziłem rumianek, to jedyną możliwością pasującą do takiej linii strzału jest to, że on stał niżej od niej, ale oboje znajdowali się stosunkowo daleko od tej ściany. Innymi słowy, Agnete stała w tym miejscu, gdzie my teraz, natomiast ten, kto strzelał, u stóp schodów. Na ścieżce. To dlatego sąsiadka usłyszała strzał. Nie dotarł do niej jednak żaden krzyk ani inny odgłos poprzedzający wystrzał, nic, co wskazywałoby na stawianie oporu, domyślam się więc, że musiało się to odbyć bardzo szybko.

Bjørnstad mimowolnie obejrzał się na stojących z tyłu kolegów. Przestąpił z nogi na nogę.

– I co, zaciągnął ją potem do kuchni?

Simon pokręcił głową.

– Nie, sądzę, że się tam zatoczyła.

– A co cię skłania do takiego wniosku?

– Miałeś rację, mówiąc, że pani Iversen była bardzo porządną osobą. Jedyną krzywą rzeczą w tym domu jest tamten obraz.

Wszyscy obrócili się w kierunku wskazanym przez Simona.

– Poza tym na ramie od strony drzwi widać drobinki lakieru do paznokci. Musiała więc uderzyć w ramę, posuwając się tyłem, co by się zgadzało z rysą na paznokciu środkowego palca lewej ręki.

Bjørnstad zaprzeczył.

– Gdyby została zastrzelona w drzwiach i poleciała do tyłu, wszędzie na korytarzu byłyby ślady krwi z rany wylotowej.

– I były – odparł Simon. – Ale zabójca je starł. Sam powiedziałeś, że na klamce nie znaleźliście żadnych odcisków palców, nawet członków rodziny. Ale nie dlatego, że Agnete Iversen przypadkiem wzięła się do wielkiego sprzątania i wytarła klamkę zaraz po wyjściu męża i syna, tylko dlatego, że zabójca chciał zatrzeć ślady. Jestem w zasadzie pewien, że krew z podłogi starł, ponieważ w nią wdepnął, a nie chciał zostawiać odcisków butów. Później wytarł również podeszwy.

– Ach, tak? – Bjørnstad wciąż miał głowę odchyloną do tyłu, ale uśmiech już nie tak szeroki. – I to wszystko wziąłeś sobie ot, tak z powietrza?

– Przy wycieraniu butów nie usunie się krwi z rowków podeszwy. – Simon spojrzał na zegarek. – Ale kiedy się chwilę postoi na grubym dywanie, nitki wejdą w te rowki i krew w nie wsiąknie. W sypialni znajdziecie podłużną prostokątną plamę na dywanie. Przypuszczam, że twój technik się ze mną zgodzi.

Zapadła cisza. Kari usłyszała podjeżdżający samochód, który zatrzymał dyżurujący policjant. Wzburzone głosy, wśród nich głos młodego człowieka. Mąż i syn.

– Wszystko jedno – rzucił Bjørnstad z udawaną beztroską. – Miejsce, z którego oddano strzał, nie jest najważniejsze. To i tak rabunek, a nie zamach. A sądząc po odgłosach, wkrótce będziemy mieli tu kogoś, kto potwierdzi, że z tej szkatułki zginęła biżuteria.

– Biżuteria jest niezła – stwierdził Simon. – Ale gdybym to ja był rabusiem, zaciągnąłbym Agnete Iversen do środka i groźbami zmusił, żeby mi pokazała naprawdę wartościowe rzeczy. Na przykład, żeby podała mi szyfr do sejfu. Nawet najgłupszy złodziej wie, że w takich domach jak ten należy go szukać. Tymczasem on strzela do niej już na zewnątrz, ryzykując, że usłyszą to sąsiedzi. I nie dlatego, że wpadł w panikę, bo sposób, w jaki zatarł ślady, pokazuje, że działał z zimną krwią. Nie, on to robi, ponieważ *wie*, że nie spędzi zbyt dużo czasu w tym domu, a kiedy przyjedzie policja, już dawno się ulotni. Bo z założenia nie zamierza wcale zbyt wiele zrabować, prawda? Jedynie tyle, żeby na przykład trochę zbyt młody śledczy, który ma mądrych rodziców, trochę zbyt szybko wyciągnął wniosek, że to napad rabunkowy. I żeby dzięki temu nie zawracał sobie głowy zbyt starannym szukaniem prawdziwego motywu.

Simon musiał przyznać, że przyjemność sprawiły mu zapadająca cisza i nagła czerwień na twarzy Bjørnstada. Taki już miał charakter. Ale Simon Kefas nie był człowiekiem aż tak złośliwym. Dlatego, chociaż wiele go to kosztowało, oszczędził temu młodzieniaszkowi końcowego komentarza: „Możemy uznać tę lekcję za odbytą, Bjørnstad?".

Nie wykluczał bowiem wcale, że Åsmund Bjørnstad z czasem, po nabraniu doświadczenia, stanie się dobrym śledczym. Zdolni ludzie potrafią się nauczyć nawet pokory.

– Zabawna hipoteza, Kefas – odezwał się w końcu Bjørnstad. – Postaram się mieć ją w pamięci. Ale czas płynie... – Krótki uśmiech. – Więc może pora, żebyście i wy stąd spłynęli.

– Dlaczego nie powiedziałeś komisarzowi wszystkiego? – spytała Kari, podczas gdy Simon ostrożnie prowadził samochód przez ostre zakręty na wzgórzu Holmenkollen.

– Wszystkiego? – spytał Simon niewinnie.

Kari nie mogła powstrzymać się od uśmiechu. Urok starszego pana.

– Zrozumiałeś, że łuska musiała upaść gdzieś na rabatę. Łuski nie znalazłeś, za to znalazłeś odcisk buta. Zrobiłeś mu nawet zdjęcie. No i ziemia była taka sama jak ta w korytarzu, prawda?

– Tak.

– To dlaczego nie przekazałeś mu tej informacji?

– Ponieważ jest ambitnym śledczym, a jego ego jest większe niż poczucie przynależności do zespołu, więc lepiej będzie, jeśli sam znajdzie ten odcisk. Z przeświadczeniem, że śledztwo idzie jego tropem, a nie moim, będzie bardziej zmotywowany, żeby dać z siebie wszystko, kiedy zaczną szukać człowieka w butach numer czterdzieści trzy, który podniósł łuskę z tej rabatki.

Zatrzymali się na czerwonym świetle przy Stasjonsveien.

– A skąd masz wiedzę o sposobie myślenia takiego śledczego jak Bjørnstad?

Simon się roześmiał.
– To akurat jest proste. Ja też byłem kiedyś młody i ambitny.
– Ambicja znika z wiekiem?
– Przynajmniej częściowo – uśmiechnął się Simon. Kari miała wrażenie, że dostrzega w tym uśmiechu smutek.
– To dlatego odszedłeś z Økokrim?
– Skąd ten pomysł?
– Przecież byłeś tam szefem. Nadkomisarzem odpowiedzialnym za ludzi. W Wydziale Zabójstw pozwolili ci zachować stopień, ale pod sobą masz tylko mnie.
– Owszem. – Simon przejechał przez skrzyżowanie w stronę Smestad. – Nadkomisarz. Nadgorliwy, z nadszarpniętą opinią, nadpsuty. W ogóle nadprogramowy.
– No, to co się wydarzyło?
– Nie chciałabyś...
– Owszem, chcę wiedzieć.
Dalej pojechali w milczeniu. Kari zrozumiała, że działa ono na jej korzyść, więc się nie odzywała. Mimo to dotarli prawie aż do Majorstua, zanim Simon zaczął:
– Wpadłem na ślad operacji prania brudnych pieniędzy. Chodziło o wielkie sumy. I o wielkie nazwiska. Ktoś z szefostwa uznał chyba, że ja i moje śledztwo wiążą się ze zbyt dużym ryzykiem. Że nie mam dostatecznych dowodów i możemy skręcić kark, jeśli poinformujemy o tym wyżej, a nie uda nam się dotrzeć do celu, bo to nie są zwykli przestępcy, tylko ludzie, którzy mają władzę, mogą odparować cios, wykorzystując system, chociaż on zwykle stoi po stronie policji. Szefowie się bali, że nawet gdybyśmy odnieśli zwycięstwo, pozostałby do zapłacenia rachunek, taki *backlash*.
I znów milczenie. Tym razem trwające aż do parku Frogner, gdzie Kari straciła cierpliwość.
– Więc wykopali cię po prostu dlatego, że zająłeś się niewygodnym śledztwem?
Simon pokręcił głową.
– Miałem pewien problem. Hazard. Albo używając jeszcze trafniejszego określenia, szaleństwo na punkcie gry. Kupowałem i sprzedawałem akcje. Niewiele. Ale kiedy się pracuje w Økokrim...

– ...ma się dostęp do poufnych informacji.

– Nigdy nie handlowałem akcjami, o których miałem informacje. Ale i tak złamałem zasady. Wykorzystano to na tyle, ile było warte.

Kari pokiwała głową. Jechali wolno w stronę centrum i tunelu Ibsena.

– A teraz?

– Teraz już nie gram. I nikomu nie dokuczam.

Znów ten smutny, pełen rezygnacji uśmiech.

Kari zaczęła myśleć o zajęciach zaplanowanych na popołudnie. Trening. Obiad z teściami. Oglądanie mieszkania na Fagerborg. I nagle usłyszała pytanie, które musiało się wydobyć z jakiejś innej, chyba wręcz podświadomej części jej własnego mózgu.

– A co to oznacza, że zabójca zabrał ze sobą łuskę?

– Łuski mają numer seryjny, ale to rzadko potrafi doprowadzić nas do zabójcy – odparł Simon. – Oczywiście możliwe, że obawiał się swoich odcisków palców na łusce, ale sądzę, że akurat ten zabójca pomyślał o tym wcześniej i załadował magazynek w rękawiczkach. Przypuszczam, iż możemy wyciągnąć wniosek, że miał stosunkowo nową broń.

– Bo?

– Od mniej więcej dziesięciu lat producenci broni mają obowiązek znakowania numerem seryjnym iglicy. W ten sposób po uderzeniu iglicy w łuskę tworzy się coś w rodzaju odcisku palca. Łuska i rejestr broni wystarczą, żeby doprowadzić nas do właściciela.

Kari w zamyśleniu wysunęła dolną wargę i kiwała głową.

– Okej, rozumiem. Nie rozumiem tylko, dlaczego on chce, żeby to wyglądało na rabunek.

– Tak jak boi się znalezienia pustej łuski, tak samo się obawia, że odkrycie jego prawdziwego motywu natychmiast nas do niego doprowadzi.

– No to chyba sprawa jest prosta. – Kari nie przestawała myśleć o ogłoszeniu. Napisano w nim, że w mieszkaniu są dwa balkony. Na jednym słońce świeci rano, na drugim wieczorem.

– Tak? – zdziwił się Simon.

– Mąż – zawyrokowała Kari. – Każdy mąż wie, że będzie podejrzany, jeżeli nie upozoruje zabójstwa żony z jakiegoś innego powodu. Na przykład w trakcie rabunku.

– Z jakiegoś innego powodu niż…

– Niż zazdrość. Miłość. Nienawiść. Są jakieś inne powody?

– Nie – odparł Simon. – Nie ma.

18

Wczesnym popołudniem przez Oslo przeleciał deszcz, ale nie schłodził znacząco miasta, a kiedy słońce znów przepaliło warstwę chmur, chciało sobie chyba odbić to, co straciło, i zaczęło przypiekać stolicę białym światłem, od którego z dachów i ulic unosiła się para.

Louis obudził się, kiedy słońce zawisło już nisko i jego promienie padały mu prosto na twarz. Zmrużonymi oczami popatrzył na świat, na ludzi i samochody jadące jeden za drugim, mijające go i jego żebraczy kubek. Żebractwo było stosunkowo opłacalnym zajęciem, dopóki przed kilkoma laty nie zaczęli przyjeżdżać Cyganie z Rumunii. Potem zjawiło się ich więcej, a potem prawdziwy rój. Rój kradnącej, żebrzącej, oszukującej szarańczy. I tak jak szarańczę należało ich, rzecz jasna, tępić wszelkimi możliwymi metodami. Louis miał na ten temat wyrazistą opinię: norwescy żebracy – tak jak norwescy armatorzy – zasługiwali na ochronę państwa przed zagraniczną konkurencją. W obecnej sytuacji musiał coraz częściej uciekać się do kradzieży, co było nie tylko męczące, ale, mówiąc wprost, poniżej jego godności.

Westchnął i brudnym palcem stuknął w swój kubek. Usłyszał, że w środku coś jest. Nie monety. Banknoty? W takim razie powinien schować pieniądze do kieszeni, zanim ukradnie je któryś z tych Cyganów. Zajrzał do kubka. Dwa razy mrugnął. Potem podniósł przedmiot do góry. To był zegarek. Chyba damski. Rolex. Oczywiście kopia, ale ciężki. Bardzo ciężki. Czy to naprawdę ma sens, żeby ludzie chodzili z takim ciężarem na nadgarstkach? Słyszał, że takie zegarki działają nawet na głębokości pięćdziesięciu metrów. To rzeczywiście mogło się przydać, gdyby ktoś poszedł popływać z takim obciążeniem. Czy to mogło być… Niektórzy ludzie to szaleńcy, co do tego nie ma najmniejszych wątpliwości. Louis popatrzył w górę i w dół ulicy. Znał zegarmistrza na rogu Stortingsgata. Chodzili do jednej klasy. Może on mógłby…

Z trudem dźwignął się na nogi.

Kine paliła papierosa przy swoim wózku na zakupy. Ale kiedy zapaliło się zielone światło i inni piesi ruszyli, ona dalej stała. Zmieniła zdanie. Postanowiła dzisiaj nie przechodzić przez ulicę. Stała, żeby dopalić papierosa. Wózek ukradła z Ikei już dawno, dawno temu. Po prostu wyprowadziła go ze sklepu i wstawiła do samochodu dostawczego na parkingu. Zawiozła go wraz z łóżkiem Hemnes, stołem Hemnes i regałami Billy do domu będącego, jak sądziła, ich wspólną przyszłością. Jej przyszłością. On poskręcał meble, a potem razem strzelili sobie w żyłę. A teraz on, w przeciwieństwie do niej, nie żył. Ona też już nie brała. Da sobie radę. Ale w tym łóżku Hemnes nie spała od dawna. Przydeptała papierosa i znów złapała za rączkę wózka. Odkryła, że ktoś – najprawdopodobniej jakiś inny przechodzień – rzucił na brudny koc przykrywający zawartość wózka plastikową torbę. Sięgnęła po nią z irytacją, bo nie pierwszy raz się zdarzyło, że ludzie brali jej ziemski dobytek za zwykły kosz na śmieci. Obróciła się, ponieważ w ciemno znała usytuowanie pojemników na odpady w centrum Oslo, wiedziała więc, że jeden stoi tuż za nią. Nagle jednak się zawahała. Ciężar plastikowej torby obudził jej ciekawość. Otworzyła ją. Wsunęła rękę do środka i wyciągnęła zawartość na popołudniowe słońce. Zamigotało i zabłysło. Biżuteria. Naszyjniki i pierścionek. W naszyjniku tkwiły brylanty, a pierścionek był ze złota. Prawdziwe złoto, prawdziwe brylanty. Kine miała co do tego prawie sto procent pewności. Już wcześniej dotykała złota i brylantów. Przecież mimo wszystko pochodziła z dobrego umeblowanego domu.

Johnny Puma szeroko otworzył oczy, poczuł nadpełzający lęk i obrócił się w łóżku. Nie słyszał, żeby ktoś wchodził, a docierało do niego sapanie i dyszenie. Czyżby to Coco się tu dostał? Chociaż to dyszenie brzmiało raczej jak pieprzenie niż jak odgłosy kogoś, kto przyszedł upomnieć się o dług. Mieli raz w schronisku parę. Kierownictwo uznało pewnie, że ci dwoje tak bardzo się nawzajem potrzebują, iż postanowiono zrobić wyjątek od reguły, pozwalającej przebywać w tym przybytku wyłącznie mężczyznom. Możliwe, że facet rzeczywiście potrzebował tej dziewczyny. W każdym razie finansowała prochy dla obojga, przemieszczając się z pokoju do pokoju i pozwalając się posuwać wszystkim, dopóki kierownictwo nie powiedziało dość i jej nie wyrzuciło.

To był ten nowy. Leżał na podłodze odwrócony od Johnny'ego, a ze słuchawek, które miał w uszach, Johnny z trudem wychwytywał syntetyczny rytm i monotonny przypominający robota głos. Chłopak robił pompki. Teraz nazywali to *push-ups*, dlaczego, Johnny nie miał pojęcia. Za swoich najlepszych czasów sam potrafił zrobić setkę. Na jednej ręce. Chłopak był silny, bez wątpienia, ale męczył się z utrzymaniem prostej pozycji. Już miał trochę wygięte plecy. W świetle sączącym się przez zasłony Johnny zobaczył zdjęcie, które chłopak musiał przypiąć na ścianie. Mężczyzna w policyjnym mundurze. Ale Johnny dostrzegł coś jeszcze. Na parapecie. Kolczyki. Wyglądały na drogie. Ciekawe, gdzie je ukradł.

Jeśli były tak cenne, na jakie wyglądały, to rozwiązałyby wszystkie jego problemy. Krążyły plotki, że Coco jutro zamierza się wynieść ze schroniska i że jego pomagierzy robią rundę po pokojach i ściągają długi. Jeśli to prawda, Johnny nie miał za dużo czasu na zdobycie pieniędzy. Zaplanował sobie, że pójdzie na włam do którejś kamienicy na Bislett, bo dużo ludzi powyjeżdżało na wakacje. Po prostu zadzwoni i sprawdzi, na których piętrach nikt nie otwiera. Tylko najpierw musiał zebrać trochę sił. Ale rozwiązanie z kolczykami jest prostsze i pewniejsze.

Zastanawiał się, czy nie zdołałby niepostrzeżenie wstać z łóżka i podejść do parapetu, ale zrezygnował z tego pomysłu. Bez względu na kłopoty nowego z utrzymaniem prostej pozycji ryzykował niezłe lanie. Już na samą myśl prawie się popłakał. Ale oczywiście mógł podjąć próbę odwrócenia jego uwagi, skłonienia go do wyjścia z pokoju i przypuszczenia ataku dopiero wtedy. Nagle zorientował się, że patrzy prosto w oczy chłopaka. Tamten się odwrócił i teraz robił brzuszki. *Sit-ups*. Uśmiechał się. Johnny dał znać, że chce coś powiedzieć, więc chłopak wyciągnął słuchawki z uszu. Do Johnny'ego dotarły słowa ...*now I'm clean*, zanim sam zaczął mówić:

– Nie chciałoby ci się przynieść dla mnie czegoś z kawiarni? Sam po takim treningu powinieneś coś zjeść. Jeśli organizm nie dostaje tłuszczu i węglowodanów, zaczyna zjadać mięśnie. A jaki jest sens, kiedy zysk idzie na straty?

– Dzięki za podpowiedź, Johnny. Wezmę tylko najpierw prysznic, ale ty się szykuj. – Chłopak wstał. Schował kolczyki do kieszeni i wyszedł do wspólnej łazienki.

Niech to szlag! Johnny zamknął oczy. Wystarczy mu siły? Musi. To tylko dwie minuty. Liczył sekundy. Potem usiadł na brzegu łóżka. Zebrał się w sobie, wstał. Sięgnął po spodnie na krześle. Akurat je wkładał, kiedy rozległo się pukanie do drzwi. Pewnie chłopak nie wziął klucza. Johnny doskakał do drzwi na jednej nodze i otworzył.

– Musisz...

Pięść uzbrojona w kastet wylądowała na czole Johnny'ego Pumy. Zatoczył się do tyłu. Drzwi się otworzyły i do pokoju wszedł Coco z dwoma pomagierami. Uczepili się Johnny'ego, każdy jednej ręki, a Coco walnął go z byka tak, że Johnny uderzył tyłem głowy w ramę górnego łóżka. Kiedy ją znów podniósł, patrzył wprost w paskudne spływające maskarą oczy Coco. I na błyszczący czubek noża.

– Mam mało czasu, Johnny – odezwał się Coco swoim łamanym norweskim. – Inni mają pieniądze, ale nie chcą płacić. Ty kasy nie masz, więc możesz świecić przykładem.

– Przy... przykładem?

– Nie bądź głupi, Johnny. Jedno oko zachowasz.

– Ale... ale... do cholery, Coco!

– Zamknij gębę, żeby oko się nie zniszczyło. Będziemy je pokazywać innym gnojom. Muszą widzieć, że jest prawdziwe, okej?

Johnny zaczął krzyczeć, ale szybko powstrzymała go od tego ręka przyciśnięta do jego ust.

– Spokojnie, Johnny. W oku nie ma dużo nerwów. To nie będzie bolało, obiecuję.

Johnny wiedział, że strach powinien dodać mu sił do walki, tymczasem on jakby zwiądł. Johnny Puma, ten, który kiedyś podnosił samochody, apatycznie wpatrywał się w czubek noża, który jeszcze się przybliżył.

– Ile?

Głos zabrzmiał miękko, prawie jak szept. Odwrócili się do drzwi. Nikt nie usłyszał, jak wchodził. Miał mokre włosy, był w samym dżinsach.

– Wynoś się! – syknął Coco.

Chłopak stał.

– Ile on jest winien?

– Wynoś się, i to już, bo jak nie, to sam posmakujesz kosy.

Nowo przybyły wciąż się nie ruszał. Chłopiec na posyłki, który zatykał Johnny'emu usta, puścił go i podszedł do nowego.

– On... on mi ukradł kolczyki – wyjąkał Johnny. – Naprawdę! Ma je w kieszeni. Zdobyłem je, żeby ci zapłacić, Coco! Przeszukaj go, to sam się przekonasz. Proszę cię, Coco, bardzo, bardzo cię proszę.

Johnny słyszał łzy w swoim głosie, ale nic go to nie obchodziło, a Coco też najwyraźniej nie zwracał na to uwagi, bo stał wpatrzony w chłopaka. Pewnie podobało mu się to, co widział. Perwersyjna świnia!

– To prawda, co mówi nasz Johnny, przystojniaczku?

– Możesz próbować się przekonać – odparł chłopak. – Ale na twoim miejscu powiedziałbym, ile on ci jest winien. Będzie mniej kłopotów. I mniej bałaganu.

– Dwanaście tysięcy – odparł Coco. – Dlaczego... – urwał, kiedy chłopak wyciągnął z kieszeni plik banknotów i zaczął odliczać od góry. Kiedy doszedł do dwunastu, podał je Coco, a pozostałe schował do kieszeni.

Coco wahał się z ich przyjęciem, jakby z tymi banknotami było coś nie tak. Potem się roześmiał. Otworzył gębę z tymi cholernymi złotymi zębami, które kazał sobie wstawić w miejsce zupełnie zdrowych. „O cholera" – powtarzał. „O cholera". W końcu wyrwał banknoty z ręki chłopaka, przeliczył i podniósł głowę.

– Jesteście kwita? – spytał chłopak. Wcale nie z kamienną twarzą, jak tamci dwaj młodzi dilerzy, którzy naoglądali się za dużo filmów. Przeciwnie, on się uśmiechał. Tak jak kiedyś uśmiechali się kelnerzy do Johnny'ego, kiedy jeździł na tournée i jadał w eleganckich restauracjach, a oni pytali, czy smakowało.

– Jesteśmy rozliczeni – wyszczerzył się Coco.

Johnny położył się na łóżku i zamknął oczy. Śmiech Coco słyszał jeszcze długo po tym, jak tamten zamknął drzwi i zniknął w korytarzu.

– Nie przejmuj się – odezwał się chłopak.

Johnny go słyszał, chociaż próbował odciąć się od jego głosu.

– Na twoim miejscu postąpiłbym tak samo.

Ale ty nie jesteś mną, pomyślał Johnny, czując płacz ściskający gdzieś między gardłem a piersią. Ty nigdy nie byłeś Johnnym Pumą. I nie wiesz, jak to jest, kiedy przestaje się nim być.

– Idziemy do kawiarni, Johnny?

Gabinet oświetlał tylko monitor komputera, a jedyne dźwięki docierały zza drzwi, które Simon zostawił uchylone. Słychać było radio cicho grające w kuchni i krzątającą się Else. Pochodziła z chłopskiej rodziny i zawsze musiała coś sprzątnąć, umyć, posortować, poprzekładać, posadzić, uszyć czy upiec. Praca nigdy nie miała końca, bez względu na to, ile się zrobiło dzisiaj, jutro znów trzeba było robić od nowa. Dlatego należało pracować w równym tempie, nie forsować się aż do złamania karku. To były uspokajające odgłosy ruchów osoby, która znajduje radość i sens w swoich zajęciach. Spokojny puls i zadowolenie. Pod pewnymi względami jej zazdrościł. Ale nasłuchiwał również innych dźwięków. Potknięć i rumoru rzeczy spadających na podłogę. Kiedy coś takiego się działo, na chwilę wstrzymywał oddech, żeby się przekonać, czy Else ma wszystko pod kontrolą. A gdy się orientował, że nic wielkiego się nie stało, więcej do tego nie wracał, pozwalając jej wierzyć, że niczego nie zauważył.

Otworzył wewnętrzne pliki Wydziału Zabójstw i przeczytał raporty dotyczące Pera Vollana. Kari napisała imponująco dużo, naprawdę pracowała efektywnie. Ale kiedy je czytał, czegoś mu w nich brakowało. Przepełniony entuzjazmem śledczy nawet w najbardziej biurokratycznych protokołach nie potrafi ukryć żaru i szczerego zainteresowania. To, co pisała Kari, było niczym podręcznikowe przykłady policyjnych raportów: obiektywne i trzeźwe. Żadnych tendencyjnych zabarwień ani uprzedzeń osoby zaangażowanej. Bez życia, zimne. Przeczytał protokoły z przesłuchań świadków, żeby sprawdzić, czy wśród tych, z którymi Vollan utrzymywał kontakty, nie pojawi się jakieś interesujące nazwisko. Nie pojawiło się. Zapatrzył się w ścianę. W myślach powtarzał dwa słowa. Nestor. Umorzenie.

W końcu wrzucił w Google Agnete Iversen.

Natychmiast wyskoczyły pierwsze strony gazet z informacją o zabójstwie.

„Słynna postać z rynku nieruchomości brutalnie zamordowana".

„Zastrzelona i obrabowana we własnym domu".

Kliknął jeden z tytułów. Cytowano komisarza Åsmunda Bjørnstada z konferencji prasowej w siedzibie KRIPOS na Bryn. „Zespół śledczych z KRIPOS odkrył, że chociaż Agnete Iversen została znaleziona w kuchni, to jednak najprawdopodobniej strzelono do niej, kiedy stała w drzwiach domu". A poniżej: „Wiele elementów wskazuje na to, że mamy do czynienia z napadem rabunkowym, ale w obecnej chwili nie możemy wykluczyć również innych motywów działania sprawcy".

Simon przesunął kursor w dół do starszych artykułów. Pochodziły niemal wyłącznie z prasy ekonomicznej. Agnete Iversen była córką jednego z większych właścicieli nieruchomości w Oslo. Miała dyplom MBA z Wharton Business School w Filadelfii i w stosunkowo młodym wieku przejęła po ojcu zarządzanie portfelem nieruchomości. Ale po ślubie z Iverem Iversenem, również ekonomistą, wycofała się z życia zawodowego. Jeden z dziennikarzy specjalizujący się w ekonomii opisywał ją jako tę, która zarządząjąc nieruchomościami, robi to skutecznie i opłacalnie, a zarazem je uszlachetnia. Jej mąż natomiast reprezentował styl bardziej agresywny, charakteryzujący się częstymi zakupami i sprzedażami, co łączyło się z większym ryzykiem, lecz okresowo przynosiło też wyższe zyski. W innym artykule sprzed dwóch lat zamieszczono zdjęcie syna Iversenów, Ivera juniora. Pod nagłówkiem *Dziedzic milionowej fortuny szaleje wśród złotej młodzieży na Ibizie* widać było opalonego, roześmianego chłopaka z białymi zębami, z oczami czerwonymi w świetle lampy błyskowej, spoconego od tańca, z butelką szampana w jednej ręce i równie spoconą blondynką w drugiej. Trzy lata wcześniej znów artykuł ze stron gospodarczych. Iver senior ściska dłoń radnemu do spraw finansowych w Oslo w związku z zakupem przez firmę Iversen Nieruchomości komunalnych kamienic za miliard koron.

Simon usłyszał szmer otwieranych drzwi. Stanął przed nim kubek parującej herbaty.

– Siedzisz po ciemku? – Else położyła mu ręce na ramionach. Masowała go. Albo się podpierała.

– Ciągle czekam na to, żebyś powiedziała mi resztę – odezwał się Simon.

– Resztę czego?

– Tego, co mówił doktor.

– Przecież zadzwoniłam i wszystko ci przekazałam. Zaczynasz zapominać, kochany? – Roześmiała się cicho, ustami dotykając jego głowy. Miękkie wargi na czaszce. Przypuszczał, że ona naprawdę go kocha.

– Mówiłaś, że niewiele może zrobić – powiedział Simon.

– No tak.

– Ale?

– Co ale?

– Za dobrze cię znam, Else. Mówił coś jeszcze.

Odsunęła się. Teraz już tylko jedna ręka spoczywała na jego ramieniu. Czekał.

– Powiedział, że w Stanach zaczęli przeprowadzać pewną operację. Jest nadzieja dla tych, którzy przyjdą po mnie.

– Po tobie?

– Kiedy sam zabieg i używany do niego sprzęt staną się standardem. Ale to może potrwać lata. Teraz jest to skomplikowana operacja, która kosztuje majątek.

Simon okręcił się na obrotowym krześle tak szybko, że Else musiała się cofnąć o krok. Złapał ją za rękę.

– Ależ to przecież fantastyczna informacja! Ile?

– Więcej niż ludzie żyjący z zasiłku i jednej policyjnej pensji są w stanie zapłacić.

– Posłuchaj mnie, Else! Nie mamy dzieci, dom jest naszą własnością, na nic innego nie wydajemy pieniędzy. Żyjemy skromnie.

– Przestań, Simon! Dobrze wiesz, że nie mamy pieniędzy. A dom jest zadłużony.

Simon przełknął ślinę. Else nie nazwała tego wprost. Nie użyła określenia „długi z hazardu". Jak zwykle była zbyt delikatna, by mu przypominać, że wciąż płacili za jego dawne grzechy. Mocniej ścisnął jej ręce.

– Coś wymyślę. Mam przyjaciół, którzy nam pożyczą. Zaufaj mi. Ile potrzeba?

– M i a ł e ś przyjaciół, Simon. Ale przestałeś już z nimi rozmawiać. Mówiłam ci, że z ludźmi trzeba podtrzymywać kontakt, bo inaczej wszystko zwiędnie.

Simon westchnął, wzruszył ramionami.

– Mam ciebie.

Pokręciła głową.

– Ja to za mało, Simon.

– Właśnie, że nie.

– Nie chcę ci wystarczać. – Nachyliła się i pocałowała go w czoło. – Śpiąca już jestem, pójdę się położyć.

– Dobrze, ale ile kosztu…

Już wyszła.

Simon długo patrzył na drzwi, w końcu wyłączył komputer i sięgnął po telefon. Otworzył spis kontaktów. Starzy przyjaciele. Starzy wrogowie. Niektórzy przydatni, inni kompletnie nieprzydatni. Wybrał numer do kogoś z drugiej kategorii. Do wroga. Przydatnego.

Tak jak się spodziewał, Fredrika Ansgara zaskoczył ten telefon, ale udał zadowolonego i oczywiście zgodził się na spotkanie. Nawet nie próbował wymigiwać się brakiem czasu.

Po skończonej rozmowie Simon dalej siedział w ciemności wpatrzony w telefon. Myślał o swoim śnie. O swoim wzroku. Powinna dostać jego wzrok. Nagle zorientował się, w co się tak wpatruje. To było zdjęcie śladu buta na rabatce.

– Smaczne – pochwalił Johnny i otarł usta. – Nie będziesz jadł?

Chłopak z uśmiechem pokręcił głową.

Johnny się rozejrzał. Kawiarnia składała się z jednego pomieszczenia z otwartą kuchnią, ladami, działem samoobsługowym i stolikami, przy których akurat w tej chwili wszystkie miejsca były zajęte. Zwykle zamykano ją wcześniej, ale ponieważ Miejsce Spotkań, kawiarnia Kościelnej Misji Miejskiej dla narkomanów na Skippergata, było w remoncie, w Ila wydłużyli godziny otwarcia, więc nie wszyscy tu obecni byli mieszkańcami ośrodka. Większość jednak należała do stałych bywalców, więc Johnny rozpoznawał wszystkie twarze.

Wypił łyk kawy, patrzył, jak inni spoglądają ponuro. Wiecznie to samo, nieodłączna paranoja i pościg. Głowy obracające się jak przy wodopoju na sawannie, gdzie zwierzęta stają się na zmianę drapieżnikami i ofiarami. Wszyscy z wyjątkiem tego chłopca. On wyglądał na zupełnie spokojnego. Aż do tej chwili. Johnny powiódł wzrokiem za jego spojrzeniem do drzwi za kuchnią, którymi z pokoju dla personelu wyszła Martha. Była w kurtce, najwyraźniej wybierała się już do domu. A Johnny zauważył, że źrenice chłopaka się rozszerzają, ponieważ obserwacją źrenic każdy narkoman zajmował się niemal odruchowo. Czy to ćpun? Czy jest na haju? Czy jest groźny? Podobnie jak obserwacją, co ten drugi robi z rękami. Z rękami, które mogą okraść lub sięgnąć po nóż. Albo w sytuacji zagrożenia odruchowo zakrywają i chronią miejsce, w którym są dragi czy pieniądze. Akurat w tej chwili chłopak trzymał rękę w kieszeni. W tej samej kieszeni, do której schował kolczyki. Johnny nie był głupi. To znaczy był, ale nie we wszystkim. Martha weszła, rozszerzone źrenice. Kolczyki. Zaskrzypiało krzesło, kiedy chłopak wstał z wpatrzonymi w nią, błyszczącymi jak od gorączki oczami.

Johnny chrząknął.

– Stig…

Ale było już za późno. Chłopak odwrócił się do Johnny'ego plecami i ruszył w stronę Marthy.

W tej samej chwili otworzyły się drzwi i do kawiarni wszedł mężczyzna. Już na pierwszy rzut oka widać było, że nie jest stąd. Czarna skórzana kurtka, krótkie ciemne włosy. Szerokie bary, skupione spojrzenie. Pełnym irytacji ruchem odsunął jednego z mieszkańców, odrętwiałego i przygarbionego w pozycji ćpuna, który stał mu na drodze. Lekko machnął ręką Marcie, a ta odpowiedziała mu podobnym gestem. Johnny widział, że chłopak to zobaczył. Widział, jak się zatrzymuje, jakby stracił wiatr w żaglach. Martha natomiast dalej szła do drzwi. Mężczyzna w progu wsunął rękę do kieszeni skórzanej kurtki i wystawił łokieć, tak aby mogła ująć go pod ramię. I tak zrobiła. Był to wyćwiczony gest, jaki można zaobserwować u ludzi, którzy od dłuższego czasu są parą. Wyszli na wietrzny, nieoczekiwanie chłodny wieczór.

Chłopak dalej stał na środku, zdezorientowany, jakby musiał poświęcić czas na przetrawienie tej informacji. Johnny zauważył, że głowy w kawiarni odwracają się, oceniają nowego. Widział, co myślą.

Zwierzyna.

Johnny obudził się, gdy usłyszał płacz.

Przez chwilę myślał o duchach. O dziecku. O tym, że tu przyszło.

Zaraz jednak zrozumiał, że płacz dochodzi z góry. Obrócił się na bok, łóżko się zatrzęsło. Płacz zmienił się w szloch.

Johnny wstał, stanął przy łóżku. Położył dłoń na ramieniu chłopaka, który trząsł się jak liść na wietrze.

Zapalił lampkę nad jego głową. Przede wszystkim zobaczył wyszczerzone zęby zaciśnięte na poduszce.

– Boli? – raczej stwierdził niż zapytał Johnny.

Patrzyły na niego zapadnięte oczy w trupiobladej spoconej twarzy.

– Heroina? – spytał Johnny.

Twarz potwierdziła.

– Mam sprawdzić, czy nie uda mi się czegoś zdobyć?

Kręcenie głową.

– Wiesz, że to nie jest dobre schronisko, jeśli chcesz rzucić?

Potwierdzenie.

– No to co mogę dla ciebie zrobić?

Chłopak zwilżył wargi białym językiem. Szepnął coś.

– Co? – Johnny nachylił się niżej. Poczuł nieprzyjemny, zgniły oddech tamtego. Ledwie zdołał odczytać słowa. Wyprostował się i kiwnął głową. – Jak sobie chcesz.

Wrócił do łóżka i zapatrzył się w górny materac od spodu, obciągnięty plastikową folią, żeby nie zniszczyły go wydzieliny mieszkańców. Wsłuchiwał się w nieustający hałas schroniska. W odgłosy nieustającego pościgu, w bieganinę na korytarzach, przekleństwa, dudnienie muzyki, śmiech, pukanie do drzwi, desperackie krzyki i pełne złości transakcje handlowe dokonywane tuż za ich drzwiami. Ale nic nie mogło zagłuszyć cichego płaczu chłopaka i jego wypowiadanych szeptem słów.

„Powstrzymaj mnie, jeśli będę chciał wyjść".

19

– A więc jesteś teraz w Wydziale Zabójstw. – Fredrik uśmiechnął się za ciemnymi okularami. Nazwa marki na zauszniku była tak maleńka, że odczytać mógł ją tylko ktoś obdarzony sokolim wzrokiem Simona. I mający zupełnie inną niż jego znajomość marek, by ocenić, na ile jest ekskluzywna. Simon przypuszczał jednak, że okulary są drogie, zważywszy na koszulę, krawat, manikiur i fryzurę Fredrika. Jasnoszary garnitur i do tego brązowe buty? Może to się teraz nosi.

– Tak – odparł, mrużąc oczy. Usiadł tak, by mieć wiatr i słońce w plecy, ale promienie odbijały się od szklanych powierzchni niedawno wzniesionego budynku po drugiej stronie kanału. Zapraszał wprawdzie Simon, ale to Fredrik zaproponował japońską restaurację na Tjuvholmen*. Simon zastanawiał się, czy ta nazwa ma jakiś związek ze wszystkimi spółkami finansowymi mieszczącymi się pod tym adresem, w tym ze spółką Fredrika. – A ty zacząłeś zarządzać pieniędzmi ludzi, którzy mają ich tak dużo, że w zasadzie stracili zainteresowanie tym, co się z nimi dzieje.

– Mniej więcej – zaśmiał się Fredrik.

Kelner przyniósł im po talerzyku z czymś, co przypominało małą meduzę. Może to rzeczywiście była meduza. Pewnie nic nad-

---

* Tjuvholmen – Wyspa Złodziei, nowa dzielnica Oslo, powstała w miejscu, w którym w XVII wieku wykonywano egzekucje (przyp. tłum.).

zwyczajnego na Tjuvholmen, bo normalne sushi spowszedniało wyższej klasie średniej jak pizza.

– Tęsknisz czasami za Økokrim? – spytał Simon i wypił ze szklanki łyk wody. Podobno pochodzącej z lodowca w Voss, butelkowanej, wysyłanej do Stanów i reimportowanej do Norwegii po oczyszczeniu ze wszystkich istotnych minerałów, jakich potrzebuje organizm, a obecnych w równie czystej i smacznej darmowej wodzie z kranu. Sześćdziesiąt koron za butelkę. Simon porzucił próby zrozumienia mechanizmów rządzących rynkiem. I psychologii gry o władzę. W przeciwieństwie do Fredrika, który to rozumiał. Grał w tę grę. Simon podejrzewał, że Fredrik grał w nią od zawsze. Był taki jak Kari – wykształcony, zbyt ambitny, za wysoko sobie cenił własne dobro, żeby mogli go zatrzymać.

– Brakuje mi kolegów i adrenaliny – skłamał Fredrik. – Ale nie tęsknię za ospałością i biurokracją. Może i ty przez to odszedłeś? – Podniósł szklankę do ust za szybko, aby Simon zdążył odczytać wyraz jego twarzy. Czy naprawdę nie wiedział, czy tylko udawał? Przecież ta awantura wybuchła wkrótce po tym, jak Fredrik poinformował, że przechodzi na stronę uważaną przez wielu za wrogą. Nawet pracował przy tej sprawie. No cóż, może nie miał już żadnych kontaktów w policji.

– Mniej więcej – odparł Simon.

– Mówiąc wprost, zabójstwa są bardziej jednoznaczne – stwierdził Fredrik i z udawaną dyskrecją zerknął na zegarek.

– *À propos* mówienia wprost... – podchwycił Simon. – Chciałem z tobą porozmawiać, bo potrzebuję pożyczki. Dla żony. Na operację oczu. Else, pamiętasz ją?

Fredrik akurat żuł meduzę i wydał z siebie odgłos, który mógł oznaczać i tak, i nie.

Simon zaczekał, aż przełknie.

– Przykro mi, Simon. Lokujemy środki naszych klientów jedynie w kapitał własny albo w obligacje, które mają gwarancje państwowe. Nigdy nie pośredniczymy w pożyczkach na rynku prywatnym.

– No tak, to wiem, ale pytam cię, bo nie mam nic pod zastaw, żeby iść zwykłą drogą.

Fredrik ostrożnie wytarł kąciki ust i odłożył serwetkę na talerzyk.

– Przykro mi, że nie mogę ci pomóc. Operacja oczu? Brzmi poważnie.

Przyszedł kelner, zabrał talerz Fredrika, zobaczył, że porcja Simona jest nietknięta, i spojrzał na niego pytająco. Simon dał znak, że można ją sprzątnąć.

– Nie smakowało ci? – Fredrik poprosił o rachunek, wypowiadając kilka słów, możliwe, że po japońsku.

– Nie wiem. Ogólnie jestem sceptycznie nastawiony do bezkręgowców. Są zbyt śliskie, jeśli rozumiesz, co mam na myśli. Nie lubię marnotrawstwa, ale akurat to zwierzątko wyglądało na wciąż żywe, więc mam nadzieję, że przedłużyłem mu trochę życie w akwarium.

Fredrik zaśmiał się z dowcipu ze zbędną serdecznością. Może ulżyło mu, że tamta część rozmowy już się urwała. Sięgnął po rachunek, gdy tylko kelner go przyniósł.

– Pozwól, że ja... – zaczął Simon, ale Fredrik już włożył kartę kredytową do przyniesionego przez kelnera terminalu i wstukiwał PIN.

– Miło było znów się spotkać. Szkoda tylko, że nie mogę ci pomóc – powiedział Fredrik po odejściu kelnera. Simon domyślał się, że już zdążył zmniejszyć nacisk na krzesło.

– Czytałeś wczoraj o zabójstwie żony Iversena?

– Na miłość boską, tak! – Fredrik pokręcił głową, zdjął ciemne okulary i potarł oczy. – Iver Iversen jest przecież naszym klientem. To prawdziwa tragedia!

– No tak, był twoim klientem już wtedy, gdy pracowałeś w Økokrim.

– Słucham?

– To znaczy podejrzanym. Szkoda, że wy wszyscy z takim solidnym wykształceniem odeszliście. Z wami w drużynie może poradzilibyśmy sobie i na etapie końcowym. Branża nieruchomości potrzebowała oczyszczenia, nie pamiętasz, że byliśmy co do tego zgodni, Fredriku?

Fredrik z powrotem włożył okulary.

– Kiedy ktoś stawia sobie takie wielkie cele, jak ty, Simon, zawsze uprawia hazard.

A więc Fredrik wiedział, dlaczego Simon musiał zmienić wydział.

– *À propos* hazardu – powiedział Simon. – Ja byłem tylko średnio bystrym policjantem bez wykształcenia ekonomicznego, ale kiedy przeglądałem dokumenty księgowe Iversena, zawsze się zastanawiałem, jak ta spółka zdołała przetrwać. Przecież oni kompletnie nie radzili sobie z kupnem i sprzedażą nieruchomości, transakcje zaskakująco często przynosiły wielkie straty.

– No tak, ale przynajmniej byli dobrzy w zarządzaniu nieruchomościami.

– Błogosławiona możliwość przeniesienia straty na okresy przyszłe. Dzięki stratom ze sprzedaży Iversen w ostatnich latach prawie nie płacił podatków od zysków z zarządzania nieruchomościami.

– Mówisz tak, jakbyś wrócił do Økokrim.

– Moje hasło wciąż umożliwia mi dostęp do starych plików. Wczoraj wieczorem przeglądałem to i owo na komputerze.

– Aha. Ale tego rodzaju działania nie są nielegalne. Takie są przepisy podatkowe.

– No tak. – Simon oparł brodę na ręce i spojrzał w górę na błękitne przedpołudniowe niebo. – Ty to wiesz najlepiej, to przecież ty sprawdzałeś Iversena. A może zabił ją jakiś rozgoryczony poborca podatkowy?

– Co?

Simon zaśmiał się krótko i wstał.

– To tylko słowa staruszka, któremu trochę się miesza w głowie. Dziękuję za lancz.

– Simon?

– Słucham.

– Nie chcę, żebyś podchodził do tego zbyt optymistycznie, ale spróbuję trochę popytać o taką pożyczkę.

– Będę ci bardzo wdzięczny. – Simon zapiął kurtkę. – Cześć.

Nie musiał się odwracać, by wiedzieć, że Fredrik obserwuje go w zamyśleniu.

Lars Gilberg odłożył gazetę, którą znalazł w koszu na śmieci przed sklepem 7-eleven i która miała mu tej nocy służyć za poduszkę. Chyba cała była o zabójstwie tej bogaczki z zachodniej dzielnicy. Gdyby rzecz dotyczyła jakiegoś nieszczęśnika, który umarł przez działkę zanieczyszczonych dragów sprzedanych mu tu, nad rzeką, albo na Skippergata, pewnie nie doczekałby się nawet wzmianki. Jakiś młody facet z KRIPOS, Bjørnstad, zapewniał, że w śledztwo zaangażowane zostaną wszelkie siły i środki. A może by tak najpierw zająć się łapaniem wielokrotnych zabójców, którzy do prochów dodają arszenik i trutkę na szczury. Gilberg, mrużąc oczy, rozejrzał się po swojej krainie cieni.

Zbliżała się jakaś postać w kapturze, wyglądająca jak jeden ze zwykłych biegaczy, którzy często trenowali na ścieżce nad rzeką. Ale ten facet dostrzegł Gilberga i zwolnił. Lars Gilberg przypuszczał, że to albo policyjny wywiadowca, albo normals, który szuka speedu. Dopiero kiedy facet wszedł pod most i ściągnął kaptur z głowy, Gilberg zorientował się, że to ten chłopak. Był zdyszany i spocony.

Gilberg podniósł się ze swojego posłania, pełen zapału, niemal ucieszony.

– Witaj, chłopcze! Wszystkiego dopilnowałem, to ciągle tam leży. – Skinieniem głowy wskazał na krzaki.

– Dziękuję. – Chłopak przykucnął i zmierzył sobie puls. – Ale zastanawiam się, czy nie mógłbyś mi pomóc w czymś jeszcze.

– Jasne. W czym tylko chcesz.

– Dzięki. Który z tutejszych dilerów ma superboya?

Lars Gilberg zamknął oczy. Niech to wszyscy diabli.

– Tylko nie to, chłopcze. Tylko nie superboy.

– Dlaczego?

– Bo mogę ci podać nazwiska trzech osób, które umarły od tego gówna tylko teraz, latem.

– A kto ma najczystszy towar?

– O czystości nic nie wiem, ja się na tym nie znam. Ale to proste. W mieście tylko jeden gość rządzi superboyem. Ten szajs zawsze sprzedają we dwóch. Jeden trzyma narkotyki, a drugi inkasuje. Urzędują pod Nybrua.

– A jak wyglądają?

– Różnie. Ale z reguły ten od kasy to taki krępy, ospowaty, krótko ostrzyżony facet. To on jest szefem, ale lubi być na ulicy i sam zbierać pieniądze. Podejrzliwy drań. Nie wierzy swoim sprzedawcom.

– Krępy i ospowaty?
– Tak, ale łatwiej go poznać po powiekach. Takich trochę luźnych, zwisających na oczy. Wygląda przez to, jakby był śpiący, rozumiesz?
– Czy ty mówisz o Kallem?
– Znasz go?
Chłopak z namysłem skinął głową.
– No to chyba wiesz także, skąd się wzięły te powieki?
– Jakie mają godziny urzędowania?
– Stoją od około czwartej do dziewiątej. Wiem, bo pierwsi klienci zjawiają się pół godziny wcześniej, a ostatni przylatują tuż przed dziewiątą, desperaci, boją się, że nie zdążą, a oczy im się świecą tak, że oświetlają asfalt.
Chłopak znów naciągnął kaptur na głowę.
– Dzięki, kolego.
– Lars. Mam na imię Lars.
– Dzięki, Lars. Potrzebujesz czegoś? Pieniędzy?
Lars zawsze potrzebował pieniędzy. Ale pokręcił głową.
– A tobie jak na imię?
Chłopak wzruszył ramionami. Miało to zapewne znaczyć: jak sobie chcesz. Pobiegł.

Martha siedziała w recepcji, kiedy wszedł na górę po schodach i ją mijał.
– Stig! – zawołała.
Upłynęła odrobinę za długa chwila, zanim zareagował. Oczywiście mogło to wynikać z obniżonej zdolności reakcji. Ale również z tego, że wcale nie miał na imię Stig. Był spocony. Wyglądał tak, jakby biegł. Miała nadzieję, że nie uciekał przed kłopotami.
– Mam coś dla ciebie – oznajmiła. – Zaczekaj!
Wzięła pudełko, zapowiedziała Marii, że nie będzie jej tylko kilka minut, i szybko podeszła do niego. Ujęła go lekko za łokieć.
– Chodź, pójdziemy do ciebie i do Johnny'ego.
W pokoju zastali nieoczekiwany widok. Rozsunięte zasłony, pomieszczenie zalane światłem. Johnny'ego nie było, a świeże powie-

trze wpadało przez okna otwarte na tyle, na ile pozwalała założona w nich blokada. Gmina nakazała montaż blokad we wszystkich pokojach po kilku incydentach, podczas których ludzie przechodzący chodnikiem o mały włos nie zostali trafieni dużymi, ciężkimi przedmiotami, które regularnie wyrzucano z okien schroniska. Z góry zlatywały radioodbiorniki, głośniki, wieże stereo, a od czasu do czasu telewizor. W ogóle zużycie urządzeń elektrycznych było duże, ale przyczynę wydania nakazu stanowiła substancja organiczna. Przy powszechnym lęku panującym wśród mieszkańców nierzadko bano się korzystać ze wspólnych toalet. Nielicznym pozwalano nawet trzymać w pokojach wiadra, które regularnie – a niekiedy niestety nieregularnie – opróżniali sami. Jedno z tych nieregularnie opróżnianych trafiło na parapet, żeby smród od razu wylatywał przy otwartym oknie. Gdy któregoś dnia jeden z pracowników otworzył drzwi do pokoju, przeciąg przewrócił wiadro. Doszło do tego w trakcie remontu nowej cukierni na dole i pech chciał, że malarz stał na drabinie tuż pod oknem. Wyszedł z tego bez trwałych obrażeń fizycznych, ale Martha, która jako pierwsza na miejscu zdarzenia pomagała zszokowanemu robotnikowi, doskonale wiedziała, że przeżycie pozostawi na zawsze blizny w jego psychice.

– Siadaj! I zdejmij buty.

Usłuchał. Otworzyła pudełko.

– Nie chciałam, żeby ktoś inny to zobaczył – powiedziała i wyjęła parę czarnych butów z miękkiej skóry. – To po moim ojcu. Myślę, że powinniście mieć mniej więcej ten sam rozmiar.

Chłopak był tak zaskoczony, że poczuła nadciągający rumieniec.

– Przecież nie możemy wysłać cię na rozmowę o pracę w adidasach – wyjaśniła pospiesznie.

W czasie gdy przymierzał buty, rozejrzała się po pokoju. Nie była pewna, ale czy nie roznosił się tu zapach mydła? Z tego, co pamiętała z grafiku, nikt tutaj dzisiaj nie sprzątał. Podeszła do zdjęcia przypiętego do ściany pinezką.

– Kto to jest? – spytała.

– Mój ojciec.

– Naprawdę? Policjant?

– Tak. Już.

Odwróciła się do niego, wstał i na zmianę wciskał to prawą, to lewą nogę w podłogę.

– No i jak?

– Pasują idealnie. – Uśmiechnął się. – Bardzo ci dziękuję, Martho.

Drgnęła, kiedy wymówił jej imię. Niby nie było w tym nic niezwykłego, przecież mieszkańcy stale zwracali się do nich po imieniu. Nazwiska, adresy prywatne i imiona członków rodziny obejmowała jednak tajemnica. Przecież na co dzień pracownicy ośrodka byli świadkami handlu narkotykami. Ale ujął ją sposób, w jaki je wypowiedział. Niczym dotyk. Delikatny, niewinny, ale jednak. Uświadomiła sobie, że trochę jej nie wypada przebywać w tym pokoju sam na sam ze Stigiem. Zakładała, że Johnny tu będzie. Nie zastanawiała się, gdzie mógł się podziać. Johnny'ego mogły podnieść z łóżka tylko narkotyki, kibel albo żarcie. W tej kolejności. Mimo wszystko wciąż nie wychodziła.

– Jakiej pracy zamierzasz szukać? – spytała, słysząc, że trochę brakuje jej tchu.

– Czegoś w resorcie sprawiedliwości – odparł z powagą, która wydała jej się słodka. Po dziecinnemu dorosła.

– Czyli mniej więcej coś takiego jak twój ojciec?

– Nie. Policjanci pracują dla władzy wykonawczej. A ja chcę pracować w sądownictwie.

Uśmiechnęła się. Był taki inny, tak bardzo różnił się od pozostałych. Może dlatego tyle o nim myślała? Stanowił przeciwieństwo Andersa, który miał nad wszystkim kontrolę. Ten chłopak zdawał się otwarty i wrażliwy. Zamiast podejrzliwości Andersa i jego odpychającego zachowania wobec ludzi, których nie znał, Stig miał w sobie dobrą wolę i serdeczność, wręcz naiwność.

– Muszę już iść – stwierdziła.

– Tak, oczywiście – odpowiedział i oparł się o ścianę. Rozsunął zamek bluzy. Pod nią miał T-shirt, mokry od potu, lepiący się do ciała.

Chciał coś dodać, ale w tym momencie zaskrzeczała krótkofalówka Marthy.

Przyłożyła ją do ucha.

Miała gościa.

– Co chciałeś powiedzieć? – spytała, potwierdziwszy, że odebrała wiadomość.

– To może zaczekać – uśmiechnął się chłopak.

To był znów ten starszy policjant.

Czekał na nią w recepcji.

– Wpuszczono mnie – wyjaśnił przepraszającym tonem.

Martha z wyrzutem popatrzyła na Marię, która wzruszyła ramionami na znak, że przecież nic wielkiego się nie stało.

– Znalazłaby pani jakieś miejsce, gdzie moglibyśmy…?

Martha zaprowadziła go do sali konferencyjnej, ale nie zaproponowała mu kawy.

– Widzi pani, co to jest? – spytał, podsuwając jej telefon komórkowy.

– Zdjęcie ziemi?

– To odcisk buta. Pani być może niewiele to powie, ale zastanawiałem się, dlaczego ten odcisk wygląda tak znajomo. I uświadomiłem sobie, że widziałem go w wielu potencjalnych miejscach zdarzeń. Wie pani, mam na myśli takie miejsca, w których znajdujemy zwłoki. Najczęściej jest to na przykład port kontenerowy ze śladami na śniegu, jakaś narkomańska nora, tylne podwórze, gdzie leży zabity diler narkotykowy, albo poniemiecki bunkier funkcjonujący jako „strzelnica" dla narkomanów. Krótko mówiąc…

– Krótko mówiąc, miejsca uczęszczane przez takich ludzi, jacy mieszkają tutaj – westchnęła Martha.

– Otóż to. Z reguły ich śmierć bywa efektem własnych działań, ale i tak ten rodzaj butów się powtarza. Te niebieskie wojskowe adidasy stały się za pośrednictwem Armii Zbawienia i Kościelnej Misji Miejskiej najpopularniejszym obuwiem wśród narkomanów i bezdomnych w całym kraju. Dlatego są dość nieprzydatne jako ślady. Jest ich za dużo i zbyt często tkwią na stopach osób już wcześniej skazanych.

– Czego więc pan tutaj szuka, nadkomisarzu Kefas?

– Tych butów już się nie produkuje, a te, które są w użyciu, po prostu się niszczą. Ale jeśli przyjrzy się pani uważnie odciskowi na zdjęciu, zobaczy pani, że podeszwa ma wyraźny wzór, jak w nowych butach. Dowiadywałem się w Armii Zbawienia. Powiedziano mi, że ostatnia istniejąca partia tych niebieskich adidasów została w marcu tego roku przekazana wam. Dlatego moje proste pytanie brzmi: czy dawała pani komuś takie buty od wiosny? Rozmiar czterdzieści trzy.

– Oczywiście.

– Komu?

– Wielu osobom.

– Rozmiar...

– Czterdzieści trzy to najpopularniejszy numer buta wśród mężczyzn w zachodnim świecie, jak się okazuje, również wśród narkomanów. Więcej nie mogę ani nie chcę powiedzieć. – Martha spojrzała na niego, zaciskając usta.

Policjant westchnął.

– Szanuję pani solidarność z tutejszymi lokatorami. Ale tu nie chodzi o kilka gramów speedu. To poważna sprawa zabójstwa. Znalazłem ten odcisk na wzgórzu Holmenkollen, tam gdzie wczoraj zastrzelono kobietę. Agnete Iversen.

– Iversen? – Martha poczuła, że znów traci oddech. Dziwne. Ale psycholog, który postawił jej diagnozę *compassion fatigue*, prosił, żeby zwracała uwagę na objawy stresu.

Nadkomisarz Kefas lekko przechylił głowę na bok.

– Iversen, owszem. Gazety się o tym rozpisują. Zastrzelona na schodach własnego domu...

– Tak, rzeczywiście widziałam tytuły. Ale nigdy nie czytam takich artykułów. Wystarczą mi przykre sprawy w pracy. Myślę, że pan to rozumie.

– Owszem, rozumiem. Dodam tylko, że Agnete Iversen miała czterdzieści dziewięć lat, wcześniej była aktywna zawodowo, a ostatnio zajmowała się domem. Zamężna, miała dwudziestoletniego syna. Przewodniczyła lokalnemu towarzystwu przyjaciół dzielnicy i udzielała znacznego wsparcia finansowego Norweskiemu Towarzystwu Turystyczno-Krajoznawczemu. Kwalifikuje się więc chyba do określenia „podpora społeczeństwa"?

Martha kaszlnęła.

– Skąd możecie wiedzieć, że akurat ten odcisk buta należy do sprawcy?

– Nie możemy. Ale w sypialni znaleźliśmy fragment rysunku podeszwy z krwią ofiary, który pasuje do tego na zdjęciu.

Martha zakaszlała mocniej. Chyba powinna iść do lekarza.

– A gdybym nawet przypomniała sobie nazwiska mężczyzn, którym wydałam takie buty w rozmiarze czterdzieści trzy, to skąd moglibyście wiedzieć, że to odcisk akurat tego konkretnego buta?

– Nie jest pewne, czy dałoby się to stwierdzić, ale wygląda na to, że zabójca wdepnął w plamę krwi, która weszła w rowki na podeszwie. I jeśli zakrzepła, to jej drobiny wciąż jeszcze mogą tam pozostawać.

– Rozumiem – powiedziała Martha.

Nadkomisarz Kefas czekał.

Wstała.

– Obawiam się, że do niczego się nie przydam. Oczywiście popytam wśród innych pracowników, czy pamiętają coś o butach w rozmiarze czterdzieści trzy.

Policjant posiedział jeszcze przez chwilę, jakby chciał jej dać szansę na zmianę decyzji. Na to, żeby jednak coś mu powiedziała. W końcu i on wstał, podał jej wizytówkę.

– Byłbym bardzo wdzięczny. Proszę do mnie dzwonić, bez względu na porę.

Po jego wyjściu Martha została w sali konferencyjnej. Zamyśliła się, przygryzając dolną wargę.

Mówiła prawdę. Czterdzieści trzy to rzeczywiście najpopularniejszy numer męskich butów.

– No to zamykamy – zarządził Kalle. Była dziewiąta, słońce zaszło już za ściany domów na brzegu rzeki. Przyjął ostatnie stukoronowe banknoty i wsunął je do saszetki na pasku, którą nosił z przodu na brzuchu. Słyszał, że w Sankt Petersburgu rabowanie kasjerów stało się rzeczą tak powszechną, że mafia zaopatrzyła ich w stalowe paski zespawane na brzuchu. Pas miał wąską szparę, w którą wsuwało się banknoty, i szyfrowany zamek, do którego kod znał jedynie szef w *back office*, więc nawet tortury nie zmusiłyby kasjera do zdradzenia szyfru rabusiom, sam też nie mógłby się pokusić o kradzież zawartości. Musiał spać i jeść, srać i pieprzyć się w tym ustrojstwie, ale Kalle i tak rozważał podobne rozwiązanie. Miał serdecznie dość wystawania tu w kolejne wieczory.

– Błagam cię! – To była jedna z tych zasuszonych ćpunek, sama skóra i kości; czaszka obciągnięta pergaminem kojarzyła mu się z holokaustem.

– Jutro. – Kalle już ruszył przed siebie.

– Ale ja muszę coś dostać!

– Towar nam się skończył – skłamał, dając znak Pelvisowi, temu, który trzymał narkotyki, że już idą.

Ćpunka się rozpłakała. Kalle nie miał dla niej litości. Niech się, do cholery, nauczą, że sklep zamykany jest o dziewiątej, więc nie ma sensu przylatywać dwie minuty po. Oczywiście mógł tu stać aż do dziesięć czy piętnaście po i sprzedawać tym, którzy nie zdołali dostatecznie szybko zdobyć pieniędzy. Ale na dłuższą metę chodziło o jakość życia, o to, by mieć pewność, że wreszcie będzie można iść do domu. Przecież i tak nie stracą klientów. Mieli monopol na superboya. Kiedy przyjdą jutro, dziewczyna już będzie na nich wyczekiwać.

Złapała go za ramię, ale Kalle ją odepchnął. Zatoczyła się na trawę i osunęła na kolana.

– Dobry dzień – mruknął Pelvis, gdy szybkim krokiem szli alejką. – Jak myślisz, ile?

– A ty jak myślisz? – odparował zirytowany Kalle. Ten idiota nie potrafił nawet przemnożyć liczby torebek przez cenę. W tej branży trudno o siłę roboczą z odpowiednimi kwalifikacjami.

Odwrócił się przed wejściem na most i sprawdził, czy nikt za nimi nie idzie. To był odruch, wynik drogo okupionego doświadczenia w karierze dilera, który ma przy sobie za dużo pieniędzy, i ofiary rabunku, która nigdy nie zgłosi żadnego napadu. Drogo okupionego doświadczenia z tamtego spokojnego letniego dnia nad rzeką, kiedy nie zdołał dłużej trzymać oczu otwartych, tylko zasnął na ławce, z heroiną Nestora wartą trzysta tysięcy koron. Kiedy się obudził, dragów, rzecz jasna, nie było. Nestor przyszedł do niego dzień później i wyjaśnił, że ten na górze okazał się na tyle łaskawy, że daje Kallemu wybór. Oba kciuki za to, że taki z niego niezdara. Albo obie powieki za to, że zasnął. Kalle wybrał powieki. Dwaj faceci w garniturach – jeden ciemny, drugi blondyn – przytrzymywali go, kiedy Nestor odciągnął powieki i odciął je tym swoim strasznym wygiętym arabskim nożem. Później – również na polecenie szefa – wręczył Kallemu pieniądze na taksówkę do szpitala. Chirurdzy wyjaśnili mu, że na nowe powieki będą potrzebowali skóry z innego miejsca na ciele, dodając, że ma szczęście, bo nie jest Żydem i nie został obrzezany, gdyż właśnie skóra napletka ma właściwości najbardziej zbliżone do skóry powiek. Operacja poszła stosunkowo gładko, a Kalle miał stałą odpowiedź dla wszystkich tych, którzy pytali: powieki stracił wskutek wypadku z kwasem, a nowe miał zrobione ze skóry zdjętej z uda. Udawał, że z cudzego, gdy pytającą osobą była kobieta w jego łóżku, która domagała się pokazania blizny. I że jest Żydem w jednej czwartej, jeśli zadawała kolejne pytania. Długo był przekonany, że jego historia jest dobrze strzeżoną tajemnicą, dopóki gość, który przejął jego pracę u Nestora, nie podszedł kiedyś do niego w barze i nie spytał, czy gdy przeciera rano oczy, to nie cuchnie zjełczałą spermą. Śmiał się głośno ze swoimi kumplami, więc Kalle stłukł swoją butelkę piwa o ladę baru i wbił ją gościowi w twarz, wyciągnął, wbił jeszcze raz i kontynuował, dopóki nie nabrał pewności, że facet w ogóle nie ma już żadnych oczu, które mógłby rano przecierać.

Następnego dnia przyszedł do niego Nestor i powiedział, że temu na górze przekazano raport, w związku z czym proponuje Kallemu powrót do pracy, ponieważ stanowisko się zwolniło, a poza tym spodobało mu się takie zdecydowanie.

Od tamtej pory Kalle nie zamykał oczu, dopóki nie miał pewności, że wszystko jest pod kontrolą. Ale teraz widział wyłącznie błagającą kobietę na trawie i samotnego biegacza w bluzie z kapturem.

– Dwieście patyków? – spytał ostrożnie Pelvis.

Idiota.

Po piętnastu minutach marszu przez wschodnie centrum Oslo i mroczne, chociaż mające więcej charakteru uliczki Starego Miasta skręcili w jedną z otwartych bram na teren opuszczonej fabryki. Rozliczenie nie powinno zająć więcej niż godzinę. Oprócz nich dwóch tylko Enok i Syff sprzedawali speed przy Łosiu i na Tollbugata. Potem trzeba jeszcze posiekać, wymieszać i przygotować nowe torebki na jutro – i będzie mógł iść do domu, do Very. Ostatnio zaczęła się buntować, bo nic nie wyszło z obiecanego wypadu do Barcelony, tyle było roboty na wiosnę. Przyrzekł więc, że latem, w sierpniu, pojadą do Los Angeles, ale z powodu wcześniejszych wyroków nie dostał zezwolenia na wjazd. Wiedział, że dziewczyny w rodzaju Very nie mają zbyt dużo cierpliwości, mogą przebierać w możliwościach, należało więc ją dobrze rżnąć i cały czas podsuwać marchewkę przed jej migdałowe chciwe oczy. A to wymagało energii i czasu. Ale również pieniędzy, więc musiał pracować. Cholerne zapętlenie i tyle.

Przeszli przez otwarty plac pokryty poplamionym smarami żwirem, w niektórych miejscach porośnięty wysoką trawą. Parkowały tu na stałe dwie ciężarówki bez kół, ustawione na betonowych bloczkach. Kalle i Pelvis wskoczyli na rampę ciągnącą się przed budynkiem z czerwonej cegły. Kalle wstukał do domofonu czterocyfrowy kod, rozległ się brzęczyk, otworzyli. Uderzył w nich huk perkusji i basów. Gmina przebudowała parter piętrowego budynku fabrycznego na sale prób zespołów młodzieżowych. Oni pod przykrywką prowadzenia działalności menedżerskiej wynajmowali za marne grosze pomieszczenia na pierwszym piętrze. Na razie jeszcze nie załatwili nikomu żadnego koncertu, ale przecież, jak wiadomo, nastały ciężkie czasy dla kultury. Ruszyli korytarzem do windy, a drzwi wejściowe powoli zamykały się za nimi na sztywnych sprężynach. Kallemu przez moment wydało się, że wśród tego hałasu usłyszał odgłos biegu po żwirze.

– Trzysta? – spytał Pelvis.

Kalle pokręcił głową i wcisnął guzik przywołujący windę.

Knut Schrøder odłożył gitarę na wzmacniacz.

– Idę zapalić – oświadczył, kierując się do drzwi.

Wiedział, że pozostali członkowie zespołu popatrzyli na siebie z rezygnacją. Znowu zapalić? Za trzy dni mieli grać w domu kultury i przykrym faktem było, że powinni ćwiczyć jak opętani, żeby się kompletnie nie zbłaźnić. Cholerni normalsi! Nie palą, prawie nie tykają piwa, a jointa nigdy nawet nie widzieli, nie mówiąc już o wzięciu do ręki. Jak z tego mógł wyjść rock?

Zamknął drzwi za sobą i usłyszał, że zaczynają grać pierwszy utwór bez niego. Brzmiało to nawet zbornie, ale w ogóle bez *soul*. Całkiem inaczej niż kiedy on grał. Uśmiechnął się, mijając windę i puste sale prób w korytarzu prowadzącym do wyjścia. Zupełnie tak jak w najfajniejszym momencie na DVD *Hell Freezes Over* z The Eagles – potajemnej *guilty pleasure* Knuta – na którym zespół ćwiczy z Burbank Philharmonic Orchestra, grającą w głębokim skupieniu z nut *New York Minute*, a Don Henley odwraca się do kamery, krzywi i szepcze: *„...but they don't have the blues"*.

Knut minął salę prób, do której drzwi zawsze były otwarte, bo zamek się zepsuł, a zawiasy wygięły, więc nie dawało się ich zamknąć. Zatrzymał się. W środku stał ktoś odwrócony tyłem. Dawniej cały czas były tu włamania, narkomani szukali nadających się do łatwej sprzedaży instrumentów, ale przestali przychodzić od czasu, gdy na piętro wprowadziła się ta agencja menedżerska i zafundowała nowe solidne drzwi z domofonem.

– Cześć – rzucił Knut.

Facet się odwrócił. Trudno było określić, co to za jeden. Biegacz? Nie. Miał wprawdzie bluzę z kapturem i spodnie od dresu, ale na nogach eleganckie czarne buty. A tak fatalnie ubierali się wyłącznie narkomani. Ale Knut się nie bał, dlaczego miałby się bać? Był tego samego wzrostu co Joey Ramone i miał identyczną skórzaną kurtkę.

– Co tu robisz, człowieku?

Facet się uśmiechnął. A więc to nie rockers.

– Próbuję trochę posprzątać.

Zabrzmiało to nawet sensownie. Z gminnymi lokalami źle się działo. Wszystko niszczono, rozkradano, nikt nie ponosił żadnej odpowiedzialności. W oknie wciąż tkwiły dźwiękoszczelne płyty, ale poza tym został tu tylko porzucony bęben basowy, na którym ktoś gotyckimi literami wymalował napis „The Young Hopeless". Na podłodze wśród petów, zerwanych strun gitarowych, samotnej pałeczki i rolki taśmy gaffa stał wentylator, którym prawdopodobnie chłodził się perkusista, żeby się nie przegrzać. Plus długi kabel jack. Knut oczywiście sprawdził, czy kabel się do czegoś nadaje, lecz w równie oczywisty sposób okazał się zepsuty. No i dobrze. Kable to niegodny zaufania towar, przyszłość jest bezprzewodowa. Mama obiecała Knutowi bezprzewodowy system do gitary, jeżeli rzuci palenie, co skłoniło go do napisania tekstu do piosenki *She Sure Drives a Hard Bargain*.

– Nie za późno jak na pracownika gminy? – spytał Knut.

– Mamy zamiar znów zacząć ćwiczyć.

– My?

– The Young Hopeless.

– Grałeś z nimi?

– Byłem perkusistą przed tym poprzednim. Wydawało mi się, że widziałem jeszcze dwóch chłopaków, ale pojechali windą na górę.

– Nie. To jacyś z tej agencji menedżersko-koncertowej.

– Tak? Może mogliby nam coś załatwić?

– Chyba nie przyjmują nowych klientów. My też u nich byliśmy, kazali nam spieprzać – zaśmiał się Knut. Wyjął z paczki papierosa i wsunął do ust. Może facet wyjdzie z nim zapalić. Pogadaliby trochę o muzyce albo o instrumentach.

– Pójdę do nich i sprawdzę – oświadczył perkusista.

Właściwie wyglądał bardziej na wokalistę, ale Knutowi i tak przyszło do głowy, że gość może rzeczywiście powinien porozmawiać z tymi ludźmi z agencji. Miał w sobie coś… charyzmę. A jeśli otworzą drzwi jemu, to może i Knut jakoś się tam wślizgnie.

– Odprowadzę cię na górę, pokażę ci, gdzie to jest.

Facet jakby się zawahał, ale w końcu kiwnął głową.

– Dziękuję.

Duża winda towarowa jechała tak wolno, że podczas pokonywania tylko jednego piętra Knut zdążył wytłumaczyć, dlaczego wzmacniacz Mesa Boogie jest tak cholernie perfekcyjny, że chociaż nie powinien, to mimo wszystko nadaje się do rockowego grania.

Wysiedli z windy, Knut skręcił w lewo i wskazał niebieskie metalowe drzwi, jedyne na tym poziomie. Facet zapukał. Minęło kilka sekund i drzwi się uchyliły. W wąskiej szparze na wysokości głowy błysnęły przekrwione oczy. Tak jak ostatnio.

– Co jest?

Facet pochylił się do otworu. Pewnie chciał zobaczyć, co się kryje za mężczyzną w drzwiach.

– Moglibyście przyjąć zlecenie na koncerty The Young Hopeless? Jesteśmy jednym z zespołów, które ćwiczą na dole.

– Wynoście się do diabła i więcej się tu nie pokazujcie!

Facet wciąż pochylał się do szczeliny. Knut widział, że się rozgląda.

– Jesteśmy nieźli. Lubicie Depeche Mode?

Z głębi pomieszczenia za plecami tego z przekrwionymi oczami dobiegł głos:

– Kto to jest, Pelvis?

– Jakiś zespół.

– Wywal ich stąd! Dalej, muszę wrócić do domu na jedenastą.

– Słyszeliście szefa, chłopaki?!

Szpara się zamknęła.

Knut zrobił cztery kroki z powrotem do windy i wcisnął guzik. Drzwi niechętnie się rozsunęły, wsiadł. Ale tamten stał dalej. Patrzył na lustro, które ci z agencji umieścili na samej górze ściany z prawej strony obok wyjścia z windy. Odbijały się w nim ich metalowe drzwi, czort wie po co. Wiadomo, to nie jest najlepsza dzielnica w mieście, ale ci tutaj cierpieli na niezłą paranoję, nawet jak na agencję koncertową. Może przechowywali w środku wielkie honoraria w gotówce? Słyszał, że za występ na największych festiwalach norweskie gwiazdy dostawały nawet pół miliona. Trzeba ćwiczyć. Żeby tylko miał ten system bezprzewodowy. I nowy zespół. Z *soul*. Może temu facetowi chodzi o to samo? No, wreszcie wsiadł do windy, ale zasłonił ręką czujniki, nie pozwalając drzwiom się zamknąć. A kiedy już zabrał rękę, zaczął się przyglądać świetlówce na suficie. Chyba jednak nie. Knut już się nagrał z wariatami.

Wyszedł zapalić swojego papierosa, a tamten wrócił do sprzątania sali prób.

Knut siedział na pace zardzewiałej ciężarówki, kiedy facet wyszedł z budynku.

– Wygląda na to, że reszta się spóźnia, ale nie mogę się z nimi skontaktować. Bateria mi siadła – powiedział, wyjmując komórkę, która wyglądała na zupełnie nową. – Pójdę kupić papierosy.

– Możesz wziąć jednego ode mnie. – Knut podsunął mu paczkę. – Jaką masz perkusję? Czekaj, niech zgadnę! Wyglądasz oldskulowo. Ludwig?

Facet się uśmiechnął.

– Bardzo ci dziękuję, to miłe z twojej strony, ale muszę mieć Marlboro.

Knut wzruszył ramionami. Szanował ludzi trzymających się swojej marki. Wszystko jedno, czy chodziło o perkusję, czy o papierosy. Ale M a r l b o r o? Czy to nie tak, jakby powiedzieć, że się jeździ wyłącznie Toyotą?

– Spoko, kolego – rzucił. – Pogadamy kiedy indziej.

– Dziękuję za pomoc.

Knut zobaczył, że facet idzie w stronę bramy, ale zaraz zawrócił i znów do niego podszedł.

– Uświadomiłem sobie, że kod do domofonu zapisałem w telefonie. – Uśmiechnął się z lekkim zawstydzeniem. – W komórce. A ona się wyładowała.

– 666S. To ja go wymyśliłem. Wiesz, co oznacza?

Facet kiwnął głową.

– To kod policji w Arizonie na oznaczenie samobójstwa.

Knut mrugnął kilka razy.

– Naprawdę?

– Tak. S jak *suicide*. Wiem od ojca.

Knut patrzył, jak facet wychodzi przez bramę na jasny letni wieczór. Wysoka trawa przy płocie akurat zakołysała się na wietrze niczym publiczność słuchająca jakiejś pieprzonej słodkiej ballady. *Suicide*. Cholera, to jeszcze fajniejsze niż 666 Szatan!

Pelle spojrzał w lusterko i potarł bolącą nogę. Wszystko było złe, zarobek, humor i adres, który właśnie podał mu klient z tylnego siedzenia. Ośrodek pomocy społecznej Ila. Dlatego na razie Pelle nie ruszał się ze swojego mniej lub bardziej stałego postoju na Starym Mieście.

– Masz na myśli schronisko?

– Tak. Teraz to się nazywa... Tak, schronisko.

– Nie jadę do żadnego schroniska, dopóki nie dostanę zapłaty z góry. Przykro mi, ale mam złe doświadczenia.

– Oczywiście, nie pomyślałem.

Pelle obserwował, jak klient, a raczej potencjalny klient, grzebie po kieszeniach. Tkwił w taksówce już trzynastą godzinę z rzędu. A zostało ich jeszcze kilka, zanim wreszcie pojedzie do mieszkania na Schweigaards gate, zaparkuje, z trudem wespnie się po schodach na górę z pomocą składanych kul, które trzymał pod siedzeniem, padnie na łóżko i będzie mógł zasnąć. Miał nadzieję, że bez snów. Albo z dobrymi snami. Nigdy nie wiadomo, co mu się będzie śniło. To mogło być niebo i piekło. Klient podał mu pięćdziesięciokoronowy banknot i garść monet.

– Tu jest tylko trochę ponad setka, nie wystarczy.

– Setka nie wystarczy?

W tej chwili mało już potencjalny klient chyba szczerze się zdziwił.

– Dawno nie jechałeś taksówką?

– No, raczej tak. Nie mam więcej. Ale może mógłby mnie pan zawieźć tak daleko, na ile wystarczy pieniędzy?

– Jasne. – Pelle schował zapłatę do schowka, ponieważ facet nie wyglądał na takiego, który będzie sobie życzył paragonu, i dodał gazu.

Martha była sama w pokoju trzysta dwadzieścia trzy.

Wcześniej z recepcji widziała wychodzących, najpierw Stiga, a potem Johnny'ego. Stig był w czarnych butach, które mu dała.

Według regulaminu personel mógł bez uprzedzenia i zezwolenia mieszkańców przeszukiwać pokoje, jeżeli zaistniało podejrzenie, że ktoś może przechowywać broń. Ale regulamin mówił też, że pracowników przy takich okazjach normalnie ma być dwóch. Normalnie. A jeśli to nie jest normalna sytuacja? Martha spojrzała na komodę. I na szafę.

Zaczęła od komody.

W środku były ubrania. Należące tylko do Johnny'ego. Wiedziała przecież, czym dysponuje Stig.

Otworzyła drzwi szafy.

Bielizna, którą dała Stigowi, leżała starannie złożona na półce. Płaszcz wisiał na wieszaku. Na górnej półce Martha zobaczyła czerwoną sportową torbę, którą tu ze sobą przyniósł. Już wyciągnęła ręce, żeby ją zdjąć, gdy na dnie szafy zauważyła niebieskie adidasy. Zostawiła torbę i schyliła się po buty. Wstrzymała oddech. Zakrzepła krew. Odwróciła adidasy podeszwami do góry.

Wypuściła powietrze i poczuła radość w sercu.

Podeszwy były całkiem czyste. Nie dostrzegła żadnej plamki.

– Co ty tu robisz?

Obróciła się z sercem walącym jak oszalałe. Dotknęła ręką piersi.

– Anders! – roześmiała się. – O Boże, ale mnie wystraszyłeś!

– Czekałem na ciebie na dole – burknął ze złością i wsunął ręce do kieszeni krótkiej skórzanej kurtki. – Już prawie wpół do dziesiątej!

– Przepraszam, zupełnie zapomniałam o czasie. Ktoś nam powiedział, że jeden z lokatorów w pokoju przechowuje broń. W takich sytuacjach mamy obowiązek to sprawdzić. – Martha była tak przejęta, że kłamstwo przyszło samo z siebie.

– Obowiązek! – prychnął Anders. – Może rzeczywiście najwyższa pora zacząć myśleć trochę o obowiązkach. Większość ludzi, mówiąc o nich, ma na myśli dom i rodzinę, a nie pracę w takim miejscu jak to.

Martha westchnęła.

– Anders, nie zaczynaj znów…

Ale już widziała, że on nie zamierza ustąpić. Jak zwykle potrzebował zaledwie kilku sekund, żeby się nakręcić.

– Propozycja, żebyś pracowała w galerii u mamy, ciągle jest aktualna. Ja się z nią zgadzam. Naprawdę dobrze by było dla twojego rozwoju osobistego, gdybyś mogła zacząć się otaczać bardziej inspirującymi ludźmi niż tu, w tym śmietniku.

– Anders! – Martha podniosła głos, ale czuła, że jest zbyt zmęczona, że nie ma na to siły. Podeszła do Andersa i położyła mu rękę na ramieniu. – Nie wolno ci nazywać ich śmieciami. I tak jak już wcześniej ci mówiłam: twoja matka i jej klienci wcale mnie nie potrzebują.

Anders się odsunął.

– Ci tutaj też nie potrzebują ciebie, tylko tego, żeby społeczeństwo przestało ich wreszcie zaopatrywać w ochraniacze. Cholera, ćpuny są w Norwegii jak święte krowy.

– Nie jestem gotowa na to, żeby znów o tym dyskutować. Może mógłbyś pojechać do domu pierwszy, a ja wrócę taksówką, jak się z tym uporam?

Ale Anders założył ręce na piersi i oparł się o futrynę.

– A do jakiej dyskusji jesteś gotowa, Martho? Próbuję cię namówić, żebyś się zdecydowała na jakąś datę...

– Nie teraz.

– Właśnie, że teraz! Matka chce zaplanować lato i...

– Powiedziałam: nie teraz.

Chciała go wypchnąć, ale nie pozwolił na to. Wyciągniętą ręką zagrodził jej drogę.

– Co to za odpowiedź? Jeśli to oni mają sfinansować...

Martha przemknęła się pod jego ramieniem na korytarz i ruszyła przed siebie.

Usłyszała trzaśnięcie drzwiami i odgłos szybkich kroków Andersa. Chwycił ją za rękę, obrócił i przyciągnął do siebie. Poczuła zapach drogiej wody po goleniu, którą dostał od matki na gwiazdkę, a której ona nie znosiła. Serce prawie jej stanęło, gdy zobaczyła jego pociemniałe oczy.

– Nie wolno ci tak ode mnie odchodzić! – syknął.

Odruchowo uniosła rękę, żeby zasłonić twarz, ale teraz dostrzegła w jego wzroku zdumienie.

– O co ci chodzi? – spytał ostrym szeptem. – Myślisz, że cię uderzę?

– Anders, ja...

– Dwa razy – warknął, poczuła jego gorący oddech na twarzy. – Dwa razy w ciągu dziewięciu lat. A ty mnie traktujesz, jakbym był jakimś pieprzonym... damskim bokserem!

– Puść, to...

Za plecami usłyszała chrząknięcie. Anders odsunął rękę, popatrzył z wściekłością ponad jej ramieniem i wypluł słowa:

– No i co, ćpunie, przechodzisz czy nie?

Martha się odwróciła. To był on. Stig. Stał tylko wyczekująco. Przeniósł to swoje spokojne spojrzenie z Andersa na nią. Pytał oczami. Odpowiedziała mu skinieniem głowy, wszystko w porządku. On też kiwnął głową i ich wyminął. Obaj mężczyźni popatrzyli przy tym na siebie. Byli tego samego wzrostu, Anders, potężniejszy, miał więcej mięśni.

Martha śledziła wzrokiem Stiga odchodzącego korytarzem.

Potem znów odwróciła się do Andersa. Przechylił głowę i patrzył na nią tym złym spojrzeniem, które pojawiało się u niego coraz częściej, ale zdecydowała się składać je na karb frustracji tym, że w pracy nie mógł liczyć na takie uznanie, na jakie w swojej opinii zasługiwał.

– Co to było, do jasnej cholery?

Wcześniej też nie klął.

– Co?

– Wy… wy się porozumiewaliście! Co to za jeden?

Martha odetchnęła. Prawie z ulgą. To przynajmniej było bardziej znajome terytorium. Zazdrość. Nie zmieniło się, odkąd zostali parą jako bardzo młodzi ludzie, i nauczyła się z nią radzić.

– Przestań się wygłupiać, Anders. Chodź ze mną po kurtkę, pojedziemy do domu. I nie będziemy się dzisiaj kłócić, tylko zrobimy coś dobrego do jedzenia.

– Martha…

– Cicho. – Wiedziała, że już zyskała nad nim przewagę. – Ty zrobisz coś do jedzenia, a ja wezmę prysznic. A jutro porozmawiamy o ślubie, jasne?

Widziała, że chciał zaprotestować, ale położyła mu palec na ustach. Na tych pełnych ustach, które kiedyś tak ją urzekły. Przesunęła palec, pogładziła ciemny, zadbany krótki zarost. A może to ta jego zazdrość tak jej się spodobała? Teraz nawet nie pamiętała.

Kiedy wsiadali do samochodu, Anders już zdążył się uspokoić. To było bmw, kupione wbrew jej woli. Uważał, że je polubi, gdy się przekona o jego wygodzie, zwłaszcza na dłuższych trasach. No i jest niezawodne.

Gdy uruchomił samochód, znów zobaczyła tamtego. Opuścił budynek, przeszedł na drugą stronę ulicy i skierował się na wschód. Na ramieniu niósł czerwoną torbę.

20

Simon minął obszar boisk sportowych i skręcił w swoją ulicę. Zobaczył, że sąsiad znów grilluje. Głośne, zamarynowane w słońcu i piwie wybuchy śmiechu podkreślały jeszcze ciszę panującą w okolicy. W większości domów było ciemno, a na ulicy parkowało tylko samotne auto.

– No, jesteśmy na miejscu. – Simon podjechał pod garaż.

Nie miał pojęcia, dlaczego to powiedział. Przecież Else zorientowała się, że są w domu.

– Dziękuję za film. – Położyła dłoń na jego ręce spoczywającej na drążku zmiany biegów, jakby podwiózł ją pod bramę i tutaj zamierzał zostawić. Nigdy w życiu, pomyślał Simon, uśmiechając się do niej. Zastanawiał się, ile dotarło do niej z tego, co rozgrywało się na ekranie. To ona zaproponowała wyjście do kina. W trakcie filmu kilka razy na nią zerkał, zauważył, że przynajmniej śmieje się we właściwych miejscach. Co prawda Woody Allen to raczej humor w dialogach niż wizualne gagi. Ale i tak spędzili miły wieczór. Jeszcze jeden miły wieczór.

– Wydaje mi się, że brakowało ci Mii Farrow – powiedziała zalotnie.

Roześmiał się. To był ich żart. Pierwszym filmem, na który ją zabrał, było *Dziecko Rosemary*. Straszny, a zarazem genialny film Polańskiego z Mią Farrow, która rodzi syna diabła. Else była nim wstrząśnięta i długo uważała, że Simon w ten sposób pragnie jej dać do zrozumienia, że nie chce mieć dzieci, zwłaszcza kiedy się uparł, by obejrzeli go jeszcze raz. Dopiero później – po czwartym filmie Allena z Mią Farrow – pojęła, że jemu chodzi o aktorkę, a nie o jakieś dzieci diabła.

W chwili gdy szli od samochodu do drzwi, Simon dostrzegł błysk światła. Krótki jak z obracającej się latarni morskiej. To błysnęły reflektory zaparkowanego na ulicy auta.

– Co to było? – spytała Else.

– Nie wiem. – Simon otworzył drzwi. – Nastawisz kawę? Zaraz przyjdę.

Zawrócił. Zauważył ten samochód już wcześniej. Nie należał do nikogo z ich ulicy. Ani z ulic przyległych. W Oslo limuzyny to przeważnie samochody ambasad, rodziny królewskiej i ministrów. Znał tylko jedną jedyną osobę, która jeździła po mieście autem z przyciemnianymi szybami, dużą ilością miejsca na wyciągnięcie nóg i własnym kierowcą. Z kierowcą, który właśnie wysiadł i otworzył tylne drzwiczki przed Simonem.

Kefas nachylił się, ale nie wsiadł. Nieduży mężczyzna siedzący w środku miał ostry nos na okrągłej zarumienionej twarzy z rodzaju tych, o których często mówi się „sympatyczna". Granatowy blezer ze złotymi guzikami – w latach osiemdziesiątych ulubiony strój norweskich finansistów, armatorów i starych śpiewaków od ckliwych piosenek – zawsze kazał Simonowi zastanawiać się, czy przypadkiem wśród norweskich mężczyzn nie tkwi głęboko zakorzenione marzenie o tym, żeby zostać kapitanem statku.

– Dobry wieczór, nadkomisarzu Kefas – odezwał się człowieczek jasnym, wesołym głosem.

– Co robisz na mojej ulicy, Nestor? Tutaj nikt nie kupi tego twojego gówna.

– Ojej! Jak zawsze zacięty wojownik, tak?

– Daj mi tylko powód, żeby cię aresztować, a zrobię to natychmiast.

– Wydaje mi się, że to nie będzie konieczne. Chyba że nielegalne stało się pomaganie ludziom w trudnej sytuacji. Nie wsiądziesz, żebyśmy mogli spokojnie porozmawiać?

– Nie widzę powodu.

– Ty też masz kłopoty ze wzrokiem?

Simon przyjrzał się Nestorowi. Krótkie ręce na małym grubym torsie. Ale rękawy blezera były jeszcze krótsze, na tyle, że odsłaniały złote spinki w kształcie monogramu. Hugo Nestor twierdził, że jest Ukraińcem, ale według jego policyjnej teczki urodził się i wychował we Florø w Norwegii, w rodzinie norweskich rybaków. Pierwotnie nosił nazwisko Hansen i nigdy nie przebywał dłużej za granicą, z wyjątkiem krótkiego okresu rozpoczętych studiów ekonomicznych w szwedzkim Lund. Czort wie, gdzie załapał dziwaczny akcent, ale z pewnością nie na Ukrainie.

– Ciekaw jestem, czy twoja młoda żona zorientowała się, kto grał jaką rolę, Kefas? Ale pewnie słyszała, że Allen nie występował w tym filmie. Ten Żyd ma taki wstrętny skrzekliwy głos. Nie, żebym miał coś przeciwko poszczególnym Żydom, uważam tylko, że Hitler nie mylił się co do nich jako rasy. To samo dotyczy Słowian. Chociaż sam jestem Słowianinem ze Wschodu, widzę, że miał rację. Słowianie nie potrafią sami sobą rządzić. Na poziomie rasy, zauważ. A ten Allen, czy przypadkiem on nie jest również pedofilem?

Z materiałów w teczce wynikało także, że Hugo Nestor jest głównym aktorem na rynku narkotyków i handlu ludźmi w Oslo. Nigdy nie został skazany, nie przedstawiono mu zarzutów, nie miał nawet statusu podejrzanego. Cholerny węgorz. Był na to zbyt bystry i zbyt ostrożny.

– Tego nie wiem, Nestor. Wiem natomiast o plotkach, że to twoi ludzie zlikwidowali więziennego kapelana. Miał u was długi?

Nestor uśmiechnął się wyniośle.

– Czy rozsiewanie plotek nie jest poniżej twojej godności, Kefas? Zawsze potrafiłeś trzymać styl, w przeciwieństwie do kolegów. Gdybyś miał coś więcej niż plotki, na przykład wiarygodnego świadka, który zgodziłby się przyjść do sądu i zeznawać, to już byś kogoś aresztował, mam rację?

Węgorz.

– Wszystko jedno. Mam dla ciebie i dla twojej żony propozycję oznaczającą szybkie pieniądze. W kwocie wystarczającej na przykład na drogą operację oczu.

Simon przełknął ślinę, ale i tak odpowiedział zachrypniętym głosem:

– Fredrik ci to przekazał?

– Twój dawny kolega z Økokrim? Pozwól, że powiem tak. Krążą plotki o twoich potrzebach. Skoro zwróciłeś się do niego z takim pytaniem, chyba chciałeś, żeby dotarło to do uszu takich jak moje. Nie mam racji, Kefas? – Uśmiechnął się. – Wszystko jedno. Znalazłem rozwiązanie, które może być korzystne dla nas obu. No co, nadal nie chcesz wsiąść?

Simon dotknął drzwiczek, Nestor automatycznie przesunął się bardziej w głąb, żeby zrobić więcej miejsca. Simon skupił się na wyrównaniu oddechu i zapanowaniu nad głosem, który drżał mu z wściekłości.

– Mów dalej, Nestor. Daj mi wreszcie ten powód, żebym mógł cię aresztować.

Nestor pytająco uniósł brew.

– Co to za powód, nadkomisarzu?

– Usiłowanie przekupstwa funkcjonariusza państwowego.

– Przekupstwa? – Nestor zaśmiał się piskliwie. – Nazwijmy to propozycją biznesową, Kefas. Przekonasz się, że...

Reszty Simon nie usłyszał, ponieważ limuzyna najwyraźniej miała dobrą izolację. Odszedł, nie oglądając się za siebie. Żałował tylko, że nie trzasnął drzwiczkami jeszcze mocniej. Usłyszał, że samochód rusza, koła zachrzęściły na asfalcie.

– Wydajesz się wzburzony, kochanie – zauważyła Else, kiedy usiadł za kuchennym stołem przy pustej filiżance. – Co to było?

– Ktoś zabłądził – odparł Simon. – Wytłumaczyłem mu, dokąd ma jechać.

Else, szurając nogami, podeszła z dzbankiem kawy. Simon wyjrzał przez okno. Ulica opustoszała. W tej samej chwili poczuł palący ból rozchodzący się po udzie.

– Niech to szlag! – Wytrącił jej z ręki dzbanek, który z hukiem upadł na podłogę, i zaczął wrzeszczeć: – Do jasnej cholery, oblałaś mnie wrzątkiem! Czy ty jesteś... jesteś... – Część jego mózgu już zdążyła zareagować i próbowała zatrzymać to słowo, ale było tak jak z drzwiczkami samochodu, nie chciał, odmawiał, chociaż zarazem chciał niszczyć, wolał wbić nóż w siebie, ale i w nią. – ...ś l e p a?

W kuchni zapadła cisza. Słychać było jedynie pokrywkę turlającą się po linoleum i chlupot wylewającej się kawy. Nie! Nie chciał tego.

– Przepraszam, Else, ja...

Wstał, żeby ją objąć, ale ona już podchodziła do zlewu. Odkręciła zimną wodę, zmoczyła ścierkę.

– Zdejmij spodnie, Simon, zaraz...

Objął ją od tyłu. Przytulił czoło do jej głowy.

– Przepraszam – szeptał. – Przepraszam. Proszę, wybacz mi. Wybaczysz? Ja… po prostu nie wiem, co mam robić. Powinienem móc zrobić coś dla ciebie, ale… nie potrafię. Nie wiem.

Nie słyszał jeszcze płaczu Else, tylko czuł, że już wstrząsa jej ciałem, przenika w niego. Gardło mu się ścisnęło, wstrzymywał własny płacz. Nie wiedział, czy mu się to udało, czuł jedynie, że oboje drżą.

– To ja powinnam przepraszać – zaszlochała Else. – Zasługujesz na kogoś lepszego. Nie na kogoś… kto cię oblewa wrzątkiem!

– Nie ma nikogo lepszego – szepnął. – Więc możesz mnie oblewać wrzątkiem, ile chcesz, ja cię i tak nie puszczę.

Czuł, że ona wie, że to prawda. Że chciał zrobić wszystko, wszystko wytrzymać i wszystko poświęcić.

Żeby dotarło to do uszu takich jak moje…

Po prostu nie dał rady.

Z ciemności dobiegł ekstatyczny śmiech sąsiada, a z oczu Else polały się łzy.

Kalle spojrzał na zegarek. Za dwadzieścia jedenasta. To był dobry dzień. Zhandlowali więcej superboya niż zwykle przez cały weekend, dlatego liczenie i szykowanie nowych działek zajęło nieco więcej czasu niż zazwyczaj. Zdjął z ust maseczkę – używali ich przy odmierzaniu i mieszaniu proszku na blacie w dwudziestometrowym pomieszczeniu stanowiącym jednocześnie biuro, fabrykę narkotyków i bank. Oczywiście dostawali narkotyki już rozcieńczone, ale superboy i tak był najczystszym proszkiem, z jakim miał do czynienia w swojej karierze dilera. Tak czystym, że gdyby nie maseczki, to nie dość, że byliby na haju, to po prostu umarliby od wdychania pyłu unoszącego się w powietrzu przy siekaniu i przesypywaniu brązowo-białego proszku. Położył maseczki w sejfie przed plikami banknotów i torebkami z narkotykiem. Czy powinien zadzwonić do Very, uprzedzić, że się spóźni? A może najwyższy czas pokazać, kto tu jest szefem? Kto przynosi *the dough* do domu, może więc przychodzić i wychodzić bez konieczności składania za każdym razem jakiegoś pieprzonego raportu?

Kazał Pelvisowi sprawdzić, co się dzieje na zewnątrz.

Od metalowych drzwi ich biura biegł krótki korytarz z windą po prawej stronie w odległości zaledwie dwóch czy trzech metrów. W głębi znajdowały się drzwi prowadzące na schody, ale na nich – w absolutnej sprzeczności z przepisami przeciwpożarowymi – umocowali zamknięty na stałe łańcuch.

– *Cassius, check the parking place!* – zawołał Kalle, zamykając sejf. Pomieszczenie było nieduże i docierało tu jedynie przytłumione bębnienie z sal prób, ale on i tak lubił pokrzykiwać.

Cassius był największym i najgrubszym Murzynem w całym mieście. Nieforemnego ciała miał tyle, że trudno było się zorientować, co jest czym, lecz jeśli masa mięśniowa stanowiła zaledwie dziesięć procent tego człowieka, to i tak wystarczyłaby do powstrzymania niemal wszystkiego.

– *No cars, no people at the parking lot.* – Cassius wyjrzał przez kratę w oknie.

– Korytarz czysty. – Pelvis sprawdził przez szparę w drzwiach.

Kalle obrócił koło w sejfie. Napawał się gładko naoliwionym mechanizmem, jego miękkim tykaniem. Szyfr miał w głowie i tylko w niej. Nie został nigdzie zapisany i nie miał żadnej logiki. Żadnej kombinacji dat urodzenia czy innych bzdur.

– No to idziemy – zdecydował, prostując się. – *Have your gun ready, both of you.*

Zerknęli na niego pytająco.

Kalle niczego nie wyjaśniał, ale dostrzegł coś w tych oczach, które wcześniej patrzyły na niego przez szparę. Wiedział, że widziały go siedzącego przy stole. Okej, może to i był jakiś gość z marnego zespołu, któremu śniło się posiadanie menedżera, ale na stole leżało wtedy tyle pieniędzy i prochów, że każdy idiota mógł mieć ochotę spróbować. Liczył jedynie, że facet zauważył też na stole pistolety, które należały do Cassiusa i Pelvisa.

Podszedł do drzwi. Zamek dawało się otworzyć kluczem, który miał tylko on. Dzięki temu mógł zamknąć tych, którzy tu pracowali, nawet jeśli sam musiał wyjść. Krat w oknach nie dało się otworzyć. Krótko mówiąc, nikt pracujący dla Kallego nie mógł uciec z pieniędzmi i narkotykami. Ani wpuścić nieproszonych gości.

Kalle wyjrzał przez szparę. Wcale nie zapomniał, że Pelvis przed chwilą zgłosił brak czyjejkolwiek obecności na korytarzu, po prostu brał pod uwagę, że ten gnojek gotów jest oszukać szefa i otworzyć komuś, gdyby tylko ten ktoś dobrze mu za to zapłacił. Cholera, Kalle postąpiłby tak samo.

Nikogo nie zauważył. Sprawdził jeszcze lustro, które powiesił na ścianie naprzeciwko, żeby nikt nie mógł się ukryć, wciskając się w drzwi tuż pod szparą. Pogrążony w półmroku korytarz był pusty. Obrócił klucz w zamku i przytrzymał drzwi dwóm pozostałym. Pelvis wyszedł pierwszy, za nim Cassius, na końcu sam Kalle. Odwrócił się, żeby zamknąć.

– Co jest, do cho…!

To był głos Pelvisa.

Kalle znów się odwrócił i dopiero teraz odkrył to, czego nie mógł zobaczyć przez szparę: drzwi windy były otwarte. Wciąż jednak jeszcze nie widział, co jest w środku, bo światło wewnątrz się nie paliło. W półmroku dostrzegał jedynie coś białego po jednej stronie drzwi windy. Taśmę gaffa. Zasłaniającą czujniki na drzwiach. I odłamki szkła na podłodze.

– Uwa…

Ale Pelvis już zrobił trzy kroki w tamtą stronę.

Mózg Kallego zarejestrował wydobywający się z ciemności windy płomień, a dopiero potem dotarł do niego huk.

Głowa Pelvisa obróciła się w bok, jakby ktoś go uderzył. Patrzył na Kallego ze zdumioną miną. Wyglądał tak, jakby na kości policzkowej wyrosło mu trzecie oko. Po chwili zwiotczał i osunął się na podłogę jak płaszcz, z którego właściciel po prostu wyszedł.

– Cassius! Strzelaj, do kur…

W panice Kalle zapomniał, że Cassius nie mówi po norwesku, ale najwyraźniej polecenie było zbędne, bo Cassius już wycelował z broni w mrok i wypalił. Kalle poczuł szarpnięcie w piersi. Nigdy wcześniej nie stał po niewłaściwej stronie pistoletu, ale teraz już wiedział, dlaczego ci, w których celował, sztywnieli w taki komiczny sposób i wyglądali jak wypełnieni cementem. Ból w piersi się wzmagał, Kalle nie mógł oddychać, ale wiedział, że musi się przedostać za kuloodporne drzwi, tam było powietrze, bezpieczeństwo, zamek, który mógł zamknąć. Ręka jednak go nie słuchała, nie mogła trafić kluczem do dziurki. To było jak we śnie, jak poruszanie się pod wodą. Na szczęście osłaniało go potężne ciało Cassiusa, który dalej strzelał. Klucz wreszcie wsunął się w zamek, Kalle przekręcił go, szarpnięciem otworzył drzwi i wemknął się do środka. Kolejny huk zabrzmiał inaczej. Kalle zrozumiał, że musiał dobiec z wnętrza windy. Natychmiast się obrócił, żeby zamknąć za sobą, ale drzwi zatrzymały się na Cassiusie, który zdołał wepchnąć do środka pół barku i ramię grube jak udo. Szlag by to trafił! Starał się go wypchnąć, ale coraz więcej ciała Cassiusa wciskało się do środka.

– No to wchodź, pieprzony tchórzu! – syknął Kalle i otworzył.

Murzyn wlał się do pomieszczenia jak rosnące ciasto drożdżowe, runął na ziemię, rozpościerając ciało na progu. Kalle spojrzał w jego szklane oczy, wybałuszone jak u ryby głębinowej. Usta otwierały się i zamykały.

– Cassius!

Jedyną odpowiedzią było mokre plaśnięcie, kiedy pękła duża różowa bańka, która wydobyła się z ust Murzyna. Kalle zaparł się nogami o ścianę, usiłując przepchnąć czarnoskórą górę mięsa tak, aby dało się zamknąć drzwi. Ale się nie dało. Nachylił się i próbował go wciągnąć. Za ciężki. Z zewnątrz dobiegły miękkie kroki. Pistolet! Cassius upadł z ręką podwiniętą pod siebie. Kalle usiadł okrakiem na trupie, rozpaczliwie próbując wsunąć pod niego własną rękę, ale za każdym sforsowanym wałkiem tłuszczu pojawiał się kolejny, a pistoletu nie było. Siedział z ręką zagrzebaną w tłuszcz po łokieć, kiedy kroki na zewnątrz przyspieszyły. Pojął, co się dzieje. Próbował się odsunąć, ale było już za późno. Metalowe drzwi uderzyły go w czoło i w oczach mu pociemniało.

Kiedy się ocknął, leżał na plecach i patrzył na jakiegoś typka w bluzie z kapturem i żółtych rękawicach do zmywania, który celował w niego z pistoletu. Obrócił głowę, ale nie dostrzegł nikogo innego, tylko Cassiusa, leżącego do połowy za drzwiami. Teraz zauważył też lufę pistoletu wystającego spod brzucha Murzyna.

– Czego chcesz?

– Żebyś otworzył sejf. Zostało ci siedem sekund.

– Siedem?

– Zacząłem odliczać, zanim się ocknąłeś. Sześć.

Kalle poderwał się na nogi. Kręciło mu się w głowie, ale zdołał dojść do sejfu.

– Pięć.

Zaczął obracać kołem.

– Cztery.

Jeszcze jedna cyfra, sejf się otworzy i pieniądze znikną. Pieniądze, które będzie musiał osobiście oddać. Takie były reguły gry.

– Trzy.

Zawahał się. Gdyby tylko zdołał wyrwać ten pistolet spod Cassiusa.

– Dwa.

Czy on naprawdę strzeli, czy tylko blefował?

– Jeden.

Gość zabił już dwie osoby bez mrugnięcia okiem, więc co znaczy dla niego trzecia?

– Już… – powiedział Kalle i odsunął się na bok. Nie miał siły patrzeć na stos banknotów i torebki z narkotykami.

– Włóż to wszystko tutaj – nakazał tamten, podsuwając mu czerwoną torbę.

Kalle usłuchał. Ani za szybko, ani za wolno. Po prostu przełożył zawartość sejfu do torby, ale mózg odruchowo liczył. Sto tysięcy koron. Dwieście…

Kiedy skończył, typ kazał mu odrzucić torbę. Kalle rzucił. I w tej samej chwili uświadomił sobie, że jeśli naprawdę miał zostać zastrzelony, to właśnie teraz. Tutaj. Tamten już go nie potrzebował. Kalle przesunął się o dwa kroki w stronę Cassiusa. Musiał sięgnąć po ten pistolet.

– Jeśli tego nie zrobisz, to cię nie zastrzelę – odezwał się tamten.

Co jest, do cholery, czyżby czytał w myślach?

– Połóż ręce na głowie i wyjdź na korytarz.

Kalle się zawahał. Czy to mogło oznaczać, że tamten zamierza darować mu życie? Przeszedł nad Cassiusem.

– Oprzyj się o ścianę z rękami nad głową.

Kalle znów wypełnił polecenie. Obrócił głowę. Zobaczył, że tamten już zabrał pistolet Pelvisa, a teraz kuca przy Cassiusie, ale nie spuszcza oka z Kallego. Ten drugi pistolet też zgarnął.

– Wydłub kulę z tamtej ściany, dobrze? – Facet pokazał, a Kalle w tej chwili uświadomił sobie, gdzie już go widział. Nad rzeką. To był ten, który biegał. Musiał ich śledzić. Kalle podniósł wzrok i zobaczył zdeformowaną kulę, która utkwiła w tynku. Ślad drobnych kropelek krwi wiódł od ściany do miejsca, z którego pochodził, głowy Pelvisa. Kula nie mogła mieć dużej prędkości, bo dała się wydłubać paznokciem.

– Dawaj! – Facet wyciągnął wolną rękę. – Teraz masz znaleźć moją drugą kulę i dwie łuski. Daję ci na to trzydzieści sekund.

– A jeśli ta druga jest w Murzynie?

– Nie sądzę. Dwadzieścia dziewięć.

– Spójrz tylko na to cielsko, człowieku!

– Dwadzieścia osiem.

Kalle rzucił się na kolana i zaczął szukać. Cholera, dlaczego nie kupił tu mocniejszych żarówek.

Na trzynaście miał już cztery łuski Cassiusa i jedną tamtego. Na siedem znalazł drugą kulę wystrzeloną do nich, musiała przebić się przez Cassiusa i uderzyć w metalowe drzwi, bo na metalu został niewielki ślad.

Odliczanie się skończyło, a on ciągle nie miał ostatniej łuski.

Zamknął oczy. Jedna trochę za ciasna powieka zaszorowała mu po oku i zaczął się modlić o to, by Bóg pozwolił mu przeżyć jeszcze jeden dzień. Usłyszał strzał, ale nie poczuł bólu. Otworzył oczy i zorientował się, że ciągle stoi na czworakach.

Facet odsuwał lufę pistoletu Pelvisa od Cassiusa.

Cholera, na wszelki wypadek strzelił do Cassiusa jeszcze raz z pistoletu Pelvisa! A teraz podszedł do Pelvisa, przyłożył pistolet Cassiusa do wlotu rany, sprawdził kąt. I znów strzelił.

– Kurwa! – wrzasnął Kalle z płaczem.

Tamten wrzucił ich pistolety do czerwonej torby, a potem kiwnął na Kallego.

– Chodź. Przejedziemy się windą.

Winda. Odłamki szkła. To musi się stać w windzie. Tam go dopadnie.

Wsiedli. W świetle z korytarza Kalle dostrzegł na podłodze windy kilka szklanych odłamków. Namierzył jeden, podłużny, idealnie nadający się do tej roboty. Kiedy drzwi się zasuną, w windzie zrobi się całkiem ciemno, więc wystarczy, że się nachyli, złapie odłamek i ciachnie nim jednym perfekcyjnym ruchem. Musi...

Drzwi się zasunęły, facet włożył pistolet za pasek spodni. Idealnie. To będzie jak zarżnięcie kury. Zrobiło się ciemno, Kalle się nachylił, palce odnalazły odłamek. Wyprostował się. I znalazł się w potrzasku.

Nie wiedział, jaki to chwyt, czuł tylko, że nie może się ruszyć. Nie może nawet kiwnąć palcem. Próbował się wyrwać, ale to było tak, jak pociąganie za niewłaściwy koniec supła, chwyt zaciskał się jeszcze mocniej. Kark i ramiona przeszył cholerny ból, szkło wypadło mu z ręki. To musiał być jakiś sport walki. Winda ruszyła.

Drzwi znów się otworzyły, rozległo się nieustające dudnienie basów i chwyt się rozluźnił. Kalle otworzył usta, chłonął powietrze. Ponownie wycelowany w niego pistolet dał mu znak, że mają iść korytarzem.

Stosując się do poleceń, Kalle wszedł do jednej z pustych sal prób, gdzie facet kazał mu usiąść na podłodze i oprzeć się plecami o grzejnik. Siedział nieruchomo, wpatrując się w duży bęben z nazwą The Young Hopeless, podczas gdy typ przywiązywał go do grzejnika długim czarnym kablem. Nie było powodu, by stawiać opór. Tamten nie mógł chcieć go zabić, bo przecież już dawno by nie żył. A pieniądze i narkotyki można oddać. Oczywiście sam będzie musiał pokryć stratę, ale w tej chwili myślał głównie o tym, jak wytłumaczy Verze, że raczej nici z wyprawy na zakupy do jakiegoś fajnego miasta. Typ podniósł z podłogi dwie struny do gitary i grubszą przepasał mu głowę tuż nad nasadą nosa, a cieńszą nad brodą. Zaplótł je chyba na grzejniku, bo Kalle czuł metal tej cieńszej wbijającej się w skórę i naciskającej na dziąsła w żuchwie.

– Porusz głową! – usłyszał polecenie. Gość musiał mówić głośno z powodu muzyki dobiegającej z korytarza. Kalle spróbował obrócić głowę, ale struny zaciskały się za mocno.

– W porządku. – Facet ustawił wentylator na stołku od perkusji, włączył go i nakierował na twarz Kallego. Kalle zamknął oczy w strumieniu powietrza, czuł, jak wysycha mu pot na twarzy. Kiedy znów je otworzył, zobaczył, że tamten położył na krześle przed wentylatorem jedną z kilogramowych torebek z nierozcieńczonym superboyem, a nos i usta zasłonił bluzą. Co on, do jasnej cholery, zamierzał? A potem Kalle zauważył tamten podłużny kawałek szkła.

Poczuł się tak, jakby serce ścisnęła mu czyjaś lodowata dłoń. Już wiedział, co nastąpi. Facet machnął odłamkiem. Kalle cały się spiął. Ostry koniec szkła dotknął foliowej torebki, zrobił w niej podłużne nacięcie i moment później w powietrzu zawirował biały proszek. Kalle miał go w oczach, w ustach i w nosie. Usta zamknął, ale musiał kaszlnąć. Znów zacisnął wargi. Czuł gorzki smak proszku, który pokrył śluzówkę, piekł i palił. Substancje czynne już przedostawały się do krwi.

Fotografia Pellego i jego żony tkwiła przymocowana do deski rozdzielczej po lewej stronie między kierownicą a drzwiczkami. Pelle pogładził palcem gładką zatłuszczoną powierzchnię. Wrócił na swój postój na Starym Mieście, ale to w niczym nie pomogło. Panował wakacyjny spokój i zlecenia pojawiające się na wyświetlaczu wzywały w inne krańce miasta. Ale jakaś nadzieja zawsze istniała. Zobaczył kogoś, kto właśnie opuścił starą fabrykę. Ten człowiek szedł zdecydowanie, z prędkością świadczącą o tym, że dokądś się wybiera i chce złapać jedyną taksówkę na postoju, zanim kogut na dachu zgaśnie i odjedzie nią ktoś inny. Nagle jednak zatrzymał się i pochylił w stronę fasady budynku. Zgiął się wpół. Stał tuż pod latarnią, dlatego Pelle widział, jak zawartość jego żołądka spada na asfalt. Cholera, jak tu wpuścić kogoś takiego do samochodu? Facet dalej stał pochylony i spluwał. Pelle znał ten stan, doskonale wiedział, co tamten musi teraz czuć. Od samego patrzenia miał w ustach smak żółci. Wreszcie gość wytarł twarz rękawem bluzy z kapturem, wyprostował się, poprawił pasek torby na ramieniu i ruszył w jego stronę. Dopiero kiedy się zbliżył, Pelle zobaczył, że to ten sam facet, którego wiózł jakąś godzinę temu. Ten, który nie miał pieniędzy na dojazd do schroniska. A teraz dał znak, że chce jechać. Pelle wcisnął guzik zamykający wszystkie drzwi w aucie i odrobinę uchylił szybę. Zaczekał, aż tamten podejdzie z boku i na próżno zacznie szarpać za klamkę.

– *Sorry*, kolego, ale nie jadę.

– Bardzo proszę!

Pelle spojrzał na niego. Smugi łez na policzkach. Cholera wie, co się stało, ale to nie jego sprawa. Okej, możliwe, że w tle jest jakaś smutna historia, ale człowiek nie przeżyje długo jako taksówkarz w Oslo, jeżeli będzie na oścież otwierał drzwi na kłopoty innych.

– Posłuchaj, widziałem, jak rzygałeś. Rzyganie w samochodzie będzie cię kosztowało tysiąc koron, a mnie zmarnowany dzień pracy. Poza tym kiedy ostatnio ode mnie wysiadałeś, byłeś kompletnie spłukany. Dlatego mówię *pas*, okej?

Zamknął okno i zaczął patrzeć przed siebie z nadzieją, że chłopak się ulotni bez wszczynania awantury. Nastawił się na to, że stąd odjedzie, gdyby zaszła taka potrzeba. Cholera, ależ ta noga dzisiaj boli! Kątem oka dostrzegł, że chłopak otwiera torbę, wyjmuje z niej coś i przyciska do szyby.

Pelle lekko się obrócił. To było tysiąc koron. Pokręcił głową, ale tamten dalej stał. Nieruchomo. Czekał. Pelle właściwie się nie martwił, poprzednio przecież nie było żadnej awantury. Przeciwnie, zamiast błagać o zawiezienie go jeszcze kawałek, jak większość tych, którzy nie mieli gotówki, ten chłopak podziękował i wysiadł, kiedy Pelle się zatrzymał, bo taksometr pokazał kwotę, którą tamten mu wręczył. Dziękował tak szczerze, że Pelle miał wyrzuty sumienia, iż nie podwiózł go pod same drzwi schroniska. Zajęłoby mu to nie więcej niż dwie minuty.

Westchnął. Wcisnął guzik otwierający drzwi.

Chłopak wsiadł z tyłu.

– Bardzo, bardzo dziękuję.

– W porządku. Dokąd?

– Najpierw na Berg. Tam tylko coś zostawię, gdyby pan zechciał poczekać. Potem do schroniska Ila. Oczywiście płacę z góry.

– Nie trzeba. – Pelle uruchomił silnik. Żona miała rację, był za dobry dla tego świata.

CZĘŚĆ III

21

Była dziesiąta rano i słońce już dawno zaczęło świecić na Waldemar Thranes gate, na której Martha zaparkowała swojego golfa kabriolet. Wysiadła i lekkim krokiem przeszła obok cukierni, kierując się ku wejściu do kawiarni ośrodka Ila. Poczuła na sobie spojrzenia niektórych mężczyzn, a nawet paru kobiet. Nie było w tym nic nadzwyczajnego, ale dziś mimo wszystko wydawało jej się, że przyciągnęła wyjątkowo dużo uwagi. Przypisała to swojemu niezwykle dobremu humorowi, który zapewne było po niej widać. Natomiast samego świetnego humoru nie potrafiła przypisać niczemu. Pokłóciła się ze swoją przyszłą teściową o datę ślubu, z Grete, szefową ośrodka, o rozkład dyżurów i z Andersem w zasadzie o wszystko. Może jej dobry humor wynikał po prostu z tego, że miała wolne, a Anders z matką wyjechali na weekend do domku letniskowego, więc przez co najmniej dwa dni mogła się sama cieszyć całym tym słońcem.

Po wejściu do kawiarni zobaczyła podnoszące się głowy paranoików. Wszystkie z wyjątkiem jednej. Uśmiechnęła się, pomachała ręką w odpowiedzi na liczne powitania i podeszła do dwóch dziewczyn za ladą. Jednej wręczyła klucz.

– Wszystko będzie dobrze. Nic się nie martwcie. Pamiętajcie, że jesteście dwie.

Pobladła dziewczyna pokiwała głową.

Martha nalała sobie filiżankę kawy, stanęła tyłem do lokalu. Wiedziała, że mówiła trochę głośniej, niż trzeba. Odwróciła się. Kiedy ich spojrzenia się skrzyżowały, udała zaskoczoną. Podeszła do stolika pod oknem, przy którym siedział sam. Podniosła filiżankę do ust i rzuciła ponad jej brzegiem:

– Tak wcześnie wstałeś?

Chłopak uniósł brew, dopiero wtedy zorientowała się, jak idiotycznie to zabrzmiało, bo było już przecież po dziesiątej.

– Większość wstaje trochę później – dodała prędko.

– Tak, wiem – uśmiechnął się.

– Posłuchaj, chciałam cię przeprosić za to, co się wydarzyło wczoraj.

– Wczoraj?

– Tak. Anders zwykle nie zachowuje się w taki sposób, ale czasami... Wszystko jedno, nie miał prawa tak się do ciebie zwracać. Nazywać cię ćpunem i... no wiesz.

Stig pokręcił głową.

– Nie musisz przepraszać, nie zrobiłaś nic złego. Twój chłopak też nie, przecież rzeczywiście jestem ćpunem.

– A ja prowadzę samochód jak baba, co wcale nie oznacza, że pozwalam, by ludzie mi to wytykali.

Roześmiał się. Śmiech wyraźnie złagodził mu rysy. Teraz naprawdę wyglądał jak chłopiec.

– Ale i tak prowadzisz. – Kiwnął głową w stronę okna. – To twoje auto?

– Tak. Wiem, że to stary gruchot, ale lubię jeździć. A ty?

– Nie wiem. Nigdy nie prowadziłem samochodu.

– Nigdy? Naprawdę?

Wzruszył ramionami.

– To bardzo smutne – stwierdziła.

– Smutne?

– Nic nie może się równać z jazdą w słońcu kabrioletem z opuszczonym dachem.

– Nawet dla...

– Tak, nawet dla ćpuna – roześmiała się. – To najlepszy odlot, jaki można mieć, przyrzekam.

– Któregoś dnia musisz mnie zabrać na przejażdżkę.

– Jasne. A może teraz?

Dostrzegła w jego oczach lekkie zaskoczenie. Propozycja sama wyrwała się z jej ust. Wiedziała, że są obserwowani. I co z tego? Przecież potrafiła godzinami przesiadywać z innymi mieszkańcami i rozmawiać o ich osobistych problemach, a nikogo to nie dziwiło. Przeciwnie, uważano, że to należy do jej obowiązków. Poza tym miała dzień wolny i mogła z nim zrobić, co chciała, prawda?

– Chętnie – powiedział Stig.

– Mam co prawda tylko kilka godzin. – Martha wyczuła rozgorączkowanie we własnym głosie. Czyżby już żałowała?

– Może dasz mi poprowadzić? To chyba rzeczywiście jest fajne.

– Znam takie jedno miejsce. Chodź!

Kiedy wychodzili, Martha czuła spojrzenia na plecach.

Miał tak skupioną minę, że nie mogła powstrzymać się od śmiechu. Pochylony do przodu, z rękami mocno zaciśniętymi na kierownicy, wolniusieńko jeździł w kółko po opustoszałym w weekend parkingu na Økern.

– Świetnie – pochwaliła go. – A teraz spróbuj ósemek.

Usłuchał. Dodał trochę więcej gazu, ale kiedy obroty podskoczyły, instynktownie zwolnił.

– Wiesz, była u nas policja – powiedziała Martha. – Pytała, czy ostatnio dawaliśmy komuś nowe adidasy. To miało związek z zabójstwem w rodzinie Iversenów, może o nim słyszałeś?

– Tak, czytałem.

Zerknęła na niego. Podobało jej się, że on czyta. Wielu mieszkańców ośrodka nie czytało nigdy ani słowa, nie docierały do nich żadne wiadomości, nie wiedzieli, kto jest premierem ani co się wydarzyło jedenastego września. Potrafili jednak co do korony podać cenę amfetaminy w różnych miejscach, stopień czystości heroiny i procentową zawartość substancji czynnych w jakimś nowym leku.

– *À propos* Iversena, czy to nie on miał ci załatwić jakąś robotę?

– Owszem. Byłem u niego, już nic dla mnie nie ma.

– Szkoda.

– Ale ja się nie poddaję. Na liście jest jeszcze kilka innych nazwisk.

– Świetnie. To znaczy, że masz listę?

– Mam.

– Spróbujemy zmienić bieg?

Dwie godziny później mknęli drogą na Moss. Prowadziła Martha. Obok lśnił w słońcu fiord Oslo. Stig niebywale szybko się uczył. Początkowo miał trochę kłopotów z biegami i sprzęgłem, lecz kiedy dotarło do niego, jak to działa, wydawało się, że po prostu zaprogramował mózg na tę funkcję i automatycznie ją powtarzał. Po trzech próbach ruszania pod górkę umiał już to zrobić bez używania ręcznego hamulca. A kiedy pojął geometrię parkowania równoległego, radził z tym sobie z niemal irytującą łatwością.

– Co to jest?

– Depeche Mode – odparł. – Podoba ci się?

Wsłuchała się w monotonny podwójny wokal i niemal maszynowy rytm.

– Tak – przyznała i podkręciła głośność odtwarzacza CD. – To brzmi bardzo… angielsko.

– Zgadza się. Co jeszcze słyszysz?

– Hm… Wesołą dystopię. Jakby nie traktowali swoich depresji z pełną powagą, jeśli rozumiesz, o co mi chodzi.

Roześmiał się.

– Rozumiem.

Po kilku minutach na autostradzie Martha skręciła w stronę Nesoddtangen. Szosa była tu węższa, ruch mniejszy. Zjechała na pobocze.

– Gotowy na zetknięcie z rzeczywistością?

– Tak, gotowy.

Przesiedli się. Martha obserwowała, jak Stig sadowi się za kierownicą i skoncentrowany patrzy przed siebie. Z takim naciskiem odparł, że jest gotowy na zetknięcie z rzeczywistością, jakby mówił o czymś więcej niż tylko o prowadzeniu samochodu. Wcisnął sprzęgło, wrzucił bieg, delikatnie dodał gazu.

– Lusterko – powiedziała, sama w nie zerkając.

– Droga wolna.

– Kierunkowskaz.

Opuścił dźwignię kierunkowskazu, mruknął „jedziemy” i ostrożnie puścił sprzęgło.

Wolno wyjechali na szosę. Na trochę zbyt wysokich obrotach.

– Ręczny – przypomniała, sięgając do znajdującej się między nimi dźwigni, żeby zwolnić hamulec. Poczuła jego rękę wysuniętą z tym samym zamiarem. Ręka dotknęła jej dłoni i natychmiast się cofnęła, jakby się sparzył.

– Dziękuję – powiedział.

Przez dziesięć minut jechali w zupełnej ciszy. Puścili przodem jakiś samochód, który wyraźnie się spieszył. Z przeciwka wyłonił się tir. Martha wstrzymała oddech. Wiedziała, że na tej wąskiej drodze – mimo pewności, że oba pojazdy się na niej zmieszczą – automatycznie zahamowałaby i zjechała trochę na pobocze. Ale Stig był niewzruszony, a co najdziwniejsze, miała do niego zaufanie. Umiał to ocenić, posiadał wrodzoną umiejętność postrzegania trzech wymiarów, typową dla męskiego mózgu. Widziała dłonie spokojnie trzymające kierownicę i pomyślała, że brak mu tego, co sama miała w nadmiarze: wątpliwości co do własnej zdolności oceny. Obserwowała grube żyły na grzbiecie jego dłoni, do których serce spokojnie pompowało krew. Krew płynącą aż do czubków palców. Patrzyła, jak te dłonie szybko, ale bez przesady skręcają w prawo kierownicę, kiedy pęd powietrza ciągnącego się za tirem pochwycił ich samochód.

– Hej! – roześmiał się uradowany i spojrzał na nią. – Czułaś to?

– Tak, czułam.

Pokierowała go aż na sam skraj cypla Nesodden i dalej bitą drogą, na której zaparkowali za niskimi kwadratowymi domkami z małymi okienkami z tyłu i dużymi oknami wychodzącymi na morze.

– To przebudowane domki letniskowe z lat pięćdziesiątych – wyjaśniła Martha, idąc przed nim ścieżką przez wysoką trawę. – W jednym z nich się wychowałam. A tu było nasze tajemne miejsce do opalania...

Wyszli na skałę. W dole rozciągało się morze, dochodziły stamtąd radosne piski kąpiących się dzieci. Nieco dalej widać było port dla promów pływających wahadłowo na północ, do centrum Oslo, które przy wyżowej pogodzie wydawało się odległe o zaledwie kilkaset metrów. Faktyczna odległość wynosiła pięć kilometrów, ale i tak większość tutejszych mieszkańców pracujących w stolicy wybierała podróż wodą zamiast czterdziestopięciokilometrowej trasy wokół fiordu.

Martha usiadła, chłonąc słone powietrze.

– Moi rodzice i ich przyjaciele nazywali Nesodden Małym Berlinem – zaczęła opowiadać. – Ze względu na wszystkich artystów, którzy się tu osiedlili. W nieogrzewanych domkach letniskowych mieszkało się taniej niż w Oslo. A kiedy mróz stawał się za duży, zbieraliśmy się w najmniej wychłodzonym domku. Czyli w naszym. Dorośli do rana pili czerwone wino, bo i tak nie wystarczało materaców dla wszystkich, a potem jedliśmy wspólne śniadanie.

– Musiało być przyjemnie.

– Było. Ludzie sobie pomagali.

– A więc czysta idylla.

– No... czasami kłócili się o pieniądze, krytykowali cudzą sztukę i podbierali sobie mężów albo żony. Ale tu było mnóstwo życia, nikt się nie nudził. Obie z siostrą wierzyłyśmy, że naprawdę mieszkamy w Berlinie, aż do dnia, kiedy tata pokazał nam na mapie, gdzie jest prawdziwy Berlin, i wyjaśnił, że to bardzo daleko, trzeba jechać co najmniej tysiąc kilometrów. Ale mówił, że któregoś dnia się tam wybierzemy. Pójdziemy pod Bramę Brandenburską i do pałacu Charlottenburg, gdzie ja i moja siostra będziemy księżniczkami.

– I co, zawiózł was tam kiedyś?

– Do dużego Berlina? – Martha pokręciła głową. – Rodzicom zawsze źle się powodziło. I nie pożyli za długo. Umarli, kiedy miałam osiemnaście lat, musiałam wtedy zająć się siostrą. Ale zawsze marzyłam o Berlinie. Tak bardzo, że teraz nie mam już pewności, czy on naprawdę istnieje.

Stig wolno skinął głową, zamknął oczy i położył się na wznak w trawie.

– Posłuchamy jeszcze tego twojego zespołu?

Otworzył jedno oko.

– Depeche Mode? Płyta została w odtwarzaczu w samochodzie.

– Daj mi swoją komórkę.

Kiedy podał jej aparat, postukała w niego i z głośniczka zaraz rozległy się rytmiczne pulsujące dźwięki, a potem martwy głos proponujący, że zabierze ich w podróż. Stig miał tak zdziwioną minę, że Martha się roześmiała.

– To się nazywa Spotify – wyjaśniła, kładąc komórkę między nimi. – Możesz po prostu ściągać utwory z sieci. To wszystko naprawdę jest dla ciebie takie nowe?

– W więzieniu nie mogliśmy mieć komórek – odparł i z przejęciem sięgnął po telefon.

– W więzieniu?

– Tak. Siedziałem.

– Za handel?

Stig przysłonił oczy od słońca.

– Owszem.

Martha kiwnęła głową i uśmiechnęła się smutno. Co ona właściwie sobie wyobrażała? Że był heroinistą, a jednocześnie praworządnym obywatelem? Po prostu robił to, co musiał, tak jak wszyscy inni.

Wzięła od niego telefon. Pokazała mu funkcję GPS-u lokalizującego ich pozycję na mapie i pokazującego najkrótszą trasę do każdego miejsca na świecie wraz z podaniem odległości. Zrobiła mu zdjęcie aparatem, a potem włączyła dyktafon i kazała coś powiedzieć.

– Ładny dzisiaj dzień.

Odtworzyła mu nagranie.

– To jest mój głos? – spytał zdziwiony i wyraźnie zażenowany.

Wcisnęła „stop" i znów odtworzyła. Przez głośnik jego słowa zabrzmiały dziwnie, metalicznie. „To jest mój głos?"

Śmiała się, widząc jego minę, a jeszcze bardziej, kiedy zabrał jej telefon, odnalazł funkcję dyktafonu i oświadczył, że teraz jej kolej. Teraz ona ma coś powiedzieć. Albo raczej zaśpiewać.

– O nie – roześmiała się. – Już lepiej zrób zdjęcie.

Pokręcił głową.

– Głosy są lepsze.

– Jak to?

Zrobił taki ruch ręką, jakby chciał założyć włosy za ucho. Automatyczny gest człowieka, który przez lata miał długie włosy i nie pamięta, że je obciął.

– Wygląd się zmienia. A głos zostaje.

Popatrzył na morze, Martha powiodła wzrokiem za jego spojrzeniem. Widać było tylko lśniącą w słońcu taflę wody, mewy, skaliste wysepki i żaglówki.

– Niektóre głosy rzeczywiście się nie zmieniają – przyznała. Myślała o głosie dziecka w krótkofalówce. Tym, który się nie zmieniał.

– Lubisz śpiewać – zauważył Stig. – Ale nie dla innych.

– Dlaczego tak sądzisz?

– Ponieważ lubisz muzykę. Ale kiedy cię poprosiłem, żebyś zaśpiewała, zrobiłaś taką przerażoną minę jak tamta dziewczyna w kawiarni, kiedy wręczyłaś jej klucz.

Martha aż drgnęła. Czyżby czytał w jej myślach?

– Czego ona tak się bała?

– Niczego – odparła Martha. – Razem z drugą dziewczyną mają uporządkować archiwum, które jest na strychu. A tam nikt nie czuje się dobrze. Dlatego staramy się pracować na zmianę, kiedy coś tam trzeba zrobić.

– A co jest nie tak z tym strychem?

Martha przez chwilę obserwowała mewę, która zawisła nieruchomo w powietrzu wysoko nad powierzchnią morza, lekko tylko się przechylając z boku na bok. Musiało tam wiać mocniej niż tu, gdzie siedzieli.

– Wierzysz w duchy? – spytała cicho.

– Nie.

– Ja też nie wierzę. – Oparła się na łokciach i nie mogła go teraz widzieć, nie odwracając się całkiem. – Kamienica, w której mieści się Ila, wygląda na zbudowaną ponad sto lat temu, prawda? Ale tak naprawdę powstała w latach dwudziestych. Początkowo był to zwykły pensjonat.

– I stąd te metalowe litery na fasadzie?

– Owszem. Pochodzą właśnie z tego okresu. Ale podczas wojny Niemcy urządzili w nim dom dla samotnych matek. Już wtedy z budynkiem wiązało się wiele tragicznych historii. Ten smutek wżarł się w ściany. Jedna z mieszkanek urodziła chłopczyka, mówiąc, że stało się to za sprawą niepokalanego poczęcia. W tamtych czasach takie twierdzenie nie należało zresztą wcale do rzadkości w wypadku, gdy niezamężna kobieta zaszła w ciążę. Mężczyzna, którego wszyscy podejrzewali o to, że jest ojcem, był żonaty i oczywiście do niczego się nie przyznał. Krążyły o nim dwie plotki.

Według jednej działał w ruchu oporu, według drugiej – był niemieckim szpiegiem, który infiltrował ruch oporu, i właśnie dlatego Niemcy umieścili tę kobietę w pensjonacie, a mężczyzny nie aresztowali. Ale i tak któregoś ranka zastrzelono go w zatłoczonym tramwaju w centrum Oslo. Nigdy się nie wyjaśniło, kto strzelał. Ci z ruchu oporu twierdzili, że pozbyli się zdrajcy, a Niemcy – że zlikwidowali człowieka z podziemia. Aby przekonać wątpiących, Niemcy powiesili zwłoki na szczycie latarni morskiej Kavringen. – Wskazała na morze. – Ci, którzy przepływali obok latarni w ciągu dnia, mogli zobaczyć zasuszonego, nadjedzonego przez mewy trupa, a ci, którzy przepływali nocą, widzieli ogromny cień, jaki trup rzucał na powierzchnię wody. Nagle któregoś dnia zniknął. Chodziły słuchy, że to ruch oporu usunął ciało, ale od tego dnia kobieta w pensjonacie zaczęła popadać w coraz większe szaleństwo. Twierdziła, że mężczyzna straszy. Przychodzi nocą do jej pokoju, nachyla się nad kołyską dziecka, a na jej krzyk, że ma odejść, odwraca się i patrzy na nią czarnymi oczodołami, z których mewy wydziobały oczy.

Stig uniósł brew.

– Tak mi to opowiedziała Grete, szefowa ośrodka – wyjaśniła Martha. – Dalszy ciąg tej historii mówi, że dziecko cały czas płakało, a kiedy mieszkanki sąsiednich pokoi skarżyły się i przekonywały kobietę, że musi je uciszyć, odpowiadała, że dziecko płacze za nich oboje i będzie tak płakać po wieki. – Urwała na chwilę. Ten fragment dawnej opowieści zawsze lubiła najbardziej. – Podobno sama nie wiedziała, dla kogo pracował jej kochanek, ale w odwecie za to, że nie uznał syna, wydała go jako członka ruchu oporu Niemcom, a jako szpiega tym z ruchu oporu. – Martha zadrżała w nagłym chłodnym podmuchu wiatru. Usiadła, objęła rękami kolana. – Któregoś dnia nie zeszła na śniadanie. Znaleziono ją na strychu, powiesiła się na dużej poprzecznej belce. Na drewnie widać jasny pas, podobno właśnie w tym miejscu zaczepiła sznur.

– I teraz tam straszy?

– Nie wiem. Wiem jedynie, że naprawdę trudno tam przebywać. Z założenia nie wierzę w duchy, ale na tym strychu rzeczywiście nikt długo nie wytrzymuje. Człowiek jakby zaczyna wyczuwać całe to cierpienie. Ludzie skarżą się na ból głowy, mają wrażenie, że strych ich wyrzuca, a często są to nowo zatrudnieni pracownicy albo ktoś wynajęty z zewnątrz do jakichś prac porządkowych, w ogóle nieznający tej historii. I od razu odpowiem: izolacja nie zawiera azbestu ani niczego podobnego.

Przyglądała mu się uważnie, ale wcale nie miał miny wyrażającej powątpiewanie czy też uśmieszku, którego właściwie się spodziewała. Po prostu słuchał.

– Ale to nie wszystko – dodała. – Jeszcze dziecko.

– No tak.

– No tak? Domyślasz się?

– Zniknęło.

Spojrzała na niego zdziwiona.

– Skąd wiedziałeś?

Wzruszył ramionami.

– Prosiłaś, żebym się domyślił.

– Niektórzy uważają, że matka oddała je członkom ruchu oporu tej samej nocy, której się powiesiła. Inni twierdzą, że uśmierciła dziecko i zakopała je w ogrodzie w oficynie, żeby nikt nie mógł jej go odebrać. Tak czy inaczej... – Martha wzięła głębszy oddech. – Nigdy go nie odnaleziono. A najdziwniejsze jest to, że czasami nasze krótkofalówki wyłapują odgłosy pochodzące nie wiadomo skąd. Jakie to odgłosy, słychać wyraźnie...

Stig wyglądał tak, jakby również to wiedział.

– Płacz dziecka – dokończyła.

– Płacz dziecka – powtórzył.

– Wiele osób, szczególnie nowych, oblatuje strach, kiedy go usłyszą, ale Grete im tłumaczy, że nie ma w tym nic dziwnego, bo krótkofalówki czasami potrafią wyłapać sygnały elektronicznych niań z sąsiedztwa.

– Ale ty w to nie wierzysz?

Martha wzruszyła ramionami.

– Może tak być.

– Ale?

Kolejny powiew wiatru. Na zachodzie ukazały się ciemne chmury. Martha pożałowała, że nie wzięła z samochodu kurtki.

– Ale ja pracuję w Ila już siedem lat, a to, co mówiłeś o głosach, które się nie zmieniają…

– Tak?

– Przysięgam, że to cały czas jest to samo niemowlę.

Stig pokiwał głową. Nic nie powiedział, nie podsunął żadnego wyjaśnienia ani nie skomentował, tylko pokiwał głową. Bardzo jej się to spodobało.

– Wiesz, co oznaczają te chmury? – spytał w końcu, wstając.

– Że spadnie deszcz, więc musimy jechać?

– Nie – odparł. – Że musimy się wykąpać jak najszybciej, żeby zdążyć wyschnąć w słońcu.

– *Compassion fatigue* – oznajmiła Martha. Leżała na plecach i patrzyła w niebo. W ustach wciąż miała smak soli, a na plecach przez mokrą bieliznę czuła ciepło nagrzanej skały. – To oznacza, że straciłam zdolność do empatii. W Norwegii jest to do tego stopnia niewyobrażalne w zawodzie związanym z opieką nad innymi, że określenie nie zasłużyło na przetłumaczenie.

Nie odpowiedział. Może i dobrze, bo w zasadzie wcale nie mówiła do niego. Jego obecność stanowiła tylko wymówkę do głośnego myślenia.

– Przypuszczam, że to jakaś metoda ochraniania się, wyłączania, kiedy na człowieka spada za dużo. A może źródełko całkiem wyschło, może nie mam już w sobie miłości – zastanowiła się. – Ale nie, właśnie, że mam. I to dużo, tylko… tylko nie…

Obserwowała, jak po niebie wędruje Wielka Brytania, która, zanim minęła korony drzew, sunąc w jej stronę, przeobraziła się w mamuta. Pod wieloma względami czuła się tak, jakby leżała na kozetce u psychologa, bo jej psycholog zaliczał się do tych, którzy wciąż używali kozetek.

– Anders… najprzystojniejszy i najzdolniejszy chłopak w szkole – ciągnęła, zwracając się do chmur. – Kapitan drużyny piłkarskiej. Nie pytaj mnie, czy był przewodniczącym samorządu.

Czekała.

– A był?

– Oczywiście.

Jednocześnie wybuchnęli śmiechem.
– Byłaś w nim zakochana?
– Bardzo. I jestem. Ciągle jestem w nim zakochana. To dobry chłopak. Nie tylko przystojny i zdolny. Miałam szczęście, że na niego trafiłam. A co z tobą?
– Ze mną?
– Miałeś jakieś dziewczyny?
– Żadnej.
– Żadnej? – Uniosła się na łokciach. – Taki czaruś jak ty? Nie wierzę.
Stig już wcześniej zdjął T-shirt. W słońcu bladość jego skóry aż piekła w oczy. O dziwo, Martha nie zauważyła żadnych świeżych nakłuć. Pewnie robi sobie zastrzyki w uda albo w pachwinę.
– Nie żartuj! – powiedziała.
– Całowałem się z kilkoma dziewczynami… Ale to ona była moją ukochaną… – Potarł dłonią stare ślady.
Martha popatrzyła na te ranki. Ona też miała ochotę ich dotknąć. Usunąć je.
– Podczas wstępnej rozmowy, kiedy cię przyjmowałam, mówiłeś, że rzuciłeś. Nic nie powiem Grete. Przynajmniej na razie. Ale sam wiesz…
– …że przyjmujecie tylko czynnych narkomanów.
Pokiwała głową.
– Myślisz, że dasz radę?
– Zrobić prawo jazdy?
Uśmiechnęli się do siebie.
– Dzisiaj dam – powiedział. – A jutro zobaczymy.
Chmury były jeszcze daleko, ale z dala dobiegł groźny huk, zapowiedź tego, co miało nastąpić. A słońce jakby również o tym wiedziało, bo paliło jeszcze mocniej.
– Daj mi swój telefon – poprosiła Martha.
Włączyła nagrywanie. A potem zaśpiewała piosenkę, którą jej ojciec dawniej grał na gitarze dla matki, często wtedy, gdy bezustanne letnie imprezy dobiegały końca. Siedział dokładnie w tym miejscu, gdzie oni teraz, z obdrapaną gitarą i grał tak wolno, jakby wręcz się zatrzymywał. Piosenkę Leonarda Cohena o tym, że za-

wsze się w niej kochał, że chce z nią powędrować na oślep i wie, że ona mu zaufa, ponieważ dotknął jej idealnego ciała swoją myślą.

Wyśpiewywała kolejne wersy cichym kruchym głosem. Zawsze tak było, kiedy śpiewała. Wydawała się wtedy o wiele słabsza i delikatniejsza niż w rzeczywistości. Choć oczywiście czasami przychodziło jej do głowy również to, że może właśnie taka jest naprawdę. Że to ten drugi głos nie jest prawdziwy, ten twardy, ostry, za którym się chroniła.

– Dziękuję – powiedział, kiedy skończyła. – To było bardzo piękne.

Nie zastanawiała się, dlaczego się wstydziła. Zastanawiała się tylko, dlaczego nie wstydziła się bardziej.

– Najwyższa pora wracać do domu – uśmiechnęła się, oddając mu aparat.

Powinna była wiedzieć, że składanie starego sparciałego dachu to proszenie się o kłopoty, ale chciała poczuć wiatr we włosach. Zajęło im to ponad kwadrans ciężkiej pracy, logicznego myślenia połączonego z prymitywną siłą, ale w końcu go złożyli. Martha wiedziała też, że bez nowych części i pomocy Andersa już go nie podniesie. Kiedy wsiadła do samochodu, Stig pokazał jej swój telefon. W GPS-ie ustawił Berlin.

– Twój ojciec miał rację – stwierdził. – Z Małego Berlina do dużego jest tysiąc trzydzieści kilometrów. Szacowany czas jazdy to dwanaście godzin pięćdziesiąt jeden minut.

Ruszyła. Jechała szybko, jakby musieli gdzieś zdążyć. Albo przed czymś uciec. Patrzyła w lusterko. Białe, wznoszące się jak wieża nad fiordem słupy chmur skojarzyły jej się z panną młodą, niepowstrzymaną, maszerującą ku nim zdecydowanie i ciągnącą za sobą welon deszczu.

Pierwsze ciężkie krople spadły na nich, kiedy stanęli w korku na obwodnicy Ring 3. Martha zrozumiała, że przegrała.

– Zjedź tutaj – pokazał nagle Stig.

Posłuchała od razu i nieoczekiwanie znaleźli się w dzielnicy willowej.

– Teraz w prawo.

Krople padały coraz gęściej.
– Gdzie my jesteśmy?
– Na Berg. Widzisz ten żółty dom?
– Widzę.
– Znam ludzi, do których kiedyś należał. Jest pusty. Stań przy garażu, zaraz otworzę.
Pięć minut później siedzieli w samochodzie zaparkowanym wśród zardzewiałych narzędzi, starych opon i mebli ogrodowych spowitych w pajęczyny i patrzyli na strugi deszczu siekące ziemię na zewnątrz za otwartymi drzwiami do garażu.
– Raczej się nie zapowiada, że szybko przejdzie – westchnęła Martha. – A ten dach jest już całkiem do niczego.
– Rozumiem. No to może kawa?
– Gdzie?
– W kuchni. Wiem, gdzie leży klucz.
– Ale...
– To mój dom.
Popatrzyła na niego. Nie jechała dostatecznie szybko. Nie zdążyła. Bez względu na to, co to było, i tak już się stało.
– Chętnie – zgodziła się.

22

Simon poprawił maseczkę na ustach, uważnie przyglądając się denatowi. Coś mu przypominał.
– Właścicielem tego budynku jest gmina – wyjaśniła Kari. – Wynajmuje za bezcen sale prób zespołom młodzieżowym. Lepiej śpiewać, że jest się gangsterem, niż wałęsać się po ulicach i w końcu nim zostać.
Simon wreszcie sobie przypomniał. Kojarzyło mu się to z zamarzniętym Jackiem Nicholsonem w *Lśnieniu.* Oglądał ten film sam. To było po niej. A przed Else. Może tylko przez ten śnieg. Trup jakby leżał w zaspie. Heroina pokryła cieniutką warstewką ciało i całą tę część pomieszczenia. Wokół ust, nosa i oczu proszek zwilgotniał i zlepił się w grudki.

– Odkryli go chłopcy z zespołu, który ćwiczy w sali leżącej głębiej w korytarzu, kiedy chcieli iść do domu – poinformowała Kari.

Zwłoki znaleziono poprzedniej nocy, ale do Simona informacja dotarła dopiero rano, kiedy przyszedł do pracy. Informacja o trzech zabitych osobach. I o tym, że KRIPOS przejęła sprawę. Innymi słowy, komendant poprosił KRIPOS o „wsparcie" – co w praktyce oznaczało oddanie im śledztwa – nawet nie naradzając się uprzednio ze śledczymi ze swojego wydziału. Możliwe, że konkluzja i tak byłaby podobna, ale jednak.

– Nazywał się Kalle Farrisen – ciągnęła Kari, czytając ze wstępnego raportu.

Simon zadzwonił do komendanta z prośbą, żeby przesłali im przynajmniej tyle. Przecież to mimo wszystko ich rejon.

„Dobrze" – zgodził się komendant. „Zerknij na to, ale się nie mieszaj. Obaj, i ty, i ja, jesteśmy za starzy na udział w konkursie o to, kto dalej nasika".

„Może ty jesteś na to za stary" – odparował Simon.

„Słyszałeś, co powiedziałem".

Simon zastanawiał się nad tym od czasu do czasu. Nie było wątpliwości, który z nich miał większy potencjał, więc kiedy właściwie się to zmieniło? Kiedy przydzielono im krzesła? Kiedy postanowiono, kto zajmie fotel z wysokim oparciem w gabinecie komendanta okręgowego, a kto zniszczone krzesło w pomieszczeniu Wydziału Zabójstw, zdegradowany i wykastrowany? I że najlepszy z nich skończy na obrotowym krześle w gabinecie w domu, z kulą w czaszce pochodzącą z własnego pistoletu?

– Struny gitarowe, którymi przywiązano mu głowę, to E sześć i G marki Ernie Ball. Kabel jack marki Fender – odczytała Kari.

– A wentylator i grzejnik?

– Słucham?

– Nic, nic. Czytaj dalej.

– Wentylator był włączony. Według wstępnej opinii patologa Kalle Farrisen się udusił.

Simon przyglądał się uważnie supłowi na kablu.

– Wygląda na to, że tego Kallego zmuszono do wdychania narkotyków, którymi wiało mu w twarz. Zgodzisz się ze mną?

– Zgodzę – potwierdziła Kari. – Przez pewien czas udaje mu się wstrzymywać oddech, ale w końcu musi zaczerpnąć powietrza. Te struny nie pozwalają mu odwrócić głowy. Ale próbuje. Dlatego ta cieńsza go rani. Narkotyk trafia do nosa, żołądka i płuc, dostaje się do krwi, ofiara popada w zamroczenie, nie próbuje już wstrzymywać oddechu. Ale oddycha coraz słabiej, bo heroina osłabia układ oddechowy, który w końcu całkiem przestaje działać.

– Klasyczny zgon z przedawkowania – orzekł Simon. – Tak jak u wielu tych, którzy kupowali u niego prochy. A ten, kto to zawiązał – wskazał na kabel jack – jest leworęczny.

– Nie możemy dalej spotykać się w taki sposób.

Odwrócili się. W drzwiach stał krzywo uśmiechnięty Åsmund Bjørnstad, a za nim dwie osoby z noszami.

– Zabieramy zwłoki, więc jeśli już skończyliście...

– Zobaczyliśmy tu, co chcieliśmy. – Simon podniósł się z wysiłkiem. – Możemy obejrzeć resztę?

– Ależ oczywiście – odparł komisarz z KRIPOS, cały czas z krzywym uśmiechem, i elegancko wskazał im drogę.

Simon zdumiony zerknął na Kari, uniosła brwi z miną wyrażającą aprobatę.

– Jacyś świadkowie? – spytał Simon w windzie, przyglądając się szklanym odłamkom na podłodze.

– Nie – odparł Bjørnstad. – Ale gitarzysta z tego zespołu, który go znalazł, twierdzi, że wcześniej wieczorem kręcił się tu jakiś facet. Mówił, że gra w zespole, który nazywa się The Young Hopeless. Sprawdziliśmy to. Grupa już nie istnieje.

– Jak wyglądał?

– Według świadka był w bluzie z kapturem naciągniętym na głowę. Ci młodzi ludzie często tak się ubierają.

– A więc to był ktoś młody?

– Tak twierdzi świadek. Jakieś dwadzieścia, dwadzieścia pięć lat.

– A kolor tej bluzy?

Bjørnstad sprawdził w notatniku.

– Wygląda na to, że szary.

Drzwi windy się otworzyły, ostrożnie wysiedli i znaleźli się wśród taśm i chorągiewek techników. Na podłodze leżały cztery osoby. Dwie żywe i dwie martwe. Simon lekko skinął głową żywemu mężczyźnie z rudą brodą, który na czworakach pełzał nad zwłokami, trzymając w dłoni latarkę wielkości wiecznego pióra. Ofiara miała wielką ranę pod okiem, a wokół głowy ciemnoczerwoną aureolę. Na samej górze tej aureoli drobne plamki krwi utworzyły kształt kropli. Simon usiłował kiedyś wytłumaczyć Else, że miejsce zdarzenia niekiedy miewa w sobie piękno. Próbował tego tylko raz i nigdy więcej.

Drugie zwłoki, o wiele bardziej obfite, leżały w progu, z częścią tułowia w głębi pomieszczenia.

Spojrzenie Simona odruchowo zaczęło przesuwać się po ścianach i odnalazło dziurę po kuli. Zauważył otwór w drzwiach i lustro pod sufitem naprzeciwko. Zrobił kilka kroków tyłem do windy i uniósł prawą rękę. Zaraz jednak zmienił zdanie i podniósł lewą. Musiał przesunąć się o krok w prawo, żeby kąt zgodził się z torem lotu kuli przez głowę – jeżeli czaszka nie wpłynęła na zmianę toru – do dziury w ścianie. Zamknął oczy. Przecież niedawno też tak stał. Przed schodami Iversenów. Celował prawą ręką. I również wtedy musiał się nieco przesunąć, żeby kąt pasował. Wysunął wtedy jedną nogę poza kamienne płyty. Na miękką ziemię. Na taką samą miękką ziemię jak wokół krzaków. Ale przy płytach nie było odcisku buta.

– Kontynuujemy zwiedzanie w środku, panowie i panie? – Bjørnstad przytrzymał drzwi i zaczekał, aż Kari z Simonem przejdą ponad zwłokami do wnętrza pomieszczenia. – Gmina wynajmowała ten lokal agencji menedżerskiej zajmującej się zespołami młodzieżowymi. Tak przynajmniej uważała.

Simon zajrzał do pustego sejfu.

– Jak sądzicie, co tu się wydarzyło?

– Porachunki gangów – zawyrokował Bjørnstad. – Jakaś grupa zaatakowała ten magazyn w porze zamykania. Pierwszy został zastrzelony, kiedy leżał na podłodze. Wyciągnęliśmy kulę z desek. Drugi – kiedy leżał w progu. Tam również kula utkwiła w podłodze. Trzeciego zmusili do otwarcia sejfu i uśmiercili go dopiero na dole, żeby przekazać konkurencji wiadomość o tym, kto teraz rządzi.

– Rozumiem – powiedział Simon. – A łuski?

Bjørnstad zaśmiał się krótko.

– To ja rozumiem. Sherlock Holmes węszy związek z zabójstwem Agnete Iversen.

– Nie ma łusek?

Åsmund Bjørnstad przeniósł wzrok z Simona na Kari i z powrotem na Simona, a potem z triumfalnym uśmiechem niczym iluzjonista wyjął z kieszeni marynarki foliową torebkę z dwiema łuskami. Pomachał nią Simonowi przed nosem.

– Przykro mi, jeśli to popsuło twoją teorię, tatuśku – rzucił. – Poza tym te wielkie dziury w ciałach świadczą o broni znacznie większego kalibru niż ta, od której zginęła Agnete Iversen. Koniec oprowadzania. Mam nadzieję, że państwo dobrze się bawili.

– Jeszcze tylko trzy pytania na koniec.

– Bardzo proszę, nadkomisarzu Kefas.

– Gdzie znaleźliście łuski?

– Przy zwłokach.

– Gdzie jest broń ofiar?

– Nie mieli broni. Ostatnie pytanie?

– Czy to komendant prosił cię o wykazanie dobrej woli do współpracy?

Åsmund Bjørnstad się roześmiał.

– Być może, za pośrednictwem mojego szefa w KRIPOS. My przecież wykonujemy polecenia szefów, prawda?

– Owszem. Jeśli chcemy piąć się w górę, to wykonujemy. Dziękujemy za oprowadzenie.

Bjørnstad został w pomieszczeniu, a Kari ruszyła za Simonem. Zatrzymała się tuż za nim, kiedy Simon, zamiast od razu wsiąść do windy, poprosił rudobrodego technika o pożyczenie latarki i podszedł do otworu w ścianie. Poświecił.

– Już wyciągnęliście kulę, Nils?

– To musi być jakaś stara dziura, bo w środku nie było żadnej kuli – odparł rudobrody, badając podłogę wokół zwłok za pomocą zwyczajnego szkła powiększającego.

Simon przykucnął, zwilżył śliną czubki palców i przycisnął je do podłogi w prostej linii poniżej otworu. Podniósł palce i pokazał je Kari. Zobaczyła, że do skóry przylgnęły drobinki tynku.

– Dziękuję za pożyczkę. – Simon oddał latarkę Nilsowi, który lekko skinął mu głową.

– O co chodziło? – spytała Kari, kiedy drzwi windy już się zasunęły.

– Muszę się chwilę zastanowić, zaraz ci powiem.

Kari się zirytowała. Nie podejrzewała szefa o to, by chciał na siłę wzbudzić jej zainteresowanie, ale po prostu nie potrafiła dotrzymać mu kroku. Zasadniczo nie była przyzwyczajona do pozostawania w tyle. Drzwi się otworzyły, wysiadła. Odwróciła się i popatrzyła pytająco na Simona, który został w windzie.

– Pożyczysz mi tę swoją szklaną kulkę? – spytał.

Westchnęła i wsunęła rękę do kieszeni. Simon położył żółtą kulkę na środku windy. Chwilkę poleżała, ale zaraz zaczęła się toczyć. Najpierw powoli, potem coraz szybciej w stronę progu windy. Zniknęła w szparze między wewnętrznymi a zewnętrznymi drzwiami.

– Oho – powiedział Simon. – Będziemy musieli poszukać jej w piwnicy.

– To nie jest takie ważne. Mam w domu więcej kulek.

– Ja nie mówię o kulce.

Kari szła za nim, wciąż o dwa kroki z tyłu. Co najmniej. Przyszła jej do głowy myśl o innej pracy, którą mogłaby w tej chwili wykonywać. Lepiej płatnej, z większą samodzielnością. Bez szefów dziwaków i cuchnących zwłok. Ale to jeszcze przyjdzie, potrzeba tylko cierpliwości.

Znaleźli schody, korytarz piwniczny, drzwi do windy. W przeciwieństwie do tych na piętrze były to zwykłe metalowe drzwi z matową szybą i wiszącą w poprzek tabliczką z napisem: „Maszynownia windy. Wstęp wzbroniony". Simon szarpnął za klamkę. Zamknięte.

– Skocz do którejś sali prób i poszukaj jakiegoś kabla.

– Jakiego…

– Jakiegokolwiek – odparł, opierając się o ścianę.

Kari zaklęła w duchu i zawróciła w stronę schodów.

Dwie minuty później wróciła z kablem jack i patrzyła, jak Simon odkręca wtyczki i zdziera plastik z metalu. Potem zgiął przewód w literę „u" i wsunął go między drzwi windy a futrynę na wysokości klamki. Rozległ się głośny trzask i strzeliło parę iskier. Otworzył drzwi.

– O rany! – zdumiała się Kari. – Gdzie się tego nauczyłeś?

– Jako dziecko bawiłem się różnymi rzeczami. – Simon zeskoczył na podłogę szybu znajdującą się pół metra niżej niż posadzka piwnicy. Spojrzał w górę. – Gdybym nie został policjantem…

– Czy to nie jest trochę ryzykowne? – Kari poczuła lekkie mrowienie na skórze głowy. – A jeśli winda tu zjedzie?

Ale Simon już kucał i obmacywał podłogę.

– Potrzebujesz światła? – spytała, mając nadzieję, że w jej głosie nie słychać zdenerwowania.

– Zawsze – roześmiał się.

Z ust Kari wydobył się cichy krzyk, gdy rozległ się trzask i grube, pokryte smarem liny zaczęły się poruszać. Ale Simon szybko się poderwał, oparł rękami o brzeg szybu i podciągnął do góry na korytarz.

– Chodź! – polecił.

Pobiegła za nim po schodach do wyjścia i dalej przez wysypany żwirem placyk.

– Zaczekaj! – zawołała, zanim wsiadł do samochodu, który zostawili między zdezelowanymi ciężarówkami.

Simon stanął i popatrzył na nią ponad dachem auta.

– Wiem – powiedział.

– Co wiesz?

– Że to cholernie irytujące, kiedy twój partner gra solo i o niczym cię nie informuje.

– No właśnie. Kiedy wobec tego…

– Ale ja nie jestem twoim partnerem, Kari Adel. Jestem twoim szefem i nauczycielem. Wytłumaczę ci, kiedy ci wytłumaczę, jasne?

Spojrzała na niego. Obserwowała, jak wiatr podrywa jego rzadkie włosy z czaszki. W spokojnych zwykle oczach zobaczyła iskry.

– Jasne – odparła.

– Łap! – Otworzył dłoń i coś jej rzucił ponad dachem samochodu. Złożyła ręce i zdołała złapać dwa przedmioty. Obejrzała je. Jednym była żółta szklana kulka. Drugim łuska.

– Kiedy się zmieni miejsce i perspektywę spojrzenia, można odkryć zupełnie nowe rzeczy – zauważył Simon. – Każdy rodzaj ślepoty da się zrekompensować. Jedziemy.

Kari usiadła po stronie pasażera, Simon włączył silnik i ruszyli po żwirze w stronę bramy. Kari milczała. Czekała. Simon przyhamował i długo, starannie rozglądał się w prawo i w lewo, zanim wyjechał na drogę, tak jak często robią ostrożni starsi mężczyźni. Kari zawsze uważała, że ma to związek z obniżoną produkcją testosteronu. Ale teraz przyszło jej do głowy – niemal jakby doznała oświecenia – że wszelka racjonalność opiera się na doświadczeniu.

– Co najmniej jeden strzał oddano z windy – zaczął Simon i schował się za jakimś volvo.

Kari wciąż się nie odzywała.

– No, mów, jakie masz zastrzeżenia?

– To się nie zgadza z tym, co odkryli technicy. Znaleziono jedynie te kule, które zabiły ofiary. Bezpośrednio pod ciałami. Ofiary musiały leżeć na podłodze, kiedy do nich strzelano. Tor lotu kuli nie zgadza się z oddaniem strzału z windy.

– A poza tym widoczne były ślady prochu na skórze tego, który dostał w głowę, i spalone nitki koszuli wokół rany tego drugiego. O czym to świadczy?

– O tym, że zostali zastrzeleni z bliska, na leżąco. I to się zgadza ze znalezionymi przy nich łuskami i z kulami w podłodze.

– Znakomicie. Ale nie dziwi cię, że obaj najpierw upadli, a dopiero potem zostali zastrzeleni?

– Może tak się wystraszyli na widok pistoletu, że wpadli w panikę i zaplątali się we własne nogi? Albo kazano im się położyć i dopiero wtedy dokonano egzekucji?

– Nieźle wymyśliłaś. Ale zwróciłaś uwagę na krew wokół ciała tego, który leżał bliżej windy?

– Na to, że było jej aż tyle?

– Taak. – Przeciągnął „a", co miało oznaczać, że to jeszcze nie wszystko.

– Krew zebrała się w kałuży, która wypłynęła z jego głowy, co świadczy o tym, że nie przenoszono go po oddaniu strzału.

– Owszem, ale na brzegu tej kałuży widoczne były oddzielne plamki. Tak jakby krew tam trysnęła. Innymi słowy, wypływająca krew zakryła cały ten obszar, na którym w pierwszej chwili rozprysnęła się krew z głowy. A przy takim rozprysku ofiara w chwili oddania strzału musiała stać. To dlatego Nils czołgał się z tą swoją lupą. Ślady mu się nie zgadzały.

– Ale tobie się zgadzają?

– Tak – odparł Simon zwyczajnie. – Zabójca pierwszy strzał oddał z windy. Kula przebiła głowę ofiary i uderzyła w ścianę. Widziałaś ten otwór. A łuska wpadła do dziury w windzie.

– Potoczyła się po krzywej podłodze i przez szparę wpadła do szybu?

– Owszem.

– Ale… ale ta kula w podłodze…

– Zabójca strzelił jeszcze raz, z bliska.

– Rana wlotowa…

– Nasz przyjaciel z KRIPOS uważał, że użyto nabojów dużego kalibru, lecz gdyby trochę lepiej znał się na broni, zauważyłby, że łuski pochodzą z kul małego kalibru, tak więc ta jedna duża rana wlotowa to w rzeczywistości dwie mniejsze, nakładające się na siebie. Sprawca próbował upozorować jedną ranę i dlatego zabrał pierwszą kulę, tę, która wbiła się w ścianę.

– Bo to wcale nie była stara dziura, jak sądził technik – zadumała się Kari. – Dlatego na podłodze leży świeży tynk.

Simon się uśmiechnął. Widziała, że jest z niej zadowolony, i ku swemu zdumieniu stwierdziła, że to poprawia jej humor.

– Spójrz na typ i numer seryjny tej łuski. To zupełnie inny rodzaj amunicji niż ten, który znaleźliśmy na piętrze. Tak więc z windy oddano strzał z innej broni niż ta, z której sprawca później strzelił do ofiar. Zapewne badania balistyczne wykażą, że tamte kule pochodzą z pistoletów należących do ofiar.

– Należących do ofiar?

– To w zasadzie twoja działka, Adel. Ale nie potrafię sobie wyobrazić, żeby w magazynie narkotykowym siedziało trzech nieuzbrojonych facetów. On po prostu zabrał ich pistolety, żebyśmy się nie dowiedzieli, że właśnie nimi się posłużył.

– Masz rację.

– Pozostaje oczywiście pytanie... – Simon zjechał za tramwaj. – Dlaczego tak bardzo mu zależy, żebyśmy nie znaleźli pierwszej kuli i łuski.

– Czy to nie jest jasne jak słońce? Przecież odcisk zostawiony przez iglicę zdradzi nam numer seryjny pistoletu, który przez rejestr broni może nas doprowadzić...

– Mylisz się. Obejrzyj tę łuskę. Nie ma na niej żadnego odcisku. Użył pistoletu starszego typu.

– Okej. – Kari w duchu przysięgła sobie, że nigdy w życiu nie powie, że coś jest jasne jak słońce. – No to naprawdę nic już nie wiem. Ale przeczuwam, że zaraz mnie oświecisz.

– Oświecę, Adel. Łuska, którą trzymasz w ręku, pochodzi z amunicji tego samego rodzaju co ta, którą zastrzelono Agnete Iversen.

– Naprawdę? Uważasz, że...

– Uważam, że zależało mu na zakamuflowaniu, że jest tą samą osobą, która zabiła Agnete Iversen – oświadczył Simon i zatrzymał się, gdy tylko zapaliło się żółte światło. Tak wcześnie, że samochód jadący za nim zatrąbił. – Łuskę u Iversenów podniósł wcale nie z powodu odcisku pozostawionego przez iglicę, chociaż tak sądziłem. On po prostu planował kolejne zabójstwo i chciał po sobie posprzątać, żeby zminimalizować możliwość dostrzeżenia przez nas związku między tymi zbrodniami. Przypuszczam, że łuska, którą zabrał od Iversenów, pochodziła z tej samej serii co ta, którą trzymasz w ręku.

– Ten sam rodzaj amunicji, ale bardzo zwyczajny, prawda?

– Owszem.

– No to dlaczego jesteś taki pewien, że ten związek istnieje?

– Pewien nie jestem. – Simon wpatrywał się w światła takim wzrokiem, jakby były bombą z zapalnikiem czasowym. – Ale mimo wszystko w społeczeństwie jest tylko dziesięć procent mańkutów.

Kari kiwnęła głową. Próbowała wywnioskować coś samodzielnie. Poddała się. Westchnęła.

– Znowu *pas*.

– Kalle Farrisen został przywiązany do grzejnika przez mańkuta. Agnete Iversen została zastrzelona przez mańkuta.

– To pierwsze uchwyciłam, ale to drugie…

– Powinienem był to zrozumieć o wiele wcześniej. Świadczy o tym tor lotu kuli od drzwi do ściany w kuchni. Gdyby strzał, który zabił Agnete Iversen, został oddany prawą ręką z miejsca, które ustaliłem początkowo, to sprawca musiałby stać obok ścieżki z płyt i na miękkiej ziemi zostałby ślad jednego buta. Oczywiście stał obiema nogami na płycie, a strzelał lewą ręką. Marny ze mnie policjant.

– Zaczekaj, sprawdzę, czy dobrze to rozumiem. – Kari złożyła dłonie i oparła brodę na palcach. – Istnieje związek między Agnete Iversen a tymi trzema ofiarami. A ponieważ sprawca włożył tyle wysiłku, abyśmy tego nie zrozumieli, to znaczy, że boi się, że właśnie ten związek będzie mógł nam go wskazać.

– Znakomicie, sierżant Adel! Zmieniłaś miejsce i perspektywę spojrzenia, no i zaczęłaś widzieć.

Kari na dźwięk gniewnego trąbienia otworzyła oczy.

– Zielone – powiedziała.

23

Nie padało już tak mocno, ale Martha w kurtce naciągniętej na głowę patrzyła, jak Stig zdejmuje klucz z belki nad schodami do piwnicy i otwiera drzwi. Piwnica, tak jak garaż, pełna była rzeczy opowiadających historię rodziny: plecaków, śledzi do namiotu, zniszczonych czerwonych butów, przeznaczonych chyba do uprawiania jakiegoś sportu, może boksu. Sanki. Ręczna kosiarka do trawy, którą zastąpiła spalinowa stojąca w garażu. Duża podłużna zamrażarka z pokrywą z laminatu, szerokie półki, a na nich butelki soku i słoiki dżemu powiązane ze sobą pajęczyną. Na gwoździu klucz z etykietką – wyblakły napis mówił kiedyś, do czego służy. Martha zatrzymała się przy rządku nart, na niektórych widoczne były resztki wielkanocnego smarowania. Jedna narta, najdłuższa i najszersza, była pęknięta wzdłuż.

Kiedy weszli na górę, Martha natychmiast wyczuła, że od dawna nikt tu nie mieszkał. Może to przez zapach, a może przez niewidzialną warstewkę kurzu i czasu. Potwierdzenie uzyskała po wejściu do salonu. Nie dostrzegła w nim ani jednego przedmiotu, który przyszedłby na świat w ciągu co najmniej dziesięciu ostatnich lat.

– Zrobię kawę. – Stig skierował się ku przyległej kuchni.

Martha obejrzała zdjęcie stojące na kominku.

Ślubna fotografia. Podobieństwo, szczególnie do panny młodej, było uderzające.

Inne zdjęcie – prawdopodobnie zrobione kilka lat później – ukazywało tamtych dwoje z dwiema innymi parami. Martha nie mogła oprzeć się wrażeniu, że to mężczyźni wiążą te pary ze sobą, nie kobiety. W jakiś sposób byli do siebie podobni. Upozowani niemal w identyczny sposób, pewne siebie uśmiechy, dominacja, trzej przyjaciele, samce alfa bez wysiłku znakujące swój rewir. Równi sobie.

Przeszła do kuchni. Stig stał odwrócony do niej plecami, pochylony w stronę lodówki.

– Znalazłeś jakąś kawę? – spytała.

Spojrzał na nią, potem zdjął z drzwiczek lodówki żółtą samoprzylepną karteczkę i schował ją do kieszeni spodni.

– Oczywiście. – Otworzył szafkę nad zlewem. Wprawnymi ruchami nasypał kawy do filtra, nalał wody i włączył ekspres. Zdjął kurtkę i przewiesił ją przez oparcie krzesła, ale nie stojącego najbliżej, lecz tego pod oknem. Swojego krzesła.

– Mieszkałeś tutaj – stwierdziła.

Skinął głową.

– Jesteś bardzo podobny do matki.

– Tak mówili – uśmiechnął się krzywo.

– Mówili?

– Moi rodzice już nie żyją.

– Brakuje ci ich?

Natychmiast zauważyła reakcję na jego twarzy. To zwyczajne, wręcz kurtuazyjne pytanie uderzyło go, wbiło się niczym klin w otwór, który zapomniał uszczelnić. Dwa razy mrugnął, otworzył i zamknął usta, jakby ból był tak nieoczekiwany i nagły, że odebrał mu głos. Kiwnął głową i odwrócił się do ekspresu. Przesunął dzbanek na płycie, chociaż ten wcale nie stał krzywo.

– Twój ojciec na tych zdjęciach wygląda na niezłego szefa.
– Bo taki był.
– W dobrym sensie?
Odwrócił się do niej.
– Tak, w dobrym. Opiekował się nami.
Martha pomyślała o swoim ojcu, z którym było odwrotnie.
– A ty wymagałeś opieki?
– Tak. Wymagałem.
– O co chodzi? Widzę, że o czymś pomyślałeś.
Wzruszył ramionami.
– No o czym? – powtórzyła pytanie.
– To nic takiego. Zauważyłem, że zatrzymałaś się przy tej zniszczonej narcie do skoków.
– Rzeczywiście, a co?
Zamyślony wpatrywał się w kawę, która zaczęła spływać do dzbanka.
– Co roku na Wielkanoc jeździliśmy do dziadka do Lesjaskog. Tam była skocznia narciarska, a rekord skoczni należał do mojego ojca. Poprzedni do dziadka. Miałem piętnaście lat i całą zimę trenowałem skoki, żeby ten rekord pobić. Ale to była późna Wielkanoc, odwilż i kiedy przyjechaliśmy do dziadka, na samym dole zeskoku, tam gdzie słońce świeciło mocniej, prawie cały śnieg stopniał, sterczały gałęzie i kamienie. Ale ja musiałem spróbować.
Przelotnie zerknął na Marthę, która spojrzeniem zachęciła go, by mówił dalej.
– Ojciec widział to po mnie, powiedział, że mi nie pozwala, bo to niebezpieczne. A ja tylko kiwnąłem głową i umówiłem się z chłopakiem od sąsiadów, że to on będzie świadkiem i zmierzy długość. Pomógł mi nawet nanosić śniegu tam, gdzie planowałem lądowanie. A potem pobiegłem na górę, przypiąłem narty, które ojciec odziedziczył po dziadku, i ruszyłem. Rozbieg był piekielnie śliski, a poza tym dobrze trafiłem z odbiciem. Prawdę mówiąc, aż za dobrze. Leciałem i leciałem. Czułem się jak orzeł, nic mnie nie obchodziło, bo to było najwspanialsze. Nie było nic lepszego. Nic. – Oczy mu rozbłysły. – Wylądowałem cztery metry poniżej

miejsca, na którym usypaliśmy śnieg. Narty zapadły się w przegniłe błoto lodowe, a jakiś ostry kamień rozdarł prawą, jakby była skórką od banana.

– No a ty?

– Ja się wywaliłem. Wyciąłem bruzdę do samego końca zeskoku i jeszcze kawałek na dojeździe.

Martha przerażona złapała się za szyję.

– Dobry Boże, połamałeś się?

– Cały byłem siny. I przemoczony. Ale nic nie złamałem. Zresztą pewnie i tak bym tego nie poczuł, bo myślałem tylko o tym, co powie ojciec. Przecież zabronił mi skakać, a na dodatek zniszczyłem jego narty.

– I co mówił?

– Niewiele. Spytał tylko, czy uważam, że to dostateczna kara.

– Co odpowiedziałeś?

– Zaproponowałem trzy dni aresztu domowego, ale on stwierdził, że ponieważ są święta, to wystarczą dwa. Po jego śmierci mama mi powiedziała, że w czasie, kiedy nie mogłem wychodzić z domu, kazał synowi sąsiadów pokazać sobie, jak to wyglądało, i kilka razy wszystko dokładnie opowiedzieć. Podobno za każdym razem śmiał się do łez. Ale zakazał mamie mówić mi o tym, bo uważał, że to mnie tylko sprowokuje do kolejnych szaleństw. Zabrał do domu tę zniszczoną nartę, korzystając z wymówki, że spróbuje ją skleić, ale mama twierdziła, że to było tylko takie gadanie, a tak naprawdę narta stała się jego najukochańszą pamiątką.

– Będę mogła ją jeszcze raz zobaczyć?

Nalał kawy, z filiżankami zeszli do piwnicy. Martha usiadła na zamrażarce, kiedy pokazywał jej nartę. Ciężką białą nartę marki Splitkein z sześcioma rowkami na spodzie. Pomyślała, że to był bardzo dziwny dzień. Słońce, deszcz, oślepiające morze, ciemna piwnica. Obcy człowiek, którego jakby znała całe życie. Taki daleki. Taki bliski. Taki dobry. Taki zły…

– I miałeś rację co do tego skoku? – spytała. – Nie było nic lepszego od tego?

Zamyślony przechylił głowę.

– Pierwszy strzał w żyłę. To było lepsze.

Martha lekko stuknęła piętami w zamrażarkę. Może to stamtąd wypełzał chłód? Uświadomiła sobie, że urządzenie jest włączone, świeciła się nieduża czerwona lampka między uchwytem pokrywy a zamkiem. Trochę ją to zdziwiło – wszystko inne w domu wskazywało, że od dawna stał pusty.

– Przynajmniej pobiłeś rekord skoczni – zauważyła.

Stig z uśmiechem pokręcił głową.

– Nie?

– Liczą się tylko ustane skoki, Martho. – Wypił łyk kawy.

A ona pomyślała, że chociaż nie pierwszy raz słyszy swoje imię z jego ust, to poczuła się tak, jakby w ogóle ktoś wymówił je pierwszy raz.

– Więc musiałeś dalej skakać. Bo chłopcy mierzą się ze swoimi ojcami, a dziewczęta z matkami.

– Tak myślisz?

– A nie sądzisz, że wszystkim synom wydaje się, że w ten czy inny sposób powinni być swoimi ojcami? Właśnie dlatego synowie przeżywają takie rozczarowanie, gdy odkrywają słabości ojców. Widzą wtedy własne słabości, klęski, które czekają ich w życiu. Czasami wstrząs bywa tak wielki, że potrafi skłonić ich do rezygnacji, jeszcze zanim się czegoś podejmą.

– Z tobą właśnie tak było?

Martha wzruszyła ramionami.

– Moja matka nie powinna była zostać z moim ojcem, ale uległa. Wykrzyczałam jej to w twarz pewnego dnia, kiedy pokłóciłyśmy się o coś, czego mi zabroniła. Już nie pamiętam, o co chodziło. Ale wrzeszczałam wtedy, że to niesprawiedliwe odmawiać mi szczęścia tylko dlatego, że sama go sobie odmawia. Niczego bardziej w życiu nie żałowałam. Bo nigdy nie zapomnę jej urażonego spojrzenia, kiedy odpowiadała: „Wtedy mogłabym stracić osobę, która daje mi najwięcej szczęścia. Ciebie”.

Stig pokiwał głową, zapatrzony w okno piwnicy.

– Czasami się mylimy, sądząc, że odkryliśmy jakąś słabość naszych rodziców. Może oni wcale nie byli słabi. Może coś spowodowało nasze mylne wrażenie, a oni jednak byli silni. Na przykład zgodzili się na pozostawienie po sobie zhańbionego nazwiska, na odarcie się z godności i przyjęcie na siebie całego wstydu jedynie po to, by ratować tych, których kochali. A skoro oni byli na tyle silni, to może i my mamy tę siłę.

W jego głosie pojawiło się prawie niedostrzegalne drżenie. Prawie. Martha zaczekała, aż Stig znów na nią spojrzy, dopiero wtedy spytała:

– A co on zrobił?

– Kto?

– Twój ojciec.

Zobaczyła, że grdyka wędruje mu w górę i w dół. Zaczął mrugać szybciej, zacisnął wargi. Widziała, że on chce. Że widzi zbliżający się próg skoczni. Ale wciąż jeszcze mógł usiąść na tym śliskim zjeździe, nie wykonać tego skoku.

– Podpisał list samobójczy, zanim go zastrzelili. Żeby ratować mamę i mnie.

Marcie zakręciło się w głowie, gdy zaczął opowiadać. Może to i ona zepchnęła go z progu skoczni, ale sama poleciała za nim. Teraz nie miała już drogi odwrotu do miejsca, w którym nie znałaby właśnie poznawanej prawdy. Czy do końca miała świadomość, na co się porywa? Czy naprawdę pragnęła tego szybowania w powietrzu, swobodnego opadania w dół?

Stig wraz matką wyjechali w tamten weekend na zawody w zapasach do Lillehammer. Ojciec towarzyszył im zwykle przy takich okazjach, ale tamtym razem oświadczył, że musi być w domu, bo ma jakieś ważne sprawy. Stig wygrał w swojej kategorii wagowej, więc po powrocie od razu pobiegł do gabinetu ojca, żeby mu o tym powiedzieć. Ojciec siedział tyłem, z głową na biurku, i Stig w pierwszej chwili pomyślał, że zasnął przy pracy. Ale potem zobaczył broń.

– Wcześniej widziałem ten pistolet tylko raz. Tata zwykle przesiadywał w gabinecie, pisząc swój dziennik, oprawiony w czarną skórę, z żółtymi stronami. Kiedy byłem mały, powiedział mi, że w ten sposób się spowiada. Długo sądziłem, że „spowiadać się" to inne określenie na „opowiadać". Dopiero kiedy miałem jedenaście lat, nauczyciel religii wytłumaczył mi, że to znaczy „wyznawać swoje grzechy". Po powrocie ze szkoły zakradłem się do gabinetu; wiedziałem, gdzie ojciec chowa klucz do biurka. Koniecznie chciałem poznać jego grzechy. Otworzyłem…

Martha wzięła głębszy oddech, jakby to ona opowiadała.

– Ale dziennika tam nie było. Leżał tylko staroświecki czarny pistolet. Zamknąłem biurko z powrotem i po cichu wyszedłem. Poczułem wtedy wstyd. Próbowałem szpiegować ojca po to, żeby odkryć, jaki był. Nigdy nikomu o tym nie powiedziałem i nigdy więcej nie próbowałem odnaleźć schowka, w którym ukrywał swój dziennik. Ale gdy tamtego dnia stanąłem w gabinecie za jego plecami, to wszystko powróciło. Uznałem, że to kara za tamtą próbę. Położyłem mu rękę na karku, żeby go obudzić, i wtedy wyczułem nie tylko brak ciepła, lecz wyraźny chłód. Z jego ciała bił twardy marmurowy chłód śmierci. A ja wiedziałem, że to moja wina. Potem zobaczyłem ten list…

Martha obserwowała tętnicę na jego szyi. Nabrzmiała jak u śpiewaka, który nie ćwiczy. Jak u kogoś, kto nie jest przyzwyczajony do mówienia.

Przeczytał list. Kiedy zobaczył matkę w drzwiach, w pierwszej chwili chciał podrzeć go na strzępy, udawać, że wcale nie istnieje, jednak nie mógł się przemóc, by to zrobić, i oddał go policji, kiedy przyjechała. Po twarzach policjantów poznał, że oni również chcieliby go zniszczyć.

Matka zaczęła zażywać środki antydepresyjne przepisane przez lekarza. Później również tabletki dobierane na własną rękę. Ale według jej opinii żadne nie działały na nią równie szybko i skutecznie jak alkohol, zaczęła więc pić. Wódka na śniadanie, obiad i kolację. Starał się jej pilnować, chował tabletki i butelki. Aby móc nad nią czuwać, musiał rzucić zapasy, a z czasem również szkołę. Przychodzili, dzwonili do drzwi, pytali, dlaczego on, z takimi dobrymi stopniami, wagaruje, a on ich wyrzucał. Z matką było coraz gorzej, coraz bardziej szalała, a w końcu zaczęła przejawiać skłonności samobójcze. Miał szesnaście lat, gdy podczas sprzątania w jej pokoju wśród pudełek z lekami odkrył strzykawkę. Zrozumiał, co to jest, a w każdym razie do czego służy. Wbił ją sobie w udo. Zawartość załatwiła wszystko. Następnego dnia poszedł na Plata i kupił pierwszą działkę. W ciągu sześciu miesięcy wyprzedał z domu wszystko, co dało się sprzedać, i okradł bezbronną matkę. Nie przejmował się niczym, a już najmniej sobą. Ale potrzebował pieniędzy, żeby odsunąć od siebie cierpienie. Ponieważ nie miał skończonych osiemnastu lat i w praktyce nie można było wsadzić go do więzienia, zaczął pobierać wynagrodzenie za przyznawanie się do mniejszych napadów i włamań, o które oskarżano starszych kryminalistów. A kiedy wreszcie skończył osiemnaście lat i przestał dostawać takie propozycje, więc stres wynikający z ciągłego pościgu za pieniędzmi jeszcze się wzmógł, zgodził się wziąć na siebie winę za dwa zabójstwa w zamian za dostarczanie mu narkotyków do końca pobytu w więzieniu.

– Odsiedziałeś już wyrok? – spytała.

– Tak, ja odsiedziałem.

Martha zsunęła się z zamrażarki, podeszła do niego. Nie myślała, na to było już za późno. Dotknęła ręką tętnicy na jego szyi. Patrzył na nią ciemnymi rozszerzonymi źrenicami, przesłaniającymi prawie całą tęczówkę. Potem objęła go w pasie, a on położył jej ręce na ramionach, odwrotnie niż w tańcu. Stali tak przez chwilę, potem przyciągnął ją do siebie. Boże, jaki on rozpalony, musiał mieć gorączkę. A może to ona? Zamknęła oczy, poczuła jego nos i usta na swoich włosach.

– Pójdziemy na górę? – spytał szeptem. – Chcę ci coś dać.

Wrócili do kuchni. Deszcz już przestał padać. Stig wyjął coś z kieszeni kurtki wiszącej na oparciu kuchennego krzesła.

– To dla ciebie.

Kolczyki były tak piękne, że w pierwszej chwili oniemiała.

– Nie podobają ci się?

– Są śliczne, Stig. Ale skąd... Ukradłeś?

Patrzył na nią poważnie, nie odpowiadając.

– Przepraszam, Stig. – Zmieszana poczuła, że do oczu napływają jej łzy. – Wiem, że już nie bierzesz. Ale przecież widzę, że te kolczyki są stare i...

– Ona już nie żyje – przerwał jej. – A taka piękna rzecz powinna być noszona przez żywą osobę.

Martha zdezorientowana mrugała. W końcu rozjaśniło jej się w głowie.

– One były... należały... – popatrzyła na niego oślepiona łzami – ...do twojej matki.

Zamknęła oczy, czuła jego oddech na twarzy, dłoń na policzku, na szyi, na karku. Swobodną ręką dotykającą jego boku chciała go odepchnąć. I przyciągnąć do siebie. Całowali się już od dawna, wyobrażała to sobie sto razy, odkąd pierwszy raz się spotkali. Ale było zupełnie inaczej, gdy ich usta naprawdę się zetknęły. Przeszył ją prąd. Zamknęła oczy, czując jego wargi, takie miękkie, dłonie przesuwające się po plecach, zarost, zapach i smak. Pragnęła tego, pragnęła wszystkiego. Ale ten dotyk ją obudził. Wyrwał z cudownego snu, na który mogła sobie pozwolić, ponieważ nie musiał mieć żadnych konsekwencji. Teraz to się zmieniło.

– Nie mogę – szepnęła drżącym głosem. – Muszę już iść, Stig.

Puścił ją, odwróciła się szybko. Otworzyła drzwi wejściowe. Jeszcze zatrzymała się na chwilę.

– To był mój błąd. Stig. Nie możemy się spotkać już nigdy więcej. Rozumiesz? Nigdy.

Zamknęła drzwi, zanim usłyszała odpowiedź. Słońce przedarło się przez chmury, a z błyszczącego czarnego asfaltu unosiła się para. Martha wyszła na lepki upał.

Markus patrzył przez lornetkę, jak kobieta szybko przechodzi do garażu, włącza silnik starego golfa, którym przyjechali, i wyjeżdża, wciąż z opuszczonym dachem. Poruszała się tak szybko, że nie zdążył odpowiednio ustawić ostrości, ale wydawało mu się, że płakała.

Potem znów skierował swoją lunetę na kuchenne okno. Przybliżył obraz. Syn śledził wzrokiem samochód. Dłonie miał zwinięte w pięści, szczęki mocno zaciśnięte, a na skroniach wystąpiły mu żyły, jakby coś go bolało. Chwilę później Markus zrozumiał dlaczego. Syn rozprostował palce, otworzył dłonie i przycisnął je do szyby. Błysnęły, odbijając w czymś promienie słońca. W dłonie wbite były kolczyki, a cienkie strużki krwi spływały do nadgarstków.

24

We wspólnej przestrzeni biurowej panował półmrok. Ktoś, wychodząc, uznał, że jest ostatni, i zgasił światło, a Simon postanowił tego nie zmieniać. Letnie wieczory wciąż jeszcze były dostatecznie jasne. Poza tym dostał nową klawiaturę z podświetlanymi klawiszami, nie musiał więc nawet zapalać lampki na biurku. Samo tylko zajmowane przez nich piętro budynku zużywało około ćwierci miliona kilowatów rocznie. Gdyby udało im się zejść do dwustu tysięcy, zaoszczędziliby na dwa dodatkowe samochody.

Wszedł na stronę internetową kliniki okulistycznej Howell. Zamieszczone tam zdjęcia różniły się od tych z wielu innych amerykańskich prywatnych szpitali, które przypominały raczej pięciogwiazdkowe hotele z uśmiechniętymi pacjentami, fantastycznymi referencjami i chirurgami wyglądającymi jak skrzyżowanie gwiazd filmowych z kapitanami lotnictwa. Ta klinika wstawiła jedynie kilka fotografii wraz z suchymi informacjami o kwalifikacjach personelu, wynikach, opublikowanych w prasie fachowej artykułach i nominacjach do Nagrody Nobla. A także najważniejsze: procent udanych operacji typu, jakiego potrzebowały oczy Else. Liczba ta znacznie przewyższała pięćdziesiąt, ale nie była aż tak wysoka, jak miał nadzieję. Z drugiej jednak strony była na tyle niska, że w nią wierzył. Cennika na stronie nie znalazł. Ale on miał w pamięci tę cenę. Na tyle wysoką, że w nią wierzył.

Wyczuł jakiś ruch w ciemności. Kari.

– Próbowałam dzwonić do ciebie do domu. Żona powiedziała mi, że jesteś tutaj.

– Jestem.

– Dlaczego pracujesz tak późno?

Simon wzruszył ramionami.

– Kiedy nie można przynieść do domu dobrych wiadomości, człowiek czasami zwleka z powrotem.

– O co chodzi?

Simon zbył ją machnięciem ręki.

– Po co dzwoniłaś?

– Zrobiłam tak, jak chciałeś. Przekopałam wszystko. Próbowałam wyszukać wszystkie możliwe i niemożliwe powiązania między zabójstwem Agnete Iversen a tym potrójnym zabójstwem. I nic nie znalazłam.

– Oczywiście rozumiesz, że to jednak nie wyklucza takiego powiązania. – Simon dalej stukał w klawiaturę.

Kari przyciągnęła sobie krzesło, usiadła.

– Mnie w każdym razie nie udaje się go znaleźć, a szukałam naprawdę dobrze. Potem myślałam…

– Lubimy, kiedy ktoś myśli.

– A może to jest takie proste, że mamy do czynienia z rabusiem, który zwyczajnie upatrzył sobie dwie dobre okazje? Dom Iversenów i miejsce przechowywania narkotyków i pieniędzy. Z pierwszego napadu wyniósł tę naukę, że trzeba kogoś zmusić do podania szyfru do sejfu, zanim się go zabije.

Simon podniósł głowę znad komputera.

– Rabuś, który już zastrzelił dwóch ludzi, miałby marnować pół kilo superboya wartego na rynku pół miliona tylko do uśmiercenia trzeciej ofiary?

– Bjørnstad uważał, że to porachunki gangów. Sposób na przekazanie wiadomości konkurencji.

– Gangi przekazują sobie wiadomości, nie tracąc pół miliona na opłacenie przesyłki, sierżant Adel.

Kari odchyliła głowę i westchnęła.

– W każdym razie Agnete Iversen nie miała nic wspólnego z handlem narkotykami i z ludźmi pokroju Kallego Farrisena. Sądzę, że tyle możemy uznać za ustalone.

– Ale jakiś związek istnieje – oświadczył Simon. – Nie rozumiem natomiast, dlaczego nie możemy ustalić, na czym on polega, chociaż już stwierdziliśmy, że zabójca właśnie ten związek usiłuje ukryć. Skoro powiązanie jest na tyle niezrozumiałe, po jaką cholerę on zadaje sobie tyle trudu, by ukryć, że w jednym i drugim przypadku sprawca jest ten sam?

– Może ten kamuflaż nie jest przeznaczony dla nas – podsunęła Kari i ziewnęła.

Szybko zamknęła usta, gdy zobaczyła, że Simon wpatruje się w nią szeroko otwartymi oczami.

– Oczywiście! Masz rację!

– Ja?

Simon wstał i zaraz znowu usiadł. Uderzył dłonią w biurko.

– On wcale nie policji się boi, tylko kogoś innego.

– Boi się, że ktoś inny go złapie?

– Tak. Albo że obudzi jego czujność. Ale jednocześnie... – Simon oparł podbródek na ręce i zaklął cicho.

– Co jednocześnie?

– To jest jeszcze bardziej skomplikowane. Bo on się nie ukrywa całkowicie. Sposób zabójstwa Kallego oczywiście stanowi wiadomość. – Simon z irytacją odbił się od podłogi, mocno, tak że oparcie krzesła się przechyliło. Siedzieli w milczeniu, a ciemność wokół nich niezauważalnie gęstniała. W końcu Simon przerwał ciszę: – Pomyślałem sobie, że Kalle został uśmiercony w taki sam sposób, w jaki uśmiercał innych, będąc dilerem. Zaburzenia oddychania w wyniku przedawkowania. Jakby zabójca był kimś w rodzaju anioła zemsty. Czy to ci nasuwa jakiś konkretny pomysł?

Kari pokręciła głową.

– Tylko to, że Agnete Iversen nie została zamordowana według tego samego wzoru, bo z tego, co wiem, nikomu nie strzeliła w pierś z pistoletu.

Simon wstał. Podszedł do okna i wyjrzał na oświetloną ulicę. Zaturkotały kółka dwóch longboardów. Przejechali dwaj chłopcy, obaj w bluzach z kapturami.

– Ach, całkiem zapomniałam – powiedziała Kari. – Znalazłam zupełnie inny związek. Między Perem Vollanem a Kallem Farrisenem.

– Naprawdę?

– Owszem. Rozmawiałam z jednym z informatorów, z którego usług korzystałam w narkotykowym. Dziwił się, że ci dwaj, którzy tak dobrze się znali, umarli prawie w tym samym czasie.

– Vollan znał Farrisena?

– Owszem, i to, jak mówię, dobrze. Aż za dobrze, w opinii mojego informatora. No i jeszcze jedna rzecz.

– Jaka?

– Sprawdziłam kartotekę Kallego. Był kilkakrotnie przesłuchiwany w sprawie zabójstwa sprzed kilku lat. Został nawet aresztowany. Ofiara N.N.

– Niezidentyfikowana?

– Wiemy jedynie, że to młoda Azjatka. Analiza uzębienia wskazuje na to, że miała szesnaście lat. Świadek widział mężczyznę robiącego jej zastrzyk na jakimś podwórzu i podczas okazania wskazał Kallego.

– Ach tak?

– Owszem. Ale Kallego wypuszczono, bo ktoś się przyznał.

– No to miał szczęście.

– Miał. Do zabójstwa przyznał się tamten chłopak, który uciekł z Państwa.

Kari obserwowała nieruchome plecy Simona przy oknie. W końcu zaczęła wątpić, czy usłyszał, co powiedziała. I już chciała to powtórzyć, gdy nagle rozległ się jego szorstki spokojny dziadkowy głos:

– Kari?

– Słucham.

– Chcę, żebyś sprawdziła wszystko, co ma związek z Agnete Iversen. Czy gdzieś w jej okolicy istnieje cokolwiek, co przypomina strzał z pistoletu. Cokolwiek, rozumiesz?

– Dobrze. Ale o czym teraz myślisz?

– Myślę… – spokój w dziadkowym głosie zniknął – …że jeżeli… jeżeli… to…

– To co?

– To się dopiero ledwie zaczęło.

25

Markus zgasił światło w pokoju. Dziwnie się czuł, obserwując kogoś i wiedząc, że sam nie jest widziany. A mimo to kulił się za każdym razem, kiedy Syn wyglądał przez okno i patrzył prosto w lornetkę, jakby wiedział, że ktoś go szpieguje. Był teraz w sypialni rodziców. Siedział na malowanej w róże ludowej skrzyni zawierającej, jak Markus wiedział, jedynie dwie poszwy na kołdrę i prześcieradło. Pokój bez zasłon oświetlała lampa sufitowa z czterema żarówkami, wszystko było widoczne. Żółty dom stał nieco niżej niż dom Markusa, a poza tym chłopiec siedział na górze piętrowego łóżka, które przestawił pod okno, więc dobrze widział, co robi Syn.

Ale robił niewiele – przez całą wieczność tkwił w jednym miejscu ze słuchawkami od telefonu w uszach i czegoś słuchał. Pewnie jakiejś fajnej piosenki, bo co trzy minuty naciskał coś w telefonie, jakby puszczał piosenkę od nowa, i za każdym razem uśmiechał się w tym samym miejscu, chociaż na pewno było mu smutno z powodu tego, co zdarzyło się z dziewczyną. Całowali się, a potem ona błyskawicznie odjechała. Biedak. Może Markus powinien do niego iść i zapukać? Zaprosić go do nich na kolację? Mamie na pewno byłoby przyjemnie. Ale Syn wyglądał na bardzo smutnego, raczej nie miał ochoty na towarzystwo. Zaproszenie może poczekać do jutra. Markus wstanie wtedy wcześnie, zadzwoni do drzwi, zaniesie mu świeże bułki. Tak, tak zrobi.

Ziewnął. W jego głowie też rozbrzmiewała piosenka. Chociaż właściwie nie piosenka, tylko jedno zdanie. Ale ono także się powtarzało, jakby wciskał „repeat", od czasu, gdy tamten łobuz z Tåsen spytał Syna, czy jest jego ojcem. „Być może".

Być może. Ho, ho.

Markus ziewnął.

Pora spać. Przecież jutro musi wstać wcześnie. Podgrzać w piecyku bułki. Ale akurat w chwili, kiedy miał się odsunąć od lunety, w żółtym domu zaczęło się coś dziać. Syn wstał. Markus znów spojrzał w lornetkę. Syn odsunął dywan i podniósł luźną deskę w podłodze. Skrytka. Musiał wcześniej coś do niej schować. Wyjął z niej teraz czerwoną torbę. Otworzył ją i wyciągnął torebkę z białym proszkiem. Markus dobrze wiedział, co to jest, widział takie rzeczy w telewizji. Narkotyki. Nagle Syn gwałtownie uniósł głowę. Wyglądał tak, jakby nasłuchiwał. Nastawił uszu niczym antylopy przy wodopoju na Animal Planet.

Teraz Markus również to usłyszał. Daleki warkot silnika. Samochód. Wieczorem niewiele aut przejeżdżało tą ulicą, w dodatku w wakacje. Syn jakby skamieniał. Markus zobaczył, że asfaltową nawierzchnię oświetlają reflektory. Podjechał duży czarny samochód z rodzaju tych, które nazywają SUV, i zatrzymał się pod latarnią między ich domami. Wysiadło z niego dwóch mężczyzn. Markus przyjrzał im się przez lornetkę. Obaj byli w czarnych garniturach. *Faceci w czerni*. Druga część była najlepsza. Ale niższy z nich miał jasne włosy, czyli kompletna pomyłka. Wprawdzie włosy tego dużego były czarne i kręcone, takie jak Willa Smitha, ale z wielką łysiną na środku. No i był biały.

Markus zobaczył, że poprawiając marynarki, przyglądają się żółtemu domowi. Ten częściowo łysy wskazał na oświetlone okno sypialni i szybko ruszyli do furtki. Syn przynajmniej będzie miał gości. Ale tamci, tak samo jak Markus, zamiast otwierać furtkę, przeskoczyli przez płot. Po trawie dało się przejść ciszej niż po żwirze. Markus znów skierował lunetę na sypialnię. Syn zniknął. Pewnie on też ich zauważył i zszedł im otworzyć. Markus spojrzał na drzwi, dwaj mężczyźni już zdążyli wejść po schodkach. Było za ciemno, żeby dało się dostrzec, co dokładnie robią, ale rozległ się zgrzyt i drzwi się otworzyły. Markus przestał oddychać.

Oni… oni się włamali! To włamywacze!

Może dowiedzieli się skądś, że ten dom stoi pusty? Wiedział, że musi ostrzec Syna, ci ludzie mogli być niebezpieczni. Zeskoczył z łóżka. Czy powinien budzić mamę? A może zadzwonić na policję? Ale co miał powiedzieć? Że podgląda sąsiada przez lunetę? A gdyby policja przyjechała pobrać odciski palców tych złodziei, to przecież znalazłaby i jego ślady. No i narkotyki Syna, poszedłby za nie do więzienia. Markus kompletnie nie wiedział, co robić. Nagle dostrzegł jakiś ruch w sypialni, więc znów stanął przy lunecie. To byli ci mężczyźni, weszli na górę. Szukali. W szafie ubraniowej, pod łóżkiem. Mieli… mieli pistolety! Markus mimowolnie cofnął się o krok, gdy ten wysoki z kręconymi włosami podszedł do okna, sprawdził, czy jest zamknięte, i wyjrzał. Wprost na Markusa. Syn musiał się gdzieś schować, ale gdzie? Wyglądało na to, że zdążył odłożyć torbę z narkotykami z powrotem do skrytki, ale człowiek by się tam nie zmieścił. Ha! Nigdy nie znajdą Syna. Przecież on znał swój dom o wiele lepiej niż oni. Tak samo jak wietnamscy żołnierze znali dżunglę o wiele lepiej niż Amerykanie. Syn musiał tylko siedzieć cicho jak mysz pod miotłą, tak jak Markus wtedy. Syn da sobie radę. Musi dać sobie radę. Dobry Boże, spraw, żeby sobie poradził!

Sylvester jeszcze raz rozejrzał się po sypialni. Podrapał się po łysej lagunie wśród ciemnych kędziorów.

– Niech to wszyscy diabli, Theo! On musiał tutaj być! Jestem pewien, że wczoraj w żadnym oknie się nie świeciło. – Ciężko usiadł na malowanej w róże skrzyni, wsunął pistolet do kabury pod pachą i zapalił papierosa.

Niski blondyn stał na środku pokoju z bronią w ręku.

– Mam wrażenie, że ciągle tu jest.

Sylvester machnął papierosem.

– Spokojnie, był tu i znów sobie poszedł. Sprawdziłem oba kible i tę drugą sypialnię.

Blondyn pokręcił głową.

– Nie, on jest gdzieś tu, w domu.

– Daj spokój, Theo. To przecież nie jest duch, tylko amator, któremu do tej pory się szczęściło.

– Możliwe, ale uważam, że nie należy nie doceniać syna Aba Lofthusa.

– Nie wiem nawet, kto to jest.

– To nie za twoich czasów, Sylvester. Ab Lofthus był najtwardszym gliniarzem w mieście, *by far*.

– Skąd wiesz?

– Miałem z nim do czynienia, ty durniu. W latach dziewięćdziesiątych akurat dobijaliśmy z Nestorem targu na Alnabru, kiedy Lofthus z jakimś innym gliniarzem mniej lub bardziej przypadkiem mijali nas samochodem. Lofthus natychmiast zrozumiał, że chodzi o prochy, ale zamiast wezwać posiłki, ci dwaj durnie sami próbowali nas dopaść. Ab Lofthus własnymi rękami stłukł czterech naszych, zanim go w końcu obezwładniliśmy. To wcale nie było proste, mówię ci. Facet był kiedyś zapaśnikiem. Chcieliśmy go zastrzelić na miejscu, ale Nestor stchórzył. Uważał, że zrobi się za duża awantura, jak popłynie policyjna krew. Dyskutowaliśmy o tym, a ten szaleniec leżał i wrzeszczał: „No dalej, tylko spróbujcie!". Mniej więcej tak jak tamten wściekły rycerz z Monty Pythona, no wiesz. Ten, któremu odcinają ręce i nogi, ale za cholerę się nie poddaje.

Theo się roześmiał, jakby to było jakieś miłe, drogie sercu wspomnienie. Sylvester pomyślał, że ten facet jest chory, uwielbia śmierć i okaleczenie. W domu oglądał w sieci całe sezony *Niemożliwego*, bo tam są klipy pokazujące ludzi, którzy naprawdę robią sobie krzywdę, a nie tylko rodzinne filmiki, na których ktoś się przewraca i skręca kostkę, tak żeby każdy mógł się trochę pośmiać.

– Mówiłeś, że było ich dwóch – przypomniał Sylvester.

Theo prychnął.

– Jego partner od razu się wycofał. Chciał współpracować, zawrzeć kompromis. Klęczał i błagał o litość. Znasz ten typ?

– Jasne. Przegrany.

– Odwrotnie – stwierdził Theo. – Wygrany. To się nazywa wyczucie sytuacji. Właśnie to wyczucie zaprowadziło go dalej, niż ci się wydaje. Ale nie gadajmy już o tym, sprawdźmy dom.

Sylvester wzruszył ramionami, wstał i zdążył już wyjść za drzwi, gdy się zorientował, że Theo wcale za nim nie idzie. Odwrócił się i zobaczył, że kumpel stoi wpatrzony w miejsce, na którym przed chwilą siedział Sylvester. W wieko skrzyni.

Sylvester wyciągnął pistolet, odbezpieczył. Poczuł, że zmysły mu się wyostrzają. Światło zaczęło świecić jaśniej, dźwięki dochodziły wyraźniej, w szyi pulsowało. Theo bezszelestnie przesunął się na lewą stronę skrzyni, tak aby Sylvester również miał wolną linię strzału. Ten zacisnął więc obie dłonie na rękojeści pistoletu i podszedł bliżej. Theo pokazał mu, że zamierza otworzyć wieko. Sylvester kiwnął głową.

Wstrzymał oddech, kiedy Theo z pistoletem wycelowanym w skrzynię wsunął palce lewej ręki pod krawędź pokrywy. Odczekał sekundę, nasłuchując. I podniósł wieko.

Sylvester poczuł na palcu opór stawiany przez cyngiel.

– Gówno – szepnął Theo.

Z wyjątkiem pościeli skrzynia była pusta.

Razem obeszli pozostałe pokoje, zapalali i gasili światło, ale nic nie znaleźli. Nic też nie wskazywało na to, by ktoś przebywał w domu. W końcu wrócili do sypialni, gdzie wszystko wyglądało tak, jak zostawili.

– Pomyliłeś się – orzekł Sylvester, wymawiając te dwa słowa głośno i wyraźnie. Doskonale wiedział, jak bardzo Theo się wścieknie. – On zniknął.

Theo uniósł i opuścił barki, jakby w garniturze było mu niewygodnie.

– Jeśli ten chłopak wyszedł, zostawiając zapalone światło, to może wrócić, a jeżeli wtedy będziemy tutaj czekać w gotowości, to uprościmy sobie sprawę. Nie trzeba będzie jeszcze raz wchodzić.

– Możliwe – przyznał niechętnie Sylvester. Przeczuwał, do czego to zmierza.

– Nestor chce, żebyśmy go dopadli jak najszybciej. Gość może tyle spieprzyć, przecież wiesz.

– Jasne – powiedział Sylvester gniewnie.

– Więc zostaniesz tu dzisiaj przez noc i przekonasz się, czy on nie wróci.

– Dlaczego taka robota zawsze spada na mnie?

– Odpowiedź zaczyna się na „w".

Wysługa lat. Sylvester westchnął. Gdyby ktoś zastrzelił Thea, dostałby nowego partnera. Kogoś z mniejszą wysługą lat.

– Proponuję, żebyś usiadł w salonie, stamtąd będziesz miał widok i na drzwi wejściowe, i na te do piwnicy – podsunął Theo. – Nie wiadomo, czy jego da się zlikwidować tak łatwo jak tamtego pastora.

– Już to mówiłeś.

Markus widział, jak dwaj mężczyźni wychodzą z oświetlonej sypialni. Chwilę później ten mały jasnowłosy opuścił dom, wsiadł do samochodu i odjechał. Syn wciąż gdzieś tam był, ale gdzie? Może słyszał odjeżdżające auto, ale czy wiedział, że jeden z tych dwóch ciągle przebywa w domu?

Skierował lornetkę na ciemne okna, ale nic nie zobaczył. Oczywiście Syn mógł przedostać się na drugą stronę, ale w to Markus nie do końca wierzył, bo uchylił okno i nasłuchiwał, a nie dotarł do niego żaden dźwięk z ogrodu. Coś na pewno by usłyszał.

Nagle uchwycił jakiś ruch i skierował lornetkę na sypialnię, która wciąż była jedynym oświetlonym pomieszczeniem w domu. I przekonał się, że miał rację.

Łóżko. Poruszyło się. A raczej poruszył się materac. Uniósł się i odsunął. I on tam był. Ukryty między deskami a dużym podwójnym materacem, na którym Markusowi tak wygodnie się leżało. Dobrze, że Syn jest taki chudy, bo gdyby był gruby, jak mama przepowiadała Markusowi, to na pewno by go odkryli. Syn ostrożnie podszedł do luźnej deski w podłodze, podniósł ją i wyjął coś z czerwonej torby. Markus wyostrzył obraz. I jęknął.

Sylvester ustawił fotel tak, aby mieć widok na drzwi wejściowe i furtkę oświetloną przez latarnię na ulicy. Zresztą usłyszałby w porę, gdyby ktoś przez nią wchodził, tak jak słyszał chrzęst żwiru przy wyjściu Thea.

To mogła być długa noc, musiał znaleźć coś, co nie pozwoli mu zasnąć. Obejrzał więc półki na książki i w końcu znalazł to, czego szukał. Rodzinny album ze zdjęciami. Zapalił małą lampkę do czytania, ustawiając ją tak, żeby światło nie było widoczne z zewnątrz, i zaczął przeglądać fotografie. Wydawali się szczęśliwą rodziną. Tak różną od jego własnej. Może właśnie dlatego lubił oglądać rodzinne zdjęcia. Lubił patrzeć i wyobrażać sobie, jak by to mogło być. Oczywiście wiedział, że fotografie nie mówią całej prawdy. Ale jedną prawdę chyba mówiły. Sylvester zatrzymał się przy zdjęciu, na którym były trzy osoby, możliwe, że zrobionym podczas ferii wielkanocnych. Wszyscy troje opaleni i uśmiechnięci stali przy kamiennym kopcu. Na środku kobieta, matka z tej rodziny, z lewej strony ojciec, ten cały Ab Lofthus, a z prawej strony mężczyzna w okularach bez oprawek. I podpis wykonany kobiecą ręką: „Trojka i ja na wycieczce, fotografował Skoczek".

Sylvester uniósł głowę. Czyżby coś usłyszał? Spojrzał na furtkę, ale tam nikogo nie było. Dźwięk nie dobiegł od strony drzwi wejściowych ani tych do piwnicy. Coś jednak się zmieniło, jakby zgęstniało powietrze, jakby ciemność stała się materialna. Ciemność. Zawsze trochę bał się ciemności, zatroszczył się o to jego ojciec. Sylvester znów skupił się na zdjęciu, na zadowolonych ludziach, bo przecież ciemności nie trzeba się bać, każdy to wie.

Huk, który się rozległ, przypominał trzask ojcowskiego pasa.

Sylvester dalej wpatrywał się w zdjęcie, teraz pochlapane krwią. Tuż obok pojawiła się dziura na wylot przez cały album. Z góry spadało coś białego i przyklejało się do krwi. Pierze? Musiało pochodzić z oparcia fotela. Sylvester zrozumiał, że jest w szoku, bo nie czuł bólu. Jeszcze go nie czuł. Spojrzał na pistolet, który upadł na podłogę i znalazł się poza zasięgiem jego ręki. Czekał na kolejny strzał, który jednak nie padł. Może chłopak sądził, że już nie żyje? W takim razie ma jakąś szansę, byle tylko zdołał utrzymać go w tym przekonaniu.

Przymknął oczy. Usłyszał kroki tamtego, wstrzymał oddech. Poczuł czyjąś rękę na piersi, wsunęła się pod marynarkę, znalazła portfel i prawo jazdy, zabrała je. Potem już obie ręce chwyciły go w pasie, podniosły z fotela, zarzuciły sobie na ramię. Zaczął się przemieszczać. Ten chłopak musiał być naprawdę silny.

Odgłos otwieranych drzwi. Zapalone światło, chwiejne kroki na schodach, wilgotne powietrze. Niósł go do piwnicy.

Zeszli na dół. Odgłos odrywających się od siebie gumowych uszczelek. I Sylvester upadł, ale lądowanie miał o wiele bardziej miękkie, niż się spodziewał. Poczuł ucisk w uszach i jeszcze bardziej się ściemniło. Otworzył oczy. Całkiem ciemno. Nic nie widział. Leżał w jakiejś skrzyni. Ciemność nie jest groźna. Nie ma żadnych potworów. Słyszał szuranie kroków, w końcu się oddaliły. Trzaśnięcie drzwiami. Został sam. Chłopak się nie zorientował!

Teraz należało jedynie zachować spokój, nie działać zbyt pochopnie. Zaczekać, aż chłopak pójdzie spać. Wtedy będzie mógł się wydostać. Albo zadzwoni do Thea, niech po niego przyjdą, a chłopaka zlikwidują. Dziwne tylko, że ciągle nie czuł bólu, jedynie ciepłą krew kapiącą na rękę. Ale zrobiło mu się zimno. Bardzo zimno. Spróbował poruszyć nogami, żeby się obrócić i sięgnąć po komórkę, ale nie dał rady. Widać nogi mu zdrętwiały. Zdołał jednak jakoś wsunąć rękę do kieszeni marynarki i wyjąć telefon. Wcisnął przycisk i wyświetlacz rozjaśnił ciemność.

Sylvester znów przestał oddychać.

Potwór leżał tuż przy jego twarzy i patrzył na niego wytrzeszczonymi oczami, z otwartym pyskiem pełnym małych ostrych zębów.

Najprawdopodobniej dorsz. Opakowany w przezroczystą folię. A dookoła więcej plastikowych toreb, jakieś pudełka z mrożonkami

Frionor, piersi kurczaka, steki, owoce. Światło komórki odbiło się w lodowych kryształach pokrywających śnieżnobiałe ściany. Leżał w zamrażarce.

Markus wpatrywał się w dom i liczył sekundy. Przez uchylone okno usłyszał huk dochodzący ze środka i dostrzegł błysk z salonu. Potem znów zapadła całkowita cisza.

Był przekonany, że to musiał być strzał z pistoletu, ale kto strzelał?

Dobry Boże, niechże to będzie Syn! Nie pozwól, żeby to do niego strzelano!

Doliczył do stu, kiedy zobaczył, że otwierają się drzwi do oświetlonej sypialni.

Dzięki ci, Boże, dzięki! To był on.

Syn odłożył pistolet z powrotem do sportowej torby, podniósł deskę podłogi i zaczął przekładać do torby foliowe woreczki z białym proszkiem. Kiedy skończył, zarzucił torbę na ramię i wyszedł z pokoju, nie gasząc światła.

Chwilę później trzasnęły drzwi wejściowe i Markus zobaczył, jak Syn maszeruje do furtki. Zatrzymał się, spojrzał w prawo i w lewo, a potem odszedł ulicą w tę samą stronę, z której Markus widział go nadchodzącego za pierwszym razem.

Markus położył się na wznak na łóżku. Patrzył w sufit. Syn żył! Strzelał do bandytów! No bo to chyba musieli być bandyci? Oczywiście! Markus ogromnie się cieszył, że Syn z nimi wygrał. Wiedział, że tej nocy nie zaśnie.

Sylvester także poczuł trzaśnięcie drzwi na górze. Zamrażarka była zbyt szczelna, by mógł to usłyszeć wyraźnie, ale drzwi trzasnęły tak mocno, że dotarły do niego wibracje. Nareszcie. Jego komórka oczywiście nie mogła otrzymywać ani wysyłać sygnałów z zamrażarki ustawionej w piwnicy, więc po trzech próbach zrezygnował z dzwonienia. Zaczął już odczuwać ból, choć jednocześnie ogarniała go senność. Ale chłód nie pozwalał mu zasnąć. Przyłożył dłonie do pokrywy. Pchnął. Poczuł lekkie ukłucie paniki, gdy nie ustąpiła od razu. Pchnął mocniej. Ciągle nic. Przypomniał sobie odgłos odrywających się od siebie gumowych uszczelek i wiedział, że to tylko kwestia użycia większej siły. Położył dłonie na pokrywie i pchnął z całych sił. Wieko nawet nie drgnęło. Dopiero teraz to sobie uświadomił. Chłopak zamknął zamrażarkę na klucz.

Tym razem panika odezwała się nie tylko w postaci mrowienia. Złapała go za gardło i zaczęła dusić.

Sylvester z trudem chwytał powietrze, ale starał się nie dopuścić do tego, by ciemność, ta prawdziwa ciemność przedostała się do głowy. Musi myśleć. Zamknąć drzwi prowadzące do głowy i myśleć jasno.

Nogi. Oczywiście. Przecież wiedział, że nogi są o wiele silniejsze od ramion. W siłowni bez kłopotu wyciskał nogami ponad dwieście kilogramów – w porównaniu z marnymi siedemdziesięcioma pięcioma w rękach. A tu chodzi jedynie o zamek zamrażarki, przewidziany do ochrony przed sąsiadami, żeby nie podkradali ze wspólnej piwnicy mięsa i moroszek, a nie do stawiania oporu potężnemu zdesperowanemu mężczyźnie, który naprawdę pragnął się stąd wydostać. Sylvester obrócił się na plecy. Od pokrywy dzieliła go dostateczna odległość i jeśli tylko uda mu się zgiąć nogi w kolanach i przyłożyć stopy…

Ale nie mógł zgiąć kolan.

Po prostu go nie słuchały. Nogi okropnie mu zdrętwiały. Spróbował jeszcze raz. Bez efektu. Jakby były zupełnie odłączone. Uszczypnął się w łydkę, uszczypnął się w udo. Do drzwi do głowy rozległo się pukanie. Trzeba myśleć. Nie, nie myśleć! Za późno. Dziura w albumie, krew. Kula musiała uszkodzić kręgosłup. Ten ból, którego nie było. Sylvester dotknął brzucha. Okazał się mokry od krwi, ale mimo wszystko miał wrażenie, jakby dotykał kogoś innego.

Był sparaliżowany.

Chyba od pasa w dół, przynajmniej tak czuł. Uderzył dłońmi w pokrywę zamrażarki, lecz to w niczym nie pomogło. Otworzyły się tylko drzwi prowadzące do głowy. Te, których nigdy nie powinno się otwierać. Nauczył się tego od ojca. Ale teraz puściły zawiasy i Sylvester wiedział, że umrze tak, jak widział to w nawiedzających go koszmarach. Zamknięty. Sam. W ciemności.

26

– Jest idealnie tak, jak powinno być w niedzielę rano – stwierdziła Else, wyglądając przez boczną szybę.

– Zgadzam się. – Simon zredukował bieg i spojrzał na nią. Zadawał sobie pytanie, co ona widzi. Czy zauważyła, że park Zamkowy jest wyjątkowo zielony po wczorajszej ulewie? Czy w ogóle się zorientowała, że przejeżdżają obok parku Zamkowego?

To Else powiedziała, że chce zobaczyć wystawę Chagalla w Centrum Sztuki Henie-Onstad w Høvikodden, a Simon odparł, że to fantastyczny pomysł. Tylko że po drodze musi zajrzeć do dawnego kolegi, który mieszka na Skillebekk.

Przy Gamle Drammensveien było mnóstwo wolnych miejsc parkingowych. Stare zacne wille i kamienice wyglądały na wakacyjnie opustoszałe. Tu i ówdzie powiewały na lekkiej bryzie flagi przy ambasadach.

– Nie zabawię długo – zapowiedział i podszedł do drzwi domu, którego adres znalazł w Internecie. Nazwisko zobaczył na samej górze rządka przycisków domofonu.

Po dwóch dzwonkach już miał zrezygnować, gdy nagle rozległ się damski głos:

– Słucham?

– Czy zastałem Fredrika?

– Hm… A kto pyta?

– Simon Kefas.

Przez kilka sekund panowało milczenie, ale Simon po trzaskach poznał, że mikrofon domofonu został zasłonięty dłonią. W końcu kobieta znów się odezwała:

– Zaraz zejdzie.

– Okej.

Simon czekał.

Było tak wcześnie, że normalni ludzie jeszcze nie wstali, więc na ulicy widział jedynie parę w swoim wieku. Wyglądali, jakby wybrali się na tak zwaną niedzielną wycieczkę – na wycieczkę z miejscem wyjazdu w roli miejsca przeznaczenia. Mężczyzna miał na sobie kaszkiet i spodnie khaki nieznanej marki. Tak właśnie ubiera się człowiek, kiedy się starzeje. Simon przejrzał się w szybie pod rzeźbieniami dębowych drzwi. Kaszkiet i ciemne okulary, spodnie khaki. Niedzielne przebranie.

Czekanie się przeciągało. Najwidoczniej obudził Fredrika. Albo żonę czy kto to był. Spojrzał na samochód. Zobaczył, że Else patrzy wprost na niego. Pomachał do niej. Bez żadnego odzewu. Drzwi się otworzyły.

Fredrik był w dżinsach i T-shircie. Poświęcił czas na prysznic. Mokre gęste włosy zaczesał do tyłu.

– Nie spodziewałem się ciebie – powiedział. – Co...?

– Przejdziemy się?

Fredrik spojrzał na ciężki zegarek.

– Posłuchaj, mam...

– Odwiedził mnie Nestor i ci jego bandyci od narkotyków – zaczął Simon na tyle głośno, że przechodząca obok starsza para musiała go usłyszeć. – Ale właściwie możemy o tym porozmawiać również w mieszkaniu, przy twojej żonie.

Fredrik popatrzył na Simona. Potem zamknął za sobą drzwi.

Ruszyli chodnikiem. Japonki Fredrika klaskały o asfalt. Echo odbijało się od fasad.

– Zaproponował mi tę pożyczkę, o którą prosiłem ciebie, Fredriku. Tylko ciebie.

– Nie rozmawiałem z jakimś Nestorem.

– Nie musisz go nazywać jakimś Nestorem. Obaj wiemy, że znasz to nazwisko. O tym, co jeszcze wiesz na jego temat, możesz sobie kłamać, ile wlezie.

Fredrik zatrzymał się przy kładce.

– Posłuchaj, Simon. Załatwienie ci tej pożyczki w takim zamkniętym kręgu jest niemożliwe. Pomówiłem więc z paroma osobami o twoim problemie. Czy nie tego chciałeś, tak szczerze mówiąc?

Simon nie odpowiedział.

Fredrik westchnął.

– Zrobiłem to wyłącznie, żeby ci pomóc. Najgorsze, co mogło cię spotkać, to propozycja, którą zawsze mogłeś odrzucić.

– Najgorsze jest to, że te szumowiny uważają, że znalazły sposób na trzymanie mnie w szachu. Nareszcie – tak sobie myślą. Bo wcześniej nie mieli nade mną przewagi, Fredriku. Nad tobą owszem, ale nie nade mną.

Fredrik oparł się o balustradę.

– Może właśnie to jest twój problem, Simon. Może właśnie dlatego nigdy nie zrobiłeś takiej kariery, jak powinieneś.

– To, że nie dałem się kupić?

Fredrik się uśmiechnął.

– Twój temperament. Brakuje ci zdolności dyplomatycznych. Obrażasz nawet ludzi, którzy próbują ci pomóc.

Simon patrzył w dół na przebiegającą w dole starą, zamkniętą już linię kolejową, z czasów kiedy działał jeszcze Dworzec Zachodni. Nie wiedział dlaczego, ale widok tego zagłębienia w ziemi, wciąż jeszcze istniejącego, wprawiał go w melancholijny nastrój, chociaż jednocześnie dodawał otuchy.

– Może czytałeś w gazetach o tym potrójnym zabójstwie na Starym Mieście?

– Oczywiście. Przecież o niczym innym nie piszą. Chyba postawili na nogi całą KRIPOS. Wam też pozwalają się przy tym bawić?

– Najlepsze zabawki KRIPOS lubi zachowywać dla siebie. Jedną z ofiar był niejaki Kalle Farrisen. Mówi ci coś to nazwisko?

Fredrik pokręcił głową.

– Raczej nie. Ale skoro Wydział Zabójstw nie jest dopuszczony do zabawy, to dlaczego ty…

– Ponieważ Farrisen był swego czasu podejrzany o zabójstwo tej dziewczyny. – Simon wyjął zdjęcie wydrukowane z raportu i podał je Fredrikowi, który przyjrzał się uważnie bladej twarzy o azjatyckich rysach. Niepotrzebny był widok reszty ciała, by zrozumieć, że dziewczyna nie żyje.

– Znaleziono ją na jakimś podwórzu. Wyglądało, jakby sama przedawkowała. Piętnaście, może szesnaście lat. Nie miała żadnych dokumentów, więc nie udało się ustalić, kim była ani skąd przyjechała czy w jaki sposób dostała się do Norwegii. Możliwe, że w kontenerze na jakimś statku z Wietnamu. Udało się ustalić jedynie to, że była w ciąży.

– Chwileczkę, przypominam sobie tę sprawę. Ktoś się chyba przyznał do tego zabójstwa?

– Owszem, dosyć późno i wywołując duże zaskoczenie. Ale w związku z tym chciałem cię spytać, czy istniały jakieś powiązania między Kallem a twoim dobrym klientem Iversenem?

Fredrik wzruszył ramionami. Popatrzył na fiord. Pokręcił głową. Simon powiódł wzrokiem za jego spojrzeniem na las masztów żaglówek w porcie dla małych łodzi. Ostatnio mała łódź zaczęła oznaczać coś mniejszego od fregaty.

– Wiesz, że człowiek, który przyznał się do zabójstwa dziewczyny i został za nie skazany, uciekł z więzienia?

Fredrik znów pokręcił głową.

– No to miłego śniadania – powiedział Simon.

Simon stał oparty o wygiętą w łuk ladę szatni w galerii w Høvikodden. Wszystko tu było łukowate. Wszystko było funkcjonalistyczne. Nawet szklane ściany oddzielające pomieszczenia były łukowato wygięte i możliwe, że funkcjonalistyczne. Patrzył na Else. Else patrzyła na Chagalla. Wydawała się taka malutka. Mniejsza niż figurki Chagalla. Może to przez te łuki, może to one tworzyły iluzję przestrzenną, swoisty pokój Amesa?

– Więc odwiedziłeś tego Fredrika, żeby mu zadać to jedno jedyne pytanie? – spytała Kari stojąca obok niego. Przyjechała w ciągu dwudziestu minut. – I mówisz, że…

– Że i tak spodziewałem się odpowiedzi przeczącej – odparł Simon. – Ale musiałem go zobaczyć, żeby się przekonać, czy kłamie.

– Wiesz, że mimo tego, co pokazują seriale telewizyjne, bardzo trudno stwierdzić, czy ktoś kłamie, czy nie?

– Chodzi o to, że Fredrik nie jest ktosiem. Mam spore doświadczenie w obserwowaniu go podczas łgania. Znam jego schematy.

– Więc ten Fredrik Ansgar to notoryczny kłamca?

– Nie. On kłamie z konieczności, a nie ze skłonności czy dla przyjemności.

– Aha. A skąd to wiesz?

– Zrozumiałem to, dopiero kiedy w Økokrim pracowaliśmy nad dużą sprawą związaną z nieruchomościami. – Zobaczył, że Else rozgląda się trochę zagubiona. Chrząknął więc głośno, aby mogła się zorientować, gdzie go szukać. – Nie bardzo dawało się udowodnić, że Fredrik kłamie – podjął. – Był naszym jedynym ekspertem od rachunkowości i nie potrafiliśmy sprawdzać tego, co nam mówił. Zaczęło się od drobiazgów i zbiegów okoliczności, ale w sumie zrobiło się tego trochę za dużo. Nie informował nas o wszystkim albo wręcz uprawiał dezinformację. Tyle że ja nabrałem podejrzeń, a z czasem nauczyłem się rozpoznawać, kiedy kłamał.

– Jak?

– To było bardzo proste. Głos.

– Głos?

– Kłamstwo wprawia w ruch emocje. Fredrik umiał kłamać, kierując doborem słów, logiką i mową ciała. Ale głos był jedynym barometrem uczuć, nad którym nie miał kontroli. Mówił trochę nienaturalnym tonem, jakby sam słyszał akcent towarzyszący kłamstwu, i wiedział, że to go może zdradzić. Kiedy więc zadawano mu bezpośrednie pytanie, na które musiał odpowiedzieć kłamstwem, nie ufał własnemu głosowi i zamiast mówić, kiwał albo kręcił głową.

– A ty go spytałeś, czy wie o jakichś powiązaniach między Kallem Farrisenem a Iversenem.

– Wzruszył ramionami, jakby nie wiedział.

– Czyli kłamstwo.

– Tak. I pokręcił głową na pytanie, czy wie o ucieczce Sonny'ego Lofthusa.

– To nie jest trochę za proste?

– Owszem, ale Fredrik to prosty człowiek, tylko tabliczkę mnożenia zna trochę lepiej niż inni. Posłuchaj, czego od ciebie oczekuję: sprawdź wszystkie wyroki Sonny'ego Lofthusa. Zobacz, czy nie znajdziesz czegoś o innych podejrzanych w tych sprawach.

Kari Adel skinęła głową.

– Dobrze. Nie mam żadnych innych planów na ten weekend.

Simon się uśmiechnął.

– A czego dotyczyła ta sprawa w Økokrim?

– Malwersacji. Oszustw podatkowych, wielkich pieniędzy i wielkich nazwisk. Sprawa mogła pogrążyć główne postacie z życia gospodarczego i polityków. I chyba mogła nas doprowadzić do wielkiego organizatora.

– Czyli?

– Do Bliźniaka.

Kari jakby dreszcz przebiegł po plecach.

– Dziwaczne przezwisko.

– Nie tak dziwne, jak historia, która się za nim kryje.

– Wiesz, jak on się nazywa naprawdę?

Simon pokręcił głową.

– Krąży wiele jego nazwisk. Tak wiele, że pozostaje całkowicie anonimowy. Kiedy zacząłem pracować w Økokrim, w swojej naiwności sądziłem, że najgrubsze ryby są najbardziej widoczne, a prawda oczywiście jest taka, że widoczność jest odwrotnie proporcjonalna do rozmiaru. Bliźniakowi i tamtym razem się upiekło. Dzięki kłamstwom Fredrika.

Kari się zamyśliła.

– Sądzisz, że Fredrik Ansgar mógł być kretem?

Simon zdecydowanie zaprzeczył.

– Fredrik nawet jeszcze nie zaczął pracować w policji, kiedy kret już działał. Był raczej mniejszym pionkiem. Ale to jasne, że mógł narobić szkód, gdyby pozwolono mu dalej piąć się w górę. Dlatego go powstrzymałem.

Kari spojrzała zdziwiona.

– Doniosłeś na Fredrika Ansgara komendantowi?

– Nie. Dałem mu wybór. Albo odejdzie spokojnie po cichu, albo zaniosę wyżej to, co na niego miałem, chociaż nie było tego dużo. Nie wystarczyłoby ani na ściganie, ani na zwolnienie. Ale z pewnością podcięłoby mu skrzydła, zahamowało karierę. Poszedł na to.

Na czoło Kari wystąpiła żyła.

– Po... po prostu pozwoliłeś mu odejść?

– Pozbyliśmy się zgniłego jabłka bez konieczności wciągania policji w bagno. Owszem, pozwoliłem mu odejść.

– Ale przecież takie rzeczy nie powinny uchodzić na sucho!

Słyszał jej urazę. No i dobrze.

– Fredrik to płotka, i tak by się wykręcił. Nie chciało mu się nawet ukrywać, że zrobił dobry interes. Prawdę mówiąc, czuję, że jest mi winien przysługę.

Simon spojrzał jej w oczy. Oczywiście zaplanował to jako prowokację, a Kari zareagowała właściwie. Ale jej zaangażowanie chyba już minęło. Po prostu zobaczyła jeszcze jeden powód, dla którego jak najszybciej powinna porzucić tę branżę.

– A co to za historia z przezwiskiem Bliźniak?

Simon wzruszył ramionami.

– Podobno miał brata bliźniaka, jednojajowego. W wieku jedenastu lat przez dwie noce z rzędu śniło mu się, że go zabił. I pomyślał, że skoro są jednojajowi, logiczne jest założenie, że bratu śniło się to samo. Pozostawała więc jedynie kwestia, żeby uprzedzić tego drugiego.

– Żeby uprzedzić tego drugiego... – powtórzyła Kari.

– Przepraszam cię – powiedział Simon i pospieszył do Else, która szła wprost na szklaną ścianę.

Fidel Lae zobaczył samochód, zanim go usłyszał. Tak było z tymi nowymi samochodami, nie wydawały żadnego dźwięku. Jeżeli wiało od strony drogi za bagnem w kierunku gospodarstwa, to czasami słyszał chrzęst opon na żwirze, zgrzyt po wrzuceniu niewłaściwego biegu albo wyższe obroty na pagórkach. Poza tym jednak ostrzegał go wzrok. Jeśli chodziło o samochody. Z pieszymi i zwierzętami było inaczej, na nich miał najlepszy na świecie system alarmowy. Dziewięć dobermanów w klatkach. Siedem suk, co roku rodzących szczeniaki, które szły po dwanaście tysięcy za sztukę. To była oficjalna działalność hodowli. Psy trafiały do kupujących oznakowane czipami, z ubezpieczeniem od ukrytych wad i rodowodem zarejestrowanym w Norweskim Związku Kynologicznym.

Druga część hodowli mieściła się głębiej w lesie.

Dwie suki, jeden pies. Nigdzie nierejestrowane. Dogi argentyńskie. Dobermany śmiertelnie się ich bały. Sześćdziesiąt pięć kilo agresji i lojalności pokrytych białą jak u albinosów krótką sierścią. Właśnie z jej powodu wszystkie psy Fidela miały w imieniu słowo *ghost*: suki nazywały się Ghost Machine i Holy Ghost, samiec

– Ghost Buster. Szczeniaki właściciele mogli sobie nazywać, jak chcieli, byle płacili. Sto dwadzieścia tysięcy. Cena odzwierciedlała zarówno rzadkość tych psów, skuteczność instynktu zabijania, jak i fakt, że była to rasa zakazana w Norwegii i wielu innych państwach. A ponieważ klienci nie przejmowali się zbytnio ani pieniędzmi, ani też norweskim prawem, niewiele wskazywało na to, by ta cena mogła spaść, wręcz przeciwnie. Dlatego w tym roku przeniósł zagrodę jeszcze głębiej w las, aby ewentualne szczekanie nie dochodziło do gospodarstwa.

Samochód jechał do niego, żwirowa droga nie prowadziła nigdzie indziej. Fidel wolnym krokiem podszedł więc do furtki, zawsze zamkniętej. Nie po to, by dobermany nie uciekły, lecz aby nie wszedł tu nikt niepowołany. Wszyscy oprócz klientów zaliczali się do osób niepowołanych, więc w szafie dobudowanej do zewnętrznej ściany szopy koło furtki Fidel trzymał przerobionego mausera M98. W domu miał więcej kosztownej broni, ale z mausera zawsze mógł się wytłumaczyć polowaniem na łosie, które przecież wałęsały się po pobliskim bagnie. Wtedy kiedy od zagrody argentyńskich duchów nie wiał wiatr.

Fidel dotarł do furtki jednocześnie z samochodem, który na bocznej szybie miał logo wypożyczalni pojazdów. Kierowca najwyraźniej nie był przyzwyczajony do tej marki, bo już z daleka słychać było zgrzyt skrzyni biegów, dużo czasu poświęcił też na wyłączenie świateł, wycieraczek, a na końcu silnika.

– O co chodzi? – spytał Fidel, przyglądając się uważnie facetowi, który wysiadł. Bluza z kapturem i brązowe buty. Miastowy. Oczywiście zdarzało się, że ktoś trafił tu na własną rękę, bez uprzedniej umowy, ale takie sytuacje należały do rzadkości. Fidel, w przeciwieństwie do innych hodowców, nie reklamował się w Internecie ze wskazówkami dojazdu. Facet podszedł do furtki, której Fidel nie miał najmniejszego zamiaru otwierać.

– Szukam psa.

Fidel podsunął czapkę z daszkiem wyżej na czoło.

– Przykro mi, ale to raczej bezcelowa wycieczka. Nie rozmawiam z potencjalnymi właścicielami żadnego z moich psów bez uprzednich referencji. Tak już jest. Doberman to nie kanapowy piesek, wymaga właściciela, który wie, na co się porywa. Proszę zadzwonić w poniedziałek.

– Nie chodzi mi o dobermana. – Facet patrzył ponad ramieniem Fidela, przez podwórze, na klatki z dziewięcioma legalnymi psami. Na las z tyłu. – A moje referencje to Gustav Rover. – Podał Fidelowi wizytówkę.

Fidel, mrużąc oczy, przeczytał. „Warsztat motocyklowy Rovera". Rover. Fidel zapamiętywał nazwiska i ludzi, ponieważ z niewieloma miał do czynienia. Pamiętał też motocyklistę ze złotym zębem, który był tu razem z Nestorem i kupił argentino.

– Mówił, że masz psy, które umieją przypilnować białoruskich pomocy domowych.

Fidel przez chwilę drapał się po brodawce na nadgarstku, w końcu otworzył furtkę. To nie był policjant. Policji nie wolno prowokować przestępstw, takich jak nielegalna sprzedaż psów, to by im tylko popsuło śledztwo. W każdym razie tak twierdził jego adwokat.

– Masz…?

Tamten kiwnął głową, wsunął rękę do kieszeni bluzy i wyciągnął gruby plik pieniędzy. Tysiąckoronowych banknotów.

Fidel otworzył szafkę z bronią, wyjął mausera.

– Bez tego nigdy do nich nie chodzę – wyjaśnił. – Gdyby któryś zdołał się wydostać…

Dotarcie do zagrody zajęło im dziesięć minut.

Przez ostatnie pięć słyszeli wściekłe, coraz głośniejsze ujadanie.

– Myślą, że dostaną do żarcia… – Fidel nie dokończył zdania słowem, które miał na myśli: „ciebie".

Kiedy znaleźli się w polu widzenia psów, bestie wściekle rzuciły się na ogrodzenie z siatki. Fidel czuł, że ziemia się trzęsie. Wiedział, jak głęboko zostały wkopane słupki ogrodzenia, i miał nadzieję, że ta głębokość okaże się dostateczna. Importowane z Niemiec klatki miały metalowe podłogi przeznaczone dla psów kopiących, takich jak teriery czy jamniki, żeby nie mogły wyjść, i blaszane dachy, dzięki którym nawet najzwinniejszy nie mógł wyskoczyć.

– Najgroźniejsze są teraz, w stadzie – stwierdził Fidel. – Idą wtedy za przywódcą, Ghost Busterem. To ten największy.

Klient tylko kiwnął głową. Przyglądał się psom. Fidel wiedział, że facet musi się bać tych otwartych paszczy z wianuszkami mokrych od śliny błyskających zębów w bladoczerwonych dziąsłach. Cholera, sam czuł strach. Tylko wtedy, gdy miał z nimi do czynienia pojedynczo, najchętniej z suką, mógł się nie obawiać, że nie potrafi zapanować nad zwierzęciem.

– Ze szczeniakiem ważne jest, żebyś szybko pokazał, kto rządzi, i tego się trzymał. Trzeba pamiętać, że dobroć w formie uległości i ustępliwości jest postrzegana jako słabość. Niepożądane zachowania należy karać. I to jest twoje zadanie, rozumiesz?

Klient obrócił się do Fidela. W uśmiechniętych oczach miał jakieś roztargnienie, kiedy powtarzał:

– Karanie niepożądanych zachowań to moje zadanie.

– No właśnie.

– Dlaczego ta klatka jest pusta? – Klient wskazał na sąsiednie ogrodzenie.

– Miałem dwa samce. A przebywanie dwóch samców w tej samej klatce kończy się tym, że jeden drugiego zagryza. – Fidel wyjął pęk kluczy. – Chodź obejrzeć szczeniaki. Mają osobną klatkę, tam dalej…

– Powiedz mi tylko najpierw…

– No?

– Czy to pożądane zachowanie, kiedy pozwala się psu ugryźć w twarz młodą dziewczynę?

Fidel się zatrzymał.

– Co?

– Czy wykorzystywanie psów do odgryzienia jej twarzy podczas próby ucieczki z niewoli jest pożądanym zachowaniem, czy też raczej należy je karać?

– Zrozum, psy idą za głosem swojego instynktu i nie można ich karać za to, że…

– Ja nie mówię o psach, tylko o właścicielach. Czy twoim zdaniem należy ich ukarać?

Fidel uważnie przyjrzał się klientowi. A jeśli to jednak policjant?

– Jeżeli doszło do takiego wypadku, to oczywiście…

– To nie był żaden wypadek. Później właściciel podciął dziewczynie gardło i wyrzucił ją w lesie.

Fidel mocniej ścisnął mausera.

– Ja nic o tym nie wiem.

– Za to ja wiem. Właściciel nazywa się Hugo Nestor.

– Słuchaj, chcesz psa czy nie? – Fidel uniósł o kilka cali lufę sztucera dotychczas wycelowaną w ziemię.

– Kupił psa od ciebie. Kilka psów. Ponieważ sprzedajesz psy, które można wykorzystać do takich rzeczy.

– A co ty o tym wiesz?

– Dużo. Przez dwanaście lat siedziałem za kratkami i wysłuchiwałem różnych opowieści. Zastanawiałeś się kiedyś, jak to jest siedzieć w klatce?

– Posłuchaj...

– Możesz spróbować teraz.

Fidel nie zdążył nawet obrócić sztucera, bo tamten objął go i przycisnął mu ręce do ciała tak mocno, że z Fidela z sykiem uszło powietrze. Właściciel hodowli ledwie zarejestrował wzmożone ujadanie, gdy został oderwany od ziemi. Klient upadł na plecy, unosząc go łukiem ponad sobą, ale natychmiast się wywinął i przygniótł Fidela całym ciężarem. Fidel, z trudem łapiąc oddech, próbował się wyrwać, znieruchomiał jednak, gdy zobaczył przed sobą lufę pistoletu.

Cztery minuty później Fidel patrzył, jak tamten mężczyzna odchodzi. Szedł przez bagno, nad którym unosiła się mgła, przez co wyglądał tak, jakby chodził po wodzie. Fidel stał z palcami wplecionymi w siatkę tuż przy grubej kłódce. Zamknięty w klatce. W tej sąsiedniej Ghost Buster położył się i spokojnie go obserwował. Przed odejściem mężczyzna nalał Fidelowi wody do miski i wrzucił cztery puszki karmy dla psów. Zabrał mu telefon komórkowy, klucze i portfel.

Fidel zaczął krzyczeć, a białe diabły natychmiast odpowiedziały wyciem i ujadaniem. Ale to była zagroda dla psów zbudowana tak głęboko w lesie, żeby nikt nie mógł ich zobaczyć ani usłyszeć.

Niech to piekło pochłonie!

Mężczyzna zniknął. Zapadła dziwna cisza. Ptak zaniósł się krzykiem. W blaszany dach zastukały pierwsze krople deszczu.

27

Kiedy Simon w poniedziałek rano o godzinie ósmej zero osiem wysiadł z windy w Wydziale Zabójstw, myślał o trzech rzeczach. O tym, że Else stała w łazience i przemywała oczy wodą, nie zdając sobie sprawy z tego, że Simon patrzył na nią z sypialni. Że być może dał Kari trochę za dużo roboty na niedzielę. I że nienawidzi wspólnej przestrzeni biurowej, zwłaszcza od czasu gdy pewien architekt, znajomy Else, wyjaśnił mu, że wspólna przestrzeń jako oszczędność powierzchni to mit, ponieważ z uwagi na problemy z hałasem trzeba budować tyle sal i salek konferencyjnych, a także innych pomieszczeń buforowych, że w sumie to skórka za wyprawkę.

Podszedł do biurka Kari.

– Ranny ptaszek – stwierdził.

Podniosła trochę opuchniętą poranną twarz.

– I tobie również miłego dnia, Simonie.

– Bardzo ci dziękuję. Znalazłaś coś?

Kari odchyliła się na krześle. Nawet kiedy ziewała, Simon dostrzegał u niej przebłysk zadowolenia.

– Po pierwsze, powiązania między Iversenem a Farrisenem. Nic takiego nie ma. Po drugie, wyroki dla Sonny'ego Lofthusa i ewentualnie inni podejrzani. Lofthus został skazany za zabójstwo niezidentyfikowanej dziewczyny, być może pochodzącej z Wietnamu, zmarłej w wyniku przedawkowania narkotyków, i w tej sprawie policja początkowo podejrzewała Kallego Farrisena. Ale Lofthus odsiadywał też karę za inne zabójstwo, Olivera Jovicia, dilera narkotykowego, Serba z Kosowa, który próbował wedrzeć się na rynek, ale znaleziono go w Stensparken z butelką po coli w gardle.

– Tętnica szyjna? – skrzywił się Simon.

– Nie, nie tak. Butelka wepchnięta do gardła.

– Do gardła?

– Szyjką do dołu. Łatwiej wtedy wchodzi. Wepchnięta tak, że denko zatrzymało się na zębach.

– Skąd wiesz…

– Widziałam zdjęcia. W narkotykowym początkowo uważali, że to wewnętrzne przesłanie, które ma pokazać potencjalnej konkurencji, co się dzieje, kiedy ktoś próbuje ugryźć za duży kawałek rynku coli. – Zerknęła na Simona i wyjaśniła: – Coli, czyli kokainy.

– Dziękuję ci, znam tę terminologię.

– Oczywiście wszczęto śledztwo, ale niczego nie wykryto. Sprawy co prawda nie umorzono, niewiele jednak się działo, dopóki Sonny Lofthus nie został aresztowany za zabójstwo tej Azjatki. Przyznał się wtedy za jednym zamachem do zabójstwa Jovicia. W protokole z przesłuchania zapisano, że spotkał się z Joviciem w parku, żeby rozliczyć jakiś dług. Lofthus nie miał dość pieniędzy, a Jović groził mu pistoletem. Lofthus rzucił się na niego i powalił go na ziemię. Policja uznała to za dość rozsądne wyjaśnienie, bo przecież Lofthus to były zapaśnik.

– Hm.

– Interesujące jest to, że udało się zdjąć z tej butelki odcisk palca.

– No i?

– To nie był odcisk Lofthusa.

Simon pokiwał głową.

– A jak on to tłumaczył?

– Że wyjął butelkę z najbliższego kosza na śmieci, bo ćpuny takie jak on cały czas zbierają butelki.

– I?

– To nieprawda. Narkomani nie zbierają pustych butelek. Uskładanie pieniędzy na działkę w taki sposób zajęłoby zbyt dużo czasu. A poza tym w raporcie napisano, że to był odcisk kciuka, a zdjęto go z denka butelki.

Simon zrozumiał, do czego zmierzała, ale nie chciał jej psuć przyjemności.

– Kto, pijąc, podtrzymuje butelkę kciukiem za denko? Natomiast kiedy ma się ją wepchnąć komuś do gardła…

– Uważasz, że policja wtedy o tym nie pomyślała?

Kari wzruszyła ramionami.

– Uważam raczej, że policja nigdy nie traktowała spraw, w których jeden diler zabija drugiego, za szczególnie ważne. Odcisku palca nie zidentyfikowano w bazie danych. Kiedy więc ktoś się przyznaje, i to w śledztwie, w którym od dłuższego czasu nic się nie dzieje...

– To uprzejmie się kłaniamy, uznajemy sprawę za wyjaśnioną i suniemy dalej?

– Przecież wy właśnie tak pracujecie, prawda?

Simon westchnął. Wy. Czytał w jakiejś gazecie, że po wydarzeniach z ostatnich lat opinia o policji powoli się poprawia, lecz wciąż jest zaledwie ciut lepsza niż opinia o kolejach. Wy. Kari pewnie nie posiadała się z radości, że jest już jedną nogą poza tą wspólną przestrzenią biurową.

– Mamy więc dwa zabójstwa, za które skazano Sonny'ego Lofthusa. Ale podejrzenia w obu tych sprawach kierowały się na środowisko związane z handlem narkotykami. Uważasz więc, że on jest zawodowym kozłem ofiarnym?

– A ty tak nie myślisz?

– Być może. Ale wciąż nic nie wiąże jego albo Farrisena z Agnete Iversen.

– Jest jeszcze trzecie zabójstwo – poinformowała Kari. – Evy Morsand.

– Żony armatora – pokiwał głową Simon, myśląc o kawie z automatu. – Rejon komendy z Buskerud.

– Zgadza się. Odcięto jej czubek głowy. Również o to podejrzewano Sonny'ego Lofthusa.

– Raczej nie pasuje, przecież on siedział, kiedy to się stało.

– Był na przepustce. Znajdował się w pobliżu miejsca zdarzenia. Znaleziono nawet jego włos.

– Żartujesz! – Simon natychmiast zapomniał o kawie. – Gazety by o tym pisały. Zidentyfikowany zabójca, którego można powiązać z miejscem zbrodni? Trudno o większą pewność.

– Szefostwo komendy w Buskerud zdecydowało, że nie będzie tego ujawniać.

– Dlaczego?

– Jego spytaj.

Kari pokazała palcem, a Simon dopiero w tej chwili zauważył wysokiego barczystego mężczyznę, który szedł do nich od strony automatu z kubkiem kawy w ręku. Był w grubym wełnianym swetrze mimo lata.

– Henrik Westad – przedstawił się, wyciągając rękę. – Komisarz z Komendy Okręgowej w Buskerud. To ja prowadzę sprawę Evy Morsand.

– Poprosiłam, żeby przyjechał dziś rano na pogawędkę – wyjaśniła Kari.

– Z Drammen w godzinach szczytu! – Simon uścisnął mu dłoń. – Dziękujemy.

– Przed godzinami szczytu – skorygował Westad. – Siedzimy tu od wpół do siódmej. W zasadzie nie sądziłem, że tyle jest do powiedzenia o tym śledztwie, ale koleżanka jest bardzo wnikliwa. – Skinął Kari głową i usiadł na krześle naprzeciwko niej.

– No to dlaczego nie ujawniliście, że znaleźliście na miejscu zbrodni włos należący do odbywającego karę zabójcy? – Simon zazdrośnie patrzył na kubek, który Westad podnosił do ust. – Przecież to właściwie znaczy, że rozwiązaliście sprawę. A policja zazwyczaj nie ukrywa dobrych wiadomości.

– To prawda – przyznał Westad. – Zwłaszcza że właściciel tego włosa przyznał się na pierwszym przesłuchaniu.

– Wobec tego co się stało?

– Stał się Leif.

– Leif?

Westad powoli skinął głową.

– Mogłem ujawnić mediom to, co mieliśmy po pierwszym przesłuchaniu, ale coś mi się nie zgadzało. Coś w… hm… postawie tego chłopaka. Postanowiłem zaczekać. No i podczas drugiego przesłuchania wycofał się ze wszystkiego, zaczął twierdzić, że ma alibi. Faceta o imieniu Leif, z nalepką z Drammen na niebieskim volvo, którego chłopak z jakiegoś powodu podejrzewał o kłopoty z sercem. Sprawdziłem więc u dilerów volvo i na oddziale kardiologicznym w Okręgowym Szpitalu Buskerud.

– No i?

– Leif Krognæss, pięćdziesiąt trzy lata, mieszka na Konnerud w Drammen. Natychmiast rozpoznał człowieka na zdjęciu, które mu pokazałem. Widział go na przydrożnym parkingu przy starej drodze krajowej, która biegnie wzdłuż nowej szosy do Drammen. Wiesz, to takie miejsce z ławkami i stolikami, gdzie można sobie posiedzieć i cieszyć się naturą. Leif Krognæss wybrał się na przejażdżkę samochodem przy słonecznej pogodzie i przesiedział na tym parkingu kilka godzin, bo czuł się dziwnie zmęczony. Podobno tam nigdy nie ma ludzi, wszyscy jeżdżą teraz nową drogą, a poza tym okropnie tną komary. Ale tego dnia przy drugim stoliku siedziało jeszcze dwóch mężczyzn. Nic nie robili, nie rozmawiali. Siedzieli kilka godzin, jakby na coś czekali. W końcu jeden spojrzał na zegarek i stwierdził, że mogą już iść. Kiedy mijali stolik Leifa, facet ze zdjęcia pochylił się do niego, spytał go o imię i powiedział, że powinien iść do lekarza, bo coś jest nie tak z jego sercem. Tamten drugi go pociągnął, a Leif pomyślał sobie, że to pewnie pacjent z psychiatryka, którego wywieźli na wietrzenie. Zaraz stamtąd odjechali.

– Ale Leif nie potrafił o tym zapomnieć – włączyła się Kari. – Poszedł do lekarza, który odkrył u niego jakąś wadę serca i natychmiast skierował do szpitala. Właśnie dlatego Leif zapamiętał mężczyznę, którego ledwie raz widział na parkingu przy drodze nad rzeką Drammen.

Rzeka Drammen, pomyślał Simon.

– No właśnie – powiedział Westad. – Leif Krognæss uważa, że tamten facet uratował mu życie, ale nie o to chodzi. Chodzi o to, że raport patologa stwierdza, iż Evę Morsand zabito właśnie w tym czasie, kiedy oni siedzieli na tym parkingu.

Simon kiwnął głową.

– A ten włos? Nie sprawdziliście, w jaki sposób znalazł się w miejscu zdarzenia?

Westad wzruszył ramionami.

– Podejrzany, jak już mówiłem, ma alibi.

Simon zauważył, że Westad ani razu nie użył nazwiska chłopaka.

Chrząknął.

– Może więc wyglądać na to, że ten włos został podrzucony. A jeżeli tę przepustkę zaaranżowano po to, by dało się uznać Sonny'ego Lofthusa za winnego, to musiał być w to zamieszany któryś ze strażników więziennych z Państwa. Czy dlatego wokół tej sprawy panowała taka cisza?

Henrik Westad pchnął kubek z kawą głębiej na biurko Kari, jakby przestała mu smakować.

– Mam rozkaz milczeć – odparł. – Mój szef też najwyraźniej otrzymał z góry polecenie, żeby nie drążyć tej sprawy, dopóki wszystkiego się nie sprawdzi.

– Chcą mieć kontrolę nad faktami, zanim skandal wyjdzie na jaw – stwierdziła Kari.

– Miejmy nadzieję, że tylko o to chodzi – mruknął cicho Simon. – Wobec tego dlaczego nam o tym mówisz, skoro polecono ci milczeć? – zwrócił się do Westada.

Komisarz znów wzruszył ramionami.

– Ciężko jest być jedyną osobą, która wie. A kiedy Kari mi powiedziała, że pracuje razem z Simonem Kefasem... No cóż, słyniesz z niezależności.

Simon spojrzał na niego uważnie.

– Zdajesz sobie sprawę z tego, że to po prostu inne określenie kogoś, kto przysparza problemów, prawda?

– Tak – powiedział Westad. – I nie chcę mieć kłopotów. Ale po prostu nie chcę też być jedyną osobą, która wie.

– Bo tak się czujesz bezpieczniej?

Westad po raz trzeci wzruszył ramionami. Już nie wydawał się taki wysoki i barczysty. I mimo swetra wyglądał na zmarzniętego.

W podłużnej sali konferencyjnej zapadła całkowita cisza.

Hugo Nestor utkwił wzrok w fotelu u szczytu stołu, odwróconym w ich stronę wysokim oparciem ze skóry białego bizona.

Siedzący w nim mężczyzna poprosił o wyjaśnienie.

Nestor przeniósł spojrzenie na obraz wiszący na ścianie nad fotelem. Przedstawiał ukrzyżowanie. Groteskowe, krwawe, z przesadnym bogactwem szczegółów. Wiszącemu na krzyżu sterczały z czoła dwa rogi, a oczy żarzyły się czerwono. Z wyjątkiem tych elementów podobieństwo rzucało się w oczy. Plotka głosiła, że artysta namalował obraz już po tym, jak człowiek skryty za oparciem fotela obciął mu dwa palce za niezapłacone długi. To z palcami się zgadzało, Nestor sam był przy tym obecny. Dalej plotka mówiła, że w ciągu dwunastu godzin od wystawienia obrazu w galerii mężczyzna w fotelu go skonfiskował. Obraz i wątrobę malarza. Ta plotka nie była prawdziwa. Odbyło się to w ciągu ośmiu godzin, a skonfiskowano nie wątrobę, lecz śledzionę.

Natomiast w kwestii bizoniej skóry Nestor nie mógł ani potwierdzić, ani zaprzeczyć pogłoskom mówiącym, że mężczyzna skryty za oparciem fotela zapłacił trzynaście i pół tysiąca dolarów za możliwość upolowania białego bizona, który jest najświętszym zwierzęciem Indian Dakota, że odbyło się to przy użyciu kuszy, a kiedy zwierzę nie umarło nawet po tym, jak dostało dwa bełty w rejon serca, mężczyzna skryty za oparciem usiadł okrakiem na półtonowej bestii i użył mięśni ud do skręcenia jej karku. Nestor jednak nie widział żadnego powodu, by w tę plotkę wątpić. Różnica w wadze między zwierzęciem a tym człowiekiem nie mogła być aż tak duża.

Hugo Nestor oderwał wzrok od obrazu. Oprócz niego i mężczyzny w fotelu ze skóry bizona w pomieszczeniu były jeszcze trzy osoby. Nestor unosił i opuszczał ramiona. Czuł, że koszula pod marynarką lepi się do pleców. Rzadko się pocił. Nie tylko dlatego, że unikał słońca, grubej wełny wysokiej jakości, ćwiczeń, miłości czy innych rodzajów wysiłku fizycznego, lecz dlatego, że według lekarza miał wadliwy wewnętrzny termostat, który u innych ludzi uruchamiał wydzielanie potu. Nie pocił się nawet przy wysiłku, ryzykując tym samym przegrzanie. Dziedziczna przypadłość tym bardziej poświadczała to, co wiedział od zawsze: że osoby twierdzące, iż są jego rodzicami, wcale nimi nie były, a sny o tym, że leżał w kołysce w jakimś miejscu podobnym do tego, które widział na zdjęciach z Kijowa z lat siedemdziesiątych, były czymś więcej niż tylko snami – były jego najwcześniejszymi wspomnieniami z dzieciństwa.

Ale teraz się pocił. Pocił się, chociaż miał dobre wieści.

Mężczyzna w fotelu wcale się nie wściekał. Nie wrzeszczał z powodu pieniędzy i narkotyków skradzionych z biura Kallego Farrisena. Nie krzyczał, jak to możliwe, że Sylvester zniknął bez śladu, ani się nie wkurzał, dlaczego, do diabła, nie znaleźli jeszcze tego młodego Lofthusa. Chociaż wszyscy rozumieli, jak wielkie to ryzyko. Istniały cztery scenariusze, a trzy z nich były złe. Zły scenariusz numer jeden: to Sonny zabił Agnete Iversen, Kallego i Sylvestra, i będzie dalej zabijał ludzi, z którymi współpracowali. Scenariusz numer dwa: Sonny zostaje aresztowany, wówczas przyzna się i zdradzi, kto stał za zabójstwami, za które on odsiadywał karę. Scenariusz numer trzy: jeżeli chłopak nie przyzna się do winy, Yngve Morsand zostanie aresztowany za zabójstwo żony, nie wytrzyma presji i powie, jak to się odbyło.

Kiedy Morsand przyszedł do nich i oświadczył, że pragnie śmierci swojej niewiernej żony, Nestor w pierwszej chwili sądził, że chodzi mu o wynajęcie zabójcy. Morsand jednak nalegał na to, by ta przyjemność mogła stać się jego udziałem, życzył sobie jedynie takiego zaaranżowania całości, by ktoś inny wziął na siebie winę, ponieważ on jako zdradzony mąż automatycznie stanie się głównym podejrzanym. A przecież wszystko można kupić, byle tylko cena była odpowiednia. W tym wypadku chodziło o trzy miliony koron. Rozsądna cena za godzinę, zważywszy na dożywotni wyrok. Taki argument przedstawił Nestor, a Morsand się z nim zgodził. Później, kiedy Morsand wyjaśnił, jak zamierza związać tę dziwkę, przyłożyć jej piłę do czoła i patrzeć w oczy, gdy będzie ciął, Nestor poczuł, że włosy na karku podnoszą mu się w przerażeniu pomieszanym z uciechą.

Skoordynowali plany z Arildem Franckiem. Przepustkę chłopaka, miejsce, w którym miał przebywać w towarzystwie zaufanego, dobrze opłacanego strażnika więziennego – odludka, *chubby chaser* z Kaupang, który wydawał pieniądze na kokainę, spłatę swoich długów i dziwki tak brzydkie i tłuste, że pieniądze powinny iść raczej w odwrotną stronę.

Czwarty i jedyny dobry scenariusz był dość prosty: odnaleźć chłopaka i go zabić. Powinien być prosty. Powinien już dawno zostać zrealizowany.

A mimo to ten człowiek mówił spokojnie swoim głębokim ściszonym głosem. Właśnie ten głos sprawił, że Nestor zaczął się pocić. Zza białego oparcia fotela głos poprosił Nestora o wyjaśnienie. O nic więcej. Tylko o wyjaśnienie. Nestor chrząknął z nadzieją, że w jego własnym głosie nie ujawni się strach, który odzywał się zawsze, gdy przebywał w tym samym pomieszczeniu co ten olbrzym.

– Wróciliśmy do tego domu i szukaliśmy Sylvestra, ale znaleźliśmy tylko pusty fotel z dziurą po kuli w oparciu. Skontaktowaliśmy się z naszym człowiekiem w centrali Telenoru, ale żadna z ich stacji bazowych nie zarejestrowała sygnału z komórki Sylvestra mniej więcej od północy tamtego dnia. To oznacza, że albo Lofthus zniszczył jego telefon, albo komórka znajduje się w jakimś miejscu, gdzie nie ma zasięgu. Bez względu na wszystko w mojej opinii trzeba się liczyć z tym, że Sylvester już nie żyje.

Fotel u szczytu stołu obrócił się powoli i tamten się ukazał. Wyglądał jak replika wiszącego nad nim obrazu. Olbrzymie rozmiary, mięśnie, na których naprężał się materiał marynarki, wysokie czoło, niemodny wąsik, krzaczaste brwi nad myląco sennym spojrzeniem.

Hugo Nestor próbował teraz wytrzymać to spojrzenie. Nestor uśmiercał mężczyzn, kobiety i dzieci, patrząc im przy tym w oczy bez jednego mrugnięcia. Przeciwnie, uważnie im się przyglądał, chcąc się upewnić, czy zobaczy w nich lęk przed śmiercią, świadomość tego, co ma nastąpić, wiedzę, jaką być może umierający zdobywa, stając na progu śmierci. Tak było na przykład z tą Białorusinką, której poderżnął gardło, kiedy inni się wzbraniali. Spoglądał w jej błagalnie patrzące oczy, nakręcany mieszaniną własnych uczuć – wściekłością wywołaną słabością innych i kapitulacją tej kobiety, emocjami wzbudzanymi świadomością, że trzyma czyjeś życie w swoich rękach i może decydować, czy i kiedy dokładnie wykona czynność, która je zakończy. Mógł przedłużyć jej życie o sekundę, potem o jeszcze jedną i jeszcze. Albo nie. Wszystko zależało wyłącznie od niego. Domyślał się, że taki stan jest najbliższy seksualnemu podnieceniu, o jakim mówili inni, a które jemu kojarzyło się z nieprzyjemnymi, wstydliwymi próbami uchodzenia za tak zwanego normalnego człowieka. Czytał gdzieś, że jedna osoba na sto jest – jak to się określa – aseksualna. Czyniło go to wyjątkowym. Ale nie nienormalnym. Przeciwnie, mógł się koncentrować na osiąganiu zamierzonych celów, na budowaniu swojego życia, nazwiska, na cieszeniu się szacunkiem i respektem innych bez rozpraszania i marnowania energii na tę seksualną narkomanię, której ulegała reszta. Czy to nie jest racjonalne, a zatem normalne? Był więc normalnym człowiekiem, który nie bał się śmierci, a wręcz przeciwnie – odczuwał wobec niej ciekawość. A poza tym miał naprawdę dobre wiadomości dla olbrzyma. Ale zdołał wytrzymać spojrzenie jego oczu zaledwie przez pięć sekund i musiał opuścić wzrok. Zobaczył w nich chłód i pustkę większą niż śmierć i unicestwienie. Zobaczył zatracenie. Obietnicę, że zostanie ci odebrana dusza, jeśli ją masz.

– Dostaliśmy cynk o tym, gdzie chłopak może przebywać – powiedział Nestor.

Potężny facet uniósł mocno zaznaczone brwi.

– Od kogo?

– Od Coco. Dilera, który do niedawna mieszkał w schronisku Ila.

– Od tego wariata z kosą?

Nestor nigdy się nie dowiedział, skąd olbrzym zdobywa wszystkie informacje. Nigdy nie widywano go na ulicach, nikt też się nie przyznał, by z nim rozmawiał lub go spotkał. A jednak on wiedział o wszystkim, zawsze tak było. Za czasów kreta to nie dziwiło, wtedy olbrzym miał dostęp do wszystkiego, co się działo w policji. Ale po zabójstwie Aba Lofthusa, który zamierzał ujawnić cały system, działalność kreta, zdaje się, ustała. Od tamtego czasu minęło już blisko piętnaście lat, a Nestor pogodził się z tym, że najprawdopodobniej nigdy się nie dowie, kto był kretem.

– Mówił coś o jakimś młodym facecie w Ila, który miał tyle kasy, że uregulował długi swojego współlokatora – ciągnął Nestor swoim wystudiowanym akcentem, wymawiając „r" w sposób charakterystyczny w jego mniemaniu dla Słowian ze Wschodu. – Dwanaście tysięcy w gotówce.

– W Ila nikt nie płaci za innych – wtrącił Vargen, starszy już mężczyzna odpowiedzialny za import dziewczyn.

– Otóż to – zgodził się Nestor. – A on to zrobił, chociaż ten współlokator oskarżył go o kradzież jakichś kolczyków. Dlatego pomyślałem…

– Pomyślałeś o pieniądzach z sejfu Kallego – przerwał mu olbrzym. – I o tym, że u Iversenów skradziono biżuterię, tak?

– No właśnie. Dlatego poszedłem do Coco i pokazałem mu zdjęcie chłopaka. Potwierdził, że to ten sam, Sonny Lofthus. Znam nawet numer pokoju. Trzysta dwadzieścia trzy. Więc właściwie pozostaje tylko pytanie, w jaki sposób... – Nestor złączył koniuszki palców obu dłoni i cmoknął, jakby smakował alternatywy synonimu słów „zabijemy go".

– Do Ila się nie dostaniemy – stwierdził Vargen. – A przynajmniej bez zwracania na siebie uwagi. Tam jest zamknięta brama, są dyżury w recepcji i wszędzie kamery.

– Moglibyśmy wykorzystać do tej roboty któregoś z mieszkańców – podsunął Voss, były szef firmy ochroniarskiej, który stracił robotę, kiedy zaangażował się w nielegalny import i handel sterydami anabolicznymi.

– Nie możemy tego zostawić ćpunom – zaprotestował Vargen. – Lofthus nie tylko wywinął się naszym ludziom, z założenia bardziej kompetentnym, ale z jednym nawet się rozprawił, bo na to przecież wygląda.

– No to co zrobimy? – spytał Nestor. – Będziemy na niego czekać na ulicy pod drzwiami? Zainstalujemy snajpera w sąsiednim domu? A może podpalimy schronisko, odcinając wszystkie drogi ewakuacji?

– Nie żartuj sobie, Hugo – mruknął Voss.

– Powinieneś wiedzieć, że ja nigdy nie żartuję. – Nestor poczuł gorąco na twarzy. Gorąco, ale już nie pot. – Jeśli go nie dopadniemy, zanim dopadnie go policja...

– Dobry pomysł. – Te dwa słowa zostały wyszeptane tak cicho, że ledwie można było je usłyszeć. Mimo to zabrzmiały jak grzmot.

Zapadła cisza.

– Jaki? – odezwał się wreszcie Nestor.

– Nie dopadać go, zanim dopadnie go policja – powtórzył olbrzym.

Nestor rozejrzał się, aby się upewnić, że nie on jeden nie rozumie.

– Co masz na myśli? – spytał w końcu.

– Właśnie to – odparł szeptem olbrzym, uśmiechnął się przelotnie i skierował wzrok na piątą osobę w pokoju, jedyną, która do tej pory milczała.

– Ty rozumiesz, o co mi chodzi, prawda?

– Owszem. Chłopak trafi do Państwa. No i może, tak jak jego ojciec, odbierze sobie życie?

– Bardzo dobrze.

– Wobec tego dam policji cynk, gdzie go szukać. – Piąty uniósł podbródek, do tej pory leżący na kołnierzyku koszuli pod zielonym mundurem.

– Nie trzeba, sam się zajmę policją – oświadczył olbrzym.

– Ach tak? – zdumiał się Arild Franck.

Wielki mężczyzna zwrócił się do siedzących przy stole.

– A co z tym świadkiem w Drammen?

– Leży w szpitalu, na oddziale kardiologicznym – usłyszał czyjąś odpowiedź Hugo Nestor, który znów wpatrywał się w obraz.

– I co z tym zrobimy?

Dalej się wpatrywał.

– To, co musimy – odpowiedział sobie sam głęboki głos.

Dalej wpatrywał się w wiszącego na krzyżu Bliźniaka.

Powieszenie.

Martha siedziała na strychu.

Wpatrywała się w belkę.

Innym powiedziała, że chce sprawdzić, czy prace w archiwum zostały wykonane, jak należy. Nie miała najmniejszych wątpliwości, że tak było, zresztą wcale jej to nie obchodziło. Nic jej nie obchodziło. Myślała tylko o nim, o Stigu, a było to równie banalne, jak tragiczne. Była zakochana. Zawsze sądziła, że nie jest zdolna do wielkich uczuć. Oczywiście zakochiwała się już wcześniej, wiele razy, ale nie tak jak teraz. Wtedy to było łaskotanie w żołądku, emocjonująca zabawa, wyostrzone zmysły, pałające policzki. To natomiast było… chorobą. Czymś, co zagnieździło się w jej ciele, sterowało każdym jej krokiem i myślą. Zakochana. To trafne określenie. Takie jak zabiedzona. Albo zamęczona. Za kochana. Za dużo czegoś. Niechcianego. Niszczącego.

Czy ta kobieta, która się tu powiesiła, przeżywała to samo? Czy ona również zakochała się w mężczyźnie, którego w głębi ducha podejrzewała o pozostawanie po niewłaściwej stronie? I czy ona również była tak zaślepiona zakochaniem, że sama ze sobą zaczęła się kłócić o to, co jest dobre, a co złe? Czy chciała wyrzeźbić dla siebie nową moralność harmonizującą z tą cudowną chorobą? Czy też może, tak jak Martha, dowiedziała się o tym, kiedy było już za późno? Martha podczas śniadania weszła do pokoju trzysta dwadzieścia trzy. Jeszcze raz sprawdziła adidasy. Podeszwy pachniały szarym mydłem. Kto myje podeszwy prawie nowych adidasów, jeżeli nie ma nic do ukrycia? I dlaczego wzbudziło to w niej taką rozpacz, że aż musiała uciec tutaj? Boże, przecież nie miała zamiaru w żaden sposób się z nim wiązać.

Wpatrywała się w belkę.

Ale nie chciała zrobić tak jak tamta. Nie chciała go wydać. Nie mogła. Musiał istnieć jakiś powód, coś, o czym nie wiedziała. On nie był taki. W pracy codziennie wysłuchiwała tylu kłamstw, wymówek i nieprawdziwych opisów rzeczywistości, że w końcu przestała wierzyć, by ktokolwiek był tym, za kogo uchodził. Ale to jedno wiedziała z całą pewnością: Stig nie jest mordercą, który zabija z zimną krwią.

Wiedziała to, ponieważ się zakochała.

Ukryła twarz w dłoniach. Czuła, że zaraz się rozpłacze. Siedziała w milczeniu i tylko się trzęsła. On chciał ją pocałować. Ona chciała pocałować jego. C h c i a ł a. Tu, teraz, zawsze! Zniknąć w wielkim cudownym ciepłym morzu uczuć. Zażyć ten narkotyk, ulec, wcisnąć tłoczek, poczuć haj, dziękować i przeklinać.

Nagle usłyszała płacz i poczuła, że podnoszą się włoski na jej przedramionach. Zapatrzyła się w krótkofalówkę. Bolesny, pełen skargi płacz dziecka.

Chciała wyłączyć urządzenie, ale tego nie zrobiła. Tym razem ten płacz brzmiał inaczej. Jakby dziecko się bało i próbowało ją przyzywać. Ale to było to samo dziecko, zawsze to samo. Jej dziecko. Zagubione. Uwięzione gdzieś w pustce, w nicości, próbujące odnaleźć drogę do domu. Nikt nie mógł ani nie chciał mu pomóc, nikt nie miał odwagi. Ludzie nie wiedzieli, co to jest, a tego, czego nie znamy, zawsze się boimy. Martha zasłuchała się w ten płacz, coraz głośniejszy. Nagle jednak rozległy się głośne trzaski i histeryczny głos:

– Martho! Martho! Chodź!

Zdrętwiała. Co to mogło być?

– Martho! To jest szturm! Mają broń! O Jezu, gdzie ty jesteś?

Sięgnęła po krótkofalówkę, wcisnęła przycisk nadawania.

– Co się dzieje, Mario?

– Są ubrani na czarno, zamaskowani! Mają tarcze i karabiny. I tylu ich jest! Musisz tutaj przyjść!

Martha wstała, wybiegła za drzwi. Jej kroki na schodach zadudniły niczym odgłos spadających kamieni. Szarpnięciem otworzyła drzwi prowadzące na korytarz na drugim piętrze. Zobaczyła, jak jedna z ubranych na czarno postaci błyskawicznym ruchem odwraca się w jej stronę i celuje do niej z jakiegoś krótkiego karabinu, a może z pistoletu maszynowego. Trzej inni stali przy drzwiach do pokoju trzysta dwadzieścia trzy. Dwaj już rozhuśtywali nieduży krótki taran.

– Co…? – zaczęła Martha, ale urwała, kiedy mężczyzna z pistoletem maszynowym stanął przed nią i położył palec w miejscu, w którym – jak przypuszczała – musiały znajdować się jego usta zasłonięte czarną kominiarką. Na sekundę znieruchomiała, zanim uświadomiła sobie, że to tylko ta idiotyczna broń ją powstrzymuje.

– Proszę mi pokazać nakaz przeszukania! Natychmiast! Nie macie prawa…

Rozległ się trzask, kiedy taran uderzył w drzwi pod zamkiem. Trzeci z tamtej grupy uchylił drzwi i wrzucił do środka coś, co wyglądało jak dwa ręczne granaty. Natychmiast się odwrócił i zasłonił uszy. O Boże, czy oni chcieli… Błysk światła ze szpary w drzwiach był tak silny, że sylwetki trzech policjantów rzuciły cienie w już i tak oświetlonym korytarzu, a huknęło tak głośno, że Marcie zatkały się uszy. Wpadli do środka.

– Proszę wracać tam, skąd pani przyszła!

Głuche dźwięki dochodziły od policjanta, który stał przed nią. Najprawdopodobniej krzyczał.

Martha przyglądała mu się przez parę sekund. Tak jak pozostali był ubrany w czarny mundur oddziału Delta i kuloodporną kamizelkę. W końcu wycofała się na schody. Oparła się o ścianę i zaczęła szukać po kieszeniach spodni. Wizytówkę wciąż miała w tylnej kieszeni, jakby przez cały czas wiedziała, że może jej się przydać. Wstukała numer widniejący pod nazwiskiem.

– Słucham.

Głos jest niezwykle precyzyjnym miernikiem temperatury emocji. W głosie Simona Kefasa pobrzmiewało zmęczenie i stres, ale brakowało w nim radosnego podniecenia, jakie powinna wywołać taka akcja, taki nalot. Poza tym z akustyki wywnioskowała, że on wcale nie stoi na ulicy pod Ila ani w żadnym pomieszczeniu ośrodka, lecz znajduje się gdzieś, gdzie jest dużo innych ludzi.

– Jesteście u nas – powiedziała. – Rzucacie granatami.

– Słucham?

– Mówi Martha Lian z ośrodka Ila. Atakuje nas ten wasz oddział specjalny.

W milczeniu, które zapadło po drugiej stronie, usłyszała nadane przez głośnik wezwanie kogoś na salę pooperacyjną. Nadkomisarz był w jakimś szpitalu.

– Zaraz u was będę – oznajmił.

Martha się rozłączyła, otworzyła drzwi i wyszła na korytarz. Słyszała trzaski krótkofalówek.

Tamten policjant znów wymierzył w nią broń.

– Hej, co mówiłem?

Z jego krótkofalówki dobiegł metaliczny głos:

– Wyprowadzamy go.

– Możecie mnie zastrzelić, jeśli musicie, ale jestem tu osobą odpowiedzialną, a wciąż nie widziałam żadnego nakazu przeszukania – oświadczyła Martha i wyminęła policjanta.

W tej samej chwili zobaczyła, że wychodzą z pokoju trzysta dwadzieścia trzy. Dwaj policjanci ciągnęli go za sobą zakutego w kajdanki. Był nagi, w samych trochę za dużych białych slipach i wyglądał na dziwnie zabiedzonego. Mimo muskularnego torsu sprawiał wrażenie chudego, zapadniętego, skończonego. Z ucha ciekła mu krew.

Podniósł głowę. Spojrzał jej w oczy.

Minęli ją.
Było po wszystkim.
Martha odetchnęła z ulgą.

Zapukawszy dwa razy do drzwi, Betty wyjęła uniwersalną kartę-klucz i weszła do apartamentu. Jak zwykle odczekała chwilę, na wypadek gdyby się okazało, że gość mimo wszystko jest w pokoju. Dała mu czas na uniknięcie ewentualnej kłopotliwej sytuacji. Taka polityka obowiązywała w hotelu Plaza. Personel miał nie widzieć ani nie słyszeć tego, czego nie powinien. Ale nie było to polityką Betty, raczej przeciwnie. Matka zawsze powtarzała, że jej wścibstwo kiedyś ściągnie na nią kłopoty. W porządku, już ściągnęło, i to nie raz. Ale jako recepcjonistce również się jej przydawało. Nikt inny z pracowników hotelu nie miał takiego nosa do oszustów jak Betty. Umiejętność wykrywania ludzi, którzy zamierzali mieszkać, jeść i pić, nie płacąc za to, stała się wręcz jej marką. Była przewidująca, a poza tym nigdy nie ukrywała, że ma ambicje. Ostatnio szef pochwalił ją za to, że jest uważna, ale dyskretna i zawsze na pierwszym miejscu stawia interesy hotelu. Dodał, że Betty może zajść daleko, bo dla takich jak ona recepcja to zaledwie tymczasowy przystanek.

Apartament był największym z hotelowych pokoi, z salonem i widokiem na całe Oslo. Kontuar barowy, kącik kuchenny, toaleta i oddzielna sypialnia z własną łazienką. Słyszała wodę lejącą się z prysznica.

Według książki meldunkowej gość nazywał się Fidel Lae i najwyraźniej nie miał żadnych kłopotów finansowych. Garnitur, który przyniosła, był marki Tiger i został kupiony na Bogstadveien wcześniej tego dnia, oddany do krawca w celu wykonania ekspresowych poprawek, a stamtąd odesłany do hotelu taksówką. Zwykle w sezonie wynajmowali dodatkowych boyów, do których obowiązków należało odnoszenie rzeczy do pokoi, ale teraz, latem, było na tyle spokojnie, że recepcjoniści zajmowali się tym sami. Betty natychmiast podjęła się dostarczenia garnituru. Nie dlatego, by miała jakieś konkretne podejrzenia. Kiedy meldowała gościa, zapłacił za dwie noce z góry, a przecież oszuści hotelowi tak się nie zachowują. Nie zgadzało się jej coś innego. On po prostu nie wyglądał na człowieka, który wynajmuje apartament na ostatnim piętrze. Bardziej na takiego, który mieszka na ulicy albo w tanim pensjonacie dla backpackerów. Sprawiał także wrażenie bardzo skupionego w trakcie meldowania, jakby nigdy wcześniej nie mieszkał w hotelu, ale uczył się tego w teorii i chciał, by wszystko dobrze wypadło. No i oczywiście to, że zapłacił gotówką.

Betty otworzyła szafę w salonie, wisiały tam już krawat i dwie koszule. Również marki Tiger. Zapewne kupione w tym samym sklepie. Na podłodze stały dwie pary nowych czarnych butów, na wewnętrznej wyściółce odczytała napis „Vass". Obok zobaczyła wielką miękką walizkę na kółkach, niemal wyższą od niej. Widywała takie czasami, głównie zimą. Używano ich do transportu desek snowboardowych albo surfingowych. Miała ochotę rozsunąć zamek błyskawiczny, ale tylko uderzyła w walizkę pięścią. Materiał się ugiął, a więc była pusta, a przynajmniej nie zawierała deski. Obok walizki leżała jedyna rzecz, która nie była nowa. Czerwona sportowa torba z napisem „Klub zapaśniczy w Oslo".

Betty zamknęła szafę, podeszła do otwartych drzwi sypialni i zawołała w stronę łazienki:

– Panie Lae! Przepraszam, panie Lae!

Usłyszała, że gość zakręcił prysznic i za moment w drzwiach ukazała się głowa z odgarniętymi do tyłu mokrymi włosami i pianą do golenia na twarzy i na brwiach.

– Powiesiłam pański garnitur w szafie. Powiedziano mi, że mam też zabrać list, który trzeba ofrankować i wysłać.

– A tak, bardzo dziękuję. Poczeka pani minutę?

Betty podeszła do okna w salonie. Roztaczał się z niego widok na Operę i fiord Oslo. Nowe bloki sterczały gęsto jak sztachety w płocie. Wzgórze Ekeberg, budynek Poczty, Ratusz. Tory biegnące z całego kraju i splatające się jak kłębek nerwów na Dworcu Centralnym. Zauważyła prawo jazdy leżące na dużym biurku. Nie należało do Laego. Obok dostrzegła nożyczki i paszportowe zdjęcie gościa w kwadratowych okularach w czarnych oprawkach, na które zwróciła uwagę, kiedy go meldowała. Nieco dalej na biurku dwa identyczne i najwyraźniej nowe nesesery, z jednego wystawał skrawek plastikowej torebki. Przyjrzała się uważniej. Matowa, ale przezroczysta folia. Ze śladami czegoś białego w środku.

Zrobiła dwa kroki do tyłu, tak aby mieć na oku sypialnię. Przez szparę w leciutko uchylonych drzwiach do łazienki widziała plecy gościa stojącego przed lustrem. Był w pasie obwiązany ręcznikiem, całkowicie skupiony na goleniu, a to oznaczało, że Betty ma trochę czasu.

Spróbowała otworzyć neseser z plastikową torebką. Zamknięty. Przyjrzała się zamkowi szyfrowemu. Metalowe rolki układały się w 0999. Spojrzała na drugi neseser. 1999. Czyżby oba miały ten sam szyfr? W takim razie to 1999 było szyfrem. Rok. Może czyjś rok urodzenia? Albo piosenka Prince'a. A to znaczyło, że nie jest zamknięty.

Gość w łazience odkręcił kran. Opłukiwał już twarz. Nie powinna.

Uniosła pokrywę drugiego neseseru. I dech jej zaparło.

Pliki banknotów ułożone były aż po sam brzeg.

Usłyszała ruch w sypialni i czym prędzej zamknęła neseser. Trzy szybkie kroki i już stała przy drzwiach z bijącym sercem.

Gość wszedł do salonu i spojrzał na nią z uśmiechem. Ale się zmienił. Może dlatego, że nie miał okularów. A może przez zakrwawiony papierek nad okiem. W tej samej chwili uświadomiła sobie, na czym tak naprawdę polega zmiana. On zgolił brwi. Kto, na miłość boską, robi takie rzeczy? Oprócz Boba Geldofa w *The Wall*, oczywiście. Ale tamten przecież oszalał, a przynajmniej grał szaleńca. Czy ten człowiek też był szaleńcem? Nie, szaleńcy nie mają walizek pełnych pieniędzy, im się tylko wydaje, że je mają.

Mężczyzna wyciągnął szufladę biurka, wyjął brązową kopertę i podał ją Betty.

– Myśli pani, że da się ją wysłać jeszcze dzisiaj?

– Na pewno zdążymy – zapewniła z nadzieją, że gość nie zauważy jej zdenerwowania.

– Bardzo dziękuję, Betty.

Mrugnęła dwa razy. Ale zaraz uświadomiła sobie, że ma przypiętą plakietkę z imieniem.

– Życzę miłego dnia, panie Lae – uśmiechnęła się, kładąc rękę na klamce.

– Zaczekaj, Betty...

Poczuła, że uśmiech zamiera jej na ustach. Zauważył, że neseser był otwierany, i teraz...

– Być może... hm... za takie usługi należy się napiwek?

Odetchnęła z ulgą.

– Ależ skąd, panie Lae.

Dopiero w windzie poczuła, jak bardzo się spociła. Dlaczego nigdy nie potrafi zapanować nad tym swoim wścibstwem? Przecież i tak nikomu nie mogła się przyznać, że grzebie w rzeczach gości. Zresztą kto powiedział, że nie wolno trzymać pieniędzy w neseserze, zwłaszcza jeśli to na przykład policjant? Bo przecież tak było napisane na brązowej kopercie: Simon Kefas, Komenda Policji Grønlandsleiret 44.

Simon Kefas rozglądał się po pokoju trzysta dwadzieścia trzy.

– A więc Delta przypuściła szturm? I zabrała tego, który leżał na dolnym łóżku? Johnny'ego jakiegoś tam?

– Pumę – powiedziała Martha. – Zadzwoniłam, bo myślałam, że może pan...

– Nie, ja nie miałem z tym nic wspólnego. A ten Johnny mieszka tu razem z...

– Ze Stigiem Bergerem, tak się przedstawił.

– Hm. Gdzie on teraz jest?

– Nie wiem. Nikt nie wie. Policja wypytywała wszystkich, ale jeśli to nie pan, to chciałabym się dowiedzieć, kto jest odpowiedzialny za ten atak.

– Tego nie wiem. – Simon otworzył szafę. – Każde wykorzystanie Delty musi uzyskać akceptację komendanta okręgowego. Proszę z nim porozmawiać. Czy to są ubrania Stiga Bergera?

– Przypuszczam, że tak.

Simon odniósł wrażenie, że dziewczyna kłamie. Ona wie na pewno, że to są jego rzeczy. Podniósł niebieskie adidasy stojące na dnie szafy. Numer czterdzieści trzy. Odstawił je z powrotem i wtedy dostrzegł zdjęcie przypięte do ściany obok. Wszelkie wątpliwości się rozwiały.

– On się nazywa Sonny Lofthus – oświadczył Simon.

– Słucham?

– Ten drugi lokator. Ma na imię Sonny, a to jest zdjęcie jego ojca Aba Lofthusa. Był policjantem, a jego syn stał się zabójcą. Dotychczas zabił sześć osób. Może się pani poskarżyć komendantowi, ale nie sądzę, by uznano nalot Delty za nieusprawiedliwiony.

Zauważył, że jej twarz tężeje, a źrenice się kurczą, jakby nagle światło stało się za ostre. Pracownicy schroniska byli przyzwyczajeni do rozmaitych sytuacji, lecz mimo wszystko wiadomość, że pod tym dachem mieszkał wielokrotny zabójca, musiała być szokiem.

Simon przykucnął, sięgnął po coś, co leżało pod łóżkiem.

– Co to jest? – spytała Martha.

– Granat hukowy. – Podniósł oliwkowozielony przedmiot przypominający uchwyt rączki do roweru. – Wybuchając, powoduje gwałtowny błysk i huk około stu siedemdziesięciu decybeli. Nie stanowi to bezpośredniego zagrożenia, ale ludzie na kilka sekund zostają oślepieni, ogłuszeni i zdezorientowani na tyle, by Delta zdążyła zrobić to, co do niej należy. Ale z tego nie wyciągnięto zawleczki, więc nie został zdetonowany. Tak to już bywa, ludzie w sytuacjach stresowych popełniają błędy, prawda?

Popatrzył na adidasy i przeniósł wzrok na nią, ale kiedy odpowiedziała mu spojrzeniem, okazało się mocne i pewne. Niczego w nim nie uchwycił.

– Muszę wracać do szpitala – oznajmił. – Zadzwoni pani do mnie, gdyby on się pojawił?

– Coś panu dolega?

– Prawdopodobnie – odparł Simon. – Ale w szpitalu jest moja żona. Ślepnie.

Spojrzał na swoje ręce i o mało nie dodał: „Tak jak ja".

28

Hugo Nestor uwielbiał Vermont. Było to jedno z nielicznych miejsc łączących w sobie restaurację, bar i klub nocny, w których naprawdę udało się coś osiągnąć na wszystkich trzech frontach. Klientelę stanowili bogaci i piękni, niepiękni, ale bogaci, niebogaci, ale piękni, celebryci ze środkowej półki, odnoszący średnie sukcesy finansiści i ci, którzy pracują na nocną zmianę w resorcie rozrywki i wesołego życia na mieście. Plus odnoszący duże sukcesy przestępcy. W latach dziewięćdziesiątych to właśnie w Vermoncie członkowie gangu z Tveita oraz inni działający w branży napadów na transporty gotówki, banki i urzędy pocztowe zamawiali sześciolitrowe butelki szampana Dom Perignon i najlepsze duńskie striptizerki, które przysyłano im samolotem z Kopenhagi na szybki *lap dance* w *chambre separée,* ponieważ norweskim w tym czasie brakowało finalnego sznytu. Za pomocą kolorowych słomek wdmuchiwali kokainę bezpośrednio do rozmaitych otworów w ciałach striptizerek, a później wciągali ją również do własnych, kelnerzy krążyli z ostrygami, truflami z Périgord i *foie gras* z gęsi traktowanych mniej więcej w taki sposób, w jaki bywalcy traktowali samych siebie. Krótko mówiąc, Vermont był miejscem stylowym i z tradycjami. Miejscem, w którym Hugo Nestor i jego ludzie co wieczór mogli siedzieć przy swoim osłoniętym stoliku i patrzeć, jak świat na zewnątrz ulega zagładzie. Miejscem, w którym świetnie robiło się interesy, a ludzie z grubymi portfelami mogli się spotykać z przestępcami, nie budząc tym zbyt dużego zdziwienia tajniaków obecnych w klubie.

Dlatego zamówienie złożone przez mężczyznę, który siedział przy ich stoliku, nie było wcale niezwykłe. Człowiek ten wszedł, rozejrzał się i utorował sobie drogę przez tłum bezpośrednio do nich. Zatrzymał go dopiero Theo, kiedy tamten usiłował przekroczyć czerwoną linę wyznaczającą ich rewir. Po zamienieniu z nieznajomym kilku słów Theo podszedł do Nestora i szepnął mu do ucha:

– On życzy sobie Azjatki. Mówi, że przyszedł w imieniu klienta, który dobrze zapłaci.

Nestor przechylił głowę, wypił łyk szampana z kieliszka. Jedno z przysłów Bliźniaka, które sobie przyswoił, brzmiało: *Money can buy you champagne*.

– Wygląda ci na tajniaka?

– Nie.

– Mnie też nie. Przynieś mu krzesło.

Facet był w drogim garniturze, odprasowanej koszuli i krawacie. Jasne brwi nad charakterystycznymi markowymi okularami. A właściwie on w ogóle nie miał brwi.

– Dziewczyna musi mieć mniej niż dwadzieścia lat.

– Nie mam pojęcia, o czym mówisz – odparł Nestor. – Dlaczego tu przyszedłeś?

– Mój klient jest przyjacielem Ivera Iversena.

Hugo Nestor przyjrzał mu się uważniej. Rzęs także nie miał. Może cierpiał na *alopecia universalis*. Tak jak brat Hugona. Jak r z e k o m y brat. Ani jednego włoska na ciele. Ale w takim razie na głowie musiał mieć perukę.

– Mój klient działa w branży *shippingu*. Płaci gotówką i heroiną, która przybyła drogą morską. Prawdopodobnie lepiej niż ja wiecie, jakie to ma znaczenie dla stopnia czystości.

Mniej przystanków. Mniej ogniw pośrednich rozcieńczających narkotyk.

– Pozwól, że zadzwonię do Iversena – powiedział Nestor.

Tamten pokręcił głową.

– Mój klient zakłada pełną dyskrecję. Ani Iversen, ani nikt inny nie może się o tym dowiedzieć. To, że Iversen opowiada bliskim przyjaciołom, czym się zajmuje, to jego prywatny problem.

I potencjalnie nasz, pomyślał Nestor. Co to za jeden ten facet? Nie wyglądał na chłopca na posyłki, czyżby protegowany? Bardzo zaufany adwokat rodziny?

– Oczywiście rozumiem, że takie bezpośrednie zgłoszenie od kogoś, kogo nie znacie, wymaga dodatkowego zabezpieczenia transakcji. Dlatego ja i mój klient proponujemy zaliczkę – na dowód, że podchodzimy do sprawy poważnie. Co powiesz na to?

– Powiem na to czterysta tysięcy – odparł Nestor. – Ale to tylko liczba, którą rzucam, bo wciąż nie wiem, o czym mówisz.

– Oczywiście. To się da załatwić.

– Jak szybko?

– Sądzę, że jeszcze dziś wieczorem.

– Dziś wieczorem?

– Zostaję w Oslo tylko do jutra. Potem lecę z powrotem do Londynu. Zaliczka jest w moim apartamencie w hotelu Plaza.

Nestor porozumiał się wzrokiem z Theem. Potem już jednym łykiem opróżnił wąski kieliszek z szampanem.

– Nie rozumiem z tego ani słowa, *mister*. Próbujesz nam powiedzieć, że zapraszasz nas na drinka do swojego apartamentu?

Facet uśmiechnął się leciutko.

– Właśnie to miałem na myśli.

Zrewidowali go od razu w podziemnym garażu. Theo go przytrzymywał, a Nestor szukał broni i mikrofonów. Facet nie stawiał oporu. Okazał się czysty.

Theo podjechał limuzyną pod Plaza i z parkingu za halą koncertową Spektrum przeszli do sięgającego nieba szklanego pryzmatu, w którym mieścił się hotel. Patrzyli na miasto, jadąc zewnętrzną windą, a Nestor pomyślał, że im wyżej sam się wspina, tym ludzie w dole stają się mniejsi, i nie jest to tylko metafora.

Kiedy facet otworzył drzwi do pokoju, Theo wyjął pistolet. Nie było powodów, by oczekiwać jakiejkolwiek zasadzki, Nestor nie miał akurat żadnych żyjących wrogów, o których by wiedział, żadnych niewyjaśnionych sporów na rynku, a policja mogła go zatrzymać – i tak na krótko – bo niczego by mu nie udowodniła. Mimo to czuł jakiś niepokój, którego nie potrafił wyjaśnić. Postanowił uznać go za profesjonalną czujność, nieustające trzymanie gardy, czego mogli się od niego uczyć inni z tej branży. Nestor nie bez przyczyny osiągnął pozycję, jaką teraz zajmował.

Apartament był niezły. Fantastyczny widok, to trzeba przyznać. Facet wyłożył dwa nesesery na stoliku przy fotelach, a podczas gdy Theo sprawdzał pozostałe pomieszczenia, stanął przy barze i wziął się do mieszania drinków.

– Bardzo proszę – powiedział, wskazując gestem nesesery.

Nestor stanął przy stoliku i otworzył najpierw jeden, potem drugi.

Tu było więcej niż czterysta tysięcy. Musiało być więcej.

A gdyby proszek w tej drugiej walizeczce okazał się tak czysty, jak facet sugerował, to wystarczyłoby go na kupienie całej wioski azjatyckich dziewczynek, i to aż w nadmiarze.

– Masz coś przeciwko temu, żebym włączył telewizor? – Nestor sięgnął po pilota.

– Ależ skąd, bardzo proszę – rzucił facet zajęty szykowaniem drinków, co mu trochę nie szło, widać nie był do tego przyzwyczajony, ale dalej kroił cytrynę do trzech dżinów z tonikiem.

Nestor wcisnął guzik płatnej telewizji, przeleciał przez programy dla dzieci i dla całej rodziny, dotarł do działu porno i podgłośnił. Podszedł do baru.

– Dziewczyna ma szesnaście lat i zostanie dostarczona na parking przy kąpielisku Ingierstrand jutro o północy. Zatrzymasz się na środku parkingu i nie wysiądziesz z samochodu. Jeden z nas podejdzie do ciebie, usiądzie z tyłu i przeliczy pieniądze. Potem wysiądzie z kasą, a inny przyprowadzi dziewczynę. Jasne?

Tamten kiwnął głową.

Nestor nie powiedział, ponieważ o tym nie należało mówić, że dziewczyny nie będzie w samochodzie, który przyjedzie po pieniądze. Pieniądze opuszczą to miejsce, zanim zjawi się dziewczyna. Ta sama zasada co w handlu narkotykami.

– A pieniądze…

– Jeszcze raz czterysta tysięcy – powiedział Nestor.

– W porządku.

Theo wyszedł z sypialni, stanął i zapatrzył się w ekran. Pewnie lubił to oglądać.

Chyba wszyscy lubili. Sam Nestor uważał filmy pornograficzne za przydatne, ponieważ miały tak przewidywalny regularny *soundtrack*, polegający na nieustannych jękach *Oh my God* i *Yes, fuck me good*, który uniemożliwiał jakikolwiek ewentualny podsłuch.

– Kąpielisko Ingierstrand jutro o północy – powtórzył Nestor.

– Wypijemy za to? – spytał gospodarz i podsunął im szklanki.

– Dziękuję, ale ja prowadzę – odpowiedział Theo.

– Oczywiście. – Facet ze śmiechem puknął się w czoło. – Może coli?

Theo wzruszył ramionami, ale tamten otworzył puszkę z colą, nalał jej do szklanki i ukroił kolejny plasterek cytryny.

Napili się. Usiedli wokół stołu. Nestor dał znak Theowi, który wyjął pierwszy plik banknotów z neseseru i zaczął głośno liczyć. Z samochodu zawczasu przyniósł torbę, do której teraz wrzucał pieniądze. Nigdy nie brali opakowania od płatnika, mogło zawierać czujniki pozwalające wyśledzić, dokąd przewieziono pieniądze. Dopiero kiedy Nestor zorientował się, że Theo ma kłopoty z liczeniem, zrozumiał, że coś tu jest nie tak. Nie mógł tylko pojąć co. Rozejrzał się. Czyżby ściany zmieniły kolor? Zajrzał do swojej pustej szklanki. Potem do pustej szklanki Thea. I do szklanki adwokata.

– Dlaczego ty nie masz cytryny? – spytał. Jego głos zdawał się dochodzić gdzieś z daleka. Odpowiedź też napłynęła z jakiegoś odległego miejsca.

– Mam alergię na cytrusy.

Theo przestał liczyć. Zwiesił tylko głowę nad banknotami.

– Odurzyłeś nas? – Nestor sięgnął do pochwy na łydce po nóż, ale zdołał jeszcze tylko zarejestrować, że szuka przy niewłaściwej łydce, i zaraz ujrzał zbliżającą się podstawę lampy. Potem była już tylko czerń.

Hugo Nestor zawsze lubił muzykę. I nie miał na myśli tego rodzaju hałasu i dziecinnych rytmów, które plebs nazywał muzyką, tylko muzykę dla dojrzałych myślących ludzi. Richarda Wagnera. Skalę chromatyczną. Dwanaście półtonów ze stosunkiem częstotliwości równym pierwiastkowi dwunastego stopnia z dwóch. Matematykę w czystej postaci. Harmonię, niemiecki porządek. A ten dźwięk był kompletnym przeciwieństwem muzyki. Bałagan, nic nie pozostawało w proporcji do niczego. Chaos. Kiedy odzyskał przytomność, zrozumiał, że leży w samochodzie i jeszcze jakimś pojemniku. Było mu niedobrze i kręciło mu się w głowie, a ręce i nogi miał związane czymś ostrym, co wbijało się w skórę, prawdopodobnie plastikowymi zaciskami, zdarzało się, że sam stosował takie na dziewczynach. Kiedy samochód się zatrzymał, a on został z niego wyjęty, zrozumiał, że znajduje się w walizce na kółkach w pół leżącej, pół stojącej pozycji. Ktoś, ciężko dysząc i sapiąc, ciągnął ją po nierównym terenie. Nestor próbował krzyczeć, składał temu komuś finansowe propozycje w zamian za uwolnienie, ale nie doczekał się odpowiedzi. Jedynymi dźwiękami był ten będący przeciwieństwem muzyki atonalny harmider, który stale narastał i który Nestor rozpoznał, jeszcze zanim walizkę położono, a on poczuł pod plecami ziemię i uświadomił sobie – ponieważ już dobrze wiedział, gdzie jest – że zimna woda przesączająca się przez materiał walizki i przez jego garnitur to woda bagienna.

Psy. Krótkie, ostre ujadanie dogów argentyńskich.

Nie wiedział natomiast, o co w tym wszystkim chodzi. Kim jest ten facet i dlaczego to robi? Ktoś chciał przejąć ich rynek? To ten sam człowiek, który zabił Kallego? Ale po co załatwiać to w taki sposób?

Suwak się rozsunął i Nestor zmrużył oczy, oślepiony światłem latarki skierowanej na jego twarz.

Dłoń schwyciła go za kark i postawiła na nogi.

Otworzył oczy i zobaczył lekko połyskujący pistolet. Szczekanie nagle ustało.

– Kto był kretem? – spytał głos zza latarki.

– Co?

– Kto był kretem? Tym, za którego policja uznała Aba Lofthusa?

Hugo Nestor znów zmrużył oczy przed światłem.

– Nie wiem. Możesz mnie zastrzelić, ja i tak nie wiem.

– A kto wie?

– Nikt. Żaden z nas. Może ktoś z policji.

Latarka opadła, a Nestor zobaczył teraz, że to ten niby adwokat, który zdjął okulary.

– Musisz ponieść karę – oświadczył. – Czy chcesz najpierw ulżyć swemu sercu?

O czym on gada? Mówił jak ksiądz. Czyżby to miało jakiś związek z tym pastorem, którego zlikwidowali? Ale tamten był przecież nędznym skorumpowanym pedofilem, komu chciałoby się mścić za kogoś takiego?

– Nie mam żadnych wyrzutów sumienia – odparł Nestor. – Skończ już wreszcie!

Czuł się dziwnie spokojny. Może na skutek narkotyku. A może dlatego, że przemyślał podobną sytuację tyle razy, że zaakceptował, iż prawdopodobnie właśnie tak to się mniej więcej skończy. Z kulą w czole.

– Nawet z powodu tej dziewczyny, którą pozwoliłeś psu pogryźć, a potem podciąłeś jej gardło? Tym nożem...

Nestor zamrugał, kiedy światło błysnęło w wygiętym ostrzu. Ostrzu jego własnego noża.

– Nie...

– Gdzie ukrywasz dziewczyny, Nestor?

Dziewczyny? O to mu chodziło? Chciał przejąć tę działkę? Nestor usiłował się skupić, ale to było trudne. W mózgu miał kłębki waty.

– Obiecasz, że mnie nie zastrzelisz, jeśli ci to powiem? – spytał, chociaż był w pełni świadom tego, że obietnica będzie miała mniej więcej taką samą wartość jak marki niemieckie w 1923 roku.

– Tak.

Więc dlaczego Nestor mimo wszystko mu wierzył? Dlaczego uwierzył w obietnicę, że nie zostanie zastrzelony, złożoną przez człowieka, który nie robił nic innego, tylko kłamał, odkąd się pojawił w Vermoncie? Chyba po prostu jego mózg oszusta uchwycił się tego źdźbła nadziei. Bo nic innego nie było. Jedynie ta idiotyczna odrobina nadziei w nocy, w tej hodowli psów głęboko w lesie: że człowiek, który cię uprowadził, nie kłamie.

– Na Enerhauggata dziewięćdziesiąt sześć.

– Bardzo dziękuję – powiedział tamten i wsunął pistolet za pasek.

Bardzo dziękuję?

Facet wyjął komórkę i zaczął wstukiwać coś, co miał zapisane na żółtej samoprzylepnej karteczce. Pewnie numer telefonu.

Wyświetlacz oświetlił mu twarz, a Nestorowi przyszło do głowy, że może to mimo wszystko duchowny. Duchowny, który nie kłamie. *A contradiction in terms*, oczywiście, ale był przekonany, że istnieją przynajmniej księża, którzy nie wiedzą, że kłamią.

Tamten dalej klikał. SMS. Wysłał go ostatnim przyciśnięciem klawisza. Telefon wrócił do kieszeni. Facet spojrzał na Nestora.

– Zrobiłeś dobry uczynek, Nestor, może zostaniesz ocalony. Doszedłem do wniosku, że powinieneś o tym wiedzieć, zanim...

Zanim co? Nestor przełknął ślinę. Kiedy facet obiecywał, że go nie zabije, w jego głosie brzmiało coś dziwnego, coś, co sprawiło, że Nestor mu uwierzył, ale zaraz... Obiecał, że go nie zastrzeli. Światło latarki skierowało się na kłódkę przy ogrodzeniu. Klucz wsunął się w zamek. Słyszał teraz psy. Żadnego szczekania, tylko ledwie słyszalny zgrany bas. Opanowany warkot wydobywający się z głębi psich gardeł, który nabierał mocy i tonu. Powoli, w sposób kontrolowany, jak kontrapunktowa muzyka Wagnera. Teraz żaden narkotyk nie zdołałby już stłumić lęku. Ten lęk był jak tryskająca z węża lodowata woda, którą go polewano. I gdyby chociaż ciśnienie mogło odrzucić go gdzieś dalej, ale niestety. Oblewano go od wewnątrz. Przed tym strumieniem nie dało się uciec, bo to on sam, Hugo Nestor, trzymał wąż.

Fidel Lae w ciemności wpatrywał się przed siebie. Nawet nie drgnął, nie wydał z siebie żadnego dźwięku. Zwinął się tylko, próbując się rozgrzać, zapanować nad drżeniem. Rozpoznał głosy obu mężczyzn. Jednym był ten, który wyłonił się z nicości i zamknął go tutaj już ponad dobę temu. Fidel prawie nic nie zjadł, tylko pił wodę. I marzł. Nawet w letnie noce chłód wżera się w ciało, zmienia je w kamień, dręczy. Przez pewien czas krzykiem wzywał pomocy, aż w ustach mu zaschło i zupełnie stracił głos, a gardło zwilżała krew, nie ślina. Woda, którą pił, nie koiła, tylko piekła jak wódka.

Kiedy usłyszał warkot samochodu, znów próbował krzyczeć. Rozpłakał się, gdy się okazało, że nie może wydać z siebie dźwięku, tylko zgrzyt przypominający błędne wrzucenie biegu.

Potem po zachowaniu psów zorientował się, że ktoś się zbliża. Poczuł nadzieję, zaczął się modlić. A później na tle letniego nieba zobaczył sylwetkę i poznał, że to znów on. Ten, który dzień wcześniej unosił się nad mokradłami. Teraz szedł zgięty wpół, coś za sobą ciągnąc. Walizkę. Walizkę z żywym człowiekiem. Z człowiekiem, który stał z rękami związanymi z tyłu i nogami ściśniętymi tak mocno, że z wyraźnym trudem utrzymywał równowagę przy klatce dla psów obok Fidela.

Hugo Nestor.

Fidela dzieliły od nich zaledwie cztery metry, a mimo to nie słyszał, co mówili. Mężczyzna otworzył kłódkę i położył rękę na głowie Nestora, jakby go błogosławił. Powiedział coś. Potem lekko pchnął Nestora. Okrągły człowieczek w garniturze krzyknął krótko, przechylił się do tyłu i uderzył w drzwi klatki, które otworzyły się do środka. Psy się cofnęły. Tamten mężczyzna szybko wepchnął nogi Nestora do klatki i zamknął drzwi. Psy się wahały. Potem Ghost Busterem nagle jakby szarpnęło i ruszył. Fidel widział, jak białe cielska rzucają się na Nestora. Poruszały się tak bezszelestnie, że wyraźnie słyszał kłapiące szczęki, trzask odrywanego mięsa, zadowolone powarkiwanie i krzyk Nestora. Pojedynczy, drżący, dziwnie czysty ton, który wzbił się pod jasne skandynawskie niebo, pod którym tańczyły owady. Ton gwałtownie się urwał, a Fidel dostrzegł coś, co wzbijało się ku niebu jak rój, który zaraz opadł na niego. Poczuł prysznic maleńkich ciepłych kropelek i zrozumiał, bo kiedyś podczas polowania był świadkiem przecięcia tętnicy u wciąż żywego łosia. Wytarł rękawem twarz i odwrócił głowę. Zobaczył, że mężczyzna za ogrodzeniem też się odwraca. Ramiona mu drżały. Jakby płakał.

29

– Jest środek nocy. – Lekarz przetarł oczy. – Nie może pan pojechać teraz do domu i trochę się przespać, Kefas, a porozmawialibyśmy o tym jutro?

– Nie – powiedział Simon.

– No dobrze. – Lekarz dał znak, żeby Simon usiadł na krześle pod ścianą pustego szpitalnego korytarza. Kiedy sam zajął miejsce obok niego, milczał, zanim się nachylił. Simon zrozumiał, że zaraz usłyszy złe wiadomości.

– Pańska żona nie ma zbyt dużo czasu. Jeżeli ta operacja ma się w ogóle powieść, to żona musi iść pod nóż w ciągu kilku dni.

– I nic nie możecie zrobić?

Lekarz westchnął.

– Zwykle nie zalecamy pacjentom wyjazdu za granicę i poddania się drogiemu prywatnemu leczeniu, w każdym razie gdy wynik operacji jest do tego stopnia niepewny. Ale w tym wypadku…

– Chce pan powiedzieć, że muszę ją zawieźć do kliniki Howell już teraz?

– Ja nie mówię, że pan cokolwiek musi. Wielu niewidomych potrafi w pełni cieszyć się życiem mimo swojego kalectwa.

Simon skinął głową, gładząc palcami granat hukowy, który wciąż miał w kieszeni. Starał się myśleć. Ale mózg jakby przed nim uciekał. Usiłował schronić się w rozważaniach, czy przypadkiem „kalectwo” nie jest zakazanym słowem. Teraz to się chyba nazywa „niepełnosprawność". A może również i tego nie wolno wypowiadać na głos, tak jak nie można Ila nazywać schroniskiem? Te zmiany następowały tak szybko, nie mógł za nimi nadążyć. Słowa z obszaru służby zdrowia psuły się szybciej niż mleko.

Lekarz chrząknął.

– Cóż... – zaczął Simon, ale w tej chwili usłyszał szelest komórki. Potrzebował czasu, więc ją wyjął. Nie rozpoznał numeru nadawcy SMS-a.

Tekst był stosunkowo krótki:

Więźniarki Nestora znajdziesz na Enerhauggata 96. Sprawa pilna. Syn

Syn.

Simon wybrał numer.

– Niech pan posłucha... – zaczął lekarz. – Nie mam czasu...

– No i dobrze. – Simon dał mu znak, że ma milczeć, bo w telefonie rozległ się zaspany głos.

– Słucham, Falkeid.

– Cześć, Sivert, mówi Simon Kefas. Chcę, żebyś przygotował Deltę do akcji na Enerhauggata dziewięćdziesiąt sześć. Jak szybko możecie być na miejscu?

– Jest środek nocy.

– Nie o to pytałem.

– Za trzydzieści pięć minut. Masz zgodę komendanta?

– Pontius jest w tej chwili nieosiągalny – skłamał Simon. – Ale możesz być spokojny, są podstawy do akcji jak stąd do księżyca. Handel żywym towarem. Decyduje czas. Przyjeżdżaj, biorę to na siebie.

– Mam nadzieję, że wiesz, co robisz, Simon.

Simon rozłączył się i spojrzał na lekarza.

– Dziękuję, doktorze. Przemyślę to. Teraz muszę iść do pracy.

Betty usłyszała odgłosy kopulowania zaraz po wyjściu z windy na ostatnim piętrze.

– Naprawdę? – zdziwiła się.

– Płatna telewizja – orzekł ochroniarz, którego zabrała ze sobą.

Skarżyli się goście z sąsiednich pokoi, a Betty rutynowo odnotowała to w dzienniku nocnego recepcjonisty. „Godz. 02.13, skarga na hałas z apartamentu nr 4". Zadzwoniła tam, ale bez skutku, skontaktowała się więc z ochroną.

Zignorowali prośbę *Do Not Disturb* zawieszoną na klamce i zapukali mocno do drzwi. Odczekali chwilę. Zastukali jeszcze raz. Betty przestąpiła z nogi na nogę.

– Jesteś zdenerwowana – zauważył ochroniarz.

– Mam wrażenie, że ten gość… coś kręci.

– Coś?

– Narkotyki albo… sama nie wiem.

Ochroniarz odpiął pałkę i wyprostował się, kiedy Betty wsuwała uniwersalną kartę-klucz w zamek. Otworzyła.

– Panie Lae!

Salon był pusty. Odgłosy kopulacji wydawała kobieta w czerwonym skórzanym gorsecie z białym krzyżem na środku, co miało, zdaje się, sugerować, że jest pielęgniarką. Betty wzięła pilota ze stolika i wyłączyła telewizor, a ochroniarz przeszedł do sypialni. Nesesery zniknęły. Zauważyła puste szklanki po drinkach i połówkę cytryny na barze. Owoc wysechł, miąższ przybrał dziwny brunatny kolor. Betty otworzyła szafę. Nie było też garnituru, dużej walizki i czerwonej torby. To najstarsza sztuczka w księdze hotelowych oszustw, wywiesić tabliczkę „nie przeszkadzać" i włączyć telewizor, stwarzając pozory, że gość wciąż przebywa w pokoju. Ale on przecież zapłacił z góry, a zdążyła już sprawdzić, że nie miał też żadnych rachunków z restauracji czy baru zapisanych na numer pokoju.

– W łazience jest jakiś facet.

Odwróciła się do ochroniarza, który stał w drzwiach do sypialni. Poszła za nim.

Jasnowłosy mężczyzna w czarnym garniturze, który leżał w łazience na podłodze, wyglądał tak, jakby obejmował i z całej siły przytrzymywał sedes. Po bliższych oględzinach Betty się przekonała, że nie mógł się od niego oderwać, bo ręce miał związane plastikowymi zaciskami. Nie wyglądał na całkiem trzeźwego. Był na haju. Albo na zjeździe, bo ciężkie powieki mrugnęły sennie.

– Odwiążcie mnie – powiedział z akcentem, którego Betty nie była w stanie umieścić na mapie.

Dała znak ochroniarzowi, który wyjął scyzoryk Swiss Army i przeciął zaciski.

– Co tu się stało? – spytała.

Mężczyzna zdołał się podnieść, zachwiał się lekko. Starał się skupić rozbiegany wzrok.

– Tylko się bawiliśmy w niemądrą zabawę – mruknął. – Pójdę już...

Ochroniarz stanął w drzwiach i zagrodził mu drogę.

Betty się rozejrzała. Nic nie zostało zniszczone. Rachunek zapłacono. Wpłynęła jedynie skarga na zbyt głośno grający telewizor. A mogli zafundować sobie kłopoty z policją, zmagania z prasą i reputację miejsca spotkań podejrzanych elementów. Szef pochwalił ją za dyskrecję i za stawianie interesów hotelu na pierwszym miejscu, mówił, że Betty może zajść daleko, a recepcja to tylko tymczasowy przystanek dla takich jak ona.

– Niech idzie – zdecydowała.

Larsa Gilberga obudził szelest w krzakach. Obrócił się. Wśród gałęzi i liści dostrzegł zarys sylwetki. Ktoś próbował ukraść rzeczy chłopaka. Lars poderwał się z brudnego śpiwora.

– Hej!

Postać znieruchomiała. Potem się obróciła. Chłopak się zmienił. Nie chodziło tylko o garnitur, coś się stało z jego twarzą. Jakby napuchła.

– Dziękuję za przypilnowanie moich rzeczy – powiedział, skinieniem głowy wskazując na torbę, którą miał pod pachą.

– Hm – mruknął Lars i lekko przechylił głowę, licząc, że może w ten sposób łatwiej zorientuje się w zmianie. – Czy ty nie masz jakichś kłopotów, chłopcze?

– Mam. – Tamten uśmiechnął się, ale uśmiech też się zmienił, jakby przybladł. Wargi chłopaka drżały. Wyglądał tak, jakby przed chwilą płakał.

– Potrzebujesz pomocy?

– Nie, ale dziękuję.

– Hm. Pewnie się już nie zobaczymy, prawda?

– Sądzę, że nie. Żyj dobrze, Lars.

– Postaram się. A ty... – Zrobił krok do przodu i położył rękę na ramieniu chłopaka. – Żyj d ł u g o. Obiecasz mi to?

Chłopak prędko skinął głową.

– Zajrzyj pod poduszkę – rzucił jeszcze.

Lars odruchowo obejrzał się na swoje posłanie pod mostem, a kiedy znów się odwrócił, zdążył ledwie dostrzec plecy chłopaka, zanim pochłonęła je ciemność.

Wrócił do swojego śpiwora. Zobaczył, że spod poduszki wystaje koperta. Wyciągnął ją. „Dla Larsa". Otworzył.

Lars Gilberg nigdy w życiu nie widział tylu pieniędzy naraz.

– Czy Delta nie powinna już tu być? – spytała Kari, ziewnęła i zerknęła na zegarek.

– Owszem. – Simon wyjrzał przez okno. Zaparkowali w połowie Enerhauggata, numer 96 znajdował się w odległości pięćdziesięciu metrów od nich po drugiej stronie ulicy. Był to pomalowany na biało piętrowy drewniany dom, jeden z tych, które oszczędzono, kiedy w latach sześćdziesiątych zniszczono malowniczą zabudowę Enerhaugen, żeby przygotować miejsce dla czterech wysokich bloków. Niewielki drewniany domek wydawał się w tę letnią noc tak cichy i spokojny, że Simonowi trudno było sobie wyobrazić, by ktokolwiek mógł być tam więziony.

– „Mamy pewne wyrzuty sumienia" – zacytował Simon. „Ale uważam, że szkło i beton bardziej pasują do współczesnego człowieka".

– Słucham?

– Tak powiedział dyrektor spółdzielni mieszkaniowej w roku tysiąc dziewięćset sześćdziesiątym.

– Aha. – Kari znów ziewnęła. Simon zadał sobie pytanie, czy on również nie powinien mieć pewnych wyrzutów sumienia z tego powodu, że wyciągnął ją z łóżka w środku nocy. Niewątpliwie istniały argumenty przemawiające za tym, że jej obecność nie była bezwzględnie konieczna podczas takiej akcji.

– Dlaczego Delty ciągle nie ma? – zdziwiła się Kari.

– Nie wiem – odparł Simon. W tej samej chwili wnętrze samochodu rozjaśnił wyświetlacz telefonu leżącego między siedzeniami. Spojrzał na numer. – Ale zaraz będziemy wiedzieć. – Powoli przyłożył komórkę do ucha. – Tak?

– To ja, Simon. Nikt nie przyjedzie.

Simon poprawił lusterko. Psycholog może wytłumaczyłby mu, co to oznacza. Taka była jego odruchowa reakcja na głos tamtego. Wyostrzył wzrok, patrząc w lusterko, sprawdził, co z tyłu.

– Dlaczego?

– Ponieważ akcja nie jest uzasadniona. Konieczność nie została uprawdopodobniona. Nie podjęto też próby skontaktowania się z władzami, które mogą zezwolić na wykorzystanie Delty.

– Ty możesz wydać takie zezwolenie, Pontius.

– Owszem. Ale się nie zgodziłem.

Simon zaklął w duchu.

– Posłuchaj, tu...

– Nie, to ty posłuchaj. Kazałem Falkeidowi odwołać mobilizację, niech on i jego ludzie trochę się prześpią. Co ty wyprawiasz, Simon?

– Mam powody, by przypuszczać, że na Enerhauggata pod dziewięćdziesiątym szóstym są przetrzymywani ludzie. Szczerze mówiąc, Pontius...

– Szczerość jest wskazana, Simon. Również wtedy, kiedy rozmawia się z szefem Delty.

– Nie było czasu na dyskusje. Teraz też go nie ma, do cholery! Przecież ufałeś moim zdolnościom oceny.

– Dobrze, że stosujesz czas przeszły, Simon.

– To znaczy, że już mi nie ufasz?

– Przegrałeś wszystkie swoje pieniądze, pamiętasz? Z pieniędzmi twojej żony włącznie. I jak to według ciebie świadczy o zdolności oceny?

Simon zacisnął zęby. Dawniej nie było oczywiste, który z nich dwóch wygra kłótnię. Który dostanie lepszy stopień, pobiegnie szybciej albo poderwie ładniejszą dziewczynę. Pewne było jedynie, że i tak wyprzedzi ich ten trzeci w trojce. Ale on już nie żył. I chociaż to właśnie on myślał najlogiczniej i najszybciej z nich trzech, to Pontius Parr zawsze i tak miał pewną przewagę: myślał najbardziej perspektywicznie.

– Pogadamy o tym jutro – oświadczył komendant okręgowy policji z tą oczywistą pewnością siebie, która sprawiała, że ludzie bez protestów przyjmowali teraz, że to Pontius Parr wie najlepiej. Z samym Pontiusem włącznie.

– Jeśli dostałeś cynk o domu, w którym przetrzymywany jest żywy towar, to przecież on nie zniknie przez noc. Wracaj do siebie i idź spać.

Simon wysiadł z samochodu, ale dał znak Kari, że ma zostać. Zamknął drzwiczki i oddalił się o kilka metrów.

– Nie mogę czekać – powiedział cicho. – Tu trzeba się spieszyć, Pontius.

– Dlaczego tak sądzisz?

– Z powodu tego cynku.

– A skąd go masz?

– To był SMS od… nieznajomego. Wchodzę tam.

– Co? Nie ma mowy. Przestań, Simon, słyszysz? Jesteś tam?

Simon spojrzał na komórkę. Znów przyłożył ją do ucha.

– „Ocena dokonana przez funkcjonariusza policji na miejscu zdarzenia". Pamiętasz, jak się tego uczyliśmy, Pontius? Pamiętasz, jak nas uczyli, że jego ocena jest ważniejsza od rozkazu z zewnątrz?

– Simon! W tym mieście już i tak panuje wystarczająco duży chaos. Rada Miasta i media czepiają się nas o te zabójstwa. Nie wolno ci skakać na główkę do wodospadu, okej? Simon!

Przerwał połączenie, wyłączył telefon, otworzył bagażnik i znajdujący się w nim schowek na broń. Wyjął strzelbę, pistolet, pudełka z nabojami. Zabrał też dwie leżące luzem kamizelki kuloodporne i wsiadł do samochodu.

– Wchodzimy – oznajmił, podając Kari strzelbę i jedną kamizelkę.

Spojrzała na niego.

– To z komendantem rozmawiałeś?

– Owszem. – Simon sprawdził, czy magazynek glocka 17 jest pełny, i wsunął pistolet z powrotem do kabury. – Podasz mi ze schowka kajdanki i granat hukowy?

– Granat hukowy?

– Spad z nalotu na Ila.

Podała Simonowi kajdanki Peerless i granat.

– Dał nam zezwolenie?

– W każdym razie został poinformowany. – Simon włożył kamizelkę.

Kari przełamała strzelbę i zręcznie załadowała naboje.

– Od dziewiątego roku życia poluję na pardwy. – Najwyraźniej wyczuła spojrzenie Simona. – Ale wolę karabin. Jak to zrobimy?

– Na trzy – odparł Simon.

– Chodzi mi o to, w jaki sposób zaatakujemy…

– Trzy. – Simon otworzył drzwiczki.

Niewielki hotel Bismarck miał centralne, łagodnie mówiąc, położenie w Oslo. Konkretnie mieścił się w samym środku Kvadraturen, tam, gdzie miasto się urodziło, na skrzyżowaniu, na którym rynek narkotyków stykał się z rynkiem prostytucji. Wynajmowano tu pokoje również na godziny, a w opłatę wliczano ręczniki sztywne od wygotowywania w praniu. Pokoi nie remontowano, odkąd szesnaście lat temu hotel przejął obecny właściciel, ale łóżka trzeba było wymieniać przeciętnie co półtora roku ze względu na zużycie i uszkodzenia.

Kiedy więc Ola, syn właściciela, który od szesnastego roku życia pracował w recepcji, o godzinie 03.02 oderwał oczy od ekranu komputera i spojrzał na mężczyznę stojącego przy kontuarze, uznał, że ten człowiek zabłądził. Nie dość, że był ubrany w elegancki garnitur i miał przy sobie dwa nesesery oraz czerwoną torbę, to przyszedł sam, bez damskiego czy męskiego towarzystwa. Uparł się jednak, że zapłaci za tydzień z góry, radośnie przyjął od Oli ręcznik i dziękując niemal z pokorą, zniknął na drugim piętrze.

Ola wrócił do strony internetowej „Aftenposten”, do artykułu o fali zabójstw w Oslo i dyskusji o tym, czy wybuchła wojna gangów, oraz do pytań, jaki to może mieć związek z zabójcą zbiegłym z Państwa. Przez chwilę przyglądał się zdjęciu. Ale w końcu uznał, że jednak nie.

Simon przystanął koło schodków prowadzących do drzwi wejściowych i dał Kari znak, że ma trzymać broń w pogotowiu i uważać na okna na piętrze. Potem wspiął się po trzech stopniach i jednym palcem delikatnie zapukał w drzwi. Szepnął: „Policja", patrząc na Kari, by się upewnić, czy będzie mogła potwierdzić, że zastosował właściwą procedurę. Jeszcze raz zastukał, jeszcze raz szepnął: „Policja". Potem, trzymając pistolet za lufę, wychylił się, żeby stłuc szybę w oknie przy drzwiach. W drugiej ręce ściskał granat. Miał plan. Oczywiście, że miał plan. Coś w rodzaju planu. Który mówił, że liczą się tylko zaskoczenie i szybkość. W którym stawiał wszystko na jedną kartę. Tak jak zawsze. Młody psycholog wyjaśnił mu, że właśnie na tym polega jego choroba. Badania wykazały, że ludzie systematycznie przesadzają w ocenie prawdopodobieństwa wydarzenia się czegoś nieprawdopodobnego. Na przykład, że zginą w katastrofie samolotowej. Że ich dziecko zostanie zgwałcone albo uprowadzone w drodze do szkoły. Albo że koń, na którego postawili oszczędności żony, pierwszy raz w całej swojej karierze utrzyma prowadzenie do samego końca. Psycholog twierdził, że w podświadomości Simona coś było silniejsze od rozumu i chodzi tylko o zidentyfikowanie tego czegoś chorego, o nawiązanie dialogu z tym szalonym dyktatorem terroryzującym go i niszczącym mu życie. Że musi się zastanowić, czy w jego życiu jest coś ważnego. Ważniejszego niż ten dyktator. Coś, co kocha bardziej niż grę. Było. Była Else. I udało mu się. Rozmawiał z bestią, oswoił ją. Nie zaliczył ani jednej wpadki. Dopiero teraz.

Wziął głębszy oddech. Już miał uderzyć pistoletem w szybę, kiedy drzwi się otworzyły.

Simon próbował obrócić pistolet w rękach, ale stracił już dawny refleks. Nie miał szans. Nie miałby szans, gdyby mężczyzna, który pojawił się w drzwiach, trzymał broń.

– Dobry wieczór – powiedział tamten zwyczajnie.

– Dobry wieczór. – Simon próbował odzyskać panowanie nad sobą. – Policja.

– W czym mogę pomóc? – Mężczyzna otworzył drzwi na oścież, był ubrany. Obcisłe dżinsy, T-shirt. Bosy. Nie miał gdzie ukryć pistoletu.

Simon wetknął granat do kieszeni i wyciągnął identyfikator.

– Proszę o wyjście z domu i spokojne ustawienie się pod ścianą. Natychmiast.

Mężczyzna wzruszył ramionami i bez nerwów wykonał polecenie.

– Ile osób jest w domu oprócz dziewczyn? – spytał Simon, kiedy szybkie przeszukanie potwierdziło, że mężczyzna nie jest uzbrojony.

– Dziewczyn? Jestem sam. O co wam chodzi?

– Proszę pokazać, gdzie one są. – Simon założył mężczyźnie kajdanki i pchnął go przed sobą, dając Kari znak, żeby poszła za nim. Mężczyzna coś powiedział.

– Co? – spytał Simon.

– Mówię, żeby pańska koleżanka też weszła do domu. Nie mam nic do ukrycia.

Simon stał za nim i uważnie mu się przyglądał. Wpatrywał się w jego kark. Zobaczył lekko drgający mięsień, jak u nerwowego konia.

– Kari? – zawołał.

– Słucham.

– Zostań jednak na zewnątrz. Wejdę sam.

– Okej.

Simon położył rękę na ramieniu mężczyzny.

– Proszę wchodzić do środka, tylko bez żadnych gwałtownych ruchów. Ma pan pistolet przyłożony do pleców.

– O co…

– Niech pan się pogodzi z tym, że przynajmniej na razie uważam pana za przestępcę, którego można zastrzelić, więc ewentualne przeprosiny nastąpią dopiero później.

Mężczyzna bez żadnych protestów wszedł do przedpokoju. Simon automatycznie odnotowywał informacje, które mogłyby mu powiedzieć, co tu się dzieje. Cztery pary butów na podłodze. A więc facet nie mieszkał sam. Plastikowa miska z wodą i koc przy drzwiach do kuchni.

– Gdzie się podział pies? – spytał Simon.

– Jaki pies?

– To pan pije z tej miski?

Mężczyzna nie odpowiedział.

– Psy zwykle szczekają, kiedy do domu wchodzą obcy ludzie, więc albo to marny pies stróżujący, albo…

– Jest w schronisku. Dokąd idziemy?

Simon się rozejrzał. W oknach nie było krat, a drzwi wejściowe miały prosty zamek z gałką od wewnątrz. Nie tu przetrzymywano dziewczyny.

– Do piwnicy – zdecydował Simon.

Mężczyzna wzruszył ramionami. Skierował się w głąb korytarza. A kiedy zaczął otwierać drzwi do piwnicy, Simon zrozumiał, że trafił. Miały dwa zamki.

Już na schodach Simon poczuł zapach, który potwierdził to, co już wiedział: tutaj przebywali ludzie. Dużo ludzi. Mocniej ścisnął pistolet.

Ale nikogo nie było widać.

– Do czego używane są te pomieszczenia? – spytał Simon, kiedy mijali piwniczne boksy przegrodzone stalową siatką zamiast ścian.

– W zasadzie do niczego – odparł mężczyzna. – Pies tu mieszka. No i do przechowywania materaców, jak pan widzi.

Zapach stał się jeszcze bardziej wyczuwalny. Dziewczyny musiały tu przebywać całkiem niedawno. Cholera, spóźnili się. Ale z tych materaców musi się dać zdjąć materiał DNA. Chociaż o czym by to świadczyło? Że ktoś leżał na materacach, które teraz walały się w piwnicy?

Raczej dziwne by było, gdyby na starych materacach nie znaleziono DNA.

Nic nie mieli. Najście bez zezwolenia, niech to jasna cholera.

Nagle dostrzegł małą tenisówkę bez sznurowadeł leżącą na podłodze przy jakichś drzwiach.

– Co to za drzwi?

Mężczyzna ponownie wzruszył ramionami.

– Tylko wyjście na parking.

Tylko. Próbował podkreślić ich zwyczajność. Tak samo jak podkreślał, że chciałby, aby Kari również weszła do domu.

Simon podszedł do drzwi i je otworzył. Zobaczył biały samochód dostawczy stojący na wyasfaltowanej alejce, wciśniętej między ścianę domu a płot sąsiedniej posesji.

– Do czego służy ten samochód? – spytał.

– Jestem elektrykiem – wyjaśnił mężczyzna.

Simon cofnął się o kilka kroków. Kucnął, podniósł z podłogi tenisówkę. To mógł być rozmiar trzydzieści sześć. Mniejszy niż buty Else. Wsunął rękę do środka. Jeszcze ciepła. Musiała spaść komuś z nogi zaledwie przed kilkoma minutami. W tej samej chwili usłyszał dźwięk. Przytłumiony, dochodzący z zamknięcia, ale nie do pomylenia z niczym. Szczeknięcie. Wbił wzrok w samochód. Już miał wstać, ale dostał kopniaka w bok i przewrócił się na ziemię. Usłyszał krzyk mężczyzny:

– Jedź, jedź!

Obrócił się i wycelował w niego pistoletem, ale tamten już osunął się na kolana z rękami nad głową, całkowicie się poddając. Zawył włączony na wysokich obrotach silnik. Simon przetoczył się na drugi bok i dostrzegł w szoferce głowy. Najwyraźniej wcześniej ludzie leżeli, kryjąc się na siedzeniach.

– Stop, policja! – Simon próbował stanąć na nogi, lecz czuł cholerny ból. Facet musiał połamać mu żebra. Zanim odpowiednio ustawił pistolet, samochód ruszył i zniknął mu z oczu. Niech to szlag trafi!

Rozległ się huk i odgłos tłukącego się szkła.

Wycie silnika ucichło.

– Zostajesz tutaj! – nakazał Simon facetowi, a sam podniósł się z jękiem i na chwiejnych nogach ruszył do auta.

Samochód się zatrzymał. Ze środka dobiegały głośne krzyki i opętane ujadanie.

Ale to scenę rozgrywającą się przed samochodem Simon zachował w księdze pamięci niczym fotografię: Kari Adel w długim czarnym skórzanym płaszczu, oświetloną reflektorami pozbawionego przedniej szyby pojazdu, z kolbą strzelby wciśniętą w ramię, podtrzymującą od spodu ciągle jeszcze dymiącą lufę.

Simon podszedł do drzwi kierowcy, otworzył je i krzyknął:

– Policja!

Mężczyzna za kierownicą milczał. Patrzył tylko przed siebie, jakby był w szoku. Krew leciała mu spomiędzy włosów, na kolanach miał pełno odłamków szkła. Simon, nie zważając na ból w boku, wyciągnął go z auta i rzucił na ziemię.

– Twarzą do asfaltu i ręce na głowę! Już!

Obszedł samochód i podobnie potraktował równie apatycznego pasażera.

Później razem z Kari stanęli przy bocznych drzwiach do części bagażowej. Ze środka cały czas dobiegało szczekanie. Simon złapał za klamkę, a Kari stanęła dokładnie naprzeciwko drzwi z wycelowaną strzelbą.

– Chyba jest duży – stwierdził Simon. – Może powinnaś się cofnąć jeszcze o metr.

Kiwnęła głową, usłuchała. Otworzył.

Biały potwór wyprysnął z samochodu i z rozdziawioną, charczącą paszczą pofrunął w powietrzu prosto do Kari. Nastąpiło to tak szybko, że nie zdążyła strzelić. Ale zwierzę upadło na ziemię tuż przed nią i już się nie poruszyło.

Simon zaskoczony wpatrywał się we własny dymiący pistolet.

– Dziękuję – mruknęła Kari.

Spojrzeli na samochód. Z wnętrza gapiły się na nich zdumione, przerażone oczy.

– *Police* – powiedział Simon, a widząc, że jego słowa nie zostały przyjęte jako wyłącznie dobra informacja, dodał: – *Good police. We will help you.*

Sięgnął po komórkę i wybrał jakiś numer. Przyłożył go do ucha i zerknął na Kari.

– Możesz zadzwonić do centrali operacyjnej i poprosić, żeby przysłali jakieś patrole?

– A ty gdzie dzwonisz?

– Do prasy.

30

Za wzgórzem Enerhaugen zaczęło się rozjaśniać, ale dziennikarze wciąż jeszcze nie skończyli fotografowania i rozmów z dziewczynami, które dostały koce i herbatę przygotowaną przez Kari w kuchni. Trzej dziennikarze przepychali się wokół Simona, próbując wycisnąć z niego jeszcze więcej szczegółów.

– Nie, nie wiemy, czy jest więcej uczestników tego procederu oprócz tych, którzy zostali aresztowani dzisiejszej nocy – powtórzył Simon. – I tak, to prawda, że uderzyliśmy pod ten adres po otrzymaniu anonimowego zgłoszenia.

– Czy naprawdę konieczne było uśmiercanie niewinnego zwierzęcia? – spytała dziennikarka, wskazując na zwłoki psa, które Kari zakryła przyniesionym z domu kocem.

– Pies zaatakował – odparł Simon.

– Zaatakował? – oburzyła się. – Dwoje dorosłych ludzi przeciwko jednemu psiakowi? Naprawdę mogliście to załatwić w inny sposób!

– Śmierć zawsze jest smutna – odpowiedział Simon. I chociaż wiedział, że nie powinien, to nie mógł się powstrzymać, by nie dodać: – Ale zważywszy na to, że przewidywana długość życia psa jest odwrotnie proporcjonalna do jego wielkości, zrozumiałaby pani, gdyby zajrzała pod ten koc, że temu psu już i tak zostało niewiele czasu.

Stalsberg, starszy dziennikarz zajmujący się sprawami kryminalnymi, do którego Simon zadzwonił jako pierwszego, uśmiechnął się pod nosem. Jeden z policyjnych SUV-ów podjechał pod górkę i zaparkował za radiowozem, który – ku irytacji Simona – wciąż nie wyłączał koguta obracającego się na dachu.

– Ale zamiast wypytywać o to mnie, proponuję, żebyście porozmawiali z samym szefem.

Ruchem głowy wskazał SUV-a, dziennikarze odwrócili się jak na komendę. Z samochodu wysiadł wysoki szczupły mężczyzna z rzadkimi, zaczesanymi do tyłu włosami, w prostokątnych okularach bez oprawek. Kiedy podniósł głowę, ze zdumieniem zobaczył zmierzających w jego stronę dziennikarzy.

– Gratujemy tych aresztowań, panie Parr – zaczął Stalsberg. – Możemy prosić o komentarz? Nareszcie wygląda na to, że policji udaje się coś zdziałać w związku z problemem handlu ludźmi. Nazwie pan to przełomem?

Simon stojący z rękami założonymi na piersi poczuł zimne spojrzenie Pontiusa Parra. Komendant prawie niezauważalnie skinął mu głową i zaraz przeniósł wzrok na dziennikarza, który zadał pytanie.

– Z całą pewnością jest to ważny krok w walce policji z handlarzami żywym towarem. Zapowiadaliśmy przecież, że ten rodzaj przestępczości będzie traktowany priorytetowo, i, jak widzicie, ta decyzja wydała owoce. Należy więc szczerze pogratulować nadkomisarzowi Kefasowi i jego kolegom.

Parr złapał Simona, kiedy ten już odchodził do samochodu.

– Co ty wyprawiasz, do jasnej cholery?

Jedną z cech starego kumpla, których Simon nie potrafił pojąć, było to, że jego głos nigdy nie zmieniał barwy ani tonu. Parr mógł być boleśnie urażony albo wściekły, ale jego głos pozostawał taki sam.

– Wykonuję swoją robotę. Łapię bandytów itepe. – Simon się zatrzymał, włożył pod górną wargę torebeczkę ze snusem i podsunął puszkę Parrowi, który przewrócił oczami. To był stary żart, który Simonowi nigdy się nie znudził. Parr w życiu nie zażywał snusu ani nie wypalił choćby jednego papierosa.

– Mam na myśli ten cyrk – wyjaśnił Parr. – Sprzeciwiasz się bezpośredniemu zakazowi interwencji, a następnie zapraszasz cały korpus prasowy. Dlaczego?

Simon wzruszył ramionami.

– Uznałem, że wyjątkowo przyda nam się mieć dobrą prasę. Zresztą to nie jest cały korpus, tylko ci, którzy mieli nocny dyżur. No i cieszę się, że uzgodniliśmy, iż opinia funkcjonariusza obecnego na miejscu zdarzenia powinna być decydująca. Gdybyśmy nie weszli, nie znaleźlibyśmy tych dziewczyn. Właśnie je stąd wywożono.

– Ciekaw jestem, skąd się dowiedziałeś o tym miejscu.

– Z SMS-a.

– Od?

– Anonimowego użytkownika. Numer nie jest zarejestrowany.

– Zwróć się do operatorów telekomunikacyjnych, niech wyśledzą ten telefon. I jak najszybciej znajdź tę osobę. Potrzebne będzie przesłuchanie, które nam coś da, bo jeśli się nie mylę, od tych aresztowanych nie wydębimy ani słowa.

– Bo?

– To są płotki, Simon. Wiedzą, że jeśli nie będą trzymać języka za zębami, przyjdą grube ryby i je pożrą. A nam zależy na złowieniu tych grubych ryb, prawda?

– Jasne.

– No to dobrze. Posłuchaj, Simon, znasz mnie, wiesz, że czasami mam zbyt dobre zdanie o swojej doskonałości, i…

– I?

Parr chrząknął. Wspiął się na palce, jakby zbierał siły.

– Dzisiaj twoja ocena sytuacji była lepsza niż moja. I tyle. To nie pójdzie w zapomnienie po dotarciu do kolejnych rozstajów.

– Dziękuję ci, Pontius, tyle że dla mnie kolejne rozstaje to emerytura.

– To prawda – uśmiechnął się Parr. – Ale jesteś dobrym policjantem. Zawsze byłeś.

– To też prawda – przyznał Simon.

– Jak się miewa Else?

– Dobrze, dziękuję. Chociaż…

– Tak?

Simon wziął głębszy oddech.

– Nic, nic. Dobrze. Pogadamy o tym innym razem. Idziemy spać?

Parr kiwnął głową.

– Idziemy. – Poklepał Simona po ramieniu, odwrócił się i ruszył do SUV-a.

Simon obserwował go jeszcze przez chwilę. W końcu zgiął palec wskazujący i wyjął torebkę spod wargi. Snus nie miał takiego smaku, jak powinien.

31

Simon przyszedł do pracy o siódmej. Złapał dwie i pół godziny snu, półtorej filiżanki kawy i pół bólu głowy. Niektórzy ludzie mogą mało spać. Simon się do nich nie zaliczał.

Możliwe jednak, że zaliczała się do nich Kari. W każdym razie sprawiała wrażenie pełnej energii, kiedy maszerowała w jego stronę.

– I co? – spytał Simon. Ciężko usiadł na krześle i rozerwał brązową kopertę, którą wyjął ze swojej przegródki na korespondencję.

– Żaden z tych trzech wczoraj aresztowanych nie chce mówić – odpowiedziała Kari. – W zasadzie nie odzywają się ani słowem. Nie chcą nawet powiedzieć, jak się nazywają.

– Mądre chłopaki. A my to wiemy?

– Pewnie. Nasi wywiadowcy ich rozpoznali. Wszyscy trzej byli już karani. Poza tym jeszcze w nocy bez żadnej zapowiedzi nagle pojawił się adwokat i udaremnił nam próbę wyciągnięcia od nich czegokolwiek. Niejaki Einar Harnes. Udało mi się też namierzyć telefon, z którego przyszedł SMS od tego Syna. Wysłano go z komórki faceta, który nazywa się Fidel Lae. To właściciel hodowli psów. Telefonu nikt nie odbiera, ale sygnały przekazywane do stacji bazowych świadczą o tym, że aparat znajduje się w jego gospodarstwie. Posłaliśmy tam już dwa patrole.

Simon zrozumiał, dlaczego Kari, w przeciwieństwie do niego, nie wygląda, jakby dopiero wstała z łóżka. W ogóle się nie kładła, pracowała przez całą noc.

– No i jeszcze ten Hugo Nestor, którego kazałeś mi szukać... – ciągnęła.

– Tak?

– Nie ma go w domu. Nie odbiera telefonu, w biurze też go nie ma. Ale to wszystko może być pozorowane. Na razie jedyną pewną informacją jest to, że nasza agentka widziała Nestora wczoraj wieczorem w Vermoncie.

– Hm. Sierżant Adel, czy pani uważa, że mam nieprzyjemny oddech?

– Nie zwróciłam na to uwagi. Ale też i my...

– Więc nie należy tego rozumieć jako przytyk? – Simon podniósł do góry aż trzy szczoteczki do zębów.

– Wyglądają na używane – stwierdziła Kari. – Od kogo je dostałeś?

– No właśnie. – Simon zajrzał do koperty. Wyjął kartkę z logo hoteli sieci Radisson, ale podpisu nadawcy nie było, tylko krótka, napisana odręcznie informacja.

Sprawdźcie DNA. S.

Podał kartkę Kari i przyjrzał się szczoteczkom.

– Jakiś wariat – zawyrokowała Kari. – Przecież w Instytucie Medycyny Sądowej i tak mają pełne ręce roboty w związku z tymi zabójstwami, nie będą jeszcze…

– Zawieź je do nich – polecił Simon.

– Po co?

– To on.

– Kto?

– S. Czyli Sonny.

– Skąd wiesz…

– Poproś, żeby potraktowali to jako pilne.

Kari tylko się w niego wpatrywała. Zadzwonił telefon Simona.

– W porządku – rzuciła i odwróciła się, żeby odejść.

Stała przy windzie, kiedy podszedł do niej Simon. Włożył już płaszcz.

– Najpierw pojedziesz ze mną gdzie indziej – oświadczył.

– Bo?

– Dzwonił Åsmund Bjørnstad. Znaleźli kolejne zwłoki.

Jakiś leśny ptak głucho pohukiwał zza świerków.

Z Åsmunda Bjørnstada wszelka arogancja uszła jak powietrze z balonu. Przez telefon powiedział wprost: „Potrzebujemy pomocy, Kefas".

Simon stanął koło komisarza z KRIPOS i Kari. Przez siatkę zaczął się przyglądać leżącym w klatce zwłokom, które wstępnie zidentyfikowano na podstawie rozmaitych kart kredytowych. Hugo Nestor. Na potwierdzenie musieli czekać do otrzymania wyników porównania uzębienia ze zdjęciami rentgenowskimi zrobionymi podczas wizyt u dentysty. To, że trup faktycznie leczył zęby, Simon mógł stwierdzić już teraz, patrząc na plomby w odsłoniętych szczękach. Policjanci z psiego patrolu, którzy zabrali dogi argentyńskie, w prosty sposób wyjaśnili stan ciała: „Psy były głodne. Ktoś im dawał za mało jedzenia".

– Nestor był szefem Kallego Farrisena – powiedział Simon.

– Wiem – jęknął Bjørnstad. – Kiedy dziennikarze się dowiedzą, rozpęta się piekło.

– Jak znaleziono Laego?

– Do jego gospodarstwa przyjechały dwa patrole. Miały szukać telefonu.

– To ja je wysłałam – włączyła się Kari. – Dostaliśmy stąd SMS-a.

– Najpierw znaleźli telefon Laego – ciągnął Bjørnstad. – Leżał na słupku furtki, jakby ktoś specjalnie go tam położył, żeby został zauważony. Przeszukali dom, ale Laego nie znaleźli. Już mieli wracać, gdy nagle jeden z psów policyjnych zaczął reagować. Ciągnął do lasu. I tam znaleźli… to. – Rozłożył ręce.

– Lae? – spytał Simon, gestem wskazując trzęsącego się mężczyznę, który siedział na pniu owinięty w koc.

– Twierdzi, że sprawca groził mu pistoletem. Zamknął go w klatce obok, zabrał mu telefon i portfel. Lae tkwił tu uwięziony przez półtorej doby. Widział wszystko, co się tu działo.

– I co mówi?

– Jest zdruzgotany, biedaczysko. Sypie jak złoto. Przyznał się, że nielegalnie sprzedawał psy. Nestor był jego klientem. Ale nie potrafi porządnie opisać sprawcy. To typowe, że świadkowie nie potrafią zapamiętać twarzy ludzi, którzy grożą im śmiercią.

– O, oni dobrze je pamiętają – zaprotestował Simon. – Zapamiętują do końca życia. Tyle że w inny sposób niż my je widzimy, dlatego rysopisy są błędne. Zaczekajcie chwilę.

Simon podszedł do mężczyzny. Przysiadł na pniu obok niego.

– Jak on wyglądał? – spytał.

– Już podałem rysopis…

– Tak? – Simon wyjął z kieszonki zdjęcie. – Proszę spróbować wyobrazić go sobie bez brody i długich włosów.

Mężczyzna długo wpatrywał się w fotografię. Wreszcie skinął głową.

– Spojrzenie. On miał to spojrzenie. Wyglądał jak niewiniątko.

– Jest pan pewien?

– Całkowicie.
– Dziękuję.
– On przez cały czas mówił tak samo. „Dziękuję". I płakał, kiedy psy rzuciły się na Nestora.
Simon schował zdjęcie do kieszeni.
– Ostatnia rzecz. Powiedział pan policji, że on groził panu pistoletem. W której ręce go trzymał?
Mężczyzna zamrugał zdziwiony, jakby do tej pory się nad tym nie zastanawiał.
– W lewej. Był mańkutem.
Simon wrócił do Bjørnstada i Kari.
– To Sonny Lofthus.
– Kto? – zdziwił się komisarz.
Simon długo mu się przyglądał.
– To nie ty zamówiłeś Deltę i próbowałeś go złapać w schronisku Ila?
Bjørnstad pokręcił głową.
– Wszystko jedno. – Simon znów sięgnął po fotografię. – Musimy prosić o pomoc opinię publiczną. Redakcje wiadomości w NRK i TV2 muszą dostać to zdjęcie.
– Wątpię, żeby ktoś go rozpoznał na podstawie tej fotografii.
– Niech go ogolą i ostrzygą w Photoshopie, jakkolwiek. Jak szybko da się to załatwić?
– Znajdą miejsce przy pierwszej okazji, uwierz mi – powiedział Bjørnstad.
– W porannych serwisach za kwadrans. – Kari wyjęła komórkę i ustawiła funkcję aparatu fotograficznego. – Przytrzymaj to zdjęcie w pionie i nie ruszaj. Masz jakiegoś znajomego w NRK, do którego możemy to wysłać?

Morgan Askøy delikatnie odrywał niewielki strupek na grzbiecie dłoni. Autobus jednak nagle zahamował, Morgan szarpnął mocniej i ukazała się kropelka krwi. Szybko podniósł głowę, bo nie tolerował widoku krwi.
Wysiadł na przystanku przy Państwowym Zakładzie Karnym o Zaostrzonym Rygorze, gdzie pracował od dwóch miesięcy. Szedł

za grupą innych strażników, gdy nagle zrównał się z nim facet w mundurze.

– Dzień dobry.

– Dzień dobry – odparł Morgan odruchowo, spojrzał na tamtego, ale nie potrafił umiejscowić jego twarzy. Dalej jednak szli obok siebie, jakby się znali. Albo jakby tamten chciał się z nim zapoznać.

– Ty nie pracujesz na oddziale A – stwierdził facet. – A może jesteś nowy?

– Oddział B – odparł Morgan. – Od dwóch miesięcy.

– Aha.

Był młodszy od pozostałych wielbicieli munduru. Zwykle to starsi przychodzili do pracy i wracali w mundurach, jakby byli z nich dumni. Tak jak sam szef, Franck. Ale Morgan czułby się jak idiota, gdyby tak wystrojony jechał autobusem, a ludzie by się na niego gapili, może nawet pytali, gdzie pracuje. I co miałby odpowiedzieć? W Państwie? W więzieniu? Zerknął na identyfikator tamtego. Sørensen.

Minęli budkę strażników, idąc ramię w ramię. Morgan kiwnął głową koledze w środku.

Kiedy zbliżali się już do drzwi wejściowych, tamten wyjął komórkę i nieco zwolnił. Pewnie chciał wysłać SMS-a.

Drzwi zdążyły się już zamknąć za strażnikami idącymi przodem, Morgan musiał więc sięgnąć po własny klucz. Otworzył.

– Dziękuję – powiedział ten Sørensen i wemknął się przed nim. Morgan wszedł i skręcił w stronę szafek. Widział, jak tamten wchodzi do śluzy razem z innymi i kieruje się w stronę oddziałów.

Betty zrzuciła buty i ciężko padła na łóżko. Ależ to była nocna zmiana! Czuła się wykończona i wiedziała, że nie zaśnie od razu, ale musiała przynajmniej spróbować. A jeśli miało jej się to udać, to najpierw należało pozbyć się myśli o tym, że powinna zgłosić policji zdarzenie w apartamencie numer cztery. Kiedy już wraz z ochroniarzem dokładnie sprawdzili, czy z pokoju niczego nie skradziono ani nic tam nie zniszczono, Betty postanowiła trochę posprzątać. Już miała wyrzucić połówkę cytryny, gdy zauważyła w koszu na śmieci strzykawkę jednorazową. Mózg Betty jakby samodzielnie powiązał ze sobą te dwie rzeczy: strzykawkę i dziwny kolor miąższu. Powiodła palcami po skórce i wyczuła kilka małych otworków. Wycisnęła na rękę kropelkę soku i zobaczyła, że jest mętny, jakby zawierał wapń. Ostrożnie dotknęła tej kropelki językiem – przez ostry smak cytryny przebił się inny, gorzki, kojarzący się z lekarstwem. Musiała podjąć decyzję. Czy jakiś przepis zakazuje gościom posiadania cytryn o dziwnym smaku? Albo jednorazowych strzykawek, jeżeli cierpią na cukrzycę lub jakieś inne choroby? Zabrała więc zawartość kosza do recepcji i tam wyrzuciła. Napisała krótki raport o awanturze w apartamencie numer cztery i mężczyźnie przywiązanym do sedesu, który całą sprawę zbagatelizował. Co więcej mogła zrobić?

Włączyła wiszący na ścianie telewizor, rozebrała się i poszła do łazienki zmyć makijaż i wyczyścić zęby. Docierał do niej jednostajny szum głosów kanału z wiadomościami na TV2. Zwykle zostawiała telewizor włączony, z przyciszonym głosem, to pomagało jej zasnąć. Może dlatego, że mocny głos prezentera przypominał jej głos ojca, taki, który potrafi przekazać informację o zagładzie całych kontynentów, a człowiek mimo wszystko czuje się bezpieczny. Ale sam głos przestał już wystarczać. Zaczęła łykać tabletki na sen, słabe, ale jednak. Lekarz powiedział, że powinna się zastanowić nad zrezygnowaniem z nocnych dyżurów i sprawdzić, czy to nie pomoże. Ale nie tędy wiodła droga, nie przez obijanie się w pracy. Trzeba dźwigać swój krzyż. Wśród szumu lejącej się z kranu wody i szorowania szczoteczki po zębach usłyszała nagle, że policja poszukuje osoby podejrzanej o dokonanie w nocy zabójstwa w hodowli psów. I że tę samą osobę podejrzewają również o zabójstwo Agnete Iversen oraz potrójną egzekucję na Starym Mieście.

Betty wypłukała usta, zakręciła kran i przeszła do sypialni. W progu stanęła jak wryta. Zapatrzyła się w twarz na ekranie telewizora.

To był on.

Miał brodę i długie włosy, ale Betty potrafiła rozbierać twarze z masek i przebrań, porównywać je z zamieszczanymi w sieci przez Plaza i inne międzynarodowe hotele zdjęciami notorycznych oszustów, którzy prędzej czy później pojawiali się również w ich recepcji. I to był on. Widziała go, kiedy się meldował, bez okularów i z brwiami.

Wpatrywała się w telefon leżący na nocnym stoliku.

Uważna, ale dyskretna. Interesy hotelu stawia na pierwszym miejscu.

Może zajść daleko.

Mocno zacisnęła powieki.

Matka miała rację. To przeklęte wścibstwo!

Arild Franck stał przy oknie i obserwował strażników z nocnej zmiany przechodzących przez bramę. Zwrócił uwagę na funkcjonariuszy, którzy na pierwszą zmianę stawiają się trochę za późno. Zirytował się. Irytowali go ludzie, którzy nie potrafili wykonać swojej roboty. Tacy jak w KRIPOS i w Wydziale Zabójstw. Schrzanili tamtą akcję na Ila, przecież dostali informację, a mimo wszystko Lofthus się wymknął. Tak po prostu nie może być, bo teraz przychodzi im płacić za niedbalstwo policji. Hugo Nestor został zabity tej nocy. W jakiejś hodowli psów. To nie do wiary, że jeden człowiek, w dodatku narkoman, potrafi dokonać takich zniszczeń. W irytację nieudolnością władz wprawiało go poczucie odpowiedzialności obywatelskiej. Czasami złościł się nawet na to, że policja nie potrafi złapać jego, skorumpowanego szefa więzienia. Przecież widział podejrzliwość w oczach Simona Kefasa. Ale temu tchórzliwemu szczurowi oczywiście brakowało odwagi, żeby uderzyć, miał zbyt wiele do stracenia. Simon Kefas wykazywał się odwagą tylko wtedy, kiedy gra szła o martwe pieniądze.

Przeklęte pieniądze. Co on sobie myślał? Że kupi za nie popiersie, nazwisko, które zostanie zapisane wśród budowniczych społeczeństwa? Kiedy już raz wpadnie się w to gówno, czyli pieniądze, wciąga jak heroina. Cyfry na koncie bankowym zaczynają stanowić cel, a nie środek, bo innego sensownego celu już nie ma. I tak jak heroinista można o tym wiedzieć i świetnie to rozumieć, a jednak nie potrafić nic na to zaradzić.

– Idzie do pana strażnik Sørensen – rozległ się głos sekretarki z recepcji.

– Nie…

– Wyminął mnie, więc będzie za minutę.

– Ach, tak?

Sørensen. Czyżby chciał wcześniej wrócić ze zwolnienia? Jeżeli naprawdę o to chodzi, byłoby to zupełnie nietypowe zachowanie ze strony norweskiego pracobiorcy. Usłyszał, że drzwi za jego plecami się otwierają.

– No i co tam, Sørensen? – spytał, nie odwracając się. – Zapomniałeś zapukać?

– Siadaj!

Franck usłyszał odgłos przekręcanego zamka w drzwiach. Zdziwiony odwrócił się w kierunku głosu i znieruchomiał, widząc pistolet.

– Jeden dźwięk i strzelę ci prosto w czoło.

Pistolet posiada tę cechę, że kiedy w kogoś celuje, osoba ta z reguły skupia się na nim tak mocno, iż mija pewien czas, zanim rozpozna tego, kto go trzyma. Ale kiedy napastnik podniósł nogę i pchnął nią krzesło tak, że podjechało wprost do szefa więzienia, Franck zorientował się, kto to jest. Chłopak wrócił.

– Zmieniłeś się – stwierdził Franck. Miało to zabrzmieć autorytarnie, ale w gardle mu zaschło i nie zapanował nad głosem.

Pistolet uniósł się wyżej, a Franck od razu usiadł.

– Połóż ręce na podłokietnikach. Włączę teraz interkom, a ty powiesz Inie, że ma iść do piekarni i kupić nam drożdżówki. Natychmiast.

Wcisnął guzik.

– Słucham? – rozległ się przymilny głos sekretarki.

– Ina… – Mózg Francka rozpaczliwie szukał jakiegoś wyjścia. – Idź… – Poszukiwania gwałtownie się zakończyły, gdy Franck zobaczył, jak palec chłopaka lekko naciska spust. – …i kup świeże drożdżówki, dobrze? Idź od razu.

– Aha.

– Dziękuję ci, Ino.

Chłopak zwolnił przycisk interkomu, wyjął z kieszeni rolkę białej taśmy gaffa, obszedł krzesło i zaczął przywiązywać przedramiona Francka do podłokietników. Potem przeciągnął taśmę wokół jego piersi i oparcia krzesła, następnie wokół nóg i słupka zakończonego kółkami. Franckowi przyszła do głowy dziwna myśl: że powinien czuć większy strach. Przecież ten chłopak zabił Agnete Iversen. Kallego. Sylvestra. Hugona Nestora. Czyżby Franck nie rozumiał, że i on zginie? A może liczył się ten nieistotny fakt, że znajdował się w swoim własnym bezpiecznym gabinecie w Państwie i że był jasny dzień? Przecież obserwował, jak ten chłopak dorasta w jego więzieniu, nie wykazując nigdy skłonności do przemocy, oprócz tego jednego zdarzenia z Haldenem.

Chłopak przeszukał mu kieszenie, wyjął portfel, kluczyki do samochodu.

– Porsche cayenne – odczytał głośno z kluczyka. – Drogi samochód jak na pracownika budżetówki, prawda?

– Czego chcesz?

– Odpowiedzi na trzy proste pytania. Jeżeli na nie odpowiesz, będziesz żył. Jeżeli nie, będę zmuszony odebrać ci życie – zakończył niemal przepraszającym tonem. – Pierwsze pytanie jest takie: na jakie konto i na czyje nazwisko Nestor przelewał pieniądze, kiedy ci płacił?

Franck się zastanowił. Nikt o tym koncie nie wiedział, mógł więc powiedzieć cokolwiek, zmyślić numer, którego nikt nie potwierdzi. Już otworzył usta, ale chłopak nie pozwolił mu dojść do słowa.

– Na twoim miejscu zastanowiłbym się nad odpowiedzią.

Franck spoglądał w lufę pistoletu. O czym on mówi? Nikt nie mógł potwierdzić tego, co powie, ani temu zaprzeczyć. Oczywiście nikt z wyjątkiem Nestora, który wysyłał pieniądze. Franck zamrugał. Czyżby chłopak zmusił Nestora przed śmiercią do wyjawienia numeru konta? Czy to test?

– Konto jest założone na firmę – powiedział. – Dennis Limited, zarejestrowana na Kajmanach.

– A numer? – Chłopak trzymał w ręku coś, co wyglądało na pożółkłą wizytówkę. Zanotował na niej numer, który dostał od Nestora? A jeżeli to blef, to co? Nawet jeśli poda mu ten numer, on i tak nie wypłaci pieniędzy.

Po kolei zaczął podawać cyfry.

– Wolniej. – Chłopak znów spojrzał na wizytówkę. – I wyraźniej.
Franck usłuchał.

– Teraz pozostają jeszcze dwa pytania – oznajmił chłopak, kiedy Franck skończył. – Kto zabił mojego ojca? I kto był kretem, który pomagał Bliźniakowi?

Arild Franck znowu zamrugał. Jego ciało już to zrozumiało i tłoczyło pot przez każdy por na skórze. Zrozumiało, że powinno się bać. Nóż. Ta obrzydliwa wygięta śmiercionośna broń Hugona Nestora.

Zaczął krzyczeć.

– No to już rozumiem – zakończył Simon, wsuwając telefon z powrotem do kieszonki kurtki, i wyjechał z tunelu na światło w okolicy Bjørvika i Oslofjorden.

– Co rozumiesz? – spytała Kari.

– Dyżurująca w nocy recepcjonistka z hotelu Plaza zadzwoniła na policję z informacją, że poszukiwany wynajął tam apartament na dzisiejszą noc. Na nazwisko Fidel Lae. I że w tym apartamencie na skutek skarg z sąsiednich pokoi znaleziono mężczyznę przykutego do miski klozetowej. Zwiał zaraz po uwolnieniu. Poza tym hotel sprawdził nagrania z kamer nad drzwiami wejściowymi. Widać na nich, jak Lofthus wchodzi razem z Nestorem i tym drugim mężczyzną, którego znaleziono w łazience.

– Wciąż nie odpowiedziałeś mi, co teraz rozumiesz.

– Aha. Już wiem, skąd ci trzej na Enerhauggata wiedzieli, że przyjedziemy. Według zapisów w hotelowej księdze dyżuru ten przywiązany do kibla uciekł z Plaza zaraz po tym, jak dojechaliśmy pod ten dom. Facet zadzwonił i ostrzegł kogo trzeba, że Nestor został porwany, więc szykowali się do ewakuacji wszystkich najbardziej zagrożonych przyczółków, na wypadek gdyby zaczął sypać. Pamiętali, co spotkało Kallego, prawda? Już mieli wywieźć dziewczyny tym samochodem dostawczym, kiedy się zorientowali, że tam jesteśmy. Zaczekali więc, aż się wyniesiemy, albo oboje wejdziemy do tego domu, żeby mogli niepostrzeżenie odjechać.

– Sporo musiałeś myśleć o tym, skąd się dowiedzieli, że przyjdziemy – zauważyła Kari.

– Możliwe – przyznał Simon, podjeżdżając pod Budynek Policji. – Ale teraz już to wiem.

– Wiesz, jak to mogło być – poprawiła go Kari. – Powiesz mi, o czym myślisz teraz?

Simon wzruszył ramionami.

– Że musimy dorwać Lofthusa, zanim urządzi jeszcze większe piekło.

– Dziwny typ – powiedział Morgan Askøy do starszego kolegi, kiedy szli szerokim korytarzem z drzwiami do cel otwartymi na oścież, gotowymi na poranną inspekcję. – Nazywa się Sørensen. Po prostu do mnie podszedł.

– To niemożliwe – zaprotestował drugi strażnik. – Na oddziale A pracuje tylko jeden Sørensen, a on jest na zwolnieniu.

– Ale to był on. Widziałem identyfikator z nazwiskiem przypięty do munduru.

– A ja rozmawiałem z Sørensenem parę dni temu, właśnie znów był w szpitalu.

– Widocznie szybko wyzdrowiał.

– Dziwne. Mówisz, że był w mundurze? To już na pewno nie Sørensen, bo on nienawidzi tego munduru. Zawsze po pracy zostawiał go w szafce w szatni. I stamtąd ukradł go ten Lofthus.

– Ten zbieg?

– No. A jak ci się właściwie u nas podoba, Askøy?

– Może być.

– To dobrze. Tylko wykorzystuj wolne dni, które ci przysługują za nadgodziny. Niech cię nie kusi, żeby za dużo pracować.

Zrobili jeszcze sześć kroków i obaj gwałtownie się zatrzymali. Popatrzyli na siebie. Zobaczyli nawzajem swoje szeroko otwarte oczy.

– Jak wyglądał ten facet? – spytał ten drugi strażnik.

– A jak wyglądał Lofthus?

Franck oddychał przez nos. Jego krzyk powstrzymała dłoń chłopaka, która opadła mu na usta. Potem Sonny zrzucił but, ściągnął skarpetkę, wcisnął ją Franckowi do ust i obwiązał mu głowę taśmą.

Teraz przeciął taśmę mocującą prawą rękę Francka do podłokietnika, tak aby wicedyrektor mógł wziąć w palce podawane mu pióro i dotknąć nim kartki leżącej na samym brzegu biurka.

– Odpowiadaj!

Franck napisał: „Nie wiem". Opuścił pióro.

Usłyszał szelest odrywanej taśmy, poczuł zapach kleju i zaraz taśma opadła mu na nos, tamując dostęp powietrza. Ciało Francka zaczęło się szarpać i ciągnąć za krzesło, jakby pozostawało całkowicie poza kontrolą mózgu. Wiło się i wierzgało, tańczyło przed tym przeklętym chłopakiem! Ciśnienie w głowie narastało, Franck czuł, że zaraz pęknie. Był już pewny śmierci, gdy zobaczył, jak ostry koniec stalówki przekłuwa napiętą taśmę w okolicy nozdrza.

W taśmie zrobiła się dziura i Arild Franck mógł zaczerpnąć powietrza lewą dziurką. Z oczu popłynęły mu pierwsze gorące łzy.

Znów dostał pióro. Franck się skupił.

„Zlituj się! Napisałbym nazwisko kreta, gdybym je znał".

Chłopak przeczytał. Zamknął oczy, skrzywił się, jakby coś go zabolało. Oderwał kolejny kawałek taśmy.

Rozdzwonił się stojący na biurku telefon. Franck popatrzył na niego z nadzieją. Wyświetlił się numer wewnętrzny. Telefonował Goldsrud, szef dyżuru. Ale chłopak się tym nie przejął, skoncentrował się na ponownym zaklejeniu nosa Francka, a ten już czuł drżenie towarzyszące panice. Sam nie wiedział, czy się trzęsie, czy się śmieje.

– Szef nie odpowiada – powiedział Geir Goldsrud, odkładając słuchawkę. – A Ina musiała gdzieś wyjść, bo zwykle to ona odbiera, kiedy Franck się nie odzywa. Ale zanim złapiemy szefa, jeszcze raz wszystko sobie powtórzymy. Mówisz, że ten, którego widziałeś, przedstawił się jako Sørensen i że był podobny do niego… – Szef dyżuru wskazał na ekran monitora, na którym wyświetliło się zdjęcie Sonny'ego Lofthusa.

– On nie był podobny! – krzyknął Morgan. – To b y ł on, przecież ci mówię!

– Spokojnie – pouczył go starszy kolega.

– Spokojnie, spokojnie – burknął Morgan. – Facet jest poszukiwany tylko za sześć zabójstw.

– Zaraz zadzwonię do Iny na komórkę. Jeśli okaże się, że nie wie, gdzie jest szef, zaczniemy go szukać na własną rękę. Ale nie życzę sobie żadnej paniki, jasne?

Morgan spojrzał na kolegę i zaraz przeniósł wzrok z powrotem na szefa dyżuru. Wydawało mu się, że to Goldsrud jest bliższy paniki niż on. Morgan był tylko podniecony. Cholernie podniecony. Zbiegły więzień, który potajemnie przedostał się do Państwa – czy to działo się naprawdę?

– Ina! – prawie krzyknął do telefonu Goldsrud, a Morgan dostrzegł na jego twarzy wyraźną ulgę. Goldsruda łatwo było oskarżać o fobię związaną z odpowiedzialnością, ale zdaje się, że pełnienie funkcji kierowniczej podległej zastępcy dyrektora mogło być niezłym piekłem. – Musimy natychmiast skontaktować się z Franckiem, gdzie on jest?

Morgan widział, jak wyraz ulgi na jego twarzy zastępują najpierw zdumienie, a potem przerażenie. Goldsrud się rozłączył.

– Co...? – zaczął pytać drugi strażnik.

– Ina mówi, że szef ma w gabinecie gościa. – Goldsrud wstał i podszedł do szafek w głębi pomieszczenia. – Przyszedł do niego niejaki Sørensen.

– I co teraz zrobimy? – spytał Morgan.

Geir włożył klucz do zamka, obrócił go i otworzył.

– To – odparł.

Morgan naliczył dwanaście karabinów.

– Dan i Harald, pójdziecie z nami! – krzyknął Goldsrud, a Morgan nie wychwycił już w jego głosie zaskoczenia, przerażenia ani żadnej fobii. – Natychmiast!

Simon stał z Kari przed windą w atrium w Budynku Policji, kiedy zadzwoniła jego komórka. Telefonowali z Instytutu Medycyny Sądowej.

– Mamy wstępny wynik badania DNA z tych twoich szczoteczek.

– Świetnie – ucieszył się Simon. – I jaki jest ten wynik do przerwy?

– Powiedziałbym raczej, że na trzydzieści sekund przed końcowym gwizdkiem. Prawdopodobieństwo wynosi ponad dziewięćdziesiąt pięć procent.

– Prawdopodobieństwo czego? – Simon patrzył, jak otwierają się drzwi windy.

– Że ślina na dwóch z tych szczoteczek ma częściowy odpowiednik w naszym rejestrze DNA. Ciekawą rzeczą jest to, że trafienie ma związek nie z przestępcami czy policjantami, tylko z ofiarą. A konkretnie: osoby, które używały tych szczoteczek, są z tą ofiarą blisko spokrewnione.

– Liczyłem się z tym – oświadczył Simon. Wsiadł do windy. – To są szczoteczki Iversenów. Po zabójstwie zauważyłem, że u nich w domu nie ma szczoteczek. Częściowo pasują do DNA Agnete Iversen, prawda?

Kari spojrzała na niego zdziwiona, kiedy triumfalnie podniósł rękę.

– Nie – odparł głos z Instytutu Medycyny Sądowej. – Prawdę mówiąc, Agnete Iversen nie została jeszcze wciągnięta do Centralnego Rejestru DNA.

– Nie? Więc jak...

– To nieznana ofiara zabójstwa.

– Znaleźliście pokrewieństwo między dwiema szczoteczkami a nieznaną ofiarą zabójstwa? Nieznaną, czyli...

– Czyli niezidentyfikowaną. Z bardzo młodą i bardzo martwą istotą płci żeńskiej.

– Jak młodą? – spytał Simon, wpatrzony w zasuwające się drzwi windy.

– Młodszą niż zazwyczaj.

– Mówże wreszcie!

– Chodzi o czteromiesięczny płód.

Mózg Simona przetwarzał dane najszybciej, jak potrafił.

– To znaczy, że Agnete Iversen dokonała nielegalnej późnej aborcji?

– Nie.

– Nie? No to kto... Do diabła! – Simon zamknął oczy i oparł czoło o ściankę z laminatu.

– Połączenie się zerwało? – spytała Kari.
Simon pokiwał głową.
– I tak zaraz wysiadamy – pocieszyła.

Chłopak zrobił stalówką dwa szybkie nakłucia w taśmie. Po jednym przy każdej dziurce w nosie. Arild Franck znów wciągał w płuca kolejne sekundy życia. Nie chciał niczego innego, tylko żyć. A jego ciało nie słuchało niczego innego, tylko tej woli.

– Chcesz napisać jakieś nazwisko? – spytał chłopak cicho.

Franck odetchnął ciężko. Żałował, że nie ma szerszych nozdrzy, szerszych przewodów nosowych do czerpania tego słodkiego cudownego powietrza. Nasłuchiwał dźwięków sygnalizujących, że ratunek jest już w drodze, a jednocześnie kręcił głową, próbował formułować słowa wyschniętym językiem unieruchomionym przez skarpetę, wargami zaklejonymi taśmą mówił, że nie zna żadnego nazwiska. Nie wie, kim był kret, pragnie jedynie łaski. Chce móc stąd odejść. Otrzymać wybaczenie.

Zdrętwiał, kiedy zobaczył, że chłopak staje przed nim i unosi nóż. Franck nie mógł się ruszyć, cały był oklejony taśmą. Cały…

Nóż się zbliżył. Paskudny wygięty nóż Nestora. Franck wcisnął głowę w oparcie krzesła, napiął każdy mięsień i zaniósł się wewnętrznym krzykiem, widząc krew wypływającą z własnego ciała.

32

– Dwa – szepnął Goldsrud, szef zmiany.

Strażnicy stali z bronią gotową do strzału, nasłuchując ciszy za drzwiami gabinetu wicedyrektora więzienia. Morgan wziął głęboki oddech. Teraz, to się stanie teraz. Nareszcie będzie uczestniczył w czymś, o czym marzył od dzieciństwa. O tym, żeby kogoś złapać. Może nawet…

– Trzy – szepnął Goldsrud.

Machnął ciężkim młotem. Narzędzie uderzyło w zamek, strzeliły drzazgi, kiedy Harald, najpotężniejszy z nich wszystkich, wyważył drzwi. Morgan wpadł z karabinem uniesionym na wysokość piersi i od razu zrobił dwa kroki w lewo, tak jak polecił mu Goldsrud. W pokoju była tylko jedna osoba. Morgan zobaczył mężczyznę na krześle, który siedział z zakrwawioną piersią, szyją i brodą. O Boże, ile tej krwi! Poczuł, że kolana się pod nim uginają, jakby wstrzyknięto w nie rozpuszczalnik. Wiedział, że nie może zemdleć, ale tej krwi było tak strasznie dużo! A mężczyzna trząsł się jak rażony prądem i patrzył na nich oczami wybałuszonymi niczym u ryby głębinowej.

Geir zrobił dwa kroki do przodu i zerwał taśmę z ust mężczyzny.

– Gdzie pan jest ranny, szefie?

Mężczyzna miał usta otwarte, ale nie wydobywał się z nich żaden dźwięk. Goldsrud dwoma palcami wyciągnął mu z nich czarną skarpetę. Mężczyzna zaczął krzyczeć tak, że aż ślina pryskała mu z ust, a Morgan po głosie rozpoznał wreszcie Arilda Francka, zastępcę dyrektora.

– Łapcie go! Nie pozwólcie, żeby uciekł!

– Musimy znaleźć ranę i…

Goldsrud już chciał rozrywać szefowi koszulę na piersiach, ale Franck odtrącił jego ręce.

– Zamknijcie wszystkie drzwi, do jasnej cholery, bo się wymknie! Ma kluczyki do mojego samochodu! I moją mundurową czapkę!

– Spokojnie, szefie! – Geir przeciął taśmę przy jednym podłokietniku. – Wszystko jest pozamykane, nie przedrze się przez czytniki odcisków palców.

Franck popatrzył na niego z wściekłością i podniósł do góry uwolnioną rękę.

– Właśnie, że się przedrze!

Morgan zatoczył się do tyłu, musiał się oprzeć o ścianę. Starał się, ale nie mógł oderwać wzroku od krwi płynącej z tego miejsca, w którym zastępca dyrektora więzienia, Arild Franck, powinien mieć palec wskazujący.

Kari wysiadła z windy i ruszyła za Simonem korytarzem w stronę wspólnej przestrzeni biurowej.

– To znaczy? – próbowała przetrawić informację. – Przysłano ci te szczoteczki pocztą i była tam kartka od jakiegoś S z informacją, że należy je sprawdzić pod kątem DNA?

– Tak – odparł Simon, wstukując coś w telefon.

– I na dwóch szczoteczkach jest materiał DNA wykazujący pokrewieństwo z nienarodzonym dzieckiem? Zarejestrowanym jako ofiara zabójstwa?

Simon kiwnął głową, przykładając palec do ust na znak, że znów uzyskał połączenie. Zaczął mówić tak głośno i wyraźnie, aby oboje go słyszeli:

– Tu znowu Kefas. Kim było to dziecko, w jaki sposób zmarło i jak wyglądają stosunki pokrewieństwa?

Podsunął telefon Kari, żeby i ona mogła słyszeć odpowiedź.

– Nie wiemy ani kim było dziecko, ani kim była matka. Wiadomo tylko, że zmarła wskutek przedawkowania w centrum Oslo. Zarejestrowana jest jako kobieta o nieustalonej tożsamości.

– Znamy tę sprawę. – Simon po cichu zaklął. – Azjatka, prawdopodobnie Wietnamka. Przypuszczalnie ofiara handlu ludźmi.

– To już twoja działka, Kefas. Dziecko, czy raczej płód, zmarło w wyniku śmierci matki.

– Rozumiem. A kto jest ojcem?

– Czerwona szczoteczka.

– Czerwona?

– Tak.

– Dziękuję – powiedział Simon i się rozłączył.

Kari poszła do automatu po kawę dla nich obojga. Kiedy wróciła, Simon rozmawiał przez telefon. Po cichym mamrotaniu poznała, że na pewno z żoną, Else. Kiedy skończył rozmowę, miał twarz starca, jaką ludzie, którzy przekroczą pewien wiek, potrafią mieć przez kilka sekund, jakby coś się omsknęło, jakby właśnie zmieniali się w pył. Kari chciała spytać, jak sytuacja, ale postanowiła nie drążyć.

– No tak. – Simon próbował przestawić się na wesoły ton. – Więc jak sądzimy, kto jest ojcem tego dziecka? Iver senior czy Iver junior?

– My nie sądzimy – zauważyła Kari. – My wiemy.

Simon przez moment patrzył na nią zdumiony. Widział, jak Kari wolno kręci głową. Potem mocno zacisnął powieki, nachylił się i potarł dłonią głowę, jakby przygładzał włosy.

– Oczywiście – przyznał cicho. – Dwie szczoteczki. Chyba zaczynam się starzeć.

– Idę sprawdzić, co mamy na Ivera – oświadczyła Kari.

Po jej wyjściu Simon włączył komputer i otworzył skrzynkę pocztową. Dostał jakiś plik dźwiękowy. Chyba wysłany z telefonu komórkowego.

Nigdy nie dostawał żadnych plików dźwiękowych.

Otworzył go i wcisnął „play".

Morgan patrzył na wściekłego wicedyrektora więzienia, który stał na środku pokoju kontrolnego. Ranę po odciętym palcu miał obwiązaną gazą, ale zbywał nieustające polecenia lekarza powtarzającego, że ma się położyć.

– Więc podniosłeś szlaban i po prostu pozwoliłeś zabójcy wyjechać – syknął Franck.

– On jechał pańskim samochodem. – Strażnik otarł pot z twarzy. – Był w pańskiej czapce od munduru!

– Ale to nie byłem ja! – wrzasnął Franck.

Morgan nie wiedział, czy to z powodu wysokiego ciśnienia, ale w każdym razie ta czerwona mdląca substancja przesiąkła przez biały bandaż i jemu znów zaczęło kręcić się w głowie.

Pisnął jeden z telefonów stacjonarnych przy monitorach. Goldsrud odebrał i słuchał.

– Znaleźli palec – oznajmił, zasłaniając ręką słuchawkę. – Zawieziemy pana razem z nim do chirurga w Szpitalu Ullevål, żeby mogli…

– Gdzie? – przerwał mu Franck. – Gdzie go znaleźli?

– Był łatwo widoczny na desce rozdzielczej pańskiego porsche. On zaparkował nieprawidłowo na Grønland.

– Znajdźcie go! Znajdźcie!

Tor Jonasson podciągnął się na uchwycie zwisającym z drążka w wagonie kolejki. Mruknięciem przeprosił, kiedy potrącił innego zaspanego pasażera podróżującego w porannych godzinach szczytu. Dzisiaj miał zamiar sprzedać pięć komórek. Taki postawił sobie cel. Kiedy będzie stał w powrotnej kolejce po południu – chociaż w duchu liczył na miejsce siedzące – będzie wiedział, czy udało mu się go zrealizować, i to mu sprawi... radość. Być może.

Tor westchnął.

Spojrzał na stojącego tyłem do niego mężczyznę w mundurze. Mężczyzna miał w uszach słuchawki, z których dochodziła muzyka. Kabel prowadził do dłoni trzymającej aparat telefoniczny z nalepką sklepiku Tora na tylnej ściance. Tor przesunął się tak, aby widzieć mężczyznę bardziej z boku. Rozpoznał go. Czy to nie ten, który chciał kupić baterie do tego eksponatu muzealnego, do discmana? Tor stanął tak blisko niego, że mimo turkotu stalowych kół kolejki słyszał dźwięk ze słuchawek, chociaż muzyka zanikała na zakrętach, gdy trzeszczała cała konstrukcja wagonu. Brzmiało to jak samotny dziewczęcy głos, ale melodię już kiedyś słyszał.

That you've always been her lover...

Leonard Cohen.

Simon zdezorientowany wpatrywał się w ikonkę pliku dźwiękowego. Odtworzenie go zajęło zaledwie kilka sekund. Znów wcisnął „play".

Nie było żadnych wątpliwości, głos rozpoznał od samego początku, nie mógł jednak zrozumieć, o co chodzi.

– Co to jest? Liczby do Lotto?

Simon się obrócił. To Sissel Thou robiła poranną rundkę opróżniania koszy na papiery.

– Mniej więcej. – Simon wcisnął „stop", kiedy Sissel sięgnęła po kosz stojący u niego pod biurkiem i obróciła go do góry dnem nad wózkiem.

– Tracisz pieniądze, Simon. Lotto jest dla tych, którzy mają szczęście.

– A twoim zdaniem my nie mamy? – Simon wciąż wpatrywał się w ekran komputera.

– No a zobacz, co sprowadziliśmy na ziemię.

Simon odchylił się na krześle i przetarł oczy.

– Sissel?

– Słucham.

– Zamordowano młodą kobietę, która, jak się okazało, była w ciąży. A mnie się wydaje, że osoba, która zabiła kobietę, wcale nie bała się jej, tylko tego płodu.

– Ach tak?

Cisza.

– Chciałeś o coś spytać, Simon?

Simon oparł głowę o zagłówek.

– Gdybyś wiedziała, że nosisz w łonie dziecko diabła, to mimo wszystko byś je urodziła, Sissel?

– Już o tym rozmawialiśmy, Simon.

– Wiem, ale co odpowiedziałaś?

Popatrzyła na niego z wyrzutem.

– Odpowiedziałam, że natura niestety nie daje nieszczęsnej matce żadnego wyboru, Simon. Ojcu także.

– Sądziłem, że pan Thou zwiał od razu?

– Ja mówię o tobie, Simon.

Znów zamknął oczy. Powoli skinął głową.

– A więc jesteśmy niewolnikami miłości. I to, kto zostanie nam przydzielony do kochania, to loteria. Tak jest?

– To brutalne, ale jest właśnie tak – potwierdziła Sissel.

– A bogowie się śmieją.

– Na pewno. Ale w tym czasie ktoś musi posprzątać ten bajzel tutaj.

Simon usłyszał jej oddalające się kroki. Przesłał plik dźwiękowy z komputera na swoją komórkę, zabrał ją ze sobą do toalety, wszedł do jednej z kabin i znów odtworzył.

Po drugim razie zrozumiał, co mają znaczyć te liczby.

CZĘŚĆ IV

33

Simon i Kari szli w słońcu przez trochę zbyt duży, trochę zbyt otwarty i trochę zbyt wakacyjnie cichy plac Ratuszowy.

– Wykorzystaliśmy opis Fidela Laego i znaleźliśmy ten wypożyczony samochód – mówiła Kari. – Został zwrócony, ale na szczęście jeszcze go nie umyto. Technicy zebrali z niego błoto odpowiadające temu na drodze do hodowli psów. A ja myślałam, że błoto to błoto.

– Każde ma charakterystyczny skład minerałów – wyjaśnił Simon. – Na jakie nazwisko wypożyczono auto?

– Sylvester Trondsen.

– Kto to jest?

– Trzydzieści trzy lata, na zasiłku, nie pracuje. Nie ma go pod adresem podanym w ewidencji ludności. Dwa wyroki za przemoc. Nasi wywiadowcy wiążą go z Nestorem.

– Okej. – Simon zatrzymał się przed wejściem do budynku między dwoma sklepami z odzieżą. Drzwi były wysokie, szerokie, sygnalizowały solidność i powagę. Nacisnął guzik do lokalu znajdującego się na czwartym piętrze. – Coś jeszcze?

– Jeden z mieszkańców Ila powiedział wywiadowcy, że ten nowy lokator z trzysta dwadzieścia trzy i kierowniczka mieli wyjątkowo dobry kontakt.

– Martha Lian?

– Ktoś widział, jak odjeżdżali razem samochodem spod ośrodka.

– Iversen Nieruchomości. – Głos wydobył się z dziurek w mosiężnej płytce nad dzwonkami.

– Chciałbym, żebyś zaczekała w recepcji, kiedy będę rozmawiał z Iversenem – powiedział Simon już w windzie.

– Dlaczego?

– Ponieważ zamierzam działać trochę nieprzepisowo i wolałbym cię w to nie wciągać.

– Ale…

– Przykro mi, to w zasadzie rozkaz, no wiesz.

Kari przewróciła oczami, ale się nie odezwała.

– Iver Iversen – przedstawił się młody mężczyzna, który przyjął ich w recepcji. Obojgu mocno uścisnął dłonie. – Macie się spotkać z moim ojcem.

Simonowi wydało się, że chłopak zwykle się uśmiechał lub śmiał, więc nie miał wprawy w bólu i smutku widocznym teraz pod zadziornie zaczesaną grzywką. Pewnie dlatego sprawiał wrażenie takiego zagubionego.

– Tędy proszę.

Ojciec najwyraźniej poinformował go o wizycie policji i junior przyjął zapewne, zresztą podobnie jak senior, że chodzi o śledztwo w sprawie zabójstwa matki.

Biuro miało widok na Dworzec Zachodni i na fiord. Przy drzwiach stała szklana gablota ze starannie wykonanym modelem wieżowca w kształcie butelki coli.

Ojciec wyglądał jak starsza replika syna. Takie same gęste włosy, gładka, zdrowa cera, promienne, chociaż przytłumione teraz oczy. Wysoki, trzymający się prosto, z mocnym podbródkiem i bezpośrednim spojrzeniem, życzliwym, lecz mimo wszystko wyzywająco chłopięcym. Simon pomyślał, że w ludziach takich jak oni jest jakaś pewność siebie, solidność rodem z zachodnich dzielnic miasta, jakby wszyscy byli odlani według tej samej formy: członkowie ruchu oporu, polarnicy, załoga Kon-Tiki, komendanci okręgowi policji.

Iver senior wskazał Simonowi krzesło, a sam zajął miejsce za biurkiem pod dużym starym czarno-białym zdjęciem jakiejś kamienicy – zrobionym z całą pewnością w Oslo, w czasach, kiedy miasto nazywało się jeszcze Kristianią – której jednak Simon nie potrafił na poczekaniu umiejscowić.

Zaczekał, aż syn wyjdzie z gabinetu ojca, i od razu przystąpił do rzeczy.

– Dwanaście lat temu na tylnym podwórzu w Kvadraturen w Oslo znaleziono zwłoki tej dziewczyny. Tak wtedy wyglądała.

Położył zdjęcie na biurku Iversena i uważnie obserwował twarz rekina rynku nieruchomości. Nie dostrzegł wyraźnej reakcji, dodał więc:

– Do zabójstwa przyznał się pewien chłopak, niejaki Sonny Lofthus.

– Ach tak?

Wciąż żadnej reakcji.

– Dziewczyna była w ciąży.

Reakcja. Rozszerzone nozdrza, rozszerzone źrenice.

Simon odczekał parę sekund, zanim odpalił drugi silnik rakiety.

– Próbki DNA pobrane niedawno ze szczoteczek do zębów znajdujących się w pańskiej łazience wykazują, że ojcem tego płodu był ktoś z pańskiego gospodarstwa domowego.

Nabrzmienie tętnicy szyjnej. Zmiana koloru twarzy, niekontrolowane mruganie.

– To pan używa czerwonej szczoteczki do zębów, panie Iversen, prawda?

– Skąd... skąd wiecie...

Simon uśmiechnął się krótko, popatrzył na swoje dłonie.

– Ja też mam juniorkę, czeka w recepcji. Jest bystrzejsza ode mnie. To ona pierwsza wyciągnęła prosty logiczny wniosek, że jeżeli DNA tylko z dwóch spośród trzech szczoteczek do zębów należących do rodziny Iversenów wykazuje pokrewieństwo z DNA tego płodu, to syn z tej rodziny nie może być ojcem. Bo w takim wypadku krewnymi płodu byliby wszyscy troje, łącznie z matką. Ojcem tego dziecka musiał więc być jedyny inny mężczyzna w rodzinie, czyli pan.

Zdrowy odcień skóry Ivera Iversena zniknął.

– Przeżyje pan to samo, kiedy będzie pan w moim wieku – pocieszył go Simon. – Ci młodzi myślą szybciej od nas.

– Ale...

– Z DNA tak już niestety jest. Ono nie zostawia miejsca na „ale".

Iversen otworzył usta, a jednocześnie rutynowo zmusił się do uśmiechu. Zwykle właśnie w takim momencie trudnej rozmowy występował z tak zwanym odprężającym dowcipem, z kilkoma rozbrajającymi słowami. Z czymś, co rozładowywało napiętą atmosferę. Ale tym razem żaden dowcip się nie znalazł.

– Kiedy ten opóźniony pociąg... – niewysoki starszy policjant postukał się palcem w czoło – ...dostał trochę więcej czasu do namysłu, to zajechał jednak trochę dalej. Przede wszystkim pomyślał o tym, że żonaty mężczyzna, taki jak pan, miał najoczywistszy w świecie motyw, aby pozbyć się ciężarnej, a zatem mogącej narobić kłopotów kobiety. Mam rację?

Iversen nie odpowiedział, ale czuł, że robi to za niego jego jabłko Adama.

– Gdy znaleziono tę dziewczynę, gazety opublikowały zdjęcie wraz z prośbą policji o pomoc w ustaleniu jej tożsamości. A ponieważ kochanek i ojciec dziecka siedział wtedy cicho jak mysz pod miotłą, nie zgłaszając się na policję nawet anonimowo, to sprawa staje się jeszcze bardziej podejrzana. Mam rację?

– Ja nie wiedziałem... – zaczął Iversen, ale urwał. Żałował. I żałował też tego, że tak wyraźnie okazał, iż żałuje.

– Nie wiedział pan, że była w ciąży? – spytał policjant.

– Nie! – Iversen skrzyżował ręce na piersi. – To znaczy ja... nie wiedziałem... ja nic o tym nie wiem. Chciałbym teraz zadzwonić do adwokata.

– Coś jednak musi pan wiedzieć. Chociaż w zasadzie nawet wierzę, kiedy pan mówi, że nie wie wszystkiego. Sądzę, że wszystko wiedziała pańska żona, Agnete. A pan jak myśli?

Kefas. Nadkomisarz. Tak chyba powiedział? Iver Iversen sięgnął po telefon stacjonarny.

– Myślę, że nie ma pan żadnych dowodów i że nasze spotkanie już się zakończyło, panie Kefas.

– Co do tego pierwszego, ma pan rację, co do tego drugiego, myli się pan. To spotkanie się nie zakończyło, ponieważ nie zdaje pan sobie sprawy, jakie mosty pan pali za sobą, wykonując ten telefon. Policja nie ma żadnych dowodów przeciwko pańskiej żonie, ale najwyraźniej ma je ten, który ją zastrzelił.

– W jaki sposób mógł je zdobyć?

– Przez dwanaście lat był kozłem ofiarnym, a zarazem spowiednikiem przestępców z tego miasta. On wie wszystko. – Kefas wychylił się i mówiąc dalej, akcentował każdą sylabę puknięciem w blat biurka: – On wie, że Kalle Farrisen zabił tę dziewczynę. I że zrobił to na zlecenie Agnete Iversen. Wie o tym, ponieważ sam siedział za to zabójstwo. Fakt, że nie tknął pana, jest jedynym powodem, dla którego sądzę, że jest pan niewinny. Ale proszę wykonać ten telefon, załatwimy wszystko zgodnie z przepisami. To znaczy aresztujemy pana jako podejrzanego o współudział w zabójstwie. Przekażemy prasie wszystkie informacje na temat pana i tej dziewczyny, wyjaśnimy pańskim kontrahentom, że przez pewien czas będzie pan nieosiągalny, powiemy pańskiemu synowi, że... No właśnie, co mamy powiedzieć pańskiemu synowi?

Powiedzieć synowi. Simon czekał. Pozwalał, żeby jego słowa dotarły. To było ważne dla dalszego ciągu. Musiały dotrzeć. Iversen musiał mieć czas, aby uświadomić sobie ich wagę i konsekwencje, aby mógł się otworzyć na rozwiązania, które dwie minuty temu nie wchodziłyby w grę. Tak jak musiał zrobić Simon. Co z kolei doprowadziło go tutaj, do tego miejsca.

Zobaczył opadającą rękę Iversena i usłyszał drżący zachrypnięty głos:

– Czego pan chce?

Simon się wyprostował.

– Powie mi pan teraz wszystko. Jeśli uwierzę, to wcale nie będzie musiało się stać aż tak wiele. Agnete przecież poniosła już swoją karę.

– Swoją karę...! – Oczy wdowca zapłonęły, ale zgasły w zetknięciu z zimnym spojrzeniem Simona. – No dobrze. Agnete i ja, my... nasze małżeństwo w zasadzie już nie istniało. Rozumie pan, co mam na myśli. Jeden z kontrahentów proponował dziewczyny, Azjatki. Właśnie tak poznałem Mai. Miała w sobie... coś, czego było mi trzeba. Nie młodość, niewinność i całą resztę, tylko... samotność, w której sam się rozpoznawałem.

– Była więźniarką, panie Iversen. Porwano ją z domu.

Przedsiębiorca wzruszył ramionami.

– Wiem o tym, ale kupiłem jej wolność. Dałem jej mieszkanie, w którym się spotykaliśmy. Byliśmy tylko we dwoje. Któregoś dnia wyznała, że już od jakiegoś czasu nie ma miesiączki, więc może jest w ciąży. Kazałem jej usunąć, ale się nie zgodziła. Nie wiedziałem, co z tym robić, więc spytałem Agnete...

– Spytał pan żonę?

Iversen w obronnym geście uniósł rękę.

– Tak. Agnete była dorosłą kobietą. Nie miała nic przeciwko temu, żeby inne zajmowały się tym, czego sama wolała unikać. A prawdę powiedziawszy, bardziej interesowały ją kobiety niż mężczyźni.

– Ale dała panu syna?

– W jej rodzinie obowiązki traktuje się poważnie. Była kochającą matką.

– W rodzinie będącej największym prywatnym właścicielem nieruchomości w Oslo. Z idealną fasadą i nazwiskiem tak wyglansowanym, że azjatycki bękart zwyczajnie nie wchodził w grę.

– Owszem, Agnete była staroświecka. A zwróciłem się do niej, ponieważ to ona ostatecznie musiała podjąć decyzję, co należy zrobić.

– No tak, przecież w końcu to jej pieniądze są fundamentem tej spółki – pokiwał głową Simon. – No i podjęła decyzję. O pozbyciu się problemu. W całości.

– Ja nic o tym nie wiem!

– Nie, bo pan nie pytał. Pozostawił pan żonie skontaktowanie się z ludźmi, którzy mogli to dla was załatwić. A oni z kolei musieli kupić sobie kozła ofiarnego, gdy świadek zeznał policji, że widział, jak ktoś na tym podwórzu robi dziewczynie zastrzyk. Należało zatrzeć ślady, a wy za to zapłaciliście.

Iversen wzruszył ramionami.

– Nikogo nie zabiłem. Dotrzymuję tylko umowy ze swojej strony i opowiadam, jak było. Pytanie, czy pan dotrzyma jej ze swojej?

– Pytaniem jest, w jaki sposób osoba taka jak pańska żona nawiązała kontakt z takim mętem jak Kalle Farrisen.

– Nie mam pojęcia, kto to jest Kalle Farrisen.

– No tak. – Simon złożył ręce na brzuchu. – Ale wie pan, kim jest Bliźniak.

Na moment w gabinecie zapadła idealna cisza. Nawet ruch uliczny za oknem jakby wstrzymał oddech.

– Słucham? – odezwał się w końcu Iversen.

– Przez lata pracowałem w Økokrim – powiedział Simon. – Firma Iversen Nieruchomości robiła interesy z Bliźniakiem. Pomagaliście mu w praniu brudnych pieniędzy pochodzących z handlu narkotykami i żywym towarem, a on w zamian załatwiał wam fikcyjne straty pozwalające oszczędzić na podatkach kwoty idące w setki milionów.

Iver Iversen pokręcił głową.

– Obawiam się, że nie znam żadnego Bliźniaka.

– Oprócz tego, że się pan obawia, ta odpowiedź jest kłamstwem. Mam dowody na waszą współpracę.

– Doprawdy? – Iversen złączył dłonie czubkami palców. – Wobec tego, skoro mieliście dowody, dlaczego Økokrim nigdy nie wniosła sprawy do sądu?

– Ponieważ zostałem przyblokowany od wewnątrz – wyjaśnił Simon. – Ale wiem, że Bliźniak za swoje brudne pieniądze kupował od was biurowce, żeby później wam je odsprzedać za wysoką cenę. Przynajmniej na papierze. Stąd miał pozorne zyski i mógł wpłacać na konto dochody pochodzące w rzeczywistości z handlu narkotykami, a władze podatkowe nie mogły się czepiać ich źródła. Pańskiej firmie natomiast przynosiło to pozorną stratę, którą mogliście odliczać od przyszłych zysków, co pozwalało wam nie płacić do wspólnej kasy. Sytuacja korzystna dla obu stron.

– Ciekawa teoria. – Iversen rozłożył ręce. – Powiedziałem już panu wszystko, co wiem. Coś jeszcze?

– Tak. Chcę się spotkać z Bliźniakiem.

Iversen westchnął ciężko.

– Ależ ja nie znam żadnego Bliźniaka.

Simon pokiwał głową, jakby w zamyśleniu.

– Wie pan co? W Økokrim słyszeliśmy to tak często, że wielu zaczynało już wątpić w istnienie Bliźniaka. Coraz więcej osób uważało, że jest tylko legendą.

– I mnie się wydaje, że tak może być, Kefas.

Simon wstał.

– No i dobrze. Ale legendy nie kontrolują rynku narkotyków i seksu w dużym mieście rok po roku, Iversen. Legendy nie likwidują ciężarnych kobiet na prośbę swoich współpracowników. – Nachylił się, mocno oparł rękami o biurko i wypuścił powietrze z płuc tak, by Iversen mógł poczuć zapach oddechu starego człowieka. – Ludzie nie są takimi tchórzami, żeby skakać w przepaść wyłącznie z powodu legendy. Wiem, że on istnieje. – Odepchnął się i wyprostował. Ruszył do drzwi, machając komórką. – Już będąc w windzie, zamierzam zwołać konferencję prasową, więc może zechce pan teraz porozmawiać po męsku z synem.

– Proszę zaczekać!

Simon zatrzymał się przy drzwiach, ale się nie odwracał.

– Ehm... Zobaczę, co da się zrobić.

Simon wyjął wizytówkę i położył ją na szklanej gablocie z wieżowcem w kształcie butelki coli.

– Daję wam obu czas do szóstej.

– W Państwie? – powtórzył, nie dowierzając, Simon w windzie. – Lofthus zaatakował Francka w jego własnym gabinecie?

Kari kiwnęła głową.

– Na razie nic więcej nie wiem. Co powiedział Iversen?

Simon wzruszył ramionami.

– Nic. Oczywiście chciał się skontaktować ze swoim adwokatem, zanim coś powie. Porozmawiamy z nimi jutro.

Arild Franck siedział na brzegu łóżka i czekał na zabranie do sali operacyjnej. Był w jasnoniebieskiej szpitalnej koszuli, a na nadgarstku miał opaskę z nazwiskiem. Przez pierwszą godzinę nic nie czuł, ale teraz pojawił się ból, a ten żałosny zastrzyk, który zrobił mu anestezjolog, niewiele pomógł. Obiecano mu tylko podanie tuż przed operacją solidnej porcji środka przeciwbólowego, która znieczuli mu całą rękę – tak przynajmniej mówili. Lekarz, który przedstawił się jako „chirurg ręki", zajrzał do niego i zaczął się rozwodzić nad osiągnięciami współczesnej mikrochirurgii, poinformował też, że palec dotarł już do szpitala, a cięcie jest tak równe i eleganckie, że kiedy palec na powrót połączy się ze swoim prawowitym właścicielem, to nerwy zaraz zaczną się zrastać i za jakieś dwa miesiące Franck będzie mógł go już używać do „różnych rzeczy".

Ten dowcip płynął zapewne z dobrego serca, ale Franck nie miał nastroju do takich głupot. Przerwał więc chirurgowi i spytał, ile czasu trzeba na przyfastrygowanie palca, żeby mógł wrócić do pracy. A kiedy chirurg powiedział, że sama operacja zajmie godziny, Franck, ku zaskoczeniu lekarza, spojrzał na zegarek i zaklął cicho, ale dosadnie.

Otworzyły się drzwi i Franck podniósł głowę. Miał szczerą nadzieję, że to anestezjolog, bo czuł pulsowanie już nie tylko w palcu, ale w całym ciele i w głowie.

Ale nie był to nikt w białym czy zielonym fartuchu, tylko wysoki szczupły mężczyzna w szarym garniturze.

– Pontius? – zdziwił się Franck.

– Cześć, Arild. Chciałem tylko zobaczyć, co z tobą.

Franck zmrużył jedno oko, jakby w ten sposób mógł lepiej dostrzec, z jaką sprawą przychodzi komendant policji. Parr usiadł na łóżku obok niego. Ruchem głowy wskazał na obandażowaną rękę.

– Boli?

– Można wytrzymać. Polujecie?

Komendant wzruszył ramionami.

– Lofthus jakby wyparował. Ale na pewno go znajdziemy. Czego on chciał, jak myślisz?

– Czego chciał? – prychnął Franck. – Tego chyba nikt nie wie. Najwyraźniej urządził sobie jakąś krucjatę.

– No właśnie. Dlatego należałoby zadać pytanie, kiedy i gdzie uderzy następnym razem. Dał ci jakąś podpowiedź?

– Podpowiedź? – Franck jęknął i lekko zgiął rękę. – Nie wiem, co by to miało być.

– Ale o czymś chyba rozmawialiście?

– On mówił. Ja byłem zakneblowany. Chciał wiedzieć, kto był kretem.

– Tak, widziałem.

– W i d z i a ł e ś?

– Na tych kartkach w twoim gabinecie. Tych, które nie były całkiem zalane krwią.

– Ty byłeś w moim gabinecie?

– Ta sprawa ma najwyższy priorytet, Arild. Facet jest wielokrotnym zabójcą. To, że prasa nie daje nam spokoju, to jedno. Ale teraz jeszcze Rada Miasta zaczęła się wtrącać. Od tej pory zamierzam osobiście trzymać rękę na pulsie.

Franck wzruszył ramionami.

– Aha.

– Mam pytanie…

– Niedługo będę operowany i cholernie mnie boli, Pontius. Czy to może zaczekać?

– Nie może. Sonny Lofthus był przesłuchiwany w związku z zabójstwem Evy Morsand, ale zaprzeczył, jakoby to on zabił. Czy ktoś mu powiedział, że zanim znaleźliśmy jego włos w miejscu zdarzenia, podejrzewaliśmy o tę zbrodnię męża? Że w zasadzie mieliśmy dowody winy Yngvego Morsanda?

– Skąd mam wiedzieć? A dlaczego o to pytasz?

– Dobrze jest mieć pewność, po prostu. – Parr położył rękę na ramieniu Francka, który poczuł przeszywający ból aż po samą dłoń. – Ale teraz myśl już tylko o swojej operacji.

– Dziękuję, chociaż właściwie nie ma za bardzo o czym myśleć.

– No tak. – Parr zdjął prostokątne okulary. – Pewnie nie ma. – Zaczął je czyścić z roztargnioną miną. – Człowiek tylko leży i pozwala, żeby robili z nim dziwne rzeczy, prawda?

– Tak – potwierdził Franck.

– Niech cię pozszywają. Żebyś znów był cały.

Franck przełknął ślinę.

– No tak. – Parr z powrotem włożył okulary. – Powiedziałeś mu, kto był kretem?

– Że był nim jego ojciec? To masz na myśli? „Kretem był Ab Lofthus, sam się przyznał". Gdybym to napisał na tej kartce, chłopak uciąłby mi łeb!

– Co mu powiedziałeś?

– Nic. A co miałbym mieć do powiedzenia?

– Ja też się nad tym zastanawiam, Arild. Zastanawiam się, skąd u niego taka pewność, że to ty masz tę informację, że aż zdecydował się na wejście do więzienia, by ją uzyskać.

– On jest szalony, Pontius. Wszyscy ci narkomani prędzej czy później popadają w psychozę, przecież wiesz. Kret? Na miłość boską, przecież ta historia przepadła razem z Abem Lofthusem!

– Więc co mu odpowiedziałeś?

– O co ci chodzi?

– Obciął ci tylko palec. Wszystkich innych zabił. Ciebie oszczędził, więc musiałeś mu coś dać. Pamiętaj, że ja cię znam, Arild.

Otworzyły się drzwi i weszły dwie uśmiechnięte postacie w zielonych fartuchach.

– Ktoś już nie może się doczekać? – roześmiała się jedna.

Parr poprawił okulary.

– Tobie brakuje siły, Arild.

Simon szedł ulicą, odwracając głowę w stronę zapachu morza, który bił od fiordu, mijał Aker Brygge i Munkedamsveien, gdzie zatrzymywały go budynki, więc wpadał w Ruseløkkveien. Simon stanął przed kościołem wciśniętym między domy mieszkalne. Kościół Świętego Pawła był bardziej niepozorny od swoich imienników w innych stolicach. Katolicka świątynia w protestanckim kraju. Zwrócona w niewłaściwą stronę, ku zachodowi, z ledwie wzmianką o wieży na szczycie fasady. Trzy stopnie prowadziły do drzwi, zawsze otwartych. Simon stał kiedyś w tym samym miejscu w pewien późny wieczór, przeżywając akurat ciężki kryzys, i wahał się, zanim pokonał te trzy stopnie. Było to wkrótce po tym, jak stracił wszystko, a przed znalezieniem zbawienia w postaci Else.

Wszedł po schodach, sięgnął do mosiężnej klamki, otworzył ciężkie drzwi i wkroczył do środka. Chciał je za sobą szybko zamknąć, ale sztywne sprężyny zaprotestowały. Czy wtedy też stawiały taki opór? Nie pamiętał, był zbyt pijany. Przestał się z nimi szarpać, a drzwi dalej się za nim zamykały, centymetr po centymetrze. Ale przypomniał sobie ten zapach. Obcy. Egzotyczny. I atmosferę duchowości. Magię i mistycyzm. Wróżenie z kart w wesołym miasteczku. Else lubiła katolicyzm, chociaż nie chodziło jej o etykę, tylko o estetykę. Wytłumaczyła mu, że wszystkiemu w kościelnej nawie, nawet rzeczom tak zwyczajnym, jak cegły, zaprawa i przeszklone okna, przypisywano symbolikę religijną, graniczącą z komizmem. A jednak ta prosta symbolika zawierała w sobie ciężar, podtekst, wagę kontekstu historii i przekonań tylu mądrych, myślących ludzi, że nie dawało się tego zbagatelizować. W wąskiej, pomalowanej na biało i oszczędnie ozdobionej nawie rzędy ławek prowadziły do ołtarza z Jezusem wiszącym na krzyżu. Klęska jako symbol zwycięstwa. Pod ścianą z lewej strony, w połowie drogi do ołtarza, stał konfesjonał. Był przedzielony na dwie części, jedną przesłaniała czarna zasłonka, jak w kabinie, w której można sobie robić zdjęcia. Kiedy przyszedł tu tamtej nocy, nie mógł pojąć, która z kabin jest przeznaczona dla penitenta pragnącego wyznać swoje grzechy, ale w końcu jego zamroczony alkoholem mózg wydedukował, że skoro ksiądz ma nie widzieć grzeszników, to właśnie on musi siedzieć w „fotoboksie". Simon padł więc na kolana w tej pozbawionej zasłon części i zaczął mówić do dziurkowanej drewnianej ścianki rozdzielającej obie kabiny. Wyznawał grzechy niepotrzebnie donośnym głosem. Miał nadzieję, a zarazem jej nie miał, że po drugiej stronie ktoś siedzi – albo właśnie, że nie siedzi. Albo że ktoś, ktokolwiek, usłyszy go i zrobi to, co należało zrobić. Że mu wybaczy. Albo wyda wyrok. Cokolwiek, byle tylko pozbyć się tej duszącej próżni, w której tkwił sam ze swoimi uczynkami. Nic takiego się nie zdarzyło. A następnego dnia obudził się zdziwiony, że nie czuje bólu głowy, i zrozumiał, że życie będzie toczyć się dalej, jakby nic się nie zdarzyło. Że nikogo to nie obchodziło. Był to ostatni raz, kiedy widział kościół od wewnątrz.

Martha Lian stała przy ołtarzu razem z władczo gestykulującą kobietą w eleganckim kostiumie, z tym rodzajem krótkiej fryzury, z którą kobiety po pięćdziesiątce wiążą nadzieje, że obetnie im kilka lat z widocznego już wieku. Kobieta pokazywała coś i wyjaśniała. Simon wychwycił poszczególne słowa: „kwiaty", „ślub", „Anders" i „goście". Był już prawie przy nich, kiedy Martha Lian się odwróciła. Natychmiast rzuciło mu się w oczy, że wygląda zupełnie inaczej niż ostatnio. Sprawiała wrażenie pustej. Samotnej. Ogromnie nieszczęśliwej.

– Dzień dobry – powitała go bezbarwnym głosem.

Tamta druga kobieta przestała mówić.

– Przepraszam, że przeszkadzam – zaczął Simon. – Ale w Ila powiedzieli, że znajdę panią tutaj. Mam nadzieję, że nie przeszkadzam w czymś ważnym.

– Nie, to…

– Owszem – weszła Marcie w słowo kobieta. – Akurat planujemy ślub mojego syna i Marthy. Więc jeśli to może zaczekać, panie…

– Kefas – odparł Simon. – Niestety, nie może. Jestem z policji.

Kobieta spojrzała na Marthę, unosząc brwi.

– Właśnie to mam na myśli, kiedy mówię, że żyjesz w zbyt rzeczywistej rzeczywistości, moja droga.

– W której pani nie będzie musiała uczestniczyć, pani…

– Słucham?

– Policja i ośrodek Ila załatwią tę sprawę w cztery oczy. Obowiązek dochowania tajemnicy i tak dalej.

Kobieta odmaszerowała, mocno stukając obcasami, a Simon i Martha usiedli w pierwszej ławce.

– Widziano panią jadącą samochodem razem z Sonnym Lofthusem. Dlaczego mi pani o tym nie powiedziała?

– Miał ochotę nauczyć się prowadzić – odparła Martha. – Zabrałam go na parking, żeby poćwiczył.

– Jest już poszukiwany w całym kraju.

– Widziałam w telewizji.

– Mówił o czymś albo może pani zauważyła coś, co mogłoby nam podpowiedzieć, gdzie go szukać? Chciałbym, żeby pani się dobrze zastanowiła, zanim odpowie.

Martha zrobiła taką minę, jakby się dobrze zastanawiała, ale w końcu pokręciła głową.

– Aha. A wspominał coś o swoich planach?

– Chciał się nauczyć jeździć samochodem.

Simon westchnął i przygładził włosy.

– Czy zdaje sobie pani sprawę z tego, że za pomaganie mu lub ukrywanie czegoś przed nami może pani grozić kara?

– Dlaczego miałabym coś ukrywać?

Simon patrzył na nią bez słowa. Dziewczyna wkrótce stanie przed ołtarzem, więc dlaczego wygląda na tak nieszczęśliwą?

– No dobrze – zakończył, wstając.

Martha nie ruszała się z ławki i patrzyła na własne kolana.
– Chciałam tylko spytać o jedno – powiedziała.
– Tak?
– Czy pan też uważa, że on jest chorym mordercą, tak jak mówią wszyscy?
Simon przestąpił z nogi na nogę.
– Nie – odparł.
– Nie?
– On nie jest chory, on karze ludzi. Urządził coś w rodzaju krucjaty i się mści.
– Za co?
– Prawdopodobnie chodzi mu o to, że jego ojciec był policjantem, którego uznano za skorumpowanego.
– Mówi pan, że on wymierza karę... – zniżyła głos. – Sprawiedliwie?
Simon wzruszył ramionami.
– Nie wiem. Ale przynajmniej bierze pod uwagę pewne względy.
– Względy?
– Przedostał się do gabinetu wicedyrektora więzienia. To było niezwykle śmiałe posunięcie, mógł załatwić sprawę o wiele prościej i bez takiego ryzyka, gdyby odwiedził Francka w jego domu.
– Ale?
– Ale to ustawiłoby żonę i dzieci Francka na linii strzału.
– Niewinnych. A on nie krzywdzi niewinnych.
Simon z namysłem skinął głową. Zobaczył, że z jej oczami coś się dzieje. Iskra. Nadzieja. Czy to było takie proste? Zakochała się? Spojrzał na ołtarz ze Zbawicielem na krzyżu. Zamknął oczy. Znów je otworzył. Niech to diabli! Niech to wszystko diabli!
– Wie pani, co zwykle mawiał jego ojciec, Ab? – spytał, podciągając spodnie. – Mówił, że czas łaski się skończył i nadszedł dzień sądu, ale ponieważ Mesjasz się spóźnia, my musimy pracować za niego. Nikt inny oprócz Sonny'ego nie może ukarać tych ludzi, Martho. Policja w Oslo jest na wskroś przegniła, chroni bandytów. Sądzę, że Sonny tak postępuje, ponieważ czuje, że jest to winien swemu ojcu. Że jego ojciec właśnie za to umarł. Za sprawiedliwość. Za tę sprawiedliwość, która stoi ponad prawem.

Zobaczył, że tamta kobieta cicho o czymś dyskutuje z księdzem przy konfesjonale.

– A pan? – spytała Martha.

– Ja? Ja bronię prawa. Dlatego muszę złapać Sonny'ego. Tak to wygląda.

– Jakie przestępstwo popełniła ta kobieta, Agnete Iversen?

– Tego nie mogę pani wyjawić.

– Czytałam, że jej biżuteria została skradziona.

– Tak. A co?

– Czy były tam kolczyki z perłami?

– Nie wiem. Czy to ważne?

Pokręciła głową.

– Nie, nieważne – powiedziała. – Zastanowię się, może przypomni mi się coś, co będzie mogło pomóc.

– Świetnie. – Simon zapiął kurtkę. Twarde obcasy znów się zbliżały. – Rozumiem, że ma pani wiele innych rzeczy do przemyślenia.

Martha szybko na niego zerknęła.

– Do widzenia, Martho.

Kiedy wyszedł z kościoła, zadzwonił telefon. Simon spojrzał na wyświetlacz. Numer z Drammen.

– Słucham, Kefas.

– Mówi Henrik Westad.

Policjant, który prowadził śledztwo w sprawie zabójstwa żony armatora.

– Jestem na oddziale kardiologicznym Szpitala Okręgowego Buskerud.

Simon już wiedział, co usłyszy.

– Chodzi o Leifa Krognæssa, tego świadka chorego na serce. Lekarze myśleli, że nic mu już nie grozi, ale…

– …nagle umarł – dokończył Simon, westchnął i dwoma palcami ścisnął nasadę nosa. – Był w pokoju sam, kiedy to się stało. Sekcja nie wykaże żadnych nieprawidłowości, a dzwonisz dlatego, że nie masz ochoty być jedynym, który dziś w nocy nie zaśnie.

Westad nie odpowiedział.

Simon schował telefon do kieszeni. Wiatr się wzmógł, Simon spojrzał więc w niebo między dachami domów. Jeszcze tego nie widział, ale ból głowy już go ostrzegał, że zbliża się niż.

Motocykl przed Roverem wstawał z martwych. Harley-Davidson Heritage Softail, model z roku 1989, z dużym przednim kołem, tak jak Rover lubił. Kiedy go przyprowadzono, był sfatygowanym staruszkiem o pojemności 1340, a właściciel obchodził się z nim bez czułości, cierpliwości i zrozumienia, jakich wymaga każdy harley, w przeciwieństwie do swoich bardziej uległych japońskich kuzynów. Rover wymienił wał korbowy, korbowody i pierścienie tłokowe, wyszlifował zawory. Niewiele już zostało do zrobienia, żeby motocykl miał pojemność 1700 i sto dziewiętnaście koni mechanicznych na tylnym kole, w porównaniu z wcześniejszymi zaledwie czterdziestoma trzema. Rover właśnie wycierał olej z wytatuowanej na przedramieniu katedry, gdy zauważył nagłą zmianę oświetlenia. Pomyślał, że się chmurzy, tak jak zapowiadali w prognozie pogody, ale kiedy podniósł głowę, w otwartych drzwiach do warsztatu zobaczył cień i sylwetkę.

– Tak? – zawołał Rover, wycierając się dalej.

Mężczyzna ruszył w jego stronę. Bezszelestnie. Jak drapieżnik. Rover wiedział, że najbliższa broń jest za daleko, by po nią sięgnąć. I że tak ma być zawsze. Skończył już z tamtym życiem. To głupie pieprzenie, że po wyjściu z więzienia tak trudno nie wrócić na starą ścieżkę, wystarczy po prostu zwyczajnie chcieć. Jak się chce, to można. Ale jeśli ta chęć była tylko oszukiwaniem samego siebie, czymś, w co człowiek pragnął się wystroić, już drugiego dnia wpadał z powrotem w błoto.

Mężczyzna podszedł na tyle blisko, że Rover mógł rozróżnić rysy jego twarzy. Czy to nie…

– Cześć, Rover.

To był on. Trzymał w dłoni pożółkłą wizytówkę „Warsztatu motocyklowego Rovera".

– Adres się zgadza. Mówiłeś, że możesz załatwić uzi.

Rover dalej wycierał ręce, wpatrując się w niego. Czytał gazety. Widział zdjęcia w telewizji. A tym, na co teraz patrzył, nie był wcale chłopak z celi w Państwie, tylko jego własna przyszłość. Ta przyszłość, którą sobie wymalował.

– Dopadłeś Nestora. – Rover przeciągnął szmatę między palcami.

Chłopak nie odpowiedział.

Rover pokręcił głową.

– To znaczy, że ściga cię nie tylko policja, lecz również Bliźniak.

– Wiem, że mam kłopoty. Mogę sobie iść od razu, jeśli wolisz.

Wybaczenie. Nadzieja. Czyste karty. Nowa szansa. Większości się nie udawało, dalej przez całe życie popełniali te same idiotyczne błędy. Zawsze znajdowali wymówkę, żeby coś spieprzyć. Sami o tym nie wiedzieli, a przynajmniej udawali, że nie wiedzą. Ale przegrywali, jeszcze zanim zaczęli. Dlatego że nie chcieli. Jednak Rover chciał. Był teraz silniejszy. Mądrzejszy. Chociaż to oczywiste, jeśli człowiek chce żyć wyprostowany, zawsze istnieje ryzyko, że upadnie na gębę.

– Zamknijmy drzwi do garażu – powiedział. – Chyba zanosi się na deszcz.

34

Deszcz bębnił o przednią szybę, kiedy Simon wyjmował kluczyk ze stacyjki i szykował się do biegu przez szpitalny parking. Przed samochodem dostrzegł jasnowłosego mężczyznę w płaszczu. Lało tak mocno, że krople odbijały się od maski i postać się rozmywała. Nagle otworzyły się drzwi od strony kierowcy i inny, ciemnowłosy facet kazał mu iść z nimi. Simon rzucił okiem na zegar na desce rozdzielczej. Czwarta. Do wyznaczonego terminu zostały dwie godziny.

Dwaj mężczyźni zawieźli go na nabrzeże Aker Brygge, które wcale nie było nabrzeżem portowym, tylko dzielnicą sklepów, biur, najdroższych mieszkań w mieście i około pięćdziesięciu restauracji, kawiarni i barów. Szli promenadą tuż nad wodą, prom z Nesoddtangen przybił akurat w momencie, gdy skręcili w jeden z wielu zaułków. Przeszli spory kawałek w głąb uliczki i po wąskich żelaznych schodach dotarli do drzwi z bulajem, który prawdopodobnie miał się kojarzyć z owocami morza w menu. Przy drzwiach widniała nieduża tabliczka z niezwykle dyskretnymi literami. Restauracja Nautilus. Jeden z towarzyszących Simonowi mężczyzn otworzył i przytrzymał drzwi. Weszli do ciasnego holu, tam otrząsnęli krople deszczu z płaszczy i powiesili okrycia w szatni bez szatniarza. Nie było tu żywej duszy i Simon natychmiast pomyślał, że to typowa pralnia brudnych pieniędzy. Nie za duża, ze stosownymi opłatami za czynsz i z położeniem usprawiedliwiającym dochody, o które i tak nikt nie pyta, bo przecież rzadko ktoś zadaje pytania o zyski, od których odprowadza się podatki.

Simon przemókł. Kiedy poruszył w butach palcami stóp, rozległo się ciche cmokanie. Ale nie dlatego było mu zimno.

Salę jadalną przedzielało na dwie części wielkie podłużne akwarium, stanowiące zarazem jedyne źródło światła w pomieszczeniu. Przy stoliku z przodu siedziała odwrócona tyłem do akwarium ogromna postać.

To dlatego Simona przeniknął chłód. Nigdy wcześniej nie widział tego człowieka na oczy, ale nawet przez sekundę nie miał wątpliwości, kto to jest.

Bliźniak.

Zdawał się wypełniać całą salę. Simon nie potrafił powiedzieć, czy wynikało to jedynie z jego fizycznych rozmiarów, namacalnej bliskości czy z ciężaru władzy i bogactwa pozwalających mu zajmować pozycję, z której decydował o losach tylu ludzi. A może to wszystkie legendy, którymi osnuta była jego osoba, sprawiały, że wydawał się jeszcze większy. Może przez ten bagaż śmierci, bezsensownego okrucieństwa i zniszczenia?

Mężczyzna wykonał prawie niezauważalny ruch w kierunku krzesła naprzeciwko, które natychmiast zostało odsunięte. Simon usiadł.

– Simon Kefas – odezwał się olbrzym i palcem wskazującym pogłaskał się pod brodą.

Mężczyźni potężnej budowy często miewają zaskakująco jasne głosy.

Nie Bliźniak.

Za sprawą jego dźwięcznego basu na wodzie w szklance stojącej przed Simonem utworzyły się kręgi.

– Wiem, czego chcesz, Kefas.

Mięśnie zadrgały pod garniturem, który chyba w każdej chwili mógł pęknąć w szwach.

– Mianowicie?

– Pieniędzy na operację Else.

Simon aż przełknął ślinę, słysząc imię ukochanej w ustach tego człowieka.

– Pytanie, co masz do sprzedania.

Simon wyjął telefon, otworzył skrzynkę odbiorczą, położył aparat na stole i wcisnął „play". Głos z pliku dźwiękowego, który mu przysłano, brzmiał metalicznie: „...jakie konto i na czyje nazwisko Nestor przelewał pieniądze, kiedy ci płacił? Na twoim miejscu zastanowiłbym się przed odpowiedzią". Pauza. Potem inny głos. „Konto jest założone na firmę. Dennis Limited, zarejestrowana na Kajmanach". „A numer?" Kolejna pauza. „Osiem, trzy, zero". „Wolniej. I wyraźniej". „Osiem. Trzy. Zero. Osiem..."

Simon wcisnął „stop".

– Zakładam, że słyszałeś, kto odpowiadał na pytania.

Olbrzym odpowiedział niedbałym gestem, który mógł oznaczać cokolwiek.

– Próbujesz sprzedać właśnie to?

– Dostałem to nagranie z adresu na Hotmailu, którego nie zdołałem, a raczej nie próbowałem wytropić. Bo na razie tylko ja wiem o tym pliku. O nagraniu, na którym dyrektor więzienia...

– Zastępca dyrektora.

– ...Państwa podaje numer tajnego konta, na które otrzymywał pieniądze od Hugona Nestora. Konto sprawdziłem. Informacje się zgadzają.

– A jaką wartość ma to mieć dla mnie?

– Wartość dla ciebie będzie miało to, że nie pójdę z tym wyżej w policji, a ty nie stracisz ważnego współpracownika. – Simon chrząknął. – Jeszcze jednego ważnego współpracownika.

Olbrzym wzruszył ramionami.

– Zastępcę dyrektora więzienia można zastąpić. Poza tym wygląda raczej na to, że Franck już i tak się zużył. Co jeszcze masz, Kefas?

Simon wysunął dolną wargę.

– Mam dowody na to, że prałeś pieniądze za pośrednictwem spółki Iversena. Mam też dowód w postaci DNA, który wiąże Ivera Iversena seniora z pewną wietnamską dziewczyną, którą zaimportowaliście do Norwegii i zamordowaliście, a potem namówiliście Sonny'ego Lofthusa, żeby wziął na siebie winę.

Olbrzym dwoma palcami pogładził się pod brodą.

– Słyszałem. Mów dalej.

– Mogę zatroszczyć się o to, żeby w żadnej z tych spraw nie wszczęto śledztwa, jeżeli dostanę pieniądze na operację.

– O jakiej kwocie mówimy?

– Dwa miliony koron.

– Takie pieniądze mogłeś wycisnąć bezpośrednio od Iversena, więc dlaczego przychodzisz z tym do mnie?

– Ponieważ chcę czegoś więcej niż te pieniądze.

– Mianowicie?

– Chcę, żebyście przestali ścigać chłopaka.

– Syna Lofthusa? Dlaczego?

– Ponieważ Ab Lofthus był moim przyjacielem.

Olbrzym przez chwilę patrzył na Simona, potem odchylił się na krześle i popukał palcem w szkło akwarium.

– To wygląda jak zwyczajne akwarium, tak? Ale czy wiesz, Kefas, ile kosztuje ta szara, przypominająca szprotkę ryba? Nie, nie wiesz, bo chodzi o to, żeby Økokrim nie wiedziała, że niektórzy kolekcjonerzy są skłonni zapłacić za nią miliony. Nie jest zbyt imponująca ani piękna, za to niezwykle rzadka. Dlatego cenę tej ryby określa wartość, jaką ma dla jednej jedynej osoby – tej, która zaoferuje najwięcej.

Simon poruszył się na krześle.

– Chodzi o to – ciągnął olbrzym – że ja chcę dorwać młodego Lofthusa. On jest rzadką rybą i dla mnie ma większą wartość niż dla innych kupców, ponieważ zabił moich ludzi i ukradł moje pieniądze. Myślisz, że rządziłbym tym miastem od dwudziestu lat, gdybym pozwalał, by ktokolwiek mógł mi się wywinąć? Sam zrobił z siebie rybę, którą po prostu muszę mieć. Przykro mi, Kefas. Możemy ci dać kasę, ale chłopak jest mój.

– Jemu zależy tylko na dotarciu do kreta, który wydał jego ojca. Potem zniknie.

– Jeśli o mnie chodzi, to kreta może sobie brać. Ja już nie mam żadnych korzyści z niego czy z niej. Kret przestał być aktywny dwanaście lat temu. Ale nawet ja się nie dowiedziałem, kto to był. Pieniądze i informacje wymienialiśmy anonimowo. Mnie to odpowiadało. Dostawałem to, za co płaciłem. I ty dostaniesz, Kefas. Wzrok swojej żony, tak?

– Jak sobie chcesz. – Simon wstał. – Jeśli nie zrezygnujesz ze ścigania chłopaka, postaram się zdobyć pieniądze gdzie indziej.

Olbrzym ciężko westchnął.

– Zdaje się, że źle zrozumiałeś te negocjacje, Kefas.

Simon zobaczył, że blondyn też wstał.

– Jako doświadczony hazardzista powinieneś wiedzieć, że należy uważnie ocenić karty, zanim człowiek zdecyduje się na grę – powiedział olbrzym. – Bo potem jest już za późno, tak?

Simon poczuł na ramieniu rękę blondyna. Opanował odruch, by ją strącić. Usiadł z powrotem. Olbrzym nachylił się nad stołem. Pachniał lawendą.

– Iversen mówił mi o wynikach badań DNA, z którymi przyszedłeś. A teraz jeszcze nagranie. To oznacza, że masz kontakt z chłopakiem, tak? I to ty nam go przyprowadzisz. Razem z tym, co nam ukradł.

– A jeśli odmówię?

Olbrzym znów westchnął.

– Czego my się wszyscy boimy, kiedy się starzejemy, Kefas? Śmierci w samotności, tak? Prawdziwym powodem, dla którego robisz wszystko, by twoja żona odzyskała wzrok, jest to, że chcesz, żeby cię widziała, kiedy będziesz umierał. Bo wmawiamy sobie, że wtedy śmierć jest mniej samotna, tak? No cóż, wyobraź sobie siebie na łożu śmierci jeszcze bardziej samotnego niż w obecności niewidomej, ale mimo wszystko żywej żony...

– Co?

– Pokaż mu.

Blondyn podsunął Simonowi komórkę. Na wyświetlaczu było zdjęcie. Rozpoznał pokój w szpitalu. Łóżko. Śpiącą w nim kobietę.

– Interesujące jest nie to, że wiemy, gdzie ona teraz jest – podjął olbrzym. – Ale to, że ją znaleźliśmy, tak? W ciągu godziny od chwili, gdy Iversen się z nami skontaktował. A to oznacza, że znów ją znajdziemy, bez względu na to, gdzie spróbujesz ją ukryć.

Simon poderwał się z krzesła. Jego prawa ręka wystrzeliła w kierunku gardła olbrzyma, ale wpadła w pięść, która pochwyciła ją równie łatwo jak motyla i powoli zaczęła się zaciskać na dłoni Simona.

– Musisz się zdecydować, kto jest dla ciebie cenniejszy, Kefas. Kobieta, z którą mieszkasz pod jednym dachem, czy ten wałęsający się kundel, którego zaadoptowałeś?

Simon przełknął ślinę. Próbował zignorować ból, chrupnięcie ocierających się o siebie kości i stawów, ale wiedział, że zdradzą go łzy. Mrugnął raz, dwa razy. Poczuł ciepłą kroplę toczącą się po policzku.

– Trzeba ją wysłać do Stanów w ciągu dwóch dni – szepnął. – Przy dostawie muszę dostać pieniądze w gotówce.

Bliźniak go puścił, a Simonowi zakręciło się w głowie, kiedy do palców napłynęła krew i ból jeszcze się nasilił.

– Twoja żona wsiądzie do samolotu, kiedy tylko dostarczysz chłopaka i to, co ukradł.

Blondyn wyprowadził Simona na zewnątrz. Deszcz przestał padać, ale powietrze było tak samo lepkie i ciężkie.

– Co z nim zrobicie? – spytał Simon.

– Nie chciałbyś wiedzieć – uśmiechnął się blondyn. – Ale dziękujemy za transakcję.

Drzwi zamknęły się Simonowi przed nosem, usłyszał jeszcze tylko odgłos przekręcanego zamka.

Wyszedł z zaułka w zapadający zmrok. Puścił się biegiem.

Martha siedziała nad pieczenią wołową i patrzyła ponad wysokimi kieliszkami do wina, ponad głowami po drugiej stronie stołu i rodzinnymi zdjęciami na stoliku pod oknem, ponad ciężkimi od deszczu jabłoniami w ogrodzie, na niebo i nadciągającą ciemność.

Anders wygłosił piękną przemowę, co do tego nie było żadnych wątpliwości. Zauważyła, że jedna z ciotek ociera łzy.

– Martha i ja zdecydowaliśmy się na zimowy ślub – oświadczył. – Ponieważ wiemy, że nasza miłość roztopi wszelkie lody. Serca naszych przyjaciół ogrzeją każdy weselny lokal, a troska, mądrość i pomocne wskazówki naszych rodzin będą światłem, które przyda nam się podczas wędrówki mroczną zimową ścieżką. No i oczywiście jest jeszcze jeden powód… – Anders sięgnął po kieliszek i odwrócił się do Marthy, która w ostatniej chwili zdołała oderwać się od wieczornego nieba i odwzajemnić jego uśmiech. – Po prostu nie damy rady doczekać do lata!

Wesoły śmiech i oklaski wypełniły salon.

Anders ujął ją za rękę i mocno uścisnął. Jego śliczne oczy zamigotały jak morze. Martha wiedziała, że ją wyczuł. Nachylił się, jakby porwany sytuacją, i szybko pocałował ją w usta. Wokół stołu wybuchła radość, a on podniósł kieliszek.

– Wypijmy!

Usiadł. Pochwycił jej spojrzenie i uśmiechnął się tym niby intymnym uśmiechem. Tym, który miał powiedzieć dwanaściorgu gościom, że jego i ją łączy coś szczególnego, co należy tylko do nich. Ale to, że Anders grał pod publiczkę, nie musiało wcale oznaczać nieprawdy. Bo rzeczywiście łączyło ich coś wyjątkowego. Pięknego. Byli ze sobą już tak długo, że łatwo się zapominało wszystkie wspólne dobre dni, a także to, że przetrwali również te mniej dobre i wyszli z nich wzmocnieni. Kochała Andersa, naprawdę. Oczywiście, że go kochała. Gdyby było inaczej, nie zgodziłaby się wyjść za niego za mąż.

Jego uśmiech stał się nieco bardziej wymuszony. Mówił teraz, że mogłaby okazać nieco więcej entuzjazmu, trochę pomóc, skoro zgromadzili obie rodziny po to, by ujawnić przed nimi plan wesela. O to ostatnie poprosiła teściowa, a Martha nie miała siły protestować. Matka Andersa właśnie wstała, lekko uderzyła w kieliszek. Ciszę dosłownie jakby ktoś włączył. Goście byli ciekawi, co powie, ale przede wszystkim nikt nie miał ochoty poczuć na sobie jej świdrującego wzroku.

– No i bardzo się cieszymy, że Martha zażyczyła sobie, by ślub odbył się w kościele Świętego Pawła.

Martha ledwie zdołała wstrzymać się od kaszlu. *Zażyczyła sobie?*

– Jak wiecie, nasza część rodziny wyznaje wiarę katolicką. I chociaż średnia wykształcenia i dochodów w wielu krajach jest wyższa wśród protestantów niż katolików, w Norwegii jest inaczej. Tutaj my, katolicy, stanowimy faktyczną elitę. Witamy więc w pierwszej lidze, Martho!

Martha uśmiechnęła się z tego żartu, tak naprawdę niebędącego – jak dobrze wiedziała – żartem. Słyszała głos rozprawiającej dalej teściowej, ale sama znów odpłynęła. Odpłynęła, bo musiała się stąd wyrwać. Uciec w to drugie miejsce.

– O czym myślisz, Martho?

Poczuła wargi Andersa na włosach i brzegu ucha. Udało jej się uśmiechnąć, bo w rzeczywistości o mało nie wybuchnęła śmiechem. Wyobraziła sobie, że wstaje i oznajmia jemu i wszystkim innym, o czym myślała: o tym, że leży w objęciach zabójcy w słońcu na skale, a w ich stronę nadciąga ulewa. Ale to wcale nie znaczyło, że nie kochała Andersa. Przecież powiedziała „tak". Powiedziała „tak", ponieważ go kochała.

35

– Pamiętasz nasze pierwsze spotkanie? – spytał Simon, gładząc dłonie Else leżące na kołdrze. Dwie pozostałe pacjentki w pokoju spały za swoimi parawanami.

– Nie – uśmiechnęła się, a on wyobraził sobie, jak jej zdumiewająco błyszczące czyste niebieskie oczy lśnią pod bandażem. – Ale ty pamiętasz. To dobrze, bo możesz mi znów o tym opowiedzieć.

Zamiast się tylko uśmiechnąć, Simon zaśmiał się cicho, żeby mogła go usłyszeć.

– Pracowałaś w kwiaciarni na Grønland, a ja przyszedłem kupić kwiaty.

– Wieniec – poprawiła go. – Chciałeś kupić wieniec.

– Byłaś taka śliczna, że starałem się jak najbardziej przedłużyć tę rozmowę. Chociaż byłaś za młoda. Ale w ciągu tej rozmowy sam odmłodniałem. A następnego dnia przyszedłem kupić róże.

– To miały być lilie.

– Oczywiście. I chciałem, żebyś myślała, że to dla przyjaciela. Ale za trzecim razem kupiłem róże.

– I za czwartym.

– W moim mieszkaniu już zupełnie nie dało się oddychać.

– Bo te wszystkie kwiaty były dla ciebie.

– Wszystkie były dla ciebie. Ja je tylko przechowywałem. A potem się z tobą umówiłem. Nigdy w życiu tak się nie bałem jak wtedy.

– Miałeś taką smutną minę, że nie mogłam odmówić.

– Ta sztuczka działa za każdym razem.

– Wcale nie – roześmiała się Else. – Naprawdę byłeś smutny. A ja dostrzegłam te smutne oczy, przeżyte życie, melancholię doświadczenia. Takie rzeczy mają nieodparty urok dla młodej kobiety.

– A zawsze mówiłaś, że spodobało ci się moje wysportowane ciało i umiejętność słuchania.

– Wcale tak nie mówiłam! – Else roześmiała się jeszcze głośniej, a Simon razem z nią, ale cieszył się, że go teraz nie widzi. – Za pierwszym razem kupiłeś wieniec – powiedziała cicho. – I napisałeś bilecik, w który wpatrywałeś się przez dłuższy czas, aż w końcu go wyrzuciłeś i napisałeś nowy. A ja po twoim wyjściu wyjęłam tamten pierwszy z kosza i przeczytałam. „Dla miłości mojego życia". Właśnie z tego powodu zaczęłam się tobą interesować.

– Tak? Nie wolałaś mężczyzny, który miłość swego życia miał jeszcze przed sobą?

– Chciałam takiego, który potrafiłby kochać. Naprawdę kochać.

Simon pokiwał głową. Przez lata powtarzali sobie tę historię tak często, że kolejne kwestie były jak wyuczone na pamięć, podobnie jak reakcje i udawane zaskoczenie. Kiedyś przysięgli mówić sobie wszystko, absolutnie wszystko, i kiedy to zrobili, kiedy przetestowali, ile prawdy ta druga strona jest w stanie znieść, te historie stały się ścianami i sufitem tworzącymi ich dom.

Else ścisnęła go za rękę.

– A ty to umiałeś, Simon. Umiałeś kochać.

– Bo ty mnie naprawiłaś.

– Sam się naprawiłeś. To ty przestałeś grać, nie ja.

– Ale ty byłaś moim lekarstwem, Else. Bez ciebie… – Simon zaczerpnął powietrza. Miał nadzieję, że nie wychwyciła drżenia w jego głosie, bo dzisiaj nie miał na to siły. Nie miał ochoty powtarzać opowieści o szaleństwie gry i o długach, w które w końcu wciągnął również ją. Postąpił niewybaczalnie, za jej plecami zastawił ich dom. I przegrał. A ona mu wybaczyła. Nie wściekła się, nie wyprowadziła. Nie kazała mu się smażyć we własnym tłuszczu ani nie postawiła mu żadnego ultimatum. Pogłaskała go po policzku i powiedziała, że mu wybacza. Płakał wtedy jak dziecko, a wstyd wypalił w nim wszystko: pragnienie odczuwania pulsu życia w momencie, gdy nadzieja krzyżuje się z lękiem, kiedy postawiło się wszystko na jedną kartę i można wygrać albo przegrać, kiedy myśl o katastrofalnej decydującej klęsce jest prawie – p r a w i e – równie emocjonująca jak myśl o wygranej. To była prawda. On się w tym miejscu zatrzymał. I nigdy więcej nie grał, nawet o piwo. To go ocaliło. Ocaliło ich. I jeszcze to, że mówili sobie absolutnie wszystko. Bo świadomość, że ma w sobie zdolność panowania nad sobą i odwagę potrzebną do pełnej szczerości wobec drugiego człowieka, coś z nim zrobiła. Pozwoliła mu się podnieść jako mężczyźnie i jako człowiekowi. A może nawet stać się lepszym niż człowiek, który nigdy nie uległ słabości. I może właśnie dlatego jako starszy już wiekiem policjant przestał w każdym przestępcy widzieć notorycznego niereformowalnego bandytę i wbrew temu, co podpowiadało mu wieloletnie doświadczenie, był skłonny dać każdej osobie drugą szansę.

– Jesteśmy jak Charlie Chaplin i kwiaciarka – powiedziała Else. – Tyle że film puszczono od tyłu.

Simon przełknął ślinę. Niewidoma kwiaciarka, która bierze włóczęgę za bogatego dżentelmena. Simon nie pamiętał, w jaki sposób do tego dochodzi, ale wiedział, że włóczęga pomaga dziewczynie odzyskać wzrok, a potem się nie ujawnia, ponieważ jest pewien, że ona go nie zechce, jeśli zobaczy, kim naprawdę jest jej wybawca. Jednak dziewczyna, dowiadując się prawdy, i tak nie przestaje go kochać.

– Rozprostuję trochę kości – oznajmił, wstając.

Na korytarzu nie było innych ludzi. Przez chwilę wpatrywał się w wiszącą na ścianie tabliczkę z rysunkiem telefonu komórkowego przekreślonego czerwoną kreską. Potem wyjął aparat i wybrał numer. Wiele osób wierzy, że jeśli wyśle się e-mail z telefonu za pośrednictwem adresu na Hotmailu, to policja nie zdoła wyśledzić numeru, z jakiego został wysłany. To błąd. Numer łatwo dało się odnaleźć. Miał wrażenie, że serce przestaje mu się mieścić w piersi, że pulsuje w gardle. Nie było powodu, żeby nie odebrał.

– Słucham?

Ten głos. Obcy, a zarazem dziwnie znajomy. Jak echo z dalekiej, a raczej właśnie z bliskiej przeszłości. Syn. Simon musiał dwa razy chrząknąć, zanim struny głosowe odzyskały dźwięczność.

– Muszę się z tobą spotkać, Sonny.

– Byłoby miło…

M i ł o? A jednak w głosie nie dało się wyczuć śladu ironii.

– …ale nie zostanę tu zbyt długo.

Tu? W Oslo? W Norwegii? Czy tu, na ziemi?

– Co masz zamiar zrobić? – spytał Simon.

– Wydaje mi się, że wiesz.

– Chcesz odnaleźć i ukarać tych, którzy za tym wszystkim stoją. Tych, za których poszedłeś siedzieć. Tych, którzy uśmiercili twojego ojca. No i chcesz znaleźć kreta.

– Mam niewiele czasu.

– Ale ja mogę ci pomóc.

– Bardzo dziękuję, Simon, ale najbardziej mi się przysłużysz, robiąc to, co do tej pory.

– Tak? Czyli co?

– Nie powstrzymując mnie.

Zapadła cisza. Simon wsłuchiwał się w dźwięki w tle, które mogłyby mu powiedzieć, gdzie jest teraz chłopak. Słyszał ściszone rytmiczne dudnienie, od czasu do czasu czyjeś wołanie albo krzyk.

– Wydaje mi się, że ty chcesz tego samego co ja, Simon.

Simon przełknął ślinę.

– Pamiętasz mnie?

– Muszę już iść.

– Twój ojciec i ja…

Ale tamten już się wyłączył.

* * *

– Dziękuję ci, że przyjechałeś.

– Nie ma za co, kolego. – Pelle spojrzał na chłopaka w lusterku. – U taksówkarza taksometr cyka przez niecałe trzydzieści procent dnia pracy, więc i mnie, i moim rachunkom miło, że zadzwoniłeś. Dokąd szanowny pan sobie życzy?

– Na Ullern.

Gdy Pelle wiózł go ostatnio, chłopak poprosił o wizytówkę. Takie rzeczy się zdarzały, kiedy pasażerowie byli zadowoleni, ale i tak nigdy po niego nie dzwonili. Zbyt łatwo było wezwać taksówkę przez centralę albo złapać na ulicy. Dlaczego więc chłopak chciał, żeby to właśnie Pelle przyjechał ze Starego Miasta aż do Kvadraturen, by go zabrać spod Bismarcka, hotelu o wątpliwej reputacji, taksówkarz nie miał pojęcia.

Chłopak był ubrany w elegancki garnitur i Pelle nie poznał go w pierwszej chwili. Coś się zmieniło. Miał tę samą czerwoną sportową torbę i neseser. Z torby dobiegł ostry dźwięk metalu, kiedy rzucał ją na tylne siedzenie.

– Na tym zdjęciu wyglądacie na szczęśliwych – zauważył chłopak. – To ty i twoja żona?

– No... tak. – Pelle poczuł, że się czerwieni. Dotychczas jeszcze nikt nie skomentował tego zdjęcia. Zresztą umieścił je nisko z lewej strony kierownicy, żeby klienci go nie widzieli. Ale ucieszył się, że chłopak dostrzegł widoczne na nim szczęście. Jej szczęśliwą minę. Przecież wcale nie wybrał najładniejszej fotografii, tylko tę, na której wyglądała najradośniej. – Pewnie zrobi dzisiaj mielone – powiedział. – A później może pójdziemy na spacer do parku Kampen. Tam fantastycznie wieje w takie upalne dni jak dzisiejszy.

– Na pewno będzie miło – potwierdził chłopak. – To prawdziwy dar spotkać kobietę, z którą można dzielić życie, prawda?

– Pewnie. – Pelle znów spojrzał w lusterko. – Święta prawda.

Z reguły starał się, aby to klienci mówili. Lubił uczestniczyć w cudzym życiu przez ten krótki czas, kiedy ktoś jechał taksówką. Słuchać o jego dzieciach i małżeństwie, o pracy i kredycie na dom. Lubił na krótką chwilę podkradać rodzinom ich małe i duże radości i troski. Nie musiał mówić o sobie, chociaż wiedział, że wielu taksówkarzy to uwielbia. Ale między nim a tym młodym człowiekiem zapanowała dziwna poufałość i rozmowa sprawiała mu prawdziwą przyjemność.

– A co z tobą? Znalazłeś sobie jakiś materiał na żonę?

Chłopak z uśmiechem pokręcił głową.

– Żadna nie podniosła obrotów rozrusznika w sercu?

Tym razem pokiwał głową.

– Tak? No to świetnie dla ciebie, kolego. I dla niej.

Głowa chłopaka znów zmieniła oś ruchu.

– Nie? Nie próbujesz mi chyba powiedzieć, że cię nie chce? Rzeczywiście nie najlepiej się prezentowałeś, kiedy rzygałeś pod tamtą ścianą, ale dzisiaj, w tym garniturku i w ogóle…

– Dziękuję. Obawiam się jednak, że jej nie dostanę.

– A to dlaczego? Wyznałeś jej, co do niej czujesz?

– Nie. A tak trzeba?

– Trzeba powtarzać, że się kocha. Cały czas. Wiele razy dziennie. Trzeba o tym myśleć jak o tlenie, który przecież nigdy nie traci cudownego smaku. Kocham cię, kocham, kocham. Spróbuj, to zobaczysz, o co mi chodzi.

Na tylnym siedzeniu przez chwilę panowała cisza. W końcu rozległo się chrząknięcie.

– A skąd… skąd człowiek wie, że ktoś go kocha, Pelle?

– Po prostu wie. To suma wszystkich tych drobiazgów, które trudno nazwać. Miłość otacza człowieka jak kąpiel parowa, nie widzi się pojedynczych kropelek, ale czuje się gorąco. I wilgoć. I człowiek czuje się czysty. – Pelle roześmiał się zażenowany, ale trochę też dumny ze swoich słów.

– I ty się ciągle kąpiesz w jej miłości i codziennie mówisz, że ją kochasz?

Pelle odniósł wrażenie, że te pytania wcale nie są spontaniczne. Chłopak jakby postanowił porozmawiać o tym właśnie z nim i miało to związek z tym zdjęciem z żoną. Musiał je zauważyć podczas któregoś z dwóch poprzednich kursów.

– Oczywiście. – Pelle poczuł, że coś wpadło mu do gardła, może jakiś paproch. Zakasłał mocno i włączył radio.

Dojazd na Ullern zajął kwadrans. Chłopak podał Pellemu adres jednej z uliczek wijących się ku szczytowi wzgórza między gigantycznymi drewnianymi budynkami, bardziej przypominającymi fortece niż domy jednorodzinne. Asfalt zdążył już wyschnąć po wcześniejszym deszczu.

– Zatrzymaj się tu na chwilę, dobrze?

– Ale brama jest tam.

– Tutaj będzie lepiej.

Pelle podjechał pod krawężnik. Posiadłość otaczał wysoki mur zwieńczony odłamkami szkła. Przed ogromnym piętrowym murowanym domem rozciągał się duży ogród. Z tarasu dobiegała muzyka, świeciło się we wszystkich oknach. Ogród też zalewało światło. Przed bramą stało dwóch barczystych mężczyzn w czarnych garniturach, jeden trzymał na smyczy wielkiego białego psa.

– Idziesz na przyjęcie? – spytał Pelle, rozcierając bolącą nogę. Czasami ból dosłownie się na niego rzucał.

Chłopak pokręcił głową.

– Raczej nie jestem zaproszony.

– A znasz ludzi, którzy tu mieszkają?

– Nie, dostałem tylko ten adres, kiedy siedziałem w więzieniu. Adres Bliźniaka. Słyszałeś o nim?

– Nie – odparł Pelle. – Ale ponieważ go nie znasz, to powiem ci, że to nieprzyzwoite, żeby ktoś miał aż tyle. Spójrz tylko na ten dom. To jest Norwegia, a nie Ameryka czy Arabia Saudyjska. My tutaj, na tym usypisku kamieni daleko na północy, zawsze mieliśmy coś, czego nie miały inne kraje. Równość. Sprawiedliwość. A teraz nawet to sami sobie odbieramy.

Od strony ogrodu dobiegło ujadanie psa.

– Wydaje mi się, że jesteś mądrym człowiekiem, Pelle.

– Tego akurat nie wiem. Dlaczego siedziałeś w więzieniu?

– Żeby mieć spokój.

Pelle uważnie przyjrzał się twarzy chłopaka w lusterku. Miał wrażenie, że widział ją gdzieś jeszcze, nie tylko w samochodzie.

– Jedźmy stąd – zdecydował chłopak.

Gdy Pelle znów spojrzał przez przednią szybę, zobaczył, że mężczyzna z psem idzie w ich stronę. I pies, i jego pan mieli oczy wbite w taksówkę i tyle mięśni, że ledwie się ruszali.

– W porządku. – Pelle włączył migacz. – Dokąd teraz?

– Pożegnałeś się z nią?

– Z kim?

– Z żoną.

Pelle zamrugał. Patrzył na zbliżającego się mężczyznę z psem. To pytanie było niczym cios prosto w żołądek. Znów spojrzał w lusterko na chłopaka. Gdzie on go już widział? Usłyszał warkot. Pies już się szykował do skoku. Po prostu wiózł kiedyś tego chłopaka, to na pewno dlatego. Wspomnienie wspomnienia. Tak jak ona.

– Nie. – Pelle pokręcił głową.

– Więc to nie była choroba?

– Nie.

– Wypadek?

Pelle przełknął ślinę.

– Tak. Wypadek samochodowy.

– Wiedziała, że ją kochasz?

Pelle otworzył usta, ale uświadomił sobie, że nie będzie w stanie nic powiedzieć, więc tylko skinął głową.

– Przykro mi, że ci ją odebrano, Pelle.

Poczuł rękę chłopaka na ramieniu. Wydawało się, że płynie z niej ciepło rozlewające się na pierś, brzuch, ręce i nogi.

– Chyba powinniśmy ruszać, Pelle.

Taksówkarz dopiero teraz zdał sobie sprawę z tego, że zamknął oczy, a kiedy je otworzył, mężczyzna z psem już podchodził z boku do samochodu. Pelle dodał gazu i puścił sprzęgło. Pies rozjazgotał się wściekle.

– Dokąd jedziemy?

– Do człowieka, który dopuścił się zabójstwa. – Chłopak przyciągnął do siebie czerwoną torbę. – Ale najpierw coś zawieziemy.

– Do kogo?

Uśmiechnął się dziwnym smutnym uśmiechem.

– Do tej, której zdjęcie mógłbym mieć przy kierownicy.

* * *

Martha stała przy blacie w kuchni i przelewała do termosu kawę z dzbanka do ekspresu. Usiłowała się odciąć od głosu teściowej, słuchać raczej tego, o czym rozmawiali inni goście w salonie, ale okazało się to niemożliwe. Jej głos był taki natrętny, taki wymagający.

– Zrozum, Anders to taki wrażliwy chłopiec, o wiele wrażliwszy od ciebie. Z was dwojga to ty jesteś silna, dlatego musisz zebrać się w sobie i…

Pod bramę podjechał jakiś samochód. Taksówka. Wysiadł z niej elegancki mężczyzna w garniturze z neseserem w ręku.

Serce nagle zamarło jej w piersi. To był on.

Otworzył furtkę i ruszył krótką alejką do drzwi.

– Przepraszam – rzuciła Martha, z głośnym stuknięciem odstawiła termos do zlewu, i udając, że wcale się nie spieszy, wyszła z kuchni.

Miała do pokonania zaledwie kilka metrów, a mimo to była zdyszana, kiedy gwałtownie otwierała drzwi, zanim wcisnął dzwonek.

– Mamy przyjęcie – wysapała z ręką na piersi. – A ciebie poszukuje policja. Po co przyszedłeś?

Patrzył na nią tymi piekielnie przejrzystymi zielonymi oczami. Nie miał brwi.

– Chciałem prosić o wybaczenie – powiedział cicho i spokojnie. – I jeszcze chcę ci dać to. To dla schroniska.

– Co to jest? – spytała, patrząc na neseser, który jej podsunął.

– To na remont, na który nie macie pieniędzy, przynajmniej na część…

– Nie! – Obejrzała się przez ramię i zniżyła głos. – Czy ty jesteś chory? Myślisz, że wezmę do ręki te twoje brudne pieniądze? Przecież zabiłeś! Te kolczyki, które mi dawałeś… – Martha przełknęła ślinę, pokręciła głową, czuła, że do oczu napływają jej łzy złości. – Przecież one należały do kobiety, którą zamordowałeś!

– Ale…

– Odejdź stąd!

Skinął głową i zszedł o stopień niżej.

– Dlaczego nie powiedziałaś o mnie policji?

– A kto mówi, że nie powiedziałam?

– Dlaczego, Martho?

Przestąpiła z nogi na nogę. Z salonu dobiegło szuranie krzesła.

– Może chciałam, żebyś mi wyjaśnił, dlaczego zabiłeś tych ludzi.

– A byłaby jakaś różnica, gdybyś wiedziała?

– Nie wiem. Byłaby?

Wzruszył ramionami.

– Jeśli chcesz donieść na mnie policji, to dzisiejszą noc spędzę w domu mojego ojca. Później zniknę.

– Dlaczego mi o tym mówisz?

– Ponieważ chcę, żebyś poszła ze mną. Ponieważ cię kocham.

Zamrugała. Co on wygaduje?

– Kocham cię – powtórzył powoli, jakby ze zdziwieniem rozsmakowywał się w tych słowach.

– O Boże! – jęknęła zrozpaczona. – Ty jesteś szalony!

– Pójdę już. – Odwrócił się w stronę taksówki, która czekała z włączonym silnikiem.

– Zaczekaj! Dokąd się wybierasz?

Obrócił się i uśmiechnął.

– Ktoś mi opowiadał o fajnym mieście na kontynencie. To długa droga, kiedy się tam jedzie w pojedynkę, ale…

Wyglądał tak, jakby chciał jeszcze coś dodać, więc Martha czekała. Modliła się w duchu, żeby to powiedział. Nie bardzo wiedziała, co by to miało być. Czuła jednak, że jeśli on wypowie właściwe słowa, uwolni ją. Ale musiał to powiedzieć sam, musiał wiedzieć, co to ma być.

Tymczasem on tylko lekko się ukłonił, odwrócił i ruszył do furtki.

Martha chciała go zawołać, ale co by jej z tego przyszło? To jakieś szaleństwo. Idiotyczne zadurzenie. Coś, co nie istniało, bo nie mogło istnieć w jej prawdziwym życiu. Prawdziwe życie było tam, w środku, po drugiej stronie, w salonie za jej plecami. Zamknęła drzwi i się odwróciła. Spojrzała prosto we wściekłą twarz Andersa.

– Odsuń się.

– Anders, nie…

Odepchnął ją na bok, mocnym szarpnięciem otworzył drzwi i wybiegł.

Martha się podniosła i wyszła na schody akurat w porę, by zobaczyć, jak Anders go dogania i uderza w tył głowy. Ale chłopak musiał usłyszeć Andersa, bo się schylił, wykonał coś w rodzaju piruetu i otoczył napastnika ramionami. Anders, wrzeszcząc z wściekłością: „Zabiję cię!", próbował się wyrwać, ale ręce miał unieruchomione i był całkowicie bezradny. A potem chłopak równie nagle puścił Andersa, który najpierw tylko ze zdumieniem patrzył na mężczyznę stojącego przed nim z biernie opuszczonymi rękami, a potem sam uniósł rękę do ciosu. I uderzył. Znów podniósł rękę i znów uderzył. Bez większego hałasu. Martwe głuche uderzenia zaciśniętej pięści o ciało i kość.

– Anders! – krzyknęła Martha. – Anders, przestań!

Po czwartym uderzeniu skóra na kości policzkowej chłopaka pękła. Po piątym osunął się na kolana.

W taksówce otworzyły się drzwiczki od strony kierowcy i taksówkarz próbował wysiąść, ale chłopak uniósł dłoń, jakby mu mówił, że ma się trzymać z daleka.

– Pieprzony tchórz! – wrzasnął Anders. – Pieprzony złodziej cudzych dup!

Chłopak podniósł głowę, jakby chciał się jeszcze bardziej wystawić. Podsunął Andersowi ten policzek, który jeszcze był cały.

Anders wymierzył kopniaka. Głowa chłopaka odskoczyła w tył, opadł na kolana z ramionami rozłożonymi na boki, jak piłkarz, który w chwili triumfu ślizga się na trawie. Ostra podeszwa buta Andersa musiała trafić go w czoło, bo z podłużnej rany pod nasadą włosów popłynęła krew. Ale kiedy dotknął barkami żwiru i marynarka mu się przy tym zadarła, Martha zobaczyła, że noga Andersa nieruchomieje w zamachu do kolejnego kopniaka. Anders patrzył na pasek spodni chłopaka i widział to samo co ona. Pistolet. Wetknięty za pasek srebrny pistolet, który chłopak miał przy sobie cały czas, ale go nie ruszył.

Martha położyła rękę na ramieniu Andersa. Drgnął, jakby się ocknął.

– Wracaj do domu – powiedziała. – Natychmiast!

Zamrugał zdezorientowany i usłuchał. Wyminął ją, kierując się w stronę schodów, na których stłoczyli się już pozostali goście.

– Wracajcie do środka! – zawołała Martha. – To klient z Ila. Ja się tym zajmę. Do środka, wszyscy!

Kucnęła przy chłopaku. Krew z czoła spływała mu po nosie. Oddychał przez otwarte usta.

Ze schodów dobiegł natrętny, wymagający głos:

– Doprawdy, czy to konieczne, Martho? Przecież masz odejść z pracy, teraz, kiedy ty i Anders…

Martha zamknęła oczy i napięła mięśnie brzucha.

– Bądź cicho i też natychmiast wejdź do domu!

Kiedy otworzyła oczy, zobaczyła, że on się uśmiecha. I że coś szepcze zakrwawionymi wargami. Tak cicho, że musiała się nad nim nachylić.

– On ma rację, Martho. Naprawdę można poczuć, że miłość zmywa do czysta.

Potem się podniósł, lekko zatoczył i chwiejnym krokiem poszedł do taksówki.

– Zaczekaj! – zawołała, sięgając po rzucony na żwir neseser.

Ale taksówka już odjeżdżała drogą ku ciemności na końcu willowej zabudowy.

36

Iver Iversen zakołysał się na piętach, obracając w palcach nóżkę pustego kieliszka do martini. Przyglądał się uczestnikom imprezy stojącym w grupkach na tarasie i w salonie wielkości średniej sali balowej, umeblowanym według gustu osoby, która nie musiała w nim mieszkać. „Dzieło architekta wnętrz o nieograniczonym budżecie, za to z ograniczonym talentem", jak mawiała Agnete. Mężczyźni byli w smokingach, jak sugerowało zaproszenie. Kobiety stanowiły wyraźną mniejszość, lecz te, które przyszły, tym bardziej rzucały się w oczy. Olśniewająco piękne, drażniąco młode, z ciekawym etnicznym zróżnicowaniem. Wysokie pęknięcia sukni, gołe plecy i głębokie dekolty. Eleganckie, egzotyczne i importowane. Prawdziwe piękno zawsze należy do rzadkości. Iver Iversen nie zdziwiłby się, gdyby ktoś nagle przeprowadził przez pokój panterę śnieżną.

– Wygląda na to, że zebrała się tu znaczna część finansjery Oslo.

– Tylko ci, którzy nie są nazbyt wydelikaceni – odparł Fredrik Ansgar, poprawił muszkę i wypił łyk dżinu z tonikiem. – Albo nie wyjechali na letnisko.

Nieprawda, pomyślał Iver Iversen. Jeśli ktoś ma jakąś niezałatwioną sprawę z Bliźniakiem, to z pewnością wrócił do miasta. Bał się postąpić inaczej. Bliźniak. Spojrzał na potężnego mężczyznę stojącego przy fortepianie. Wyglądał jak idealny model robotnika do radzieckich plakatów propagandowych albo do rzeźb w parku Vigelanda. Wszystko w nim było wielkie, solidne i regularne: głowa, ramiona, dłonie, łydki. Wysokie czoło, mocny podbródek, pełne wargi. Mężczyzna, z którym rozmawiał, był korpulentny i miał ponad metr osiemdziesiąt wzrostu, ale przy Bliźniaku i tak wyglądał jak karzełek. Iver rozpoznawał go po jednym zasłoniętym oku. To twarz znana z prasy ekonomicznej.

Sięgnął po kolejny kieliszek martini z tacy jednego z kelnerów krążących po salonie. Wiedział, że nie powinien. Że już szumi mu w głowie. Ale co tam, przecież jest wdowcem w żałobie. Chociaż miał świadomość, że właśnie dlatego nie powinien. Mógł chlapnąć coś, czego później będzie żałował.

– Wiesz, skąd się wzięło przezwisko Bliźniaka?

– Owszem, słyszałem tę historię – odparł Fredrik.

– Ja słyszałem, że jego brat się utopił, ale że to był wypadek.

– Wypadek? Utonięcie w wiadrze z wodą to wypadek?

Fredrik się roześmiał i powiódł wzrokiem za przechodzącą obok nich czarnoskórą pięknością.

– Spójrz – powiedział Iver. – Jest nawet biskup. Ciekawe, jak trafił w tę sieć.

– Rzeczywiście imponujące zgromadzenie. Czy to prawda, że on złowił nawet dyrektora więzienia?

– Powiedziałbym, że na tym się nie kończy.

– Policja?

Iver milczał.

– Jak wysoko?

– Jesteś młodym człowiekiem, Fredriku, i chociaż już w to wszedłeś, to nie jesteś jeszcze aż tak mocno do niego przykuty, żebyś nie znalazł możliwości wyjścia. Ale im więcej będziesz wiedział, tym głębiej utkniesz, uwierz mi. Gdybym ja mógł zmienić pewne rzeczy ...

– A co z Sonnym Lofthusem? I z Simonem Kefasem? Czy to się jakoś rozwiąże?

– Pewnie. – Iver zapatrzył się w drobną delikatną dziewczynę, która siedziała sama przy barze. Tajlandia? Wietnam? Taka młoda, śliczna i wystrojona. Przećwiczona. Ale wystraszona, bez żadnej ochrony. Tak jak Mai. Prawie żal mu się zrobiło policjanta. On też dał się złapać w sieć. Również zaprzedał duszę za miłość do młodszej kobiety. I miał, tak jak Iver, doznać upokorzenia. W każdym razie Iver liczył na to, że zdąży go doznać, zanim Bliźniak zrobi to, co należy. Uprzedzi Simona Kefasa. Jeziorko w lasach Østmarka? Może on i Lofthus będą mieli nawet oddzielne jeziorka?

Zamknął oczy. Pomyślał o Agnete. Miał ochotę rzucić kieliszkiem o ścianę, ale zamiast tego opróżnił go jednym łykiem.

– Centrala operacyjna Telenoru, dział współpracy z policją.

– Dobry wieczór, mówi nadkomisarz Simon Kefas.

– Poznaję po pańskim numerze. Widzę też, że jest pan gdzieś na terenie Szpitala Ullevål.

– Imponujące. Ale chodzi mi o wyśledzenie innego numeru telefonu.

– Pełnomocnictwo?

– Sprawa nagląca.

– W porządku, zgłoszę to jutro. Porozumie się pan z prokuratorem. Nazwisko i numer.

– Mam tylko numer.

– I chodzi panu o...

– Zlokalizowanie tego telefonu.

– Jesteśmy w stanie podać tylko przybliżony obszar. A jeśli telefon nie będzie używany, może upłynąć trochę czasu, zanim nasze stacje bazowe odbiorą sygnały. Telefony logują się automatycznie raz na godzinę.

– Mogę zadzwonić pod ten numer, żeby sygnał był od razu.

– Więc ten ktoś może się dowiedzieć, że jest śledzony?

– W ciągu ostatniej godziny dzwoniłem kilka razy, i tak nikt nie odbiera.

– Dobrze, proszę mi podać ten numer i zadzwonić do tej osoby. Zobaczę, co to da.

Pelle zatrzymał się na pustej szutrowej drodze. Z lewej strony zbocze schodziło do rzeki, która lśniła w blasku księżyca. Był tam również wąski most łączący szutrówkę z szosą, którą przyjechali. Z prawej strony ciągnął się łan zboża kołyszącego się z szelestem pod czarnymi chmurami sunącymi po niebie – wyglądał jak negatyw jasnego letniego nieba, na którym zaledwie kilka godzin wcześniej świeciło słońce. Nieco dalej, pod lasem, znajdował się cel ich podróży. Duża willa otoczona białym drewnianym płotem.

– Powinienem cię raczej zawieźć na pogotowie, żeby cię tam pozszywali – stwierdził Pelle.

– Wszystko będzie dobrze. – Chłopak położył duży banknot na konsoli między przednimi siedzeniami. – I dziękuję za chustkę.

Pelle spojrzał w lusterko. Chłopak obwiązał sobie chustką głowę. Przesiąkła krwią.

– Zgódź się, zawiozę cię tam za darmo. W Drammen na pewno też jest pogotowie.

– Może się jutro wybiorę. – Chłopak przysunął do siebie czerwoną torbę. – Najpierw muszę złożyć wizytę temu człowiekowi.

– To bezpieczne? Przecież mówiłeś, że on kogoś zabił. – Pelle zerknął na garaż dobudowany do willi. Tyle miejsca, a mimo wszystko brak oddzielnego garażu. To na pewno ktoś, kto lubi amerykańskie obyczaje budowlane. Babcia Pellego mieszkała w wiosce norweskich emigrantów, gdzie najbardziej ortodoksyjni marzyciele o Ameryce mieli nie tylko domek z werandą, flagę z gwiazdkami i amerykańską limuzynę w garażu, lecz również instalację elektryczną na sto dziesięć woltów, aby móc podłączać jukeboksy, tostery i lodówki kupione w Teksasie lub odziedziczone po dziadku z Bay Ridge na Brooklynie.

– Dzisiaj nikogo nie zabije – zapewnił chłopak.

– A jednak – upierał się Pelle. – Naprawdę mam nie czekać? Do Oslo jest pół godziny jazdy. I słono zapłacisz za nową taksówkę, która policzy ci za drogę w obie strony. Wyłączę taksometr...

– Bardzo ci dziękuję, Pelle, ale dla nas obu lepiej będzie, żebyś nie był tego świadkiem. Rozumiesz?

– Nie.

– To dobrze.

Chłopak wysiadł z samochodu. Stanął i popatrzył na Pellego. Taksówkarz wzruszył ramionami, samochód zaczął się toczyć. Żwir pod kołami zachrzęścił, a Pelle dalej przyglądał się chłopakowi w lusterku. Stał, lecz nagle zniknął, pochłonięty przez ciemność lasu.

Pelle zatrzymał samochód. Dalej siedział, wpatrzony w lusterko. Zniknął. Tak jak ona.

Nie dawało się pojąć właśnie to, że ludzie, którzy byli blisko, meblowali twoje życie, nagle wyparowywali i już więcej miało się ich nie zobaczyć. Najwyżej w snach. Tych dobrych snach. Bo w złych jej nie widział. W złych widział tylko drogę i przednie reflektory nadjeżdżającego z przeciwka samochodu. W tych złych on, Pelle Granerud, niegdyś świetnie zapowiadający się kierowca rajdowy, nie zdołał zareagować. Nie zdołał wykonać tego prostego manewru niezbędnego, by ominąć pijanego kierowcę, który zjechał na przeciwny pas ruchu. I zamiast zrobić to, co robił codziennie na placu treningowym, Pelle skamieniał. Bo wiedział, że może stracić jedyne, czego stracić nie mógł. Nie własne życie, tylko tych dwoje, którzy byli jego życiem. Tych dwoje, których właśnie odebrał ze szpitala, którzy mieli być jego nowym życiem, ledwie rozpoczętym. Życiem w roli ojca. Zdążył nim być przez trzy dni. A kiedy się ocknął, był z powrotem w tym samym szpitalu. Najpierw powiedzieli mu o jego połamanych nogach. Zaszło jakieś nieporozumienie, zmiana dyżuru i do nowego personelu nie dotarło, że jego żona i dziecko zginęli w tym samym wypadku. Minęły dwie godziny, zanim się dowiedział. Miał alergię na morfinę, zdaje się dziedziczną, i dręczony niepojętym bólem, leżał przez kolejne dni, wykrzykując jej imię. Ale ona nie przychodziła. Z godziny na godzinę, z dnia na dzień po trochu coraz bardziej docierało do niego, że już nie przyjdzie. Że już nigdy jej nie zobaczy. Dalej więc wykrzykiwał jej imię tylko po to, żeby je słyszeć. O imieniu dla dziecka jeszcze nie zdążyli zdecydować. A Pelle zdał sobie sprawę, że dopiero tego wieczoru, kiedy chłopak położył mu rękę na ramieniu, poczuł, że ból wreszcie całkiem ustąpił.

Za wielkim pozbawionym zasłon panoramicznym oknem białego domu wciąż widział sylwetkę mężczyzny. Salon był oświetlony, jakby mężczyzna siedział na wystawie. Jakby na kogoś czekał.

Iver patrzył, jak olbrzym zabiera mężczyznę, z którym rozmawiał przy fortepianie, i prowadzi go w stronę jego i Fredrika.

– On chce rozmawiać z tobą, nie ze mną – szepnął Fredrik i usunął się do baru, najwyraźniej upatrzył sobie jakiś import z Rosji.

Iver przełknął ślinę. Ile to już lat robił z olbrzymem interesy. Jechali na tym samym wózku, dzielił z nim sukcesy i od czasu do czasu jakąś klęskę, na przykład wtedy, gdy skutki światowego kryzysu finansowego chlupały przez pewien czas u wybrzeży Norwegii. A mimo to wciąż był spięty, niemal wystraszony, kiedy tamten się zbliżał. Ktoś mówił, że olbrzym wyciska w siłowni półtora raza tyle, ile sam waży. I to nie raz, tylko dziesięć razy z rzędu. Ale jego przerażający wygląd to jedno, czymś zaś zupełnie innym była świadomość, że ten człowiek zapamiętuje absolutnie wszystko, co się powie, każde słowo i najdrobniejsze niuanse tonu, również – lub szczególnie – te niezamierzone. Oczywiście człowiek mógł się także zdradzić mową ciała, barwą skóry twarzy i ruchami źrenic.

– No i co tam, Iver? – rozległ się grzmiący głos o niskiej częstotliwości. – Jak się czujesz? Agnete, no tak. Ciężko ci, prawda?

– Oczywiście – odparł Iver, rozglądając się za kelnerem.

– Chciałbym, żebyś poznał pewnego mojego znajomego, skoro co nieco was łączy. Obaj niedawno owdowieliście…

Mężczyzna z klapką na oku wyciągnął rękę.

– …z winy tego samego zabójcy – dokończył olbrzym.

– Yngve Morsand – przedstawił się mężczyzna i uścisnął dłoń Ivera. – Moje kondolencje.

– Wzajemnie – mruknął Iversen. A więc to dlatego jego twarz wydała mu się znajoma. To ten armator. Mąż kobiety, której oderżnięto pół głowy. Przez pewien czas był głównym podejrzanym, dopóki policja nie znalazła DNA na miejscu zbrodni. DNA Sonny'ego Lofthusa.

– Yngve mieszka tuż pod Drammen – dodał olbrzym. – Wypożyczyliśmy sobie na dzisiaj jego dom.

– Słucham?

– Używamy go jako pułapki na szczura. Chcemy złapać tego, który zabił Agnete.

– Zdaniem Bliźniaka są duże szanse, że Sonny Lofthus będzie dzisiaj próbował mnie tam dopaść – zaśmiał się Yngve Morsand, rozglądając się za czymś. – Nawet się o to założyliśmy. Możesz poprosić tych swoich kelnerów, żeby przynieśli coś mocniejszego niż to martini, Bliźniak?

– To następne logiczne posunięcie Sonny'ego Lofthusa – stwierdził olbrzym. – Jest na szczęście do tego stopnia systematyczny i przewidywalny, że wierzę w wygranie tego zakładu – uśmiechnął się szeroko. Białe zęby pod wąsem, oczy jak dwie kreski w mięsistej twarzy. Położył gigantyczną dłoń na plecach armatora: – Ale wolałbym, żebyś nie używał tego przezwiska, Yngve.

Armator spojrzał na niego roześmiany.

– Masz na myśli Bliź... Au! – Otwarte usta i niedowierzający skamieniały grymas. Iver widział, jak palce olbrzyma puszczają kark armatora, który nachyla się i zaczyna kasłać.

– No to co, napijemy się? – Olbrzym wyciągnął rękę w stronę baru i pstryknął. – Drinki!

Martha bez celu dźgała łyżeczką bitą śmietanę z moroszkami, nie słuchając słów nacierających na nią ze wszystkich stron: Czy ten człowiek już kiedyś ją skrzywdził? Czy jest niebezpieczny? Przecież jeśli to mieszkaniec ośrodka, to znów będzie miała z nim styczność, mój Boże! Czy możliwe, by złożył doniesienie na Andersa za tę jego rozsądną interwencję w jej obronie? Przecież ci narkomani są nieobliczalni. Ale nie, na pewno był tak naćpany, że nic nie będzie pamiętał. Któryś z wujków stwierdził, że przypominał tego człowieka, którego zdjęcie pokazywali w telewizji, tego poszukiwanego za zabójstwa. Jak on się nazywa? Czy to cudzoziemiec? O co chodzi, Martho? Dlaczego nie odpowiadasz? No, to jest chyba zrozumiałe, przecież ją obowiązuje tajemnica.

– Jem deser – powiedziała Martha. – Naprawdę bardzo smaczny. Przyniosę więcej.

Do kuchni wszedł za nią Anders.

– Słyszałem go – syknął. – „Kocham cię". To był ten facet z korytarza w Ila. Ten, z którym się porozumiewałaś. O co w tym wszystkim chodzi?

– Anders, nie...

– Spałaś z nim?

– Przestań!

– W każdym razie ma wyrzuty sumienia, bo inaczej wyciągnąłby ten pistolet. Po co tu przyszedł? Żeby mnie zastrzelić? Zaraz zadzwonię na policję...

– I powiesz, że chociaż nie znajdowałeś się w sytuacji zagrożenia, to zaatakowałeś i kopałeś człowieka w głowę?

– A kto miałby im powiedzieć, że nie byłem w sytuacji zagrożenia? Ty?

– Albo kierowca taksówki.

– Ty? – Złapał ją za ramię. – Tak, myślałaś o sobie! Stanęłabyś po jego stronie przeciwko własnemu mężowi! Cholerna dziw...

Wyrwała się. Deserowy talerzyk upadł na podłogę i rozbił się na kilka części. W salonie zapadła cisza.

Martha wyszła na korytarz, sięgnęła po płaszcz i ruszyła do drzwi. Zatrzymała się. Postała tak przez sekundę, potem zawróciła do salonu. Sięgnęła po łyżeczkę, całą białą od deseru z moroszkami, i stuknęła nią o zatłuszczony kieliszek. Podniosła głowę i zorientowała się, że było to najzupełniej zbędne, bo i tak już skupiła na sobie uwagę wszystkich obecnych.

– Drodzy przyjaciele i krewni – zaczęła. – Chcę tylko powiedzieć, że Anders miał rację. Rzeczywiście nie damy rady doczekać do lata...

Simon zaklął. Zaparkował samochód na samym środku Kvadraturen i wpatrywał się w plan miasta. W sektor, w którym – jak powiedziano mu w Telenorze – znajdował się telefon. Ten, z którego Sonny Lofthus wysyłał mu SMS-y. Teraz Simon już wiedział, że to telefon na kartę, zarejestrowany na Helgego Sørensena. To nawet logiczne, wykorzystał identyfikator strażnika przebywającego na zwolnieniu.

Ale gdzie on mógł być?

Sektor obejmował zaledwie dwa kwartały, ale były to dwa najgęściej zaludnione kwartały w Oslo. Sklepy, biura, hotele, mieszkania. Wzdrygnął się, kiedy ktoś zapukał w boczną szybę. Zobaczył mocno umalowaną pulchną dziewczynę w króciutkich szortach, z biustem wciśniętym w coś w rodzaju gorsetu. Pokręcił głową, wykrzywiła się brzydko i odeszła. Simon zapomniał, że to najpopularniejsza w mieście dzielnica prostytutek i samotny mężczyzna w samochodzie natychmiast zostanie potraktowany jako klient. Laska w samochodzie, dziesięciominutowy numerek w hotelu Bismarck, ewentualnie na stojąco pod murem twierdzy Akershus. Sam z tego korzystał. Nie odczuwał z tego powodu dumy, po prostu miał za sobą czas, kiedy był skłonny płacić za trochę ludzkiego ciepła i głos, który powie „kocham cię". To ostatnie zaliczało się do kategorii usług specjalnych i kosztowało dwie stówy więcej.

Znów zadzwonił pod ten numer. Obserwował osoby przechodzące chodnikiem z nadzieją, że któraś z nich się zdradzi, sięgnie po aparat. Westchnął i znów się rozłączył. Spojrzał na zegarek. Telefon w każdym razie znajdował się w tym samym miejscu, co powinno oznaczać, że Sonny nie wymyśli na dzisiaj żadnego diabelstwa. Dlaczego więc Simon miał wrażenie, że coś się nie zgadza?

Theo siedział w obcym salonie wpatrzony w wielkie panoramiczne okno. Usadowił się przed silną lampą skierowaną w okno, tak aby ci, którzy patrzyli na niego z zewnątrz, widzieli jedynie zarys postaci bez szczegółów. Miał nadzieję, że Sonny Lofthus nie zna dokładnie kształtu sylwetki Yngvego Morsanda. Myślał o tym, że tak samo siedział Sylvester. Dobry, głupi, lojalny, hałaśliwy Sylvester, a ten sukinsyn go zabił. W jaki sposób, tego się pewnie nigdy nie dowiedzą, bo nie będzie żadnego przesłuchania, żadnych tortur, podczas których Theo mógłby się zemścić, rozkoszować się zemstą jak szklaneczką retsiny o smaku żywicy. Niektórzy jej nie znosili, lecz dla Thea była ona smakiem dzieciństwa, Telendos, przyjaciół z rozkołysanej łodzi, w której leżał na dnie i patrzył w nieskończenie błękitne greckie niebo, słuchając fal śpiewających w duecie z wiatrem.

Usłyszał kliknięcie w prawym uchu.

– Na drodze zatrzymał się samochód, ale już zawrócił.

– Ktoś wysiadł? – spytał Theo. Słuchawka, kabel i mikrofon były tak malutkie i dyskretne, że przy takim oświetleniu nie dałoby się ich dostrzec z zewnątrz.

– Nie zdążyliśmy zauważyć, samochód odjeżdża. Może po prostu zabłądził.

– Okej. Ale bądźcie w gotowości.

Poprawił kamizelkę kuloodporną. Wprawdzie Lofthus nie będzie miał szans na oddanie strzału, ale Theo wolał mieć pewność. Zostawił w ogrodzie dwóch ludzi, którzy mieli złapać Lofthusa, kiedy wejdzie przez furtkę albo przez płot, a jednego w korytarzu za niezamkniętymi na klucz drzwiami wejściowymi. Wszystkie pozostałe drogi dostępu do domu były sprawdzone i zamknięte. Siedzieli tu od piątej i już czuli się zmęczeni, a przecież noc ledwie się zaczęła. Ale jemu myśl o Sylvestrze na pewno nie pozwoli zasnąć. Myśl o tym, żeby dopaść tego sukinsyna. Bo on przyjdzie. Jeśli nie tej nocy, to rano albo w następną noc. Theo czasami dziwił się temu, że olbrzym – osoba tak mało ludzka – tak świetnie zna się na tym, co ludzkie. Wie, co ludźmi kieruje. Umie rozpoznać ich słabości i wewnętrzne motywy, przeczuć reakcję, do jakiej skłoni ich presja i lęk. Wie, jak przy pewnej dawce informacji o ich temperamencie, skłonnościach i inteligencji przewidzieć ich następne posunięcie ze zdumiewającą lub – jak mawiał sam olbrzym – rozczarowującą pewnością. Olbrzym polecił, niestety, by chłopaka zabić od razu, nie więzić, tylko szybko, a zatem bezboleśnie uśmiercić.

Theo poruszył się w fotelu, słysząc jakiś dźwięk. I jeszcze zanim się odwrócił, zdążył pomyśleć o tym, że on sam nie posiada takiej jak olbrzym zdolności do przewidzenia, co ten facet zrobi. Nie wiedział tego ani wtedy, gdy zostawiał Sylvestra samego, ani teraz.

Chłopak miał głowę owiniętą zakrwawioną chustką i stał w bocznych drzwiach, tych prowadzących z salonu wprost do garażu.

Jak on, u diabła, zdołał się tam dostać? Przecież zamknęli garaż. Musiał przyjść od tyłu, od strony lasu. A otwieranie zamkniętych drzwi do garażu to pewnie jedna z pierwszych rzeczy, jakich uczy się bystry ćpun. Ale to nie był najbardziej palący problem. Tym najbardziej palącym był fakt, że chłopak trzymał w ręku coś paskudnie przypominającego uzi, izraelski pistolet maszynowy, który wypluwa naboje 9×19 mm szybciej niż przeciętny pluton egzekucyjny.

– Ty nie jesteś Yngve Morsand – odezwał się Sonny Lofthus. – Gdzie on jest?

– On jest tutaj – powiedział Theo, odwracając głowę w stronę mikrofonu.

– Gdzie?

– On jest tutaj – powtórzył Theo nieco głośniej. – W salonie.

Lofthus rozejrzał się, podchodząc do niego z wycelowanym pistoletem maszynowym i palcem na spuście. Magazynek mieścił chyba trzydzieści sześć naboi. Lofthus się zatrzymał. Może dostrzegł słuchawkę i kabel do mikrofonu.

– Ty to mówisz do kogoś innego – stwierdził i zdążył zrobić krok w tył, gdy nagle drzwi się otworzyły i do środka wpadł Stan z pistoletem w wyciągniętej ręce. Theo sięgnął po własnego rugera i w tej samej chwili usłyszał suchy szczekliwy kaszel uzi i brzęk szkła w panoramicznym oknie. Z mebli poderwało się w powietrze białe wypełnienie, z parkietu drzazgi. Facet szczodrze rozdawał kule, niespecjalnie celując. Ale uzi i tak zawsze przewyższy dwa pistolety, więc i Theo, i Stan schronili się na podłodze za najbliższymi kanapami. Zapadła cisza. Theo leżał na plecach, ściskając w obu rękach broń, na wypadek gdyby zobaczył gębę tamtego wychylającą się znad oparcia kanapy.

– Stan! – zawołał. – Bierz go!

Odpowiedzi nie było.

– Stan!

– Sam go bierz! – wrzasnął Stan zza kanapy pod drugą ścianą. – Przecież on ma pierdolone uzi!

W słuchawce kliknęło.

– Co się dzieje, szefie?

W tej samej chwili Theo usłyszał warkot silnika na wysokich obrotach. Morsand zabrał stylowego mercedesa 280CE coupé, model 1982, na przyjęcie u Bliźniaka w Oslo, ale samochód żony, śliczna mała honda civic, wciąż tam stał. Bez żony, którą Morsand zabił – ale najwyraźniej z kluczykami w stacyjce. Widocznie tu, na wsi, tak właśnie się robiło z samochodami i żonami. Dobiegły go głosy chłopaków z zewnątrz:

– On próbuje uciec!

– Drzwi do garażu się otwierają!

Theo usłyszał zgrzyt wrzucanego biegu. I jęk, kiedy silnik zdechł. Czy ten facet to amator? Ani nie umie strzelać, ani jeździć samochodem.

– Łapcie go!

Silnik znów zaskoczył.

– Słyszeliśmy coś o uzi…

– Uzi albo Bliźniak, wasz wybór!

Theo zerwał się na równe nogi i podbiegł do rozbitego okna. Zobaczył akurat, jak samochód wyskakuje z garażu. Nubbe i Jewgienij stanęli przy bramie. Nubbe raz po raz walił ze swojej beretty. Jewgienij przykładał do policzka remingtona 870 z lufą oberżniętą po sam magazynek. Aż nim szarpnęło, kiedy strzelił. Theo zobaczył, że przednia szyba hondy wybucha, ale samochód jeszcze przyspieszył, zderzak uderzył Jewgienija tuż nad kolanem, podrzucił go w powietrze i zaraz mężczyznę wchłonęło pozbawione szyby auto, tak jak orka połyka fokę. Honda wyrwała bramę, pociągając za sobą część ogrodzenia, przejechała w poprzek szutrowej drogi i wpadła w zboże po drugiej stronie. Nie zwalniając, dalej parła naprzód, wyjąc na pierwszym biegu i zostawiając za sobą ślad w srebrzystych, skąpanych w blasku księżyca kłosach. Zatoczyła wielki łuk i wyjechała na drogę nieco niżej. Silnik zawył jeszcze głośniej, kiedy kierowca najwyraźniej wcisnął sprzęgło, nie puszczając gazu. Udało mu się wrzucić drugi bieg. Silnik znów zaczął się dławić, ale jakoś dał radę, samochód pojechał dalej i wkrótce zniknął w ciemności, bo kierowca nie zapalił świateł.

– Do wozu! – krzyknął Theo. – Musimy go złapać, zanim dotrze do miasta!

Pelle z niedowierzaniem śledził wzrokiem hondę. Słyszał strzały i w lusterku widział, jak honda civic wyskakuje z posiadłości, rozbijając śliczny, pomalowany na biało płot. Patrzył, jak samochód przedziera się przez pole, na którym rosło dotowane z państwowej kasy zboże, i w końcu wraca na drogę, kontynuując przedziwną jazdę. Chłopak nie był doświadczonym kierowcą, ale Pelle odetchnął z ulgą, kiedy w świetle księżyca dostrzegł w otworze po przedniej szybie zakrwawioną chustkę nad kierownicą. Przynajmniej przeżył.

Usłyszał krzyki z domu.

Odgłos ładowanej broni.

Ruszającego samochodu.

Pelle nie miał pojęcia, kto to jest. Chłopak powiedział mu – nie wiadomo, prawdę czy nie – że mężczyzna, który był w tym domu, zabił. Zabił. Może usiadł pijany za kierownicą. Zabił i już wyszedł z więzienia. Pelle nic o tym nie wiedział. Wiedział jedynie, że po miesiącach i latach, kiedy starał się spędzać za tą kierownicą większość godzin, jakie miała doba, znów wrócił do tego samego momentu. Do chwili, w której mógł zareagować albo skamienieć. Zmienić tor obrotu ciał niebieskich albo go nie zmieniać. Młody człowiek, który mógł mieć tę, której pragnął. Pogłaskał palcem zdjęcie przy kierownicy.

Potem wrzucił bieg i ruszył za hondą. Zjechał na wąski most. Na wzgórzu widać było światła przecinające ciemność. Pelle dodał gazu, przyspieszył, lekko skręcił kierownicą w prawo, złapał ręczny hamulec, wciskał i puszczał pedały, szybko i muzykalnie jak organista w kościele, a potem mocno skręcił kierownicą w lewo. Zarzuciło go, tak jak miało zarzucić. A kiedy auto się zatrzymało, stanęło dokładnie w poprzek drogi. Pelle z satysfakcją pokiwał głową, nie stracił feelingu. Potem wyłączył silnik, wrzucił jedynkę, zaciągnął ręczny, przelazł na siedzenie pasażera i wysiadł z tamtej strony. Zadowolony stwierdził, że między balustradą mostu a samochodem zostało po obu stronach maksimum dwadzieścia centymetrów. Jednym przyciskiem na kluczyku zamknął wszystkie drzwi i ruszył w stronę szosy. Myślał o niej. Cały czas tylko o niej. Ciekaw był, czy go teraz widzi. Czy zauważyła, że może chodzić. Prawie nie czuł bólu w nodze. Utykał, ale szedł dalej. Może lekarze mieli jednak rację, może najwyższa pora wyrzucić kule.

37

Była druga. Najciemniejsza pora letniej nocy.

Z odludnego punktu widokowego na skraju lasu ponad Oslo Simon widział fiord lśniący pod dużym żółtym księżycem.

– I co?

Simon mocniej owinął się płaszczem, jakby gwałtownie się ochłodziło.

– Dokładnie w to miejsce przyprowadzałem swoją pierwszą wielką miłość. Ponapawać się widokiem, całować, no wiesz…

Zobaczył, że Kari przestępuje z nogi na nogę.

– Nie mieliśmy żadnego innego miejsca, w którym moglibyśmy to robić, a wiele lat później, kiedy związałem się z Else, też ją tu przyprowadziłem, chociaż mieliśmy mieszkanie i podwójne łóżko. Ale to było takie… romantyczne i niewinne. Jak pierwsza miłość.

– Simon…

Odwrócił się i jeszcze raz przyjrzał się scenie. Radiowozy z obracającymi się niebieskimi światłami, taśmy policyjne, niebieska honda civic z rozbitą przednią szybą i martwy człowiek w, łagodnie mówiąc, nienaturalnej pozycji na siedzeniu pasażera. I dużo policjantów. Za dużo. Panicznie dużo.

Patolog wyjątkowo przybył na miejsce szybciej niż sam Simon. Stwierdził, że denat ma połamane nogi, bo ktoś na niego wjechał, a potem rzuciło go na maskę i do środka samochodu, gdzie złamał kark o siedzenie. Lekarza dziwiło, że ofiara po zetknięciu z przednią szybą nie ma żadnych skaleczeń na twarzy ani na głowie, ale

Simon wyciągnął z obicia śrut. Poprosił też o analizę krwi na siedzeniu kierowcy, bo sposób, w jaki się zebrała, nie zgadzał mu się ze skaleczeniami na łydkach ofiary.

– To on prosił, żebyśmy przyjechali? – Simon skinieniem głowy wskazał Åsmunda Bjørnstada, który zapalczywie gestykulując, rozmawiał z którymś z techników.

– Tak – potwierdziła Kari. – Ponieważ samochód jest zarejestrowany na Evę Morsand, jedną z ofiar Lofthusa…

– Podejrzanego.

– Słucham?

– Lofthus jest tylko podejrzany o zabójstwo Evy Morsand. Czy ktoś już rozmawiał z Yngvem Morsandem?

– Twierdzi, że nic o tym nie wie. Dzisiejszą noc spędzi w hotelu w Oslo. A ostatnio widział ten samochód u siebie w garażu. W opinii policji z Drammen jego dom wygląda tak, jakby doszło tam do strzelaniny. Niestety, do najbliższego sąsiada jest daleko, więc nie ma żadnych świadków.

Åsmund Bjørnstad podszedł do nich.

– Wiemy już, kim jest ten facet na siedzeniu pasażera. Jewgienij Zubow, stary znajomy. Komenda z Drammen przekazała, że w podłodze salonu Morsanda jest wachlarz lugerów dziewięć na dziewiętnaście.

– Uzi? – Simon uniósł brew.

– Jak myślisz, co mam powiedzieć prasie? – Åsmund wskazał za siebie. Pierwsi reporterzy już się tłoczyli przy taśmie odgradzającej drogę.

– To, co zwykle – odparł Simon. – Coś, ale tak naprawdę nic.

Bjørnstad westchnął ciężko.

– Cały czas siedzą nam na głowie. Nienawidzę ich. Przecież my, do jasnej cholery, musimy pracować!

– Oni też muszą – zauważył Simon.

– On powoli staje się gwiazdą mediów, wiesz? – Kari obserwowała, jak młody komisarz idzie na spotkanie deszczu fleszy.

– To przystojny śledczy – odparł Simon.

– Nie mam na myśli Bjørnstada. Sonny Lofthus.

Simon odwrócił się do niej zdziwiony.

– Naprawdę?

– Nazywają go nowoczesnym terrorystą. Piszą, że wypowiedział wojnę zorganizowanej przestępczości i kapitalizmowi. Że odrąbuje zgniłe elementy społeczeństwa.

– Przecież sam jest przestępcą!

– Przez to ta historia staje się jeszcze atrakcyjniejsza. Nie czytasz gazet?

– Nie.

– Telefonu też nie odbierasz. Próbowałam do ciebie dzwonić.

– Byłem zajęty.

– Zajęty? Całe miasto stoi na głowie z powodu tych zabójstw, a ciebie nie ma ani w biurze, ani w terenie. Przecież masz być moim szefem, Simon.

– Wiadomość otrzymano. A o co ci chodziło?

Kari wzięła głęboki oddech.

– Trochę się nad tym zastanawiałam. Lofthus jest jednym z bardzo niewielu dorosłych ludzi w naszym kraju, którzy nie mają konta bankowego, karty kredytowej i mieszkania. Ale wiemy, że w wyniku zabójstwa Kallego Farrisena dysponuje dostateczną ilością gotówki, żeby zatrzymać się w hotelu.

– Zapłacił gotówką w Plaza.

– No właśnie. Dlatego sprawdziłam inne hotele. Z liczby dwudziestu tysięcy gości nocujących codziennie w hotelach w Oslo jedynie około sześciuset płaci gotówką.

Simon wpatrywał się w nią szeroko otwartymi oczami.

– Możesz się dowiedzieć, ilu spośród tych sześciuset nocuje w Kvadraturen?

– Owszem. Listę hoteli mam tutaj. – Wyjęła z kieszeni złożony wydruk. – A co?

Simon wziął go jedną ręką, drugą sięgnął po okulary. Rozłożył kartkę i zaczął ją studiować. Przesuwał wzrokiem w dół. Popatrzył na adresy. Jeden hotel. Dwa. Trzy. Sześć. Wiele spośród nich miało kilku płacących gotówką gości, zwłaszcza te tanie. Wciąż za dużo nazw. A kilku najtańszych miejsc w ogóle tu nie uwzględniono.

Nagle przestał czytać.

Tanie hotele. Tamta kobieta pukająca w szybę. Godzina przyjemności w samochodzie, koło twierdzy albo... w hotelu Bismarck. Burdelu Bismarck. W samym środku Kvadraturen.

– Pytałam: a co?

– Dalej rozpracowuj ten ślad, ja muszę jechać. – Simon już ruszył do samochodu.

– Zaczekaj! – krzyknęła Kari, stając przed nim. – Nie uciekaj teraz. Co się dzieje?

– Dzieje?

– Chcesz pracować solo. Tak nie wolno. – Odgarnęła włosy z twarzy.

Simon zauważył, że i ona jest zmęczona.

– Nie wiem, o co w tym wszystkim chodzi – przyznała. – Czy chcesz się popisać i zyskać status bohatera pod koniec kariery, pokazać, że jesteś lepszy niż Bjørnstad i KRIPOS? Ale to ci się nie uda, Simon. Ta sprawa jest za poważna, żeby dorośli chłopcy urządzali sobie zawody w sikaniu.

Simon długo na nią patrzył, w końcu wolno skinął głową.

– Pewnie masz rację, ale niewykluczone, że mam inne powody.

– Możesz mi je wyjawić?

– Nie mogę, Kari. Musisz mi zaufać.

– Kiedy byliśmy u Iversena, powiedziałeś, że mam czekać przed gabinetem, bo zamierzasz złamać regulamin. Ja nie chcę łamać żadnego regulaminu, Simon. Ja po prostu chcę wykonywać swoją pracę. Więc jeśli mi nie powiesz, o co chodzi... – Głos jej zadrżał. Musi być bardzo zmęczona, pomyślał Simon. – ...to będę musiała iść do któregoś ze zwierzchników i poinformować go o tym, co się dzieje.

– Nie rób tego, Kari.

– Dlaczego?

– Ponieważ... – Simon przytrzymał ją wzrokiem – ...kret wciąż tutaj jest. Daj mi dwadzieścia cztery godziny. Bardzo cię proszę.

Nie czekał na odpowiedź. I tak niczego by nie zmieniła. Wyminął tylko Kari i dalej szedł do samochodu, czując jej wzrok na plecach.

Zjeżdżając ze wzgórza Holmenkollen, Simon odtworzył nagranie tamtej krótkiej rozmowy telefonicznej z Sonnym. Rytmiczne dudnienie. Przesadzone wrzaski. Cienkie ściany w dziwkarskim hotelu Bismarck. Jak mógł nie rozpoznać tych odgłosów?

Simon patrzył na chłopca z recepcji, który uważnie studiował jego identyfikator. Tyle lat minęło, a w hotelu Bismarck nic się nie zmieniło. Z wyjątkiem tego chłopaka, którego wtedy tu nie było. No i dobrze.

– Hm, widzę, że pan jest policjantem, ale nie mam żadnej książki gości, którą mógłbym panu pokazać.

– On wygląda tak. – Simon położył zdjęcie na kontuarze.

Chłopiec uważnie mu się przyjrzał. Wahał się.

– Alternatywą jest nalot i zrujnowanie całego tego szczurzego gniazda. Co powie twój ojciec na to, że doprowadziłeś do zamknięcia jego burdelu?

Podobieństwo rodzinne nie kłamało. Simon widział, że trafił.

– Mieszka na drugim piętrze. Dwieście szesnaście. Trzeba iść...

– Trafię. Daj mi klucz.

Chłopak znów się zawahał, w końcu wyciągnął szufladę, odpiął jeden klucz z dużego pęku i podał go Simonowi.

– Ale nie chcemy żadnej awantury.

Simon minął windę i długimi skokami wspiął się po schodach. Idąc korytarzem, nasłuchiwał. Teraz było cicho. Pod dwieście szesnaście wyjął glocka. Położył palec na spuście *double action*. Możliwie jak najciszej wsunął klucz w zamek i przekręcił. Stanął obok drzwi z pistoletem w prawej ręce, a lewą otworzył. Policzył do czterech, wsunął głowę i natychmiast ją cofnął. Wypuścił oddech.

W środku było ciemno, ale zasłon nie zasunięto, więc w świetle wpadającym z ulicy Simon mógł zobaczyć łóżko.

Zaścielone i puste.

Wszedł do środka, sprawdził łazienkę. Szczoteczka do zębów i pasta.

Wrócił do pokoju i nie zapalając światła, usiadł na kompletnie zbędnym krześle pod ścianą.

Wyjął telefon i wybrał numer. Gdzieś w pobliżu zaczęło piszczeć. Simon otworzył szafę. Na neseserze leżała komórka z jego własnym numerem widocznym na wyświetlaczu.

Simon wcisnął „odrzuć" i usiadł z powrotem.

Chłopak świadomie nie zabrał telefonu, żeby nie można było go wyśledzić. Ale raczej nie liczył, że ktoś go odnajdzie w tak gęsto zaludnionej okolicy jak ta.

Nasłuchiwał w ciemności. Słuchał zegara, który powoli odliczał czas pozostały do końca.

Markus wciąż nie spał, kiedy zobaczył Syna nadchodzącego drogą.

Obserwował żółty dom już od chwili, gdy kilka godzin temu weszła tam ta druga osoba. Nawet się nie rozebrał. Chciał być gotowy.

Rozpoznał Syna po tym, jak szedł pogrążoną w nocnej ciszy ulicą. Światła latarni zdawały się go obmywać, gdy pod nimi przechodził. Sprawiał wrażenie zmęczonego, może pokonał długą drogę, bo chwiał się na nogach. Markus skierował na niego lornetkę. Syn był w garniturze, trzymał się za bok, a na czole miał czerwoną chustkę. Czyżby zakrwawioną? Wszystko jedno, i tak należało go ostrzec. Markus delikatnie otworzył drzwi własnego pokoju, na palcach zszedł po schodach, włożył buty i po rzadkiej trawie pobiegł do furtki.

Syn zauważył go i zatrzymał się tuż przy furtce do swojego domu.

– Dobry wieczór, Markus. Nie powinieneś już spać?

Spokojny miękki głos. Syn wyglądał tak, jakby wracał z wojny, a mówił, jakby opowiadał bajkę na dobranoc. Markus pomyślał, że on też chciałby mieć taki głos, kiedy dorośnie i przestanie się już bać.

– Boli cię?

– Coś na mnie wpadło w trakcie jazdy samochodem – uśmiechnął się Syn. – Ale to nic groźnego.

– Ktoś jest u ciebie w domu.

– Tak? – Sonny odwrócił się i popatrzył w czarne okna. – Policjanci czy złodzieje?

Markus przełknął ślinę. Widział jego zdjęcie w telewizji, ale mama mówiła, że nie ma się czego bać, bo on zabija tylko złych ludzi. A na Twitterze wielu mu kibicowało, ludzie pisali, że jedni bandyci powinni się rozprawiać z innymi, tak jak czasami napuszcza się drapieżne owady, żeby się rozprawiały z jeszcze bardziej drapieżnymi.

– Chyba ani jedno, ani drugie.

– Tak?

Martha obudziła się, bo ktoś wszedł do pokoju.

Śniła jej się kobieta na strychu. Dziecko. We śnie widziała dziecko, ono żyło, cały czas było zamknięte w piwnicy i nie przestawało płakać w oczekiwaniu, aż ktoś je wypuści. W końcu wyszło. I było tutaj.

– Martha?

W jego głosie, tym cudownym, spokojnym głosie brzmiało niedowierzanie.

Obróciła się na łóżku, spojrzała na niego.

– Powiedziałeś, że mogę tu przyjść. Nikt nie otwierał, ale wiedziałam, gdzie jest klucz, więc…

– Przyszłaś.

– Zajęłam ten pokój. Mam nadzieję, że to w porządku.

Tylko kiwnął głową, przysiadł na brzegu łóżka.

– Materac leżał na podłodze. – Przeciągnęła się. – A kiedy kładłam go z powrotem, spomiędzy deszczułek wypadła jakaś książka. Położyłam ją tam, na stole.

– Aha.

– A co robił materac na…

– Schowałem się pod nim – wyjaśnił, nie odrywając od niej wzroku. – Wychodząc, zrzuciłem go na podłogę i tak zostawiłem. A co to jest?

Podniósł rękę, którą do tej pory trzymał się za bok, i sięgnął do jej ucha. Nie odpowiedziała. Pozwoliła mu dotknąć kolczyka. Powiew wiatru poruszył zasłonami, które znalazła w skrzyni i zawiesiła. Do pokoju na chwilę wpadła smuga księżycowego światła, oświetliła jego dłoń i twarz. Martha zdrętwiała.

– To nic groźnego.

– Rana na czole pewnie nie, ale krwawisz z jeszcze innego miejsca. Skąd?

Odchylił marynarkę i pokazał. Prawa strona koszuli była nasiąknięta krwią.

– Od czego to?

– Od kuli. Ledwie mnie drasnęła, przeszła na wylot. Naprawdę nic groźnego. Tylko rana mocno krwawi. Ale niedługo przestanie.

– Cicho bądź! – Zrzuciła kołdrę, wstała, wzięła go za rękę i zaprowadziła do łazienki, nie przejmując się tym, że on widzi ją w bieliźnie. Przeszukała apteczkę, znalazła dwunastoletnią maść antyseptyczną, dwie rolki gazy, watę, małe nożyczki i bandaż. Kazała mu się rozebrać.

– Jak widzisz, pozbyłem się tylko trochę tłuszczyku z boku – uśmiechnął się.

Martha widziała gorsze rzeczy. Ale widziała też lepsze. Oczyściła rany i przykryła gazą otwory pozostawione przez kulę. Potem owinęła go w pasie bandażem. Następnie zdjęła mu z głowy chustkę z zakrzepłą krwią. Z rany w czole natychmiast poleciała świeża krew.

– Czy twoja matka miała jakieś przybory do szycia?

– Nie trzeba...

– Cicho bądź, mówiłam.

Założenie czterech szwów, które ściągnęły brzegi rany, zajęło jej cztery minuty.

– Zauważyłem w przedpokoju neseser – powiedział, gdy owijała mu głowę kolejnymi warstwami bandaża.

– To nie są moje pieniądze. A na remont wystarczy tego, co dała gmina, więc dziękuję. – Przykleiła koniec gazy taśmą i pogłaskała go po policzku. – Teraz powinno już...

Pocałował ją. W same usta. I zaraz puścił.

– Kocham cię. – I znów ją pocałował.

– Nie wierzę ci.

– Nie wierzysz, że cię kocham?

– Nie wierzę, że całowałeś się z innymi dziewczynami, bo całujesz fatalnie.

Rozśmieszyła go tak, że aż oczy mu zabłysły.

– Miałem długą przerwę. A jak to ma być?

– Nie bój się, że za mało się dzieje. Nie spiesz się. Całuj leniwie.
– Leniwie?
– Jak łagodna rozespana anakonda. W ten sposób.
Delikatnie ujęła w dłonie jego głowę i przyciągnęła do swoich ust. Zdumiała się, jakie to naturalne. Byli niczym dwójka dzieci, które bawią się w emocjonującą, ale niewinną zabawę. On ufał jej. Ona ufała jemu.
– Rozumiesz? – szepnęła. – Bardziej wargami, a mniej językiem.
– Mocniej sprzęgło, mniej gazu?
– No właśnie – roześmiała się. – Idziemy do łóżka?
– I co tam się stanie?
– Zobaczymy. Jak twój bok? Wytrzyma?
– Co ma wytrzymać?
– Nie udawaj głupiego.
Znów ją pocałował.
– Jesteś pewna? – spytał szeptem.
– Nie. Więc jeśli będziemy zwlekać za długo…
– No to chodźmy.

Rover wstał i wyprostował się z jękiem. W zapamiętaniu nie poczuł, że cały zdrętwiał, trochę tak jak wtedy, kiedy kochał się z Janne, która czasami przychodziła – a czasami nie przychodziła – zobaczyć, „w czym dłubie". Próbował jej tłumaczyć, że majstrowanie przy motocyklu i majstrowanie przy niej ma sporo podobieństw. Że można trwać w tej samej niewygodnej pozycji i nie czuć bolących mięśni ani upływającego czasu. Ale po zakończeniu roboty nadchodził *payback time*. Spodobało jej się to porównanie. No, ale Janne to Janne.

Wytarł ręce. Robota skończona. Ostatnią rzeczą było przykręcenie nowej rury wydechowej do harleya davidsona. Kropka nad i. Taka, jaką stawia stroiciel po nastrojeniu fortepianu. Można było wprawdzie zarobić dwadzieścia koni mechanicznych na samej rurze wydechowej i filtrze powietrza, ale powszechnie wiadomo przecież, że rura wydechowa to przede wszystkim d ź w i ę k. Wydobycie tego cudownego burczenia, soczystego basu, który brzmiał zupełnie inaczej niż wszystko. Mógł oczywiście przekręcić teraz kluczyk i słuchać muzyki silnika tylko po to, by uzyskać potwierdzenie tego, co już wiedział. Albo mógł zaoszczędzić to sobie w ramach prezentu na jutro rano. Janne często powtarzała, że człowiek nigdy nie powinien odkładać na później czegoś przyjemnego, bo nikt nie ma gwarancji, że przeżyje jeszcze jeden dzień. Chyba w ten sposób Janne stała się Janne.

Wycierał szmatą olej z palców, jednocześnie idąc na zaplecze, żeby umyć ręce. Przejrzał się w lustrze. Smugi czarnych barw wojennych i złoty ząb. Jak zwykle kiedy uporał się z robotą, zaczęły się odzywać również inne potrzeby, jedzenia, picia, odpoczynku. To było najlepsze. Ale po zakończeniu przedsięwzięcia, takiego jak to, pojawiała się również dziwna pustka. Jakieś „co dalej?", „jaki jest sens tego wszystkiego?". Odsunął od siebie te myśli. Popatrzył na lecącą z kranu gorącą wodę. Drgnął. Zakręcił kran. Dźwięk doleciał z garażu. Janne? O tej porze?

– Kocham cię – powiedziała Martha.

W jakimś momencie znieruchomiał. Oboje byli zdyszani, mokrzy, czerwoni. Wytarł pot między jej piersiami prześcieradłem, które Martha zerwała z materaca, i powiedział, że mogą tu po niego przyjść, że to niebezpieczne. A ona odpowiedziała, że kiedy już raz podjęła decyzję, to nie pozwoli się tak łatwo przestraszyć. A poza tym skoro już koniecznie muszą o tym mówić, to go kocha.

– Kocham cię.

Kontynuowali.

– Zaprzestanie zaopatrywania mnie w broń to jedno – powiedział mężczyzna, ściągając z dłoni cienką rękawiczkę. To była największa dłoń, jaką Rover widział. – Ale zaopatrywanie mojego wroga to coś zupełnie innego, tak?

Rover nie próbował się wyrywać. Przytrzymywało go dwóch mężczyzn. Trzeci stał obok olbrzyma z pistoletem wycelowanym w czoło Rovera. Z pistoletem, który Rover świetnie znał, ponieważ sam go przerobił.

– Danie temu chłopakowi uzi to mniej więcej to samo, co przesłanie mi wizytówki, na której każesz mi iść do diabła. Tego chciałeś? Chciałeś mnie posłać do piekła?

Rover mógł odpowiedzieć. Oświadczyć, że z tego, co wie o Bliźniaku, to chyba właśnie stamtąd przyszedł.

Ale tego nie zrobił. Chciał jeszcze trochę pożyć. Jeszcze chociaż kilka sekund.

Wpatrywał się w motocykl za plecami olbrzyma.

Janne miała rację. Powinien był go włączyć. Zamknął oczy i nasłuchiwał. Powinien był pozwalać sobie na więcej przyjemności. To fakt tak oczywisty, że aż banalny, a jednak tak niepojęty, że dopiero stojąc na progu, człowiek pojmuje, do jakiego stopnia banalne jest to, iż jedyną gwarancją jest śmierć.

Mężczyzna odłożył rękawiczki na warsztat. Wyglądały jak zużyte kondomy.

– Zobaczmy… – Rozejrzał się po narzędziach wiszących na ścianie. Celując w nie palcem, mamrotał pod nosem: – Ene, due…

38

Na dworze zaczęło się rozwidniać. Martha leżała wtulona w Sonny'ego, ze stopami splecionymi z jego. Usłyszała, że równy rytm jego oddechu się zmienia, ale oczy wciąż miał zamknięte. Pogładziła go po brzuchu i dostrzegła pojawiający się na jego twarzy lekki uśmiech.

– Dzień dobry, *lover boy* – szepnęła.

Teraz już uśmiechnął się szeroko, ale skrzywił się, kiedy chciał się odwrócić w jej stronę.

– Boli?

– Tylko w boku – jęknął.

– Już więcej nie krwawiłeś. Sprawdzałam w nocy ze dwa razy.

– Co? Na co ty sobie pozwalasz, kiedy ja śpię? – Pocałował ją w czoło.

– Uważam, że pan pozwolił sobie w nocy na całkiem sporo, panie Lofthus.

– Pamiętaj, że dla mnie to był pierwszy raz. Nie wiem, co wolno, a czego nie.

– Cudownie kłamiesz – powiedziała.

Roześmiał się.

– Zastanawiałam się.

– I co?

– Jedźmy. Jedźmy już teraz, od razu.

Nie odpowiedział, ale natychmiast zesztywniał. A ona poczuła nadciągające łzy, nagły gwałtowny płacz, jakby pękła tama. Obrócił się i ją objął.

Zaczekał, aż się uspokoi.

– Co im powiedziałaś? – spytał.

– Że Anders i ja nie damy rady doczekać do lata. – Pociągnęła nosem. – Że rozstajemy się już teraz. A w każdym razie ja odchodzę. I wyszłam. Wybiegłam na ulicę, złapałam taksówkę. Widziałam, jak biegł za mną z tą swoją przeklętą matką depczącą mu po piętach. – Roześmiała się głośno, ale zaraz znów zaczęła płakać. – Przepraszam – zaszlochała. – Jestem taka... taka głupia. O Boże! Co ja właściwie tutaj robię?

– Kochasz mnie – szepnął cicho w jej włosy. – Właśnie to.

– I co z tego? Po co kochać kogoś, kto zabija ludzi, kto robi wszystko, żeby samemu zginąć, i zginie? Wiesz, jak cię nazywają w Internecie? Budda z mieczem. Przeprowadzili wywiady z byłymi osadzonymi, którzy przedstawiają cię jako świętego. Ale wiesz co? – Wytarła łzy. – Ja sądzę, że ty jesteś tak samo śmiertelny, jak wszyscy inni, którzy pojawiali się w Ila i znikali.

– Wyjedziemy.

– Jeśli mamy wyjechać, to teraz.

– Zostało jeszcze dwóch, Martho.

Pokręciła głową, łzy nieprzerwanie płynęły jej z oczu. Bezsilnie uderzyła go w pierś.

– Jest już za późno, nie rozumiesz? Wszyscy cię ścigają.

– Zostało jeszcze tylko dwóch. Ten, który zdecydował, że mojego ojca należy zabić i upozorować to tak, by wszystko wskazywało, że to on był kretem. I sam kret. Potem wyjedziemy.

– Zostało tylko dwóch? Masz tylko zabić jeszcze dwóch ludzi i uciec? Takie to dla ciebie łatwe?

– Nie, Martho, to wcale nie jest łatwe. Nikt nie był łatwy. I nie jest wcale prawdą to, co mówią, że z czasem staje się łatwiejsze. Ale muszę to zrobić, inaczej nie potrafię.

– Naprawdę wierzysz, że przeżyjesz?

– Nie.

– Nie?

– Nie.

– Nie! Na miłość boską, dlaczego wobec tego mówisz…

– Bo zaplanować można jedynie, że się przeżyje.

Martha milczała.

Pogłaskał ją po czole, po policzku, po szyi. Potem zaczął mówić. Cicho i powoli, jakby musiał zważać na każde słowo, właściwie je dobierać.

Słuchała, opowiadał o dorastaniu. O ojcu. O tym, jak umarł, i o wszystkim, co wydarzyło się później.

Martha słuchała i rozumiała. Słuchała i nie rozumiała.

Kiedy skończył, przez szparę między zasłonami wpadła smuga słonecznego światła.

– Czy ty słyszysz, co mówisz? – spytała szeptem. – Słyszysz, że to szaleństwo?

– Tak. Ale to jedyne, co mogę zrobić.

– Jedyne, co możesz zrobić, to zabić mnóstwo ludzi?

Westchnął.

– Jedyne, czego pragnąłem, to być taki jak mój ojciec. Kiedy przeczytałem ten jego list pożegnalny, ojciec zniknął. I ja też wtedy zniknąłem. Ale potem, w więzieniu, kiedy usłyszałem prawdę i dowiedziałem się, że poświęcił życie dla mnie i dla matki, urodziłem się na nowo.

– Urodziłeś się, żeby… żeby to zrobić?

– Żałuję, że nie było innej drogi.

– Ale dlaczego? Po to, żeby zastąpić ojca? Żeby syn… – Zamknęła oczy, wyciskając z nich łzy. Obiecała sobie, że te będą już ostatnie. – …zrobił to, co nie udało się ojcu?

– On zrobił to, co musiał, i ja muszę zrobić to, co muszę. On ze względu na nas przyjął na siebie wstyd. Kiedy to załatwię, to już będzie koniec. Przyrzekam. Wszystko będzie dobrze.

Długo na niego patrzyła.

– Muszę się zastanowić – powiedziała w końcu. – Śpij.

Zasnął, ale ona nie mogła. Dopiero kiedy ptaki zaczęły śpiewać, ona też zasnęła. Teraz już miała pewność.

Wiedziała, że oszalała.

I że to się stało w momencie, gdy go zobaczyła.

Ale że jest równie szalona jak on, pojęła dopiero wtedy, kiedy weszła do tego domu, znalazła na kuchennym blacie kolczyki Agnete Iversen i je założyła.

Marthę obudziły głosy dzieci bawiących się na ulicy. Radosne piski, odgłos biegających małych stóp. Pomyślała o niewinności, która idzie w parze z niewiedzą. Wiedza nigdy niczego nie wyjaśnia, tylko komplikuje. Spał obok niej tak spokojnie, że przez chwilę pomyślała, że umarł. Pogłaskała go po policzku. Wymamrotał coś, ale się nie obudził. Jak ścigany człowiek mógł spać tak spokojnie? Sen sprawiedliwych. Podobno bardzo głęboki.

Wysunęła się z łóżka, ubrała i zeszła na dół do kuchni. Znalazła chleb, trochę soku i kawy, ale nic więcej. Przypomniała sobie o zamrażarce, na której siedziała w piwnicy. Może tam była jakaś mrożona pizza? Zeszła na dół i pociągnęła za uchwyt klapy zamrażarki. Zamknięta. Rozejrzała się. Jej spojrzenie padło na gwóźdź w ścianie, na którym wisiał klucz z nieczytelną etykietką. Włożyła go w zamek, obróciła. *Voilà*! Uniosła pokrywę, nachyliła się, poczuła mroźny powiew na piersi i szyi, z gardła wyrwał jej się ostry, krótki krzyk i opuściła pokrywę. Odwróciła się i osunęła na ziemię, plecami wciśnięta w zamrażarkę.

Kucała, ciężko oddychając przez nos. Próbowała mruganiem pozbyć się obrazu trupa z otwartymi białymi ustami, który spojrzał na nią oczami z kryształkami lodu na rzęsach. Serce waliło jej tak mocno, że aż kręciło się jej w głowie. Słuchała serca. I głosów.

Były dwa.

Jeden krzyczał jej do ucha, że jest szalona, on jest szalony, to morderca, powinna więc jak najszybciej stąd uciec.

Drugi tłumaczył, że te zwłoki to jedynie fizyczna manifestacja tego, co już wiedziała i co zaakceptowała. Tak, on zabijał ludzi. Takich, którzy na to zasłużyli.

Ten głos, który krzyczał, kazał jej wstać, zagłuszając tamten spokojnie powtarzający, że to tylko panika, która w jakimś momencie i tak musiała nadejść. Przecież w nocy dokonała wyboru, prawda?

Nie, nie dokonała.

Teraz o tym wiedziała. Wybór między skokiem w głąb króliczej nory, zrobieniem kroku do jego świata, czy raczej pozostaniem w normalnym świecie, dokonywał się tu i teraz. Miała ostatnią możliwość odwrotu. Najbliższe sekundy były najważniejsze w jej życiu.

Ostatnia możliwość, żeby...

Wstała. Wciąż kręciło jej się w głowie, ale wiedziała, że potrafi szybko biegać. Nikt by jej nie dogonił. Wciągała tlen w płuca, krew transportowała go dalej do mózgu. Wsparła się o pokrywę zamrażarki, zobaczyła swoje odbicie w przezroczystym lakierze. Dostrzegła kolczyki.

Kocham go. Właśnie to robię.

Znów uniosła pokrywę.

Krew ze zwłok zalała większość artykułów spożywczych. Poza tym wzór na pudełkach firmy Frionor z rybami wydawał się bardzo niedzisiejszy. Możliwe, że miał dwanaście lat.

Skupiła się na tym, żeby równo oddychać. Myśleć. Odrzucić to, co nieważne. Jeśli chcą coś zjeść, to musi iść po zakupy. Mogła spytać dzieci, gdzie tu jest najbliższy sklepik. Tak, to dobry pomysł. Jajka na bekonie, świeży chleb, truskawki, jogurt. Zamknęła pokrywę, zacisnęła powieki. Wydawało jej się, że znów zacznie płakać. Tymczasem wybuchnęła śmiechem. Pomyślała, że to histeryczny śmiech człowieka swobodnie opadającego w głąb króliczej nory. Otworzyła oczy i skierowała się w stronę schodów. Na górze zorientowała się, że nuci piosenkę.

That you've always been her lover, and you want to travel with her...

Szalona.

...and you want to travel blind, and you know that she will trust you...

Szalona, szalona.

...cause you've touched her perfect body with your mind.

* * *

Markus siedział przy otwartym oknie i grał w Super Maria, kiedy usłyszał trzaśnięcie drzwi na zewnątrz.

Wyjrzał. To ta ładna pani. W każdym razie dzisiaj wyglądała ładnie. Wyszła z żółtego domu i skierowała się do furtki. Przypomniał sobie, jak Syn się rozjaśnił, słysząc, że to ją Markus widział wchodzącą do domu. Za bardzo się na tym nie znał, ale wydawało mu się, że chyba Syn jest w niej zakochany.

Ta pani podeszła do dziewczynek, które grały w gumę, i chyba o coś je spytała. Pokazały palcem, uśmiechnęła się, coś do nich powiedziała i ruszyła we wskazaną stronę.

Markus już miał wrócić do gry w Maria, gdy nagle zauważył rozsuwające się zasłony w oknie sypialni. Natychmiast sięgnął po lornetkę.

To był Syn. Stał przy oknie z zamkniętymi oczami, trzymając się za obandażowany bok. Nagi. I uśmiechał się, wyglądał na zadowolonego. Tak jak Markus w Wigilię przed rozpakowywaniem prezentów. A zresztą nie, tak jak Markus, kiedy się budził w pierwszy dzień świąt i przypominał sobie, jakie prezenty dostał.

Syn wyjął z szafy ręcznik, otworzył drzwi i już miał wyjść z pokoju, kiedy nagle się zatrzymał. Spojrzał w bok na stolik. Sięgnął po coś, co tam leżało. Markus wyostrzył obraz w lornetce.

To była książka. Oprawiona w czarną skórę. Syn ją otworzył, najwyraźniej zaczął czytać. Upuścił ręcznik. Usiadł na łóżku i czytał dalej. Przerzucał strony. Siedział tak przez kilka minut. Markus widział, jak rysy twarzy stopniowo mu się zmieniają, a ciało sztywnieje, jakby lodowaciało w dziwnej pozycji.

Potem nagle się poderwał i rzucił książką o ścianę.

Chwycił lampkę ze stolika i też nią cisnął.

Złapał się za bok, krzyknął coś i usiadł na łóżku. Opuścił głowę, przygiął ją rękami skrzyżowanymi na karku. Siedział tak, trzęsąc się jak w konwulsjach.

Markus zrozumiał, że stało się coś strasznego, ale nie wiedział co. Miał ochotę pobiec na drugą stronę, powiedzieć albo zrobić coś, co by pocieszyło Syna. Przecież potrafił. Często pocieszał mamę. Wystarczyło przypomnieć jej coś przyjemnego, co razem robili, spytać, czy to pamięta. Co prawda nie bardzo było w czym wybierać, ale pamiętała trzy czy cztery rzeczy. Zawsze się wtedy uśmiechała, tak trochę smutno, i wichrzyła mu włosy. I od razu było lepiej. Ale przecież z Synem nie robił nic przyjemnego. Zresztą może on wolał być sam? To akurat Markus potrafił zrozumieć, bo też taki był. Kiedy mama chciała go pocieszyć, gdy coś go dręczyło, tylko się irytował, jakby pociecha jeszcze go osłabiała, jakby przyznawała rację tamtym łobuzom, potwierdzała, że był tchórzem.

Ale Syn nie był tchórzem.

A może?

Właśnie wstał, odwrócił się w stronę okna i widać było, że płacze. Oczy miał czerwone, a policzki mokre od łez.

A jeśli Markus się pomylił, jeśli Syn był takim jak on słabym tchórzem, który stale ucieka i chowa się, żeby nie dostać lania? Ale nie, to niemożliwe. Wykluczone, żeby Syn był taki. Przecież był dorosły, silny i odważny. Pomagał innym, którym tych cech brakowało. Albo którzy jeszcze ich w sobie nie wyrobili.

Syn podniósł książkę, usiadł i zaczął pisać. Po chwili wyrwał kartkę, zgniótł ją i wrzucił do kosza na papiery przy drzwiach. Zaczął pisać na nowej stronie. Tym razem nie tak długo. Wyrwał kartkę i chyba czytał to, co napisał. Potem zamknął oczy i dotknął kartki wargami.

Martha odstawiła torbę z zakupami na blat w kuchni. Otarła pot z czoła. Do sklepu było dalej, niż sądziła, więc wracała truchtem. Opłukała truskawki pod zlewem, wybrała dwie największe, najczerwieńsze i położyła przy nich bukiecik jaskrów, których nazrywała przy drodze. Znów poczuła słodkie ukłucie na myśl o jego rozpalonej skórze pod kołdrą. O heroiniście, który miał odlot za jej sprawą. Teraz to on stał się jej narkotykiem, uzależniła się od pierwszego strzału. Zatraciła się, ale to uwielbiała.

Już na schodach, na widok otwartych drzwi sypialni, poczuła, że coś jest nie tak. Za cicho.

Łóżko było puste. Na podłodze leżała rozbita lampa. Jego ubranie zniknęło. Wśród odłamków szkła zobaczyła tamtą czarną książkę, którą znalazła na deskach łóżka.

Zawołała go po imieniu, chociaż wiedziała, że jej nie odpowie. Kiedy wróciła ze sklepu, furtka była otwarta, a przecież na pewno ją zamknęła. Przyszli po niego, tak jak mówił. Najwyraźniej się opierał, ale bezskutecznie. Zostawiła go śpiącego, nie dopilnowała, nie...

Odwróciła się i dostrzegła na poduszce kartkę. Żółtą, jakby wyrwaną z notesu. Słowa napisano starym piórem, które leżało obok. Przyszło jej do głowy, że to pewnie pióro jego ojca. I jeszcze zanim przeczytała, pomyślała, że historia się powtarza. Wypuściła z ręki kwiaty i ręką zasłoniła usta, taki odruch, żeby ukryć brzydki grymas, kiedy usta się wykrzywiają, a w oczach wzbierają łzy.

Kochana Martho!
Wybacz mi, ale znikam. Kocham Cię na zawsze.
Sonny

39

Markus siedział na łóżku w żółtym domu. Kiedy tamta pani wybiegła stąd zaledwie dwadzieścia minut po pospiesznym wyjściu Sonny'ego, Markus odczekał dziesięć minut, zanim do niego dotarło, że oni już nie wrócą.

Przeszedł więc na drugą stronę ulicy. Klucz leżał na stałym miejscu.

Łóżko było zaścielone, a skorupy lampy znajdowały się w koszu. Pod nimi znalazł zgniecioną kartkę.

Zapisano ją ładnym, niemal kobiecym charakterem pisma.

Kochana Martho!
Ojciec opowiadał mi kiedyś o tonącym człowieku. Jeździł w patrolu, był środek nocy i jakiś chłopiec zadzwonił z przystani Kongen, bo jego ojciec wpadł do wody, kiedy przybijali do brzegu. Nie umiał pływać i uczepił się burty, ale syn nie dał rady wciągnąć go na pokład. Kiedy przyjechał patrol, okazało się, że mężczyzna się poddał. Puścił burtę i poszedł pod wodę. Od tego czasu minęło wiele minut, więc mój ojciec zadzwonił po nurków. Chłopiec cały

czas płakał. Kiedy tak stali, mężczyzna nagle znów wyłonił się na powierzchnię. Zobaczyli bladą twarz, usiłującą złapać powietrze. Syn krzyknął z radości, a jego ojciec znów poszedł pod wodę. Mój ojciec skoczył za nim, ale było za ciemno, a kiedy się wynurzył, ujrzał rozpromienioną twarz chłopca, który sądził, że wszystko jest już w porządku, bo przecież tata złapał powietrze, a na miejscu była policja. Mój ojciec opowiadał, że dosłownie widział serce wyszarpywane z piersi tego chłopca, gdy zrozumiał, że Bóg tylko się nim bawił, udając, że ma zamiar oddać mu to, co już raz mu odebrał. Mój ojciec powiedział wtedy, że jeśli Bóg istnieje, to jest okrutny. Chyba rozumiem teraz, o co mu chodziło, bo nareszcie znalazłem dziennik ojca. Może chciał, żebyśmy wiedzieli. Może po prostu był okrutny. Bo inaczej po co pisać dziennik i chować go w tak oczywistym miejscu pod materacem?

Masz życie przed sobą, Martho. Wierzę, że potrafisz zrobić z nim coś dobrego. Ja nie potrafiłem.

Wybacz mi, ale znikam.

Kocham Cię na zawsze.

Sonny

Markus spojrzał na stół. Leżała tam książka, którą czytał Syn.

Czarna skórzana okładka, żółte strony.

Zaczął je przerzucać.

Prędko się zorientował, że to dziennik, chociaż nie codziennie coś w nim zapisywano. Czasami między jednym a drugim wpisem mijały miesiące, a kiedy indziej była tylko data i parę zdań. Przeczytał na przykład, że trojka się rozdzieliła, ponieważ coś się między nich wkradło. Tydzień później, że Helene jest w ciąży i że kupili cały dom, ale trudno jest wyżyć z jednej policyjnej pensji, więc szkoda, że rodzice i teściowie są niezamożni i nie można liczyć na ich pomoc.

Dalej autor pisał o tym, jak bardzo się cieszy, że Sonny zaczął trenować zapasy. Później cała strona o banku, który tak podniósł oprocentowanie kredytu, że po prostu nie są w stanie go spłacać. Trzeba coś zrobić, bo inaczej pójdą na ulicę. Trzeba coś wymyślić. Przecież obiecał Helene, że będzie dobrze. Na szczęście Sonny nic nie wyczuwa.

19 marca
Sonny mówi, że chce iść w moje ślady i zostać policjantem. Helene twierdzi, że jest za bardzo wpatrzony we mnie, że mnie ubóstwia. Tłumaczyłem jej, że tak to już jest z synami, sam wcale nie byłem inny. Sonny to dobry chłopiec, może aż za dobry. Świat jest okrutny, ale taki syn to i tak prawdziwy dar dla ojca.

Dalej było kilka stron, które Markus nie całkiem zrozumiał. Wyrażenia takie jak „niewypłacalność" i „sprzedać duszę diabłu". I jeszcze przezwisko Bliźniak.

Markus przerzucił kilka stron.

4 sierpnia
Dziś w wydziale znów mówili o krecie. O tym, że Bliźniak musi mieć kogoś w policji. To dziwne, do jakiego stopnia myśli ludzkie krążą utartymi ścieżkami, nawet myśli policjantów. Zawsze jest jeden zabójca, jeden zdrajca. Nie rozumieją tej genialnej dynamiki, kiedy pracuje się we dwóch. Jeden zawsze może mieć alibi, gdy ten drugi jest aktywny. No i dzięki temu obaj będziemy poza podejrzeniami w tylu sprawach, że automatycznie można nas wykluczyć. Tak, dobrze się urządziliśmy. Idealnie. Jesteśmy skorumpowanymi, na wskroś przegniłymi policjantami, którzy zrezygnowali ze wszystkiego, w co wierzyli, za kilka nędznych srebrników. Przymykamy oczy na narkotyki, handel ludźmi, nawet na zabójstwa. Nic już się nie liczy. Czy istnieje jakaś droga odwrotu? Jakaś możliwość wyznania grzechów, pokuty i wybaczenia bez niszczenia wszystkiego i wszystkich wokół mnie? Nie wiem. Wiem tylko, że muszę się z tego wycofać.

Markus ziewnął. Kiedy czytał, zawsze chciało mu się spać, zwłaszcza gdy było tyle niezrozumiałych słów. Przerzucił jeszcze kilka stron dalej.

15 września
Jak długo możemy działać, tak żeby Bliźniak nie dowiedział się, kim jesteśmy? Komunikujemy się przez adresy na Hotmailu

z używanych komputerów, „wypożyczonych" z magazynu dowodów i rzeczy zatrzymanych. Ale nawet to nie jest całkiem bezpieczne. Z drugiej strony, gdyby chciał, mógłby obserwować miejsca przekazywania nam wynagrodzenia. Kiedy zabierałem kopertę przyklejoną taśmą pod stojącą najbardziej w głębi ławą w The Broker na Bogstadveien w zeszłym tygodniu, byłem pewien, że ktoś mnie śledzi. W barze siedział facet, przyglądał mi się, już z daleka wyglądał na zbira. I się nie pomyliłem. Podszedł i powiedział, że dziesięć lat temu wsadziłem go za paserstwo. I że to była najlepsza rzecz, jaka mu się przydarzyła, bo dzięki temu skończył ze wszystkimi wygłupami i razem z bratem zajął się hodowlą ryb. Podziękował mi za to, uścisnął rękę i wyszedł. Taka radosna historia. Do pieniędzy w kopercie dołączony był list, w którym Bliźniak pisał, że chciałby, abym – najwyraźniej nie wie, że jest nas dwóch – awansował na jakieś czołowe stanowisko w policji, na którym byłaby ze mnie większa korzyść. Korzyść i dla niego, i dla mnie. Ważne informacje, wielkie pieniądze. Dodawał, że może mi pomóc w awansie, jest w stanie pociągnąć za odpowiednie sznurki. Głośno się z tego śmiałem. Ten facet to kompletny szaleniec. Jeden z tych, którzy nie ustąpią, dopóki nie zdobędą panowania nad światem. Nie zatrzymają się sami z siebie, trzeba ich powstrzymać. Pokazałem ten list X. Nie wiem dlaczego, ale on się nie śmiał.

Markus przez otwarte okno usłyszał wołanie mamy. Pewnie czegoś potrzebowała. Nie znosił, kiedy tak się zachowywała, kiedy otwierała okno i darła się na całą okolicę, jakby przywoływała psa. Czytał dalej:

6 października

Coś się wydarzyło. X. mówi, że jego zdaniem powinniśmy przestać, póki zabawa jeszcze trwa. Że powinniśmy całkiem z tego zrezygnować. A Bliźniak już od kilku dni nie odpowiada na mojego maila. To się nigdy wcześniej nie zdarzyło. Czyżby się kontaktowali? Nie wiem, ale wiem na pewno, że to nie jest coś, co możemy zostawić ot tak sobie. Czuję, że X. już mi nie ufa. Z tego same-

go powodu, z którego ja nie ufam jemu. Pokazaliśmy sobie nasze prawdziwe twarze.

7 października

Dzisiejszej nocy nagle zrozumiałem, że Bliźniak potrzebuje tylko jednego z nas i właśnie tak się stanie – będzie miał tylko jednego. A ten drugi, odrzucony, jest niepotrzebnym świadkiem, którego należy wyeliminować. Wiem też, że X. zrozumiał to wcześniej niż ja. Dlatego muszę się spieszyć. Muszę wyeliminować jego, zanim on wyeliminuje mnie. Spytałem już Helene, czy może pojechać jutro z Sonnym na zawody, bo mam do załatwienia kilka spraw. Poprosiłem X., żebyśmy się spotkali przy średniowiecznych ruinach w Maridalen o północy, bo jest parę rzeczy, o których powinniśmy porozmawiać. Trochę się zdziwił propozycją spotkania o tak późnej porze na takim pustkowiu, ale się zgodził.

8 października

Jest tak cicho. Załadowałem pistolet. Dziwna jest świadomość, że wkrótce zabiję człowieka. Zadaję sobie pytanie, co mnie do tego doprowadziło. Względy rodzinne? Sytuacja osobista? A może pokusa, by osiągnąć coś, czego nigdy nie mogli mieć moi rodzice – pozycję, życie, jakie innym durniom jest niezasłużenie serwowane na srebrnej tacy. Czy to energia i śmiałość, czy raczej słabość i ustępliwość? Czy jestem złym człowiekiem? Zadałem sobie takie pytanie: gdyby mój syn znalazł się w takiej samej sytuacji, czy chciałbym, żeby zrobił to, co ja? Odpowiedź, rzecz jasna, stała się prosta.

Wkrótce pojadę do Maridalen i zobaczymy, czy wrócę stamtąd odmieniony. Jako zabójca.

Może to dziwne, ale chwilami – chyba tacy po prostu już jesteśmy – modlę się o to, żeby ktoś znalazł ten dziennik.

Nic więcej nie było. Markus przerzucił niezapisane strony aż do ostatniej, tej wyrwanej. Potem odłożył notatnik z powrotem na stół i wolno zszedł po schodach, słuchając nieustannego wołania mamy.

40

Betty weszła do apteki pełnej ludzi, wzięła z automatu numerek z napisem „recepty" i znalazła wolne krzesło pod ścianą wśród klientów, którzy patrzyli przed siebie albo stukali w klawisze komórek, nie zważając na tabliczkę z zakazem. Namówiła lekarza, żeby wypisał jej silniejsze środki nasenne.

„To bardzo mocne benzodiazepiny, tylko na próbę", powiedział i powtórzył to, co już wiedziała: że to zaklęty krąg, który może doprowadzić do uzależnienia, i że absolutnie nie jest to wyrywanie zła z korzeniami. Betty odpowiedziała, że korzeniem zła jest jej bezsenność. Szczególnie odkąd uświadomiła sobie, że przebywała sama w pokoju z najbardziej poszukiwanym zabójcą w kraju. Z człowiekiem, który zastrzelił kobietę w jej domu na wzgórzu Holmenkollen. A w dzisiejszej gazecie przeczytała, że jest on również podejrzany o zabójstwo żony armatora, że wszedł do przynajmniej pozornie przypadkowego domu pod Drammen i piłą obciął jej głowę. Betty przez ostatnie dni chodziła jak zombie, półprzytomna, półśpiąca, miała halucynacje. Wszędzie widziała jego twarz, nie tylko w gazetach i w telewizorze, lecz także na plakatach reklamowych, w tramwaju, w odbiciach w szybie sklepu. Zmieniał się w niego listonosz, sąsiad, szef restauracji. A teraz widziała go również tutaj.

Stał przy ladzie w białym turbanie, a może to był bandaż, położył na kontuarze garść jednorazowych strzykawek i igieł, zapłacił gotówką. Wprawdzie ziarniste zdjęcia czy portrety pamięciowe w gazetach nie zawierały zbyt wielu wskazówek, ale Betty zauważyła, że kobieta na krześle obok zaczęła szeptać coś do swojego sąsiada, wskazując na tamtego, więc może ona również go poznała. Kiedy jednak mężczyzna w turbanie odwrócił się i ruszył do wyjścia, nieco jakby wygięty w bok, Betty zrozumiała, że znów miała jakieś zwidy. Ta szara jak popiół, nieruchoma twarz w ogóle nie przypominała tamtej, którą widziała w apartamencie numer cztery.

Kari siedziała wychylona do przodu, żeby wyraźniej widzieć numery domów. Jej samochód powoli sunął między dużymi willami.

Decyzję podjęła po bezsennej nocy. To była trudna noc. Dostało jej się za to, że nie pozwala innym w domu spać, i usłyszała, że nie powinna tak poważnie traktować pracy, w której w ogóle nie zamierzała zostać. Jak zwykle Sam ma rację, pomyślała, ale Kari po prostu lubiła porządek. Zresztą ta sprawa mogła się do niej przykleić i w przyszłości zamknąć przed nią niektóre drzwi. Dlatego postanowiła zwrócić się do niego bezpośrednio.

Zatrzymała się. To był ten numer.

Zastanawiała się, czy nie podjechać przez otwartą bramę pod sam dom, ale jednak zaparkowała na ulicy. Ruszyła stromą wyasfaltowaną ścieżką. W ogrodzie szumiał zraszacz, poza tym panowała zupełna cisza.

Weszła na schody, zadzwoniła. Z wnętrza dobiegło jazgotliwe szczekanie. Czekała. Nikt nie przychodził. Odwróciła się, już chciała zejść ze schodów, gdy nagle się pojawił. Słońce odbiło się od prostokątnych szkieł okularów. Musiał obejść dom i garaż, poruszając się szybko i bezszelestnie.

– O co chodzi?

Ręce trzymał za plecami.

– Jestem sierżant Kari Adel. Chciałabym z panem o czymś porozmawiać.

– Mianowicie o czym? – Wsunął ręce za pasek na plecach, jakby chciał podciągnąć beżowe płócienne spodnie, a jednocześnie wyciągnąć z nich koszulę. Był przecież bardzo ciepły letni dzień. Albo może chciał wsunąć za pasek pistolet i naciągnąć na niego koszulę, żeby nie było go widać.

– O Simonie Kefasie.

– Aha. A dlaczego przychodzi pani do mnie, żeby rozmawiać o nim?

Kari przechyliła głowę.

– Jeśli dobrze go zrozumiałam, to z doświadczenia wiadomo, że gdybym poszła ścieżką służbową, gdzieś po drodze mógłby nastąpić przeciek. On uważa, że w naszych szeregach wciąż działa kret.

– A więc tak uważa.

– Dlatego doszłam do wniosku, że najlepiej będzie, jeśli zgłoszę się bezpośrednio do samej góry. Do pana, panie komendancie.

– Tak, tak. – Pontius Parr potarł wąski podbródek. – No to wejdźmy do środka, sierżant Adel.

Zaraz za drzwiami na Kari skoczył wesoły airedale terrier.

– Willoch! Przecież tyle razy ci mówiłem…

Pies stanął na czterech łapach i poprzestał na lizaniu ręki Kari. Tylko ogon chodził mu jak propeller.

W drodze do salonu Kari wyjaśniła, iż powiedziano jej, że komendant pracuje w domu.

– Poszedłem na wagary – uśmiechnął się Parr, wskazując gestem dużą zapraszającą sofę z mnóstwem poduszek. – Właściwie w tym tygodniu miałem zacząć urlop, ale ponieważ ten zabójca ciągle pozostaje na wolności… – Westchnął i zapadł się w jeden z foteli od kompletu. – O co chodzi z Simonem?

Kari chrząknęła. Zaplanowała sobie, jak przedstawi to wszystko z wszelkimi możliwymi zastrzeżeniami i zapewnieniami, że nie chce na nikogo donosić. Że chodzi jej jedynie o jakość wykonywanej przez nich pracy. Ale teraz, kiedy siedziała w towarzystwie komendanta, który sprawiał wrażenie takiego otwartego i rozluźnionego, a w dodatku przyznał, że czasami wagaruje, bardziej naturalne wydało jej się mówienie wprost.

– Simon działa solo.

Komendant uniósł brew.

– Proszę mówić dalej.

– Prowadzimy w tej sprawie śledztwo równolegle z KRIPOS. Nie współpracujemy. Ale teraz Simon nie współpracuje nawet ze mną. Może nie musi. Problem polega na tym, że on sprawia wrażenie, jakby miał jakiś inny plan. A nie chcę być w cokolwiek wplątana, jeśli on działa nielegalnie. Sam w pewnej sytuacji prosił, żebym trzymała się z daleka, bo nie ma zamiaru ściśle przestrzegać regulaminu.

– Ach tak? Kiedy to było?

Kari opowiedziała krótko o spotkaniu u Ivera Iversena.

– Hmmm… – mruknął Parr, przeciągając „m” w nieskończoność. – Niedobrze. Znam Simona i chciałbym móc powiedzieć, że to do niego niepodobne. Ale, niestety, nie mogę. A jaki pani zdaniem jest ten jego plan?

– On chce schwytać Sonny'ego Lofthusa samodzielnie.

Parr ścisnął podbródek dwoma palcami.

– Rozumiem. Kto jeszcze o tym wie?

– Nikt. Przyszłam bezpośrednio do pana.

– To dobrze. Proszę mi obiecać, że nie wspomni pani o tym nikomu innemu. Jak pani zapewne rozumie, to bardzo delikatna sprawa. W związku z tymi zabójstwami wszystkie oczy skierowane są na policję i nie stać nas na to, by ktokolwiek działał nieprofesjonalnie.

– Oczywiście, rozumiem.

– Proszę pozostawić tę sprawę mnie. Kiedy już pani stąd wyjdzie, uznajmy, że to spotkanie nigdy nie miało miejsca. Być może zabrzmi to dramatycznie, ale dzięki temu nie będzie pani ryzykowała naznaczenia piętnem donosicielki ze strony kolegów. A taka rzecz może się do pani przykleić.

Przykleić. O tym nie pomyślała. Przełknęła ślinę i szybko kiwnęła głową.

– Bardzo dziękuję.

– Nie ma za co. To ja powinienem dziękować, sierżant Adel. Postąpiła pani właściwie. Proszę więc wracać do pracy, tak jakby nic się nie wydarzyło. – Komendant wstał. – Muszę się w zasadzie pospieszyć ze swoim nicnierobieniem, bo mam tylko ten jeden dzień i znów wracam do kieratu.

Kari wstała, ucieszona, że poszło jej bezboleśnie.

W drzwiach komendant stanął.

– A gdzie jest teraz Simon?

– Nie wiem. Po prostu zniknął z tego miejsca, w którym w nocy znaleziono samochód ze zwłokami, i od tamtej pory nikt go już nie widział.

– Hm. Więc nie ma pani żadnego pomysłu?

– Ostatnią rzeczą, jaką zrobiłam, było wręczenie mu listy hoteli, w których mógł przebywać Lofthus.

– Listę sporządzoną na podstawie...

– Płatności gotówką. Prawie nikt już nie płaci w ten sposób.

– Mądrze. Powodzenia.

– Dziękuję.

Kari zaczęła schodzić ze schodów, ale kiedy jej głowa znalazła się na wysokości zraszacza, usłyszała za sobą kroki. To był Parr.

– Uznałem, że powinienem o czymś wspomnieć. Z tego, co słyszę, rozumiem, iż nie można wykluczyć, że to właśnie pani znajdzie w końcu dla nas Lofthusa.

– Tak? – zdziwiła się Kari ze świadomością, że zabrzmiało to dokładnie z taką pewnością siebie, z jaką chciała.

– Gdyby tak się stało, proszę nie zapominać, że on jest uzbrojony i niebezpieczny. Zatem konieczność działania w obronie własnej z całą pewnością spotka się ze zrozumieniem.

Kari odgarnęła na bok zabłąkane kosmyki włosów.

– A co to konkretnie ma znaczyć?

– Po prostu tyle, że próg zezwalający na użycie broni w celu zatrzymania tego zabójcy jest niski. Proszę nie zapominać, że on już poddał torturom innego funkcjonariusza publicznego.

Powiew wiatru przyniósł delikatny prysznic kropelek wody.

– Rozumiem – powiedziała Kari.

– Porozmawiam z szefem KRIPOS – dodał Parr. – To może być niezły pomysł, żeby pani i Åsmund Bjørnstad pracowali w tej sprawie razem jako team. Wydaje mi się, że macie takie samo zrozumienie dla tej sytuacji.

Simon wpatrywał się w lustro. Płynęły lata, płynęły godziny. Nie był już tym samym człowiekiem co piętnaście lat temu. Nie był tym samym człowiekiem co siedemdziesiąt dwie godziny temu. Kiedyś uważał, że jest niezwyciężony. Kiedyś uważał, że jest szumowiną. W końcu doszedł do przekonania, że nie jest ani jednym, ani drugim. Że jest po prostu człowiekiem z krwi i kości, który ma przed sobą różne perspektywy: albo postępować właściwie, albo pozwolić, by rządziły nim najniższe instynkty. Ale czy to oznaczało, że on albo w ogóle jakikolwiek człowiek posiada wolną wolę? Czy nie jest tak, że wszyscy, otrzymawszy do rozwiązania to samo zadanie, takie same szanse, taką samą wiedzę o tym, co się opłaca, będziemy stale dokonywać takiego samego wyboru? Ktoś powie, że można zmienić pogląd na sprawy, na przykład w twoim życiu może pojawić się kobieta. Możesz dzięki temu zmądrzeć i od nowa zdefiniować, co jest ważne. Owszem, ale to dlatego, że ważne stały się inne wartości, a to oznacza, że zmieniły się tylko liczby w zadaniu, ale ciągle rachujesz w taki sam sposób. I również ten nowy wybór będziesz powtarzać w nieskończoność. Warunkują go skład substancji chemicznych w mózgu, dostępne informacje, instynkt przetrwania, popęd seksualny, lęk przed śmiercią, wyuczona moralność i instynkt stadny. Nie karzemy ludzi dlatego, że są źli, tylko dlatego, że dokonują niewłaściwych wyborów, szkodliwych dla stada. Moralność nie jest czymś wiecznym, zesłanym z nieba, to jedynie zasady korzystne dla dobra stada. A ci, którzy nie są w stanie stosować się do tych zasad, do tego określonego wzorca zachowania, nigdy nie będą tego robić, ponieważ nie mają wolnej woli. To iluzja. Podobnie jak pozostali członkowie stada, tak samo przestępcy po prostu robią to, co muszą. Należy ich więc eliminować, aby się nie rozmnażali i nie zatruwali stada swoimi genami odpowiedzialnymi za szkodliwe zachowania.

Simon Kefas doszedł do wniosku, że dziś wieczorem zobaczył w lustrze robota. Złożonego i skomplikowanego. Posiadającego wiele możliwości. Ale wciąż robota.

Za co więc karał ten chłopak? Jaki miał cel? Zbawić świat, który nie chciał być zbawiony? Eliminować coś, co jest nam potrzebne, chociaż nie chcemy się do tego przyznać, bo kto by miał siłę żyć w świecie bez przestępczości, bez durnego buntu idiotów, bez tych, którzy myślą nieracjonalnie, ale zapewniają ruch i zmianę? Bez nadziei na lepszy – albo gorszy – świat? To ten przeklęty niepokój, rekinia potrzeba stałego przemieszczania się w celu zdobycia tlenu. Nikt nie mówi: „Tak jak teraz, jest dobrze. Zostańmy w tym miejscu. Już".

Simon usłyszał kroki. Sprawdził, czy pistolet jest odbezpieczony.

Klucz obrócił się w zamku.

Szybkie kroki, komuś się spieszyło. Liczył sekundy, nie spuszczając oczu z własnego odbicia w lustrze nad umywalką w łazience. Chłopak już zobaczył, że wszystko wygląda tak samo jak wówczas, kiedy opuszczał ten pokój, automatycznie się rozluźnił, opuścił gardę. Mógł wejść do łazienki, ale wcześniej odłożyłby ewentualną broń. Simon liczył dalej.

Na dwadzieścia otworzył drzwi i wyszedł z wycelowanym pistoletem.

Chłopak siedział na łóżku.

Miał zabandażowaną głowę. Przed nim na podłodze leżał neseser, który wcześniej stał w szafie. Był otwarty i wypełniony torebkami z białym proszkiem, o który Simon nie musiał pytać. Chłopak zdążył naciąć jedną torebkę. W lewej ręce trzymał łyżeczkę z proszkiem, w drugiej zapaloną zapalniczkę. Na łóżku leżał pęk jednorazowych strzykawek i blister z igłami.

– Kto strzela pierwszy? – spytał chłopak.

41

Simon usiadł na krześle naprzeciwko niego. Patrzył na zapalniczkę pod łyżeczką.

– Jak mnie znalazłeś?

– Telefon – wyjaśnił Simon, nie odrywając oczu od płomienia. – Odgłosy w tle. Dziwki w pracy. Wiesz, kim jestem?

– Simon Kefas – odparł chłopak. – Poznaję cię ze zdjęć.

Narkotyk się rozpuścił, na powierzchnię zaczęły wzbijać się bąbelki.

– Nie będę stawiał oporu. I tak zamierzałem się dzisiaj zgłosić.

– Tak? Dlaczego? Twoja krucjata już się skończyła?

– Nie ma żadnej krucjaty. – Chłopak ostrożnie odłożył łyżeczkę. Simon wiedział, że płynna heroina musi się schłodzić. – Istnieje jedynie ślepa wiara. Wierzymy w to, czego nauczyliśmy się jako dzieci. Ale któregoś dnia dociera do nas, że świat nie funkcjonuje w taki sposób. Że jesteśmy śmieciami, wszyscy jesteśmy śmieciami.

Simon położył pistolet na dłoni, przyglądał mu się uważnie.

– Ja cię nie zabiorę na policję, Sonny. Tylko do Bliźniaka. Ciebie, narkotyki i pieniądze, które mu ukradłeś.

Chłopak podniósł na niego wzrok, jednocześnie zrywając plastikowe opakowanie ze strzykawki.

– Dobrze. Wszystko jedno. On mnie zabije?

– Tak.

– Sprzątanie śmieci. Pozwól mi tylko najpierw zrobić zastrzyk. – Zanurzył w płynie na łyżeczce kłębek waty, wsunął w niego czubek igły i wciągnął. – Nie wiem, co to za towar. Może jest w nim jakieś gówno – powiedział, jakby tłumaczył się z wacika.

Spojrzał na Simona, chcąc się upewnić, czy tamten zrozumiał ironię.

– To towar z magazynu Kallego Farrisena – stwierdził Simon. – Do tej pory nie czułeś pokusy, żeby go przetestować?

Sonny roześmiał się krótko, ostro.

– Źle się wyraziłem. Skreśl „czułeś" – poprawił się Simon. – Ale udało ci się jej nie ulec. Jak?

Chłopak wzruszył ramionami.

– Wiem parę rzeczy o uzależnieniach – ciągnął Simon. – Lista tego, co może nas skłonić do zerwania z nałogiem, nie jest długa. Albo spotkaliśmy Jezusa, albo dziewczynę, albo nasze własne dziecko, albo wędrowca z kosą. W moim wypadku to była dziewczyna, a w twoim?

Nie odpowiedział.

– Twój ojciec?

Chłopak patrzył na Simona badawczo, jakby coś odkrył.

Simon pokręcił głową.

– Jesteście tacy do siebie podobni. Teraz widzę to jeszcze lepiej niż na zdjęciach.

– Zawsze mówili, że w ogóle nie jestem do niego podobny.

– Nie mówię o twoim ojcu, tylko o matce. Masz jej oczy. Zwykle wstawała o świcie, przed nami. Jadła śniadanie i biegła do pracy. Czasami zdarzało mi się zerwać z łóżka wcześniej tylko po to, żeby ją zobaczyć nieumalowaną, zaspaną. Ale z tymi cudownymi, pięknymi oczami.

Chłopak siedział teraz zupełnie nieruchomo.

Simon obracał w rękach pistolet, jakby czegoś szukał.

– Była nas czwórka ubogich młodych ludzi. Zajmowaliśmy razem jedno mieszkanie w Oslo. Tak wychodziło najtaniej. Trzej chłopcy ze szkoły policyjnej plus twoja matka. Ci trzej chłopcy mówili o sobie „trojka" i byli najlepszymi kumplami. Twój ojciec, ja i Pontius Parr. Twoja matka szukała mieszkania przez ogłoszenie w gazecie, a my mieliśmy wolny pokój. Wydaje mi się, że zakochaliśmy się w niej od pierwszego wejrzenia. Wszyscy trzej – uśmiechnął się Simon. – Chodziliśmy wokół niej, zalecaliśmy się ukradkiem. Trzech przystojniaczków. Chyba nie bardzo wiedziała, którego ma wybrać.

– O tym nie wiedziałem, ale wiem, że wybrała źle.

– To prawda – przyznał Simon. – Wybrała mnie. – Podniósł głowę znad pistoletu. Popatrzył chłopakowi w oczy. – Twoja matka była miłością mojego życia, Sonny. O mało się nie zatraciłem, kiedy mnie zostawiła i związała się z twoim ojcem. Zwłaszcza gdy wkrótce potem okazało się, że jest w ciąży. Wyprowadzili się, kupili dom na Berg. Ona w ciąży, on student, groszem nie śmierdzieli. Ale odsetki od kredytu były niskie, a banki w tamtych czasach dosłownie rzucały pieniądze pod nogi.

Sonny nawet nie mrugnął. Simon chrząknął.

– Mniej więcej właśnie wtedy naprawdę zacząłem grać. Już miałem długi, ale zacząłem obstawiać konie. Obstawiałem wysoko. Znajdowałem jakąś ulgę w stawaniu na krawędzi przepaści ze świadomością, że bez względu na to, co się stanie, oderwie mnie to od miejsca, w którym byłem. Nie miało dla mnie żadnego znaczenia, czy polecę w górę, czy w dół. W tym czasie twój ojciec i ja odsunęliśmy się od siebie. Pewnie nie mogłem znieść jego szczęścia. On i Pontius stali się nierozłączni, jednak trojka się rozpadła. Znalazłem jakąś wymówkę, kiedy zaproponował mi, żebym był twoim ojcem chrzestnym, ale podczas twojego chrztu wemknąłem się do kościoła i stanąłem z tyłu. Byłeś jedynym dzieckiem, które nie płakało. Uśmiechnięty, ze spokojem patrzyłeś na młodego, trochę nerwowego pastora, jakbyś to ty go chrzcił, a nie odwrotnie. Wyszedłem i postawiłem trzynaście tysięcy koron na konia o imieniu Sonny.

– I?

– Jesteś mi winien trzynaście tysięcy.

Chłopak się uśmiechnął.

– Dlaczego mi to wszystko opowiadasz?

– Ponieważ czasami zastanawiam się, czy coś mogłoby wyglądać inaczej. Czy mógłbym dokonać innego wyboru. Czy Ab mógł to zrobić, albo ty. Einstein powiedział, że prawdziwym szaleńcem jest człowiek, który raz po raz rozwiązuje to samo zadanie, licząc, że w końcu uzyska inną odpowiedź. Ale co jeśli Einstein się mylił, Sonny? Czy istnieje coś innego, jakaś boska inspiracja, która mimo wszystko może nas skłonić do dokonania następnym razem innego wyboru?

Sonny obwiązał ramię kawałkiem gumy.

– Mówisz jak osoba wierząca.

– Ja nic nie wiem, ja tylko pytam. Wiem jedynie, że twój ojciec miał dobrą wolę, bez względu na to, jak go osądzasz. Pragnął lepszego życia, nie dla siebie, tylko dla was trojga. Ta miłość oznaczała dla niego koniec. A teraz ty równie surowo osądzasz siebie, bo wydaje ci się, że jesteście kopiami. Ale ty nie jesteś swoim ojcem. To, że on zawiódł pod względem moralnym, wcale nie musi oznaczać, że jesteś skazany na to samo. Zadaniem synów nie jest to, że mają być tacy jak swoi ojcowie – mają być od nich lepsi.

Chłopak złapał zębami końcówkę gumowego sznurka.

– Możliwe. Ale jakie to ma teraz znaczenie? – spytał kącikiem ust i odchylił głowę do tyłu, guma się naprężyła i po chwili naczynia krwionośne wyraźnie uwidoczniły się pod skórą. Sonny wziął przygotowaną strzykawkę do wolnej ręki, kciuk oparł na tłoczku, a samą strzykawkę na palcach od środka. Jak chiński pingpongista, pomyślał Simon. Chłopak trzymał strzykawkę w prawej ręce, chociaż był leworęczny, ale Simon wiedział, że ćpuny muszą się nauczyć robić zastrzyki obiema rękami.

– To ma znaczenie. Bo teraz twoja kolej na dokonanie wyboru, Sonny. Zrobisz ten zastrzyk? Czy pomożesz mi dopaść Bliźniaka? I prawdziwego kreta?

Zamigotała kropla na końcu igły. Z ulicy dobiegł śmiech, z sąsiedniego pokoju ściszone łóżkowe pogaduszki. Miasto o obniżonym letnim pulsie.

– Zaaranżuję spotkanie, na które przyjdą i Bliźniak, i kret. Ale bez ciebie żywego to się nie uda. To ty jesteś wabikiem.

Mogło się wydawać, że chłopak go nie słucha, bo spuścił głowę i jakby się skulił wokół strzykawki. Przygotowywał się do odlotu. Simon się spiął. I bardzo się zdziwił, kiedy usłyszał jego głos:

– Kto jest kretem?

– Dowiesz się, kiedy tam przyjdziesz. Nie wcześniej. Wiem, co przeżywasz, Sonny. Ale człowiek zawsze w końcu dociera do punktu, w którym rzeczy nie można dłużej odkładać na później, nie można być słabym przez jeszcze jeden dzień i obiecywać sobie, że jutro zacznie się inne życie.

Sonny pokręcił głową.

– Innego życia nie będzie.

Simon wpatrywał się w strzykawkę i nagle to sobie uświadomił: to miał być złoty strzał.

– Chcesz umrzeć, nie wiedząc, Sonny?

Chłopak oderwał wzrok od strzykawki.

– Zobacz, do czego doprowadziła mnie wiedza.

– To tutaj? – spytał Åsmund Bjørnstad, pochylając się nad kierownicą. Przeczytał szyld nad wejściem. Hotel Bismarck.

– Tak. – Kari rozpięła pas.

– Jesteś pewna, że on tu jest?

– Simon zastanawiał się, które hotele w Kvadraturen mają gości płacących gotówką. Uznałam, że coś wie, więc obdzwoniłam tych sześć hoteli i wysłałam im zdjęcia Sonny'ego Lofthusa.

– I w Bismarcku ryba wzięła?

– Recepcjonista potwierdził, że mężczyzna ze zdjęcia mieszka w pokoju dwieście szesnaście. Dodał również, że jakiś policjant już uzyskał do niego dostęp. Recepcjonista liczył, że uszanujemy umowę, którą hotel zawarł z tym policjantem.

– Z Simonem Kefasem?

– Obawiam się, że tak.

– Dobrze, wobec tego zaczynamy. – Bjørnstad wziął do ręki krótkofalówkę, wcisnął guzik. – Delta, odezwij się!

Zatrzeszczał głośnik.

– Tu Delta, odbiór.

– Możecie wchodzić, pokój dwieście szesnaście.

– Zrozumiałem. Wchodzimy. Bez odbioru.

Bjørnstad odłożył krótkofalówkę.

– Jaką mają instrukcję? – spytała Kari, czując, że jej ubranie nagle robi się za ciasne.

– Priorytetem jest ich własne bezpieczeństwo. Mają strzelać, żeby zabić, jeśli będzie taka potrzeba. A ty dokąd?

– Muszę się przewietrzyć.

Przeszła na drugą stronę ulicy. Przed nią pędzili ubrani na czarno policjanci z pistoletami maszynowymi MP5. Jedni wpadli do recepcji, inni pobiegli na tyły hotelu, tam, gdzie były kuchenne schody i wyjście ewakuacyjne.

Kari przeszła przez recepcję i była już na półpiętrze, gdy usłyszała łomot wyłamywanych drzwi i głuchy łoskot granatów hukowych. Idąc dalej korytarzem, wśród trzasków w krótkofalówce uchwyciła słowa: „obszar opanowany i zabezpieczony".

Weszła do pokoju.

Czterech policjantów: jeden w łazience, trzej w sypialni. Otwarte wszystkie drzwiczki szaf i okna.

Nikogo więcej. Żadnych pozostawionych rzeczy. Gość się wyprowadził.

Markus, siedząc w kucki, szukał żab w trawie, kiedy zobaczył, że Syn wychodzi z żółtego domu i idzie w jego stronę. Popołudniowe słońce wisiało nisko nad dachem, więc kiedy Syn zatrzymał się przed Markusem, promienie zdawały się rozchodzić z jego głowy. Uśmiechnął się, a Markus się ucieszył, że nie wygląda już na tak nieszczęśliwego jak rano.

– Dziękuję za wszystko, Markus.

– Wyjeżdżasz?

– Tak, wyjeżdżam.

– Dlaczego wy zawsze musicie wyjeżdżać? – wyrwało się chłopcu.

Syn przykucnął, położył mu rękę na ramieniu.

– Pamiętam twojego ojca, Markus.

– Naprawdę? – nie dowierzał chłopiec.

– Tak. I bez względu na to, co będzie mówić i myśleć twoja mama, to dla mnie on zawsze był miły. A raz przepędził wielkiego łosia, który zabłąkał się tu z lasu.

– Naprawdę?

– I to zupełnie sam.

Markus zobaczył coś dziwnego. Ponad głową Syna w otwartym oknie sypialni żółtego domu gwałtownie załopotały cienkie białe zasłonki. A przecież w ogóle nie było wiatru.

Syn wstał, zmierzwił Markusowi włosy i ruszył ulicą. Machał trzymanym w ręku neseserem, pogwizdując. Coś nagle przyciągnęło wzrok Markusa. Znów odwrócił się w stronę żółtego domu. Zasłonki stały w ogniu. A teraz spostrzegł jeszcze, że wszystkie pozostałe okna też są otwarte. Wszystkie.

Wielki łoś, pomyślał Markus. Mój ojciec przepędził wielkiego łosia.

Z wnętrza domu dobiegł taki odgłos, jakby dom wsysał w siebie powietrze. Towarzyszyły mu przypominające grzmot niskie tony i śpiewne zawodzenie. Z każdą chwilą nabierały mocy, aż w końcu zmieniły się w groźną triumfalną muzykę. A w poczerniałych szybach podskakiwały i wyginały się żółte tancerki, już świętując zagładę, Dzień Sądu.

Simon wrzucił na luz i pozwolił, żeby silnik pracował na jałowym biegu. Nieco dalej w głębi ulicy pod jego domem stał samochód. Nowy niebieski ford mondeo. Przyciemniana tylna szyba. Taki sam samochód zauważył wcześniej przed wejściem na oddział okulistyczny szpitala. Oczywiście mógł to być przypadek, ale Komenda Okręgowa Policji w Oslo w zeszłym roku zakupiła osiem fordów mondeo. Z przyciemnianymi tylnymi szybami, żeby nie było widać kogutów przechowywanych za zagłówkiem.

Simon sięgnął po leżącą na siedzeniu pasażera komórkę i wybrał numer.

Dzwonek zdążył zadzwonić tylko dwa razy.

– O co chodzi?

– Cześć, Pontius. To frustrujące, że mój telefon cały czas się porusza?

– Zakończ ten idiotyzm, Simon, a obiecuję, że to nie będzie miało następstw.

– Żadnych?

– Żadnych, jeśli zakończysz to od razu. Umowa stoi?

– Ty zawsze musiałeś mieć umowę, Pontius. No dobrze, stoi. Przyjdziesz jutro rano do pewnej restauracji.
– Ach tak? A co będzie serwowane?
– Dwóch kryminalistów, których zatrzymanie będzie dla ciebie piórkiem do kapelusza.
– Jakieś bliższe szczegóły?
– Nie. Ale podam ci adres i godzinę. Pod warunkiem że obiecasz, że będzie ci towarzyszyła tylko jedna osoba. Moja koleżanka, Kari Adel.
Na chwilę zapadła cisza.
– Próbujesz mnie oszukać, Simon?
– Czy ja cię kiedykolwiek oszukałem? Pamiętaj, możesz na tym dużo zyskać. A raczej masz dużo do stracenia, jeśli pozwolisz tym osobom się wymknąć.
– Dajesz słowo, że nie zastawisz żadnej pułapki?
– Tak. Uważasz, że pozwoliłbym, żeby coś się stało Kari?
Pauza.
– Nie. Tego nigdy w sobie nie miałeś, Simon.
– Pewnie dlatego nigdy nie zostałem komendantem.
– Zabawne. Kiedy i gdzie?
– Piętnaście po siódmej. Aker Brygge numer osiemdziesiąt sześć. Do zobaczenia.
Simon otworzył boczną szybę, cisnął komórkę i patrzył, jak znika za płotem ogrodu sąsiada. Z oddali słyszał syreny wozów strażackich.
Wrzucił jedynkę i dodał gazu.
Pojechał na zachód. Przy Smestad skręcił w stronę wzgórza Holmenkollen. Powoli sunął pod górę do miejsca, w którym zawsze miał wrażenie osiągania pewnej perspektywy.
Z punktu widokowego już dawno zabrano hondę, a technicy kryminalistyczni zakończyli swoją pracę. To przecież nie było żadne miejsce przestępstwa.
Przynajmniej zabójstwa.
Simon tak zaparkował samochód, żeby mieć widok na fiord i zachód słońca.
W miarę, jak się ściemniało, Oslo coraz bardziej przypominało zgaszone ognisko, pulsujący czerwono-żółty żar. Simon owinął

się płaszczem, odchylił siedzenie. Musiał spróbować się przespać. Jutro miał być wielki dzień.

Największy.

Jeśli szczęście będzie im sprzyjać.

– Przymierz tę – powiedziała Martha, podając młodemu chłopakowi kurtkę.

Był tu stosunkowo nowy, wcześniej widziała go tylko raz. Miał pewnie ze dwadzieścia lat i potrzebował dużo szczęścia, żeby skończyć dwadzieścia pięć. W każdym razie takie sygnały dostała od innych dziewczyn z recepcji.

– Świetnie, pasuje ci – uśmiechnęła się. – Może jeszcze to? – Podała mu prawie nieużywane dżinsy.

Zorientowawszy się, że ktoś za nią stoi, odwróciła głowę. Musiał wejść przez kawiarnię, może już od jakiegoś czasu stał w drzwiach magazynu z odzieżą i ją obserwował. Garnitur i bandaż na głowie sprawiały, że od razu rzucał się w oczy, ale Martha nawet tego nie zauważyła.

Widziała jedynie intensywne, wsysające spojrzenie.

To, którego tak pragnęła. To, którego tak nie chciała.

Lars Gilberg obrócił się w swoim nowiusieńkim śpiworze. Ekspedient w sklepie sportowym z niedowierzaniem patrzył na tysiąckoronowy banknot, ale w końcu go przyjął i wręczył Gilbergowi ten cud.

Lars zamrugał zdumiony.

– Wróciłeś – stwierdził. – O rany, przeszedłeś na hinduizm? – Jego głos odbił się krótkim echem od przęsła mostu.

– Możliwe – uśmiechnął się chłopak. Kucał obok Larsa i drżał z zimna. – Potrzebuję miejsca do spania na dzisiejszą noc.

– Bardzo proszę. Chociaż wyglądasz tak, jakby stać cię było na hotel.

– Tam mnie znajdą.

– Tutaj jest dużo miejsca i nie ma monitoringu.

– Pożyczysz mi jakieś gazety? Ale tylko te przeczytane?

Gilberg się roześmiał.

– Możesz wziąć mój stary śpiwór. Używam go jako materaca. – Wyciągnął spod siebie dziurawą brudną szmatę. – Albo wiesz co? Weź ten nowy, a ja się dzisiaj prześpię w starym, bo w nim jest trochę za dużo mnie, krótko mówiąc.

– Jesteś pewien?

– Jasne. Stary śpiwór na pewno się za mną stęsknił.

– Bardzo ci dziękuję, Lars.

Gilberg w odpowiedzi tylko się uśmiechnął.

A kiedy się położył, poczuł przyjemne ciepło, które wcale nie płynęło ze śpiwora.

Przez korytarze przebiegło westchnienie, kiedy drzwi wszystkich cel w Państwie jednocześnie zamknęły się na noc.

Johannes Halden usiadł na łóżku. Wszystko jedno, co robił, czy siedział, czy leżał, czy stał, bóle były takie same. Wiedział, że nie miną, tylko z każdym dniem będą się jeszcze nasilać. Chorobę było już teraz widać. Oprócz raka w płucach miał też w pachwinie guza, który osiągnął wielkość piłki do golfa.

Arild Franck dotrzymał obietnicy. Za karę w udzieleniu chłopakowi pomocy Johannes miał zostać zjedzony przez raka bez nadzoru lekarskiego czy środków przeciwbólowych. Może Franck wyśle go do szpitala, kiedy uzna, że Halden dość już się nacierpiał i w każdej chwili może umrzeć, ale zrobi to tylko po to, żeby uniknąć wpisania do raportu rocznego zgonu w celi.

Było tak cicho. Nadzór kamery i cisza. Dawniej klawisze po zamknięciu cel chodzili korytarzami, ich kroki uspokajały. W więzieniu Ullersmo jeden ze strażników, Håvelsmo, starszy religijny człowiek, zwykle chodząc, śpiewał. Stare psalmy głębokim barytonem. Była to najlepsza kołysanka, na jaką mógł liczyć więzień odsiadujący długi wyrok. Nawet ci w najgłębszej psychozie przestawali krzyczeć, kiedy słyszeli Håvelsmo idącego korytarzem. Johannes żałował, że nie ma go tu teraz. I żałował, że nie ma chłopaka. Ale nie mógł narzekać. Chłopak dał mu to, czego pragnął. Wybaczenie. A przy okazji również kołysankę.

Podniósł strzykawkę pod światło.

Kołysanka.

Chłopak wyjaśnił mu, że przyniósł mu ją w Biblii kapelan więzienny, świętej pamięci Per Vollan, oby jego udręczona dusza odnalazła spokój. I że to najczystsza heroina, jaką można dostać w Oslo. A potem pokazał mu, co trzeba zrobić, kiedy przyjdzie czas.

Johannes przyłożył czubek igły do grubej niebieskiej żyły na ramieniu. Drżąc, nabrał powietrza.

A więc to już wszystko. Tak wyglądało życie. Życie, które mogło wyglądać zupełnie inaczej, gdyby nie zgodził się na zabranie tych dwóch worków z portu w Songkhla. Dziwne. Czy dzisiaj by się zgodził? Nie. Ale wtedy powiedział „tak". I powtarzałby to zawsze. Nie mogło więc być inaczej.

Przyłożył strzykawkę do skóry. Wzdrygnął się lekko, widząc, jak skóra się poddaje, jak przepuszcza igłę. Potem wcisnął tłoczek. Równo i spokojnie. Musiał wpuścić wszystko, to było ważne.

Przede wszystkim zniknął ból. Jak za dotknięciem czarodziejskiej różdżki.

Potem nastąpiło to drugie.

Nareszcie zrozumiał, o czym ludzie stale mówili. Kop. Swobodne spadanie. Objęcia. Czy to naprawdę mogło być takie proste? W odległości jednego zastrzyku? Czy to możliwe, żeby od niej dzielił go tylko jeden zastrzyk? Przyszła tu teraz do niego. W jedwabnej sukience, z czarnymi lśniącymi włosami, z migdałowymi oczami i malinowymi ustami. Miękki głos szeptem wymawiał trudne angielskie słowa. Johannes Halden zamknął oczy i osunął się na łóżko.

Pocałunek. Tylko tego zawsze pragnął.

Markus, mrugając, patrzył w ekran telewizora.

Znów mówili o wszystkich zabitych w ciągu ostatnich tygodni. W telewizji i w radiu cały czas do tego wracali. Mama powtarzała, że nie powinien za dużo o tym słuchać, bo tylko będą go dręczyć koszmary. Ale Markus już nie miał koszmarów. A w telewizji był on. Markus go rozpoznał. Siedział przy stole zastawionym mikrofonami i odpowiadał na pytania. Markus zapamiętał go z powodu tych prostokątnych okularów. Nie bardzo wiedział, co to znaczy i jaki jest związek, wiedział tylko, że teraz, kiedy żółty dom spłonął, ten człowiek nie będzie już musiał przychodzić i odkręcać grzejników.

CZĘŚĆ V

42

Za dwadzieścia pięć siódma Beatrice Jonasen, recepcjonistka kancelarii adwokackiej Tomte & Øhre, stłumiła ziewnięcie, próbując sobie przypomnieć, z jakim filmem kojarzy jej się prochowiec stojącej przed nią kobiety. Coś z Audrey Hepburn. *Śniadanie u Tiffany'ego*? Kobieta miała też na głowie jedwabną chustkę i ciemne okulary à la lata sześćdziesiąte. Postawiła na kontuarze torbę, oświadczyła, że to dla Jana Øhre zgodnie z umową, i wyszła.

Pół godziny później słońce odbijało się w oknach ceglanej fasady ratusza w Oslo, a do przystani na Aker Brygge podpływały pierwsze promy wiozące do pracy ludzi z Nesoddtangen, Son i Drøbak. Zapowiadał się kolejny bezchmurny dzień, ale w powietrzu dawało się wyczuć pewną ostrość, przypomnienie, że również tegoroczne lato nie będzie trwało wiecznie.

Promenadą wzdłuż nabrzeża szli obok siebie dwaj mężczyźni. Mijali restauracje, w których krzesła wciąż leżały na stolikach, sklepy odzieżowe, które miały zostać otwarte dopiero za kilka godzin, oraz ulicznych sprzedawców rozpakowujących się i przygotowujących do ostatnich starć z turystami przybyłymi do stolicy. Młodszy był ubrany w elegancki, lecz pognieciony i poplamiony szary garnitur. Starszy miał kraciastą marynarkę z wyprzedaży w sieciowym Dressmannie i spodnie pasujące do niej wyłącznie ceną. Obaj byli w identycznych ciemnych okularach, kupionych na stacji benzynowej dwadzieścia minut wcześniej, i nieśli identyczne nesesery.

Skręcili w bezludny zaułek. Pięćdziesiąt metrów dalej zeszli po wąskich żelaznych schodach do skromnych drzwi restauracji serwującej owoce morza, jak można się było domyślać z nazwy wypisanej dyskretnymi literami. Starszy szarpnął za drzwi, okazały się zamknięte. Zapukał. Za bulajem umieszczonym na środku ukazała się twarz zniekształcona jak w krzywym lustrze w wesołym miasteczku. Usta mężczyzny poruszyły się, a słowa zabrzmiały, jakby dobiegały spod wody.

– Podnieście ręce do góry, tak żebym je widział.

Usłuchali, wtedy drzwi się otworzyły.

Mężczyzna był krępym blondynem. Popatrzyli na pistolet, z którego w nich celował.

– Miło się znowu spotkać – powiedział starszy, ten w kraciastej marynarce, i przesunął ciemne okulary na czoło.

– Wejdźcie do środka – polecił blondyn.

Zaraz za progiem zrewidowali ich dwaj mężczyźni w czarnych garniturach. Blondyn w tym czasie oparł się o kontuar szatni, ale nie opuszczał broni. Pistolet starszego z przybyszy został wyjęty z kabury pod pachą i wręczony blondynowi.

– Ten jest czysty – poinformował drugi z mężczyzn w czerni, ruchem głowy wskazując na młodszego. – Ma tylko jakiś bandaż w pasie.

Blondyn spojrzał na młodego.

– To niby ty masz być tym Buddą z mieczem? *Angel from Hell*?

Budda nie odpowiedział.

Blondyn splunął na podłogę tuż przy jego lśniących czarnych ręcznie szytych butach od Vassa.

– Zresztą to nawet do ciebie pasuje, bo ktoś ci chyba wyhaftował jakiś pieprzony krzyż na czole.

– Tobie także.

Blondyn zmarszczył czoło.

– O co ci, do diabła, chodzi, Buddo?

– Nie czujesz?

Blondyn zrobił krok do przodu i stanął na palcach, tak że prawie dotknęli się nosami.

– Już dobrze, dobrze – włączył się starszy.

– Zamknij się, stary! – warknął blondyn, odsunął na bok połę marynarki młodego i podciągnął jego koszulę. Powoli powiódł palcami wzdłuż bandaża.

– Tutaj? – spytał, kiedy dotarł do boku.

Na czole młodego nad ciemnymi okularami pojawiły się dwie krople potu. Blondyn mocniej wbił palce w bandaż. Młody otworzył usta, ale nie wydobył się z nich żaden dźwięk.

Blondyn wyszczerzył zęby.

– Dziękuję, to chyba rzeczywiście w tym miejscu. – Wepchnął palce jeszcze głębiej, ścisnął ciało i pociągnął.

Z gardła młodego wydobył się charkot.

– Theo, on czeka – zauważył jeden z pozostałych.

– Chwila. – Blondyn, nie odrywając wzroku od młodego, który ciężko oddychał, ścisnął mocniej. Spod okularów potoczyła się po policzku jedna łza. – Pozdrowienia od Sylvestra i Jewgienija – szepnął blondyn i wreszcie się odsunął. – Zabierzcie im walizki i zaprowadźcie ich do środka.

Oddali nesesery i przeszli do sali.

Starszy odruchowo zwolnił.

Sylwetka wielkiego mężczyzny rysowała się na tle zielonego światła akwarium, w którym połyskiwał kryształ na dużym białym kamieniu z długimi nitkami kołyszącymi się w strumieniu bąbelków, między którymi pływały kolorowe rybki. Na dnie leżały homary ze szczypcami owiniętymi stalowym drutem.

– Tak jak obiecałem... – szepnął starszy. – To on.

– Ale nie widzę żadnego kreta – powiedział młodszy.

– On tu będzie, uwierz mi.

– Nadkomisarz Simon Kefas – zagrzmiał olbrzym. – I Sonny Lofthus. Długo na was czekałem. Siadajcie!

Młody poruszał się sztywniej niż starszy, gdy podchodzili i sadowili się w fotelach naprzeciwko olbrzyma.

Z wahadłowych drzwi do kuchni bezszelestnie wyłonił się jeszcze jeden człowiek. Barczysty, z karkiem nabitym identycznie jak u trzech pozostałych.

– Przyszli sami – oznajmił i dołączył do tria powitalnego, tworząc półkole za przybyszami.

– Za ostre tutaj światło? – spytał olbrzym, zwracając się do młodego, który ciągle nie zdejmował okularów.

– Widzę to, co chcę zobaczyć – odparł młody spokojnie.

– Dobra odpowiedź. Żałuję, że nie mam twoich młodych zdrowych oczu. – Olbrzym wskazał na własne. – Wiesz, że już w pięćdziesiątym roku życia wrażliwość oczu na światło jest zmniejszona o trzydzieści procent? Kiedy się na to spojrzy od tej strony, życie okazuje się wędrówką ku ciemności, a nie ku światłu, tak? *No pun intended*, jeśli chodzi o pańską żonę, nadkomisarzu Kefas. Ale właśnie dlatego musimy jak najwcześniej nauczyć się nawigować w życiu na ślepo. Musimy sobie przyswoić zdolność kreta do wykorzystywania innych zmysłów, żebyśmy mogli wiedzieć, jakie przeszkody są przed nami i co nam grozi, tak? – Rozłożył ręce. Przypominał teraz koparkę z podwójnym ramieniem. – Ale oczywiście można też kupić sobie kreta, który będzie patrzył za ciebie. Problem z kretami polega na tym, że głównie przebywają pod ziemią, więc łatwo je stracić. Tak jak ja straciłem swojego. Nie mam pojęcia, co się z nim stało. I jak zrozumiałem, ty też go szukasz?

Młody wzruszył ramionami.

– Pozwólcie, że zgadnę. Kefas zwabił cię tu obietnicą, że spotkasz kreta, tak?

Starszy chrząknął.

– Sonny przyszedł ze mną na to spotkanie dobrowolnie, bo chce zawrzeć pokój. Uważa, że już rozliczył się za to, co spotkało jego ojca. Strony mogą się rozejść. Na dowód, że naprawdę tak myśli, chce wam oddać pieniądze i narkotyki, które zabrał. W zamian za odwołanie polowania na niego. Możemy prosić o nesesery?

Olbrzym skinął głową blondynowi, który położył oba nesesery na stole. Starszy z przybyszy sięgnął do jednego, ale blondyn natychmiast odtrącił jego rękę.

– Ależ panowie! – Starszy podniósł ręce do góry. – Chciałem jedynie pokazać, że pan Lofthus tym razem przyniósł tylko jedną trzecią narkotyków i jedną trzecią pieniędzy. Resztę dostaniecie, kiedy obiecacie zawieszenie broni i będzie mógł wyjść stąd żywy.

Kari wyłączyła silnik samochodu. Popatrzyła na neonowy szyld dawnych warsztatów stoczniowych. Czerwone litery układały się w napis „Aker Brygge". Z promu, który właśnie przybił, wysypywali się ludzie.

– Czy to naprawdę bezpieczne, żeby komendant policji przychodził na spotkanie z przestępcami bez żadnego wsparcia?

– Jak mawiał mój przyjaciel – Pontius Parr sprawdził pistolet i schował go z powrotem do kabury pod pachą – „nie ma ryzyka, nie ma wygranej".

– To zabrzmiało jak słowa Simona. – Kari zerknęła na zegar na wieży ratusza. Dziesięć po siódmej.

– Zgadza się – uśmiechnął się Parr. – Wie pani co, Adel, mam przeczucie, że dzisiejszy dzień przyniesie nam chwałę. Chciałbym, żeby później poszła pani ze mną na konferencję prasową. Komendant policji i młoda policjantka. – Cmoknął, jakby rozsmakowywał się w tych słowach. – Tak, myślę, że to im się spodoba. – Otworzył drzwi od strony pasażera i wysiadł.

Kari musiała prawie biec, żeby dotrzymać mu kroku na nabrzeżnej promenadzie.

– No i jak? – spytał starszy. – Wszystkim pasuje taka umowa? Wy dostaniecie z powrotem to, co straciliście, a Lofthus będzie miał wolną drogę i zniknie z kraju.

– A ty weźmiesz honorarium za polubowne załatwienie sprawy, tak? – uśmiechnął się olbrzym.

– Właśnie.

– Mhm. – Olbrzym popatrzył na Simona, jakby szukał czegoś, czego nie znalazł. – Otwórz te nesesery, Theo.

Blondyn zaczął się szarpać z metalowymi klapkami.

– Zamknięte, szefie.

– Jeden – odezwał się młody miękkim głosem, niemal szepcząc. – Dziewięć, dziewięć, dziewięć.

Blondyn pokręcił kółeczkami. Podniósł wieko. Zwrócił neseser w stronę szefa.

– No proszę. – Olbrzym wyjął jeden z białych woreczków. – Jedna trzecia. A gdzie reszta?

– Dobrze ukryta – odparł starszy.

– Oczywiście. A szyfr do walizki z pieniędzmi?

– Taki sam – wyjaśnił młodszy.

– Tysiąc dziewięćset dziewięćdziesiąt dziewięć. Rok śmierci twojego ojca, tak?

Młodszy nie odpowiedział.

– No więc jak, w porządku? – Starszy uśmiechnął się z przymusem i klasnął w dłonie. – Możemy już iść?

– Myślałem, że zjemy razem – powiedział olbrzym. – Lubicie homary, tak?

Żadnej reakcji.

Olbrzym ciężko westchnął.

– Prawdę mówiąc, ja też nie lubię. Ale wiecie co? I tak je jem. Dlaczego? Ponieważ tego się oczekuje po kimś z moją pozycją. – Kiedy rozłożył ręce, marynarka rozchyliła się na potężnej piersi. – Homary, kawior, szampan. Ferrari, do których brakuje części. Byłe modelki, które przy rozwodzie stawiają wygórowane żądania. Samotność na jachcie, upały na Seszelach. Właściwie robimy mnóstwo rzeczy, których wcale byśmy nie chcieli, tak? Ale takimi rzeczami należy, niestety, się otaczać, żeby podtrzymać motywację. Nie moją, tylko tych, którzy dla mnie pracują. Muszą widzieć te symbole sukcesu. Tego, co udało mi się osiągnąć, i co mogą osiągnąć oni, wykonując swoją robotę, tak? – Między mięsiste wargi wsunął papierosa, który wydał się śmiesznie mały w porównaniu z jego wielką głową. – Ale to oczywiście również symbole władzy, które trzeba pokazać potencjalnym konkurentom. Podobnie rzecz ma się z przemocą i brutalnością. Nie jest to coś, co lubię. Ale czasami bywa konieczne do podtrzymania motywacji. Motywacji do spłacania długów. Do unikania wchodzenia mi w paradę. – Zapalił papierosa zapalniczką w kształcie pistoletu. – Był na przykład pewien facet, który dla mnie pracował, przerabiając broń. Wycofał się. Akceptuję to, że ktoś woli grzebać w motocyklach niż szykować pistolety. Nie mogę natomiast zaakceptować tego, że ktoś taki daje uzi człowiekowi, który, jak wie, zabił już kilku moich ludzi. – Puknął palcem w ściankę akwarium.

I młody, i stary powiedli wzrokiem za jego palcem. Młody cały aż drgnął. Starszy tylko patrzył. Biały kamień z falującymi nitkami. To nie był kamień. I nie kryształ połyskiwał. Tylko złoty ząb.

– Oczywiście przesadą może się wydawać obcinanie komuś głowy, lecz jeśli ktoś chce zmotywować swoje otoczenie do lojalności, niekiedy trzeba się uciekać do takich środków. Jestem pewien, że pan się ze mną zgodzi, nadkomisarzu.

– Słucham? – spytał starszy.

Olbrzym przechylił głowę i bacznie go obserwował.

– Problemy ze słuchem, nadkomisarzu?

Starszy przeniósł wzrok z akwarium z powrotem na olbrzyma.

– Obawiam się, że to wiek. Więc gdybyś mógł mówić odrobinę głośniej, byłoby mi łatwiej.

Bliźniak roześmiał się zaskoczony.

– Głośniej? – Zaciągnął się papierosem i spojrzał na blondyna. – Sprawdziliście, czy nie mają podsłuchu?

– Tak, szefie. Restaurację też.

– A więc głuchniesz, Kefas? Co będzie z tobą i twoją żoną, kiedy… jak to się mówi? „Wiódł ślepy głuchego"?

Rozejrzał się z uniesionymi brwiami, a czterej mężczyźni jednocześnie się roześmiali.

– Oni się śmieją, ponieważ się mnie boją. – Olbrzym zwrócił się do młodego. – A ty się boisz, chłopcze?

Młody nie odpowiedział.

Starszy zerknął na zegarek.

Kari zerknęła na zegarek. Czternaście po siódmej. Parr powiedział, że mają się stawić punktualnie.

– To tutaj. – Komendant wskazał nazwę na fasadzie, podszedł do drzwi restauracji i otworzył je przed Kari.

W szatni było ciemno i cicho, ale z głębi lokalu dobiegał jakiś głos.

Parr wyjął pistolet i dał Kari znak, że ma zrobić to samo. Wiedziała, że wieść o jej występie ze strzelbą na Enerhaugen już zaczęła krążyć, dlatego uprzedziła komendanta, że mimo wszystko jest nowicjuszką w tego rodzaju akcjach. Wyjaśnił jednak, że Simon nalegał, by właśnie ona i tylko ona poszła razem z nim. Dodał też, że w dziewięciu przypadkach na dziesięć po prostu wystarczy pokazać policyjny identyfikator. A w dziewięćdziesięciu dziewięciu przypadkach na sto wystarczy pokazać go razem z bronią. Mimo to serce Kari waliło jak oszalałe, kiedy szybko szli w głąb restauracji.

W momencie, gdy wchodzili do sali jadalnej, głos ucichł.

– Policja! – Parr wycelował pistolet w mężczyzn siedzących przy jedynym zajętym stoliku. Kari zrobiła dwa kroki w bok, biorąc na muszkę wyższego. Przez chwilę słychać było jedynie głos Johnny'ego Casha i *Give My Love To Rose* z głośniczka na ścianie między bufetem a wypchanym łbem byka z długimi rogami. Najwyraźniej trafili do restauracji serwującej befsztyki, w której jednak podawano śniadanie. Dwaj mężczyźni przy stoliku, obaj w jasnych szarych garniturach patrzyli na nich zdziwieni. Kari odkryła, że nie są jednak sami w jasnym lokalu, bo przy stoliku przy oknie wychodzącym na nabrzeże siedzieli starsi państwo z minami mówiącymi, że symultanicznie przechodzą zawał serca. Pomyślała, że źle trafili, niemożliwe, żeby to była restauracja, do której chciał ich ściągnąć Simon. Ale niższy z mężczyzn wytarł usta serwetką i odezwał się:

– Dziękuję, że mógł pan przyjść osobiście, panie komendancie. Zapewniam, że żaden z nas nie jest uzbrojony i nie ma złych zamiarów.

– Kim jesteście? – zagrzmiał Parr.

– Nazywam się Jan Øhre, jestem adwokatem i reprezentuję tego oto pana, Ivera Iversena seniora. – Wskazał ręką wyższego, a Kari od razu zauważyła podobieństwo do juniora.

– Co wy tu robicie?

– To samo co pan, jak przypuszczam.

– Ach tak? Mnie obiecano przestępców na śniadanie.

– I tej obietnicy na pewno dotrzymamy, Parr.

– No cóż – powiedział olbrzym. – Powinieneś się bać.

Skinął głową blondynowi, który wyciągnął zza paska smukły długi nóż, zrobił krok do przodu i objął przedramieniem czoło młodego, jednocześnie przyciskając mu ostrze do szyi.

– Naprawdę sądziłeś, że przejmę się tymi nędznymi groszami, które zwinąłeś, Lofthus? Niech sobie leżą tam, gdzie są. Obiecałem Theowi, że będzie mógł cię pociąć na kawałeczki, a narkotyki i tę kasę, której nigdy nie zobaczę, traktuję jako tanią inwestycję. Inwestycję w motywację, tak? Oczywiście jest wiele sposobów, na które można to zrobić, ale najmniej bolesne uśmiercenie nastąpi wówczas, jeśli powiesz, co zrobiłeś z Sylvestrem, żebyśmy mogli urządzić mu pogrzeb godny chrześcijanina. Więc jak?

Młody przełknął ślinę, ale nie odpowiedział.

Olbrzym uderzył w stół pięścią, aż podskoczyły szklanki.

– Ty też źle słyszysz?

– Możliwe, że tak – zachichotał blondyn, który miał twarz tuż przy uchu młodego wystającym z jego objęć. – Budda ma w uchu zatyczkę!

Pozostali się roześmiali.

Olbrzym pokręcił głową, kręcąc kółeczkami przy drugim neseserze.

– Wobec tego bardzo proszę, Theo, możesz go pokroić.

Rozległ się cichutki brzęk, kiedy olbrzym otworzył neseser, ale mężczyźni byli zbyt zajęci patrzeniem na nóż Thea, by zwrócić uwagę na cienki metalowy drucik, który wypadł z neseseru i podskoczył na kamiennej posadzce.

– Twoja maleńka mądra matka miała wiele racji. Ale pomyliła się co do ciebie – powiedział Simon. – Nigdy nie powinna była pozwolić, żeby dziecko diabła ssało jej pierś.

– Co, do jasnej… – rzucił olbrzym. Jego ludzie się odwrócili. W walizce obok pistoletu i uzi leżał oliwkowozielony przedmiot przypominający uchwyt rowerowej kierownicy.

Olbrzym znów podniósł głowę akurat w porę, by zobaczyć, jak starszy z mężczyzn z powrotem nasuwa na oczy ciemne okulary.

– To prawda, umówiłem się z nadkomisarzem Simonem Kefasem, że ja i mój klient spotkamy się tutaj z wami – tłumaczył Jan Øhre, pokazawszy Pontiusowi Parrowi legitymację potwierdzającą, że jest adwokatem. – Nie powiedział wam o tym?

– Nie – odparł Pontius Parr z twarzą wykrzywioną złością.

Øhre porozumiał się wzrokiem ze swoim klientem.

– Czy to oznacza, że nic nie wiecie o tej umowie?

– O jakiej umowie?

– O złagodzeniu kary.

Parr pokręcił głową.

– Simon Kefas przekazał mi jedynie, że dostanę dwóch przestępców na srebrnej tacy. O co w tym wszystkim chodzi?

Øhre już miał odpowiedzieć, ale Iver Iversen nachylił się i zaczął mu szeptać coś do ucha. Adwokat kiwnął głową, Iversen wyprostował się i zamknął oczy. Kari mu się przyjrzała. Wyglądał jak człowiek skończony. Wycieńczony i zrezygnowany.

Øhre chrząknął.

– Nadkomisarz Kefas uważa, że ma pewne… hm… dowody przeciwko mojemu klientowi i jego zmarłej żonie. Chodzi o szereg transakcji nieruchomościami z niejakim Levim Thou. Lepiej znanym być może pod pseudonimem Bliźniak.

Thou, pomyślała Kari. Niezbyt popularne nazwisko. A jednak gdzieś je niedawno słyszała. Poznała kogoś, kto się tak nazywa. W Budynku Policji. Raczej mało ważnego.

– Kefas podobno ma również dowody na rzekome zabójstwo na zlecenie. Złożone jego zdaniem przez Agnete Iversen. Oświadczył, że ze względu na syna Iversenów zrezygnuje z przedłożenia dowodów na to ostatnie, natomiast jeśli chodzi o te transakcje, to zapewnicie mojemu klientowi złagodzenie kary w zamian za przyznanie się do winy. Ponadto będzie świadczył przeciwko Leviemu Thou alias Bliźniakowi w sądzie.

Pontius Parr zdjął prostokątne okulary i zaczął przecierać szkła chusteczką. Kari z zaskoczeniem odkryła, że oczy komendanta są niewinnie błękitne jak u dziecka.

– To brzmi jak oferta, którą możemy honorować.

– Świetnie. – Øhre otworzył teczkę leżącą obok niego na krześle i wyjął z niej kopertę, którą pchnął po stole w stronę komendanta. – Tu są wydruki zawierające szczegóły wszystkich transakcji dokonywanych w celu wyprania pieniędzy Leviego Thou. Iversen jest również gotów świadczyć przeciwko Fredrikowi Ansgarowi, który w Økokrim był osobą dbającą o to, by nikt tych transakcji się nie czepiał.

Parr wziął kopertę. Dotknął jej.

– W środku jest coś twardego – zauważył.

– Pamięć USB. Zawiera plik dźwiękowy, który nadkomisarz przesłał mojemu klientowi z telefonu i prosił, abyśmy również wam go dostarczyli.

– Wiecie, co na nim jest?

Øhre znów porozumiał się wzrokiem z Iversenem. Ten chrząknął.

– To... nagranie pewnej osoby. Nadkomisarz Kefas mówił, że zorientujecie się, o kogo chodzi. Mam przy sobie komputer, jeśli chcecie posłuchać od razu.

Otwarty neseser. Broń. Oliwkowozielony granat.

Nadkomisarz Simon Kefas zdążył zacisnąć powieki i zatkać uszy. Błysk światła był niczym jęzor ognia na twarzy, a huk jak cios w żołądek.

Szybko otworzył oczy, błyskawicznie się pochylił i sięgnął po pistolet z neseseru. Odwrócił się. Blondyn z nożem w ręku, wciąż obejmując Sonny'ego za głowę, miał taką minę, jakby właśnie spojrzał w oczy Meduzy. Simon zrozumiał teraz, że Sonny miał rację. Facet naprawdę miał krzyż na czole. Widoczny w celowniku. Simon wypalił. Zobaczył dziurę pod jasną grzywką, a jeszcze zanim blondyn upadł, Sonny sięgnął po uzi. Simon tłumaczył mu, że będą mieć najwyżej dwie sekundy, zanim paraliż tamtych ustąpi. Siedzieli w pokoju w hotelu Bismarck i ćwiczyli właśnie taką sytuację. Sięganie po broń i odpalanie. Oczywiście nie mogli przewidzieć przebiegu wydarzeń z najdrobniejszymi szczegółami i jeszcze na chwilę przed otwarciem przez Bliźniaka neseseru, a zarazem odbezpieczeniem granatu hukowego, Simon był pewien, że wszystko pójdzie w diabły. Ale kiedy zobaczył, jak Sonny naciska spust, robiąc piruet na jednej nodze, to wiedział już, że Bliźniak nie wróci zadowolony do domu, kiedy ten dzień pracy dobiegnie końca. Kule padały w krąg z jąkającej się broni, która nie mogła wyjść poza pierwszą sylabę. Dwaj mężczyźni już leżeli, a trzeci zdążył wsunąć rękę pod marynarkę, kiedy naboje wyrysowały mu przerywaną linię biegnącą przez pierś. Chwilę jeszcze stał, ale wkrótce kolana otrzymały wiadomość, że ich właściciel już nie żyje. Wtedy Simon zdążył odwrócić się do Bliźniaka. I zaskoczony popatrzył na pusty fotel. Jak to możliwe, by ktoś tak wielki poruszał się tak szybko?

Dostrzegł go przy końcu akwarium, tuż przy wahadłowych drzwiach do kuchni. Wycelował i trzykrotnie nacisnął spust raz za razem. Zobaczył, że kula musnęła marynarkę Bliźniaka, lecz jednocześnie ujrzał pękające szkło akwarium. Przez chwilę mogło się wydawać, że woda zachowa swój kubistyczny kształt, utrzymywana w nim z przyzwyczajenia lub jakimiś nieznanymi siłami, lecz za moment runęła na nich jak zielona ściana. Simon próbował odskoczyć, ale się spóźnił. Nastąpił na homara, usłyszał trzask, poczuł, że kolano nie wytrzymuje i padł jak długi w ten wodospad. Kiedy znów podniósł głowę, nie widział już Bliźniaka, tylko kołyszące się drzwi do kuchni.

– Wszystko z tobą w porządku? – spytał Sonny, chcąc pomóc mu się podnieść.

– Czuję się znakomicie – jęknął Simon, odpychając jego rękę. – Ale jeśli Bliźniak nam się teraz wymknie, to zniknie już na zawsze.

Podbiegł do drzwi kuchennych, pchnął je nogą, trzymając pistolet przed sobą. Poczuł ostry zapach dużej kuchni. Omiótł wzrokiem blaty i kuchenki z matowego metalu, rzędy patelni, chochli i łopatek do smażenia zwieszających się z niskiego okapu i zasłaniających widok. Przykucnął, wypatrując cieni albo ruchu.

– Podłoga – podpowiedział Sonny.

Simon spuścił wzrok. Czerwone plamy na niebieskoszarych kamiennych płytach. A więc jednak miał rację. Trafił.

Z daleka dobiegł odgłos zatrzaskiwanych drzwi.

– Chodź!

Plamy krwi poprowadziły ich z kuchni przez ciemny korytarz, w którym Simon musiał zdjąć okulary, później po schodach w kolejny korytarz kończący się metalowymi drzwiami. Takimi, które mogły wydać dokładnie ten słyszany przez nich przed chwilą odgłos. Mimo to Simon otwierał wszystkie mijane po drodze boczne drzwi i zaglądał do środka. Dziewięć na dziesięć osób uciekających przed dwoma mężczyznami i uzi wybrałoby najkrótszą i najbardziej oczywistą drogę ucieczki. Na zewnątrz. Ale Bliźniak był tą dziesiątą. Zawsze zachowywał zimną krew, zawsze umiał racjonalnie kalkulować. Taki typ, który przeżyje katastrofę statku. Naprawdę mógł trzasnąć tymi drzwiami, żeby ich zmylić.

– Zgubimy go – orzekł Sonny.

– Spokojnie. – Simon otworzył ostatnie boczne drzwi. Pusto. Ślady krwi wskazywały jednoznacznie. Bliźniak był za metalowymi drzwiami.

– Gotowy? – spytał Simon.

Sonny kiwnął głową i stanął z uzi wycelowanym w stronę drzwi. Simon wcisnął się plecami w ścianę obok futryny, chwycił klamkę i pchnął.

Zobaczył światło słońca padające na Sonny'ego.

Zrobił krok i stanął w drzwiach. Poczuł wiatr na twarzy.

– Niech to szlag!

Patrzyli na pustą ulicę skąpaną w porannym słońcu. Na Ruseløkkveien krzyżującą się z Munkedamsveien i znikającą w kierunku parku Zamkowego. Nie było samochodów, nie było ludzi.

I nie było Bliźniaka.

43

– Ślady krwi urywają się tutaj. – Simon wskazał na asfalt.

Bliźniak musiał zrozumieć, że krew zostawia ślady, i zrobił coś, żeby nie kapała na ziemię. Typ, który jest w stanie przeżyć katastrofę statku.

Simon popatrzył na wyludnioną Ruseløkkveien. Omiótł wzrokiem kościół Świętego Pawła i mostek, na którym ulica zakręcała i znikała z pola widzenia. Potem spojrzał w lewo i w prawo na Munkedamsveien. Nikogo nie było.

– Do diabła! – Sonny sfrustrowany uderzył pistoletem o udo.

– Gdyby pobiegł ulicą, zdążylibyśmy go zobaczyć – stwierdził Simon. – Musiał gdzieś wejść.

– Gdzie?

– Nie wiem.

– Może miał tu gdzieś samochód.

– Może.

– Hej! – Simon wskazał na ziemię między butami Sonny'ego. – Tu jednak jest plamka krwi. Chyba więc…

Sonny pokręcił głową i odchylił marynarkę. Cały bok czystej koszuli, którą dostał od Simona, był czerwony.

Simon zaklął cicho.

– Temu sukinsynowi udało się otworzyć ranę?

Sonny wzruszył ramionami.

Simon znów popatrzył przed siebie. Na ulicy nie parkowały żadne samochody, nie było otwartych sklepów. Tylko pozamykane bramy kamienic. Dokąd on mógł iść? Spójrzmy na to z innego miejsca, pomyślał Simon. Zrekompensujmy ślepotę. Wemknąć się… Przeniósł wzrok. Źrenice na coś zareagowały. Ostry błysk światła odbitego w kawałeczku poruszającego się szkła. Albo metalu. Mosiądzu.

– Wracamy – oświadczył Sonny. – Spróbujemy jeszcze raz poszukać go w tej restauracji.

– Nie – odparł cicho Simon. Mosiężna klamka. Sztywne sprężyny, przez które drzwi zamykają się powoli. Zawsze otwarte. – Już go widzę.

– Widzisz go?

– Drzwi kościoła są otwarte, widzisz?

Sonny spojrzał.

– Nie.

– Właśnie się zamykają. Wszedł do środka. Chodź!

Puścił się biegiem. Wyrzucał jedną nogę przed drugą, odbijał się. To był prosty ruch, krok, który ćwiczył od dziecka. Biegał i biegał, z każdym rokiem coraz szybciej. A ostatnio z każdym rokiem coraz wolniej. Ani kolana, ani oddech nie chciały współpracować jak dawniej. Dał radę dotrzymać kroku Sonny'emu przez pierwsze dwadzieścia metrów. Potem chłopak go wyprzedził. Wysforował się naprzód. Simon z odległości co najmniej pięćdziesięciu metrów patrzył, jak Sonny jednym skokiem pokonuje trzy stopnie, otwiera ciężkie drzwi i znika w środku.

Simon zwolnił. Czekał na dźwięk. Na niemal dziecinne puknięcie, w które zmienia się strzał z pistoletu słyszany przez ścianę. Dźwięk się nie rozległ.

Wszedł na górę po schodach. Otworzył ciężkie drzwi i stanął w progu.

Zapach. Cisza. Ciężar przekonań tylu mądrych, myślących ludzi. Ławki były puste, ale przed ołtarzem paliła się świeca. Uświadomił sobie, że za pół godziny odbędzie się poranna msza. Światło migotało na martwym Zbawicielu na krzyżu. Nagle usłyszał monotonny szept i odwrócił się w lewo.

Sonny klęczał w otwartej części konfesjonału z uzi wycelowanym w perforowaną ściankę odgradzającą sąsiednią kabinę z zaciągniętą prawie do samego końca zasłonką. Została tylko niewielka szpara, w której Simon dostrzegł rękę. A na kamiennej posadzce spod zasłonki rozlewała się coraz większa kałuża krwi.

Simon po cichu podszedł bliżej. Dotarły do niego wypowiadane szeptem słowa Sonny'ego:

– Wszyscy bogowie ziemi i nieba mają nad tobą zmiłowanie i wybaczają ci twoje grzechy. Umrzesz, ale dusza grzesznika, który uzyskał przebaczenie, zostanie powiedziona do raju. Amen.

Zapadła cisza.

Simon zobaczył, że Sonny zaciska palec na cynglu.

Sam schował swój pistolet do kabury pod pachą. Nie zamierzał nic robić. Kompletnie nic. Wyrok chłopaka miał zapaść i zostać wykonany. Jego wyrok miał zapaść później.

– Tak, zabiliśmy twojego ojca – dobiegł zza zasłony słaby głos Bliźniaka. – Musieliśmy. Dowiedziałem się od kreta, że twój ojciec się na niego zaczaja. Słyszysz?

Sonny nie odpowiedział. Simon wstrzymał oddech.

– To się miało stać tej samej nocy w średniowiecznych ruinach w Maridalen – ciągnął Bliźniak. – Kret stwierdził, że policja i tak wpadła na jego trop, więc ujawnienie pozostaje jedynie kwestią czasu. Dlatego chciał, żebyśmy upozorowali zabójstwo twojego ojca na samobójstwo. Żeby wyglądało, że to on był kretem. Wtedy policja wstrzymałaby pościg. Zgodziłem się, musiałem bronić swojego kreta, tak?

Simon zobaczył, że Sonny zwilża wargi.

– A kim był kret?

– Nie wiem. Przysięgam. Komunikowaliśmy się wyłącznie mailem.

– No to nigdy się tego nie dowiesz. – Sonny znów uniósł uzi, położył palec na spuście. – Jesteś gotowy?

– Zaczekaj! Nie musisz mnie zabijać, Sonny. I tak wykrwawię się tu na śmierć. Proszę cię tylko, żebyś pozwolił mi się pożegnać z najbliższymi. Ja pozwoliłem twojemu ojcu napisać na pożegnanie, że kochał ciebie i twoją matkę. Nie okażesz grzesznikowi takiej łaski?

Simon widział, jak pierś Sonny'ego podnosi się i opada. Mięśnie szczęki się napięły.

– Nie, Sonny! Nie gódź się na to. On...

Sonny odwrócił się do niego, w oczach miał łagodność. Łagodność Helene. Już opuścił uzi.

– Simon, on prosi tylko o...

Simon dostrzegł ruch w szczelinie zasłonki, drgnięcie dłoni. Pozłacana zapalniczka w kształcie pistoletu. Już w tej sekundzie wiedział, że ma za mało czasu. Nie ma czasu na ostrzeżenie Sonny'ego i zmuszenie go do reakcji, nie ma czasu na wyjęcie pistoletu z kabury, nie ma czasu na danie Else tego, na co zasłużyła. Stał na balustradzie mostu nad rzeką Aker, a pod nim kipiał wodospad.

Skoczył.

Żegnając się z życiem, skoczył wprost w cudownie wirujące koło ruletki. To nie wymagało intelektu ani odwagi, tylko zuchwalstwa skazanego na zagładę, gotowego zaryzykować przyszłość, której nie ceni wysoko. Człowieka, który wie, że ma mniej do stracenia od innych. Wskoczył w otwartą część konfesjonału między syna a perforowaną drewnianą ściankę. Usłyszał huk. Poczuł ukąszenie. Paraliżujące żądło chłodu albo gorąca rozrywającego jego ciało na dwoje, przecinającego wszelkie połączenia.

Potem rozległ się ten drugi dźwięk. Uzi. Simon leżał z głową na podłodze konfesjonału i czuł, jak drzazgi z drewnianej ścianki sypią mu się na twarz jak grad. Usłyszał krzyk Bliźniaka. Uniósł głowę i zobaczył, jak tamten, chwiejąc się na nogach, wychodzi z konfesjonału i zatacza się między rzędy ławek. Kule kąsały go w plecy jak rój rozwścieczonych pszczół. Wciąż gorące puste łuski uzi padały na Simona, parzyły go w czoło. Bliźniak przewracał ławki po obu stronach, opadł na kolana, ale wciąż się poruszał. Nie zgadzał się na śmierć. To nie było naturalne. Kiedy Simon przed laty odkrył, że matka jednego z najbardziej poszukiwanych przez policję przestępców pracuje w tych samych ścianach co oni, sprząta ich pokoje, i poszedł z tym do niej, pierwszą rzeczą, jaką powiedziała, było właśnie to. Że Levi nie jest naturalny. Że jako matka oczywiście go kocha, ale przerażał ją już od urodzenia, taki był wielki. Opowiedziała mu też o tym, jak mały wielki Levi jak zwykle poszedł z nią kiedyś do pracy, bo w domu nie miał kto się nim zająć, i stanął wpatrzony w lustro wody w wiadrze zawieszonym na statywie wózka do sprzątania. Twierdził, że na dole ktoś jest, ktoś, kto wygląda tak samo jak on. Sissel podsunęła mu, że wobec tego mogą się razem pobawić, a sama poszła opróżniać kosze. Kiedy wróciła, syn stał na głowie w wiadrze, rozpaczliwie wymachując nogami. Barki mu utknęły. Musiała użyć wszystkich sił, żeby go wyciągnąć. Oczywiście był cały mokry i zupełnie siny na twarzy, ale zamiast płakać, jak zachowałaby się większość dzieci, on się tylko śmiał. Oświadczył, że bliźniak był niedobry, bo próbował go zabić. Czasami zachodziła w głowę, skąd się taki wziął. Mówiła też, że poczuła się wolna dopiero tego dnia, kiedy się wyprowadził z domu.

Bliźniak.

Tuż nad wałkiem tłuszczu między szerokim karkiem a wielkim tyłem głowy pojawiły się dwa otwory i ruchy nagle ustały.

Naturalny, pomyślał Simon. Całkiem naturalny jedynak.

Wiedział, że olbrzym nie żyje, jeszcze zanim tamten opadł w przód, miękko uderzając czołem o kamienną posadzkę.

Simon zamknął oczy.

– Simon, gdzie…

– W pierś. – Simon zakasłał. Zorientował się, że pluje krwią.

– Wezwę karetkę.

Simon otworzył oczy, spojrzał na siebie, zobaczył ciemną czerwień coraz szerzej rozlewającą się na koszuli.

– Nie zdążymy, zostaw.

– Zdążymy, jeśli tylko…

– Posłuchaj… – Simon nakrył dłonią komórkę, którą wyjął Sonny. – Trochę za dużo wiem o ranach postrzałowych, okej?

Sonny położył mu rękę na piersi.

– To na nic – stwierdził Simon. – Uciekaj! Jesteś wolny. Zrobiłeś to, co miałeś do zrobienia.

– Nie, nie zrobiłem.

– Uciekaj dla mnie. – Simon złapał go za rękę. Była ciepła i znajoma jak jego własna. – Skończyłeś już swoją robotę.

– Leż spokojnie.

– Powiedziałem ci, że kret będzie tu dzisiaj, i był. Już nie żyje. Uciekaj!

– Zaraz przyjedzie karetka.

– Nie słyszysz…

– Jeśli nie będziesz mówił…

– To ja, Sonny. – Simon spojrzał wprost w przejrzyste łagodne oczy chłopaka. – To ja byłem kretem.

Czekał, kiedy pod wpływem szoku źrenice chłopaka się rozszerzą, kiedy czerń wyprze jasną zieloną tęczówkę. Ale tak się nie stało. Zrozumiał.

– Wiedziałeś o tym, Sonny. – Próbował przełknąć, ale znów zaniósł się kaszlem. – Wiedziałeś, że to ja. Skąd?

Sonny rękawem koszuli wytarł krew z ust Simona.

– Od Arilda Francka.

– Od Francka?

– Kiedy mu obciąłem palec, zaczął mówić.

– Mówić? Przecież on nie wiedział, kim jestem. Nikt nie wiedział, że kretami byliśmy my dwaj, Ab i ja. Nikt!

– No tak, ale Franck przekazał mi, co wiedział. Mówił, że kret miał pseudonim.

– Mówił ci o tym?

– Tak. Ten pseudonim to Skoczek.

– No tak, Skoczek. Używałem go do kontaktów z Bliźniakiem. Tak mnie kiedyś nazywała pewna osoba, tylko jedna. Skąd wiedziałeś…

Sonny wyjął coś z kieszeni i podsunął Simonowi. Fotografia. Poplamiona krwią fotografia, na której było dwóch mężczyzn i kobieta. Młodzi, roześmiani, przy stosie kamieni.

– Kiedy byłem mały, często oglądałem nasz album ze zdjęciami i spodobało mi się to zrobione w górach. Spytałem mamę, kim był tajemniczy fotograf o tym emocjonującym przezwisku Skoczek. Wtedy opowiedziała mi wszystko o Simonie, trzecim z przyjaciół. Nazywała go Skoczkiem, bo skakał tam, gdzie nikt inny nie miał odwagi. Franck nie wiedział o istnieniu dwóch kretów. Ale po tym, co mi wyjawił, wszystko mi się zgodziło. Zrozumiałem, że mój ojciec cię odkrył, a ty go zabiłeś, zanim cię ujawnił.

Simon zamrugał, ale mrok nie przestał nadpełzać z zewnętrznych krańców pola widzenia. A jednak widział wyraźniej niż kiedykolwiek.

– Dlatego zaplanowałeś, że mnie zabijesz. Dlatego się ze mną skontaktowałeś. Chciałeś, żebym cię znalazł. Po prostu na mnie czekałeś.

– Rzeczywiście – przyznał Sonny. – Tak było aż do dnia, kiedy znalazłem dziennik ojca i zrozumiałem, że on sam brał w tym udział. Że zdrajców było dwóch.

– Wtedy wszystko ci się zawaliło. Zrezygnowałeś z dalszego planu. Nie miałeś już po co zabijać.

Sonny kiwnął głową.

– Co wobec tego sprawiło, że zmieniłeś zdanie?

Sonny długo na niego patrzył.

– Coś, co powiedziałeś. Że zadaniem synów nie jest to, że mają być tacy jak swoi ojcowie, tylko…

– …tylko że mają być od nich lepsi. – Simon z daleka usłyszał wycie policyjnych syren. Poczuł na czole rękę Sonny'ego. – Więc ty bądź lepszy niż twój ojciec, Sonny.

– Simon?

– Tak.

– Umierasz. Czy czegoś pragniesz?

– Chcę, żeby ona dostała mój wzrok.

– Czy pragniesz wybaczenia?

Simon mocno zacisnął powieki, pokręcił głową.

– Nie mogę… Nie zasługuję.

– Nikt z nas nie zasługuje. Jesteśmy ludzcy, kiedy grzeszymy. Ale stajemy się boscy, kiedy wybaczamy.

– Jestem dla ciebie nikim. Jestem obcym, który odebrał ci tych, których kochałeś.

– Jesteś kimś, Simon. Jesteś Skoczkiem, zawsze obecnym, chociaż nie widać go na zdjęciu. – Chłopak odchylił marynarkę Simona i wsunął mu zdjęcie do kieszonki na piersi. – Zabierz to ze sobą w drogę, to twoi przyjaciele.

Simon zamknął oczy. No i dobrze, pomyślał.

Głos Sonny'ego poniósł się echem po pustej kościelnej nawie:

– Wszyscy bogowie ziemi i nieba mają nad tobą zmiłowanie i wybaczają...

Simon spojrzał na kroplę krwi, która spadła spod marynarki chłopaka na kościelną posadzkę. Dotknął palcem jej lśniącej czerwonej powierzchni. Patrzył, jak kropla dosłownie przysysa się do czubka palca, podniósł go do warg i zamknął oczy. Zapatrzył się w biały wodospad. Woda. Lodowate objęcia. Cisza. Samotność. I spokój. Wiedział, że tym razem nie wypłynie na powierzchnię.

W ciszy, która nastąpiła po odtworzeniu nagrania po raz drugi, Kari usłyszała świergot ptaków wpadający przez uchylone okno w głębi restauracji.

Komendant z niedowierzaniem wpatrywał się w komputer.

– Wszystko w porządku? – spytał Øhre.

– Tak – odparł Parr.

Adwokat Jan Øhre wyjął pamięć z komputera i oddał ją komendantowi.

– Zorientował się pan, kto to był?

– Tak – skinął głową Parr. – Nazywa się Arild Franck i w praktyce szefuje Państwowemu Zakładowi Karnemu o Zaostrzonym Rygorze. Adel, proszę sprawdzić, czy to konto na Kajmanach naprawdę istnieje. Bo jeśli to wszystko jest prawdą, to stoimy w obliczu ogromnego skandalu.

– Bardzo mi przykro – powiedział Øhre.

– Ależ nie, od lat już to podejrzewałem. Niedawno otrzymaliśmy też informacje od odważnego funkcjonariusza z Drammen wskazujące na to, że Lofthusa posłano na przepustkę z Państwa w takim terminie, aby wykorzystać go jako kozła ofiarnego w sprawie zabójstwa Evy Morsand. Na razie siedzieliśmy cicho, chcąc się upewnić, czy mamy mocne dowody, zanim wystąpimy przeciwko Franckowi. To jednak powinno być dostatecznie solidną amunicją. Ale mam jeszcze jedno pytanie przed wyjściem...

– Słucham.

– Czy nadkomisarz Kefas wyjaśnił, dlaczego chce, abyście spotkali się z nami, a nie z nim?

Iversen wymienił spojrzenia z Øhrem i wzruszył ramionami.

– Twierdził, że jest zajęty czym innym, a wam dwojgu jako jedynym kolegom z branży ufa w stu procentach.

– Rozumiem. – Parr już wstał.

– Ja też mam jeszcze jedną sprawę... – zaczął Øhre i sięgnął po telefon. – Mój klient podał moje nazwisko nadkomisarzowi Kefasowi, który skontaktował się ze mną i spytał, czy mogę zająć się sprawami praktycznymi związanymi z transportem i uregulowaniem płatności w związku z operacją oczu, którą zamówił na jutro w klinice Howell w Baltimore. Przyjąłem to zlecenie. I właśnie dostałem wiadomość od naszej recepcjonistki, że godzinę temu pewna kobieta dostarczyła do kancelarii czerwoną sportową torbę zawierającą znaczną kwotę w gotówce. Chciałem się tylko upewnić, czy policja nie będzie interesować się tą kwestią.

Kari usłyszała, że świergot ptaków za oknem ucichł, zastąpiło go dochodzące z oddali wycie syren. Wielu policyjnych syren.

Parr chrząknął.

– Nie rozumiem, jakie znaczenie miałaby taka informacja dla policji. A ponieważ zleceniodawcę należy w tej chwili uważać za pańskiego klienta, to ma pan z tego, co wiem, obowiązek dochowania tajemnicy. I tak więc nie mógłby mi pan odpowiedzieć na pytania, nawet gdybym je zadał.

– Znakomicie. Cieszę się, że mamy wspólny pogląd na tę sprawę. – Øhre zamknął teczkę.

Kari poczuła wibrowanie komórki w kieszeni. Szybko wstała i odeszła kilka kroków od stolika. Usłyszała miękkie kliknięcie szklanej kulki, która przy tej okazji upadła na podłogę.

– Słucham, Adel.

Zapatrzyła się w kulkę, która przez chwilę jakby się wahała, niepewna, czy ma znieruchomieć, czy się poruszyć. W końcu lekko się zakołysała i niezdecydowanie poturlała na południe.

– Dziękuję. – Kari schowała telefon do kieszeni. Odwróciła się do wstającego z krzesła Parra. – W restauracji rybnej, która nazywa się Nautilus, leżą cztery trupy.

Komendant cztery razy mrugnął za okularami, a Kari zadała sobie pytanie, czy to jakaś forma czynności przymusowej: mrugnąć raz na każde nowe zwłoki w jego okręgu policyjnym.

– Gdzie?

– Tutaj.

– Tutaj?

– Tu, na nabrzeżu. Kilkaset metrów stąd. – Kari wzrokiem odnalazła kulkę.

– Chodź!

Chciała po nią podbiec.

– Na co czekasz, Adel? No chodź!

Kulka toczyła się już pewniej i szybciej. Jeżeli się nie zdecyduje, straci ją z oczu.

– Idę.

Pospieszyła za Parrem. Syreny policyjne słychać już było głośno. Dźwięk wznosił się i opadał, przecinał powietrze jak kosa.

Wybiegli na białe światło słońca, na pełen obietnic poranek w rozświetlonym mieście. Pędzili, a poranny tłum rozstępował się przed nimi. Twarze migały przed oczami Kari. W pewnym momencie jej mózg zareagował na jedną z nich. Ciemne okulary i jasny szary garnitur. Parr już skręcał w zaułek, do którego biegło wielu umundurowanych policjantów. Kari się zatrzymała, obejrzała i zobaczyła, że plecy w szarym garniturze wsiadają na prom do Nesoddtangen, który już odbijał od brzegu. Odwróciła się i pobiegła dalej.

Martha zwinęła dach i oparła głowę o zagłówek. Patrzyła na mewę, która zawisła na wietrze między niebieskim niebem a niebieskim fiordem. Ptak utrzymywał się w powietrzu, wykorzystując siły własne i te zewnętrzne, rozglądając się za pożywieniem. Martha oddychała głęboko i spokojnie, ale serce biło jej mocno. Prom już przybijał do brzegu. Niewiele osób podróżowało z Oslo na Nesoddtangen tak wcześnie rano, więc nietrudno będzie go zauważyć. Jeżeli mu się udało. Jeżeli. Znów odmówiła modlitwę, którą powtarzała, odkąd półtorej godziny temu odjechała spod kancelarii Tomte & Øhre. Nie przypłynął poprzednim promem pół godziny temu, ale tłumaczyła sobie, że tego nie mogła się spodziewać. Lecz jeśli nie będzie go na tym promie... To co wtedy? Nie miała żadnego planu B. Nie chciała go mieć.

Są pasażerowie. Niewielka grupka. O tej porze ludzie podróżowali do miasta, nie odwrotnie. Zdjęła ciemne okulary. Serce jej zabiło, kiedy zobaczyła jasnoszary garnitur. Ale to nie był on. Serce zamarło.

Ale dostrzegła jeszcze jeden szary garnitur.

Szedł trochę krzywo, jakby nabierał wody i przechylał się na jedną burtę.

Poczuła, że serce rośnie jej w piersi, a płacz wciska się do gardła. Może to tylko przez ukośnie padające na jasny garnitur promienie słońca, ale miała wrażenie, że on aż świeci.

– Dziękuję – wyszeptała. – Dziękuję, dziękuję!

Przejrzała się w lusterku, otarła łzy i poprawiła chustkę. Pomachała. A on odmachał.

Kiedy szedł pod górkę, na której parkowała, przyszło jej do głowy, że to zbyt piękne, by mogło być prawdziwe. Że widzi fatamorganę, ducha, że on nie żyje, zastrzelony, że wisi ukrzyżowany na latarni morskiej, a ona widzi tylko jego duszę.

Z trudem wsiadł do samochodu. Zdjął okulary. Był strasznie blady. Po zaczerwienionych oczach poznała, że też płakał. Potem ją objął i mocno przytulił. W pierwszej chwili pomyślała, że to jej ciało tak drży, ale zrozumiała, że to on.

– Jak...

– Dobrze – powiedział, nie puszczając jej. – Wszystko poszło dobrze.

Siedzieli tak w milczeniu, wczepieni w siebie, jak ludzie, którym kręci się w głowie i są dla siebie jedynym oparciem. Pytania cisnęły jej się na usta, ale wiedziała, że nie pora na nie. Na pewno przyjdzie na to czas.

– I co teraz? – spytała szeptem.

– Teraz? – Delikatnie ją puścił i usiadł prosto z cichym jękiem. – Teraz wszystko się zaczyna. Duża walizka – dodał, wskazując na tylne siedzenie.

– Same najpotrzebniejsze rzeczy – uśmiechnęła się, wepchnęła CD do odtwarzacza i podała mu telefon. – Ja poprowadzę przez pierwszy kawałek. Będziesz czytał mapę?

Z głośnika dobiegł początek piosenki, mechaniczny głos:

– *Own... personal...*

Popatrzył na wyświetlacz telefonu.

– Tysiąc trzydzieści kilometrów – oznajmił. – Szacowany czas podróży: dwanaście godzin i pięćdziesiąt jeden minut.

Epilog

Płatki śniegu wznosiły się z bezbarwnego nieba bez dna i podczepiały do dachu zbudowanego z asfaltu, chodnika, samochodów i domów.

Kari stała nachylona z nogą na stopniu. Właśnie skończyła zawiązywać sznurówki i oglądała ulicę między swoimi nogami. Simon miał rację. Można zobaczyć zupełnie nowe rzeczy, kiedy się zmieni miejsce, z którego się patrzy. Każdą ślepotę da się zrekompensować. Zrozumienie tego zajęło jej trochę czasu. Zrozumienie, że Simon Kefas pod wieloma względami miał rację. Nie we wszystkim. Ale w irytująco wielu sprawach.

Wyprostowała się.

– Miłego dnia, kochana – powiedziała stojąca w drzwiach dziewczyna i pocałowała Kari w usta.

– Wzajemnie.

– Szlifowanie podłogi raczej nie oznacza nic miłego, ale się postaram. O której będziesz w domu?

– Na obiad. Jeśli nic nie wypadnie.

– Świetnie, ale wygląda na to, że już wypadło.

Kari odwróciła się w kierunku wskazanym przez Sam. Samochód, który zaparkował przy bramie, był znajomy. A jeszcze bardziej znajoma była twarz widoczna nad opuszczoną boczną szybą.

– Co się dzieje, Åsmund? – zawołała Sam.

– Przykro mi, że przeszkadzam w remoncie, ale muszę zabrać twoją dziewczynę! – odkrzyknął komisarz. – Coś wypadło.

Kari spojrzała na Sam, która klepnęła ją gdzieś w okolicy tylnej kieszeni dżinsów. Spódnicę i żakiet Kari w jakimś momencie jesienią odwiesiła do szafy i nie wiedzieć czemu tam już zostały.

– No to jedź służyć państwu.

Kiedy jechali na wschód drogą E18, Kari obserwowała pokryty śniegiem krajobraz. Myślała o tym, że pierwszy śnieg stanowi cezurę, ukrywa wszystko, co było, zmienia świat, na który się patrzy. W miesiącach po strzelaninach na Aker Brygge i w katolickim kościele zapanował chaos. Oczywiście musieli stawić czoło zmasowanemu atakowi mediów na policję za jej brutalność i szaleńcze działanie w pojedynkę jednego funkcjonariusza. Ale Simon i tak miał pogrzeb godny bohatera. Był takim policjantem, jakiego pragnęły serca ludzi. Takim, który walczy z przestępcami i oddaje życie w służbie sprawiedliwości. Należało się pogodzić z tym, jak powiedział komendant Parr w swojej przemowie na cmentarzu, że Simon nie zawsze przestrzegał regulaminu do ostatniej kropki. Ani też, jeśli chodzi o ścisłość, norweskiego prawa. Parr miał zapewne powód do okazywania wyrozumiałości po tym, jak sam naciągnął norweskie przepisy podatkowe, lokując cząstkę rodzinnej fortuny w anonimowych funduszach zarejestrowanych na Kajmanach. W czasie stypy Kari skonfrontowała go z faktem, że śledztwo dotyczące opłacania rachunków za prąd w domu Lofthusa doprowadziło ją w końcu do jego nazwiska. Parr przyznał się od razu. Powiedział tylko, że nie złamał żadnego przepisu, a poza tym kierował się szlachetnymi pobudkami: chciał uciszyć wyrzuty sumienia niedające mu spokoju z tego powodu, że po samobójstwie Aba prawie wcale nie interesował się Sonnym i jego matką. Rachunki nie były wysokie, a mogły oznaczać, że po odsiedzeniu kary chłopak będzie miał gdzie mieszkać. Ze zniknięciem bez śladu Buddy z mieczem również powoli zaczynano się godzić. Jego krucjata najwyraźniej zakończyła się wraz ze śmiercią Leviego Thou, czyli Bliźniaka.

Else widziała teraz o wiele lepiej. Operacja w Stanach powiodła się w osiemdziesięciu procentach. Tak powiedziała, gdy Kari odwiedziła ją kilka tygodni po pogrzebie. Bo przecież prawie nic nie jest idealne, tłumaczyła. Ani życie, ani ludzie, ani Simon. Jedynie miłość.

– On nigdy jej nie zapomniał. Nigdy nie zapomniał Helene. Była wielką miłością jego życia.

Siedziały w ciepły dzień na leżakach w ogrodzie na Disen, popijały portwajn i oglądały zachód słońca. Kari zrozumiała, że Else zdecydowała się opowiedzeć jej historię Simona.

– Mówił mi, że zalecali się do niej również Ab i Pontius. Byli zdolniejsi, silniejsi, bystrzejsi. Ale to on dostrzegł w niej, kim była naprawdę. Właśnie to tak zadziwiało w Simonie. On widział ludzi. Widział ich anioły i demony. A jednocześnie walczył oczywiście ze swoim demonem. Był uzależniony od hazardu.

– Mówił mi o tym.

– Zostali z Helene parą akurat wtedy, gdy w jego życiu z powodu długów panował istny chaos. Nie trwało to długo, ale Simon mówił, że już ciągnął Helene za sobą w otchłań, kiedy zjawił się Ab Lofthus i ocalił ją przed nim. Ab i Helene wyprowadzili się ze wspólnego mieszkania. Simon był zdruzgotany. Wkrótce potem dowiedział się, że Helene jest w ciąży. Zaczął grać jak desperat. Przegrał wszystko i stanął na skraju przepaści. Poszedł więc do diabła i zaoferował mu ostatnią rzecz, jaką miał – swoją duszę.

– Poszedł do Bliźniaka?

– Tak. Simon był jednym z niewielu ludzi, którzy wiedzieli, kim jest Bliźniak, ale Bliźniak nigdy się nie dowiedział, kim byli Simon i Ab. Przekazywali mu informacje przez telefon i listownie, a z czasem zaczęli komunikować się mailowo.

W ciszy dotarł do nich szum z Trondheimsveien i Sinsenkrysset.

– Simon i ja rozmawialiśmy o wszystkim. Ale akurat o tym, jak zaprzedał duszę diabłu, trudno mu było mówić. Uważał, że w głębi serca pragnął tego wstydu, upokorzenia, pogardy dla samego siebie. Bo to się łączyło z odrętwieniem, które tłumiło tamten drugi ból. Takie mentalne samookaleczenie.

Wygładziła sukienkę. Była taka delikatna, a jednocześnie wydała się Kari bardzo silna.

– Ale Simon nie mógł sobie poradzić z tym, co zrobił Abowi. Nienawidził Aba za to, że ten odebrał mu jedyne, co kiedykolwiek miało dla niego jakąkolwiek wartość. Wciągnął więc Aba w tę samą otchłań. Ab i Helene tkwili po uszy w długach, kiedy nastał kryzys bankowy i oprocentowanie kredytów poszybowało w górę. Przed wyrzuceniem na bruk uratować ich mogło tylko jedno: szybkie pieniądze. Simon, związany już z Bliźniakiem, poszedł do Aba i zaproponował mu sprzedanie duszy. Początkowo Ab nie chciał o tym słyszeć, zagroził, że doniesie szefostwu. Simon wykorzystał więc jego piętę achillesową: syna. Powiedział, że właśnie tak wygląda prawdziwy świat, a za praworządność ojca rachunek będzie musiał zapłacić syn, dorastający w biedzie. Mówił, że najgorsze było patrzenie, jak Aba zżera coś od środka, jak naprawdę traci duszę, ale sam dzięki temu czuł się mniej samotny. Aż do czasu, kiedy Bliźniak zażyczył sobie, żeby jego kret zaczął robić karierę w policji. Wtedy nie było już miejsca dla dwóch.

– Dlaczego mi o tym mówisz, Else?

– Ponieważ Simon mnie o to prosił. Uważał, że ta wiedza może ci się przydać, kiedy będziesz dokonywać swoich wyborów.

– Prosił cię o to? To znaczy, że wiedział…

– Nie wiem, Kari. Mówił tylko, że widzi w tobie wiele z siebie. Chciał, żebyś jako policjantka uczyła się na jego błędach.

– Przecież wiedział, że nie zamierzam zostać w policji.

– A nie zostajesz?

Niskie promienie słońca odbiły się w czerwonym winie, kiedy Else ostrożnie podniosła kieliszek do ust. Wypiła łyk i znów go odstawiła.

– Kiedy Simon zrozumiał, że Ab Lofthus jest gotów go zabić, aby zająć to jedno miejsce u Bliźniaka, skontaktował się z Bliźniakiem i powiedział, że trzeba wyeliminować Aba, który wpadł na ich ślad, więc należy się spieszyć. Posłużył się przy tym pewnym obrazem. Powiedział, że on i Ab są jak jednojajowe bliźnięta, którym śni się ten sam koszmar. A mianowicie, że jeden chce zabić drugiego. Uprzedził więc Aba. Zabił najlepszego przyjaciela.

Kari przełknęła ślinę. Z trudem hamowała łzy.

– Ale żałował tego – wydusiła z siebie.

– Owszem, żałował. Zarzucił działalność kreta, chociaż mógł ją prowadzić dalej. Ale potem umarła też Helene. Simon dotarł do kresu drogi. Stracił wszystko, co mógł stracić, więc już się nie bał. Resztę życia poświęcił na pokutę. Starał się czynić dobro. Był bezwzględny w ściganiu innych skorumpowanych tak jak on kiedyś, a taka postawa nie skutkuje wieloma przyjaciółmi w policji. Był samotny. Ale nie użalał się nad sobą. Uważał, że zasługuje na tę samotność. Pamiętam, powiedział kiedyś, że nienawiść do samego siebie uzasadniasz codziennie rano, kiedy się budzisz i widzisz swoje odbicie w lustrze.

– To ty go ocaliłaś, prawda?

– Nazywał mnie swoim aniołem. Ale to nie moja miłość do niego go ocaliła. W przeciwieństwie do tego, co mówią tak zwani mądrzy ludzie, będę twierdzić, że bycie kochanym nigdy nikogo nie uratuje. Ocaliła go jego miłość do mnie. Uratował sam siebie.

– Odpowiadając na twoją miłość.

– Amen.

Kari wyszła dopiero o północy.

W korytarzu Else pokazała jej jeszcze zdjęcie. Trzy osoby przy stosie kamieni.

– Simon miał je przy sobie w chwili śmierci. To ona, Helene.

– Widziałam jej fotografię w domu Lofthusów, zanim spłonął. Powiedziałam Simonowi, że jest podobna do jakiejś piosenkarki albo aktorki.

– Do Mii Farrow. Zabrał mnie na *Dziecko Rosemary* tylko po to, żeby ją zobaczyć, chociaż twierdził, że wcale nie dostrzega podobieństwa między nimi.

Zdjęcie wzruszyło Kari w dziwny sposób. Było coś w uśmiechach tych ludzi, w optymizmie, w nadziei.

– Nigdy nie chcieliście mieć dzieci, ty i Simon?

Else pokręciła głową.

– On się bał.

– Czego?

– Tego, że przekaże dalej swoje wady. Gen uzależnienia. Destrukcyjną skłonność do ryzyka. Brak granic. Melancholię. Może się bał, że na świat przyjdzie dziecko diabła. Żartowałam sobie, że pewnie ma gdzieś nieślubnego dzieciaka i dlatego się boi. Ale stało się, jak się stało.

Kari pokiwała głową. Dziecko Rosemary. Pomyślała o malutkiej starszej pani, która sprzątała w Budynku Policji i której nazwisko wreszcie sobie przypomniała.

Pożegnała się z Else i wyszła na letnią noc. Łagodna bryza i czas przeniosły ją stamtąd z powrotem do tego samochodu, z którego patrzyła na świeży śnieg, myśląc o tym, jak zmienił cały krajobraz. O tym, że często coś kończy się zupełnie inaczej, niż człowiek zaplanuje. Na przykład to, że ona i Sam już teraz zdecydowały się na pierwsze dziecko. Na przykład to, że ku własnemu zdumieniu zrezygnowała najpierw z ciekawej propozycji pracy w Ministerstwie Sprawiedliwości, a ostatnio z lukratywnej posady w towarzystwie ubezpieczeniowym.

Dopiero kiedy wyjechali z miasta i przejeżdżali przez wąski most prowadzący do szutrowej drogi, spytała Åsmunda, co się właściwie stało.

– Dzwonili z policji z Drammen. Prosili o pomoc – odparł Åsmund. – Denat to armator Yngve Morsand.

– O Boże, to przecież mąż!

– No właśnie.

– Zabójstwo? Samobójstwo?

– Nie znam żadnych szczegółów.

Zaparkowali za radiowozami, przeszli przez furtkę w białym drewnianym płocie i zobaczyli drzwi do wielkiej willi. Na spotkanie wyszedł im komisarz z Komendy Okręgowej Policji w Buskerud. Uściskał Kari, a Bjørnstadowi przedstawił się jako Henrik Westad.

– Czy to może być samobójstwo? – spytała Kari, wchodząc.

– Dlaczego tak myślisz? – zdziwił się Westad.

– Był w żałobie po żonie – wyjaśniła Kari. – Mógł nie wytrzymać podejrzeń, które się skierowały przeciwko niemu. Albo może faktycznie ją zabił i zwyczajnie nie umiał z tym żyć.

– Możliwe. – Westad zaprowadził ich do salonu. – Ale raczej w to wątpię.

Technicy wręcz pełzali wokół mężczyzny na krześle. Jak białe robaki, pomyślała Kari. Oboje z Åsmundem spojrzeli na trupa.

– Niech to jasna cholera! – zaklął cicho Bjørnstad. – Myślisz, że... on...

Kari przypomniało się jajko na twardo, które zjadła na śniadanie. A może już była w ciąży, może to z tej przyczyny poczuła mdłości? Otrząsnęła się z tej myśli i skupiła na zwłokach. Denat miał jedno oko otwarte, drugie przesłaniała czarna klapka, a czubek głowy nad nią był równiutko odcięty piłą.

Cykl kryminałów Jo Nesbø
z komisarzem Harrym Hole

JO NESBØ
CZERWONE GARDŁO
JO NESBØ
TRZECI KLUCZ
JO NESBØ
PENTAGRAM
JO
NESBØ
TRYLOGIA Z OSLO
Mistrz skandynawskiego kryminału
Wydawnictwo Dolnośląskie

JO
NESBØ
To ja jestem tym, który mówi sprawiedliwie
WYBAWICIEL
Norweski kryminał mrożący krew w żyłach
Wydawnictwo Dolnośląskie

Kto ulepił bałwana...
JO
NESBØ
PIERWSZY
ŚNIEG
Najlepsza książka roku 2007 w Norwegii
Wydawnictwo Dolnośląskie

JO
NESBØ
Utopione
we własnej krwi
PANCERNE SERCE
Skandynawski bestseller
Wydawnictwo Dolnośląskie

ŚLADY ZBRODNI
JO
NESBØ
Arcydzieło
powieści kryminalnej
„Dagbladet"
UPIORY
Śledztwo w narkotykowym półświatku
Wydawnictwo Dolnośląskie

ŚLADY ZBRODNI
JO NESBØ
Seryjny zabójca policjantów z Oslo atakuje
POLICJA
Wydawnictwo Dolnośląskie